十里红花一刀尽落，
尘世繁华如阡陌。

曾记否，
六扇门古柳出新枝，
胜似瑶池。

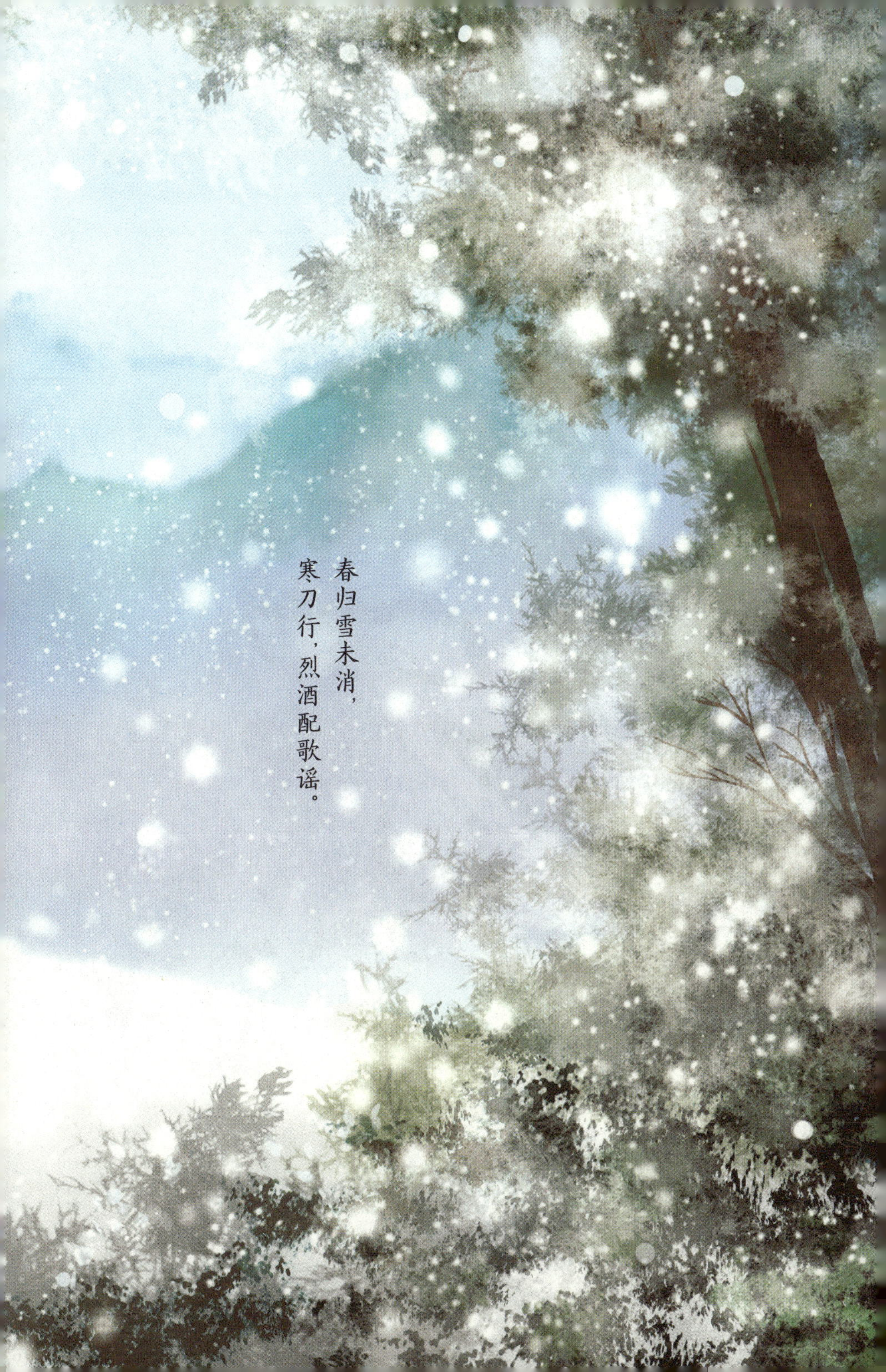
春归雪未消，
寒刀行，烈酒配歌谣。

与君歌一曲，
曲终天涯两相伴。

江左风月，
半瑟半红，
敢问断桥一梦。

俯首掌中有红豆，
天涯故人知不知。

上册

草色烟波里

白鹭成双 著

北京联合出版公司
Beijing United Publishing Co.,Ltd.

图书在版编目（ＣＩＰ）数据

草色烟波里：全二册 / 白鹭成双著 . -- 北京：北京联合出版公司 , 2022.4
ISBN 978-7-5596-5905-7

Ⅰ . ①草… Ⅱ . ①白… Ⅲ . ①言情小说—中国—当代 Ⅳ . ① I247.5

中国版本图书馆 CIP 数据核字 (2022) 第 017199 号

草色烟波里：全二册

作　　者：白鹭成双
出 品 人：赵红仕
责任编辑：徐　鹏
封面设计：赵银翠

北京联合出版公司出版
（北京市西城区德外大街83号楼9层 100088）
北京新华先锋出版科技有限公司发行
大厂回族自治县德诚印务有限公司印刷　新华书店经销
字数794千字　620毫米×889毫米　1/16　50印张
2022年4月第1版　2022年4月第1次印刷
ISBN 978-7-5596-5905-7
定价：88.00元（全二册）

目 录

1

2

3

4

6

第 1 章　招袖楼

"想过盛世的，自然要来大梁。想求功名的，自然要来长安。想要美人的，自然就必须来咱们招袖楼了！姑娘们，接客！"

"爷您里头请呀！"

莺啼婉转，婀娜了半条长安街，听得段小草忍不住感叹，真不愧是胭脂河两岸生意最好的招袖楼啊，瞧瞧，姑娘们多么温柔多娇，拽客人的力气多么大！怪不得段十一进去了就出不来了。

抹了把脸，小草往前走过去。

千妈妈站在招袖楼门口，一看见她，脸都绿了："姑奶奶，我这儿开门做生意呢，您堵在这儿捣什么乱呢？"

小草不开心了："谁捣乱了？我是来办正事的！"

手里牵着的大狗为了给主人壮胆，便跟着扬起头："汪！"

这一声吼气壮山河的，吓得行人纷纷躲避。

千妈妈眼角一抽，扭腰就拦在她面前，瞪眼道："别以为穿官服了不起，挡了我招袖楼的生意，办什么事儿都不行！"

手里还捏着公文呢，小草哪里听她说那么多，当即就叫了一声："大白！"

大白狗通人性，嗷呜一声就朝千妈妈扑了过去，吓得这长安一朵花花容失色，连忙让开，小草跟着就冲进了招袖楼。顿时这长安有名的销金窟一阵鸡飞狗跳，茶盏碎，酒壶摔，美人吓得惊叫连连。罪魁祸首——一人一狗径直往二楼而去。

一脚踹开天字号房间，狂风卷入，纱幔乱飞，小草看也不看，气沉丹田大喝一声："段十一！"

随着她这一声怒喝，大白张开满是獠牙的嘴，猛地就朝屋子中间那个人扑了过去。狗毛横扫，口水横飞，颇有要开荤的架势。

千妈妈想拦都拦不住啊，这房间里的可是贵客，这么一大条狗进去，咬伤了算谁的？

"段公子小心哪！"房间里的艺妓都忍不住叫了一声。

屋中间坐着的白衣公子一动不动，看着大狗上好的牙口，不但没害怕，反而张开了双臂。

"嗷！"尖锐的爪子在空中一收，雄壮的身子一扭，在围观群众惊恐的眼神中，大白浑身的杀气登时变成了欢喜，扑过去抱住段十一的大腿，尾巴甩得四处乱晃没有死角。抬起狗头，收起獠牙，谄媚地吐出了舌头。

小草沉默地看着，伸手拍了自己脑门一巴掌。

她怎么忘记了，这是一条母狗，不管她喂多少吃的，那也是只母狗。

只要是母的，都是属于段十一的。

"小草啊。"段十一侧过头来，摸着狗头对她微微一笑："你一个女儿家，为何总是不懂斯文为何物？"

声若竹海玉箫，听得人心神一荡。门口气势汹汹的千妈妈瞬间就双手捧心眼冒金星了，再看一眼这人的脸，段小草今日砸的东西就可以不用赔了。

很多行走江湖的姐妹来跟小草打听，段十一长得怎么个样儿啊？小草也不知道该怎么形容，大概就是看见他，天上的雁子落了，村口的鸭子死了，花园里的花都谢了。

换句话说，就跟毒药似的，洒一滴死一片。

长安城里有酸溜溜的书生赞过段十一，说：闲云落花，万里青山皆在此人眉眼。银河玉树，千般风流都收他之衣袖。

小草不觉得段十一长得多好看，但是长得挺值钱的，画像都可以拿去换东街大嫂卖的烧饼、西街寡妇卖的油条，连南街老奶奶的千层饼也能换得来。

然而现在不是看他风靡万千大姑娘的时候，小草把大刀往肩上一扛，正色看着旁边的艺妓顾盼盼道："我与师父有话要说，姑娘可否回避？"

顾盼盼是个灵巧人儿，不然也不会在这万紫千红的招袖楼混得风生水起，闻言就抱着琵琶起身，轻轻朝段十一行礼："奴家就先且退下，公子召唤，奴家再上来。"

"好。"段十一看着美人儿的时候那叫一个柔情似水啊，可等众人一散场，门一关上，一张春风脸就拉得跟春卷似的："段小草，为师教过你，要懂得见机行事。什么要紧的话不能等回衙门再说？"

回衙门？不提这个还好，一提小草简直就想咬死他啊！她是拜在他门下来学习破案的，不是来学习逛窑子的。进六扇门都半年了，还是个试用捕快。难道是她不勤奋？不，是这个死变态压根儿不回衙门教她，还长期住宿长安城胭脂河两岸，美其名曰慰问无知堕落妇女，拯救她们的灵魂。

师父不争气，那就只有她这个徒弟多操心了，除了帮他照顾家宅，遛狗喂狗，还要负责查看六扇门案件悬赏的消息。因为这个死变态有个规矩，非重案命案要案不接。

如今，好不容易有动静了，小草也就不想和他计较那么多，直接将公文递过去："你看。"

"女魔头颜六音，逃至长安，六扇门悬赏重金追捕。"段十一看了眼公文，轻笑了一声，"这有什么了不起的？悬赏令，又不是悬疑命案。"

"好歹也算一个案子啊。"小草垮了脸道，"从我拜师之后，还没办过案子呢，六扇门里的人都说这案子只有你能摆平，我才迫不及待地跑来的嘛。"

段十一放下公文，一脸严肃地看着她道："小草啊，为师教过你的，无论如何，都要保持自己的格调。好比大白，它喜欢吃蔬菜，不喜欢吃肉，就算再饿，它也不会将就，这就是格调。而你，说好了跟着我破大案，就绝对不能挑小案子做，明白吗？"

明白个鬼啊！小草磨牙，狗吃蔬菜叫什么格调，那叫怪癖！她就是想破案而已，谁说悬赏令就是小案子了？那可是颜六音啊！

江湖人闻之色变的魔头颜六音，不知何故，杀人无度，且手法干净利落，来去无踪。

段十一这么厉害的捕头，竟然对这么厉害的逃犯不感兴趣，简直令人发指！她的案子又泡汤了？

早知道还不如拜李二狗为师，查查谁家牛被谁偷了的案子也好啊！

"人呢，不能活得太累。你看你，天天想着破案，好好的十六岁少女长着一张苦瓜脸。"段十一靠近她一些，修长的手指拈起她一缕青丝，微微叹息，"还是回去重新长长，为师比较喜欢吃冬瓜。"

你才冬瓜，你全家长得都像冬瓜！小草愤怒地站了起来："这日子太无聊了，不是喂狗就是遛狗，我是捕快啊！这过得还不如楼下台子上那个跳脱衣舞的呢，至少人家潇洒！"

段十一挑眉："你想去跳一段儿？"

十分认真地思考了一会儿，小草脸色微红地道："应该也成。"

"得了吧段小草，醒醒，人家那是脱衣舞，你上去就是剥苦瓜，可别坑害了消费者，到时候去衙门举报你，还丢我的人。"段十一眼里装着星辰，嘴里吐的却是毒液，糊了她一脸，"我说你也该回去了吧？为师这儿眠花宿柳呢，未成年小孩子赶紧回家写作业啊！"

说完，大脚一踹，直接就将她从天字一号房给踹到了楼下大堂正中央。

就听得一声闷响，四周人纷纷惊呼躲开。段小草眼前一片花白，只觉得屁股疼，但又不是太疼，看来最近的内功还是有进步的，总不至于被段十一摔死，第一个要破的就是自己的谋杀案。

等眼前恢复了清明，她骂骂咧咧地从大堂舞台上爬起来，揉揉屁股，正打算捡起地上的刀，却发现她身下躺着个人。

嗯？有点眼熟，好像是刚刚在台子上跳脱衣舞那姑娘。小草凑近她看了看，还好她这一跳及时阻止了她，这身上就剩一件儿小肚兜了，再脱下去可真是少儿不宜。

周围十分安静，本来闹腾着的恩客和姑娘们此刻都停住了动作，呆呆地看着小草的位置。

小草觉得奇怪，正想着地上这躺着不动的姑娘是不是要碰她的瓷儿呢，就看见一股子黑血从脱衣舞姑娘的嘴角流出来，在地上蔓延成了一个奇怪的形状。

热闹的招袖楼寂静了许久，周围才响起来一声声穿透长安城的尖叫："杀人啦——"

第 2 章　乌血洒

大梁王朝，明业盛世，长安已经半年没有发生命案了，被朝廷评选为最佳居住地以及国家重点风景保护区。六扇门的人要办案，都会选择出差去外地，抑或是查查鸡毛蒜皮的小事。

如今，在京城纳税大户招袖楼的大堂里，竟然死人了！

段小草目瞪口呆，她是很想办案没有错，可是也没想过自己把自己给办了啊！这光天化日朗朗乾坤的，一个跳着脱衣舞的、前程大好的姑娘，怎么就被自己给砸死了呢？

刚刚还聚集了一大群寂寞男女的招袖楼，瞬间跑得一个人都不剩了。小草站在原地做了一下思想斗争，她跑还是不跑呢？跑的话，好像对不起自己人民公仆的身份；不跑的话，段十一那张脸不知道在大牢里有没有用，要是没用，她不就惨了？

心里正在天人交战，脚下却已经没出息地开始往门口溜了。阿弥陀佛，她真的不是怕死，真的，只是怕自己死了，一代女神捕段小草的传说就会消失于江湖。

"你要去哪里？"

眼瞧着都要迈出招袖楼大堂了，身后却突然冒出一个森冷的声音，接着她整个人就空中转体一周，被一阵旋风给卷回了尸体旁边。

段十一拿十分恨铁不成钢的眼神看着她："小草啊，为师教过你多少次了，在案发现场的第一件事，是要保护现场，找寻蛛丝马迹。你跑什么跑？"

一听见段十一的声音，小草就知道自己完蛋了，这王八羔子一定不会顾念师徒情分，绝对会立马绑了她送去六扇门。

虽然刚刚鄙视过大白的没骨气，但是在性命面前，骨气算个屁，段小草立马双膝跪地抱着段十一的大长腿痛哭流涕："段狗……不，师父，徒儿这辈子就只有您一个师父。这姑娘的死真的不是小草有意为之，念在半年的师徒情分上，您一定要相信我！"

段十一铁青着脸看着脚下这坨东西，磨着牙将人后衣领提起来，拎到尸体面前道："我不用相信你，也知道这姑娘的死不是你干的，段小草，你有点常识好不好？这地上的血是什么颜色的？"

小草眯着眼睛看了看："黑色的。"

段十一点头："为什么会是黑色的？"

低着头想了半天，小草道："难不成这姑娘黑芝麻糊喝多了？"

一巴掌扇在她后脑勺上，段十一梗着脖子吼："你猪脑子啊？谁喝芝麻糊会把血给喝成黑色的？她这是中毒了！"

哦，中毒了。

嗯?中毒了?！段小草一跃而起,迅速恢复了生命的活力,拽着段十一的袖子眼巴巴地问:"那她就不是我杀的,是中毒死的?"

段十一悔啊,他英俊潇洒了二十五年,怎么就收了这么个傻子当徒弟。麻烦就算了,还笨;笨就算了,还吃得多!

大脚一踹将小草踹去一边,段十一在尸体旁边蹲下来,仔细扫了扫这姑娘的周身,身上只剩了一件肚兜,脖子上还有几个青色的、已经快消失的吻痕。

这招袖楼里的姑娘,谁身上没这些个青青紫紫,都不好意思说自己是出来混的,但死的这位却奇特,全身就只有脖颈处这几个印记,其他地方干干净净的,当然,被肚兜遮住的地方他可看不见。

正待继续查看,外头的千妈妈已经风风火火地带着六扇门的捕头进来,嗓门大得招袖楼都在颤动。

"几位官爷可要替奴家做主啊!奴家就这么几棵摇钱树,还平白给人砍了一棵。这穿官服的今儿一进来奴家就觉得她有问题,这不,跳下来就砸死了我家可怜的金树啊!"

招袖楼四大花魁,金树、银树、玉树、宝树,一向被千妈妈细心呵护,没事摇一摇,哗啦啦地直掉钱。

死的是四大花魁之首,怪不得千妈妈号得跟杀猪似的,一请还就请来了六扇门著名的捕头李二狗。

同为捕头,李二狗每次一看见段十一就不太淡定,因为他觉得"既生瑜,何生亮",有他这么英明神武的捕头,为什么还要有个段十一?

所以他一听见人是段小草砸死的,当即就乐了,牙花子都笑了出来:"知法犯法啊,将这小丫头给我带回六扇门大牢。这案子,本捕头来查!"

小草当即就叉腰跳了起来:"你做梦!这儿是我们先来的!"

李二狗被她喷了一脸唾沫星子,伸手抹了一把,暴跳如雷地吼:"抓住她!"

"是!"旁边两个捕快麻利地就上来将她押住了。

"放开我!"小草嗷嗷地抱着段十一的胳膊不撒手,"段狗蛋会降龙十八掌,你们敢动他心爱的徒儿?"

李二狗挖了挖耳朵,看着段十一道:"怎么,段大捕头要徇私舞弊?"

小草抬头看他,虽然段十一经常不要脸地勾搭良家妇女、青楼歌女、未成年少女，但是关键时刻他还总是很靠谱的，一定不会放着她不管！

然而段十一没有拉住她的手，也没有揍那两个捕快，而是使尽力气，妄图从她的魔爪里抽回自己的胳膊："小草啊，你先跟李捕头回去，为师还有要事要办。"

"什么事啊？"小草傻傻地问。

"招袖楼节假日酬宾，为师我包了顾盼盼三天的琵琶曲儿，没听完就不划算了。"段十一沉痛地道。

然后这不要脸的王八羔子就趁着她惊愕分神的空隙，大脚一踹，将她踹回了后头两个捕快的怀抱，还笑得十里桃花开地朝她挥手："在牢里要好好听话啊。"

段小草这个恨啊，胸前带着这狗娘养的踹的脚印，硬生生被李捕头给拖回了六扇门大牢。临走之前最后一眼看见的，就是段十一扭着他的大屁股上二楼去的背影。

招袖楼花魁金树的命案，也就落到了李捕头的手里。

锁链扣上，段小草滚进牢房里对着墙就是一阵狂踹，一边踹一边骂。

有异性没人性的段狗蛋，竟然为了听顾盼盼的琵琶曲，对她见死不救！亏她上次还替他保守秘密，没将京城常太守家夫人给他写情诗的事情泄露出去，等她被提审的时候，一定要检举揭发，让那对狗男女浸猪笼！

满腔的恨意化成了力气，段小草一脚踹到墙根儿的地方。本以为会很有痛感，谁知墙角处的砖头"哗"的一声，塌了一片。

看见外头漏进来的光，小草傻了。

她的无量神功，难不成已经练成了？

"什么声音？"外头的狱卒明显被惊动了，步履匆忙地就往这边而来。小草连忙拿地上的干稻草往墙角一堵，自己再往上头一靠，将那洞挡得严严实实的。

"咕——"肚子适时地叫了一声，跟打雷似的，小草伸手揉了揉，看着赶来的狱卒道："我肚子饿了。"

毕竟都是吃公粮的，她还穿着官服呢，狱卒大哥没为难她，反而笑道："早听说段大捕头的徒弟能吃，没想到肚子响起来也惊天动地的，跟墙塌了似的。你等着，我去给你拿吃的。"

段小草松了口气，深深为自己的聪慧所折服。

旁边的牢房都是空的，只有左手边那一间里有个黑漆漆的东西，也不知道是活的死的，小草也不关心。

她现在最关心的就是自己能不能趁夜出去打死段十一那王八蛋。

六扇门大牢里也是要轮班的，晚上的时候就只有两个狱卒在大牢门口守夜，基本不会到里头来巡逻，所以等天黑了的时候，小草就轻手轻脚将活动的砖头拆下来，慢慢地爬出去。

"回来的时候，记得带份儿烧鸡。"有人说了一声。

"哦。"小草顺口就应下了。

爬出去飞檐走壁，出了六扇门大牢的范围才想起来个问题。

刚刚跟她说话的是谁？

第 3 章　段狗蛋

站在原地思考了三秒，小草就果断继续往前走了，管他是谁呢，现在最重要的，还是先去找到段十一。

她这还没扬名就先进牢狱的捕快，在六扇门的历史上还是头一个。看段十一那重色轻徒弟的模样，定然是没个指望了，她还是快去洗清自己嫌疑，抓出杀害金树的凶手吧。

夜深人静，最是办事的好时候。

招袖楼因为命案，今晚不曾亮灯。小草屏气凝神，跟做贼似的将招袖楼逛了个遍。

银树在房间里坐着发呆，像是被金树的死震撼了，有些兔死狐悲，嘴里碎碎念着："死得这么一点预兆都没有，难不成是我们的报应……"

旁边有个丫鬟在安慰她，端了碗安眠的牛乳："姑娘别多想了，早些安歇吧。"

小草看了一会儿，没觉得有什么异常，又跟只壁虎似的爬到了千妈妈房间外头。

"这人说没就没了，该怎么给陈员外交代？"

千妈妈没像白天那样哭天抢地了，脸上更多的是为难："人家可是给了钱的，咱们没把人保住，是不是还得退钱啊？"

对面坐着个嬷嬷，叹了口气道："这……也实在是命，金树眼瞧着就可以飞上枝头了，谁知道哪个心思毒的在背后打了她一棒子。这钱你要是不退，那陈家家大业大的，哪里能说得过去？我看哪，明天一早就派人将银票给陈府送去，说一说情况。那陈员外要是当真喜欢金树，指不定还不会收咱们退的钱。"

小草立了立耳朵，陈员外？哪个陈员外？

"唉，也只能如此了，等确认了那捕快是凶手，定然要叫她赔钱！"千妈妈嘟囔着，不甘心地拨弄了两下手里的算盘。

好家伙，人命这东西在她眼里，全是银子。

小草抿唇，顺着墙檐挨个房间偷听，一众姑娘都跟银树一个反应，倒是下人房里幸灾乐祸的人不少。

"虽说不应该这么说，但是那位死了，咱们的日子也好过些。"有细声细气的丫鬟躲在被窝里对旁边的人道，"那位脾气多差啊，动辄打骂人的，没了倒也清净。"

房间里有几个声音应和她，有一个稍微老成点的声音道："人刚没了，说话也都小心些，早些安置，明日六扇门的人还要来查案，当心话说错了，给人当成凶手了。"

"凶手不是今天抓走的那个吗？"有人小声问。

老成的声音顿了顿，道："那只是有嫌疑，也不一定是她杀的，毕竟也是个捕快呢，杀青楼之人做什么。"

小草挑眉，嘿，这儿还有个明白人啊。

房间里头嘀咕了一会儿就没声音了，四周安静，小草蹲了一会儿墙根，正准备起身去找段十一呢，结果蹲太久了腿麻了，一个趔趄就倒在了地上，"咣"的一声，撞到了旁边的泡菜坛子。

小草倒吸一口凉气，背后的汗毛都竖起来了。这大半夜这么大的动静，还不被人发现？

果然，屋子里有丫鬟被吓醒了："什么声音？"

揉揉发麻的腿，小草正打算跑路，就听见那老成的丫鬟道："最近院子里来了猫，别大惊小怪的，睡吧，我出去看看。"

说着，当真起身开门出来了。

小草飞快地爬上了墙头，奈何功夫不到家，留了个背影给人。

出来的丫鬟没有大惊小怪，而是直接走到墙边，从怀里掏出个东西，从墙角的洞穴里扔了出来。

"招袖楼不许人进出了，你处理吧。"

小草捂着自己嘴巴躲在墙的另一边，看着那洞穴里骨碌碌滚出来个瓶子，听着这丫鬟说的话，傻了。

这是什么情况？

"嗯？"墙对面的丫鬟没听见回应，有些狐疑，声音却不敢太大，只敲了敲墙。

回过神来，小草飞快地捡起瓶子，也敲了敲墙。

那丫鬟放心地回去了。

这是什么？小草拿着那瓶子对着月光看了看，像个药瓶子，摇起来里头还有些东西。

正打算打开看看呢，空气里就传来些不寻常的气息。凭着行走江湖多年的直觉，小草果断闪进了一边的草丛。

一道影子从她面前经过，翻过了墙去，不一会儿，里面就又传来"咣"的一声。

这下算是明白了，敢情她刚刚那一下误打误撞，撞上了人家的暗号，拿到了什么不得了的要被销毁的东西？

倒吸一口冷气，趁着里面的人反应过来之前，小草拔腿就往顾盼盼的房间跑。

整个招袖楼也就段十一这一个客人还敢留宿，顾盼盼胆子也大，还坐在房间里给他弹琵琶。

"似是那姹紫嫣红全开遍，都不如卿这一处花娇艳哪！"

听着就是淫词艳曲，小草"啪"地推开窗子，直接跳了进去。

曲声停了，顾盼盼到底是段十一的红颜知己，见过大场面。虽然受了点惊吓，但是半声没喊出来，瞪了小草一会儿，就收了琵琶进了内室。

段十一揉揉太阳穴，颇为苦恼地道："怎么大牢都关不住你啊？"

小草鼓着嘴巴，不满地道："我要是老实待着，怎么死的都不知道。师父你过来看，我拿到了不得了的东西！"

段十一瞥了内室一眼，不耐烦地拎着小草的衣领往窗边走，一边走一边道："你现在是嫌疑人，还敢逃出大牢那就是畏罪潜逃，赶紧给我回去！"

手里的瓶子都差点给他抖掉了，小草连忙抓稳了，挣扎着捞起他的衣裳下摆就往他裤腰上塞："你好歹看看啊！"

段十一瞧着她这动作，脸都绿了，不管死活地将人推出了窗户，听见外面"砰"的一声，才深吸一口气将衣摆给放下来。

腰带上卡着个东西，也不知道她塞的什么。段十一没去看，而是进内室去将顾盼盼给哄了出来："劣徒不懂事，没吓着你吧？"

顾盼盼笑得大方："无妨。"

摔得灰头土脸的段小草从地上爬起来，抬头看了看那紧闭的窗户，瘪瘪嘴，十分委屈地原路返回大牢。

他这哪里是重色轻徒弟啊，简直是不把她当回事啊。那李二狗跟她看不对眼，万一明儿开堂就污蔑她，她找谁哭去？

早知道还不如认长安城外的大奶牛当师父呢，起码还能喝牛乳。

这个没良心的段狗蛋！

一边骂一边往回走，走到半路想起牢里的声音说的带烧鸡，小草还特地跑回自己和段十一住的院子里，把段十一放着的烧鸡给偷了，气愤不已地钻回大牢，顺手将墙给填上。

"谁要的烧鸡？"火气大得很，小草直接号了一句，然后坐在草堆上开始自己吃。

睡着的狱卒被她号得翻了个身。

旁边的牢房里有锁链的响动声，接着就有个睡意蒙眬的声音道："我的。"

小草看也没看，推了推盘子，那人从栅栏里伸手过来，刚好可以拿着吃。

"头一次看见越狱了还当真回来的。"黑影慢悠悠吃着烧鸡，好像是终于清醒了，"我是睡了多久？世道都变了。"

"你以为我想回来啊？"小草气急败坏地道，"还不是有个混账师父，见死不救就算了，还在自家徒儿身陷牢狱的时候喝花酒！"

黑影"嗤"地笑了一声："这样的师父可不好。"

"是啊。"小草鼓嘴。

"那不如你来做我的徒弟吧。"

这话说出来，小草才终于扭头看了看旁边："你是谁？"

黑影拿了个鸡腿慢悠悠地道："犯人。"

废话，被关在这里的不是犯人还能是谁？能说这话的都是不想直说的，小草也懒得问，哼哼了两声就继续吃烧鸡。

"看你气的这样子，你师父是谁啊？"黑影吃得舒坦了，话也多了。

小草磨牙："我师父是又好色又流氓不务正业不顾徒弟生死只会耍帅的混账！姓段的，叫狗蛋。"

黑影顿了顿，想了很久道："这个名字倒是未曾听过，不过看你的衣裳，应该是六扇门的。可知道一个叫段十一的捕头？"

第4章　查真相

敢情段十一的熟人还真是全国连锁，连大牢里都有认识他的。小草蹭到栅栏边去，眯着眼睛仔细看了看。

对面一团乌黑，什么都看不清楚，只有一双眸子在隐隐的月色里闪着柔和的光。

这人要是跟段十一关系好，那她刚刚骂那么一大通，以后被告状了，段十一还不把她剁碎了？

念及此，小草果断摇头："不认识！"

黑影顿了顿，叹气道："我在这儿一待就是一年，都不知道那段十一还活着没有。"

这语气充满怀念，搞得她都忍不住想告诉他，段十一那祸害，绝对是遗千年的。

结果下一句这人就说："要是死了，我还真不知道出去能找谁报仇。"

啥？报仇？小草咽了口唾沫，干笑两声盯着他问："什么仇啊？"

黑影动了动身子，镣铐磕碰之声哗啦啦的，小草这才恍然大悟。

就说怎么天牢一直嚷嚷着镣铐等物资紧缺，敢情这些年的存货全用在这一个人身上了。

这人该是犯了多大的事儿啊？

"要不是段十一，我哪儿会在这里。"黑影的声音骤然冷酷，吓得小草一个哆嗦，心里万分庆幸自己刚刚与段狗蛋撇清了关系，要不然万一这人报仇殃及她，那她多无辜啊。

该卖师父的时候，一定得卖！

低气压持续了一会儿，黑影又慢慢恢复了平静，拿起烧鸡继续吃，一边吃一边道："看在你这烧鸡做得不错的分儿上，你说说看你的情况，说不定等两日，我还能帮你做些事情。"

小草心想，这人要是知道这烧鸡是段十一做的，不知道会不会咬着舌头。

"我什么都没做，就被关这儿了。"反正这会儿也没什么困意，吃了烧鸡，小草就躺在草堆上道，"本来是去招袖楼找我师父的，结果他把我从二楼丢下来，就砸着了一个刚好中毒身亡的姑娘，李捕头跟我有旧仇，直接就把我给丢进大牢了。"

黑影"啧"了一声："这点小事，等仵作一查尸体，不就真相大白了吗？你明日就可以出去了，用不着我帮什么忙。"

小草撇嘴："你自己都戴着十八副镣铐呢，难不成我真有冤屈，你还能帮我？"

"嘘！"黑影动了动手脚，小声嘀咕，"也是他们不肯给我吃饱饭，不然……"

"什么？"小草没听清。

"没什么。"黑影笑了两声，"你这小姑娘心肠好，往后有什么烦心事都可以来找我说说，当然，记得带烧鸡，我会报答你的。"

小草眨眨眼，报答什么的她倒是不指望，不过看这人倒是的确可怜，好像饿了很久了，段十一反正也在招袖楼挂账，她没事就去偷两只烧鸡出来好了。

这样想着，她也就点头同意了："好！"

黑影有些怔愣，大概是没想到这傻姑娘竟然当真同意了，轻笑了一声。

漫漫长夜，小草在草堆里委委屈屈地睡了，一边睡一边想，她在这简陋的小草堆啊，段十一在那繁华的招袖楼，真是凄凄惨惨戚戚。

黑影也没再说话，大牢里一片安静。

第二天天刚亮，段十一就亲自去了大牢门口，接小草出来。

"验尸结果出来了，金树是中了'胭脂三月'的毒，不是你砸死的。在你落下之前，她就已经倒在了台上的纱帘里。"段十一摇着他的破纸扇，笑得温润，"睡大牢的感觉怎么样？新鲜吧？"

新鲜你奶奶个腿儿！小草当即一个猛虎下山，将段十一扑倒在地，提拳就打："有你这么当人师父的吗？明知道不是我干的，昨儿还不帮我说情，大牢里睡着新鲜你怎么不来试试啊？"

段十一合了扇子拦住她的小拳头，躺在小草身下叹气道："为师这是磨炼你，磨炼你懂不懂？"

小草顺手就拿过了旁边地上的大石头，打算给他好好"磨炼"，哪知后头就突然响起了李二狗的声音。

"两位大早上的兴致不错啊？"

段十一一把将小草掀下来，起身拍了拍他的白袍子，头也没回地道："李捕头来得也巧，段某正好有事情要说。"

李二狗穿了一身崭新的官服，剔着牙走过来道："令徒这不是已经洗清嫌疑了吗？段捕头还有什么要吩咐的？"

段十一轻笑道："招袖楼的案子案情复杂，恐怕李捕头短时间之内是无法侦破的，在下刚好对这案子十分有兴趣，不知李捕头可否相让？"

长安许久不出命案，这回好不容易出个大的，谁都抢着想去立功，哪个人那么傻会把立功的机会让给自己的死对头啊？

李二狗觉得段十一平时挺聪明的，今日也不知道为什么会提出这么愚蠢的想法。

所以他只是冷哼了一声："这任务可是总捕头给李某的，段捕头哪怕再有神通，也不能违背了总捕头的意愿吧？"

段十一笑道："在下只是想替李捕头解围，此案已经惊动了上头，按照上头那位的脾性，一定会下令要求三日之内查出结果，李捕头觉得，三日之内，有把握找到凶手？"

李二狗一顿，皱眉。他接这案子的时候，总捕头可没说三日之内啊。段十一说的这个上头……难不成是总捕头的上头？

脸色变了变，李二狗看了段十一好几眼道："段捕头话说得太早了，这案子不是什么急案，慢慢查也来得及，若是上头当真吩咐下来，李某……也未必不能一试。"

段十一点头："既然如此，那段某也不好强求。小草已经洗清了嫌疑，那我们就先告辞了。"

说罢，拖着小草，头也不回地就走了。

李二狗站在原地，摸着下巴有点摇摆不定。本来是兴致勃勃想立功的，被段十一这么一说，突然觉得有点心里没底了啊。

不过不管怎么说吧，到嘴边的肥肉，没有不咬一口的道理，李二狗咳嗽两声，带着两个捕快就去了招袖楼。

据件作所言，金树胃里有未消化完的补药，里头就恰好含有毒药"胭脂三月"，这毒药据说是江湖上一个疯女人做出来谋杀亲夫的，先不论毒药哪里来，这补药总能找出来是谁做的。

招袖楼休业整顿，大大小小的姑娘、丫鬟全部在大堂里站着。

千妈妈满脸愁容，站在李二狗身边道："大人，这补药是奴家吩咐凝紫给金树做的，凝紫可是个老实丫头。"

李二狗跷着二郎腿道："把人带上来，其余闲杂人等，先退下。"

千妈妈点头，招手让一个紫衣裳的丫鬟站了上来，其余人就都下去了。

段十一摇着扇子坐在一边，李二狗额角直跳："段捕头，您还有事？"

段十一笑得春光灿烂："我没事啊。"

没事你杵这儿干啥？闲杂人等难不成还说的是别人啊？李捕头闷哼一声："这案件算是机密，段捕头就不能先回避一二？"

段十一摇头："六扇门的总库在下都能进去，这案件迟早会放在里头，段某不过是来预习的，李捕头不必在意。"

李二狗没话说了，虽然脸色铁青，但是也只能先转过头来看着下头的丫鬟："你就是凝紫？"

紫衣裳丫鬟眼睛通红，跪得端正："奴婢正是。"

站在段十一身边的小草掏了掏耳朵，这声音，好像在哪里听过。

第 5 章　香消散

在哪里呢？

摸着下巴想了好一会儿，小草猛地拍了一把段十一的大腿："我想起来了！"

这不是昨天在房间里说金树难伺候，死了倒也清净的那个姑娘吗！

段十一眉梢一抽，转过头来无语地看着她。上头坐着的李二狗更是皱眉："此处要审案，不得喧哗。"

"抱歉。"小草往段十一身后一躲，瞬间就乖巧了，生怕李二狗让人来将她架出去。

这案子简单，她昨儿和凶手就只有一墙之隔，要是能顺着这人，把昨日给她药瓶子的丫鬟抓出来，事儿不就了了？

搞不好还能抢李二狗一次功劳，灭灭他的威风。

一脑补李二狗脸被气成青色的模样，小草顿时觉得精神百倍，两只眼睛发光地看着堂下的凝紫。

凝紫被她看得背后发凉，眼睛不安地四处看了好一会儿，直到落在段十一身上，才稍微有点安神。

"你是什么时候给金树姑娘做的补药，其间可有离开过厨房，抑或是有什么人来找你？"李捕头问。

"回大人的话。"凝紫小声道，"昨日辰时，千妈妈就吩咐奴婢给金树姑娘熬补药，奴婢一直在厨房，未曾离开，也没有其他人来寻奴婢。端药给金树姑娘的时候，倒是遇见了银树姑娘身边的青烟，口头上起了争执，后来……后来多亏了霜儿姐姐，奴婢才能将药送到金树姑娘那里。"

金树与银树都是这招袖楼的四大花魁，金树的身价却压过了银树一头，银树心里有不忿也不是一日两日了，身边的丫鬟懂得见风使舵，自然也容易有矛盾。

凝紫是个好欺负的丫鬟，每每做了什么吃食，只要遇见青烟，不是被抢了去，就是要被嘲弄一番，这也是寻常。

偏巧那日，凝紫端着补药给金树送去的时候，青烟想抢，凝紫终于硬气了一回，就是没让，青烟挥手就想打人，恰好霜儿经过，将人给拦下来，叫凝紫将药去给送了。

李捕头听了半天，皱眉道："这样说来，跟这补药有接触的，就只有你与那青烟和霜儿？"

凝紫点点头，立马又摇头："她们都没有怎么碰着药的，霜儿姐姐帮着奴婢将药送去金树姑娘那里，其间奴婢也跟着，她不可能动什么手脚。"

"万一是你没看见呢？"李捕头轻哼了一声，"先让那霜儿和青烟都进来。"

千妈妈一听，连忙出去叫人。

段十一有些困倦的模样，扇子摇啊摇的，快把自己给扇睡着了。

小草依旧是聚精会神。

"奴婢见过大人。"两个丫鬟脸色苍白地进来跪下，声音都有些发抖。

不是她们，小草失望地听着这声音，不是那个老成的丫鬟声音，也就是说这两人应该也是无辜的。

奇了怪了，要是按照凝紫这说法，中途没有其他人接触过药，那毒是怎么下的？

李捕头还在审问两个丫鬟，眼睛一直盯着青烟，吓得青烟身子直抖。

小草扯了扯段十一的衣袖："师父，咱们出去逛逛？"

段十一睡眼蒙眬，回过神来茫然地看了小草好一会儿，才道："好。"

两人就这么从李二狗的面前经过，出了门去。李捕头还在喃喃念："不可能啊，一定是漏了什么……"

杀人多需要勇气啊，那几个丫鬟都快抖成筛子了，怎么看都嫌疑不大。

段十一带着她绕过招袖楼的前院，缓缓开口："瓶子哪里来的？"

小草得意扬扬地道："凶手给的。"

段十一斜她一眼："你要去找凶手？"

废话！小草翻了个白眼："不找凶手，难不成陪你逛窑子？"

"找到之后呢？"段十一问。

"抓起来啊！"小草莫名其妙地看着他，"你今天为什么总是问这么蠢的问题？"

段十一不说话了，用眼角眉梢里的神色表达了对小草同学的鄙夷。

小草"啧"了一声，拉起段十一就往丫鬟住的杂院子里走："有我这样的徒弟你就偷着乐吧，我给你找出凶手，你就等着总捕头发小红花就好了。"

她这强悍的记忆力，听过一遍的声音，怎么都记得住，更何况昨天那丫鬟声音还挺有特色，老成得像个嬷嬷。

后院里的丫鬟正人心惶惶，三三两两站在一起嘀嘀咕咕。小草走到门口，二话没说就把段十一推了进去。

段狗蛋这种香饽饽，总是能在关键时刻发挥作用，作用特别大的两种对象，一种是女人，一种是母的。

而现在里头一堆女人，想听人声音压根儿不用挨个儿问，丢了他进去就听见——

"段捕头怎么来了。"

"哎呀哪个不长眼睛的推了您，站稳些啊。"

"段捕头，案子怎么样啦？"

查案的明明是李二狗，不过丢他进来估计这群女人不但不会接着，还会都退开去。人比人，总是要气死人的。

小草一边摇头一边观察着，说话的声音里，好像没有那个老成的丫鬟。

抬头扫了一眼，所有丫鬟都在段十一身边，个个都在张嘴说话。

"招袖楼所有的丫鬟都在这里了吗？"段十一看着小草皱紧的眉头，笑着问了一声。

管事的老妈子应了一声："都在呢，除了落雪身子不舒服在里头躺着。"

小草眼睛一亮，二话不说就往屋子里蹿。

"哎哎……"管事的老妈子想拦住她，奈何段十一往前头漫不经心地一站，刚好就将人挡住了。

小草一进去就扑到床边，对着床上鼓起的一坨叫："落雪！该起床啦！"

后头有丫鬟跟进来，着急地道："官爷别吵，落雪姐姐昨儿晚上发烧，才退烧呢。"

发烧？小草低头看了看。

枕头上的一张脸惨白，看起来有股子黑气萦绕，是像生病了没错。

但是，这看起来病得也太严重了，简直，简直像是……

微微皱眉，小草伸手，探了探落雪的鼻息。

"师父。"

门外的段十一听见小草这古怪的音调，挑挑眉，跟着进了屋子里。

"她……"小草回头看着段十一，脸上表情很是扭曲，"好像死掉了。"

第 6 章　不插手

四周的人都倒吸了一口凉气，方才拦着她的丫鬟愣了愣，上前来也跟着碰了碰落雪的脸。

"怎么会这样？！"

好端端的人，怎么死的？

段十一皱眉，上前将小草拎开，探了探落雪的脖子。

"已经死了半个多时辰了。"他道。

后头的丫鬟尖叫着纷纷跑了出去，管事老妈子倒是站在一边，红了眼睛道："这多好的人，怎么就没了？怎么回事啊？"

小草蹭在段十一身边站着，瞧着落雪的脸，小声嘀咕："你还兼职仵作啊？我怎么看不出她死了多久？"

段十一收回手，低声道："她手腕温度冷入了骨髓，肯定是死了有半个时辰以上，但是按照这长安最近的天气，要是超过一个时辰，肯定会腐烂。落雪的尸体尚且完好没有异味，所以是半个多时辰。"

说的好像很有道理，小草点点头，拿个小本子出来记了。

丫鬟们跑去前头知会了李二狗，段十一将落雪的尸体细细看了一遍，就拉着小草退了出来。

"做什么？"小草拿着本子疑惑地看着他，"你不是该进去瞧着吗？万一李二狗破坏现场怎么办？"

"该瞧的我都瞧过了。"段十一站在院子里，摇着扇子气定神闲地道，"这案子是李捕头的，咱们也不能总插手，看着就行了。"

小草嘟嘴："可是，我们手里的线索更多啊，交给我们的话，肯定比他破得快。"

"你还年轻。"段十一摇头道，"六扇门有六扇门的规矩，他接了的案子，我们就不能插手。"

啥？那她这飞檐走壁搜集的证据，还要拱手让人不成？小草扁嘴："多可惜啊……"

"没什么好可惜的。"段十一低声问，"你先告诉我，你要找的人，是不是这个落雪？"

"只能是她了，只有她的声音我还没听过。"小草道，"昨晚她就把我当成来接头的，把那瓶子给我了，就是我塞给你的那个。"

段十一点头："里面是'胭脂三月'。"

也就是说，这个落雪，有很大的嫌疑是凶手。

但是现在，她死了。

"我们要把那瓶子给李二狗吗？"小草不甘心地问。

"为什么要给他？"段十一轻笑一声，"你给他了，他保准立马给落雪扣个凶手罪名，然后说是畏罪自杀，结案了事。"

接连死了两个人，以李二狗的能力是绝对查不下去的，但是他不会舍得这功劳，定然会匆匆结案，捞着一点功劳是一点。

小草听不明白了，那这又不能插手又不把证据交出去，段狗蛋是想干什么？

"唉，眼瞧着都可以出去了，她未婚夫还在外头等着她呢，怎么说没就没了。"管事婆子走了出来，边说边抹眼泪。

段十一立马换上了温柔的神情，递给她一张手帕："里头怎么样了？"

管事婆子摇头："病死的，昨晚上就病重，楼里出了事，谁也没太照顾她，谁知道这一觉就再也没睡醒……仵作来了，说是风邪入体，高热过度，直接丢了性命。"

"可怜她二八年华，外头还有个未婚夫在等着她回去成亲，说没就没了……"

小草叹息了一声，青楼里的姑娘可怜，丫鬟更是可怜，谁不是为了混口饭吃，逼不得已走到这份上呢。

段十一的铁石心肠好像都被打动了，轻蹙眉道："这也真是无辜，她未婚夫在何处啊？我们也好去慰问一番。"

"大人慈悲。"管事婆子二话没说就去找了纸笔写了住处所在，塞给段十一，"正巧咱们这里的人都不得进出，烦劳大人去知会一声，让他们家来人收尸吧。"

"也好。"段十一将纸条收下，十分惋惜地拉着小草往外走。

李二狗还在屋子里急得团团转，六扇门那边收到消息，增派了不少人过来。总捕头叶千问也终于被惊动了，骑着马嗒嗒地狂奔到招袖楼，开始亲自监督他查案。

这六扇门总捕头可不是个省油的灯，六扇门上上下下所有的事情，包括段十一后院养的鸡是公的还是母的，他都知道得一清二楚。

李二狗想在他的监督之下乱判案，那是不可能的。

所以现在李二狗同学只能绷着皮子一点点地搜集证据，看能不能运气好，撞见凶手一头扎到自己面前来。

小草则是跟着段十一，骑马从长安繁华的大街上经过，顺手买了一串糖葫芦，边吃边问："我们真要去找落雪的未婚夫？"

段十一摇头："在那之前，不是应该先去陈府吗？"

啥？陈府是什么鬼？小草傻了："为什么？"

"金树是陈员外买下来，本来准备迎回门做姨娘的。"段十一道，"现在金树死了两天了，陈员外连面都没有露一个，嫌疑不是更大吗？"

小草眨眨眼，好像想起来了，千妈妈和管事婆子那天晚上说的就是该如何给陈员外交代，结果今天招袖楼又死一个人，也没见陈府派人来要人。

这样想想，还的确是有点可疑。

"而且，刚才刘妈妈给我的地址，离陈府也很近。"段十一道，"我突然想起，三个月之前我经过陈府所在的天狼街，见过落雪从里头出来。"

小草：……

三个月之前这么匆匆一面您老都记得这么清楚？

"如果我没猜错，落雪的未婚夫，应该是陈府的人。"段十一在街头勒马，一把将小草拎了下来，"这样事情就简单多了。"

小草很茫然："哪里简单了？"

"给你个任务。"段十一笑得风流倜傥，白牙在阳光之下闪闪发光，"去当个临时丫鬟，赚点外快怎么样？"

"不去！"小草挺了挺胸膛，"我是要破案当上正式捕快的人，怎么能兼职当丫鬟！"

段十一挑眉："陈府的待遇很好的，每天都有鸡腿吃。"

"……不去！"她是那么没骨气的人吗？

"一个月的月钱有一两银子。"

"……不……"

"听说他家少爷还长得格外俊美，会画画会吹笛子。"

"好的，我该怎么进去？"嘿嘿两声，小草蹲在段十一面前，尾巴直甩。

段十一这个恨铁不成钢啊，瞎眼的猪，这长安城无论哪个男人，都不会比他更好看了好吗！

第 7 章　新丫头

但是段十一明白，要人去做事呢，怎么都得顺着毛摸，于是他脸上神情温和得都可以掐出一碗清澈的水："既然如此，那我便找人写举荐信，你跟我来。"

小草嘿嘿两声，摇着尾巴就跟着段十一走了。段十一的人脉关系遍布整个长安，要塞个人进这小小的陈府，还是不成问题的。

进了个小胡同，小草就看着段十一跟个满脸皱纹的老大爷嘀咕了一会儿，老大爷扫了她一眼，点点头，出去了一会儿，就有小女娃子捧了一套衣裙进来。

"先换上。"段十一道。

看这样子是可以马上上岗，小草伸手接过衣裳，正打算穿呢，眼睛就瞥见旁边这祖宗动一步的意思都没有。

"我说，你不出去我怎么换？"

段十一慢悠悠地转了个身子："你换吧，我不转身，还有话要给你说，说完等会你就直接去陈府了，出去再进来也麻烦。"

小草：……

她虽然发育没完全，但是好歹也是个女儿家吧？这样放荡不羁真的好吗？啊？万一段狗蛋这忍不住一回头的，她的清白不全没了？

"别想了，赶紧换。"段十一道，"等会陈府的管家会来接你，进了陈府之后，你想办法多打听点陈府里面的消息，顺便找到落雪的未婚夫。"

"我知道。"小草哼哼两声，警惕地盯着段十一的背影，然后飞快将衣裳脱了，换上这一套裙装。

她不穿裙子已经很久了，因为六扇门的官服太好看，哪怕是个白色边儿的，她也天天穿着没舍得脱，一穿裙子，还真有点轻飘飘的。

　　"如果可以的话，也了解了解陈夫人是个怎么样的人吧。"

　　段十一的后脑勺跟定住了一样，角度都不带偏的，压根儿对身后的风光没有半点兴趣。小草一边哼唧应着，一边将官帽也取了，借着旁边的梳妆台，绾了个最简单的发髻。

　　瞧瞧，打扮打扮还是挺好看的嘛。

　　自恋地对着镜子照了照，小草拍了拍段十一的肩膀："换好了，怎么样？"

　　段十一回头，嘴角抽了抽："你这是什么发型？"

　　小草眨眨眼："最简单的发型啊。"

　　简单个屁，你要简单也梳个女儿家的啊，梳个男人发髻顶头上是几个意思？

　　段十一捂了捂脸，伸手将她拎过来，打散了头发。

　　"我还期待一转头能看见个美人，结果你给我看个人妖。"

　　小草鼓着嘴巴道："我习惯了，师父你说，你给我梳这个发髻，万一人家看上我了怎么办啊？"

　　段十一呵呵两声翻了个白眼："你别骂人家瞎子，人家眼睛好着呢。"

　　小草：……

　　修长的手指在她乌黑的发间穿梭，很快绾好了一个发髻，段十一盯着她瞧了两眼道："我给你签的是短工，晚上你还是可以回来睡，每天晚上回来给我说说陈府的情况，其余的事情，就交给我了。"

　　"好。"小草站起来，拍了拍胸脯，"我办事你放心！"

　　段十一眼神有点沉痛："要不是当初徒弟收少了，我也不会让你去做。"

　　小草十分感动："原来师父这么心疼我！"

　　"并不，只是太不放心了。"段十一长叹了一口气，转身去打开了门，"走吧。"

　　段小草咬牙捏拳，很想一拳打过去，然而想想自个儿打不过他，还极有可能被段十一反揍一顿，于是强忍一口气，气鼓鼓地出了门。

　　来接小草的是陈府的管家，段十一已经深藏功与名了，面前这位管家对那满脸皱纹的老大爷态度极好，领了小草，二话没说去了陈府。

"最近府里事情多，你是三爷推荐的人，就去夫人院子里伺候吧。"陈管家道，"可仔细些，夫人身子不好。"

"是。"小草应着，尽量学着大街上姑娘的走路模样，扭着小腰迈着小腿，低头做害羞状。

陈管家好像很满意，带着她从后门进了陈府，就招了个老妈子来道："这是给夫人新置办的丫头，是我大侄女，劳烦许姨好生照顾。"

"陈管家客气了。"被称作许姨的人一张脸笑呵呵的，拉着小草的手就道，"这姑娘长得可人，夫人应该也喜欢，陈管家推荐的人，那是一定没错的。"

敢情她也算关系户了？见这人阿谀的样子，小草只一脸傻笑，听着他们一番寒暄，然后就跟着这许姨走了。

"咱们夫人院子里清闲，什么都不用做，你别惹事就成。"她道，"见着什么，也别出去瞎说，咱们这可不是一般的人家。"

"奴婢明白。"小草弯着腰，一脸忠厚老实。

陈府很大，外面看起来已经是很豪华，里头廊腰缦回，更是精致非常。据说这陈老爷是穷书生出身，五年科举落第，便改行做买卖，没想到倒是发家致富了。

宅子儿子女人啥都不缺，也算是幸福。

"夫人刚起身，你随我进来。"许姨说着，带着她撩开了房间门口的帘子。

小草低着头，屏气凝神，心里已经勾画出无数个深闺妇人的形象，哀怨的、华贵的、威严的。

结果跪下行礼之后一抬头，她有些傻了。

座上坐着的妇人一身没什么花色的素衣，头上有个大金钗，略微有些俗气，却也只有这一件首饰，脸上干干净净，没有脂粉，显得有些苍老，不过这一身的气度，还算撑得起几分场面。

好生奇怪，这妇人看起来有些书香气息，为什么穿衣打扮的品位如此奇怪？看周围的摆设，也不是缺钱的模样啊。

"这是新来的丫头？"妇人开口了。

"回夫人，是陈管家的大侄女，想着您最近需要人伺候，特意送来的。"

陈夫人点点头，也没多看她，只挥手道："先送去后院做点粗活，要是踏实肯干，再进屋子里。"

"是。"小草规规矩矩地给她行了礼。

许姨笑着招了她出去，左右看看没人，小声道："大侄女啊，你先去这院子里四处走走熟悉一下，有姨在，你吃不了亏。"

谁是你大侄女啊？小草嘿嘿傻笑两声，心想这人认亲戚可真快嘿。

第8章 引男人

不过鉴于自己现在只是个小丫鬟，小草没敢多说话，提着裙子就在院子里晃悠。

许姨给她划的地界儿是夫人的整个院子，只要不去西屋，其他地方随便她做什么，闲得无聊翻跟斗都可以。

小草没当真翻跟斗，她牢牢记着段十一的吩咐，飞快地拉着一个丫鬟打听："姐姐，听说咱家少爷长得特别好看？"

被她拉着的丫鬟正在后院洗衣裳，闻言愣了半晌，上下扫了小草几眼，蹙眉道："你是新来的？"

小草点头："对啊，我是许姨的大侄女。"

面前这丫鬟一愣，立马笑了："我说呢，怎么会直接来问这个……你的活儿分配下来了吗？"

小草摇头："许姨让我在这里随便逛逛。"

"院子就这么大点儿，有什么好逛的。"丫鬟轻笑道，"你要是没事做，就坐下来陪我洗衣裳，有什么想知道的，我都告诉你。"

这话说得亲近又温和，小草立马觉得她是个好人，搬了小凳子就来坐下了："姐姐都知道什么啊？"

"我叫玉致，不用叫姐姐。"玉致一边揉着手里的轻纱一边道，"来这陈府三年，还没什么是我不知道的，瞧着你这水灵模样，是对大少爷动了心思了？"

"是啊是啊。"小草点头，随即皱眉，又摇头，"我对每天一个鸡腿也挺感兴趣的。"

玉致顿了顿，轻笑一声："陈府不缺鸡腿，咱们老爷也算是长安有头有脸的人物，只要你做得好，在这院子里没有什么得不到的。"

虽然听不太明白，但是感觉很厉害的样子，小草一脸崇拜地看着她："那我要怎么做，才可以每天有两个鸡腿？"

玉致咯咯笑得直摇头："傻丫头，你要真让少爷看上眼了，每天二十个鸡腿都可以。只是啊，莫说我没提醒你，这院子里有一双眼睛，将一切可都是看得清清楚楚。你要是有歪心思，可能哪天突然人就没了。"

她脸上的笑容有些狰狞的意味，只一瞬，就又归于平常。

小草干笑两声："那我不动歪心思，我动正的，怎么样能看看那大少爷啊？"

玉致摇头："大少爷那边出了点事情，最近怕是没有什么闲情逸致。"

"什么事情？"

玉致揉着手里的纱，淡淡地道："他身边近侍的一个奴才，听说未过门的媳妇病死了，突然发了疯，差点打伤大少爷，现在在大少爷的院子里关着，最近都不让人进去的。"

未过门的媳妇死了？这不就是说的落雪吗？小草皱眉，怎么可能死了媳妇就发疯了啊，还被关起来了，发疯的话，怎么也该送医馆才对。

"大少爷一直在院子里不出来吗？"小草问。

玉致看她一眼："也要看有没有人有本事，用什么法子把他引出来了。听说大少爷最近，很是消瘦。"

这大少爷是蛇吗？还要靠引出来的？

吸引蛇好歹还有办法，吸引男人出来用啥办法啊？

小草冥思苦想了很久，直到许姨来唤她。

"陈管家说，你家离这里不远，每天傍晚要回去。"许姨笑道，"这是今天的晚饭，姨给你拿来了，你先带回去，明日早些来，姨再教你规矩。"

接过一个油纸包，小草眼睛亮了亮，嘿，段十一这回终于没骗她了，真的有鸡腿！而且掂量掂量，好像还不止一个啊。

这下发达了！

"谢谢许姨！"嘴巴立马现场抹蜂蜜，小草抱着鸡腿，冲着许姨一阵鞠躬，然后拔腿就跑。

她今天的任务好简单啊，就是走了走，听了听人说话，就拿回来一包鸡腿！

　　早知道天底下还有这么好做的活计，她还做什么捕快啊！早点来打短工不就好了！

　　一路狂奔出府，蹦蹦跳跳地打算回六扇门，走到一半觉得背后发毛，小草挑眉，果断继续走，走过六扇门，去了天牢门口。

　　"官爷行行好，我来看一个故人。"小草对着门口的守卫王二张武一阵挤眉弄眼。

　　王二手里的长枪差点都没拿稳，皱眉看了小草半天，才嘴角抽搐地道："你进去吧……"

　　"多谢。"小草朝他抛了个媚眼，满意地看见后者一脸吃了大便的神情，提着裙子就进了天牢里头。

　　总觉得背后有人跟着，直接回去六扇门那是肯定不行的。牢里的黑影说了以后记得带鸡腿来看他，正好她现在有好多鸡腿，可以分他一个，也正好躲掉外头跟着她的，不知道是什么来历的人。

　　黑影的牢房依旧在最里面，依旧很黑且没有一点声音。

　　"喂，鸡腿。"小草蹲在他牢房前，"我来问你个事儿啊。"

　　锁链的声音响了响，黑影的声音有些沙哑："我不叫鸡腿。"

　　"管你呢，快吃，然后听我说啊。"小草分了一个鸡腿给他，看了看油纸包，还有一个，就自己拿起来吃："如果一个男人躲在一个地方不出来，你要用什么方法把他吸引出来？要动静小，效果大。"

　　黑漆漆的手接过一只鸡腿去，慢悠悠地道："动静小，效果大，那很简单。"

　　"什么？"小草眼睛亮了亮。

　　"你找根绳子，在半夜里十分安静的时候，动静很小地吊死在他住的地方门口，第二天保管他就出来了。"

　　小草：……

　　能不能好好说话了？！

　　"老娘只是要他出来，自己不能死！"

　　"哦。"黑影道，"你早说啊。"

　　这难道不是常识吗？谁会为了吸引个男人出来跑去上吊啊！

　　"吸引男人的，无非是女人。"黑影一边优雅地咀嚼，一边道，"女人吸引男人的方式很多种，跳舞啊，唱歌啊，弹琴啊，吹箫啊。实在不济，你声音温柔一点也可以。见不到对面的人，那只能用声音了。"

声音？小草沉默了一会儿，她这粗犷的声音，还是不必去吓人了，不过弹琴什么的，好像有点可能。

因为段十一那里有一把琴，名"妙音"，是天下名琴，据说不会弹的人随意拨弄两下，也会有很好听的声音。

是时候借来用一用了！

第9章　会弹琴

"妙音"被段十一藏得很好，不过小草有次还是无意间看见了，就在他住的房间隔断处的匾额后头。

段十一这个人啊，太小气了。区区一把琴而已，就算是个名琴，可防着她干啥啊，她又不会拆了它，顶多是借来弹弹对不对？

轻手轻脚地缩回六扇门，趴在段十一的门外听了半晌，确定里面没人了，小草才溜进去，将"妙音"偷回自己屋子里。

外头天色不早了，段十一指不定什么时候就会回来，所以她没贸然打开看，而是立马藏起来，明天再带去陈府。

其实她这也是在替段狗蛋做事啊对不对？借用他东西也是应该的，之所以这么偷偷摸摸……还不是因为知道他不会同意借给她的！

万一被发现了，她也有个因公被迫的借口，应该不会被打死的。

"回来了？"

刚想着呢，门就被推开了。小草简直庆幸自己藏得快，立马转头对着段十一笑："是啊，嘿嘿。"

段十一顿了顿，眉梢微挑，往门上一靠："你又干了什么事情？"

"啥？"小草低头看了看自己，"我怎么了？"

"你每次做了什么对不起我的事情，眼睛都会往左看，会笑得特别傻。"

小草撇嘴："谁对不起你了，我今日去那陈府，辛辛苦苦的，还不都是为了你？"

段十一眯了眯眼，看了她半天才道："那找到人了吗？"

"还没，明天就可以了，今天主要是熟悉熟悉环境。"

瞧她这颇有自信的样子，段十一也就没再多说，进了屋子十分自然地将外袍脱了，挂在一边的屏风上，然后挽起袖子："用过晚膳了？"

"嗯。"刚想点头，一看段十一这架势，小草立马摇头，"没有没有，我就只吃了个鸡腿。"

轻哼一声，他也没多理她，转身就去了一边的小厨房。

六扇门里本身是有食堂的，奈何有一回段十一在里头吃了半条虫子出来，于是他们这个小院子里，就多了个厨房。

小草有时候会想，段十一这样的男人真是太棒了，做饭又好吃，长得又好看，功夫好人还厉害，虽然有时候欠打了一点，但是真是世间少有的陌上公子。

本来想换衣裳的，突然觉得裙子也还不错，小草就蹦蹦跳跳地去厨房门口看段十一做菜。

为什么说他厉害呢？因为这人一身白衣服，做菜竟然可以一点都不弄脏的！动作也干净利落，看起来跟桥头老瞎子画的水墨画似的。

小草就觉得这画面特别好看。

段十一做了三菜一汤，比平时丰盛了很多，小草有点好奇："今天是什么日子？"

"就是寻常的日子，只不过为师体谅你辛苦。"段十一的脸上充满了怜爱的光芒，伸手摸了摸她的头发，"乖，吃吧。"

小草觉得很感动，眼泪都快下来了。原来他还知道犒劳她啊，段狗蛋也有说人话的时候！

一阵风卷残云，桌上的盘子闪闪发亮，小草很自觉地打算去洗碗的，谁知道段十一拦下了她："我来吧。"

总觉得哪里怪怪的呢？

段十一每次温柔，都没有什么好事情发生，这次又有什么东西在等着她？小草坐在桌子边思考了很久，最终想想还是算了，反正被这贱人算计，她想跑也跑不掉的。

干脆去老老实实睡个大觉。

招袖楼的命案还在调查之中，李二狗已经是焦头烂额，证据基本上没有，两桩命案也不知道有什么联系，想去陈府问问吧，结果那陈员外有些势力，还不好得罪，三两句就被打发出来了。

总捕头对这案子很看重，他这要是再没进展，就真是像段十一说的那样，要不好过了。

这可怎么办呢？李二狗仔细想了想，又想不被抢走功劳，又要自己能破案，那就只有一个法子了！

第二天清早小草就去了陈府，乖乖地给夫人请了安。

陈夫人看了她一会儿，道："我今日心情不佳，屋子里就不留人晃荡了，你若是有空，就去帮着别人做事吧。"

"奴婢遵命。"小草乖巧地应下。

"夫人与少爷最近有些矛盾，心情不佳也是正常。"许姨拉着她出来道，"少爷都不肯出门的，你啊，也别去帮谁了，去给少爷送个点心，就说是夫人的吩咐。"

这敢情好啊，小草立马点头！

她把琴都背上了，许姨打量了一会儿问："你会弹这个？"

"会一点。"小草笑道："要是能请少爷出来听听琴，再劝两句，不惹夫人伤心了，我的晚饭能不能多个鸡腿啊？"

许姨一愣，接着笑道："你能引得出来，自然是好的，只是……你且去试试。"

这府里丫鬟这么多，吸引少爷的主意少说也想过几百个了，要是有这么简单，还轮得着这小丫头吗？许姨心里是不以为然的，不过陈管家的人，她也不会去得罪。

小草就背着琴，捧着点心蹦蹦跳跳地去了传闻中的大少爷的院子。

结果刚在门口就被拦下来了。

"东西给我，你就先回去吧。"大少爷身边的奴才接过了点心，"嘭"的一声就关上了院门。

小草抹了抹鼻子上的灰，寻了墙边一个靠屋子近的位置，然后拆了琴的包裹，席地而坐。

这陈府里来来往往都是人，看见小草这动作，有的侧目一二就继续走了，有的倒是停下来看热闹。

"这是谁啊？"

"听闻是陈管家的大侄女。"

"怪不得敢这么猖狂，瞧这模样也不像是会弹琴的，琴都拿反了。"

"等着看热闹呗。"

小草默默把琴倒了过来，深吸一口气，开始弹。

她发誓，她见过段十一弹琴，就是长袖飘飘，十指纤长，跟神仙似的那种。她全部照着学了！

可是不知道为什么，周围的人都捂着耳朵跑得飞快，一边跑一边大喊："陈管家！陈管家！你家大侄女疯啦！"

第 10 章　别乱跑

一瞬间院子里鸡飞狗跳，陈管家正在账房里呢，就被众人直接抬到了大少爷院子外头。

空气里回荡着奇怪的声波，一圈一圈泛开。涟漪过处，所波及之人无不口吐白沫，白眼直翻。

"这是做什么！"陈管家捂着耳朵大吼一声。

弹得如痴如醉的小草同学被这一吼回了神，停了手茫然地看着他："咋啦？"

她这不是弹得挺好的吗？这"妙音"的音色当真不错，好好听。

陈管家喘了两口粗气，一把将她拉起来，又皱眉看了看那琴："谁让你在这儿弹的？万一吵着了大少爷……"

得了，不用说万一了，院子的门在陈管家过来之前就已经打开了，门口站着个唇红齿白的少年，一脸严肃地盯着他们看。陈管家话还没说完呢，就转头看见了。

"大少爷……这，这丫头是新来的，不懂规矩，吵着您了。"

陈家大少爷陈白玦，年方十七，能文能武。小草伸着脖子看了好一会儿，嘿，长得还真挺好看的，一双剑眉尤其惹眼，叫人想伸手上去摸摸，看会不会划伤。

"这琴是谁的？"陈大少爷无视了管家的话，径直走到了"妙音"面前蹲下。

小草眨眨眼，道："我的。"

"你的？"

声音里好像有那么点儿不以为然，但是看着他清澈的眼睛，小草对自己说，一定是她听错了。

"这是夫人院子里的丫鬟。"陈管家笑着道，"少爷若是喜欢听她弹琴，小的就禀告夫人一声，将她送来您院子。"

这就是光明正大地塞人啊，远处听着的家奴们心里都门儿清。这大少爷一贯讨厌关系户，又是个叛逆的主儿，怎么可能会……

"好。"陈白玦点了头。

周围一片安静，小草眨了眨眼，哎？果然是被她的琴声感动了吗，这么好说话？

陈管家一脸受宠若惊，连连朝小草使眼色："还不谢谢大少爷？"

"奴婢多谢少爷恩典。"小草想起身行礼来着，然而膝盖上还压着琴，一个不小心琴就往地上翻滚了。

陈白玦微微皱眉，立马伸手将"妙音"给捞住，有些心疼地道："可别摔了这宝贝了。"

看样子还是个识货的。

小草干笑两声，跟着陈白玦屁股后头进了那一向大门紧闭的大少爷院子。

管家屁颠屁颠地就往夫人院子里去了，看热闹的也都散场，夹杂着一些带酸味的揶揄。

怎么就给这丫头走了狗屎运了？

陈白玦穿了一袭竹青对襟长袍，个子很高，玉树临风。小草盯着人家的腰一直瞅着，对比了半天发现，嗯，这少年腰比段十一还细。

"这琴，你从哪里得来的？"陈白玦将琴放在石桌上，轻轻拨弄一声，声音清脆，无半分杂音。

"朋友送的。"小草盯着自己的鞋尖，镇定地回答。

陈大少爷的眼眸深了深，轻笑了一声道："他还真是大方。"

小草有点紧张，面前这少年气场也太足，生怕一个不小心就被他看穿了。

但是接下来他什么都没问，而是道："你往后就在我身边伺候吧，正好我身边少了个人。"

少的是那落雪的未婚夫啊。小草连连点头，心想自己还真是幸运，直接从新丫鬟一跃成为了陈家大少爷的贴身丫鬟，成功靠近了案件疑点的中心。

陈白玦性子有些古怪，与陈员外和陈夫人关系都不算太好。但是府里上上下下的事情都要知会他，下人也没有敢放肆的。

　　跟了他，晚上自然就不能回六扇门了，小草也怕回去被段十一发现琴不见了，打断她的腿，所以就立马卷了小铺盖，住进了陈白玦的院子。

　　这样一来，这府里有什么事情，她都可以直接去问了，用一种好奇宝宝的无辜神情。

　　"这柴房里关的是谁啊？"

　　院子西边的柴房里总是有碰撞声，小草拉了个人来问。

　　"里头是大少爷曾经的随从，叫青灰。"别人告诉他，"不要靠近那边，大少爷有过吩咐的，靠近了，会家法处置。"

　　小草恍然地点头，看了看那柴房上的三把大锁，转身继续去给大少爷倒茶。

　　人要是疯了，一把锁就能锁住，为什么要三把呢？而且这三把钥匙，肯定还在三个不同的人身上。

　　哪里像是关疯子，分明像是关他们害怕放出来的重要东西。

　　"小草。"陈白玦已经换了寝衣，手里还抱着"妙音"，神色十分柔和地道，"晚上好好休息，不要乱跑。"

　　像是关心，又像是警告，手里的琴还响了一声，音色纯正。

　　那种心虚的感觉又来了，小草笑得傻兮兮地点头："奴婢知道的。"

　　不乱跑，天天伺候少爷然后睡觉，段十一还不扒了她的皮？

　　夜幕降临，小草躺在被窝里，屏气凝神，用段十一教的方式，静静听着整个屋子的动静，然后扩大到整个院子。

　　风声、鸟虫声、隔壁的呼噜声，以及，柴房里始终没有停歇的碰撞声。

　　有人在挣扎，在愤怒，在企图冲破什么。

　　睁开眼睛，她一个鲤鱼打挺，换了件儿黑色的寝衣，开门做梦游状往外走。

　　这院子里除了她这个贴身丫鬟，还有一个媳妇子[1]，两个奴才，四个粗使丫鬟。要是陈白玦将钥匙放在三个人身上，会是哪三个人呢？

　　保险起见，梦游的小草还是先去给每个房间都吹了点绿色环保无污染的迷香，然后轻手轻脚地，从媳妇子的房间开始找。

---

[1]　媳妇子：指仆妇。

一切都很顺利，按照常人的思维，媳妇子身上是有一把的，就挂在腰带上，小草很容易就拿到了。第二把第三把有极大的可能在那两个看起来就力气很大的奴才身上。

力气再大也是要被迷香撂倒的，小草进他们房间翻了一圈儿，终于找到了第二把钥匙。

但是，这两个奴才住一个房间，她连地毯都掀起来看了，没有第三把钥匙。

奇了怪了，第三把钥匙在哪里？

迷香的效用有一个时辰，所以她不急，找不到就出去看看月亮，顺便想想段十一现在在做什么。

托腮刚做好了沉思状，背后就冷不防响起一个声音："不是告诉了你，不要乱跑吗？"

第 11 章　大少爷

浑身汗毛都竖起来了，一阵凉意从脚底板直达内心，小草僵硬了半天才机械似的回头。

陈大少爷穿着一身白色寝衣，披着披风，站在她身后，眉目微凉地睨着她。

这场景好比老鼠刚出洞走两步，大猫咪跑过来往你背后一蹲，喵了一声。要不是她心理承受能力好，定然会拔腿就跑了。

"少爷……"努力想着措辞，小草急得汗水直冒，眼泪都出来了，"奴婢只是……睡不着出来看看月亮。"

陈白玦被她眼里的泪光闪得怔了怔，脸色竟然柔和了下来，走到她身边坐下问："为什么看哭了？"

这就是考验一个捕快的职业素养，以及在当卧底的时候的语言组织能力和故事创造能力了。

想起自己的鸡腿，再想起牢里那个要吃她鸡腿的黑影，小草抽泣两声："奴婢的父亲还被关在天牢，含冤这么多年，唯一的愿望就是可以每天吃一个鸡腿。奴婢来了陈府才可以挣鸡腿，却不想得大少爷垂青，收做了贴身丫鬟，现在出不得府，父亲他也没鸡腿吃了。一想起这个，奴婢就睡不着。"

天衣无缝啊！简直天衣无缝啊有没有！

陈大少爷沉默了一会儿，轻笑一声："这个简单，你每天的鸡腿，我吩咐人替你送去不就好了？"

"真的吗？"小草眼睛立马亮晶晶的。

陈白玦点头，温柔地摸了摸小草的头发："你也是可怜人。"

他的眉目被月光加了特效，看起来格外令人沉醉。小草抬头对上他的眼睛，目光都有点迷离。

喜欢摸她头的只有段十一，每次都有一种宠物被顺毛的感觉。但是这人这样看着她，倒让她觉得，自己是个女人，正被面前这人疼爱着……

等等，这陈大少爷，莫非是想泡她？！

一个激灵站起身来，小草退后两步道："奴婢困了，先回去睡觉了。"

陈白玦的手留在空中顿了顿，然后轻笑着收回去："好。"

小心肝这个扑通扑通跳啊，小草连忙滚回被窝里去，伸手摸了摸自己脖子上挂着的钥匙。

他那会要是摸到脖子上的绳子顺手一扯，那她岂不是要完蛋了？

两把钥匙发出轻微的碰撞声，小草皱眉想了一会儿，第三把钥匙，如果不在别处的话，那只会是在陈白玦身上了。

可是，等等啊，为什么陈大少爷没有中迷药，还能出来跟她唠嗑？

她分明记得自己往陈白玦的房间里也吹过迷香啊，难不成过期了？

这有点糟糕，一次不能偷齐三把的话，明天他们一醒来就发现钥匙不见了两把，肯定会换锁，那她这一晚上的折腾，不就白费了？

不行不行！

小草一个翻身起来，低头看了看自己黑不溜丢的寝衣，立马去隔壁丫鬟的房间里偷了件纱衣，裹个小披风，再点个蜡烛往脸上化个妆。

捕快有时候是需要有所牺牲的，像她这么美丽动人的捕快，定然是要出动美色的。钥匙要是在陈大少爷身上，那她只能深入虎穴了。

说真的，她真的不是看上了这大少爷的容貌，也真的不是想去侵犯他，只是工作需要，看着情况来吧。

月黑风高，段小草衣袂飘飘地往陈大少爷的房间飘去。

她有信心啊，刚刚陈大少爷都对她那么温柔，现在她一上妆一打扮，他肯定更加温柔。这温柔来温柔去的，钥匙就悄悄到手了也说不定。

陈白玦房间里的灯还没熄，门也没关，像是在等着谁来。

一点没察觉的小草同学，就这么兴致勃勃地推门进去了。

陈家大少爷很有高手风范，桌上放了两杯茶，静静地端着一杯喝。

这场景，如果进来的是个刺客，抑或是其他什么人，陈白玦就可以很神气地说："我等你很久了，来尝一尝这雨后龙井可够香醇？"

这样一来，气势上就震慑了对方。

但是，进来的是段小草，陈白玦刚准备开口念台词，抬头就看见一张姹紫嫣红鼻青脸肿的脸。

香醇的雨后龙井全数喷了出去。

段小草伸手抹了一把被"雨水"滋润的脸，学着院子里的丫鬟一样跺脚娇嗔："少爷您这是做什么！"

陈白玦的心情有点复杂，看着面前这倒霉孩子，无奈地伸手将她拉过来，掏出自己的手绢，一点点擦她脸上的东西："没注意来的是你，可惜了这一脸的妆。"

小草委屈地垂着眼睛，目光在他腰上扫来扫去，没看见钥匙包儿，就是不知道他身上的袖袋里有没有。要是身上没有，那就只能在屋子里找了。

烛光朦胧，气氛莫名有点奇怪，陈白玦轻咳一声，收回了手，睨了她两眼。

这姑娘一张脸擦干净了，倒是顺眼不少，身上穿了一件不知道哪里寻来的薄纱，如烟缠山峦，委实好看。

如果里头穿的不是一件大红的秋衣的话。

陈白玦有点无语，随手将帕子丢了，看着她问："这么晚了找我有事？"

小草点头，眼睛左看右看："陌生的地方睡不习惯，想来找少爷聊聊天。"

陈白玦：……

打小在这院子里，这样的事情也不是第一回遇见，可面前这姑娘来这么说一句，他觉得有点好笑，好笑的同时，嗓子又有点紧。

大概是太久没开荤了，饥不择食。明知道这人是有目的的，他还是没叫人进来抓住她。

"想聊什么？"

大半夜的，孤单寡女的，黑灯瞎火的，能聊啥？

小草一本正经地道："奴婢会推拿按摩，少爷要不要试试？按摩着，咱们再聊聊人生。"

陈白玦意味深长地看着她，而后点头，起身就去趴在了床上。

小草也跟着过去，跪坐在他身边，捞起袖子，看着他身上的穴位，深吸了一口气。

"得罪了，大少爷。"

陈白玦知道，人的背上呢，全是穴位，把背给一个陌生人，真的是很不明智的选择。然而他给了。

这段小草呢，也当真不出意料，一下手，就是他的睡穴。

第 12 章　你先走

自古英雄难过美人关，段小草就算砢碜了点，也能勉强算小半个美人吧，所以陈大少爷要是犯下这样的错误，也是可以原谅的。

睡穴一点，床上的人微微一僵，接着就放松了身子，沉睡了过去。

小草立马往他身上一阵乱摸，连袜子里都找了，没有。

"那就只会放在别处了吧。"嘀咕着下了床，小草将这屋子里每一寸都找了个遍，连暗格都翻了，也没看见钥匙一类的东西。

"奇怪了。"站在床边，小草摸着下巴思考，"还有哪里没找？"

"枕头下面。"

"哦，谢谢。"小草恍然大悟，连忙伸手往枕头下面一摸。

嘿，还真在这里！三把钥匙齐全了！

一阵兴奋之后，突然觉得背后有点发凉，小草皱眉想，刚刚说话的人是谁？

陈白玦懒洋洋地起了身，伸手钩住小草的腰，一把将她扯回了床上，一双眼睛带着些危险地眯起："可惜了一张美人脸，到底还是蛇蝎心，一番心思要靠近我，就是为了青灰？"

小草眨眨眼，再眨眨眼："你咋醒的？"

"刚刚你穴位打歪了一寸。"

"哦。"小草点点头，"段狗蛋教过我的，我没认真学，怪不得别人。"

这就是学艺不精的下场啊！血的教训！早知道她就直接糊他一脸迷药就好了。

陈白玦的手臂慢慢收紧，勒得她都快吐了："你是衙门的人？"

"嗯。"行迹败露，那只能先保全自身了，"我是六扇门的捕快，听说你们院子里关了个疯子，想过来看看的。"

"呵。"眸子冰冷了下去，陈大少爷松开了她，淡淡地道，"没什么好看的，大概今晚上就会病死了。堂堂六扇门的捕快，来我陈家做下人，倒是委屈你了。"

这话里的意思，分明就是青灰要被灭口了！小草眉头微皱："杀人犯法，大少爷可知道？"

陈白玦轻笑一声，往床边一靠："捕快大人要是有法子证明他是我杀的，陈某认罪也可。"

"来人。"

有下人推门进来，陈白玦将小草的双手捏着，将她脖子上的钥匙取了下来，和着第三把，以及无法挣扎的小草同学，一起给了下人："知道该怎么做吧？"

下人低着头，接过小草来押着，轻声道："小的明白。"

捕快是不能杀的，但是可以赶出府去。三把钥匙到手，青灰必然会死。小草有点急，奈何手被捆住，嘴也被堵上了，只能呜呜两声，就被带了出去。

陈白玦是怎么发现她的？

屋子里响起了一声琴音，清脆没有杂音。抓着她的下人一点力气也没省着，带着她就往柴房的方向走。

嗯？柴房的方向？按道理来说，不是该把她丢出府吗？

难不成这陈府还真有天大的胆子，敢连她一起灭口？！小草眼睛猛地睁大，开始奋力挣扎，一脚踹在这下人的腿上。

"唔。"

一声闷哼，抓着她的手就松了。小草立马使劲撞开他，拔腿就想跑。

"站住。"带着倒吸凉气的声音，音色很是熟悉。

小草下意识地就停了下来，四周无人，已经是离柴房不远。

那下人终于抬起头来，普普通通的一张脸，声音却格外好听："钥匙到手了，你跑什么跑。"

这，这不是段十一的声音吗！小草傻了，蹦蹦跳跳回到他旁边，凑近看了看。

王八蛋，脸上贴着假皮，晚上叫人看不清楚，这哪里是陈府的下人，分明就是那段狗蛋。吓死她了，有这计划也早说啊，害她一个人拼死拼活的！

小草气愤不已，伸脚就又踹了他一下。

段十一挑了挑眉，伸手揽住她的腰，看了看她这一身打扮，眉头皱了皱，也没说话，只拉着她到了柴房门口，轻松将三道锁给打开了。

被关着的青灰瞬间扑了过来，像是要打人。小草正想惊呼，段十一一手捂住她的嘴，一手就将青灰撂翻在地。

"砰"的一声，简单粗暴，青灰就没声儿了。

"我将他带回六扇门。"段十一道，"院子里的奴仆全部在昏迷，但是出了这院子，外面的陈府守卫十分森严。我们要在陈白玦反应过来之前，逃出去。"

小草伸手给他，段十一很默契地将她手上的捆绑松了，又取了她嘴上的东西："你知道你该做什么吗？"

"我知道。"小草吓了两声，"我扛着他先走，你断后。"

段十一微笑着摸了摸她的头："孺子可教，不过扛人还是我来吧，你这小身板，为师怕累着你。"

小草这个感动啊，她师父竟然会心疼她了！

"跟我来。"段十一一把将地上的青灰扛起来，带着她就往外走。

这两天在陈府里，小草只到过夫人和少爷的院子，对于其他的路还不是很熟悉。不过段十一却走得很自在，像在自家院子里散步似的，躲过一层层的家丁，到了花园的月门。

"前面你就先走。"段十一道，"往左边走，右边有守卫，我想办法引开。"

能者多劳啊，无所不能的段十一，自然是扛着人也能掩护她先离开的。小草十分放心地就往左边走了。

段十一没有说错，右边的确是有守卫，但是往左边走，有狗。

小草往草丛里蹭着，一不小心就踩着了狗尾巴。

"汪汪汪——"

狗吠立刻响彻整个庭院，月门右边的守卫，立马全部往左边跑了！

"段十一你这个狗娘养的！"小草在夜色中狂奔，一边奔一边骂。段十一哈哈大笑，扛着青灰撒丫子就消失在了陈府的院墙外头。

陈府里灯火通明，四只狼狗在小草的身后，追得舌头乱甩，一群衣裳都没穿整齐的家丁睡眼惺忪地跟着喊："抓小偷啊！"

小草看见有树就爬了上去，后头的狗差点咬着她的屁股。

陈白玦自然也是被惊动了，径直追出来，就看见已经蹲在树上的段小草，以及下头没一个会爬树的家丁。

"拿我的弓箭来！"陈白玦怒喝一声。

小草心里一惊，有些震撼地看着他。

第 13 章　陈白玦

虽然认识不久，还不太熟悉，但是她印象里这大少爷眉目清秀，尚算温柔，怎么都跟面前这个拉着弓箭眼眸含霜的少年不太一样。

"人都已经被救走了，你杀我有什么用？"小草瞥了一眼远处的院墙，好像跳不过去，只能抓着树枝朝下面喊。

陈白玦慢慢将弓箭拉成了满月，淡淡地道："陈府半夜进贼，贼则当杀。"

"我是六扇门的捕快，不是贼！"

"半夜入户，还敢冒充捕快。"他冷笑一声，"更该杀。"

小草心里一凉，原来早在这里等着她，还以为说了是捕快他就不会杀呢，结果人家压根儿不怕，还有自己的一套说法。

那她该怎么办？跳下去摔死，还是等着被射成马蜂窝？

急中生智，小草抓着树枝就号啕大哭："你好狠的心啊，不就是跟你拌了嘴，竟然要杀了我！你说，你是不是有其他喜欢的姑娘了，所以迫不及待要除掉我？"

此话在深夜寂静的陈府里传出去很远，底下一片家丁都听傻了。赶来看情况的许姨这才看清树上的是段小草，连忙上去拉着想松开弓弦的陈大少爷："少爷您别冲动啊，那可是一条人命！"

陈白玦嘴角抽了抽，咬牙道："她胡说的。"

"哎呀，大少爷，不看僧面看佛面，这可是夫人院子里的丫鬟呢。您要是不喜欢，那老身给您换一个，可别动这么大的气。"

众人定睛一看，树上的姑娘还穿着薄纱呢，虽然里头穿的什么看不清楚，但是既然是府里的丫鬟，又怎么会是贼呢？

陈白玦脸色有点难看，身边有人低声禀告："柴房已经空了。"

一支箭想也不想便朝树上射了出去，众人都是一阵惊呼，小草也吓傻了，脑子里已经想象出自己的脑袋被一箭射穿的场景。

然而这力道十足的箭，却从她耳边飞过去，消失在了夜空之中。

"给我去追！把这丫鬟抓下来，关进柴房！"

陈白玦丢了弓箭，怒吼了这么一声，转身就走。

下头的人跟着他往府外走，许姨却是拍拍胸口，朝树上喊："丫头，快点下来，别惹少爷生气了。"

树上待久了也没意思，反正她又跑不出去。小草乖乖地下来，摸摸自己的脑袋道："许姨，我可以溜走吗？我怕少爷杀了我。"

这一箭没射中，下一箭呢？

许姨轻轻推揉了她一下："傻丫头，少爷的箭从来是百发百中的，要是想杀你，刚刚你就没命了。快去柴房里吧，哪里做错了，等少爷回来认个错。"

她可没见过少爷被哪个丫鬟气成这样过，这陈管家的侄女，也是不简单啊。许姨心里的算盘啪啪直响，大少爷可还没个妻室呢。

小草心想，今晚上的事情，绝对不是认个错就可以摆平了的。臭不要脸的段十一，竟然就这么丢下她走了！

没办法，周围全是家丁，小草只能跟着他们回去柴房，再找机会逃跑。

一个时辰之后，天都已经快亮了，陈白玦黑着脸回来，一把推开了柴房的门。

小草在草堆上打坐，已经胡思乱想了很多。

"人要是真疯了，丢了也不至于让你亲自去追那么久。"小草看着面前这双目冰冷的人，开口道，"青灰没疯，只是你们杀了他的未婚妻，他要去衙门告发你们。你们害怕了，所以才会关他。"

陈白玦身子顿了顿，慢慢将门扣上，一步步朝她走过来："你很聪明啊。"

"长安已经很久没有发生命案了，有什么情况会严重到杀人呢？"

小草托着下巴看着他，"为财，你们不缺，那只能是为情了。金树是你父亲要娶的女人，莫名其妙死了，怎么都跟你母亲脱不了干系。"

陈大少爷轻笑了一声，在她面前半跪下来，伸手就掐住了她的脖子："知道太多的人是活不长的，你明白吗？"

小草点头："我明白啊，可是你不会杀我的，你不会杀人。"

"呵。"陈白玦冷笑一声，"你要试试吗？"

"嗯。"小草伸长了脖子，被他掐得有点不能呼吸，却没挣扎。

陈白玦眼神很镇定，镇定到有一瞬间小草觉得自己感觉错了，他真的会杀了她。

然而在她快不能呼吸的时候，陈白玦放开了她。

"大梁的刑法里，杀人偿命，但是为什么没有欠情还情呢？"

小草咳嗽两声，有些没听清楚："你说什么？"

陈白玦笑了笑："没什么，你来这里，无非是想要找到杀了金树的凶手。那我跟你回衙门吧，那个女人，是我杀的。"

啥？她只是随便乱想想啊，要不要这么快认罪啊！

这样搞得她很被动的！

小草站起来，皱眉看着他："你为什么要杀她？"

"看不顺眼，那样的女人也想进我陈家的门。"陈白玦伸出了双手，递到她面前，"走吧，六扇门的捕快，你该立功了。"

小草蹲下去捡了根稻草，将他的手捆起来打了个蝴蝶结："晚上六扇门的人都该休息了，也不会开审讯堂，你要自首的话，不如等天亮了。"

陈白玦看了看自己手上这脆弱的稻草："你不怕我突然反悔，杀了你再逃跑？"

小草摇头："你要杀我早就杀了，从看见'妙音'的第一眼开始就该杀了。"

妙音名琴，三年前被琴圣送给六扇门名捕段十一，从此以后再未露面江湖。但是识琴者皆知，它在段十一的手里。

这一点，是小草刚刚才想到的，她第一步就暴露了自己的身份，但是陈白玦没动她。知道她有动作，他不过是提醒一句别乱跑。

大概他的心里也满是矛盾和挣扎吧，毕竟现在大梁的素质教育做得好，杀人给自身带来的压力，也是挺大的。

小草突然有点儿觉得惋惜，多好的少年啊，怎么就冲动杀人了？

陈白玦垂了眼眸，挣开稻草拉过她："少啰唆了，现在就去六扇门，就算没人，也让我在大牢里，别留在这里。"

第14章　我自首

小草被他拉得一个趔趄，跌跌撞撞地就往门外走。

这到底是谁抓谁啊？头一次见人自首跑得这么积极这么义无反顾的。小草撇撇嘴："杀人偿命，你当真要去给金树偿命？"

大梁律法严明，法外不容半点情，且无论谁人犯法，与庶民同罪。陈白玦这一去要是真定了罪，那就只有一个下场——死。

小草也不是同情罪犯，只是觉得，这件事好像没有那么简单。

"玦儿！"

他们已经快出了府门口，身后却传来陈夫人的声音。

小草回头一看，夜风里那妇人狂奔而来，头发散乱，一支金钗摇摇欲坠，一脸的慌张，扑过来就抓住了陈大少爷的手："你干什么？"

她的力气很大，眼里也全是惶恐，一爪子抓过来，小草被无辜殃及，手上显了长长的红痕。

"我做该做的事情。"陈白玦很平静，哪怕手被抓得快破了，也是一脸淡然，"你在家里等着。"

陈夫人拼命摇头，看着他，眼里满是泪水，又阴恻恻地看了小草一眼。

小草被陈夫人的眼神吓了一跳，陈白玦却挡在了她身前，低低喝道："许姨！"

后头站着的媳妇子一脸惊慌地过来，连忙将陈夫人扶着。

或者说是抓着。

陈白玦带着小草头也不回地就走出了陈府。身后的声音有些歇斯底里，却好像被谁堵住了嘴巴，呜咽不成声。

小草摸摸自己的手，回头看了一眼那深深的陈家大门。

好奇怪啊，但是又说不上哪里奇怪。

"我母亲受过刺激，说的话你不用放在心上。"陈白玦道，"就当报答这些天的鸡腿，麻烦你，在我入狱之后，让他们给个痛快吧。"

小草侧头看他，这人能文能武，长得也挺好看，眉宇之间却好像有散不开的愁，看起来像一块美玉。

这样的人，杀人了，即将死去，想想看都有一种美玉将碎的悲伤之感。

"好。"

莫名地起了同情心，小草将他带回了大牢里，眼看着他进去牢房，然后狱卒来上了锁，她才准备转身去找段十一算账。

"住手！"

牢房的黑暗处响起一声低喝，吓得小草差点大小便失禁。

这三更半夜黑灯瞎火的，谁啊？

陈白玦背对着牢房门坐着，正准备抬手，也被这声音吓得一抖，薄如蝉翼的瓷瓶子掉了下来，清脆的一声响。

小草回头就看见了段十一，丫终于换了件黑色的长袍，站在黑暗处压根儿看不见。走出来才发现眉目阴郁，径直掠过她，拿着狱卒手里的钥匙，打开了牢门。

陈白玦动作很快，捞起地上的碎瓷片就想往自己喉咙上扎。可惜段十一比他更快，直接大脚一伸，将这个美少年踹在了墙上，撞得头晕眼花。

小草吓了一跳，连忙过去扶人："师父，你干啥啊？"

段十一没好气地翻了个白眼："你看不出他想做什么吗？还敢把人放这里就走了？保管你明儿来提审，看见的就是畏罪自杀的尸体了！"

小草一惊，低头看了看地上，碎了的瓷片上有冒着泡泡的液体，根据江湖经验，多半是毒药。

陈白玦想死？小草抿唇："你就算怕斩首，也好歹等审问完了再服毒啊，现在死了，我们很难办的。"

"有什么难的？"陈白玦淡淡地道，"我已经认罪，你们什么罪名都交给我，一了百了。"

段十一轻笑一声："该是你的就是你的，不该是你的，哪怕是罪名，你也抢不过去。"

他说话的声音不大，甚至很温柔，但是陈白玦的脸色一瞬间就变得很难看。

六扇门捕头段十一，谁也不想落在他的手里，宁可早些死了都好！

小草没听明白，段十一却道："你把他给我架起来。"

"哦。"师父的命令，全部执行就好了。小草果断将陈白玦带到了挂着手铐脚链的墙边。

陈白玦好歹是个会武的，又不是任人摆布的鸡崽子。眼看着死不成，立马就还手了，挣脱开小草的束缚，一招面袭就朝段十一而去。

小草的力气其实挺大的，但是竟然两只手抓陈白玦一只手都不行，只能蹲旁边看着他的动作。

先前说过，这陈家大少爷是能文能武的，小草也觉得他功夫不错，至少迷药和点穴都拿他没办法，自己也挣脱不开他的束缚。

但是对面的人换成段十一的话，陈白玦这点功夫就太嫩了。

段十一打架十分简单粗暴，没有什么招式。你正面来，我踹！你背面来，我还踹！你三百六十五度进攻，到他身边，都统统被一脚踹飞。

"老实点。"第三次将陈白玦踹去墙上，段十一不耐烦了，"挣扎个什么劲儿，你又打不过我。"

陈大少爷脸上先红后黑，咬牙吐了一口血："你有本事直接踹死我，手都不出，是看不起我？"

"嗯。"段十一大大方方地点头，走过去将他拎起来，挂在了墙上，拷好。

"你就算将你学的东西全部用上，也是没用的，还不如留点时间，说说案情。等天亮了，事情可能就没那么简单了。"

小草看着这场景，心里十分平衡。原来她每天被拎，不是身高问题，还是功夫问题。谁在段十一手里，反正都是被拎的！太好了！

陈白玦的脸色很复杂，盯着段十一，像一只充满戒备的猫。狱卒搬了两条凳子来，小草和段十一都坐在了他面前。

"是你先说，还是我先说？"段十一问他。

陈白玦冷哼一声："你有什么好说的？不管你问什么，我都不会答。"

"那好，那我给你讲故事吧。"段十一笑眯眯地道，"关于一个女人三十九年光阴的故事，你要不要听？"

小草眨眨眼，看着墙上的陈大少爷脸上出现和陈夫人出门时候一样的惶恐神色，忍不住摸了摸自己被抓伤的手。

奇了怪了，为什么每次这些人看见段十一，都特别害怕呢？他明明长得不凶。

"师父你说啊，我听着。"

第 15 章　是金树

陈白玦嘴唇动了动，看着段十一，好像又有所顾忌。

段十一就直接开口了："很久以前啊，在北城边上的小渡口村庄里，有一个勤劳的少女，年方十四，织布洗衣，什么都会做。她有个心上人，是村里唯一一个念书的少年，才华横溢，眉清目秀。"

故事的开头往往都是这样，青梅竹马，两小无猜。

"少年苦读十年书，终于等到了科举。可是他父母抱病，家无路费，无法前往长安。正走投无路之时，那少女站了出来，匆忙地嫁给了他，替他照顾父母，更拿出自己的积蓄，给他当了路费，送他上京。"

段十一的声音很柔和，小草听着听着，眼前都浮现了那样的画面。

勤劳的少女每天织布、替人洗衣，一张容颜如出水芙蓉，却舍得为那少年郎连嫁衣都不穿，只安静地坐在他家门口熬药，望着小渡口。想着怎么人才走，她就在盼他归来了。

"少年科考屡不中第，在长安无颜回家，耽误了六年的时间。可六年之后，他弃文从商，突然发了迹，有钱了，身边还多了很多漂亮的女子。

"命运陡转，少年派人去接了自己的父母和少女，可他看惯了繁华，哪里还看得惯寡淡呢？即便少女才是他的发妻，可他的心已经变了。"

小草当下就狠狠拍上段十一的大腿："怎么能这样！"

在家里等了他六年的女人，任劳任怨替他照顾了六年的父母，等来的不是良人终归，而是爱人已经变心。

换作谁，都会怨的。

小草好像突然明白了什么，那陈夫人，为什么打扮很朴素，为什么头发上只有一根金钗。

即便已经富贵了，勤劳的少女也不会脱离自己俭朴的本性！

"我明白了！"激动得一跃而起，小草大喝一声，"师父你不用说了！我都明白了！"

段十一斜着眼睛看着她："明白什么了？说来听听。"

小草转头看着陈白玦："陈夫人就是那个少女，因为被辜负了，所以心有怨怼！金树其实是她杀的，陈大少爷想替自己的母亲顶罪！"

这样一切都好解释了！为什么陈白玦会这么果断地来自首，为什么他们走出陈府的时候，陈夫人的反应是那个样子。

真正的背后凶手，是陈夫人啊！她利用青灰与落雪的关系，让落雪帮忙在金树的燕窝里下毒。之后眼看着落雪暴露了，又痛下杀手灭了落雪的口。青灰在中间，自然知道实情，所以想报案，无奈被囚禁。

这样一推断，处处都顺理成章了！她真是个天才！

陈白玦脸色更难看了一些，闭了眼直接不再说话。段十一看着小草原地蹦跶了一会儿，却开口打断了她："错了。"

"啥？"蹦跶的小草僵硬在了原地，"哪里错了？"

一切不是都可以解释了吗？

段十一摇摇头，站起来走到陈白玦面前："我故事里的少女，不是陈夫人。"

"？？"小草一脑袋的问号。

"是金树。"段十一平静地道。

陈白玦浑身一抖，睁开了眼睛，有些不可置信地看着他："你……"

想问他怎么知道那么多，但是一想青灰在他手里，陈白玦只能苦笑一声，姣好的轮廓在黑暗之中轻轻颤抖："你既然什么都知道，还有什么要问我的？"

"我只是在享受说故事的乐趣，你不必在意。"段十一扯了扯嘴角，"顺便，段某其实很想听听，帮自己的母亲隐瞒真相，助纣为虐，学富五车、文武双全的陈大少爷，是怎么想的？"

是金树，竟然是金树！小草站在原地成了雕塑，也没听那边两个人在说什么，脑子里只在努力回忆金树的模样。

金树不是招袖楼里最美的，但是跳舞跳得极好，是以摘下了花魁之位。她还记得有人说过，金树的年纪不算小了，暮去朝来颜色故，花魁也没几年好当，就想挣这两年的银子，然后回去养老的。

段十一故事里的男主自然是陈员外，谁都知道陈员外的发家史，他就是从一个穷书生变成长安富商的。

金树要是那少女，那陈夫人是谁？！

"我怎么想的？"墙上的陈白玦低低地笑出声，"段捕头眼里，大概也是只有王法，没有人情。我的母亲是富商之女，也是从小饱读诗书，嫁给一个一无所有的穷小子，帮他发家致富，甚至愿意容纳他的发妻，将他们接回来。"

"可是呢？那少年的父母已经病死，他的发妻听闻他已经另娶，便消失得无影无踪，我母亲还找人四处寻她，没有结果。这一切不算是我母亲的错，陈元徽却是对她冷若冰霜，不闻不问，一房又一房的姨娘往家里娶，哪怕我母亲日日以泪洗面，他也不念半点旧情。

"你们说的勤劳少女，好一个正义的化身啊，多纯洁善良。可也就是她，故意存身招袖楼，惹得陈元徽紧追不舍，抛妻弃子，愿意与她双宿双飞。说什么赎回来当小妾，那一晚我去了招袖楼，亲耳听见他说，等把金树迎回来，就休了我母亲，扶她为正，偿还恩情。"

小草呆了呆，看着陈白玦阴郁的脸，被这反转的剧情弄得回不过神。

"金树是我杀的，青灰是我的人，落雪自然更听我的话。这一点，你也错了。"陈白玦看着小草道，"我是在母亲的泪水里长大的，身上的罪孽，比你看见的多得多，你们还不如让我早些死了，否则再继续往下，拉扯出来的东西，可能会吓坏整个长安呢。"

段十一挑眉，小草捂了捂心口，有些痛心地看着他："多好的少年啊，为啥这么想不开？"

陈白玦侧头看了看窗口，有细微的阳光洒进来了："天亮了，该开审了吧？"

段十一点头："是该开审了，这案子老大已经发话今日必须有个眉目，李捕头那边还半点头绪都没有呢。"

小草眼睛一亮，飞扑到段十一身边小声道："那咱们要不要把这人藏起来啊？等着李二狗不顶事了，咱们再站出来。"

段十一一脸正气："小草啊，为师教过你，做人不可以这么阴险的，不用藏了，人就放在天牢，咱们出去等着。"

啊？就这么白白把辛辛苦苦弄来的人，送给李二狗不成？小草垮了脸，一把抱住段十一的腰，双腿拖地："师父……"

段十一承受着她的重量往外走，步伐艰难："你听我的就好了。"

好什么好啊！小草欲哭无泪，她是要破案才能转正的临时小捕快啊，你不要业绩可以啊，她要啊！

段十一叹了口气，伸手一把将小草扛在了肩上："你这熊孩子，那案子是给了李捕头的，你带陈白玦去，案子也不会算在你头上，傻不傻？"

"你才傻！"小草挣扎两下，正要破口大骂，鼻息间突然全是段十一身上好闻的皂角味儿。

一瞬间整个人就安静下来了，小草盯着段十一这套黑衣裳看了许久，最后闷闷地道："你穿黑衣裳也挺好看的。"

扛着她的人步子微不可察地顿了顿，而后若无其事地继续往前走。

没了业绩，小草就像一具没有生气的尸体一样，晃晃悠悠地被段十一扛回了六扇门的院子。

正准备唉声叹气一会儿，结果还没等坐下来呢，李二狗就来了。

"段捕头！"李二狗每次看见段十一都是没有好脸色的，这回的脸色却是格外地好，带着笑的，笑得脸上都起了褶子，"哎哟我的段大捕头，你可算在了！"

这语气谄媚得能掐出水来，小草浑身一抖，立马挡在自家师父面前，戒备地看着他："你要干啥？"

李二狗搓着手，额头上也都是汗水，眼睛四处看着，道："这十万火急的事情，今天是最后一天，招袖楼的命案，一点头绪都没有，总捕头要生气了啊。你看看，这李某才疏学浅的，这案子实在没办法了，要不……这最后一天，段捕头来试试？"

段十一可真没吓唬他，一连两条人命，叶千问已经开了六扇门会议讨论解决方案。他身为负责人，半点头绪没有，这好处没有、坏处没有一大堆的烂摊子，还不赶紧丢给段十一？

小草乐了，嘿，这还有送上门来的啊？连忙点头就想答应。

段十一皮笑肉不笑，整张脸跟冰冻了的水晶花似的，一把捂住小草的嘴巴，看着李二狗道："最后一天时间，段某也无能为力，李捕快既然接了这案子，就该有始有终。"

你有本事接案子，你有本事破案啊！

李二狗额头上的汗水更多了，咬牙犹豫了一会儿，道："这案子我不做了，送给段捕头，另外再答应你三个条件，怎么样？"

第 16 章　我认罪

小草瞪大了眼，看看李二狗再看看段十一，终于抓着段十一的衣裳不吭声了。

段狗蛋哪里是省油的灯！先前问李二狗要案子他不给，现在想丢烂摊子过来，肯定得脱他两层皮。

"李捕头，不是段某不想帮忙。"段十一叹了口气，十分为难地道，"六扇门的规矩你也知道，这案子一直由你负责，我若是就这么拿过来，不知道的人，还觉得我段某蛮横。"

"不蛮横！不蛮横！"李二狗连忙摇头，"我会给总捕头说明的，案子是在下双手奉上，没有半点怨言。答应段捕头的事情，也一定会做到！"

再不丢出去这摊子，案子破不了，总捕头定然会觉得他无能。李二狗的算盘打得其实挺好的，这边给段十一说得好听，那头却是打算等段十一拿出证据破案之后反咬一口，说他故意隐藏证据，不让自己破案。

如此一来，也正好推卸一下自己无法破案的责任。

段十一静静地看着他，嘴角带笑，像一只温顺舔爪子的猫："既然李捕头这样不想要这案子，那段某也就只能接着了。"

"唉，那好，我马上去给总捕头说。"李二狗嘿嘿笑着，转身就跑。

这敢情好啊，有人帮他收拾烂摊子，他现在要做的，就是去总捕头面前说话了。

说话可是门儿艺术，特别是官场上，李二狗能这么快爬上捕头的位置，与平时的溜须拍马自然是分不开的。

六扇门总捕头叶千问正在大堂里喝茶，一身金红边儿的官服，神气十足的。

"总捕头！"李二狗调整了表情，一脸为难地走过去道，"天亮了，属下正准备去继续查案的，但是段捕头说，这案子他更有把握，还是交给他来做。"

叶千问是个糙汉子，浓眉黑脸，性子也豪爽，听他这么一说，也没多想，道："那就让他做吧。"

"好。"李二狗无奈又委屈地道，"怪我，总是找不到蛛丝马迹，也正好向段捕头学习，看这案子他会怎么破。"

叶千问看他一眼，粗声道："你是该跟段十一多学学，这案子如此严重，交到你手上，竟然到现在也没进展。刑部一直在过问，我都拿不出半点证据，也太给我丢人了。"

"唉，我也奇怪啊，就真是一点证据都没有。"李二狗眼睛盯着地上，语气古怪地说了这么一句，"也不知道是不是有人跟属下作对，故意将线索藏起来了呢。"

"你想多了。"叶千问站起来，放下茶盅子就往外走，"也不早了，段十一要负责这案子，那我就找他去。"

"是。"李二狗嘴角咧开一个弧度，看着总捕头的背影，心里继续打自己的小算盘。

段十一啊段十一，这案子你要是破不了，责任就是你的。你要是破掉了，拿出老子没找到的证据，那老子就反咬你一口，说你恶意竞争，陷害同事，看你怎么办！

段十一打了个喷嚏，茫然地左右看了看。前方，总捕头已经粗声粗气地靠近了。

"十一啊，走啊，破案去！"

一个熊掌拍在段十一的背上，小草瞧着都倒吸了一口凉气。段十一面不改色，看着他道："总捕头，属下有一事好奇。"

"什么事？"叶千问挑眉，浓浓的眉毛像两条毛毛虫。

"李捕头为什么会把案子给我啊？"段十一眨眨眼，眼神要多无辜就有多无辜。

叶千问愣了："他给你的？他不是说你要吗？"

段十一脸上一瞬间出现了震惊、恍然、苦笑、委屈等一系列衔接自然的表情，最后低低叹息："最后一天的时间，段某又不傻，怎么会把这烂摊子要过来。李捕头对我也真是好啊。"

叶千问皱眉，心里也明白李二狗是个什么样的人，拍拍段十一的肩膀道："我懂的，你只要能把这案子破了，我跟上头申请，给你发奖金！实在破不了，那我就去找上头宽限两天。"

"多谢总捕头。"段十一感动地微微俯身。

什么叫暗箭全挡，什么叫得了便宜还卖乖，小草这看的是一愣一愣的，终于明白段十一为啥年纪轻轻的，就能在这卧虎藏龙的六扇门里闪闪发亮了。

这厮压根儿就是修行千年的狐狸！

本来就把握十足能破的案子，活生生被他拿着蹭了李二狗三个条件，还蹭了总捕头允诺的奖金。

真够阴险的！

话说妥当了，段十一就带着总捕头往牢里走了："这两天李捕头一直在招袖楼里，六扇门里头都没怎么见着人，属下其实早就帮他将一些重要的人物关在天牢里了，他也没时间去问。"

"哦？"总捕头挑眉，"你抓到什么人？"

"杀人案的知情人和凶手，都在天牢里呢。"段十一颇为无奈地道，"上次段某还特意叫人去知会李捕头，谁知道李捕头不愿意听段某所言，也未曾去天牢。"

"这……"叶千问有些傻了，"你的意思是，这案子破了？"

"对啊。"段十一耸肩，"李捕头要是肯听段某一言，今日也就不会巴巴地来将摊子甩给段某了。"

小草跟在后头，心想以李二狗对段十一的警戒心，就算他真好心去告诉他犯人在牢里，李二狗也不会领情的，活该现在中了段十一的圈套！

叶千问愣了一会儿，哈哈大笑，笑声震得房梁上的灰尘都直往下掉，拍着段十一的肩膀，眼里全是赞赏："能干不算本事，你这种又能干又防得住小人的，才叫本事。"

段十一颔首算是谢了他的夸奖，旁边跟着来开牢门的狱卒也帮着说："段捕头送来的两个人一直关着，就没见李捕头来看。"

天牢可不是什么秘密的地方，是个捕快都可以进来的。犯人在这里，绝对不能算是段十一将他们藏起来了。

小草这才终于明白，段十一为啥坚持将陈白玦留在了天牢。

她果然还是太年轻了！

李二狗还在自己的屋子里，舒舒服服睡了个回笼觉，想着时候差不多了，再去看段十一那边进行得如何。总不可能他睡一觉起来，他就把案子破了吧？

　　"师父！"李二狗的徒弟断水来叫他了。

　　"干什么？"睡得正香，李捕头十分不耐烦。

　　断水急得很，摇着他道："快去大堂啊，开审了！"

　　审？李二狗茫然地睁开眼睛："审谁啊？"

　　"招袖楼命案的犯人！"断水道，"段捕头已经抓住了！"

　　李二狗瞬间清醒了，一拍床坐起来："好啊！果然是他将人给我藏起来了，走！要个说法去！"

　　断水张嘴刚准备说什么，李捕头已经卷起衣裳就朝外头走了。

　　"金树是我杀的。"陈白玦跪在大堂之上，淡淡地道，"我将'胭脂三月'给了落雪，她进厨房将药涂在了金树专用的锅里头，所以后来凝紫煮的燕窝有毒，金树死了。"

　　叶千问听得皱眉，盯着下头这唇红齿白的少年，心里也有些惋惜。

　　"出事的那天晚上，我去过招袖楼。"陈白玦继续道，"我去帮她处理手里的毒药，谁知道，那丫头太笨，竟然将'胭脂三月'不知道交到谁手里去了。我怕事情会在她这里败露，所以给她下了西域红毒，令她高热而死。"

　　"我身边的侍从青灰，是落雪的未婚夫，本来也是利用他，才能让落雪听话。现在落雪死了，青灰怒极，想去告发我，所以我将他关在了陈府的柴房里。只是没想到，你们来了人，将青灰救走了。"

　　说着，陈白玦看了小草一眼："这捕快想要来救人的时候，我有所察觉，所以处处提防她，一直在观察她。没有想到千防万防，暗处还有个段十一。"

　　这俩师徒配合也是够默契的，一人在明处吸引注意力，一人在暗处轻松救人。

　　小草顿了顿，呵呵两声看向段狗蛋，她怎么不记得剧本里她是个在明处吸引注意力的？她不是一直隐藏得很好吗？

　　怪不得那天晚上段十一给她做好吃的呢，原来是暗暗地拿她来吸引火力了！有这么当人师父的吗！

　　脚上被狠狠一踩，段十一闷哼一声，轻轻地道："你拿我'妙音'

去弹棉花，为师都未曾与你计较，脚拿开。"

小草辰了，默默收回脚。她好像的确也不占理，段十一说的总是有道理的样子。

"事情经过就是这样是吗？"叶千问盯着他道，"你杀金树的动机，就是不想你父亲娶金树进门？"

陈白玦顿了顿，点头："是。"

"那这案子可以结了。"叶千问道，"人证物证都有，你也供认不讳，报上去的话，可能会秋后处斩。"

大堂里有些安静，小草看着陈白玦，还是觉得很可惜，一刀切了，这如玉的人都跟白菜似的脆弱。

"我认罪，认罚。"陈白玦竟然笑了笑。

段十一眯了眯眼，看了他一会儿，起身道："既然认了，那就先关着吧。"

"等等！"门外传来一声大喝。

第 17 章　不要脸

按照正常的剧情发展，此时此刻，门口大喝的人就应该是陈夫人，跑进来保护自己的孩子，甚至声泪俱下地将罪名揽到自己身上。

然后场面乱成一团，哭喊撕扯，引来众人围观。此案就会登上大梁日报，加以渲染，成为当下热门话题。

但是小草转头一看，门口站着的不是陈夫人，而是头发凌乱衣衫不整的李二狗。

众人都莫名其妙地看着他，李二狗却是十分气愤，看看堂下跪着的人，又看看段十一，痛心疾首地走到叶千问面前道："总捕头，这案子断得如此之快，您不觉得有不妥吗？"

叶千问撑着下巴看了他一会儿："哪里不妥了？"

李二狗拧眉看着段十一道："敢问段捕头，何时将这凶手抓捕归案的？"

段十一看着他，无辜地道："昨日。"

"那好。"李捕头挺了挺胸膛，十分讥讽地道，"昨日就已经抓到凶手，段捕头却为了抢功，不告知在下，逼得在下今日将这案子让给你，是否有些不妥？"

小草下巴都掉地上了，这人还真这么不要脸啊，虽然她一早就有抢这案子的想法没错，可最后是他求着段十一帮忙的，自己没本事查，还怪别人？

不过若真要比谁更不要脸，小草相信，整个六扇门加起来都比不过段十一。

比如现在，段十一一点都没有慌张，剑眉轻皱，星目里全是无辜，看看总捕头又看看李二狗，道："凶手抓捕回来的时候，段某派人告知过李捕头吧？"

"你什么时候……"李捕头一愣，突然想起来了。

昨天他还在招袖楼里审问凝紫的时候，是有个小乞丐来报信，说什么"你们要找的犯人，在牢里啊！"

当时他正急得焦头烂额，以为那小乞丐是逗他玩的，还踹了他一脚。

那小乞丐说："这是段十一说的。"

"哼，段十二说的都没用，走开走开！"

这就是段十一派人来通知他的全过程。

李二狗的脸先绿后红，姹紫嫣红了一片之后，愤怒地道："段捕头真有心知会在下，如何会派个乞丐来？"

段十一耸肩："我的傻徒儿当时又累又饿，自然不能再让她跑腿。段某身边就这一个徒弟，其余捕快也在忙，自然只能让街边乞丐当个跑腿的。本以为若是告诉李捕头是段某的意思，李捕头怎么也会去天牢看看，结果李捕头不信在下，现在如何又能怪到在下的头上？"

犯人我帮你抓了，也告诉你了，你不信，不去看，最后一事无成，怪得了谁？

叶千问也点头："陈大少爷自首之后一直在天牢之中，十一未曾有任何藏匿犯人的举动，李捕头说这话，就有些以小人之心，度君子之腹了。"

李二狗僵硬了身子，没想到段十一在这里等着他。这案子他绝对是一早就插手了，不然也不会跟着他去招袖楼。现在竟然说这么冠冕堂皇的话，真是太不要脸了！

他要是继续争下去，才是真正成了抢功劳的人了。

偷鸡不成蚀把米，他还是没能玩过段十一。

脸色有些阴沉，僵持了一会儿，李二狗还是退到了一边，勉强笑着道："总捕头说得对，是属下太过小心眼，猜错了段捕头。等案子结束，属下定然宴请段捕头，用以赔罪。"

段十一很配合地拱手，小草却忍不住翻白眼。这两人心里都不知道把对方骂成什么样子，竟然还能笑嘻嘻的，也是见了鬼了。

不过看李二狗吃瘪的样子，小草还是很开心的，开心得尾巴都可以翘上房梁。

李二狗一眼扫过来就看见小草的表情，眼睛微微眯了眯。

"不管如何，这件大案就算告一个段落了。"叶千问道，"等我将案情上报，再行嘉奖。你们也都辛苦了，去休息吧。"

旁边的捕快上来将陈白玦带了下去，小草眼巴巴地看着这少年的背影，叹了口气。

"怎么？"段十一不知什么时候站了起来，斜睨着她道，"惦记上人家了？"

小草挠挠头："也不是惦记吧，他上次没杀我，我挺感谢他的，现在人要没了，想想还是惆怅。"

段十一勾了勾嘴角，淡淡地道："他本来就不该杀你，结果不杀你，你还感谢上人家了。段小草，你脑子怎么长的啊？为师有没有告诉过你，对案件里头的人，同情心一分也不能动？"

"告诉过啊，我知道。"小草撇撇嘴，一边嘀咕一边往外走，"可是人都是有感情的，悲欢离合哪怕是别人的，你看着不会被感动吗？"

段十一笑得百花齐放，回答得斩钉截铁："不会！"

小草一愣，回头看了看他。

她做他的徒弟不过半年，以前的段十一是什么样子的，也有人给她说过，综合概括一下也就四个字：冷血无情。

和大梁的律法一样无情。

这样的人，难怪弱冠之后也未曾娶妻，长得好看有啥用啊！不解风情！除了看他花天酒地，就没见对谁在乎过！

心是大理石做的吧？

闷闷地继续往前走，段十一也没搭理她，只是道："为师出去一趟，你别乱跑。"

"嗯。"小草应了一声，没回头。

这畜生大概是案子完毕，又回去花天酒地了。

"怎么摊上这么个师父啊？"小草忍不住仰天长啸。

号完想起天牢里好像还有个想吃鸡腿的人，小草拍拍衣裳，转身打算往自己的院子里走，拿点碎银子去买东西。

结果刚走到门口，背后一阵发凉，都来不及反应，一个袋子就朝头上套了下来。

"什么……"

"人"字还没出口，嘴巴也被捂住了，身上快速被捆了绳子，然后被抬了起来，跟骑着疯马一样地颠簸着往不知哪里跑去。

绑架？这可是六扇门的官宅啊！

小草想挣扎，奈何力气有限，压根儿没有什么办法。这些人好像很熟悉地形，一路上都没撞见别人，径直将她带到了后宅的寒潭。

六扇门都是习武之人，自然有寒潭这种修炼之所。小草刚进来的时候也企图来寒潭修炼打坐，奈何一靠近就被冻得受不了。

段十一说，以她的水准，起码一年之后才能过来。

但是现在，这些不知道是做什么的人，径直将她扛进了寒潭，二话不说，丢她下去就跑。

她身上的绳子都没有解开！

寒意透骨，头上被套着袋子，手也被绑着，小草挣扎了两下，周身都僵硬了。想张口呼救，舌头都发麻。

"怎么回事？"

幸好寒潭经常有人来往，在她被冻死之前，断水就将她拉了上来，取下头上的袋子，也松了绑。

小草整个人就跟被急速冷冻的鸡崽子一样，瑟瑟发抖。

"这谁干的？"断水皱眉看着她，"你不是还不能来这里吗？"

小草心里一团火啊，这明显是有人故意要整她！

"刚……刚刚……"她想说刚刚有没有看见人跑出去，但是头一阵阵晕眩，身子也没力气，冻得只想缩成一团。

断水同情地看着她，伸手将她抱起来，道："我送你回去吧，顺便知会你师父一声，你这样掉进去，要生病的。"

虽然断水是李二狗的徒弟，但是就凭他这举动，小草也不讨厌他了，靠在他怀里，使劲儿吸热气，没一会儿脸蛋就红了。

只是还是冷，彻骨的冷。

"段捕头，小草掉进寒潭了。"李二狗的另一个徒弟抽刀去知会了段十一。

段十一正站在陈府门口，闻言皱眉，盯着来人问："刚才吗？"

"是，断水师兄将她救回去了，只是可能要生病。"抽刀道。

段十一垂了眸子，看了抽刀的手一眼，道："她总是这样不小心，行了，我先与你回去。"

"好。"抽刀点头，跟在段十一身后回了六扇门。

寒潭那东西，对于内力深厚之人来说，是宝，对于小草这种小菜鸟来说，是可以丢命的。将她丢进去的人看样子是没想要她的命，只是想整她。

段十一跨进屋子的时候，小草已经昏迷了。断水在一边，微微皱眉道："小草的身子也太弱了。"

小脸红成一团，眼睛也是紧闭着，不用摸就知道她的额头定然滚烫。

段十一没说话，在床边坐下，就看了抽刀和断水一眼："没事了，你们走吧。"

抽刀和断水都拱手退下，出了房门，两人相互看了一眼，松了口气。

屋子里莫名让人觉得压力有点大。

小草做了一个很长的梦，梦见自己掉进了冰窟，浑身发抖，却怎么都出不去。挣扎的时候，天上却突然下雨了，下的还是热的雨，温温柔柔地将她包裹起来。

体内的寒气一点点消失，五脏六腑都被温暖的感觉浸泡，舒服极了。

之后便是无边无际的黑暗。

醒来的时候，外面已经天黑了，小草坐起来，茫然地低头看了看自己。

"我怎么睡着了？"

段十一端了碗鸡汤进来，面无表情地递给她："是你太困了，喏，把这个喝了。"

第 18 章 臭师父！

难得段十一这么好啊，小草接过碗来咕咚咕咚就喝了个干净。末了抹抹嘴，努力回想一下到底发生什么了。

不久之前她好像打算去买鸡腿来着，然后……然后好像眼前一黑？

"我想起来了！"小草一巴掌拍在床弦上，愤怒地道："有人将我丢进寒潭了！"

段十一淡淡地道："嗯，是有这么回事。"

"畜生啊！"小草一跃而起，光着脚跳下床来叉腰站在段十一面前，"段狗蛋你忍心看你徒弟这么被欺负吗？简直不是人啊！我这身板丢下去，还能有命在吗！"

段十一上下打量她几眼："冷吗？"

小草活动了一下，身子甚为灵活，忍不住还在空地上翻了个跟斗："不冷！"

奇了怪了，她不是该生病几天然后手脚发麻吗？竟然一点事都没有。难不成她有奇遇，掉个寒潭直接打通了任督二脉？

"段捕头！"

正在想呢，外头就跑进来两个人。

六扇门名捕甚多，厉害的人也多，比如这个从门口喊着段十一跑进来的捕快祁四，也是功夫了得，声音大得差点将小草震成内伤。

小草和段十一都抬头看，祁四一脸义愤填膺，后头跟着的就是一众捕快和李二狗，以及他的两个徒弟。

"怎么了？"段十一挑眉。

"听闻小草落进了寒潭，关于这件事，属下有话说！"祁四是个热心肠又活泼的男人，一双圆圆的眼睛总是让人觉得他年纪尚小。

其实已经是二十三岁大龄未婚男青年。

"说什么？"小草看着他问。

后头的李二狗和抽刀、断水都进来了，祁四道："今日属下正好在寒潭所在的院子门口路过，听见有水花声，之后未曾见过人出来。小草被人丢下寒潭，复又被断水救起，断水应该就看见了是谁人将小草丢下去的。"

老天开了眼了，恰好有人证？小草兴奋了，蹦起来就到断水面前看着他："是谁丢我下去的啊？"

断水一张脸上全是汗水，眼睛左看右看，干笑两声道："我没看见啊，当时……寒潭里没有人的。"

"没有人？"祁四皱眉道，"如果里头只有你，那就只有一个可能——是你将小草推下去的，然后也是你，假装将她救起来，排除了自己的嫌疑。"

"你这话没有证据，分明是血口喷人。"李二狗沉声道，"我的徒弟，性子如何我会不知道吗？他与小草无冤无仇，做什么要丢她下那寒潭？"

祁四不满地看着他："断水说寒潭里没有人，我又没有看见人从里面出来，小草却落水了，唯一可能犯案的，不就只有断水吗？我不知道他是有什么目的，但是排除所有的不可能，就只有这一个可能！"

断水不吭声了，站在李二狗背后。李捕头皱眉道："祁四，别以为老子不知道，你想拜在段十一门下，所以想在他面前有所表现。但是信口雌黄就是你的不对了。当时肯定有人从门口出去，只是你没看见，反而要来污蔑我徒儿！"

"我与他无冤无仇，污蔑他做什么？"祁四脸一红，下意识地就捞袖子了。

他虽然是很想拜段十一为师没有错，可是也不会乱冤枉人啊！

小草站在旁边听着，觉得祁四说得很有道理。当时断水将她救起来，她就觉得感激，从而忘记怀疑了。

要说这六扇门里有谁跟她不对付，那绝对就只有李二狗啊！断水的师父是谁？就是李二狗啊！

"段捕头不是不知事的人，同为六扇门的人，你们做这样的事情，未免有些不妥。"祁四毕竟只是捕快，吵不过李二狗。但是他该说的都说了，段十一这么聪明的人，怎么都该知道，丢小草进寒潭的人就是断水了。

所以说完这话，他退后一步站到了段十一的旁边。

李二狗也有点心虚，段小草是他让断水丢下寒潭的没错，谁让她那么得意，动不得段十一，小小地教训一下她总可以吧？他又没要人命。

但是没想到被祁四发现了，这往段十一面前一捅……

扫了扫段十一的表情，他压根儿没什么表情，可是李二狗觉得，这没表情，怎么比有表情还更可怕些。

众人都没说话，一齐看向了段十一，等着他开口说点什么，是也怀疑断水呢？还是觉得祁四在撒谎？

小草也看着他，虽然觉得自家师父不是很靠谱，可是她都被欺负了，总不可能不帮她出头啊！

"小草。"

一片沉默之中，段十一眼睛看着地上，十分严肃地开口："你忘记穿鞋了。"

白嫩嫩的小脚丫就这么踩在地上，看着有些刺眼。

"啊？"小草低头看了看自己的脚丫子，连忙蹦跶回床上去，一边往床单上蹭脚一边嘀咕，"跟你说正事呢，你注意我干啥。"

"有什么正事？"段十一轻笑一声，一张脸好比三月桃花，盈盈得动人，"李捕头说得对啊，无冤无仇，做什么要丢你下寒潭？这件事不是断水做的。"

"段捕头？"祁四不可置信地扭头来看着他，"这……不是他还有谁？"

"你有绝对的证据证明是断水吗？"段十一问祁四。

祁四张张嘴，又皱眉。这明眼人都看得出来的事情，怎么可能不是断水？段捕头一向聪明，他还以为一说就能明白呢，现在怎么反而说不明白了……

李二狗也有些愣神，看看断水，再看看段十一，回过神来"哈"了一声道："还是段捕头英明，知道有人故意挑拨。"

"祁四也是一片好心，只是真正做坏事的人太狡猾了。"段十一望着外头澄净的天空，做忧郁状，"和为昌之本，六扇门里有人开始故意挑拨段某与李捕头的关系，段某不傻，自然不会上当。"

"对，我也这么觉得！"李二狗轻蔑地看了祁四一眼，嘿嘿笑道，"和气生财嘛，外头都说我与你关系不好，这才被人利用了。其实咱俩好着呢，是吧？瞧这案子，你还有赏金拿呢。"

"依段某看，害小草的人，应该是六扇门内部的人，大家也该多小心了。"段十一"唰"的一声展开扇子，笑着说了这么一句。

害她的分明就是断水啊，哪里还有什么其他人？小草鼓鼓嘴，十分不满意地瞪着段十一。后者皮糙肉厚，一点反应都没有。

"呵呵……"李二狗干笑了两声，道，"既然是误会一场，那我就带着徒儿先走一步了。"

"慢走。"段十一有礼地微微颔首，面带微笑。

"段狗蛋！"小草从床上跳了起来，"凭什么就这么让他们走啊？"

段十一看着那师徒三人消失在门口，脸上的笑容也就没了："凭你定不了他的罪。"

"不是有祁四捕头的证词吗？"

祁四也疑惑地看着段十一。

"六扇门里的人都知道祁四想拜我为师，他做的证词，无效。"段十一道，"祁四，你的好意段某心领了，也知道该怎么做。君子不易交，小人更难防，你多保重。"

祁四摇摇头："能帮点忙，属下就很开心了。"

"可惜了段某不想继续收徒。"段十一拍了拍他的肩膀，"以你的修为，也不必再拜谁为师，自有大好前程。"

祁四顿了顿，挠着脑袋有点脸红："我是因为您才想进六扇门的，能做您徒弟自然是好，要是不能，属下也没办法强求。"

说完，一拱手，又风风火火地走了。

小草嘴巴翘得老高，阴阳怪气地道："我是不是身在福中不知福啊？"

段十一斜她一眼："你才知道？你段十一爱徒的这个名头，可是让这长安城里多少人都羡慕不已啊。"

"我呸！"小草委屈极了，眼睛红红的，"有你这样当人师父的吗？"

竟然没有一拳打在断水的脸上，实在是太不在乎她了！

越想越气，小草拉过被子就蒙住了脸。

段十一"啧"了一声，摇着扇子道："你这个不省心的，为师要出去办事，自个儿待着吧。"

你才不省心呢！你全家都不省心！

小草恼得半死，磨着牙在心里骂了他个狗血淋头。

骂着骂着，不知怎么就又睡着了，体内好像有热气氤氲，弄得她想一觉睡到明天。

"师父，真的不会被段十一发现吗？"

断水走在路上，心里还是十分忐忑。今日段十一看他的眼神，也太恐怖了些。

"他都那么说了，你还怕什么？"李二狗哼了一声，"再说了，就算他去总捕头那里告状，说是你干的，我也能说你是贪玩，逗了逗小草。那丫头什么事都没有，总捕头还能罚你不成？"

想想好像也是，断水点点头，跟着继续往前走。

入夜，断水还是做了噩梦，梦见段十一面无表情地看着他，然后突然，天崩地裂！整个世界都晃动起来了！

"啊！"断水猛地睁开眼睛，吼了一声。

这一声是在他脑子里吼出来的，并没能发出声音。

第 19 章　刺绣画

四周是不断晃动的车壁，断水迷茫地看了半晌，再一扭头，就看见了自己被五花大绑的师父李二狗，以及同样待遇正在熟睡的抽刀。

这是什么情况？断水睁大了眼睛，"唔唔"叫了两声，奈何车轮颠簸的声音太大，外头人一点也听不见。

这是一驾马车，一驾通往遥远边疆的马车。车上货物满载，夹杂着三个穿着寝衣被五花大绑的人。

马车不知道会在何处停下，也不知道这师徒三人将会遭遇什么样的事情。

"咦，奇怪了。"叶千问一大早就拿着重要文件来了六扇门大堂，扫了一眼众人之后，问，"李捕头呢？"

众人相互看了看，都摇头："没瞧见，估计是出去了吧。"

"他又没案子，乱跑什么？"叶千问摇摇头，坐下来看着一边的段小草道，"上头的奖赏下来了，此次招袖楼的命案，段捕头破案有功，特意赏金百两。小草，你师父呢？"

小草活动着手脚，撇嘴道："谁知道哪里去了？昨天晚上就没看见人。"

估计又是去顾盼盼的温柔乡了吧。

叶千问点点头，将封好的黄金放在她面前："那你替你师父收着吧，顺便，找找李捕头，我还有事要问他呢。"

"是。"

黄金百两啊，沉甸甸的！小草接过来，用手掂了掂，一百两，可以买下一整条街的小吃，估计还能买两个暖床丫头回来给段十一。

这厮真有钱，破案就拿赏金，以他这么多年破的有名的案子，那起码也该比陈员外有钱了。

说起陈员外，小草皱眉，总觉得哪里不对劲啊。陈白玦自首了，上头的判决也下来了，可是陈家一点反应都没有。

不只陈夫人没有在六扇门露过面，连陈员外也是一直未曾出现。陈白玦好歹是陈家的独生子，怎么可能这么不受重视？

不对劲，不对劲。

抱着金子跑回院子里，藏在段十一的床底下，小草换了身官服就往陈府跑。

陈白玦杀了人一事已经传遍长安，陈府门口自然是人少，大门也紧闭，一片萧条。

小草上去想敲门，可是想了想，还是改成了翻墙。

凭借她敏锐的直觉，这陈府里，应该还有问题。段狗蛋纵情声色，她可不能掉以轻心。毕竟是要成为正式捕快的人！

陈府大院她算是熟悉，翻墙到没狗的地方，一路小心翼翼地走着。

庭院安静，回廊无人，整个陈府突然像一座空宅。

"奇了怪了。"小草嘀咕一声，往陈夫人的院子蹿去。

空院，无人，连卧房都是空的。

小草皱眉，跟着就又去了几个姨娘的院子里，也没人。

难不成这一家上下，全部跑了？离开长安了？

小草望着陈白玦院子里的石桌石椅，小声道："不至于吧，儿子要秋后处斩，一家人什么都不说就走了？"

"不是走了。"背后冷不防响起段十一的声音。

小草吓得往旁边一跳，回头瞪着他："你怎么在这里？"

"我在找东西。"段十一用纸扇撑着下巴，颇为苦恼地道，"找了很久也没有找到，刚好你鼻子灵敏，来帮我找找吧。"

找东西？小草左右看了看，低声道："咱们这好歹是私闯民宅，您能不能低调点啊？大白天的，就直接在人家宅子里找东西？"

段十一抿唇看着她："你从进来到现在，有看见这宅子里的人吗？"

小草摇头。

"宅子里的奴仆在昨天就被全部遣走了。"段十一道，"之后我一直在陈府对面的茶楼上等着，未曾见其他人离开院子。今日进来，看见的就和你所见一样，这院子里空无一人。"

"那就是离开长安了呗。"小草放松了一些，坐在石凳子上道，"家奴都遣散了，人应该是趁着天黑偷偷走了。"

段十一眯了眯眼："要离开一个地方的话，需要偷偷摸摸半夜三更走吗？陈府好歹也算大户人家，难不成离开长安，连马车都不要？他家后院里三驾马车，一驾都没少。"

小草一愣，抬头看着段十一深沉的眼神，顺着他的说法想了想，突然觉得背后有点发凉。

宅子里的人要是没有离开，那这宅子，为什么会空无一人？

陈府里除了陈员外和陈夫人，还有三房姨娘。据说个个都是好姿色，分住在各自的庭院里，互不干扰。

要是下人被遣送走了，那倒是好说，可这三个姨娘呢？

"陈府名下的布庄和粮行，已经全部易主。"段十一将小草提拎起来往外走，"交易完成得很快，我去问的时候，东家都已经换了人。从金树死亡到现在，陈元徽一直没有露面，现在连其他人也都不见了。"

人消失得最彻底的方法只有一种。

死。

小草鸡皮疙瘩都起来了，抱着段十一大腿，皱眉道："你在找她们的尸体？"

"嗯。"段十一道，"这院子里的暗门地道，我都找过了，还是没有发现。空气里连血腥味都没有，你来帮我找找。"

您老人家都找不着，那谁能找着啊？小草撇撇嘴，松开他的大腿，闷闷地道："不然直接回去报案，让更多的人来找不就好了。"

段十一一顿，像是想起了什么有趣的事情，轻笑一声："六扇门里闲着的也就李捕头那一系了，其余人手里都有案子。李捕头大概是来不了，所以你我二人来找就够了。"

"为什么来不了？"小草疑惑地看着他。

"为师说他来不了，他就是来不了。"段十一嫌弃地看着她，"少说话，多做事，快去找。"

"哦……"小草挠挠头，往二姨娘的院子里走。

这几个姨娘得宠的时候都得到了许多的好处，院落一个比一个漂亮。小草踏进这院子的时候就看见主屋的墙上挂着一幅画。

远看以为是彩画，近瞧才发现是刺绣而成的"青梅竹马"图，画幅大到盖住了整个墙壁，显得十分华贵。

画上的女孩子一脸娇羞，眉间有一颗红痣，显得娇俏可爱。男孩子则是骑着马，威风凛凛。

小草看了半天，只觉得这画可能不便宜，然后就继续进屋子找了。

屋里的摆设，包括首饰都还放在原处，看得小草一阵恍惚，隐约觉得还会有人回来坐在台子前梳妆。

可是找遍整个屋子，包括床下，都没有。

去三姨娘的院子里，墙上也挂着刺绣的画，不同的是画面上的男孩女孩都长大了，女孩长发及腰，戴一支梅花簪，眼梢微扬，妩媚撩人。

小草多看了两眼，心里隐隐觉得有点奇怪，没多找一会儿，就去了下一个院子。

段十一正在四姨娘主屋门口的画前站着，摸着下巴看着那幅画。

"师父。"小草跑过来站在他身边，"你也觉得这画奇怪吗？"

"嗯。"段十一严肃地点头，指着画上的女子道，"这女人的眉毛绣得太粗了。"

小草：……

那是重点吗！重点难道不该是，这画上的男人好像都是同一个，女人却是不同的吗？

"小草啊，为师给你个任务。"段十一笑眯眯地侧过头来，"很简单的任务。"

"什么？"小草兴致勃勃地看着他。

段十一伸手指了指面前这墙："把这个，给我打碎。"

段狗蛋今天肯定没吃药！那是墙啊！石头的！他以为是纸糊的吗！小草鼓嘴，扭身就走！走了两步有点心虚，又停下来道："办不到！"

"这有什么办不到的？"段十一靠近墙壁，将那一大幅刺绣的画往下一扯。

墙上还糊着一层白纸，纸上隐隐透着点黑。

小草转头看了看，奇怪，谁家用纸糊墙啊？

凑过去瞄了瞄，小草伸手，往纸上黑的地方一捅！

纸破了，里面有黏糊糊的东西，散发出一股子恶臭，臭得她当下就扭头吐了。

"找到了啊。"段十一将她拉远一些，看着那墙道，"这可真是独具匠心了，竟然能把尸体藏在墙壁里。只是可能走得匆忙，只拿纸糊了。"

小草呕了好一会儿转头，段十一已经将那层纸给撕了下来。

头发凌乱的女尸挂在被挖空的墙壁里，衣裳整齐，没有血迹，手指却是惨白腐烂，脸已经看不清楚，大概是捂着久了，气味令人作呕。

小草觉得，晚上定然是又要做噩梦了。

"回去禀告总捕头吧。"段十一笑道，"命案终于要破了。"

"啥？"小草掏掏耳朵，"这才发现尸体，怎么就要破案了？"

段十一叹了口气："你笨，就别多问。为师说的是招袖楼的命案，你只管去通知总捕头。"

她笨怪她咯？当师父的难道没责任吗？小草嘟嘴，麻利地去跑腿。

陈府命案，三位姨娘的尸体都在各自主屋的刺绣画后面被发现，陈府空无一人，陈员外和陈夫人不知所踪。长安在招袖楼命案之后，又死亡三人。

朝野震动，刑部下令务必重视此案。叶千问亲自出马，带着段十一开始调查。

本来也该带上李二狗的，但是李捕头师徒三人下落不明，只能委任小草当个助手，算她一功。

第 20 章　东南山

如果可以的话，小草是宁愿不要这一功的。本来是闲得要命没事做的捕快，现在变成了天天面对着尸体的仵作助手。二者择其一的话……

她还是宁愿混吃等死的。

三具尸体陈列在义庄，六扇门仵作吴事已经登记了死亡信息。

"这三人都是陈元徽的姨娘，也都是窒息而死，死后更是一样被挖去双目，显而易见，是被同一人所杀。"吴事道，"杀人的手法有些生硬，每具尸体身上都有磕磕碰碰的挣扎伤痕。"

小草拉着段十一的衣角坐在一边，黑眼圈重得跟抹了灰似的，听着听着脑袋就小鸡啄米了。

段十一一边认真看着吴事展示的尸体伤痕，一边伸手将小草的脑袋给戳回原位："这样说来，凶手似乎有些明显了，接下来就只需要找到失踪的陈夫人和陈员外即可。"

迷迷糊糊听了两句，小草打了个呵欠，索性趴在段十一腿上睡了，顺便还嘀咕两句："这结果也太明显了，我都看出来了，只能是陈夫人干的。三个姨娘最美的都是眼睛，都被她挖走了，只有女人会干这么无聊的事情，男人杀人才没那么多想法。"

"你这是性别歧视，是对男女的不公平看待。"段十一一边顺毛摸着她放在自己膝盖上的小脑袋，一边啧啧道，"男人狠起来，可是比女人还变态的。"

"不管怎么样吧，直接下令找人就好了。"小草闭着眼睛道，"抓到剩下的两个人，就什么都清楚了。"

段十一低头，挑眉看着她："抓人好像是捕快的工作，你为什么还在睡觉？"

不说这个还好啊，说起来小草就一肚子火："昨天你挖尸体都不先知会我一声，害得我晚上一睡觉就做噩梦，根本睡不着，抱着枕头坐了一晚上，白天还哪里来的力气去抓人啊？"

"你怕尸体？"

"废话！"小草磨牙，"就算我再怎么像个爷们儿，骨子里也是个娘们儿，你得考虑保护一下我脆弱的心灵！"

"哦。"段十一不咸不淡地应了一声，"那算了，我让其他人去抓吧，毕竟好多人想转正，犯人都不够分的。"

一听"转正"两个字，小草立马坐直了，强迫自己睁开眼睛："我去我去，不用分给别人！总捕头都说了，这案子我是助理！我马上去！"

六扇门的转正机制很变态啊，要是不去抓人归案，她这白色衣边儿的临时小捕快，简直不知道要等到什么时候才能出头。好不容易有犯人了，那再累都得去！

段十一坐在原地没动："线索在总捕头那里，我就不陪你去了。"

"谁要你陪！"小草哼了一声。

她这么聪明机智武功高强的捕快，能连一个弱女子都抓不回来吗！

根据她多年的江湖经验，杀了三个姨娘逃之夭夭的人一定是陈夫人没有错。结合陈白珏提供的线索分析，陈元徽是负了金树在先，又负了陈夫人在后。陈白珏一自首，陈夫人觉得生无可恋，于是痛下杀手将三个姨娘统统杀死，挖去她们平时最惹陈员外喜爱的双眼，然后逃跑。

会跑去哪里呢？

叶千问看着从门口进来的小草，伸手递给她一张纸："有线人汇报，昨夜有几个穿斗篷的人从陈府后门离开，去的是东南方，你去找找看，我会派几个捕头协助你。"

"是！"小草将纸接过来看了一眼，上面画的应该是地图。

为什么说应该呢？因为除了东南西北有标注，就只剩下了神秘莫测的线条。不用想也知道，这定然是出自总捕头之手。

叶千问是个粗人，他不会画细图，小草觉得可以理解。

但是你好歹把山的名字标出来几个啊？谁分得清这画的是哪儿啊？

小草深吸一口气，正想提出一些建议，外头就有个捕快扯着嗓子喊了一声："总捕头！"

叶千问瞬间就跟装了弹簧一样，"咻"地一下飞出去，不见了。

小草目瞪口呆。

"走吧。"祁四和文月浅被分配来协助小草，两人都已经整装待发。

小草好久没看见文月浅了，听说最近跟着她师父江笛青去办案了，可能是才回来。这也是个女捕快，还是个比小草好看的女捕快。

或者说，是六扇门第一美人。

跟祁四的活蹦乱跳相比，文月浅就安静多了，一张脸皎皎如月，简单的装束，一双峨眉刺[1]，腰身好得让人嫉妒。

更让人嫉妒的，是她的衣裳边儿是浅红色的。

不是小草少女心，而是按照六扇门的等级来算，像她这种临时小捕

---

[1]　峨眉刺：中国古代的一种精致短小的兵器，多为女子所用。

快，是白色边儿的官服，正式捕快就是浅红色的。而段十一那种老油条，是大红色的。

小草的终极目标，就是从一棵小白菜，红成天边的一道晚霞！

"愣着干什么？"文月浅疑惑地看着她，"抓人要快，别耽误了。"

"噢，好！"小草回过神，立马往外走。

其实段十一说得没错，她也就因为是他的徒弟，才能让正式捕快当她这个临时捕快的协助。换作别人，可没这么好的待遇。

虽然口头上经常挤对她，但是段狗蛋还是对她很好的。

三人一路往东南方而去，出了城，前面就是东南山，传闻山上有东南飞的孔雀，所以多夫妻合葬之墓。

一边走小草就一边想："会不会陈夫人最后把陈员外也杀了，然后合葬在东南山？"

这个猜测很符合剧情发展啊，祁四点点头："金树的尸体被她的亲人领回去了，据说就是安葬在东南山。"

家人？小草歪歪头："金树还有家人在啊？"

"应该是吧。"祁四道，"不然陈家没人来领，也不会有别人来花心思安葬了。"

说得好像有道理。小草点头，三人在途中的茶棚子里坐了一会儿，又继续前行。

但是，地图上画的东西小草看不懂，再往前走，有个分岔口，一共分了三条路，都是上山的，上去的方向却不一样。

"这怎么办？"小草皱眉。

文月浅道："最好的办法是，我们三个，一人一条路去追。"

"这怎么行？"祁四跳了起来，"你们都是女儿家，犯人又不是一个人，万一出什么事怎么办？"

文月浅用看白痴的眼神看了他一会儿："我跟我师父出去的时候，一个人抓过五个飞贼。"

好厉害啊！小草咽了咽唾沫，心想自己也不能给段狗蛋丢脸不是？于是也道："我师父传授了我独门绝学，我可以一个打十个！"

祁四不放心地看了小草一眼："真的？"

"真的！"小草眼睛盯着地面，"不然你以为，我怎么从寒潭里走一圈，还啥事都没有？"

"这倒也是。"祁四点头，"那我拿树枝来，丢树枝选路吧。"

"好。"小草看了看三条望不见尽头的路，搓了搓手，接过祁四拿来的树枝，往天上一丢！

"啪！"树枝以一种诡异的姿势，指向了中间最宽的路。

小草看了看，起身道："那我就先走一步了！"

"路上小心，有什么事情，就放信号烟。"文月浅也拿了树枝，抛了两次，选了左边的路。祁四自然就走右边的。

三个人就在岔路口分开，趁着天色尚早，一路往前赶。

小草本来有点忐忑，毕竟一个人还是胆尿，但是今天阳光好啊，空气里时不时飘来皂角香味，像极了段十一身上的味道，让她觉得安心得很。

一个人好啊，等她抓回了凶手，定然要叫段狗蛋刮目相看，以她这个徒弟为荣！

蹦蹦跳跳地上了东南山，在看见一排排墓碑的时候，小草还是放慢了步子，一边念着菩萨保佑，一边找新坟。

不知道为啥，她想去金树埋葬的地方看看，但是叶千问没给她画出来位置，只能自己找。

新坟恰好在山中间这一片，最近都动过土。翻过小山丘，远远地就看见有白幡儿和飞洒的纸钱。

还有人的声音。

"安心上路吧！"

小草躲在一棵树后，往那边看了看。不知是谁家的亲人新丧，坟刚挖好，棺材还在一边没有入土。

东南山多合葬之墓，这个下葬的却挖的是个单人坟，隔得远些的位置，倒是有个新的双人坟。

小草也没管那哭丧的，反而有人在，她还不害怕些，直接走过去看看那双人坟上刻的字。

"爱妻陈梅氏之墓，相公陈氏元徽。"

并排竖着的两行字，小草愣是看了半天。

陈元徽？不是陈员外吗？他死了？侧头看了看墓碑后头，坟包只有一边，这合墓应该只葬了一个人。

那为啥连名字都刻上了？

小草蹲在墓碑前思考这个问题，没注意到身后刚刚哭丧的人已经没了声音，直到一片阴影从头上笼罩下来，突然背后一片凉意。

第 21 章　师父说的都是对的

小动物对危险的敏锐程度都是很高的，但是可惜了，她是小草，是植物，至多算个植物人，没能及时反应过来。

所以当身后的人一扁担敲在她背上的时候，她只能结结实实挨了这一下，立马滚到一边去。

刚刚还在哭丧的、披着白色丧衣的老家奴一脸麻木地看着她，手里的扁担再次举起，一点犹豫都没有地就要往她头上砸。

"陈管家！"小草看清了这人的脸，大叫一声。

旁边另一个人也过来了，一身黑色的绸缎，扎了白色的腰带，腰间的玉佩价值不菲，头上的帽子也是镶着金玉。一张脸上依稀还有年少时好看的眉目，眼眸却变得混浊。

"是你啊。"陈元徽看着小草，声音有些沙哑，"什么地方都能给你追来，也是有本事了。"

陈管家的动作顿了顿，看了一眼自家老爷，收住了手里的扁担，戒备地看着小草道："这捕快来了，后面怕是还有追兵。老爷……"

"你先走吧。"陈元徽笑了笑，指了指旁边的马，"马背上的皮囊里有我送你的东西，东升，你先走。"

陈管家愣了愣，皱眉想说什么，想了想，却只能叹口气，朝陈元徽深深鞠躬："是。"

后背疼得跟背了一块巨大带刺的石头一样，小草跌坐在一边皱眉看着陈元徽，没有动作。陈管家上马离开，她也没有阻拦。

一是现在这样子也拦不住人，二是她觉得，陈元徽好像有话要对她说。

山上起风了，黄纸飞满天，陈元徽站在金树的墓前，轻声开口："金树不是玦儿杀的。"

小草一顿，抬头看着这个男人的侧脸。

"玦儿虽然性子古怪，却不会杀人。金树是湘绮杀的。"

湘绮，赵氏湘绮，陈元徽之正室，也就是陈夫人。

小草听得有些恍惚，山上的风一转，眼前好像就出现了招袖楼。

金树是招袖楼年龄最大的花魁，在被砸死之前，不，在被毒死之前，是一个风韵尚好、前途无量的脱衣舞娘。

从进去开始，金树就什么都肯做，只要千妈妈肯捧她，再低贱的事情也肯做。就比如脱衣舞，虽然大梁风气开放，但是敢这么做的女子，毕竟是少之又少，哪怕是窑姐儿，也是有放不开的。

金树不一样，连段十一都评价过，说脸和命都同时不要、放手一搏的女人，是最可怜的，也是最可怕的。

被辜负的勤劳少女，不知遭遇了什么事情，被卖到青楼，受尽屈辱只想往上爬，有机会再见一面自己的夫君。自己的夫君是长安的富商啊，体面气派的人，若不是花魁，怎入得了他的眼？

招袖楼里万紫千红，不知道挣扎了多久，她终于爬了上来，终于再次看见他。他比以前多了贵气，眉目之间尽是意气风发，好看的眼眸在对上她的双眼的时候变得震惊，也许还有愤怒，更多的是疼痛。

然后呢？

然后他心绪波澜，急不可待地想迎她回去，补偿她这些年来失去的东西，想重新对她好。

但是她失去的东西，还补偿得回来吗？他美眷在侧，妻儿皆全。原来的期待，在终于看见他的时候统统化作了怨恨，她允了他的赎身之举，却在唇上涂了最毒的药，要在他来的那一晚，报这多年辜负之仇。

然而，回家拿银票的人没有按时回来，她等来的，是来自他的妻子的一碗毒药。

金树死的时候大概是不甘心的，她没能报了自己的仇。

陈元徽在回家拿银票的时候，说了将要迎娶金树之言。赵氏听完，看了一眼院子里站着的三个姨娘，二话没说劝陈元徽天晚不必出门，她派人去赎人。

心里有愧，陈元徽没有拒绝，就在她的院子里睡下，哪知睡前被灌了一碗迷药。这一睡，醒来的时候，金树已死，自己的儿子已经在了天牢。

这也是为什么这么多天，陈元徽都没有出现。

而现在，他终于出现了，却是在这东南山的坟前。

"我是不是个浑蛋？"陈元徽轻轻笑着，望着墓碑上金树的名字，声音沙哑，"我这一生负了很多好女人，湘绮杀了金树，我却亲手杀了湘绮。"

小草浑身一震，瞪大眼睛看着他："你杀了陈夫人？"

想想又觉得更奇怪的是："金树是陈夫人杀的？！"

陈元徽继续喃喃自语，像是压根儿没听小草在说什么："玦儿跟我说，已经负了一个，就不该再负另一个。可是我放不下啊，我怎么可能眼睁睁看着她在那火坑里，不带她出来呢？"

"我知道她恨我，也知道她想报复我。我欠她的东西还不清，她要命，我也可以给她。我这些年娶的三个姨娘，眉眼都像她。湘绮她都看着，都明白。我以为她会理解我，没有想到，她会对金树下这么重的手。"

"金树死了，玦儿顶替她进了大牢。我身边什么都没有了，还不如陪她去呢，你说是不是？"陈元徽转过头来看着小草，眼神终于有了焦点："你想抓我回去可以，等我死了，你放玦儿出来，将我葬在这合墓之中，我现在就跟你走。"

小草嘴角抽了抽，听完他说的这一大堆话，背好像更疼了："我只是个捕快，不能答应你什么。"

说是这么说，她还是有点心软的。毕竟都是可怜人，陈元徽也只是太爱金树了，现在都愿意自首……

陈元徽叹了口气，朝她慢慢走过来，自嘲地笑道："是我糊涂了，你的确做不了主。但是玦儿是个好孩子，我手里有湘绮杀人的证据，等他出来，请官爷能帮则帮，我不是个好父亲……"

小草听得点头，身子也放松下来了，本来手里还一直握着信号烟，已经准备扯绳子了，现在也微微松开。

"好，你跟我回去，我会替大少爷说情的。"

太阳落山，天色渐暗，小草背上有伤，疼得有些头晕眼花。陈元徽温和地伸过手来想扶她，她也就没拒绝就任他扶了，毕竟自己一个人站不起来。

结果啊！就在这瞬息之间！小草终于领悟到了什么叫人心不古！

陈元徽本来温和的脸在靠近她的时候突然就狰狞了起来，手一抓，飞快地将她的信号烟给夺走了！

那是她唯一能和其他两个捕快取得联系的东西啊！

小草愣了愣，立马咬牙飞扑过去想抢回来。奈何陈元徽是个男人，伸手一甩将信号烟甩到了远处的草丛，她追都追不上。

"很会抓人的捕快啊，可惜了今天就你一个人。"陈元徽似笑非笑，一张脸狰狞不已，"金树一个人在这里，定然会很寂寞。不如你留下来陪她吧？"

"什么？"小草挖了挖耳朵，不敢置信地看着他，"你要我留下来，你呢？"

"我自然要走。"陈元徽脸上的肉紧了紧，"虽然我想留下来陪她，但是我发现我还不想死。"

小草呆愣地看着他，方才还觉得这男人有几分书生气息，现在看来，却像是粪坑里的蛆虫，恶心又猥琐。

杀了自己的妻子，大概是想陪金树一起死，结果坟都挖好了，却不敢死了。

刚刚她是不是瞎了眼了，才会觉得陈元徽挺可怜的？段狗蛋说什么来着，办案就不能动同情心！师父果然都是对的！

"你杀了人，早晚会伏法。"小草慢慢站起来，忍着背后的疼，尽量让自己的表情凶狠一点，"天网恢恢疏而不漏，你何必让自己多背一条人命？"

"横竖都是死，知道我杀了人的，可就只有你一个。"陈元徽搓了搓手，左右走动着，像是在找最佳动手角度。

毕竟小草是个捕快，六扇门的捕快，那都是会功夫的！

小草站着没动，默默调整了内息，眼睛死死地看着陈元徽。

等他终于朝自己扑过来的时候，小草气沉丹田，学着段十一的招式，一脚朝他踢过去！

"哈！"

扯着背了，一阵疼痛，这一脚受疼痛影响，准确度明显降低，踢了个空气。

陈元徽趁着机会就一把抓住小草的两只手，小草张嘴就咬，两人瞬间扭打成一团，你一拳我一脚的。陈元徽也是个缺德的，知道小草背后肿了，一直袭击痛处。

小草咬牙，体力渐渐支撑不住了。

腿软的时候她有点后悔，后悔没听段十一的话每天起来蹲马步，也后悔没听他的话不要在案子里动感情，更后悔的是出来抓人没有捎带上他那样的高级保镖。

这打斗场景没有任何可观赏性，就是普通的扭打，花把式都是演戏的，实战中还是拳拳到肉比较实在。

但是男女有别，小草又带伤，扭打了半个时辰愣是没能压制住陈元徽。这臭不要脸的还捡了旁边的石块，朝着她的脑袋就砸下来了。

小草终于明白，最开始他不让陈管家动手，忌讳的只是她手里的信号烟，现在她这威胁全无，只能等着脑袋开花了。

第 22 章　真正的真相

山上的风有点喧嚣，在这石头落下来的零点零一秒，小草突然发现，自己有点想念段十一。

他真的不是一个好师父，真的，自从她拜师以来，每天除了和大白玩，就是在六扇门大堂里坐着，听其他捕快讲一些奇案。她总是在幻想，要是有一天，自己能办个像模像样的案子出来，让大家在大堂里津津乐道就好了。

段十一没有教她太多，也许是没有机会教，除了带她逛青楼，就是带她在长安的大街小巷乱晃悠。

而且与其说是带她，不如说是遛大白的时候，顺便遛遛她。

但是，每当这种危险的时候，她还是总会想起他，总觉得他要是在就好了，她就不用这么提心吊胆，担心这一石头下来，自己脑袋先飙出去的是红的还是白的。

要是就这么死了，她肯定比金树还遗憾。

一声闷响，石头砸了下来，小草眼前也就一片黑暗了。世界开始旋转，她猜自己肯定跟秋天凋落的叶子一样，在空灵的背景音乐之下慢慢往下倒，慢慢坠落，最后绽放成一朵血红的花。

那场景一定很美，可惜她不敢睁眼看，怕一睁眼就看见天上喷的是自己的血，有可能还有自己机智的脑浆。

永别了，这个世界！

鼻息间有熟悉的皂角味儿，小草忍不住想，原来地府也有跟段十一一样喜好的人啊。

"睁开眼睛。"有人在她耳边淡淡说了这么一句。

小草摇摇头，用幽幽的声音道："不要，我想静静，提前适应一下地府的黑暗。"

"适应什么！"段十一一手捞着她，一手将陈元徽砸过来的石头丢开，"段小草，你可有点出息吧，为师给你的功夫你都喂狗肚子里去了，连个窝囊废都打不过！"

段十一？段十一！

小草立马睁开眼睛，看着面前的人，感动得眼泪都要下来了："师父！"

晚霞正好，映得段十一的侧脸好看极了，有一层柔柔的光圈。他眼里全是嫌弃，动作却十分温柔，没碰着她背后的伤口，一边的陈元徽已经原因不明地躺在了地上。

段十一嘴角是笑着的，眼神却冰凉冰凉："让你抓个人都抓成这样，还想当六扇门的正式捕快？不如改行去混混厨房啊，我给六扇门的厨房部门写个推荐信，你觉得怎么样？"

小草眼眶都红了，直起身子来拉着段十一的衣角："师父我错了。"

"错哪儿了？"段十一斜眼。

"不该对犯人放松警惕，不该动同情心，不该不好好练武功。"

段十一抿唇，瞧着这丫头连鼻子都红了，想再吐两口毒液吧，终究还是不忍心。

这到底还只是个孩子。

"罢了。"他道，"带着犯人，咱们回去吧。"

"嗯。"小草点头，拽起陈元徽的一只脚，一边反省一边跟着段十一往回走。

天色黑透的时候，六扇门大堂里灯火通明。

"这案子真是奇了！"祁四站在总捕头旁边，咋咋呼呼地道，"原以为杀金树的是陈夫人，结果陈大少爷来自首。本来都定了案，现在却又翻案了！"

陈元徽被关进了天牢，与陈白玦见面之后痛哭不止，主动承认了自己全部的罪行。

真实的故事是这样的：

陈元徽娶了赵湘绮之后，赵湘绮通情达理，让他将自己的发妻和父母都接来长安照顾。陈元徽一朝富贵，却不想看见金树和自己贫穷多病的父母，那样会让他被其他人嘲笑，嘲笑他卑微的过去。

于是陈元徽派了自己的心腹，也就是陈管家，回到他的家乡，雇用了地痞流氓，将自己躺在病床上的父母打死，并且强暴了金树。

金树无颜再跟他回家，只能自己远走，但是还是想见陈元徽，于是进了招袖楼。

而陈元徽呢？他十分痛苦地告诉赵湘绮，说父母已死，金树不愿意耽误他，所以自己走了。

赵湘绮这个坠入爱河的傻女人，丈夫说什么便信什么，心里甚至还觉得愧对陈元徽，所以哪怕后来陈元徽纳了三个姨娘，她也没有太多说。

赵湘绮给陈元徽生了陈白玦，陈白玦从出生起看见的就是父亲开始冷落母亲，并且宠爱三个眉眼都很像的姨娘。他从陈管家那里听见的版本，就是陈元徽悉心捏造的，深情郎君被野蛮千金逼迫，不得已抛弃发妻的故事。

但是陈白玦生性善良，感恩母亲，并没有瞧不起自己的母亲，而是更加护之。赵湘绮从来没跟陈白玦提起过往事，陈白玦也就一直误会了这么多年。

再见金树的时候，陈元徽是激动的，激动之后就是恐惧，他怕自己当年禽兽不如的行为被揭穿，所以称回家拿银票给金树赎身。

其实他当时带在身上的银票，也是够了的。金树毕竟老了，赎身的钱要不了太多，而陈元徽，已经富甲一方。

但是他逃避了，回去将自己关在屋子里几个时辰，出来找赵湘绮商量，说要迎金树回来。

他还特地叫上了陈白玦，来说这件事。

赵湘绮自然是失落的，也有些痛苦。但是自己与夫君亏欠那个女人的，她还是勉强笑着说，我去安排，迎她回来。

陈元徽就趁着她安排的时候，利用自己埋在赵湘绮身边的亲信许姨，假传赵湘绮之言，利用青灰，再利用落雪，将金树毒死。

金树一死，落雪跟着死了，青灰跑到陈白玦面前说是赵湘绮的吩咐，陈白玦二话没说就将青灰关了起来。

于是就有了后来的一切。

事情本来已经尘埃落定，但是陈白玦替陈元徽进了天牢，赵湘绮死活要去顶罪，还想把当年的事情统统说出来。

陈元徽一听就觉得不好了，六扇门里都是人精，要是说了当年的事情，难免被人找到漏洞。

　　于是他动了杀心，对这个帮他从穷困到发达的女人，动了杀心。

　　他本来选的是毒药，奈何那天晚上赵湘绮怎么都不吃东西不喝水，最后他很无奈地直接将她掐死在了卧房里。

　　杀人是一个永无止境的事情，你想隐瞒你杀了第一个人，就要接着杀无数个人。

　　赵湘绮死了，二姨娘却刚好端了点心进来看见。丧心病狂的陈元徽，把她也一并杀了。

　　两具尸体躺在眼前，陈元徽发了很久的呆，然后出去遣散了家奴，变卖了家当，将其余两个姨娘一并杀了，挖走她们的眉眼，弄成像是女人因嫉妒杀人的模样，然后背着赵湘绮的尸体，与陈管家一起逃走。

　　小草那天看见的，被下葬的人，是赵湘绮。只是陈元徽打算让她顶罪，并没给她立碑。只要他那时候逃走了，罪名定然会落在赵湘绮的头上，反正谁也不能再找到她了。

　　众人听完这案情都是一阵沉默，叶千问许久之后才叹息了一声："还好我坦荡，不怕面对过去！"

　　祁四也跟着叹息一声："还好我没媳妇。"

　　文月浅抿唇，低声道："还好我会武功。"

　　祁四立马摇头："我不会打媳妇的！没武功也不怕！"

　　文月浅用看神经病的眼神看了祁四两眼，转身走了。大堂里的众捕快一阵嘘声，祁四挠挠头，嘿嘿笑着追了出去。

　　小草正趴在床上，腰上盖着丝绸，露出整个背部。

　　大白和段十一都蹲在她的床前，一个吐着舌头看着她傻笑，一个目不斜视地帮她上药。

　　"这背肿的，都可以去沙漠当个单峰骆驼了。"段十一啧啧两声，"你是有多笨重，才会连扁担都躲不过去啊？"

　　小草红着脸，不服气地鼓嘴："我在专心看墓碑，谁注意到身后了啊。那人说打就打的，我难不成能移形换位？"

　　"你要是肯学，为师倒是不介意教你移形换位。"段十一道，"明儿起，多练练轻功，每天早上起来扎一个时辰的马步，晚上去太明湖跑几步。"

听起来就好累啊，小草很想说不要，但是想了想自己这样子，咬咬牙点头："好。"

段十一挑眉，手指将药膏焐得温热，一点点涂上她的背。旁边的大白歪着脑袋看着，不知为何，抬了只爪子捂住眼睛。

气氛有点暧昧啊，小草不知道为什么，心脏扑通扑通直跳。虽然知道段十一对自己没啥意思，但是这孤男寡女赤身露体的，这这这，她是不是该让段十一负责啊？

脸蛋越来越红，跟泡了澡一样，小草轻咳一声，侧头看着段十一面无表情的脸，支支吾吾地道："师父，你这样帮我上药，别人会不会误会啊？"

"误会什么？"

"误会你跟我有……那啥。"小草嘿嘿笑着，挤了挤眼。

段十一嘴角一抽，皱眉看了她半晌，然后道："你想多了。"

"不会吗？"小草嘟嘴。

"谁会误会一个美若天仙的人跟一只单峰骆驼。"段十一咧嘴，笑出一口白闪闪的牙，"人家都是有眼睛的，段小草，你先变成个人再说吧。"

小草不服气地撑起身子，恨不得一巴掌往他脸上拍！

第 23 章　闯大祸了

"你才不是人呢，你全家都不是人！"

她这样的青春无敌美少女，狗尾巴草一样顽强的生命力，哪里不好了？

段十一被她这突如其来的动作给惊呆了，目光他可以控制住，但是这死丫头，硬是要白花花地往他视线里送啊！她背上有伤，身上可是什么都没穿！一撑起来，可就什么都看见了。

这是什么？勾引？

眯了眯眼睛，段十一别开头，他想多了，以这丫头的脑子，能分清楚男女就不错了，哪里还知道什么其他的。

"段小草，趴下去。"

凭什么啊？当她是大白还是啥？还要不要坐下握手啊？

小草张嘴就想吐槽，突然反应过来，低头一看。

"砰"的一声，段小草同学狠狠将自己砸在了床板上，砸得那叫一个气吞山河波澜壮阔。

段十一侧头看着旁边，闻声抿唇："不用太过紧张，你那一马平川的也实在跟其他捕快没什么两样。"

说是这么说，段大捕头的脸还是难得地染了红晕，像三月的桃花，格外醉人。要是有人经过往他这里看一眼，定然就是一眼万年。

然而小草没瞧他，哪里还有脸瞧他啊！听着这话更是气炸了，磨着牙道："段狗蛋，老娘可以告你性骚扰，要你对我下半辈子负责，你就娶不了顾盼盼了！"

"性骚扰？"段十一笑得咯咯的，眼眸转回来睨着她，"好看的人说被性骚扰才有人信，像你这样的，去告我，人家会说你贼喊捉贼。"

段小草：……

"行了，歇着吧。"段十一起身，拿手帕擦了手，淡淡地道，"伤养好了再说。"

话音落，人就跨出了屋子。

院子里起了微风，卷来两片柳絮，段十一拿手扇着风，沉默许久才干咳一声，低声抱怨。

这么久了，脑子没长，光长别的地方了。

小草埋头在枕头里，半天才抬头起来往外看了看。

微风扬纱帘，半点人影都不见。只有大白还蹲在她床前，歪着脑袋吐着舌头看着她。

怔怔地看了一会儿空地，小草摸了件衣裳来穿上，盘腿坐在床上，摸了摸自己的胸口，又挠了挠头。

起床给大白拿了点白菜，百无聊赖地趴了一会儿，最后小草去了大牢。

陈白玦已经被送回了陈家大宅，等着下一次的提审。她来牢里能见的就只有那个黑影。

"你的鸡腿。"

大牢最深处的牢房，沉睡已久的黑影再次被食物的香味唤醒，"唰"地一下就到了栅栏边，接过鸡腿去，优雅地开始吃，边吃还边抱怨："你好些天没来了。"

声音听着，好像比以前清楚些。

小草蹲在栅栏边闷闷地道："最近办案去了，所以没能来看你，你没饿死也是好的。"

黑影慢慢将鸡腿吃干净，包括骨头也咔嚓咔嚓嚼干净了之后，才在黑暗里睁眼，看了看小草："中气不足，受伤了？"

"嗯，怪我功夫不到家，抓人的时候被打伤了。"小草郁闷地道，"六扇门里能被不会功夫的人打伤的捕快，可能就我一个了。"

黑影好像笑了笑，语气里都是愉悦："你就是因为这个这么不开心？"

"也不是啊。"小草干脆坐下来，摆弄着手指道，"我在想自己是不是太差劲了。"

人家跳个脱衣舞露个小香肩什么的，不是引得一大波人追逐吗？她好歹也是个女的啊，年纪也不小了，放在普通人家都可以出嫁了，白白地给他看完了也就算了，为什么段狗蛋就是一点反应也没有啊？

她也不是对自家师父有了什么不该有的感情，真的不是，大概只是今天自尊心有点受伤，心里不平衡，所以就跟吃了石头一样堵得慌。

黑影轻笑道："我觉得你挺好的啊，女儿家，不用多好的功夫，也不用多聪明，善良就够了。"

小草斜眼看他："你是因为我给你鸡腿，才觉得我善良。换成犯人的角度，不知道觉得我多可恶呢。"

"我也是犯人。"黑影道，"我觉得你挺好。"

小草有点被感动了，抬头看着栅栏里那黑漆漆的一团："对了，我一直没想起来问，你是犯了什么罪过啊？"

能被关在这大牢最深处，还不怎么给饭吃的，会是什么犯人？

"我啊？"黑影"啧"了一声，有些苦恼地道，"我手上有很多很多人命。"

"杀人犯？！"小草瞪大了眼睛。

"你要这么说的话，也可以。"黑影轻笑，"只是我所杀之人本就该死，律法判我有错，天下觉我无错。"

这话说得张狂，小草皱了皱眉。

她好像、依稀、似乎记得天牢里是关着一个人的，那个人是江湖上有名的魔头，杀人无数，武功高强，六扇门出动二十余捕快也未能将其带回。

最后据说是与段十一一战，被段十一踢断了肋骨，抬进了大牢。

那个人叫啥来着？小草捂着脑袋使劲儿想。

"我叫颜无味。"

哦对，就是这个名字！小草一拍大腿，高兴地道："当时我还说呢，这人父母是不是舌头不好！"

大牢里一阵安静，不知道哪里吹来了一阵凉风，吹得小草打了个哆嗦。

咽了口唾沫，小草慢慢站起来，眼睛盯着那黑影，步子悄悄往外挪："那啥，我家里的狗好像还没遛，就先走了哈！"

"你叫什么？"颜无味问了一句。

小草头皮发麻，天知道这人来历这么可怕，她还以为是普通囚犯，没事可以聊聊天啥的，比大白好啊，至少这人会回她话，大白不会。

现在好了吧，惹错人了。问她名字，该不会是要记着，以后报复她吧？她可是段十一的徒弟！

段十一说过，颜无味杀人甚多，但是不会被斩首。具体原因，她当时不在意，也就没有问过，大概是有什么背景吧，顶着斩首之刑的罪，却从来没排上断头台的号。

她现在直接跑了，他也不可能出来追上的吧？

"小东西，问你话呢。"

她要是回答了，那就是脑子被段十一踩了！

转身，拔腿，跑！

顾不得背后的伤了，就算扯得龇牙咧嘴的，小草还是迅雷不及掩耳地逃离了大牢。

阿弥陀佛，幸好这魔头是在天牢里，幸好他还不知道她是段狗蛋的徒弟。

大白吃完白菜，在院子里追着虫子玩儿，小草觉得后背还是疼，果断就去睡觉。

"一年了啊。"

六扇门悬赏榜前，段十一看着上头贴着的、没人敢拿下来的通缉令，叹了口气，伸手轻轻将其揭下。

通缉女魔头颜六音。

"这一年过得刚好，老朋友也该再见了。"

叶千问坐在不远处的椅子上，闻言皱眉："最近长安，其实没有发现颜六音的动静。"

"我知道，她在等。"段十一温柔地笑，看着手里通缉令上的画像，像是在看自己宠爱的孩子一样，"她会等一个合适的机会，像从前一样惊艳我。"

叶千问叹息："辛苦你了。"

"无妨。"段十一慢慢将手里的纸卷起来，"只是小草，暂时让祁四帮我照顾一段时间，她还太小了。"

"你要自己一个人去吗？"叶千问皱眉，"恐怕……"

"颜无味还在天牢，她奈何不了我。"段十一道："我有本事送他进去一年，就有本事送他进去第二年、第三年。上头担心的事情，永远不会发生。"

叶千问抿唇，手指摩挲了茶杯好一会儿，终于放下："好。"

小草是被大白舔醒的。

休养了两天，后背的伤已经好得差不多了，能起来练功了，所以段十一就给她定了个大白闹钟，每日闻鸡之时，必定用口水大法叫她起床。

段十一给她布置了任务，但是每天都看不见他人，小草一边扎马步一边纳闷，人哪里去了？

"出大事了！"

祁四发疯一样地跑了进来，晨光熹微之中，像突然跳上山头的夏日太阳。

小草眯了眯眼，看着他："怎么了？"

"大牢！"祁四咽了口唾沫，"大牢的墙垮了！"

啥？小草吓得一个马步没蹲稳，呱唧一下摔在了地上。

大牢墙垮了？！哪个墙啊？难不成她偷偷逃出过天牢的事儿被发现了？

然而，事情比她想象中要严重多了，早晨的雾气还没散开，段十一和总捕头就带着一群人站在天牢垮掉的墙边。

"卑职按照上头吩咐，绝对没有给过多余的吃喝。"狱卒颤颤巍巍地拱手道，"每天就一个馒头一碗水，保证他活着而已！"

段十一捏了捏地上散着的石头，抿唇道："他恢复好了。"

"怎么会这样。"叶千问有些恼怒，"算好的时间，他要恢复，起码还要再等一个月。再说，不吃东西，哪里来的力气？"

顿了顿，他又问狱卒："可有什么人来看他？"

狱卒摇头："天牢没有外人进来，除了段捕快偶尔来看看……她来看谁咱们也不知道。"

段捕快？叶千问一愣，转头看向段十一。

段十一站起身，颔首道："我去问问小草。"

其实不用问也大概想到了，能闯下这滔天大祸的，除了他那可爱的徒弟，也没别人了。

第 24 章　人家也是女孩子啊

小草早在段十一来找她之前就已经背着藤条儿在院子里跪得端端正正的了。

段十一说过，做错了事要认，该挨打的时候就跪稳。秉着坦白从宽抗拒从严的宗旨，小草一看见段十一的衣角就开始号啕：

"师父我不是故意的！我最开始不知道那人是不能喂东西的！我就是被关进去的时候刚好在他隔壁牢房，多聊了两句！我知道这次祸闯大了，我认罚！"

段十一进来还一句话没来得及说呢，这死丫头吧啦吧啦地就全招了，气得他直揉额头："你可真厉害！"

颜无味是什么人？杀人不眨眼的魔头，她竟然能去跟人家聊天？还送吃的？脑子怎么长的啊？

小草使劲掐一把自己大腿，跪行两步扯着段十一的衣角，抬头就是一张泪汪汪的脸："师父你骂我吧！"

"我怎么舍得骂你呢。"段十一低头看着他，眼里满是如水温柔。

小草刚要松口气，段十一接着就说了一句：

"你看我不打死你！"

"啊啊啊！"小草一跃而起，背着藤条跑得比大白还快，"别啊师父！我真的不是故意的！"

"不是故意的？那好，我打你个半死就行，孽畜，你给我站住！"

"救命啊！"

段十一追着她跑，两人就绕着院子里的水井跑圈圈。大白坐在旁边看得开心了，汪汪两声跟着他们跑。两人一狗，绕成一个圆圈，跑得可欢快了。

一瞬间院子里惨叫连连，叶千问站在外头听着，都有些不忍心了，叹了口气进去道："罢了，十一，当务之急是要抓人。"

段十一停了步子，一脸悲愤地道："劣徒此次犯事太大，段某不能包庇，还请总捕头等属下先打死她，再去抓人。"

你舍得打死吗？叶千问在心里翻了个白眼，以段十一的轻功，能连小草这鸡崽子都抓不住？围着水井跑这么多圈圈，真当他傻呢？

小草这次犯的事的确很大，他都有些生气，但是有什么办法，段十一这面儿上要打，心里不知道多护着。他要是真罚了，那这抓颜六音和颜无味姐弟俩的任务，就没人来完成了。

所以他只能道："小草也是年纪小不懂事，现在正是我们用人之际，不如就让小草将功抵过吧，跟着你一起，将两个魔头都抓回来。"

小草一听，这事儿靠谱啊，抓人可是算业绩的，她又离转正近了一步！

但是段十一的表情就没那么轻松了，他知道总捕头这话已经是给他颜面了，但是要小草跟他一起去……

很可能是个麻烦，很大的麻烦。

颜家姐弟武功高强，心思也细，他一个人对付尚且吃力，加一个总是不干正事的段小草，绝对是事倍功半。

不过想了想，段十一还是点头答应了："遵命。"

要甩掉小草这个不干正事的，他简直有一百零八种方法，每天一种都可以不带重样的！

小草正在一边开心，不用受罚又有事情做了，多好啊。

"师父，我们什么时候去抓人啊？"

"不急。"段十一道，"他们都在长安，只是在暗，而我们在明。能做的就只有等了。"

小草点头，觉得很有道理，于是开始继续扎她的马步。

"明天有长安一年一度的鸳鸯会。"晚饭的时候，小草一边吃一边嘀咕，"反正我们没事做，要不要去看看啊？师父？"

段十一斜她一眼，淡淡地道："鸳鸯会是情人结伴去的，你与我，怎么都不太搭调。"

小草一口饭噎在嗓子里，涨红了脸捶了半天胸口。

"我不是那个意思！"小草愤怒地拍桌，道："只是一起去朱雀大街，谁要跟你结伴了！"

段十一用膳完毕，饮一口茶，慢悠悠地展开扇子半遮唇："那可更麻烦了，我这样玉树临风的人，还不被长安的小姑娘牵着手给堵在朱雀大街街口啊？到时候引起交通堵塞，还要出动咱们六扇门的兄弟维护治安，那多不好。"

小草嘴角抽了抽，抹了一把脸道："你可以叫你的红颜知己顾盼盼陪着你，她往你身边一站，普通姿色的女人都不敢靠近。"

"好主意。"段十一眼眸亮了亮，合了纸扇往她头上一敲，"头一回觉得你还挺聪明，那明日傍晚，你记得替我去给盼盼送一套霓裳阁的衣裳啊。"

这可真大方！霓裳阁的衣裳，是长安城里最贵的！一片衣角都顶一个鸡腿！

心里闷闷地，小草只"嗯"了一声，然后就抱着自己的碗找大白去了。

还是大白好啊，没啥红颜知己，也不好色。同样是穿白衣服的，人和狗的区别为什么这么大呢？

郁闷地吃完饭，郁闷地收拾了碗筷，最后郁闷地去睡觉。

她其实想不明白自己为啥不高兴，但是就是雀跃不起来。

第二天，一大早段十一就留了金子给她，小草拿着，面无表情地带着大白前往霓裳阁。

霓裳阁在朱雀大街的尽头，是一个装修十分大气的三层楼建筑，进去就是金碧辉煌一片，香气充盈，娇声软语。

"这位小哥，看衣裳吗？"

小草一进去，就有笑着的丫鬟迎过来，打量了一番她的官服，眼里有些奇怪的神色，不过还是十分周到地引着她往里走。

对于"小哥"这个称呼，小草一开始是拒绝的，然而大多数人不把她当个女人看，那也实在没办法，只能忍了。

"选一套裙子吧。"小草左右看了看，"要有仙气儿的。"

一听声音，丫鬟就知道自己喊错了，不过到底是高档场合打工的，立马笑着道："那边有新来的款式，姑娘跟奴婢来看看。"

这一件件的衣裳都是轻纱曼舞，长袖飘飞，颜色也是浅色亮丽为主。丫鬟指了一件浅蓝色的长裙给她看，裹得纤细的腰身，淡黄色的裹胸，配着黄色的挽袖，光看着都觉得仙气儿十足。

旁边有立着的铜镜，小草忍不住就瞧了瞧自己。

黑色白边的官服，大大的官帽，腰间还有一把粗里粗气的大刀，鞋子上还带着芳香的泥土。

也委实怪不得人家要叫她小哥，跟这里的女儿家比，她简直是大爷，大老爷们儿。

"嗯，就这件吧。"小草叹了口气道，"包起来就好。"

"哎，好。"丫鬟笑眯眯地接过金子，又体贴地问了一句，"您不试试吗？"

"又不是给我买的。"小草撇撇嘴，"你看我像穿这种裙子的人吗？"

丫鬟呵呵笑了两声，没好意思回答，捂着嘴走了。

的确是不像。

人家弯月柳叶眉，她是两条毛毛虫。人家白素裹纤腰，她是腰带用两条。一般人夸文月浅都说是"美貌与功夫并重"，夸她就成了"这孩子真努力"。

小草郁闷地踢了一脚旁边的铜镜，哪知这镜子没太摆稳，摇摇晃晃地，好像要掉下来了。

"妈呀！"小草赶紧扶稳，她身上就带了买衣服的金子，可没多的可以赔。

"铜镜映娇颜，繁花若等闲。"

有男人压着嗓子，在她身后念了这么一句。

小草没在意，这地方的公子哥，多半是来泡姑娘的。她又算不上姑娘。

结果一只手从她头顶上伸过来，帮她将镜子扶回了原处。

小草一愣，仰头倒着脸看了看。

她身后站着个美男子！

一身黑衣绣银龙，那龙从衣摆缠绕延伸到衣襟。袖口开着银红色的花，腰间束着模样有些奇怪但是好看的腰带。一张脸线条分明，鼻梁更是好看得没有天理，眼眸蕴含星河，发髻上还插着一根碧血簪。

小草咽了口唾沫，将头倒转回来，转身看着他。

正着看比倒着看还好看些，这人的左眼下面，竟然还有一颗泪痣。浅浅的，不细看还看不清楚。

"你谁啊？"

"我是路人啊。"黑衣公子压低着声音，听起来有些调侃的意味，"看姑娘眉清目秀，想送套衣裳给姑娘，不知姑娘可愿笑纳？"

小草左右看了看，再回头看了看镜子里的自己："你说我眉清目秀？"

黑衣公子笑着点头。

这人该不会就是传说中的长安城星探？小草心里咚咚直跳，接下来他会不会就告诉她哪家歌坊最近在力捧新人，要她去试试，然后甩给她一张刻着名字地址的木牌？

那她要是一不小心成了这长安城里的红人，段十一是不是还要排队买票去看她啊？

脑补了一下段十一在大堂下面举着有她名字的木牌大喊"小草我爱你"这样的场景，段小草同学很猥琐地笑出了声。

黑衣公子挑眉，见小草笑得口水都要出来了，也没多说，取了旁边最高台子上挂着的一件衣裳，招了个丫鬟来，把小草和衣裳一起给了那丫鬟。

"干啥？"在试衣间里头，小草才终于回过神。

"奴婢替您更衣。"丫鬟嘴巴很甜地道，"姑娘放心，这件裙子很适合姑娘。"

小草转眼看了看，一件不起眼的草绿色长裙，反正试试好像也不要钱，遂点头："好吧。"

第 25 章　谁的孩子

算上在陈府当丫鬟的时候穿的裙子，这是小草有生以来穿的第二件长裙。这裙子不知道是什么料子做的，轻薄又柔软，穿了跟没穿似的轻飘飘，让她觉得手足无措。

"姑娘随奴婢来这边。"丫鬟笑着将她引出来，直接上了二楼。

"要做啥？"小草挠着头问。

"这件绿裳是掌柜的得意之作，姑娘既然穿上了，自然要好生修饰一番，不枉费掌柜一番心血。"

啥？竟然是掌柜做的衣服？小草低头看了看，除了觉得很合身之外，没有其他的什么感觉啊，也不花哨。

"等等啊，我不是要买，只是试试而已。"小草伸手抓着那丫鬟，"这衣裳很贵吧？"

丫鬟一愣，目光往她身后某处瞧了一眼，又笑得温和："衣裳贵不贵是其次，难得遇见适合它的主人，姑娘先随奴婢去修整，要是当真好看，掌柜免费送了您，替我霓裳阁打个招牌也未必不可。"

意思就是，她穿得好看，还可以白捞一件裙子？小草眼睛亮了亮，二话不说，拽着这丫鬟就噔噔地上了二楼，一屁股坐在一处空的妆台前。

这霓裳阁二楼是修容之处，不少姑娘坐着，有丫鬟为她们梳发髻抹胭脂。被小草拽着的丫鬟好一会儿才回过神，轻咳两声，淡定地拿起了木梳，开始收拾这位姑奶奶。

日头快到正中的时候，朱雀大街上已经开始张灯结彩，为晚上的晚会做准备。

段十一坐在顾盼盼的闺房里，摇着扇子道："好盼盼，你今晚随我一游可好？"

顾盼盼抱着琵琶，纤手调音："陪游不是难事，但是陪大人的游，妾身性命有危。"

"话怎么能这样说。"段十一笑得温柔，"有段某在，怎么都不会叫你伤着。"

"大人若非要人陪着，你那徒儿不也是出落得亭亭玉立了吗？"顾盼盼低声说这么一句，美目悄悄打量段十一。

段十一嘴角好像抽动了一下，接着无奈地揉揉眉心："我那徒儿，成事不足败事有余，且怎么看都是个孩子，哪里及得上你，温柔大方，美丽可人。"

孩子？顾盼盼听着这词，抿了抿唇，犹豫了一会儿才站起来道："大人盛情，妾身自然不好再推辞，傍晚时分，胭脂河岸见吧。"

"还是你最贴心。"段十一笑着站起来，"等会儿我让小草送裙子来，你且笑纳。"

顾盼盼颔首，张口还欲说，段十一已经转身出去了。

这来得快，去得也快。她苦笑一声，手里的琵琶才刚调好音，人都没了。

拨一声弦，屋子里传出轻声低喃，听起来，人比花寂寞。

"好了。"霓裳阁的丫鬟欢呼一声，看了看镜子里的可人儿，高兴地问，"怎么样？"

小草迷迷糊糊地"嗯"了一声，接着就想趴在妆台上继续睡觉。

女人实在太麻烦了啊，化个妆，梳个头，竟然用了整整两个时辰！

现在她啥都不想看，就想睡觉。

下巴刚要在妆台上着陆，就被一只手轻轻托了起来。

兰草的香气扑了她满脸，小草瞬间就清醒了，猛地一睁眼，就看见一张帅脸贴着她，笑得很是满意："拾掇一番，也还能看啊。"

是刚刚那个穿黑衣裳的。

小草头皮发麻，一爪子拍开他的手，皱眉道："男女授受不亲，公子自重。"

说完这话，她自己就在心里狠狠地鄙视了自己。这啥调调啊，果然是穿个裙子就把自己当女人了，要是平常时候，她该说的是"哪里来的傻子，不想混了是吧谁都敢碰？"这样的话。

忍不住侧头看了一眼镜子里的自己，小草微微吃惊。

这鹅蛋脸柳叶眉小红唇的美妞儿是谁啊？头上还梳了个堕马髻，插着根碧玉簪。配着这一身浅绿色长裙，看起来……

真好看！

她眨眨眼，镜子里的人也眨眨眼，小草一拍大腿："这是我啊？"

黑衣公子被她的动作逗得直乐："是你，怎么样，满意吗？"

"当然满意！"有机会夸自己，小草一点也没留力气，"我简直是闭月羞花、沉鱼落雁！"

旁边的丫鬟一个没站稳，差点摔下楼去，心惊胆战地看了小草一眼，才扶着楼梯继续往下走。

黑衣公子没忍住，大笑出声，声音也终于没再压着："你可真有意思。"

小草一愣，看着面前这人，干笑两声："你……再说一句话我听听？"

这声音，总觉得，很耳熟啊。

黑衣公子不笑了，黑不见底的眼睛瞧着她，带着些孤傲："耳朵挺灵敏的啊？"

颜无味！

这不就是逃出了大牢的颜无味！

小草浑身汗毛都竖起来了，从凳子上跳起来就拉开了打斗架势："你竟然敢光明正大在我面前晃！"

二楼其他的姑娘都纷纷看了过来，颜无味嗤笑了一声，一把将小草拉过来，困在一只手臂之间，便叫她动弹不得。

"我就晃了，你能抓我回去吗？"

低沉的声音带着嘲讽，轻轻在她耳边道。

小草气得脸蛋通红，但是被颜无味抓着，他只一只手抓着她的肩膀，她就察觉到了。

这人武功起码甩她十条朱雀大街！

别说抓他了，她现在连挣扎一下都困难。

颜无味看着怀里这刺猬一样的家伙，眼里的黑色又散掉了，笑得开心得很，带着她就出了霓裳阁。

"你放开我！"

"不放！"

小草磨牙，有些泄气地道："行了，我打不过你，你想干什么，直说吧。"

好歹她还给他送了那么多鸡腿啊，不说滴水之恩当涌泉相报吧，起码现在也别对她太狠啊。

"我只是恰好想见你，而你恰好在我面前出现了。"颜无味放软了手上的力道，改揽着她的腰，低下头来，像是情人的呢喃，"为了感谢你救了我出天牢，所以今天，我陪你逛鸳鸯会啊。"

这算什么狗屁感谢！小草鼓了鼓嘴："我还有事，要送衣裳去招袖楼，不能奉陪。"

"你说的是你一进门选的那套衣裳吗？"颜无味道，"我已经让人替你送去招袖楼，给顾盼盼了。"

小草一愣："你怎么知道是顾盼盼的？"

颜无味抿唇，漆黑的眸子睨着她道："你师父就那么一个红颜知己，我怎么会不知道呢？"

心里微微一跳，小草下意识地想往后退，奈何这人却收紧了手，捏得她腰疼。

他知道自己是段十一的徒弟了，也好像知道段十一今晚会和顾盼盼一起去鸳鸯会。

那……是不是说，晚上他会有什么行动？对段狗蛋不利的？

段狗蛋只有一个人啊，这厮还有个女魔头姐姐颜六音，两个算计她师父一个，她那师父就算再聪明绝顶，也肯定会吃亏啊。

不行不行，她得回去告诉段十一。

"我……肚子疼。"小草突然嗷了一声，捂着肚子冷汗直流。

颜无味一愣，狐疑地看着她："好端端的，怎么会疼？"

小草咬牙，脸色通红："女儿家的事情，你哪里知道！快放开我，我要回去！"

女儿家的事情？颜无味满脑袋问号，手却还是没松开："我送你去医馆，今天可不能放你回去。"

小草：……

这人是不是傻，头一次听闻有女儿家因为月事去医馆的，丢不丢人啊！

"不去……啊，痛死我了！"

小草顺着他的力道就滑倒在了地上，抱着肚子呻吟不已："救命啊，救命，好痛！"

这里是朱雀大街，满街来来往往的人都停下来看热闹。颜无味有些手足无措，蹲在她旁边眨巴着眼，低声道："你好丢人啊……"

你才丢人呢！小草闷哼一声，继续号叫。

人群里出来个热心的大婶，一把扶起小草来，看着颜无味道："哎哟，这小媳妇看样子是动了胎气吧？公子你也不好好照顾着你家娘子，还不赶紧带回去歇着？"

动了……胎气？

小草瞪大了眼睛，颜无味也瞪大了眼睛。

大婶一副过来人的样子，语重心长地道："小夫妻不要吵架，好好养身子最重要。公子你也多让着自家媳妇，女人怀孩子很辛苦的。"

小草哭笑不得，明知道这大婶是误会了，却也不好解释，干脆继续装痛苦。

颜无味的表情很严肃，一张脸线条紧得能割破人的手指头，吓得围观的群众纷纷散开。

"你……怀的是谁的孩子？"他问。

小草一扭头，做嘤嘤哭泣状："你别问了……"

她实在瞎编不出来！

颜无味闭了闭眼，深吸一口气："走吧，先去旁边的客栈里休息。"

啥？这都不放她走？小草心里更凉了，颜无味这是要监视她啊，要砍掉段十一的左膀右臂！这样就更好对付段十一了是不是？抑或是关键时刻拿她出来当筹码，威胁段十一！

毕竟她这么重要的一个角色，实在是影响大局！

小草心情很沉重，思考了一会儿最后决定。

她来拖着颜无味好了！这样的话，起码段十一不会以一敌二！

至于该怎么拖，这就是考验战略的时候了！

第 26 章　一头鸡毛很扎眼

段十一说过，办案如戏，全靠演技。段小草身为段十一的嫡传弟子，怎么都是该有点水准的。

比如现在，她就如同娇弱不堪的闺房小姐一样，半躺在悦来客栈二楼靠窗的贵妃榻上，半眯着眼，捂着肚子，哀怨地看着颜无味。

颜无味坐在一边的雕花木凳上，一双眼睛深沉地看着她，像是在思考什么东西，眉头皱成一团。

"真的不要找个大夫来看看？"

"不用了。"小草抬起袖子，半遮着脸道，"我还是云英未嫁之身，叫人知道此事，终究是不好。还请公子体谅。"

颜无味的眉头皱得更紧了，看了她一会儿才道："孩子的爹不打算负责吗？"

"唉——"小草长叹一口气，抬头仰望外面的天空，流下心酸的泪水，"他怎么会负责呢，叫他知道我有他的孩子，这孩子都定然保不住。他大概都不记得……曾与我……有过那么一段……"

编不下去了，小草咬唇，"嘤嘤嘤"地抽泣。

颜无味眼里竟然泛起了同情，认真地想了好一会儿问："那等你肚子大了会怎么样啊？"

"会被浸猪笼。"小草一本正经地胡说八道，"未婚而有孕，会被人看成不洁。等那个时候，我会离开长安的。"

看起来这人的心肠还挺软的，这倒是意料之外。瞧着他严肃得不得了的脸，小草有些纳闷。

传闻中的大魔头，不都该是杀人不眨眼心肠歹毒吗？这人竟然被她这三言两语骗了，看表情还十分同情她。

这是哪家的大魔头拿错了剧本啊？

"那……"颜无味挣扎思考良久之后，抬头看着小草道，"不如你嫁给我好了。"

语气很认真，表情也很诚恳，这一句话像个巨型烟花，炸在天上轰隆一声。

小草就傻了。

平生第一次遭遇美男子追求，人家上来竟然说的就是"嫁给我"？而且……她还谎称是个大肚子啊！

颜无味是不是疯了？

目瞪口呆地看了他半响，小草觉得自己的下巴都快收不回来了。

"也没别的意思。"颜无味抿唇，看着小草道，"你一个女儿家，这样活不下去。反正你在牢里也帮助过我，那我就给你孩子一个父亲，让你们母子能平安过日子。"

真是滴水之恩，海水以报，小草干笑了两声，突然不知道该怎么回答他。

房间里安静了一会儿，外面街道上却开始热闹起来。

"啊，是鸳鸯会要开始了吗？"小草连忙转头去看外面，化解一番尴尬。

颜无味侧头去看，天色已经渐渐近黄昏，整个朱雀大街都开始张灯结彩，点燃灯笼。

鸳鸯会是一年之中最漂亮的节日，从朱雀大街开始，满长安都会亮堂起来，五彩的灯笼，红衣女子蓝衣郎，无数有情男女穿梭花灯之间。求偶之人手里会有一盏鸳鸯灯，要是寻着有缘之人，与其交换，一同放入河中，就可以成就一段姻缘。

说得再好听，其实也就是相亲大会。

小草本来是打算跟段十一会合之后再来朱雀大街的，现在却已经是身在其中，旁边站着个穿银龙黑衣的颜无味。从正街口过的时候，手里还被塞了个花灯。

"两位既然是一起的，那就直接去河边放灯即可。"笑眯眯的大叔看着他们两人，还称赞了一句，"难得看见你们这样般配的人，今日可算是开了眼界了。"

小草拿着花灯，笑得一脸老年痴呆的模样，机械地转身跟着颜无味继续走。

颜无味想去哪里呢？这热闹的地方，人挤人，身边不断有姑娘朝着他捂嘴笑，他也跟没看见似的，直直地往河边走。

要说他今儿个只是想单纯来逛鸳鸯会的，打死段十一小草都不信。

送花灯的老伯继续在街口，没一会儿就又迎来了第二对十分般配的人。

"这可真是。"老伯笑得眉毛不见眼，"神仙下凡了！"

段十一优雅地接过花灯，一手拿着装蒜专用折扇，一手托着花灯，笑道："老伯今日生意定然很好。"

旁边的顾盼盼穿了小草买的那一套仙气儿的裙子，乖巧地依偎在段十一身边，咬着嘴唇笑得十分动人。

"托公子的福啊。"老伯搓了搓手，看着顾盼盼道，"您身边这姑娘，说不定还能被奉为今晚的天女呢，瞧这俊俏模样。"

天女也是鸳鸯会的特色，说通俗点，就是为了吸引一些好胜心强的美女来一争高下，所以弄了个"天女"的名头，由众人推选，选出鸳鸯会里看见的最美的姑娘。

"盼盼无才无能，听闻今晚京城四大才女皆在，盼盼岂敢比肩。"顾盼盼娇羞地道。

老伯笑道："姑娘谦虚了，越是没名气的，越能惹人注意呢。"

段十一轻轻将顾盼盼拉过来："我们先去街上看看吧。"

"不去放花灯吗？"顾盼盼低声问。

鸳鸯形状的花灯，中间一段小小的蜡烛，要是放在河里，该多好看啊。

段十一随手将鸳鸯灯拿着，漫不经心地道："这种卖花灯的噱头，你这样聪明的人，难不成还相信？走吧，先四处瞧瞧。"

顾盼盼眼里划过失落，抿抿唇，还是点头："好。"

小草蹲在河边，看着颜无味将他的花灯点了，再拿了她的去一并点了。

"这河里鸳鸯花灯这么多，放下去谁知道是谁的啊？"小草忍不住吐槽，"说不定一起放下去，结果被风吹散了，和其他鸳鸯结成对了呢！"

这话刚说完，旁边一对情人的脸就绿了。

颜无味轻笑了一声，整张脸都柔和了下来："你说的好像也有道理，那咱们写个名字吧。"

说着就去一边写花灯的先生那里拿了笔，认认真真地把两个花灯上写了他和小草的名字。

小草忍不住纳闷，这人还真当真啊？她平时说这些疯言疯语，段十一保管给她两个亮闪闪的大白眼。

还有啊，为什么她要和他放花灯啊？

"好了。"颜无味伸手将一对鸳鸯灯放进了河里，小草仔细看了看，他竟然还扯了一根头发下来，把两盏灯捆在一起打了个结。

"这样就不会吹散了。"

明明穿的是一身黑，说这句话的时候颜无味回头冲她一笑，小草竟然觉得他好像浑身在发光。

旁边的男女瞧着，还都纷纷效仿，一时岸边扯头发痛得嗷嗷叫的声音连绵不断。

"放完灯要去哪里啊？"小草左右看了看。

颜无味道："你喜欢去哪里？"

我喜欢去段十一身边。心里默默这么说，小草还是没敢嘴上说出来，四处看了看道："我们去那边的铺子看看，有很多头饰。"

朱雀大街一向繁华，鸳鸯会的时候最热闹的就是头饰铺子，卖的都是平时没有的五颜六色的装饰，要是段十一和顾盼盼来了，定然也会去那里看看。

"好。"颜无味起身，很自然地拉着她的手，往热闹的街中心走。

坦白说，小草脸红了，毕竟还没谁这么认真地拉过她的手。但是一想到段十一说的案件之中不可动感情，她就又收好了心神，悄悄打量着颜无味的一举一动。

颜无味没有丝毫的心不在焉，嘴角微微扬起，当真像是在享受鸳鸯会的热闹。

在头饰铺子里，小草选了个红色鸡毛的头饰，又选了个绿色的，问他："哪个好看？"

颜无味道："你两个一起戴，最好看。"

小草一听，立马一起试了试，一照镜子，嘿，真的挺好看的！

"老板，多来两个这个。"小草指了指头上，对着掌柜的喊了一嗓子。

忙得满头大汗的掌柜一回头，表情有点抽搐。但是没人会跟钱过不去啊，他立马就拿了十个红的十个绿的出来。

"姑娘你相信我，这个戴满头也很好看，很打眼的！"

小草一听，对着镜子就全戴在了头上。

红配绿，还是满头的鸡毛，真是要多打眼有多打眼。

"就要这些了。"小草掏了钱，笑嘻嘻地回去颜无味身边，咧着嘴问他，"我好看吗？"

颜无味抬手捂了眼睛，缓了一会儿才道："真好看！"

"嘿嘿。"小草摇摇头，满头的鸡毛跟着甩，然后一把抓着颜无味的胳膊，"我们继续看看啊。"

"嗯……"颜无味有点后悔了，刚才为什么要开玩笑呢？这丫头的脑子明显不太好使，这样站在他旁边，还真是够丢人的啊。

不过看她这么傻里傻气的，颜无味想，算了吧，反正这长安也没人认识他，她开心就行。

本来只是个有点意思的小丫头，还是段十一的徒弟，他也不知道是脑子搭错什么线了，竟然有点心疼她。

今晚的鸳鸯会，也的确是不错的。

段十一和顾盼盼跟着人流走，不远处一头鸡毛乱晃，叫人看不见都难。

"那个，是不是小草啊？"顾盼盼睁大了美目。

段十一侧头看了一眼，眼睛微微眯了眯，收拢了折扇："盼盼，咱们改道走。"

第 27 章　段十一的孩子？

"嗯？"顾盼盼刚想问为什么，段十一已经转身走出去老远。

再瞧了瞧那边的小草，她身边有个俊朗的公子，看起来十分打眼。顾盼盼心思几转，提着裙子转身追上段十一，咬着唇道："大人莫不是不高兴了？"

段十一侧头拿余光看着颜无味，没太在意顾盼盼说的什么，只"嗯"了一声。

女人的脑补能力都是很强的，段十一这个"嗯"字一出来，顾盼盼的脸色就不好看了。

世人都道段十一对她有情，可就她自己知道，段十一不过是拿她当幌子，没有半点真心在里头。他身边除了她就只有他徒弟段小草，每次看见小草，顾盼盼都觉得有种危机感。

今日这路走得尚好，突然就要改道了，是因为他看见小草和别的男子在一起，不高兴了？

"过来这里坐会儿。"段十一拣了街边馄饨铺子的凳子坐下，扇子遮面，继续仔细瞧着颜无味。

他为什么会跟小草在一起？而且看起来……跟吃了脑残片似的，以前的颜无味没这么傻啊，怎么会允许一只绿色火鸡跟在自己身边的？还笑得这么……是他眼花了吗？

顾盼盼不甘愿地坐下，瞧着段十一的目光落在小草那边，心里更加不是滋味。

小草闻到段十一的气味了。

甭管她是怎么闻到的，眼角余光放远扫视一周，就看见了那把段十一装蒜专用折扇。扇面上大大的"帅"字简直亮瞎人眼。

看来她这一头鸡毛没白插，段十一发现她了！

"我们去那边看看啊。"小草拖着颜无味，往段十一所在的街边的对面走，那里有家卖猪心汤的。

她得传递信息给段十一，但是不能让颜无味发现段十一！

这是考验智商和默契的时候了！她必须用肢体语言告诉段十一，颜无味有她拖着，小心颜六音！

"你想吃猪心？"颜无味看着那铺子门口的招牌，微微皱眉。

"你不喜欢吃吗？"小草眨眨眼，"很好吃的。"

"我不吃内脏。"颜无味停了停，又道，"你要吃的话，我陪你坐着。"

多温柔啊，多体贴啊，小草感动得直点头，拉起他就往猪心汤的铺子走。

"老板，这猪心挺新鲜啊。"小草笑得脸有点僵硬，看了一下一边砧板上新鲜的一块猪心，吞了吞口水。

"客官来几碗？咱们这儿的猪心都是最新鲜的，不好吃不要钱！"大肚子白围裙的老板笑眯眯的，伸手就拿起砧板上的猪心朝她扬了扬。

小草瞅准机会，一把就将血淋淋的猪心给抓了过来！

颜无味表情很镇定，身体却诚实得要命，立马后退了一大步。

猪心汤老板也被小草这举动吓着了："客官？"

"嘿嘿。"小草甩了甩一头鸡毛，然后用力将猪心往砧板上一放！

"真新鲜！"

猪心汤老板：……

颜无味捂了捂脸，拿出自己的手帕。伸手将小草染了猪血的手拉过来，他就站在这街边，一点点替小草将手上的血迹给擦拭干净。

"你还真是，咋咋呼呼的。"

小草一愣，抬头看着颜无味的眼神，突然脸红了。

路过的姑娘们都纷纷停了步子看着这黑衣公子，三三两两的笑得暧昧又娇羞。猪心汤的生意一时大好。

猪心汤老板本来是很郁闷的，可一见这广告效应，立马转身去多拿了三个猪心出来："这位姑娘，你看，这些也都新鲜，你可以挨个摔一摔！"

小草尴尬地收回被擦干净的手，状似无意地扫一眼街对面。

段十一和顾盼盼已经起身走了。

她成功了吧？刚刚十分生动形象地给段十一传递了一个消息：放心！

聪明如段十一，一定是明白了！

小草忍不住夸奖自己，她简直是冰雪聪明！段十一有她这样的徒弟，实在是太省心了！

"表演开始了！"有路人吆喝了一声，人群瞬间动起来，都往朱雀大街尽头的广场走。

颜无味看了小草一眼，很自然地将她圈在怀里，顺着人群走："人太多容易走散，你抓紧我。"

小草愣神，靠在这人怀里抬头看了看他好看的下巴，纳闷了一会儿问："颜无味，你是当真打算娶我啊？"

颜无味低头看她："你觉得我在开玩笑？"

"我是段十一的徒弟。"小草挠挠头，"我就他一个师父，他也就我这一个徒弟，我们感情很好的。"

段十一是他的仇人，他要真想娶她，那咋不考虑一下她夹在中间的感受啊？虽然真娶是不可能的。

颜无味皱眉，想了想道："你跟他不能脱离师徒关系吗？"

"怎么可能！"小草差点跳起来，脑袋摇得跟拨浪鼓似的，"我才不会跟他脱离师徒关系呢！虽然他又可恶又毒舌，但是我的命是他救的，这一年来功夫也全是他教我的。他教会了我好多事情，生病了也照顾我……"

说起段十一，好像会没完没了，小草咬牙，做了总结："我离不开他的！"

颜无味的脸瞬间晴转多云，狭长的眸子微微眯起，盯着小草看了好一会儿："你的孩子……该不会是段十一的吧？"

啥？小草目瞪口呆，下意识地扭头看了看周围。

颜无味看着她躲避的眼神，停下了步子，在涌动的人群里像一根黑色柱子。沉默了许久之后，他道："段十一还真是禽兽不如。"

这句话小草觉得说得没错啊，段狗蛋的确禽兽不如，但是他好像是误会了什么啊。

"我的孩子不是他的！"

"你不用替他掩饰。"颜无味闭了闭眼，"那样的男人不值得。"

小草：……

两人僵持着，谁也没动。颜无味的拳头捏得很紧，过了一会儿才缓缓松开："走吧，我们去看表演。"

哎？小草好奇地看着他："哪怕这孩子是段十一的，你都要娶我吗？"

"娶啊，为什么不娶。"颜无味咬牙，"段十一的儿子管我叫爹，也没什么不好！"

小草：……这孩子是不是心理扭曲了？

两人继续往前走，快到看台的时候，颜无味还问了她一句："你就这么喜欢段十一？"

小草顿了顿，挠挠头。

喜欢吗？她只是习惯了段狗蛋这个万能的师父而已，要说喜欢……他是她师父啊！一日为师终身为父，那不是乱伦吗！

她正纠结呢，颜无味却已经开始转头看表演了。他问的这一句话，像是根本没想要回答。

或者是他自己已经知道答案了。

小草松了口气，跟着往台子上看。

"今日鸳鸯会，按照往年惯例，请有才艺的姑娘上台展示，凡上台者即可获赠百鸟朝凤灯。取得'天女'头衔者，即可获赠相逢楼镇楼之宝——八宝琉璃钗。"

千妈妈被雇来客串司仪了，洪亮的嗓门响彻整个广场，一身大红的衣裳看起来跟团巨大的火一样，瞬间点燃了现场的气氛。

每年上台的姑娘都是去出风头的，并没有很多人在意奖品。但是今年最高的奖品，竟然是八宝琉璃钗。

相逢楼是珠宝世家，八宝琉璃钗更是当了十年镇楼之宝，今日竟然要拿出来相赠，可真是下了血本了。

小草打量了一下看台，台子中间支着一根雕着飞龙的擎天柱，柱子头顶八股红色绸缎朝广场四周连接，绸缎上挂着各式花灯，和朱雀大街上的连成一片，煞是好看。台子上有红毯，旁边还搭了帷帐，大抵是给一些富家小姐准备的。

"今晚可有看头了。"站在他们身边的人都笑着议论，"长安城四大才女都来了，指不定官老爷们也在不远处的茶楼上看着呢。"

长安城的四大才女，是去年在国宴之上皇帝钦点的。能被皇帝钦点，这四个姑娘背景自然不俗，都是朝廷要员的家眷，身份尊贵。

至于尊贵的人为什么来参加平民活动……要知道，这四个争奇斗艳了一整年的姑娘，有这么好的较量机会，自然是不会放过的。

小草兴致勃勃地在台下等着看，先上台的，自然是抛砖引玉的普通女子，博得一阵叫好，却没人给她投花签。

接下来才是重头戏，付学士之女付莹莹先上台，丫鬟给她抱着古筝，她轻纱遮面，刚一上去就引得台下众人一片惊呼。

这姑娘实在太美了，都不用弹琴，花签就满天飞。付学士的掌上明珠，是花了很多心思栽培的，明年就该出嫁了。

坦白说，古筝弹得一般，不及段十一的一分，但是在这个看脸的世界里，付莹莹拿了很多花签。

下一个是白秋荷，户部尚书之女，长得不及付莹莹，长笛却是悠扬，响彻整个场子，闹中取静。听得小草都把手里的花签给她了。

"最后两个人是斗得最厉害的。"旁边的人捂着嘴议论，"李家沉鱼和司马家飞云，都是会跳舞，就看谁跳得好了！"

小草也看得起劲了，压根儿就忘记暗中可能还有个颜六音，聚精会神地就盯着台上，准备看美人。

第 28 章　鲜血盛会

看台两边的帷帐一阵波澜，丫鬟小厮们帮着布置场地。两位小姐要跳的据说是很难得一见的飞天舞，所以看台上架了竹竿子，从一边帷帐顶横到另一边，上面绑着可以滑动的绸缎。

小草已经可以想象得出来，等会肯定是一边滑出来一个衣袂翻飞的美人儿，这等高难度舞蹈只有瘦子能跳，换俩胖墩上去，这么细的竹竿子肯定不够用。

底下的观众都十分期待，琴声响起，竹竿上的绸缎动了动，一左一右，果真有两个人滑了出来。

只不过，不是衣袂翻飞，两边同时滑出来的两个姑娘身子笔直，眼睛睁得很大，脖子以一种奇怪的扭曲角度挂在绸缎上，嘴角有血，顺着下巴流下来。

一人着蓝色长裙，一人着红色长裙，都是风华正茂的小姑娘，容颜身段也是上好，若不是吊死在这里，应该会跳一曲让今晚的长安都惊艳的舞。

可惜现在惊艳变成了惊吓。

"啊——"

不知哪家大嗓门的姑娘尖叫了一声，声音像一把尖刀，划破了整个长安城祥和的夜空。

人群顿时慌乱起来，像一群受到惊吓的蚂蚁，相互踩踏推搡，都惊恐地想马上离开。

小草不知道被谁推了一把，差点摔在地上，颜无味一把捞起她，带着她飞身上看台，皱眉看着下头的人群。

另一边的段十一动作也很快，抱起顾盼盼就放在了旁边的屋顶上，然后轻功一跃，挡在同样想离开的付莹莹和白秋荷面前。

"两位留步。"他道，"现在两位有危险，最好跟着段某回六扇门。"

千金小姐哪里受过今日这般的惊吓，两个人都神情恍惚了。只不过付莹莹性子温和，看见段十一拿出来的六扇门腰牌，点了点头就站着不动了。但是旁边的白秋荷沉静不下来，一双眼睛瞪得极大：

"留在这里才有危险吧？你看见没？那两个人都死了！众目睽睽之下被人吊死在台子上！这周围肯定有什么东西……有什么东西……我得回家……"

说着一把推开段十一，领着自己的丫鬟和家奴就跑。

"白小姐！"段十一皱眉，他这一个人，又不会分身术，怎么照看两个人？

在众人都看得见的地方杀人，是颜六音最喜欢的手法。段十一感觉得到，她就在这附近。既然杀了四大才女之二，以她那凑整数的强迫症，剩下的两个怎么都不能幸免！

这长安城里最安全的地方，就是他的身边。

"小草！"段十一喊了一声。

旁边台子上正在观察尸体的小草同学立马立正，挣脱颜无味的手，跑到了他的面前："我在。"

"你留在这里，放个信号烟，和付小姐一起站在台子上别动。"段十一看也没看她，更没瞧旁边的颜无味，"我去追白小姐。"

"是。"小草点头，立马抱住付莹莹的一只胳膊，警戒地看着四周。

段十一转身就要走，却听得颜无味低声道："你不怕你一走，我杀了这个女人吗？"

高手的杀气，从声音里就透得出来。付莹莹回头看着说话的男人，吓得腿都软了。

段十一停下步子，回头看着颜无味道："你不会。"

"哦？"颜无味慢慢走到小草身边，嗤笑道，"你哪里来的自信，认为魔头不会杀人？"

段十一翻了个白眼："你觉得我为什么让这个功夫不好的丫头看着人？"

颜无味一愣。

小草挠挠头，扶着付莹莹退后一步，看着颜无味道："杀人是犯法的啊，你要杀她，得先杀我！我现在在办案！"

颜无味眯了眯眼，看着段十一道："你这人未免太无耻。"

哪里看出来，他不会动小草的？

小草已经是做好了殊死搏斗的准备了，她可不相信颜无味会帮她而不帮他姐。所以段十一头也不回地走了的时候，小草就跟母鸡似的护在付莹莹前头。

"你别折腾了。"颜无味皱眉看她一眼，"肚子不疼吗？"

"不疼。"小草抿唇："你别过来就对了。"

颜无味叹了口气，望了望段十一走的方向，淡淡地道："你护不了她多久的，今晚，一个也跑不掉。"

付莹莹被这句话吓得"哇"的一声就哭了，小草手足无措，怒视着颜无味："她们跟你们无冤无仇的，为什么要杀？"

"不是'你们'，是我姐姐而已。"颜无味耸肩，"她每次给段十一的惊喜，都是以人命为代价，只是不知道这回怎么就选了这四个女人，以前都是些官员。"

准确来说，都是做尽丧尽天良之事的官员，逃到律法之外，却逃不过颜六音之手。

"不管如何，杀人就是不对。"小草很想有气势地吼出来，然而看着颜无味那一身杀气，响亮的话还是变成了蚊子哼哼。

颜无味不甚在意，只听着这安静了的长安城，等着某处传来的一声尖叫。

"站住！"段十一追在白秋荷的马车后头，皱着眉头喊，"白小姐，您与付小姐待在一起才是最安全的！"

白秋荷已经在马车里抖成一团，哪里还肯听段十一的话？

"小翠，拿张手帕……给我。"

自己的帕子都哭得像水里刚捞出来的，白秋荷朝外头喊了一声。

马车车辕上坐着的丫鬟起身，进了车厢。

"白小姐！"段十一追上马车，跳上车辕，从马车夫手里一把抢过缰绳，勒住了马。

"你这人……"车夫忍不住生气，段十一却直接去掀开了车帘。

红色的血溅满了整个马车内壁，白秋荷瞪大眼睛看着他，脸色已经开始慢慢变青白，手僵硬地朝前伸着，像是想呼救，却被人一刀割破了喉咙。

"啊——"马车夫大叫了一声，吓得屁滚尿流地跳下马车，狂奔离开。

段十一咬牙，他还是慢了一步。

扯过缰绳，没有再多犹豫，立刻驾车扭头回去朱雀大街的广场。

晚上的风有些冷，小草警惕地看着四周，却忍不住打了个喷嚏。

段十一怎么还没回来？

颜无味悠闲地去拿了两个鸡腿回来，伸手递给小草一个："吃不吃？"

小草："我现在在办案！办案的时候怎么可能这么经不起诱惑！……我要大的那个。"

颜无味伸手将鸡腿给她，自己也啃了一个。可怜付莹莹在原地站着又冷又饿，旁边两个人却吃得满嘴是油。

"起风了啊。"头发突然被吹落两缕，小草嘀咕了一声，"晚上的长安城可真冷。"

颜无味浑身瞬间紧绷了一下，丢开手里的鸡骨头，瞬间移步到小草面前。

无形的杀气掠过他的发丝，却一丝一毫也没舍得伤他。

小草以为颜无味是来替她挡风的，干笑两声道："你不用这么体贴吧？"

说是这么说，手上却把付莹莹一块拉过来躲在他背后："还真别说，他背后就是要暖和许多。"

付莹莹"嗯"了一声，抬头看着颜无味的背影，脸上微微有些绯红。

"无味。"

空气里响起了极轻极轻的叹息，付莹莹听不见，小草能听见一点，颜无味却是听得清清楚楚，并且垂眸回答："我在。"

四周的风变得温柔，像温柔的姐姐一样，轻轻抚过他的下巴："让开。"

"她不行。"颜无味低声道，"她是我的人。"

风变凉了，小草明显觉得周围温度瞬间下降，忍不住打了个寒战。

马车的声音由远及近，段十一远远只看见颜无味一个人，眉头皱紧，没等马车勒住就飞身而起，落在看台之上。

还好，视角一转就看见小草带着付莹莹躲在颜无味的背后。

"六音啊。"段十一叹了口气，像是跑得有些累了，颇为无奈地看着某处道，"我的琴被个小丫头送人了，今日可不能以琴音迎你，你还是快些出来，省得我四处奔走。"

"咯咯咯……"空气里传来娇俏的笑声，像是被风吹的海棠花，花枝乱颤。

"还有一个人没到手，我心里不舒服啊。"颜六音低低呢喃，声音温柔得像是情人一样，就在耳边响起。

然而段十一眉头一皱，几乎是立刻反应，往旁边的屋顶飞身而去。

他把顾盼盼给忘在那里了。

他快，颜六音更快。

一袭红色长裙在月色之下绽放，顾盼盼正冷得发抖呢，脖子就被一个妖冶的女人给掐住了。

"这就是你新的红颜知己？"颜六音回过头来，丹凤眼下一滴泪痣，嘴唇红得妖艳万分。

段十一就站在离她三步远的位置，揉了揉眉心："不要伤无辜的人。"

"这天下，有几个人是无辜的啊？"颜六音眨眨眼，眼波流转之间，黑色的指甲就已经要陷进顾盼盼的脖颈里。

段十一上前两步，直接伸手捏住了她的手腕。

奇怪的是，颜六音没有反抗，反而像个娇俏的小姑娘，撒着娇道："呀，你轻薄于我！"

顾盼盼惊魂未定，差点从房顶上摔下去。段十一松开颜六音的手，将顾盼盼抱去了平地上，低声道："辛苦你了。"

第 29 章　有奸情

顾盼盼捂着自己的脖子，惊慌地拉着段十一的衣袖。旁边六扇门的人已经赶到，段十一直接把她交给了祁四："送她回六扇门。"

"是。"祁四应下，身后六个捕快佩刀上前，将颜六音所站的屋顶团团围住。

颜无味皱眉，回头看了小草一眼，低声道："你等我。"

然后便飞身去了颜六音的身边。

屋顶上的两个人一红一黑，浑身是居高临下的威风气势。段十一站在街道上，折扇已经收拢。

小草知道，对付菜鸟游刃有余的时候段十一才会甩那把骚包的折扇。要是认真的时候，一般还是用他的却邪剑。

但是他今天没有带剑出来，大概是不曾想这花好月圆的鸳鸯会，竟然会闹这么一出。

"每年见你，你的风华都多增一分。"颜六音眯着眼睛看着段十一，眼里情绪翻涌，"真是好得叫人想毁了你。"

"女人的嫉妒心真可怕。"段十一摸摸自己的脸，"长得好看不是我的错啊。"

小草当下就想脱了鞋朝他后脑勺砸过去！

但是风声突然紧了，看台上挂着的八条红绸子飞扬了起来，气氛陡然紧张。

颜六音一直站着没动，周围的六个捕快想慢慢上去包围她，却在刚要上到房顶的时候，被一股子气流震开。

红色的影子一眨眼就移动到了付莹莹的面前！

段十一飞身而来，合拢的折扇挡了她一支毒镖，回身一踢便将她逼退两步，一身白衫迎风飞扬，好看得很。

小草此时此刻才终于明白段十一为何对白衣裳这么执着，因为打架的时候实在是太具有观赏性了。

颜六音很像一条悄无声息的毒蛇，袖子里飞出来的铁链缠住了段十一，将他一并扯下了看台。

付莹莹已经傻了，小草连忙抓着她，以免她失控了往颜六音那边撞。

段十一与颜六音过招，跟挤了草莓酱的馒头一样，红的白的，看都看不清楚。小草很努力地想偷学一两招，结果看得眼冒金星也没能看懂段十一用的招式。

正揉眼睛呢，那边颜无味就下来了，站在她面前不远处，脸上的表情有些无奈："小草，过来。"

啥？过去？小草回头看了看付莹莹，摇头："我要保护她。"

颜无味抿唇，转头对着付莹莹喊："过来。"

付莹莹都快被吓哭了，想着刚刚这黑衣人是保护自己的，长得又好看，当下二话没说就冲过去。

小草瞪大了眼睛，一声惊呼刚到唇边，那边的段十一就拼着硬挨了颜六音一铁链子，朝这边飞身而来。

付莹莹不明白状况，刚要碰到颜无味的衣角，肩膀上就是一凉。

细小如头发丝儿的东西，割破了她的衣袖，在胳膊上留下一道痕迹，过一会儿，才有血流出来。

"啊！"付莹莹尖叫一声，倒在了地上。

段十一"呸"了一口血，捏着颜无味的手腕，将他甩了出去。

颜无味一个空中转体，帅气地落在不远处，手间光芒一收，看了小草一眼，转身便揽过颜六音，往夜色中隐去。

"今夜不太愉快，段郎，你等我下一次来找你啊。"

颜六音娇俏的声音在空气里回荡，小草连忙跑到段十一身边，看着他嘴角的血，紧张地问："没事吧？"

"无妨。"段十一撑着看台中间的木桩，甩了甩额前的碎发，"她这点力道……"

话没落音，又是一口血喷出来，溅了小草一身。

小草吓傻了，二话没说就扛起段十一往六扇门跑，一边跑还一边哭："救命啊，救命啊，我师父要死了！"

硬抗颜六音那一鞭子震伤了内脏，吐两口血其实挺正常的，段十一觉得自己不会死。

但是被段小草这么扛着一路狂奔颠簸，他突然就觉得自己看见了黄泉路的大门。

六扇门的人留下来收拾了悬挂着的和马车里的尸体，小草将段十一扛回院子里的时候，顾盼盼也已经披着段十一的衣服在喝压惊汤了。

"怎么了？！"

瞧着段十一半死不活地被扛回来，顾盼盼吓了一大跳，旁边的叶总捕头也不淡定了："谁能把十一伤成这样？"

小草哇哇大哭："我师父要被颜六音打死了！"

段十一靠在软榻上，有气无力地道："我呸！我这样子三分是颜六音所为，剩下七分都是你干的！"

小草一愣："关我啥事？"

段十一恨不得把她拎起来丢外面井里去！

叶千问听他还能这样说话，也就放了一半的心，接着就问："今天发生什么了？"

"颜六音和颜无味出现了，杀了四大才女之三，剩下一个付莹莹，好像没想下杀手。"

叶千问脸都白了："杀了白秋荷、司马飞云和李沉鱼？"

"对。"段十一笑了一声，"还真是会挑身份贵重的杀，这一次，她又成功吓到我了。"

原以为她会对今晚到场的官员动手，毕竟颜六音一直杀的是贪官污吏。没有想到这次她的目标竟然是手无缚鸡之力的弱女子。

太不符合她的风格了，也让他着实没反应过来。

颜六音做事都是有目的的，那这次杀三个女子的目的是什么？难不成就是为了吓一吓他？

"你先别说话了，好好休息，要吃什么我帮你做。"顾盼盼一双美目含着泪，像是十分担心他的模样，"躺着吧。"

小草挠挠头，看了看顾盼盼："你不回招袖楼吗？"

顾盼盼抿唇，绞着手里的帕子道："我好像被那女魔头盯上了。"

"她就留在这里。"段十一道，"要是颜六音一时兴起想拿她下手，也只有在我身边我才来得及护着。"

"留在这里？"小草睁大了眼睛，"咱们院子里就两间房子一个狗窝，三个人一条狗，怎么睡啊？我的房间可睡不下两个人。"

"多简单的事情啊。"总捕头挥挥手，"十一跟顾姑娘一起睡不就好了。"

反正肯定也睡过啊！叶千问是个粗人，说话不会绕弯弯，直截了当地提出了最佳解决方案。

小草嘴角抽了抽，段十一没吭声，顾盼盼却是有些脸红，眼睛看着段十一，手里的帕子都快绞烂了："不太好吧……"

"还是这样吧，盼盼睡小草的屋子。"段十一想了想开口道，"小草跟大白一起睡就好了。"

段小草："……你是认真的吗？"

段十一理所应当地点头："我受伤了，需要好好休息，盼盼是个姑娘家，你总不能让她和大白睡啊。"

"我也是姑娘家！"小草头发上的鸡毛都气得立起来了。

"别说胡话，乖，去给师倒茶。"段十一挥了挥手。

小草这个恨啊，刚刚颜六音那一鞭子为什么不打在段十一的舌头上啊？叫他嘴贱！

气愤是气愤，看着自家师父没血色的小脸儿，小草还是乖乖去倒茶了。

顾盼盼的脸上有些失落的神色，却还是笑道："多谢大人了。"

"你回去休息吧，有什么动静叫一声就行。"段十一闭了眼道。

顾盼盼点头，出去的时候，看了看小草，微微抿唇。

叶千问关上门在屋子里与段十一嘀咕了好一阵子，等小草泡完茶回来，叶千问已经走了，段十一也换了一身寝衣，青丝凌乱，一副病美人的模样。

"茶。"小草捧给他，段十一抿了一口便放在一边，然后蹙眉做西子捧心状："好难受啊。"

小草紧张地看着他："你是不是伤得很严重啊？"

"废话！"段十一啐她一口，"不严重我能成这样吗？在外面的时候没来得及问你，你和颜无味怎么走一路去了？"

而且看起来颜无味还……挺在意她的？

小草挠挠头，干笑两声道："巧遇啊，他送了我一套衣裳，然后带着我看鸳鸯会来着。颜无味这个人其实不错啊，还说要娶我来着……"

段十一一脸吃了大便的表情看着小草："在这牢里关了一年，他就已经瞎了？"

小草翻了个白眼，摸了摸自己的发髻："我打扮打扮还是很有姿色的啊。"

段十一抬眼看着她头上的鸡毛，呵呵笑了两声。

小草伸手扯了鸡毛下来："这个还不是为了让你看见我。今晚要不是我拖着颜无味，付莹莹早就死了，你怎么不夸我啊？"

"他压根儿就没想杀付莹莹，有你没你都一样。"段十一淡淡地道，"那时候你没看见吗？他的手就在付莹莹的脖颈旁边，要用天蚕丝杀了付莹莹简直易如反掌。但是他没有，只伤了她胳膊，那种皮外伤，大夫都不用找的。"

小草满脑袋问号："那他为什么不杀啊？"

"我也想知道。"段十一支着下巴道，"太不符合颜六音的风格了，我有点猜不透。"

小草歪着头想了一会儿，突然发现一个问题："师父，你是不是一早就认识颜六音啊？"

段十一顿了顿，竟然侧过了头："我的身子太虚弱了，需要好好休息，晚安。"

小草：……

有奸情！

第30章　嘿　嘿

绝对有奸情！

她记得前些日子自己拿着颜六音的通缉令去找段十一的时候，段十一说的是非命案不接云云，那时候可没提半句他认识颜六音。

而今日颜六音出现之时说的那些话，分明就是与段十一相识已久，且有些特殊的感情！

现在一提颜六音，段十一竟然回避！竟然要装虚弱！

以她绝顶聪明的头脑，不用想都知道，这二人之间定然发生过什么令人难以释怀的事情！

比如段十一欠了颜六音的钱！借钱不还，翻脸不认，以至于颜六音一鞭子打得那么狠！

这样一想，一切的事情好像都说得通了，小草不禁有些佩服自己的聪慧。像她这样聪慧的姑娘，竟然要去睡狗窝，段十一果然是禽兽。

夜深人静，看看时候也不早了，小草起身，准备去找件儿厚点的大衣，然后去和大白挤一挤。大白的狗窝是段十一亲手做的，是一个可爱的小房子，很宽敞，可以装下两个段小草。某种程度上来说还很安全，因为一般刺客都不会想去狗窝杀人的。

但是她刚要转身走，已经闭着眼睛做睡觉状的段十一却伸手出来拉着了她的手腕。

"你睡软榻。"段十一起身，揉了揉自己凌乱的头发，爬去了大床上，兰花指指了指自己刚刚睡的地方，道，"不要搞夜袭。"

小草张大了嘴："你要我在你这里睡？"

"我没嫌弃你，难不成你还嫌弃我？"段十一翻了个白眼，"我不习惯跟生人同处一室。"

说完，裹着被子就睡了。

小草眨眨眼，再眨眨眼。段十一没让顾盼盼留下来而让她留下来，是因为觉得顾盼盼是生人？

这可真是奇了怪了，那么要好的两个人，还能是生的？

嘀咕了两句，小草抱了被子出来，舒舒服服地躺在软榻上，没一会儿就睡着了。今天实在是太累了，明天又不知道要发生什么样的事情，每天的睡眠当真是最宝贵的。

红色的血不知道从哪里流出来，慢慢地在地上流淌，浸透了白色的背景。小草走在虚无的空间里，看见一块牌匾从天上掉下来，一起掉下来的，还有无数具尸体。

哭声、尖叫声，和冰冷的利器刺入身体的声音一齐响着，有谁拉着她的手，将她带着狂奔出去，又有谁浑身是血地将她藏在水缸里。

水缸被盖上了盖子，叫人透不过气，她觉得自己快被闷死了。

"小草。"

谁在叫她？

"段小草！"

一个激灵睁开眼，段十一清澈的眸子就在她鼻尖上，小草吓得尖叫一声，一爪子拍他。

"你做什么？！"

段十一没好气地翻了个白眼："天亮了，你赶紧起来，我们要去刑部。"

刑部？小草立马清醒了，她进六扇门这么久，还没去过刑部呢。

招袖楼的命案才刚刚落下帷幕，这边就出了这么大的事情，死的都是身份贵重之人，刑部尚书亲自出马都不足为奇。

但是小草跟着段十一和总捕头一起到刑部的时候，亲自出马的不只是刑部尚书，六部尚书都到齐了不说，中间还坐着个一身雪锦眉毛花白的老伯伯。

雪锦在大梁是个稀罕东西，除了皇室，旁人都是不可能穿的。

小草站在段十一身后，觉得这场面实在是太大了，她都有点喘不过气。

她就是个平头小老百姓啊，头一次看见这么多大官在一个房间里，也不觉得挤得慌！

"六扇门可有什么线索？"坐着的雪锦老伯问了一句。

叶千问上前，恭敬地拱手："回太师，昨日发生的命案，已经初步确定凶手是江湖上的女魔头颜六音，有段捕头与之交手，为护贵府千金而被女魔头重伤。"

屋子里一群大人物面面相觑，有三个人神色格外悲愤，想必是死者家人。听着叶千问说这话，户部尚书白夜天站了出来，瞪着段十一道："既然能护得住付小姐，如何就不能保护我家秋荷？"

段十一柔弱地咳嗽两声，白着嘴唇道："段某当时只有一人，实在分身乏术。"

"好一个段捕头！"白夜天冷笑，"真是会选着人护，付小姐自然比我家秋荷有身价，老夫没话说！"

这语气冲得小草想上去给他一巴掌："我师父昨日就说了让白小姐不要跑，待在师父身边比哪里都安全，她自己不听，师父还前去追了，没追上而已！"

怪谁啊这是？

付莹莹是当朝付太师的女儿，按身价来说是比其他三个都高，但是段十一是趋炎附势的人吗？小草很生气，虎牙都龇出来了。

"你是谁？这里有你说话的地方吗！"白夜天梗着脖子怒喝，"保护她们本来就是你们六扇门的责任，没能护好人，还有什么好说？"

"六扇门是建立起来破案的，不是用作保镖的！"

段十一想捂住小草的嘴，奈何这丫头犟起来几头牛都拉不回来，他只能挡在她面前，看着中间坐着不说话的付太师道："发生命案，并非我六扇门所愿，现在既然已经发生了，就该早日将凶手捉拿归案，太师以为呢？"

"你说得对。"付太师点头，看着段十一道，"这案子还得有劳段捕头了。"

"岂敢。"段十一拱手。

付太师一开口，旁边的人也就都沉默了。白夜天很生气，却只能捏着拳头瞪着小草。

朝廷里关系复杂，最近分成了两党，分别是以付太师为首的左党，以及李家、白家、司马家为首的右党。四个人的女儿皆是独生女，都准备送入宫中为妃的，明年就是时候了。

结果这个时候，死了三个，就剩下一个！

三家人心里都不好受，再看今日付太师这不急不慌的模样，白夜天等人就更是恼怒，甩了袖子就走。

空气里满是火药味，小草抓着段十一的衣角，瘪瘪嘴看着付太师。

"他们想不通，也是情理之中。"付太师看了一眼叶千问，又看了看段十一，"昨日小女多亏了你们了，等凶手缉拿归案，老夫一定上奏禀明圣上，赞扬六扇门。"

这一句话分量可重了，付太师是当今太子的老师，又得皇帝器重，他赞扬一句，六扇门一年的经费都可以轻轻松松拿下来，不必去左申请右申请了。

只是小草看了看段十一和叶千问，两个人的表情都不是很轻松。

"你们在紧张什么啊？"回去的马车上，小草忍不住问。

段十一直接无视了她，撑着下巴低声道："我怎么觉得，颜六音和颜无味在跟咱们下一盘棋呢？"

"什么棋？"叶千问皱眉。

"昨日我就一直在想，他们为什么会独独放过付莹莹。"段十一叹息，"今日好像明白了，咱们是不是被划分到左党里了啊？"

叶千问一听，好像还真是，六扇门一直是中立部门，不参加任何官场争斗，但是因着昨日的命案，以及今日付太师的态度，六扇门莫名其妙就被右党排斥，而在左党里待着了。

这好像有点始料未及。

"应该不是什么坏事吧。"叶千问道，"咱们只管破案不就好了。"

头脑简单四肢发达，说的就是总捕头这种人啊。段十一摇摇头，也没打算再多说，转头看向小草："咱们要开始抓人了。"

"嗯，好啊。"小草点头，然后又想了想，"怎么抓啊？"

段十一"嘿嘿"笑了两声，笑得她后背有点发毛。

"我有种不好的预感。"小草道，"你想干什么？"

第 31 章 上乘的轻功

段十一伸手摸摸她的头发，笑得跟只黄鼠狼似的："为师从收你为徒那日起就知道，你是要做大事的人！"

小草眨眨眼，这话说得没错啊，她以后肯定是江湖上的传说，要让所有人提起她的名字，就像提起段十一的名字一样充满敬佩和仰慕！

"一直没有教你上乘的轻功，现在也是时候了。"

眼睛"噌"地放光，小草一甩头就换上一副谄媚的表情，跑到段十一身后捏肩捶背的："您老终于肯教我了啊？"

"嗯。"段十一点头，"引出颜六音的法子我有，但是'妙音'被你送给了陈白玦。要是不教你上乘轻功，你拿不回它。"

啥？小草歪歪脑袋："'妙音'不是就在陈家大宅里吗？为什么要学上乘轻功？直接去拿就好了啊。"

招袖楼命案已经尘埃落定，陈白玦被无罪释放了不是吗？只是最近没看见他出来活动过就是了。

"陈家大宅被官兵守起来了。"段十一道，"我企图进去，但是被阻拦了。"

"连你都敢拦？"小草瞪大眼睛，"哪里来的官兵啊？"

按理说官兵不都该是六扇门派出去的吗？而且陈白玦已经是无罪，要斩首的只有陈元徽一个人，那为什么陈家大宅还会被守起来？

"我问过总捕头。"段十一低声道，"那些官兵穿的是青色衣襟的官服，总捕头也不知道来历，只让我不要多问，也别再去陈家大宅。"

旁边的叶千问点头，也没吭声，只垂了眼眸。

大梁的官兵也是有等级的，按照衣襟颜色来说，就是赤橙黄绿青蓝紫，黄色之前都是隶属政府部门的，其他颜色，则是官员或者王侯家配的官兵。

很明显黄色以上的都不好惹，而看守陈家大宅的官兵，竟然是青色的衣襟。

奇了怪了，要是陈家有这么深厚的背景，陈元徽怎么可能那么容易就被判了斩首？律法之外没有人情，但是是有权力的，参考杀人无数却没被斩首的颜无味就知道了。

陈元徽没能免于斩首，家里却有青色衣襟的官兵，那么就只有一种可能。

陈家大宅被某个人控制了，可能那里有他想要的东西，也可能是有他想做的事情。

小草瞬间觉得自己背负了巨大的使命，身子都紧绷了起来，眼睛紧紧地盯着段十一道："我去偷'妙音'出来，算不算小功一件？"

"算。"段十一眯着眼睛笑，"为师会向总捕头禀明情况，事成之后，也算在你转正的业绩之中。"

这么好？小草当下就一拍大腿同意了。

段十一展开折扇，捂着嘴笑得嘿嘿嘿的，拎着小草回六扇门就开始了轻功集训课程。

小草学功夫的时候还是很认真的，就是脑子不太好使。

段十一站在六扇门的院墙上，轻轻张开双臂道："轻功要的是身手敏捷，反应极快，才能在这万物之上行走如飞。"

小草一边拿小本子记着，一边仔细观察。

段十一深吸了一口气，足尖借力，从墙上一跃而起，飞身到了对面的树上。一身白衣飘飘的，十分好看。

"看明白了吗？"

"明白了！"小草收起本子，深吸一口气，立马学着段十一的模样张开双臂，一跃而起！

然后"啪唧"一声摔在院墙外的泥土地里。

段十一眼里的神色很沉痛："小草啊，为师在给你演示，不是让你跟着做。就你的敏捷程度和内力水平，现在只能走个独木桥不摔着，你还想飞这么远？"

小草：……

这个狡猾的段十一！

"我不能跟着学，你刚刚怎么不阻止我？！"抹一把脸上的泥，小草愤怒地脱了鞋子就朝段十一砸过去！

树上的人敏捷地躲开，"啪"的一声展开扇子："成长总是需要疼痛的，为师不让你学会体味疼痛，又怎么能教你上乘的轻功？这都是代价。"

"说人话！"小草怒喝。

"哦，就是想看看是你硬还是这地硬。"段十一老实开口，"还是我徒儿硬一些。"

见过这么禽兽的师父吗！小草眼眶都红了，慢慢爬起来，揉揉自己摔疼的膝盖，蹲在原地委屈地不说话。

段十一看了看，叹了口气，飞身下来蹲在她旁边。小草以为，这人好歹会安慰她一两句吧？

结果段十一说："地都没喊疼，你为啥还蹲着？起来，跟为师去跑一跑。"

跑你大爷啊！小草很想这么怒吼一嗓子。

但是段十一已经愉快地在一边开始做热身运动了，活动了腿脚之后，跑得比大白都快！瞬间冲了出去，扬起一阵尘土。

小草眨眨眼，呆愣了一会儿，咬牙站起来就跟着往前跑。

输给谁都不能输给自己！原谅谁都不能原谅段十一这个禽兽！

大概是心里太悲愤了，小草今日跑得比平时都快上很多，跟着段十一跑过人家的屋顶，翻过篱笆墙，追上沿途的马车，最后跑到了城外湖中心有一座凉亭的心水湖。

段十一轻松地点着湖水，一路跑到了湖心亭。

小草趴在湖边的草丛里累得直喘气，白眼都翻了好几个。

"是不是觉得四肢通畅了许多？"段十一问她，声音远远地传来，却很清晰。

小草半死不活地哼哼："四肢快断了的感觉，叫通畅？"

说是这么说，她动了动手脚，觉得有些奇怪。以前她跑小半个时辰就会觉得累了，今日跟着跑了这么远，而且速度这么快，竟然没有烧心的感觉。

她是不是，内功进步了啊？

这几天练武的时候也有这种感觉，做很多事情，好像都轻松了不少。难不成上次意外掉进寒潭，真的提高了修为？

那她要不要回去再跳进去一次啊？

"过来。"段十一喊了一声。

小草支起身子，没好气地道："我不会蜻蜓点水，会淹死的。"

"不会。"段十一摇着扇子，很悠闲地道，"你试试，看准这湖水上要落的点，集中精神，过来。"

开玩笑吗？小草撇嘴，这厮保不齐又是想看她掉进湖水里，看是湖水深还是她高！

"段小草。"

小草打了个寒战，被段十一连名带姓地叫，总觉得浑身不舒服，立马站起来按照他说的做。

幸好现在天气不冷，掉下去应该也没事。

小草深吸一口气，看了看湖面，盯准几个点，朝湖心亭直奔而去。

足尖点水，波澜四散，她的身子好像轻盈的蜻蜓，一路划过湖水，却没掉下去！

落在段十一身边的时候，小草目瞪口呆："我的天赋原来这么惊人？"

段十一翻了个白眼："你省省吧，是个人都会的东西，你只是不知道自己会而已。"

是这样吗？小草皱眉，觉得哪里奇怪，又说不上来，只得叉了腰梗着脖子吼："你把招袖楼的千妈妈拎来试试！你看她会不会！"

"没出息。"段十一抿唇，看着她打量了一会儿，道，"行了，你再多练习练习，今晚别睡了，把六扇门的屋顶跑一个遍，要是被人察觉，就加跑一圈，直到没人察觉得到你的动静为止。"

她上辈子是不是得罪了段十一啊？比如抢了他的鸡腿什么的？

不过为了拿到"妙音"，引颜六音出来，给自己的业绩上增添光辉的一笔，小草咬咬牙，点了头。

她是命中注定要成为江湖第一女神捕的人！这点小事算什么！

段十一回去愉快地睡了一觉，准备开始撒网捕鱼。然而第二天天亮，起床就听见外面有人破口大骂。

"我们容易吗？我们容易吗？好不容易走了这么多天从边城回来，刚哭完想洗个澡，屋顶上瓦片哗啦啦就往下砸啊！要不是我们躲得快，都得给砸毁容了！"

清晨的六扇门，李二狗叉着腰站在段十一的院子外头，指着段小草一阵狂喷。

"你有没有公德心？有没有同情心？你看看我们师徒三个，已经从英俊潇洒的六扇门之人，变成了这副模样，你还不让我们好好洗澡？"

这破锣嗓子吵醒了整个六扇门的人，段十一不慌不忙地洗了漱出去看，三个煤球围着段小草，已经骂到了最后阶段："让你师父出来给个说法！"

"我在呢。"段十一上下打量了一番这李二狗师徒三人，笑得十分开心，"好久不见啊李捕头，去哪里公费旅游了？晒得这么黑。"

李二狗扭过头来，一头的稻草，脸上全是煤灰，只有眼白是白的。一看见段十一，他眼睛都红了："你眼瞎啊？老子这是好几天没洗澡，又在煤堆里睡出来的！段十一，我要告你，你竟然敢将我师徒三人绑架出长安！"

段十一眨眨眼，无辜地看着身后跟着出来的叶千问，又回头看着这师徒三人："段某最近一直忙着办案，何以将你师徒三人绑架出长安？东西可以乱吃，话可不能乱说啊，李捕头。"

"除了你还有谁！"李二狗气得浑身发抖，"你不就是觉得小草掉进寒潭是我们做的吗？所以故意报复！"

第 32 章　为师在外面等你

"啊？"段十一的语气十分惊讶，伸手将一边被骂屁了的小草拎过来，"小草落进寒潭之事，不是已经说清楚了吗？是有人想挑拨段某与李捕头的关系，李捕头当时不是也很认可吗？"

李二狗一愣，皱眉想了想，段十一好像的确是那么说过，他也那么应和过，可是……

"当时有祁四捕快在场，说种种证据表明推小草下寒潭之人可能是抽刀。段某不相信以抽刀的学识和人品，会做出这样禽兽不如的事情来，所以息事宁人，也望李捕头不要往心里去。"

"而现在，那暗中挑拨你我的人明显又出手了，竟然将李捕头师徒三人绑架出了长安，害得三位受尽苦楚，目的就是要你们回来，将这怨恨放在段某的身上。"

段十一一脸沉痛："聪明如李捕头，万万不可中了小人的奸计！"

李二狗错愕，想了半天竟然觉得段十一说得好像有道理。可是……

"段某与李捕头无冤无仇，相反还受李捕头照顾良多，如何会恩将仇报呢？"

大堂里听着的人都纷纷点头，祁四更是站出来道："段捕头的人品，大家都有目共睹，当时属下没有证据，仅靠目击要指证抽刀是害小草的人，段捕头都坚决不相信。现在又怎么会害李捕头呢？暗中作祟的人实在太低估我们了！"

"是啊。"一向不说话的文月浅也难得多嘴了一句，"段捕头不是这样的人。"

小草低着头看着自己的鞋尖，心想，段十一的确不是这样的人，他是这样的禽兽！

要说绑架李二狗三人的人不是段十一，打死她都不信！这厮报复人从来是阴险毒辣，更狠的是报复完了人家还拿他没办法，更有甚者，还要感谢他！

比如现在一身狼狈脑子不清醒的李二狗，听完众人所言，当真就觉得自己错怪段十一了，连忙笑着道："是李某心胸太过狭隘了，多谢段捕头体谅！"

"哪里哪里，都是六扇门之人，不必客气。"段十一笑得春风十里，背后甩着的狐狸尾巴扬起一阵风扑在小草脸上。

段小草突然觉得，她的师父其实也是挺在意她的啊。她以为落进寒潭的事情就那么过去了，结果段十一竟然不知什么时候，将李二狗师徒三人直接扔出了长安城。

这三人不在，最近的案子都没有参与，功劳全给了她，算是落水的补偿？

但是这也真是太惨了，瞧李二狗这模样，三人穿的都是黑漆漆脏兮兮还破了的寝衣，脚上的鞋也都烂了。肯定是在睡觉的时候，被身无分文地丢出去的。

想想他们这一路的惨状，小草瞬间放下了对李二狗的怨念，甚至用眼神表示了同情。

"好了，既然说清楚了，那就散了吧。"叶千问看着段十一道，"你手里的事情，要尽快做完。"

"是。"段十一恭敬地行礼，然后伸手拎过小草，继续去进行轻功训练。

李二狗站在原地想了很久，总觉得哪里不对劲，但是又不知道该说什么。

"你这一身狼狈，还是好好休息吧。"叶千问看着李二狗道，"最近的大案子十一都在处理了，你正好可以放个假。"

"哦。"李二狗点点头，带着抽刀断水就往回走。

走到一半的时候才发现不对，最近的大案子，全给段十一了？！

"师父，这是一个阴谋！"断水愤愤地道，"哪有这么巧的事情，肯定是段捕头做的，还装无辜！"

"是啊。"抽刀低声道，"除了他，谁有本事让我们三个一点察觉都没有地就被送上马车了呢？"

李二狗一拍大腿，差点又被段十一骗了！这个卑鄙小人！

但是就像他让断水去害小草一样，段十一当真是以其人之道还治其人之身，他没有证据，总捕头也不会相信他！

这个亏，只有硬吃下去了。但是他不会放弃的，他一定要找到段十一的弱点，狠狠地打败他！

李二狗喷了喷鼻息："君子报仇十年不晚，咱们走着瞧！"

抽刀和断水一起学着自家师父点头，然后三个人缩成一团回去各自的房间。

小草又被段十一训练了一整天，进步简直是神速，在傍晚的时候，她就基本可以来去自如了。

"这才一天半啊。"小草惊呼，"像我这么有天赋的徒弟，怪不得你要收！"

段十一靠在树干上，懒洋洋地打了个呵欠，对于她这没有源头的自信不做评价："今晚你就行动吧。"

"今晚啊？"小草想了想，点头，"好的，我回去换身衣服！"

她一直是捕快啊，当贼还是头一次，心里也是经过一番挣扎。

但是段十一说，这不叫偷，叫物归原主。小草觉得很有道理，于是就这么被说服了。

月黑风高，陈家大宅里一片安静。青色衣襟的官兵还在院子里巡逻，小草紧张地吞了口唾沫，问段十一："突然想起来，师父，你轻功那么好，为什么不你去拿回来啊？"

段十一深沉地道："我是为了磨炼你。"

小草点点头，又问："那为什么你不和我一起去啊？也能磨炼我啊。"

段十一摇头："我们两个一起去，被抓住的话，可能会被一起秘密处死，没有人知道。"

小草打了个寒战，大梁的背后力量真是可怕，像深不见底的大海，随时可能出来一条大鱼将人悄无声息地吃进肚子里。她的师父还真是为她着想了。

"那……"小草忍不住问，"我一个人要是被抓住的话，会怎么样啊？"

段十一侧头，对她笑出了一口白牙："一个人被抓住，也会被秘密处死，但是我知道，并且会记得给你烧香的。"

小草：……

现在后悔还来得及吗？她想回去陪大白睡觉。

段十一眯着眼睛看清了陈府里的形势，大脚一踹，直接将小草从墙头踹进了陈府后院。

小草落地一个无声翻滚，站起来对着段十一的方向龇出两颗小虎牙："你个畜生！"

"去吧，为师在外面等你。"段十一笑着飞了个吻，然后就消失不见了。

四周连人声都没有，一片安静。小草绷紧了皮子，蹑手蹑脚地往陈大少爷的院子里而去。

第 33 章　机关遍地的陈府

陈家大宅的路她还是很熟悉的，但是怕的就是那些个青衣襟的官兵，不知道会不会突然从哪里冒出来。

这个时候段十一教的上乘轻功就是很有用的，小草轻手轻脚地翻过一处处墙，身姿轻盈，像一只黑色的蝴蝶，滑翔在寂静的夜空里。

一切都显得很顺利，小草落在空无一人的院落里，躲在主屋的后方，屏息听了半天之后，伸手去钩了钩头顶上的木窗。

"你会没命的！"

屋子里传来一声低喝，吓得小草连忙滚进旁边的草丛。

"你知不知道，那东西继续留在你这里，会害了你？"

"我知道。"陈白玦的声音里透着虚弱，在屋子里低低响起，"但是我更知道，若是现在将东西交出去，这条命，我一样保不住。"

敢情是两个人在说话，小草拍了拍自己剧烈跳动的心口，偷偷吐出一口气，又悄悄地缩回窗户下面。

"你是个聪明的孩子，我既然是你舅舅，就不会害你。"那人继续道，"你把东西给我，我保证替你求情，让你离开长安城，总比现在做这笼中之鸟来得好吧？"

陈白玦沉默了良久，没有再回答。他舅舅的声音变得暴躁起来："还有一段时间你爹就要处斩了，你也不为他想想？交出这个，说不定上头一高兴，连你爹也能……"

"他死了活该。"陈白玦淡淡地开口。

小草听得心里一跳，想起招袖楼命案，又想起被陈元徽亲手杀了的陈夫人，不免有些唏嘘。

文武双全的陈白玦啊，现在不仅即将孤身一人，好像还被什么势力给控制住了，目的就是要他手里的一样东西？

陈元徽只是个富商而已，能有什么东西会惊动青衣襟官兵啊？

他舅舅一时语塞，怒哼了一声："你自己再好好想想吧！"

门被打开，又再次合上，小草听着那人的脚步渐渐走远，又仔细听了听屋子里头。

好像只剩陈白玦一个人了。

小草果断打开窗户，轻手轻脚地跳了进去。

"什么人？"陈白玦的声音里满是戒备，坐在一张雕花木椅上，身子却没动。

"是我啊。"小草踮着脚尖走过去，看了看放在不远处架子上的"妙音"，眼睛一亮，还没跟陈白玦打招呼呢，就直接跑过去先将琴抱了起来。

抱好琴一回头，小草刚想给陈白玦来个温暖的微笑，以顺利带走名琴，结果看见的就是陈白玦陈大少爷，被一丝不挂地捆在木椅之上，下身只搭了条薄绸子。

"噗！"，小草一个没忍住，鼻血跟喷泉一样，在空中形成两道亮丽的血柱。

陈白玦看清是她，先是很惊讶，惊讶之后脸就红了，别开头道："你怎么进得来的？"

小草暂时放下名琴，伸手捂着自己的眼睛道："我翻墙进来的。"

"不可能。"陈白玦抿唇，"这陈家大宅里已经是机关重重，连只鸟都飞不进来，你如何能轻松翻墙？"

啥？机关？小草一脸茫然："我什么机关也没看见啊。"

虽然进来得的确是有些轻松。

陈白玦深吸了一口气，咬牙道："算你运气好吧，不过你快走，这里太危险了。"

小草点点头，她是很想走没有错，但是……

"你为什么成这副样子了？"

扫一眼这屋子，跟以前的满目繁华不同，什么装饰都没了不说，连帷帐都取了，一眼扫过去就能将这屋子的角落看尽。

"一言难尽。"陈白玦垂着眸子，"这也不是你这个小捕快该管的事情，快走吧。"

小草不服气了，小捕快怎么了啊？小捕快也是能干大事的！

于是她蹦蹦跳跳走到陈白玦旁边，哗啦啦地就将他身上捆着的绳子全部解开了。

陈白玦一愣，轻轻活动了一下已经被捆了几天的手，身子想动，却是僵硬得很。

"律法有言，非官无凭，不得拘束他人来去之自由。"小草道，"你被捆在这里，可以出去告他们的！"

"告他们？"陈白玦一愣，接着低低地笑了出来，看模样还笑得挺开心，"小草，你看我这样子，若是能告他们，如何还会让这些强盗霸占了整个陈家大宅？"

小草皱眉，想起段十一说的话，好像也有点明白。转身先拿出方巾，将"妙音"绑在自己的背上，然后她道："你跟我一起出去吧，我没有办法，段十一肯定也有办法帮你。"

陈白玦摇头："你以为他们为什么连个帷帐都没给我留？就是防止我逃跑。"

总不能裸奔出去吧？

"这个简单啊。"小草十分爽快地将自己的外袍解了下来，"穿我的！大晚上的也没人看得清，不用在意形象！"

微微错愕，陈白玦看着小草只穿一件里头的黑色单衣，抿抿唇脸更红了，想了一会儿，还是接过了衣裳。

小草很自觉地转身，一边重新绑好"妙音"，一边听着整个院子里的动静。

"好了。"陈白玦说了一声。

小草回头，很不想笑出来的，但是她的长袍被陈白玦穿成了短裙，风度翩翩的陈家少爷瞬间变得跟个跳大神的神婆一样，实在是叫她忍不住笑出声。

陈白玦有些窘迫，但是到底也是想逃出去的，所以轻咳一声之后，拉过小草就从窗户边跳了出去。

夜风习习，吹得陈大少爷衣袂飘飘。

小草背着"妙音"，十分勇敢地原路返回，步子走得又大又快。陈白玦一路上眉头就没松开过，一直在提防着什么东西。

直到路过花园的时候，他看见地上有断了的一根马尾线。

"怎么了？"小草见他停了下来，左右看了看，小声问。

陈白玦看了看那线，跟着小草继续走："你一个人来的？"

"是啊！"提起这个小草就有些愤愤不平，"我师父那个怕死的，知道有危险，就让我一个人进来，要是我出了事，他说他会给我烧纸！"

陈白玦挑眉，道："你知道这院子，是请了高人来设计机关的，所以守卫不多，只有几个人，但是这些天以来，除了我舅舅，没有人能进得来。"

小草"哦"了一声，继续翻墙，翻到一半突然停住动作："你的意思是，这院子里全是机关，会要人命的那种？"

陈白玦点点头。

小草立马紧张了，贴着墙滑到地面，跟只老鼠似的左看右看，手脚都发抖："那我们该怎么走啊？"

陈白玦忍不住翻了个白眼："你刚刚不是走得挺大胆的？我还以为机关是你解除的。"

"不是啊。"小草很屈地缩着肩膀，眨眨眼，"已经解除了？"

"嗯。"陈白玦领着她继续走，"不知道是谁做的，看样子还挺干净利落。"

小草吐了口气，胆子又大起来了，飞檐走壁，轻松地落在了陈家大宅的院墙外面。

陈白玦也跟着爬上墙，正想松口气跳下去，背后突然传来凌厉的破空之声，直朝他的背而来！

第 34 章　心机婊段十一

他也是会弓箭的人，听这声音就知道自己完蛋了。这一箭的准头和力道，可以直接要了他的命，他终究是逃不出这里。

这一瞬间，小草好像感觉到了危险，往墙头上看，眼睛睁得大大的，像是想惊呼。

风从墙头上吹过，定格在爬山虎摆动的一瞬间。陈白玦蹲在墙头，身上属于小草的长袍微微扬起，青丝被风撩乱，定格在遮住眉眼的这一秒。

然后小草想，完了，这场景怎么那么像诀别？等会是不是就会有一瓢子番茄酱泼下来啊？血红血红的那种。

这不行！小草立马就想行动，陈白玦可还穿着她的衣裳呢！那衣裳好难洗的！但是她反应没那么快，还动不了，只能张大嘴。

下一刻，一袭白衣就掠上了墙头，将陈白玦打横抱起，躲过那飞来的羽箭，旋转着从墙上落了下来。

乌云里的月亮重新探了头，温柔的月光洒了那两人一身。

段十一深情款款地看着陈白玦，陈白玦一脸茫然地回望着他，若此处有背景音乐响起，歌词应该是这样的：

英雄救美，百转千回，我从你眼里能看见春水。

很好，很完美。小草眼睛里已经亮起了粉红色的星星。

然而段十一刚站稳，就直接将陈白玦丢在了地上，跟丢抹布似的，转身就迎上了追出来的青衣襟官兵。

这些官兵当真是训练有素啊，追人都没有傻兮兮地大喊"站住"，而是直接悄无声息地放冷箭！

要不是段十一反应快，陈白玦今儿就算交待在这里了！

七八个青衣官兵轻松跃过墙头，没喊没叫的，直冲陈白玦而来。段十一抽出却邪剑，只挡下四个人，剩下的全部抽出了刀剑扑了过来。

小草从唯美画面里回过神，立马捡起旁边地上的木棍，挡在了陈白玦身前。

这种时候，应该是要说点什么台词的，小草觉得应该有气势一点，要威慑对方，于是挺了挺胸膛大喝一声：

"杀人犯法！"

几个青衣襟官兵嘴角同时抽搐了一下，她身后站着的陈白玦也忍不住捂脸："你还不如别说话。"

要是这些人怕犯法，刚刚怎么还会射出那一箭？

小草干笑了两声，随即严肃了表情，握着木棍紧张地观察着周围的人。陈白玦虽然会武，但是看起来被囚禁了很多天，身子不算很灵便，手里也没有武器，怎么想都属于该被保护的那一方。

所以当青衣襟进攻的时候，小草使出了浑身解数，上蹿下跳，左打右挡，把陈白玦护得滴水不漏。

陈白玦想动手，往左动吧，被小草一肘子打在了腰上。往右动吧，又被她一脚踢在臀上。

看着自己面前这个精神头格外好的小捕快，陈白玦揉揉额头，干脆站着不动了，看旁边的人快伤到她的时候，才拉人一把，或者是替她踹扑过来的青衣襟一脚。

段十一很快解决了那边的四个人，没杀生，只是都打晕了。转头一看这边，段小草还跟只蚂蚱似的跳来跳去。

"攻下路。"

小草正躲得起劲呢，听见段十一的声音，下意识地照着做，一个扫堂腿扫倒俩。

"防左，击右。给地上要爬起来那俩补几脚，手里棍子别闲着你往他头上砸啊！哎，对，回身踢，踢狠点。"

陈白玦忍不住侧头看着段十一，敢情这是把人家当陪练啊，小草的路数其实乱七八糟的，但是段十一这一提点，她又能打得有模有样。

"哦也！"撂倒四个人，小草十分开心地蹦跶了两下。

段十一挑眉，没作声。

"小心！"陈白玦瞧着后头爬起来的一个青衣襟，忍不住低喝一声。

　　小草没提防，刚回头，就被那青衣襟照着脸来了一拳头，右眼顿时一黑，有好多小星星在天上飞。

　　"到底还是太年轻。"段十一啧啧两声，撂倒那人之后，拎着小草来瞅了瞅，"哟，这打一下，你眼睛显得大多了！"

　　小草眼泪都快出来了，咬牙切齿地看着他："你早知道他还能爬起来，干啥不提醒我？"

　　"我只是提点你，没说什么事都会告诉你。"段十一笑得贱兮兮的，"人还是要学会自己长大。"

　　神啊，来道闪电劈死这个禽兽吧！信女段小草诚心向上天祷告！

　　陈白玦有些怔愣，瞧了瞧随意将小草搂在怀里的段十一，微微挑眉。

　　段十一侧过眸来对上他的眼神，似笑非笑："话说，为师让你偷琴出来，你为什么还顺带偷了个人？"

　　上下打量两眼，他有点嫌弃："看起来还是个挺麻烦的人。"

　　小草青着一只眼睛哼哼道："陈大少爷原来对我挺好的，看他被囚禁，我只是举手之劳……"

　　"然后呢？"段十一展开扇子，淡淡地问，"他跟我们回六扇门？那是跟盼盼睡呢？还是跟我睡呢？抑或是再去跟你和大白挤一挤？"

　　小草停住了步子，她好像忘记考虑这个事情了。

　　"你们可以送我回天牢。"陈白玦动身往前走，"那些人知道我逃走了，一定会满世界追捕我，天牢反而最安全。"

　　小草忍不住好奇："他们到底想要什么？"

　　陈白玦抿唇，还没说呢，段十一合了扇子就敲小草脑袋："为师说过，不该你管的事情就莫要多问。"

　　"可是……"小草鼓嘴，"这明显有什么隐情……"

　　"那也轮不到你来管。"段十一板着脸教训完她，又温和地看着陈白玦，"陈少爷不必在意，劣徒只是话多。"

　　陈白玦很想说，他并没有在意，只是在犹豫要不要说出来，毕竟段十一应该可以帮他，但是……

　　顾虑重重啊。

　　"天牢也不是什么安全的地方，陈少爷还是跟段某回六扇门，与其他人挤着休息吧。等明日想好了出路，再离开也不迟。"

小草不满地想开口，段十一直接伸手捂住了她的嘴。

陈白玦迟疑地点头，不忘有礼地道："谢谢。"

"不客气。"段十一颔首，领他进了六扇门，敲开祁四的房门，将他丢了进去。

"师父，你就不好奇吗？"两人回自己院子的路上，小草忍不住道，"他身上好像有什么秘密。"

"我好奇啊。"段十一道。

骗人，小草嘟嘴："你这哪里像好奇的样子了，话都不让人说！"

"你没看见他很为难犹豫的样子吗？"段十一眨眨眼，一脸的狡猾，"这样的人肯定不会轻易将你想知道的事情说给你听，你越问他越不敢说。这个时候你别直接问，给他点空间，他自己憋不住了就会来找你，懂了吗？"

小草一愣，接着一拍大腿："你这个心机婊！"

"这叫懂人之心，更好办事。"段十一咯咯笑了两声，瞧着快到地方了，便抬头看向院子的门口。

顾盼盼柔柔弱弱地站在那里，看见他们，眼睛亮了亮，又暗下来。

"终于回来了，叫我好等，还怕你们出事了。"她道。

小草撇撇嘴："我师父这样的千年妖怪，全世界的人出事了他都不会出事，你放心吧。"

顾盼盼点头，一双水眸看着段十一，段十一也微笑着看着她："不早了，你先歇着吧。"

"嗯。"眼里有些失落，顾盼盼跟着走了两步路，道，"总在六扇门里待着也不是个事，招袖楼最近生意不太好，千妈妈想叫我早日回去。"

"这样啊。"段十一道，"那明日我送你吧。"

小草听着这对话，心里直骂这段狗蛋不解风情啊，顾盼盼这语气，明显是被冷落了不开心，想找点存在感，听一句担心的挽留什么的。

结果段十一直接就说，我送你吧。

怪不得二十五岁了还没媳妇，长得好看有啥用，话都不会说！

顾盼盼咬唇，模样可怜极了，想收回刚刚的话吧，又不好意思，手里的帕子揉了揉，像是下了什么决心一样。

第35章 竟 然

"既然如此，那奴家就休息了，大人也早些安置。"

膝盖微屈，顾盼盼行了个标准的福礼，末了看向小草："段姑娘也多保重，今夜有些凉，那小棚子……终究不是久居之地。"

小草一愣，想起自己昨儿晚上是在段十一房里睡的，不禁有些脸红，摸着后脑勺干笑两声："多谢关心。"

顾盼盼颔首，转身进了小草的房间。

她只是个青楼女子，如今年华正好，还能博得人前来捧场。可终究有一天会颜色淡去，成为无名巷里寂寂老去的妇人。

所以每个青楼女子的梦想，就是趁着年华还在的时候，嫁个好人。

段十一无疑就是她见过的人当中，最好的人。只可惜她走不进他的内心，连如今这样紧急的情况之下，他都不肯与她同屋而睡。

明天当真要走的话，今晚怎么都要有些进展吗？顾盼盼看着镜子里美丽的自己，咬了咬唇。

她也许可以试一试呢？哪怕搭上矜持不要了，只要能让段十一在某个时刻对她心动一下，哪怕一下，那也是好的。

而男人这种生物，白天无论怎么理智，到了夜深人静的时候，多多少少都会暴露些最原始的弱点。

所以聪慧如她，好好梳妆了一番，瞧着外面的时辰，等着三更一到，便穿一身薄纱出门，轻手轻脚地越过狗窝，来到段十一的房门前。

已经睡着的段十一突然睁开了眼睛，听着外头的动静，轻轻从床上跃起，将小草给摇醒了。

"怎……"小草正要发起床气，嘴就被他给堵住了。

"有人。"段十一轻声说了两个字，拖着小草就上了自己的床，拉过被子来将两人都盖好。

小草睁大了眼睛，下意识地双手护胸，用水灵灵的眼睛看着段十一。

你想对我做什么！

别想多了，老子对萝卜干没兴趣！——这是段十一眼里透出来的信息。

小草不服气地鼓嘴，她哪里就萝卜干了？这么水嫩嫩活泼乱跳的小姑娘，怎么也得是根新鲜萝卜啊！

屋子的门被人推开了，小草吓了一跳，立马埋在段十一的背后不动了。

"大人？"

竟然是顾盼盼的声音！段十一松了口气，转念一想，这大半夜的，她怎么来了？

敌不动，我不动！段十一果断睡在床上装死。

顾盼盼点着灯进来，手臂里还抱着自己的枕头，一张脸儿上满是羞怯："大人已经熟睡了吗？"

床帏半落，没有人回答她。顾盼盼咬咬唇，直接将门关了，再把自己手里的灯给熄了，摸着黑去了段十一的床边。

枕头上只有一个脑袋，顾盼盼深吸了一口气，慢慢地将自己的衣裳脱了。

小草听着那窸窸窣窣的声音，忍不住掐了一把段十一的腰。

了不得啦！她要去报案啊！这里竟然有人要趁黑侵犯良家少男！

段十一疼得闷哼一声，把正在脱衣裳的顾盼盼吓了一跳："大人……醒了？"

这装睡是没法儿装了，段十一缓缓睁开眼睛，声音里睡意甚浓："做噩梦了……你怎么在这里？"

窗外透着些微的光，隐隐可以看见少女姣好的轮廓。段十一低头看着被子上的花纹，一本正经地道："段某一直很欣赏顾姑娘的琵琶。"

这称呼，从"盼盼"变成了"顾姑娘"，顾盼盼的心有点凉，捏着衣带的手都有些发抖："妾身也一直很仰慕大人的风华。"

"嗯，所以段某把姑娘当作知己。"段十一很认真地道，"也只能是知己。"

这个顾盼盼一早就知道啊，不然他这么懂情趣的人，不会连个花灯都不陪她放。

可是她不想只做他的知己，就算他划了线在这里，她也还是忍不住想越过去，想伸手触碰他，想成为他身体的一部分，想把这个美好的男人，变成自己的。

所以即使听他这么说，顾盼盼还是果断脱了衣裳，扑到了段十一的怀里："大人每次点妾身，都未曾与妾身做该做的事情，今日妾身，就与大人补上那些回的，可好？"

这话说的，小草听得都脸红啊，大半夜的投怀送抱，还这么香艳，是个男人都会把持不住吧？

结果事实证明了，段十一不是个男人，因为他把顾盼盼给推开了。

美人如玉啊，该好好怜惜的，结果他硬是把玉给摔碎了。

顾盼盼眼里的眼泪唰地就下来了，咬着唇，模样可怜得紧。但是段十一没有心软，脸色甚至更难看了："顾姑娘，自重。"

"我就是自重了，所以现在才会来。"顾盼盼一边哭一边重新爬上床，"段大人，妾身喜欢您啊，哪怕不能名正言顺站在您身侧，能有这一晚的回忆也是好的！"

段十一目光冰冷地看着她。

"您心里分明没有人，那妾身为什么不可以进去？"顾盼盼低声呢喃，"哪怕一点也好，我一点都不占地方的，真的。"

动了真心的女人真可怕啊，看不见自己多狼狈，只要能在对方心里留下点什么，哪怕是不美好的，也想伸爪子去挠两下。

段十一觉得，和女人讲道理已经是不明智的了，所以他靠在床头没有动，任由顾盼盼将被子掀开来。

"大人，我……"顾盼盼刚准备继续表白，掀开被子还没来得及扑上去，就看见黑暗之中，段十一的身边，有什么东西扭了扭。

"啊！"顾盼盼吓了一跳，"这是什么！"

一大坨！

小草心都凉了啊，段十一是什么意思啊？她可是他徒弟！半夜三更出现在自家师父的床上，这浑身长嘴都说不清楚啊！

趴在原处诅咒了段十一的十八辈祖宗之后，机智的小草果断做出了反应：

"汪！"

顾盼盼惊疑不定，想起院子里养着条大白狗，轻轻地问："大人竟然……和狗一起睡吗？"

"嗯。"段十一淡淡地道，"我喜欢。"

顾盼盼脸都绿了！

段十一竟然喜欢狗？！他喜欢其他女人，那还好说，她有自信可以争一争。要是喜欢男人，那也没关系，她有信心能让他觉得还是女人好。

可是他喜欢一条狗？

真不愧是大梁最厉害的捕快，连感情都是这么与众不同。

第36章　第六音

想了想自己与狗的差别，顾盼盼心里就跟绑了块大石头一样，沉重得快要喘不过气。

"大人……"

"感情这东西，是世上最不可强求之物。"段十一看着她道，"你以为将身子给了男人，他会还你感情吗？不会的，大多时候是自取其辱。顾姑娘才貌双全，完全没有必要做这样的事情。今晚之事，段某会当没有发生过，你且先回去吧。"

小草闷在被子里，掐着自己的大腿让自己忍住，不要发出声音，同时在心里夸自己。

段小草，你实在太机智了！

顾盼盼眼泪不停地掉，裹了衣裳起来，沉默了半晌，最终转身走出了房门。

这真是个十分糟糕的晚上！

听见关门的声音，小草才吐了口气出来，接着恶狠狠地捶了段十一一拳："你有没有脑子啊？万一让她发现我，该怎么解释？"

段十一撇嘴："看见了又如何？她顶多会知难而退，盼盼不是多嘴的人，不会四处乱说。"

意思就是，拿你当个挡箭牌，你不用在意。

小草翻了个白眼，气哼哼地跳下床回去软榻上："你就作死吧，二十五岁的人了，小心以后没人要，孤独终老！"

段十一打了个呵欠躺下去，迷迷糊糊地道："不是还有你吗？"

小草动作一顿，回头，有些不可思议地看着床的方向。

她？开什么玩笑，她和他怎么可能……

可是，如果让她考虑要不要嫁给段十一的话……小草摸着自己的下巴想了想。

好像还不错啊，段狗蛋功夫又好又会做饭，要真过一辈子的话，也真是优良人选。他都这么开口了，那她……要不要答应啊？

脸在黑暗中红了红，小草捂着心口，羞羞怯怯地在软榻上画着圈圈："你可是我师父啊，一日为师终身为父……"

"嗯，所以你得孝敬我一辈子。"段狗蛋翻了个身，嘟囔道，"我要是没人送终，你也得给我戴孝。"

段小草：……

满脑袋的粉红泡泡都碎了个干净，她真是恨不得一桶大粪往段十一头上淋！亏她想得那么美好，这厮压根儿就是把她当女儿看！

小草气愤不已地卷被子睡觉，她要再觉得这禽兽是有感情的，那她就自戳双眼！她发誓！

天由黑变亮，陈白玦在祁四的房间里坐了一晚上，想了一晚上，终于想明白了，打算天一亮就去找段十一，将肩上的担子和背后的故事告诉他。

然而，公鸡发出第一声啼鸣的时候，段十一已经领着小草出了六扇门。

"这是要去哪儿啊？"小草好奇地抱着"妙音"，跟在段十一的身后走着。

段十一很轻巧地道："去抓颜六音啊。"

"哈？"小草看看他再低头看看自己，"就我们俩？"

先不说打起来到底抓不抓得住的问题，她记得谁说过，颜六音擅长易容之术，这也是她潜伏在长安这么久也没被发现的原因。

这人一易容，就跟水掉进大海里一样，怎么捞才捞得出来啊？

"我俩就够了，准确点说，是我一个人就够了。"

段十一还是谜一样地自信，摇着扇子走得大步流星，直往那招袖楼而去。

因为发生命案的关系，招袖楼的生意一度低迷，千妈妈就算将各个姑娘吹得天花乱坠，敢来招袖楼的客人也还是屈指可数。

千妈妈这个愁啊，身子都给愁消瘦了，就盼着天上能掉下来一个什么得道高人，能指点她重建招袖楼的辉煌。

结果"咣"的一声，天上就掉下来了一个段十一。

"千妈妈好啊。"段十一站在招袖楼大堂里，看见刚起来的千妈妈，笑眯眯地打着招呼。

"哎哟段公子！"千妈妈原本没神采的眼睛瞬间放了光，噌噌噌地跑下楼来，抱着段十一的胳膊就开始号啊，"段公子啊，您也是好久不来咱们这里了啊，我这招袖楼都冷清得，您瞧瞧，都快吃不起饭了啊！"

段十一温柔地笑着，就着千妈妈的力道坐在一边的凳子上："妈妈说的哪里话，招袖楼这么多年挖的都是金山，这才冷清几天，怎么就会吃不起饭了？"

"哎哟，妈妈我的苦，你哪里知道啊！"千妈妈甩了帕子出来擦眼泪，"金树一死，我这生意就少了多少啊，加上银树那丫头天天要喝鲜虾粥，都快把我喝穷了！还有宝树玉树两个丫头，整天在屋子里关着不见客，你说说，这银子哪里来啊？"

段十一深表同情："也是难为妈妈了，盼盼最近又都在段某那里，想来也是雪上加霜。"

"可不是嘛！"提起顾盼盼那个吃里爬外的，千妈妈更是恨铁不成钢，可是当着段十一的面儿，她也不好直说，只掩着嘴道，"她可是个清倌人呢，心思又单纯，段公子可别欺负她了才好。"

"说起这个，段某就更不好意思了。"段十一低头做忏悔状，"盼盼今日就会回来，可能还需要妈妈多开导了，段某是当真欣赏她，所以才……"

这话说得暧昧不明的，千妈妈当即就炸了，一撩袖子："你动她了？！"

"妈妈息怒。"段十一伸手拿过小草怀里的琴，拱手奉到千妈妈面前，"段某今日来，就是为了补偿盼盼和千妈妈，奉上名琴'妙音'，以及解救招袖楼之法。"

千妈妈本来是要暴怒的，一听"妙音"的大名，当即将袖子放了下来，接过宝琴仔细看了看。

"这是当年琴圣用的那把名琴？"

"正是。"

千妈妈立马笑了："这么重的礼，都能买下盼盼了，这多不好意思……解救我招袖楼的办法是什么？"

段十一展开扇子，拉过千妈妈来小声嘀咕："一般人我不告诉他，所以妈妈可要保密，这可是神仙托梦给我的主意。"

千妈妈一听，立马将周围围观的姑娘全部驱散，然后支着耳朵道："段公子你说。"

"段某觉得，招袖楼四大当家花魁该换换了，妈妈可以举行一个比赛，做好宣传，吸引长安老少的目光，然后以这名琴为噱头，吸引新的花魁来抢夺，也可以让楼里的姑娘们积极起来。当然最后无论是谁夺魁，都是要进你招袖楼才能拿琴的。招袖楼里的人拿着琴……还不就是妈妈您的琴吗？"

千妈妈一拍大腿："我怎么没想到呢！那几个好吃懒做的小蹄子，早就该换了！"

真不愧是段十一，这样好的主意，千妈妈简直想抱着他亲一口！

小草蹲在一边吃糖葫芦，白眼翻得跟翻书似的。段十一总是这样，话说得漂亮，让被卖了的人都傻傻地帮着他数钱！

不过现在傻得数钱的人不是她，所以小草不打算评价什么。

"妈妈也觉得好的话，宣传可要早些弄起来。"段十一道，"毕竟是琴圣的琴，天下想要的人多了去了，妈妈也要妥善保管才是。"

"这个您放心。"千妈妈拍着胸脯道，"这长安城里最妥当的保管东西的地方，就是我招袖楼。就算是皇宫里都没这么妥当！"

段十一点头，这个他知道，千妈妈的金库是用天然岩石修的，门是石门，据说要用十八道机关打开，知道打开方法的就千妈妈一个。

机关开错一道，里面的炸药就会引爆，玉石俱焚，十分符合千妈妈这种"自己要是不好那就谁也别想好"的性子。

瞧着安排妥当了，段十一就带着小草告辞了。

"师父，我很想知道。"小草蹦蹦跳跳地走在段十一身边，"你这个法子，颜六音会出来吗？"

"肯定会啊。"段十一低声道，"你知道颜六音这个名字怎么来的吗？"

有八卦！小草瞬间竖起了耳朵："怎么来的？"

"昔日琴圣抚'妙音'，感叹好琴只五弦，没有第六音。他可爱的徒弟就笑嘻嘻地说，没关系啊师父，以后徒儿就叫六音，徒儿是师父的第六音。"段十一眼眸里满是如水温柔，"所以后来，她就叫颜六音。"

小草一愣。

"妙音"是琴圣送给段十一的，这个大家都知道。可是很少有人知道，琴圣曾经有个徒弟，而这个徒弟，竟然是杀人不眨眼的魔头颜六音！

"琴圣是死在当今圣上手里的。"段十一眼里有些怀念，"他一曲惹得后宫妃嫔尽倾心，皇上一怒之下赐了他毒酒。他临死之前爬到我门前，交给了我'妙音'，也交给了我六音。颜六音那一身功夫，有一半是师承于我。"

也就是说，颜六音是段十一的半个徒弟，更是他带着长大的。

小草停了步子，傻了。

都说段十一不收徒弟，唯一破例的就是收了她。可是原来在她之前，还有一个啊。

"她现在想要什么我不知道，但若'妙音'重现江湖，她是无论如何都会去拿的。"段十一没有注意到停下来的小草，还在继续往前走，"所以我们根本不用担心，等着她自投罗网就好了。"

第 37 章　你这个不负责任的男人

朝阳初升，段十一迎着温柔的晨光越走越远，小草就站在后头看着，觉得那人好像永远不会回头，永远看不见她。

再中二的人，也是有偶尔文艺的时候的，比如现在的段小草同学，心里那叫一个悲悲戚戚，直想念诗！

至于念什么诗，还得回去翻翻书，这里且先不提。十六岁的青葱少女段小草觉得自己好像生病了，应该是段狗蛋综合征，忽喜忽悲，脑子里乱成一团。

段十一已经在前头的街口拐弯了，压根没有注意到身边少了一个人！

也对，他那样的人，身边是不需要别人的吧。小草叹了口气，接着慢吞吞地继续往前走。

拐过街口的时候，差点撞上一个人。

"早啊。"颜无味拿着一纸包的灌汤包，依旧是一身银龙黑衣，微微眯着的眼睛看起来像是刚睡醒。

小草抬头看着他，下巴都要掉地上了。

六扇门重点通缉对象之一颜无味，竟然在这个清晨，捧着一手的灌汤包，站在她面前跟她说早？小草摇摇头，一定是她没睡醒。

转身，重新拐过街口，然后再拐回来。

"砰！"还是撞上了颜无味。

"疼吗？"颜无味俯视着她，"你走路怎么不看人的？"

小草捂着额头，表情有点悲愤："你为什么在这里！"

抬头往前看了看，段十一已经不知道走哪里去了。这踏破铁鞋无觅处，得来全不费工夫的通缉犯啊！段十一竟然不来抓！

颜无味一脸的理所当然："我出来吃早饭啊。"

"你是通缉犯！"小草咬牙。

"那又怎么了？"颜无味一脸好奇，"通缉犯不能吃早饭？"

重点明明不是早饭！

小草抓了抓头发，伸手拿出自己身上带着的绳子，抓过颜无味的手来将他一捆："既然你这么自觉，那跟我回六扇门吧！"

颜无味挑眉，低头看了看自己手腕上的绳子，轻轻一挣，指头粗的麻绳儿就断在了地上："不想去，六扇门伙食不好，难不成你还能天天给我送鸡腿？"

小草涨红了脸，这是挑衅！挣断她的绳子，这一定是挑衅！

可是没办法，段十一不在，她打不过他！

突然有点恼恨啊，她离了段十一，好像什么都做不成。

"哎，别哭啊。"颜无味瞧着小草有点红的眼眶，立马把灌汤包往她手里一塞，"给你吃。"

"谁要吃！"小草嫌弃地伸手接过来，拿了一只狠命一咬。

嘴里就给烫起了泡。

颜无味瞧着不对啊，刚刚她还只是眼眶红呢，这会儿怎么瞧着他，连眼珠子都红了？

"你到底是来干啥的？"小草愤怒地大着舌头问。

颜无味顿了顿，十分理所当然地道："来娶你回家。"

段小草：……

是不是当魔头的人都这么直接啊？在大街上，两边的早餐铺子里人来人往，他这扎眼的长相扎眼的装扮，往这里一站，开口竟然说的就是要娶她回家！

小草果断把肚子一挺："我怀的是别人的孩子！"

"没关系。"颜无味很认真地道，"我想过了，你可以生完这个再生我的。"

想你个头啊想！

小草觉得自己快被他给打败了，肩膀都垮了下来，无奈地道："你是贼我是兵，不可能的。"

颜无味皱眉，像是有些苦恼，不过旋即竟然笑了："原来是这个原因，我还以为是因为你不喜欢我。"

神逻辑啊！小草瞠目结舌，看着面前一脸正经的大魔头，突然想跪下来给他磕两个响头。姑娘原来可以这么追的，受教了！

"站久了会累的，过来坐着吃碗馄饨，话可以慢慢说，婚也可以慢慢求。"

旁边的馄饨铺子里，段十一已经伸手倒好了茶，斜眼瞧着街口站着的两个人，声音带笑："我请客啊。"

"师父！"小草惊得一跳，下意识地就抓紧颜无味的手腕，朝着段十一大喊，"你在你还磨叽什么！快来抓住他啊！"

颜无味脸色微沉，睖着小草道："你就这么想送我回天牢？"

小草点头："因为是我不小心帮你出来的，坏了事。"

诚诚恳恳的答案，目的也简单，就是为了赎罪。颜无味揉揉眉心："你省省吧，你师父不会抓我的。"

啥？小草瞠大眼，瞧着那边一动不动的段十一，满脑子都是问号。

为什么啊？段十一是捕头，颜无味是逃犯，为什么不抓他？

难不成是因为他是颜六音的弟弟？

颜无味拉着她就去段十一身边坐下，三碗热腾腾的馄饨已经上了桌。

"上次没能好好打招呼，别来无恙啊段捕头。"颜无味放心地拿了筷子吃馄饨，眼睛看着段十一。

段十一没动筷子，道："你总是让我意外，跟你姐姐一样。"

"哦？"颜无味冷哼了一声。

"你姐姐是狠得让我意外，你是眼瞎得让我意外。"段十一展开扇子，睖了小草一眼，再看看他，"要娶你也娶个女人啊，怎么就看上我徒儿了？"

小草应和地点头："女人多好啊……"

顿了顿才反应过来，一拍桌子站起来抓住段十一的衣襟："我也是女人！"

"乖，别闹，别侮辱了女人。"段十一笑眯眯地拿开她的手，摸了摸她的头，"有个男人的样子，别这么小气。"

段小草：……

她的手怎么不受控制地想端起馄饨往段十一脸上泼呢？

颜无味安静地看着这两人，眼里的黑色有些浓郁："我喜欢她，跟她是谁的徒弟没关系。"

停了停又补充一句："跟她是男是女也没有关系。"

段十一微愣，随即轻笑出声："真有意思，你喜欢她？那你愿意为她重新回去大牢里吗？"

颜无味皱眉："为什么要回去？"

"她因为你，可是背负了帮助魔头越狱的罪名，你要是真喜欢她，不该回去待到刑满释放吗？"段十一拿扇子半遮着唇，笑着道，"或者不回去也可以，将功抵过，把六音的所在告诉我也行。"

"不可能。"颜无味嗤笑，"段十一，你以为我还是当年那么笨吗？被你随便说两句话就骗了。"

"是吗？那真是太遗憾了。"段十一扭头看向小草，"男人的甜言蜜语可是最信不得的东西，口头上说多爱你多喜欢你，说句话又不要钱，感动什么的就省省吧。瞧瞧，什么都不肯为你做，也不为你着想，这根本不是喜欢，就是想调戏调戏你。"

小草点头，好像很有道理的样子。

颜无味的脸色更难看了，几乎是从牙缝里挤出来一句："段十一，你不要太过分！"

"我要是真过分，现在就该重新打断你的肋骨，将你关回天牢里去。"段十一道，"能坐下请你吃馄饨，都是我违背良心做出的壮举了。"

当年是他用颜六音下套，引了颜无味上钩，打断他三根肋骨将他囚禁在天牢。那件事他做得不太光彩，也算欠了颜无味的。

所以颜无味越狱的事情，他不打算追究了，反正他手上的人命债都有人帮他销了，刚死的三位小姐，也都非他所杀，没有理由还要抓他。

他接的通缉令，目标只是颜六音。

"我还真该谢谢你。"颜无味低笑了一声，微微眯眼看着他，"但是这次，我无论如何也不会让你再抓到姐姐，她有自己想做的事情要做，你跟她好好玩吧。"

"嗯，也好。"段十一收拢了扇子，将馄饨的钱放在桌上，"那就只能看是她厉害还是我厉害了。至于你，还是别欺负我徒儿了，她脑子笨不好使。"

"欺负她的是你吧？"颜无味跟着站起来，挡在段十一面前，"你给不了她什么，就不要妨碍我来给。"

段十一睨着他，眼神突然有点冷："好厉害的样子，你要给她什么啊？"

颜无味很认真地道："我会给她一个家。"

段十一一愣，瞬间笑得直不起腰，小蛮腰在风里扭得跟柳条一样。

颜无味没有笑，平静地看着他。

笑够了，段十一直起腰来道："这种东西用不着你来，你还是好好提防着自己的仇家吧，我的徒儿，有我呢。"

"你？"颜无味冷笑，"连自己孩子都不敢认的男人，能做什么？"

小草本来是一本正经在旁边看戏的，一听这话，心里一惊，慢慢地往桌子下面缩。

"……我的孩子？"段十一有点茫然，"我什么时候有孩子了？"

"呵。"颜无味眼里满满都是鄙夷，"堂堂六扇门捕头段十一，敢做不敢认，让一个女儿家独自承担，当年败在你手下，真是我这一生的耻辱。"

段十一迷茫，是发生了什么他不知道的事情吗？

小草一路狂奔，趁着两人没注意，从街头狂奔到了街尾，买了两串糖葫芦压惊。

阿弥陀佛，她上次那是无奈之举，可别给段十一知道了，肯定会问她要名誉费和精神损失费的！

蹲在胡同里将两串糖葫芦啃完，小草觉得有底气多了，正准备站起来，身后却有一阵凉意袭来。

第 38 章　我知道你骗我

额头上冷汗瞬间就冒出来了，这熟悉的杀气，这带着皂角香味儿的气息，小草吓得没敢回头，已经可以想象到段十一的脸有多黑了。

"段小草。"段十一的声音在她头顶响起，凉飕飕的，跟十二月的风一样。

小草挪了挪身子，低着头嘿嘿直笑，伸手将手里的竹签子递给他："师父，吃糖葫芦吗？"

段十一面无表情地将她提着后衣领拎起来："最近是不是好久不曾教训过你，胆子大得跟永德街的飞饼一样了？"

小草缩着头，嘤嘤地伸手抱着段十一的腰："师父，当时情况那叫一个紧急，你是不知道！我要是不撒谎，可能就会被大魔头杀掉了！"

段十一眯着桃花眼，从牙齿缝儿里笑了两声："你说怀了我的孩子，他就不杀你了？你看为师脖子上这个东西像不像个球？"

"像！"小草笑着点头。

下一刻，青葱的少女就飞上了天，在空中画于一条抛物线，亮成了远处的一颗星。

收徒不慎啊！段十一拍拍手，十分感慨地摇头，他怎么就招惹了这么个祸害？

不过，这祸害不止祸害他，祸害别人的本事也是一流。也不知道颜无味是发的什么疯，竟然跟这冤家看对眼了。

早知道他就该把小草吊起来，引了颜无味出来，再把颜无味吊起来，逼颜六音出来不就好了？多简单粗暴啊！

只是……想起那眉间全是恨意的女子，段十一摇摇头，他还是不舍得用这样的法子啊。

五月的长安，春意未消。一场盛大的活动席卷而来，长安城里大街小巷都贴着宣传海报，还有锣鼓队高跷队举着广告牌游街。

"瞧一瞧，看一看啦！长安第一青楼招袖楼举行花魁选举，获胜之人便是招袖楼新任花魁，还可获得天下第一名琴'妙音'！走过路过莫错过啊！"

小草和大白一起蹲在街边，听着人纷纷议论。

"琴圣的琴啊！了不得的宝贝，只可惜是要进招袖楼的，普通人拿不到。"

"我听说这是段十一段捕头，为了讨心上人顾盼盼的欢心，特意将名琴拿出来，要重振招袖楼的。"

"这你都知道？"

"那可不……"

人们议论纷纷，每个人脸上都是看好戏的表情，更有八卦的人追问段十一："为什么会将如此珍贵的琴拿出来当奖品？"

段十一一身白衣，在众目睽睽之下深情款款地道："因为惹恼了佳人，要赔罪。段某两袖清风，只有这琴能拿得出手了。"

小草和大白一起打了个喷嚏，相互看了一眼。

小草道："果然八卦比什么传得都快，段狗蛋打着博美人欢心的名头，宣传效果比什么都好！"

大白道："汪！"

名琴重出江湖之事，短短两天时间，已经在长安城里闹得沸沸扬扬。段十一帮着千妈妈布置场地，十分热情。

"我有些表弟，你们人手不够，他们可以帮着保护名琴。"段十一十分认真地看着千妈妈道。

千妈妈拿着帕子擦着头上的汗水，干笑两声："这些……都是您表弟？"

三十个穿着常服的捕快站在招袖楼大堂，高矮胖瘦什么模样的都有，怎么看也不像是一家人啊。

偏偏段十一脸上的表情十分严肃："没错，都是表弟，随便干点杂活或者躲在什么桌椅板凳下面就行。"

千妈妈脸上的笑容有些僵硬。

"论琴艺啊，咱们知道的人里头，可不就是顾盼盼弹得最好了吗？"招袖楼里的姑娘扇着扇子，在一边嚼舌根，"段大人这举动，明显是要捧顾盼盼啊。"

"那可不一定，人外有人，况且顾盼盼弹得最好的是琵琶，古琴也不见得有多好吧。"

"唉，只见新人笑，哪里见了旧人哭？这花魁一换，某些人身价也就跌下来了吧？"一姐儿说着，朝路过的银树努了努嘴。

银树可是站在塔尖儿上的人，脾气又不好，现在要被人顶下来了，指不定怎么生气呢吧？

结果银树面无表情地从她们面前经过，眼尾余光都没带扫她们一下的。

几个女人自己也觉得没意思，摇着扇子散了去。

"大人，都已经安排好了。"祁四站在段十一身边拱手道，"只要颜六音敢出现，我们一定能抓住她。"

比试选花魁的擂台上下都是机关，别说是颜六音，颜十二音来，也只能乖乖束手就擒。

段十一点点头，转身就看见遛狗回来的段小草，眉毛一挑："小草啊。"

"咋啦？"

"为师有个任务要给你。"段十一笑得贼兮兮的，"很重要的任务。"

每次他都这么说！每次都没什么好事！小草下意识地后退两步。

段十一优雅地飘到她身边，抓着她的肩膀道："今天颜无味肯定也会来，不如你遛大白的同时，也牵着他出去遛遛？"

小草嘴角抽了抽："我觉得他不会跟着我走。"

"总得试一试啊。"段十一道，"你要对自己有信心，也别太高估无味的眼光了，他在大牢里关太久了，已经是个半瞎了，所以你这模样就够用了。"

总觉得段狗蛋这是在鼓励她的样子，但是听着怎么都高兴不起来。小草撇撇嘴，道："我尽量吧，都不知道他人去哪里了。"

"你这么聪明，一定知道该怎么做的。"段十一拍拍她的肩膀，"交给你了。"

段十一夸她聪明？这么久了终于承认这一点了啊！小草乐呵了一会儿，立马有一计生上心头。

自古男人都有英雄救美情结，她只要制造出一个机会，让颜无味来救自己，不就可以拖住他，不让他捣乱这次抓捕行动了吗？

这么机智的办法，也只有她想得出来了！激动地一拍手，小草果断就去布置人员场地了。

招袖楼花大价钱租了一座超大的画舫，停在胭脂河上。那画舫中间搭了台子，台子下面满是想争当花魁的姑娘。

两岸人群里站满了捕快，画舫之上的看台下头也全躲着人。台子上有锁链机关，就等着颜六音在最后"妙音"出场的时候出来，然后一举拿下。

段十一知道这个陷阱很明显，可是中间的诱饵太有吸引力，他不担心颜六音不来。

比试将要开始的时候，小草就在河边做热身运动了，身边的大白吐着舌头，一脸好奇地看着她。

小草喃喃对大白道："这河水有点急，虽然我水性不错，但保不齐有什么意外。要是我赌输了，很有可能被淹死。"

大白歪了歪脑袋。

"所以我这是为正义献身，要是没能回来的话，你一定要转告我师父，在我的墓碑上刻上'六扇门正式捕快'这几个字！"

大白"汪"了一声，摇摇尾巴。

小草深吸一口气，脱了外袍，瞧着那头快开始了，一闷头就扎进了湖水里。

五月是个游泳的好季节，但是装溺水可不是件好玩的事情。为了避免被不知真相的群众救起来，小草闷着一声都没喊，随着河水漂出去老远。

她感觉得到暗中有人在看她，就赌那人救不救她了！

等了半天，耳朵鼻子里全是水，肚子都快喝饱了，也还没有人来救她。小草有点慌了，她这是要赌输了？

不要啊！她还年轻啊！还有好多东西没吃，好多东西没玩呢！怎么可以就淹死在这胭脂河里？

挣扎两下，小草决定不装了，抱着自己的膝盖让自己浮上水面，然后喘了口气，开始优雅地划水上岸。

结果就在她冒出头的这一瞬间，岸上有个人"咚"的一声跳进了水里，溅了她一脸的水花。

黑衣银龙，颜无味连袍子都没脱，黑着一张脸看着她。

小草傻了一会儿，刚反应过来要继续装溺水，那头颜无味已经开始痛苦地挣扎："救命！我不会水！"

小草连忙过去将人捞住，伸手将他腰带解开，丢了又大又重的外袍，然后托着他的脖子往岸边游。

"不会水你跳下来干吗？"小草觉得好笑，但是有点笑不出来。

颜无味被她勒得直翻白眼："要不是看你半天没浮上来，我怎么会下去？"

"唉……"小草道，"我就想骗骗你的，没想到你还真上套了。"

颜无味：……

"你可真不像个大魔头。"小草将他拉上岸，累得趴在一边道，"看起来又好骗又单纯，怎么可能是魔头呢？"

颜无味觉得有点丢脸，低着头沉默着没吭声，乌黑的头发落下来，挡了一半的脸。

他俩漂得不近不远，隐隐还能听见远处千妈妈洪亮的声音，以及谁开始弹奏的曲调。

"开始了啊。"颜无味道。

"嗯，你这样子过不去了。"小草笑眯眯地道，"一身的水，打架都不好打，还不如就在这儿看看星星。"

"我本来就没打算去。"颜无味睨她一眼，"你以为你这么明显的伎俩，当真能骗到我？"

小草一愣，扭头看着他："你知道我在想什么？"

"自然。"颜无味道，"我还知道段十一在想什么，可惜他不会得逞的。"

第 39 章　凤求凰

小草脸上的笑容僵硬了，看着颜无味的侧脸，不太确定地问："你的意思是，颜六音知道我师父要抓她？"

"这么显而易见的事情，能值得段十一拿出'妙音'来的，只有我姐姐。什么博佳人欢心，骗骗其他人就好了，于我姐弟二人，一看就透。"

小草心里有点慌，但是想想段十一那老谋深算的，应该不会有问题吧？

"颜六音只要来了，就肯定跑不掉。"她道，"除非她不想要'妙音'。"

"她自然是想要。"颜无味道，"可是拿到的方法有很多种。"

强抢吗？更不可能，那么多人又不是摆设。六扇门的捕快可不是那种打酱油的，一脚踢飞就再也爬不起来的软瓜蛋子，从她还是个试用捕快就知道了，正式捕快都不是盖的，绝对不存在一个大招全场秒杀的情况。

那么，颜六音会怎么做呢？

小草起身，想回去给段十一知会一声，让他有个准备也好啊。

但是刚站稳呢，颜无味一爪子就将她拍在了他旁边的草地上："不是要看星星吗？你要去哪里？"

小草干笑两声："我想回去看花魁选举，行不行？"

"你在这里就可以听见，人又有什么好看的。"颜无味躺在草地上，一身湿透的黑衣贴紧肌肤，显得有些性感。

小草盯着他吞了吞唾沫，心想这人也是贼好看啊，放在长安城里当个风流公子也是前途无量的，为什么偏偏要这么想不开走黑道呢？

远处有琴音传来，尚算流畅，但是技艺不算精湛，只能勉强入耳。

花魁选举已经开始，招袖楼附近人山人海。大部分人是冲着名琴来的，小部分人是冲着美女来的。

今晚上的美女也真是如云，段十一随意扫了一眼，就看见胭脂河两岸不少有名的姑娘都来了，也不知道是名琴吸引人，还是招袖楼的花魁名头吸引人。

他安静地坐在画舫上等着，作为最高评委，今晚花魁是谁，还是他说了算。

一般的姑娘上来弹，段大爷都不乐意睁眼，直到到了后头，顾盼盼上来暖场的时候，他才瞧着台上微微笑了笑。

顾盼盼古琴的技艺还算不错，至少在目前上场的人里算得上最好的，琴声悠扬，回荡在胭脂河上，听得众人都如痴如醉。

"我就说嘛，评审是段大人，顾盼盼又弹得不错，那名琴摆明就是换个花样送给她！"底下的人开始议论了，带着些酸味儿。

顾盼盼恍若未闻，一曲终了，垂目退下。

"这顾盼盼一曲，谁还敢接着上去啊？"众人一边鼓掌一边起哄，"该将名琴'妙音'直接抬出来送吧！"

"是啊，听这么久，还没人琴音比这盼盼姑娘美啊。"

千妈妈捂着嘴笑，声音洪亮地道："咱家这盼盼姑娘啊，人美曲儿也美，下头还有谁敢来一争高下？若是没有，那新的招袖楼花魁娘子，就要归在盼盼头上喽。"

段十一坐直了身子，今晚上谁是花魁真的一点都不重要，重要的是花魁选出来，"妙音"出现的时候，颜六音会从什么地方突然冒出来抢？

展开扇子，段十一正要说若是无人那就这么定了。结果下头传来银树的声音："奴家献丑。"

银树？众人回头看着那俏生生的姑娘，都有点惊讶。银树是舞姬啊，跳舞是一绝没错，没听说过会弹琴啊？

千妈妈有点着急，走过去悄悄拉住银树的袖子，低声道："妈妈知道你好胜，但是你又不会弹琴，在前头上去还好，在盼盼后头上去，可不是打自己的脸吗？别砸了你这上届花魁的名声啊。"

银树微笑，抽回自己的衣袖道："妈妈放心，奴家有高人指点，势必保住花魁之名。"

千妈妈错愕，银树从她身边过去，迤迤然上了台。

段十一挑眉，他也知道银树一贯是不服输的性子，这个场合上来虽有些冒失，但是也在情理之中。所以他没说话，就继续听着。

银树今日穿了一件大红的长裙，往台上古琴面前一坐，双手抬起，倒是像模像样。

然而琴声一出，所有人都安静了。

"有一美人兮，见之不忘。

一日不见兮，思之如狂。

凤飞翱翔兮，四海求凰。

无奈佳人兮，不在东墙。"

段十一睁大了眼睛，有些惊愕地看着银树。

"将琴代语兮，聊写衷肠。

何日见许兮，慰我彷徨。

愿言配德兮，携手相将。

不得於飞兮，使我沦亡。"

这是当年琴圣最爱弹的曲子，银树弹出来，技艺精湛不说，一曲一调都透着浓浓的哀伤，听得人忍不住落泪。

求之不得啊，感情里最无奈的，莫过于求之不得。有人爱了一个人很多年，在一起了很多年，可是最后她如往常一样在家门口等，他却没有像往常一样回来。

她最喜欢听他弹《凤求凰》了，高兴的时候她还会和着曲调唱。他也总是夸她唱得好听，眉目间全是温柔。

现在她唱得比以前还好了，想要再听他一声夸奖，却是永远不可能了。

小草趴在草丛里，哭得鼻尖上起了鼻涕泡泡。

"怎么了？"颜无味侧头看她。

"你听啊。"小草指着招袖楼的方向，"这个人好难过啊，弹的曲子也好难过，听得人心里跟着难过。"

颜无味侧耳，点点头，是挺难过的没错，但是他听了这么多年，早就已经习惯了。

"你别哭了。"

小草抽抽搭搭地站起来："我去给她买串儿糖葫芦啊，吃甜的心情会好很多。"

颜无味嘴角微微抽搐："不用了，很快就结束了。"

"选拔结束了也可以吃糖葫芦啊。"小草头也不回地走着，越走越快，最后变成了狂奔。

等颜无味反应过来的时候，身边的人已经不见了。

一曲终了，简直是两岸猿声啼不住，众人都哀号一片，抽泣不已，连浓妆艳抹的千妈妈都哭花了脸。

"银树姑娘好琴艺！"不知是谁喊了一声，众人纷纷鼓掌，更是有人起哄，"花魁非她莫属了！"

段十一双眼沉静地看着银树，走上前道："这琴艺的确是今晚最好，银树姑娘当属花魁无疑。"

"多谢段大人。"银树颔首，"那名琴是不是可以给奴家了？"

"自然。"段十一点头，"千妈妈，带人去拿吧。"

祁四绷紧了皮子，上前在段十一耳边低声道："段捕头，四处已经准备好了，等名琴一来，颜六音一现身，就可以将她捉拿归案。"

段十一点头："你去安排吧。"

"是。"

银树站在台子上，垂眸不动。四处的捕快都在观察四周，等待着颜六音的到来。

"师父！"小草慌慌忙忙地跑过来，站在岸边一边挥手一边跳。

段十一回头，看着她那湿淋淋的模样，挥手让旁边的小船去接她过来。

"这个人，不能把琴给她！"小草一上画舫就急急地抓着段十一道，"银树有问题！"

旁边的人都吓了一跳，银树站在台上，闻言也看了过来。

段十一一把捂住小草的嘴，咬牙道："你想多了，银树能有什么问题？"

她没有想多啊！小草奋力挣扎！这人琴弹得这么好，难道不该怀疑吗？银树是舞姬，怎么可能突然有这么好的琴艺。唯一的解释就只能是——

这是颜六音易容的！她是琴圣的徒弟，只有她才能把琴圣最喜欢的曲子弹得这样好！

小草拳打脚踢希望段十一放开她，奈何段十一直接扯了自己头上的发带下来，将她的嘴给缠了几圈，打了个死结。

"不好意思啊，我徒弟今日出门忘记吃药了。"段十一朝周围的人抱歉地颔首，"为了避免人多手杂，除了获胜的银树姑娘，其余人都在岸上观看吧，名琴也该拿来了，还可以请银树姑娘再弹一曲。"

众人都好奇地看着直翻白眼的小草，听了段十一的话，都纷纷上了小船，往岸上去。

画舫上就剩下段十一和小草，以及拿着名琴来的一众捕快。

"恭喜银树姑娘了。"段十一亲手将"妙音"捧着，递到银树手里，"跟着琴圣这么多年，也真是没白学。"

"银树"微微一笑，将"妙音"接过来，道："多谢段捕头夸奖。"

"不用谢我，六音。"段十一道，"跟我回去就好了。"

此话一出，周围潜伏着的捕快全部现身，将台子上的柔弱女子团团围住。

"颜六音，伏法吧！"

小草松了口气，她还以为段十一听不出来，没想到还是她担心多余了。伸手将发带解下来，立马站去一边，以免碍事。

她还是很有自知之明的，这种高手对决的场合，能躲多远躲多远。

颜六音擅长易容，此时站在台上，将人皮面具一扯，一张妖冶的脸令人目眩："是我没控制好，怎的就不小心，叫你发现了。"

"你选其他的曲子，我就发现不了了。"段十一叹息，"可惜你终究是执念太深啊，六音。"

第 40 章　动感情了吗

世上最难隐瞒的两件事，一是即将打出来的喷嚏，二是对一个人的喜欢。

颜六音之所以易容成银树，就是想不动干戈地在比赛上取胜，直接带走"妙音"。

然而一坐在古琴前面，她能想起的只有《凤求凰》。一想起《凤求凰》，对那个人不在了的悲伤就怎么也掩藏不住。

"六音，琴跟自己的心一样，是需要表达和尊重的。技艺只是为了表达通畅，不是最主要的。"

"徒儿明白。"

"……我是你师父，六音。"

"徒儿知道啊。"

"既然知道，那琴音里为什么全是爱慕之情？"

"师父好厉害……"

他在夕阳的霞光里长长地叹了口气，目光里满是无奈和温柔："为师不能与你在一起，但是六音，为师一直是你的师父，会一直陪着你。"

骗子……

胭脂河上起风了，颜六音抱着"妙音"，眼眶微红。

周围的捕快刀剑出鞘，画舫上空是细密的蛛丝机关，段十一站在她的面前，目光悲悯："跟我回去吧六音，你想做的事情是不可能成功的，不如让你师父安稳于九泉。"

"你怎知我如此做，我师父就不得安稳？"颜六音轻笑，字句都带着轻佻的尾音，听起来满满都是挑衅，"段捕头，你错看了我师父，我师父也错看了你。"

段十一抿唇，手里的却邪剑出鞘："他的确是看错我了，当年将你交给我，没想到我没本事化去你这一身戾气。"

琴圣是慈悲的，爱上他的女子却因着他的慈悲，变成了这世间最心狠的魔。

颜六音冷笑一声，红色的袍子在风里翻飞，脚尖一点，便直冲段十一而来。

段十一抬手迎上，以纯厚内力相拼，却邪剑抵在颜六音的掌心。

"一年不见，我长进不少，你为何反而退步了？"颜六音一手拿着琴，难得还有说话的精力，眼尾一挑，满是诧异，"上次伤你，也不至于伤成这样吧？"

若是以前，她今日该落下风的，能不能逃出去还是未知数。但是今日，段十一内力像是大伤刚过，底气不足，她竟然可以抗衡。

"何必多言。"段十一静静地看着她，"用我教你的功夫对付我，你赢不了。"

"哈哈。"颜六音大笑，反手一掌打向他，"我的功夫，可不全是你教的。"

段十一的路数太正，她是魔，自然杂糅了其他的邪派功夫。这一年的修炼，也算是小有所成。

跟她拼内功有些吃亏，段十一躲闪开，旋转一圈之后华丽落地，很不要脸地命令了一声周围的人："给我上。"

小草正紧张呢，被段十一这一命令无语得一个趔趄。拜托，说好的高手过招呢？群殴人家是几个意思啊？

"师父，你太无耻了！"

段十一喘了口气，对着她翻了个白眼："能省功夫却还要花力气去单挑装蒜的都是傻子，你师父我这叫资源合理利用，你懂个啥？"

周围的捕快蜂拥而上，将颜六音团团围住，呈八卦之阵，分别进攻。

小草在旁边看着那红色的裙子飞扬，心里感叹颜六音的功夫学得真的不错，拿着琴还能对付这么多人，段十一教得真是好。

同是一个人教，她的功夫咋就没这么厉害呢？

一定不是她的问题！一定是段狗蛋偏心！就是这样没有错！

颜六音开始还游刃有余，过一会儿，表情就有些吃力了，以一敌众虽然很帅气，但是也很累人的好不好？想轻功飞走，头上又全是机关。想从旁边突围，段十一又拿着却邪剑不要脸地冲着她笑。

该死的。

"对了啊。"段十一看戏看了半天，突然想起来转头看着小草，"为师不是给你任务了吗？你为啥回来了？完成了吗？"

小草眨眨眼："完成了……吧？"

"这个'吧'是怎么回事？"段十一眯眼，"我怎么突然有种不好的预感呢？"

"嘿嘿。"小草扭头看着远处水面上飞过来的黑影，吞了吞唾沫道，"你的预感成真了耶。"

颜无味抵达了画舫，手里天蚕丝飞出来，将画舫上空的蛛丝全部切断。

机关启动，无数飞镖朝着他射去，颜无味反应极快，在蛛丝被切断的同时就在船舷上借力，闪回岸边。

颜六音得了机会，飞身而出，抱着"妙音"也上了河岸。段十一皱眉，跟着就飞身过去，一剑刺向她。

这一剑很快很准，颜六音一回身，几乎没有时间躲闪。但是她怀里抱着"妙音"，是刚好可以挡下这一剑，全身而退的。

然而这傻姑娘，拼着最后一点反应，不是躲避，而是将妙音转到了身后，任凭段十一这一剑刺进她的腹部。

小草倒吸了一口凉气，段十一的眉心也皱了皱。

"你可真狠哪。"颜六音忍着疼，低低地笑，"这么多年了，都一点不心软。"

段十一顿了顿，拿着剑的手微微一松。

就趁着这个时候，颜无味伸手将却邪剑拔了出去，一脚踢开段十一，抱着颜六音便消失在黑夜里。

"她跑了！"祁四大喊了一声，众人这才回过神来，纷纷去追。小草跟着上岸，跑到段十一身边看着他："你放水！"

颜六音重伤，刚刚明明是抓住她的最好机会，离她最近的段十一竟然没有动。

段十一抬手捂脸，低低地道："别告诉别人啊，我只是发了会儿呆。"

小草张张嘴，心里突然有点沉。

像段十一这样没心没肺禽兽不如的人，是不是也曾经喜欢过谁呢？目光满是温柔地，认真地看着那人，护她半世安好无忧。

动感情的段十一是什么样子的？是不是就是现在这样？

小草突然觉得鼻子有点酸，也不知道为什么，酸得心里也跟着揉成一团。

捉拿颜六音的计划失败了，众人收工回六扇门，没有人多说话。

小草跟在段十一身后，看着他的背影，视线总是集中不起来。

"什么情况？"走了一会儿，祁四看着面前的六扇门，皱眉回头看向段十一。

段十一抬头，就看见一群青衣襟将六扇门的大门团团围住。

"不至于吧？"祁四道，"不就是没抓到颜六音吗？上面怎么这么大反应？"

青衣襟？小草瞪大眼，一拍大腿："糟了！"

陈白玦！

这两天忙着抓颜六音，倒是忘记他那茬儿了。虽然将他救出来的时候是大晚上的，应该没人看得清她和段十一的容貌。但是人家要追查，也肯定能找到人的。陈白玦在六扇门里，难不成也会被直接带走？

段十一径直走了过去，青衣襟让开了路，六扇门里头应该来了人。

"应该是个误会。"叶千问坐在大堂里，拱手对旁边坐着的都门护卫马遥力道，"我六扇门之人，最近晚上应该都没有外出。"

马遥力穿着一身护甲，脸上倒是有笑容，只是看起来疏远得很："六扇门是深得皇上信任的，我们自然也相信不会是六扇门之人乱了规矩。但是上头查了两天，觉得能把那么多青衣襟打伤的人，在长安城里实在不多，所以来这高手如云的六扇门问问。"

李二狗站在一边，忍不住开口道："六扇门有这本事的人也不多，除了段捕头，谁敢做那样的事情啊。"

"李捕头。"叶千问皱眉，回头看了他一眼。

李二狗笑了两声，不说话了。

马遥力目光幽深，正想说什么，段十一就从门口进来了。

"十一，过来见过马大人。"叶千问一看见他，就道，"马大人要问你事情。"

都门护卫其实不是多大个官儿，但是这马遥力背后站着的官可是惹不起的，段十一笑得一脸人畜无害，拱手道："见过马大人。"

"段捕头多礼了。"马遥力上下打量段十一一番，笑道，"招袖楼一案，段捕头做得极好，上头也夸奖过，马某很是佩服。但是不知段捕头可知道，这青衣襟在的地方，是不能乱去的？"

"这个段某岂会不知？"段十一乖乖地站着，"段某可没去过。"

是段小草去的!

马遥力脸上的笑容顿了顿,僵硬不变地道:"刚刚马某已经带人将这里找了一遍。"

小草心里一惊。

陈白玦还在祁四的屋子里呢!

"的确是什么都没发现。"马遥力接着道,"但是希望段捕头,有什么线索的话,就来知会马某一声。有些东西可查不得,哪怕段捕头是这长安第一神捕。"

"段某知道规矩,不会让大人难做。"

"如此甚好。"马遥力站了起来,"那马某就不多打扰了,告辞。"

"大人慢走。"

叶千问和段十一将人送到了门口,小草捂着心口松了口气,连忙转头看向祁四。

人呢?

祁四摇摇头,这两天陈白玦一直在他院子里住着,要是这些人没搜到的话……人呢?

小草连忙往祁四的院子里跑,将房间和后院都找了一遍,没找到。

"难不成已经被抓走了?"

"没有。"段十一站在院子里看了一会儿,走到旁边的水井口:"人在呢。"

第 41 章　卖儿子

小草凑过去看,嘿,陈白玦这小伙子有前途啊,竟然拉着井绳躲在水井里头了。

"你怎么看见的?"陈白玦拉着绳子上来,看了段十一一眼。

段十一呵呵笑了两声:"井绳上挂木桶的话,可不会绷得这么直,傻子才看不出来。"

陈白玦沉默,甩了甩湿漉漉的头发:"看来刚刚进来那一群,都是傻子。"

"也别这么说。"段十一一本正经地道，"在我这个水平看过去的傻子，在你们看来还算正常人。"

陈白玦：……

小草：……

这人哪天不自恋，可能太阳都得变成鸡腿形状的！

"你有什么要说的吗？"段十一看着陈白玦，"刚刚那阵仗，摆明是来吓唬我，叫我不许管你这破事儿的。"

"那你被吓到了吗？"陈白玦看着段十一，睫毛微颤。

"得看你说的是什么了。"段十一笑道，"我喜欢管闲事，但是胆子也很小的，听见些不清不楚的东西，那是肯定不敢贸然行事的。"

言下之意，你要么就竹筒倒豆子，什么都别藏着，要么你这事儿我就不管了。

陈白玦皱眉，眼睛定定地看了段十一好一会儿，然后道："借一步说话。"

段十一点头，很耿直地往小草的方向走了一步。

陈白玦皱眉："这件事，知道的人越少越好。"

"我知道啊，这里不就只有你我二人吗？"段十一很理所当然地道，"我徒儿太蠢，可以当成大白看待，不必在意。"

这能忍？小草当即就要拔刀了，段十一这嘴巴不割下来不行了！

结果他回头看了她一眼，一双会说话的眼睛说的是：想不想听八卦了？

小草果断把刀往刀鞘里一送："汪！"

陈白玦叹了口气，沉默了一会儿道："陈家有一个账本，那些青衣襟将陈家围起来，就是怕我爹死后，账本会外传。"

账本是个好东西啊！小草双眼放光！

一般什么行贿受贿啊，贪赃枉法的人啊，都有一个账本。虽然她不明白这些明显会成为证据的东西为什么会被记下来，但是正常情况来说，找到这个账本，就能惩罚坏人！

顺便能给她的业绩上加上一笔！

"家父行商多年，上下打点自然少不了。"陈白玦垂了眸子道，"说来惭愧，我知道这个账本，还是因为家父希望我考取功名，今年的科举之试，说有十成的把握让我拿下状元之位。"

啥？小草倒吸一口凉气："你这么牛？"

状元郎啊！大梁的科举考试，中第之人都可以横行乡里，状元更是要面圣为官，进入朝堂的。每年竞争之激烈，比早上朱雀大街包子铺前头的客人有过之而无不及。

她知道陈白珧文武双全，但是竟然全到稳拿状元？

"我不够那本事。"陈白珧道，"我说我不信，他便给我透露了，有人关照，无论我考得如何，状元都是我的。并且我看见了他的账本，上面的数目颇令人咋舌。"

段十一脸上没了笑意："那账本在哪里？"

陈白珧抿唇："藏的地方只有我与他知道，他还想用这账本来保命，让上头救他出来。"

小草瞪大眼："陈元徽不是已经被判秋后处斩了吗？怎么可能还救得出来？"

段十一看她一眼，没能张口告诉她，每年秋后处斩的人多了去了，却有不少都是通过特殊方式，刑满释放。

比如颜无味。

这点阴暗面，他还是不想让她知道的。

"你的意思是，账本的下落也不会告诉我，是吗？"段十一问。

陈白珧点头，闭了眼睛："若是你不能帮我，那请放我离开这里。"

"门没关。"段十一展开扇子，淡淡地道。

"师父。"小草皱眉喊了一声。人家都说得差不多了啊，这都不帮吗？

陈白珧抿唇，转身往门口走。

"你数到三啊。"段十一轻声对小草道。

啥？小草有点茫然，却还是听话地数："一、二、三。"

走到门口的陈白珧停了下来，咬咬牙，转身又回来了："你还想知道什么？"

段十一呵呵地笑了，扇子半遮着脸，道："段某只是想听实话，奈何都这样难。"

小草错愕，看着一脸懊恼的陈白珧，忍不住感叹，原来是她太年轻了！

段十一这千年的狐狸万年的精，简直是优秀！

陈白珧脸上的表情变化了好几遍，纠结又为难，看了一眼大门，像是最后下定了决心："好吧，还有一件事。"

段十一颔首表示听着。

"那账本上记着与很多与高官的交易，包括人名和银子数目、宝物还有时间。"

段十一的眼睛亮了。

"但是被我父亲不小心烧毁了。"陈白玦补充了一句。

"啥？！"小草瞪大了眼睛，"烧毁了？！"

这么有用的东西，陈元徵是脑子有毛病吗！竟然烧毁！

"他不小心的，但是找不回来了。"陈白玦眼里有恨意，"他在牢里的时候，为了能出来，告诉别人只有他知道账本的下落。别人说，那他死了就刚好。结果这畜生，就说账本在我这里，只要他一死，我就会带着账本去六扇门。"

小草嘴角抽了抽，这专业卖儿子三十年啊。

"所以那些人问我要，我交不出来，解释过他们只觉得我在撒谎，毕竟虎毒不食子。"陈白玦苦笑，"谁知道人心比老虎可怕多了。"

陈元徵的心里其实只有自己吧，什么妻子儿女，什么感情不负，那根本是个无比自私的人。

小草有些唏嘘："可惜了，现在没账本的话，你要怎么办呢？"

陈白玦抿唇："我不知道。"

踏出这个门，他的下场肯定也只有死，那还不如先在这里待着，多活一会儿。

段十一想了想："你看过那账本？"

陈白玦点头："只看过一点，记住了一个名字。"

段十一伸手，陈白玦很有默契地用手指画了名字给他。

"这就够了啊，要什么账本。"段十一合拢手，"你就当把账本交给我了。"

他要趟这浑水了，虽然不知道原因，但是小草还是很高兴的，看着陈白玦道："你继续在这里待着吧，别出门就行。"

"好。"陈白玦点头，顿了顿，低声道，"多谢。"

"哪里哪里，不用谢不用谢。"小草谦虚地摆手。

段十一翻了个白眼："人家谢的是我。"

陈白玦轻笑。

小草红着脸跟着段十一出门，走了一段路才拍了脑门道："你不是还要抓颜六音吗？这个时候管陈家的闲事，真的没关系吗？"

"磨刀不误砍柴工。"段十一道，"其实六音不是会无缘无故杀人的人。"

听他提起颜六音，小草总觉得心里别别扭扭的，跟自己刚买的馒头被人咬了一口似的不舒服。

她把这种不舒服归结于对"段十一唯一的徒弟"这个名头的执念。其实她还是挺崇拜颜六音的，毕竟没有人打架还穿那么长的裙子，多不方便啊，但她还能那么利索。

要是自己也能那么厉害就好了。

段十一重伤了颜六音，抓捕工作也就这么奇奇怪怪地停下了。六部大臣对此表示了强烈谴责，叶千问每次从刑部回来，脸色都特别难看。

然而段十一一点都不慌，每天带着小草在各处茶楼晃悠。一身白衣惹眼，加上一张好看的脸，几天时间之内，小草就收到了许多家小姐的邀约，正式踏入社交热门选手行列。

"你师父可曾婚配啊？"

"不曾。"小草坐在付莹莹的面前，面对着旁边一群小姐，老老实实地回答。

付莹莹心不在焉，问了这么一句之后就让旁边的人自行询问。

今日的小草头上被段十一插了一朵菊花，穿着一身绿色的裙子，笑得格外傻气。收到付莹莹的邀约，以及段十一的威胁，她只能来当个被问话的。

一群小姐嘻嘻哈哈的，问着关于段十一的事情，不少人要小草牵线搭桥，引见一番，小草觉得这是好事，因为她手里被塞的珠钗耳环镯子，看起来就价值不菲。

"我还有事要问你。"等一群小姐说完了话，付莹莹拉过小草的手，走到了花园的另一边，"上次那个黑衣公子怎么样了？"

小草一愣，这大小姐难不成惦记上颜无味了？

"他没事啊，能跑能跳的，前几天还帮着颜六音逃出了六扇门的天罗地网呢。"

"啊，那就好。"付莹莹咬唇，看着小草道，"你认识他吗？"

小草很想说不认识，但是耳边响起出门前段十一说的话。

他说："留在付府住几天啊！"

于是到嘴边的实话一顿，小草改口道："认识啊，如何不认识？我跟他是从小到大一起长大的，他喜欢什么不喜欢什么，我统统都知道！你要不要听他小时候的趣事啊？"

付莹莹一听，有喜有忧，拉着小草的手犹豫了半天："要听！"

小草吞了吞口水，拉着她往付府里走："小时候啊，颜无味不叫颜无味。"

第 42 章　颜鸡腿

"那叫什么？"付莹莹一脸兴致盎然。

小草满脸严肃："他叫颜鸡腿，因为从小就爱吃鸡腿，十里八村的鸡腿都被他偷吃光了。"

付莹莹错愕，眼里柔光微动，低头道："真是有趣。"

动了感情的女人都是白痴，这句话是段十一说的，小草现在觉得很有道理，估计她说颜无味叫颜二哈，付莹莹都会觉得有趣吧。

两人边走边说，付莹莹浑然不觉，自己已经带着小草将付府逛了一个遍。

小草的瞎掰技术已经快从段十一瞎掰学院毕业了，整整一个时辰，她已经捏造了颜无味从八岁到十八岁的个人经历。

"他八岁的时候经常去隔壁村子偷鸡，十岁拜了个高人为师，回来的时候偷鸡的功夫就更厉害了。"

正常人都能听出来漏洞百出，但是付莹莹双眼亮晶晶的，听得津津有味。一个时辰之后拉着小草的手，简直是当成了亲生姐妹："小草你太好了，我从来没见过你这么好相处的人，今晚不如留宿我家，陪我继续说会儿话？"

"好啊好啊。"小草欣然点头。

"莹莹。"花园的月门处，付太师回来了，远远地就叫了她一声。

付莹莹吓了一跳，下意识地将小草往旁边的草丛一推，然后整理发饰，提着裙子过去："父亲大人。"

"伤好了吗？"付太师问。

付莹莹点头："用了大夫给的灵药，说是不会留疤。"

"很好。"付太师点头，"你可仔细些，明年就该进宫了。"

付莹莹张了张嘴，眼神有些黯淡，垂了眸子吞回了想说的话："是。"

付太师点点头走了，付莹莹转身回来，眉目间的忧愁像是揉进了肉里，怎么都散不开："小草啊。"

"嗯？在呢。"小草从草丛里爬出来，眨眼看着她，"你咋啦？"

付莹莹苦笑，拉着她的手往自己的房间快步走，刚走进房间一关门，抓着她的肩膀"哇"的一声就哭了。

"我不想进宫啊，不想听从他的安排，跟个没灵魂的东西一样，被送来送去的。"

小草有些慌乱，毕竟从没看见人这么在她面前哭过啊，平时面对的都是纯爷们儿，第一次有这么娇滴滴的姑娘跟她哭诉。

这该干啥？小草连忙去倒了杯热水："你喝点热水就好了。"

付莹莹没接，像是崩溃了似的一直哭。小草围着她绕了三个圈圈，抓抓头，实在没办法，开始原地做广播体操。

"伸展运动！扩胸运动！跳跃运动！"

付莹莹哭着哭着就停下来了，表情错愕地看着面前这只猴子。

小草一边跳一边道："受父母之恩，尊重父母的意见是没错的啊。但是要是自己考虑成熟，觉得做父母安排的事情的痛苦超过了承受范围，那就去说啊。虎毒还不食子呢。"

付莹莹抽抽搭搭的，咬唇道："我说什么，他从来没当真过啊。这次死了三个人，我也差一点就死了，我一回来他要我做的第一件事还是练琴，说我在鸳鸯会上的表现不够好。我在他心里，当真只是筹码而已。"

小草咋舌，付太师这么狠啊？那天在六部看着，觉得还挺和善的，怎么会这么没人性？女儿受难回来，好歹安慰两句啊。

"而且……我还不小心看见那天……"付莹莹一个激动，差点脱口而出。

可是转头一看段小草腰间的捕快腰牌，她将剩下的话吞了下去，不着痕迹地道："那天他根本也没去看鸳鸯会，估计就是身边的人回禀的。"

上下文好像不太通畅啊？小草听着，歪了歪头，也没太在意，反而安慰她两句："父母肯定都是爱子女的，只是方式不同罢了，你也别太想不开。"

"嗯。"付莹莹垂了眸子，低声道，"时候不早了，你今天就跟我一起睡吧，我还有话想说呢。"

"好啊。"小草点头，站直了身子道，"你们家茅房在哪儿？我想去。"

"别。"付莹莹压低了声音，轻轻地道："你用夜壶吧，父亲大人要是知道你留在这里，肯定是不会允的，咱们得偷偷的。"

怪不得刚刚一把将她推草丛呢，小草点点头表示理解，但是……

"我想上大的。"

这个夜壶解决不了。

付莹莹红了脸，低声道："这可怎么办才好？"

"好办啊。"小草道，"把你家丫鬟的衣裳借我，再来个腰牌，我混出去如厕。"

"这……"付莹莹想了想，好像还挺靠谱的，"我的贴身丫鬟被父亲调走去照顾别人去了，正好可以拿她的衣裳，她人不在。"

贴身丫鬟还有借人的道理？小草有些疑惑。

付莹莹溜出去拿了衣裳回来，低声道："花色是最受父亲信任的人，你身材和她差不多，一般她在府里也没人敢直视，所以倒是安全。"

还有这么厉害的丫鬟？小草有些惊讶，接过衣裳来穿了，又换了个发型。

为了去一趟茅房，也是够不容易的。

"你跟着我，我掩护你。"付莹莹打开门，一脸的紧张。

小草点头，乖乖跟在付莹莹身后出去。

她发誓，虽然过程复杂了一点，但是她真的只是想去上个厕所。

然而路走到一半，就看见个丫鬟从一边端着东西过来，瞧见她就急急忙忙过来低头道："花色姐姐，太师吩咐，让你给东院送药去。"

小草心里一惊，付莹莹更是有些急了："我找花色有事，你直接送去吧。"

"太师吩咐，除了花色姐姐，其他人都不能进去的。"小丫鬟颇为委屈，"奴婢找姐姐老半天了，小姐若是没有急事，就先饶了奴婢吧。"

付莹莹脸色有些古怪，那丫鬟已经将药塞在小草手里了："有劳姐姐了。"

小草只能伸手接着，看着那丫鬟跑远了，才抬头问付莹莹："为什么必须花色去送啊？"

付莹莹好像不太想说，只将她的药接过来放在草丛里："你快去茅房吧，晚些不知道还要有什么麻烦。"

小草点头，一溜烟往茅房去了。结果刚到茅房就看见有个媳妇子出来，看见她就道："花色姑娘回来了？不是说有事出门了吗？"

这可真尴尬，小草闷头没吭声，脑子里已经脑补出被人发现然后拖出去打一顿的场景了。

结果那媳妇子好像十分习惯她的沉默，自言自语似的道："您如今可是最得老爷信任了，东院那里不知道是住着什么贵人，要是姑娘肯透露一二，解解媳妇子们的困惑就好了。"

小草心想，她还困惑呢，谁来解啊？

瞧付莹莹那反应，像是不想让她知道，应该是有些难言之隐的人吧，比如残疾的远房亲戚什么的。

于是她飞快地躲进了茅房。外头的婆子讨了没趣，也没多说，自己就走了。

解决完人生大事出去，付莹莹却已经不见了，没在原地等她。小草有些意外，还是原路先返回付莹莹的闺房。

走到刚刚放药的草丛的时候，小草一个念头上来，将药端了，念着"上北下南左西右东"，找了找东院。

瞧着东边的一个院子，安安静静的，门口也没人，小草就直接进去了。

伸着脑袋观察了半天，觉得这地方没人气儿啊，正放下药准备走呢，就听见一声琴音。

妙音弹出来的琴音。

颜六音靠在软榻上，脸色惨白，像是随意伸手拨弄着，妙音却发出了不可思议的美妙声音，她仿佛看见阔别已久的亲人，温柔又喜悦。

小草傻了，透过门缝看着里头，眼睛都快瞪成了鸡蛋。

颜六音为什么会在这里？！小草噌噌噌退出去看了看自己腰间的腰牌。

太师府，没错啊。

再噌噌噌去看看屋子里的人，一身红衣颜六音，没错啊。

她好像，发现了什么不得了的事情？

"你是谁？"背后传来了一声尖叫，吓得小草一个哆嗦，差点一头撞在门上。

屋子里的颜六音明显被惊动了，微微起身，却因为身上的伤而停止了动作。

小草一回头，就看见个俊俏的丫鬟，一脸惊恐地看着她。

为什么她每次干些偷鸡摸狗的事情，都会被发现呢？小草没有想通，不过反应还是很快的，立马抽身，用新学的轻功，一路狂奔出去。

太师府里瞬间热闹了，鸡飞狗跳的。小草趁着众人都没有反应过来，踩着墙头就飞了出去。

她要去找段十一，这个事情她消化不过来！

段十一端着茶杯，正坐在顾盼盼的房间里，笑得十分好看："有些话我知道不该问，但是能帮到我的也只有你了。"

顾盼盼抱着琵琶，如同往常一样坐在一边，安静又懂事："大人尽管问。"

有些消息是只有特殊职业的人才会知道的，但是这种人一般为了保命，都是守口如瓶。

但是顾盼盼不一样，先前也说了，动了感情的女人都是智障，顾盼盼是智障大军中的一员。

段十一简明扼要地正要开口，门就被人一脚踹开了："师父，师父，不好了！"

第43章　造反了

对于这位咋咋呼呼的姑奶奶，顾盼盼选择了沉默，抱着琵琶进了内室，一句话也不愿多说了。

段十一揉揉眉心，扭过头来看着她道："小草啊，为师教过你多少次了？凡事都要淡定，遇见什么都不可以大喊大叫。"

小草喘着粗气，趴在桌子上道："颜六音……颜六音在太师府里！"

"什么？！"段十一猛地一拍桌子，大喊了一声，吓得内室的顾盼盼一个哆嗦。

"是怎么个在法儿？"

小草道："她在太师府里养伤，我无意间撞见的！"

段十一皱眉，想了一会儿又看着小草："那你没被人发现吗？"

"被发现了呀。"小草道，"所以我来找你了！"

段十一脸都绿了，还没来得及一巴掌拍飞段小草，身后的门就被推开了。

马遥力带着青衣襟进来，看着屋子中间的段十一和小草，朝身后挥了挥手。

大批官兵拥进来，手里的刀剑都是出了鞘的，看起来一点也不善良，一来就将刀尖儿指着他俩。

段十一收了扇子，反手插在腰带上，笑得人畜无害地道："怎么了这是？有话好好说啊。"

"带走。"马遥力一句废话都没有，冷着脸下令。

小草一看段十一这动作就不像要好好说话的，果然，官兵一拥上来，他抬脚就踹，踹得上来的第一个人脸色发青，倒退了好几步，撞倒一片人。

马遥力等人大概是没想到段十一会反抗，毕竟他是捕头，是个兵，怎么着也不敢与朝廷作对吧？

但是事实证明他们想得太天真，段十一这一脚下去后，整个人跟打通了任督二脉似的，都笑成一朵花了！

"哎呀，好久没有揍过穿官服的了，感谢组织给段某的这个机会。"

他一直是一个德才兼优的好捕头，受到组织上下的一致好评，如果不出意外的话，段十一觉得当一辈子捕头也挺好的。

但是现在问题来了，人家要来抓他了，这一抓过去，肯定就是不见天日，想做什么都不行了。

被抓去等于做不了捕头，要是反抗的话也做不了捕头，既然结果都一样，那为什么不选一种爽的方法呢？

这一脚踢过去，一群青衣襟都傻了，段十一趁着这空当，在屋子的空地上做了个热身运动。小草也跟着压压腿，伸伸胳膊，最后卸了旁边凳子的一条腿握在手里。

"上啊！"马遥力怒喝了一声，一群青衣襟纷纷回神，朝两人扑了过去。

"记得为师教过你什么吗？"段十一问。

小草想了想："你还没教我揍人呢，就教了我轻功。"

"嗯，那现在用吧。"段十一迎面朝那一群青衣襟而去，微微侧过头来看她一眼，"往窗外走，找地方等我。"

小草皱眉："这么多人，你一个人……"

"快走！"段十一低喝。

小草吓了一跳，连忙捏着凳子腿儿跳出了窗外。

她的师父……真是太让人感动了，把生的希望给了她，把所有的危险留给了他自己。这样感人肺腑的事情……呜呜呜，她以前都太冤枉段十一了！

一路跑一路抹眼泪儿，这场景怎么看怎么像戏台子上的诀别，小草心里悲戚不已，暗暗发誓，要是段十一能平安出来，她以后一定好好孝顺他！

"终于走了。"听着外头的动静，段十一松了口气，捏着拳头看着面前的人。

马遥力皱眉道："以二敌众已经是勉强，你竟然还敢让她走，我是该说你无私，还是该骂你幼稚？"

"你想多了。"段十一伸手将外袍解了，活动了一下脖子，"殴打官兵不是她一个要当捕快的人该学的东西，所以我让她走。"

马遥力一愣，还没回过神，眼前突然就是一黑。

段十一赤手空拳，越过那么多的青衣襟，直接将他撂翻在地，朝着他唰唰唰就是一顿重拳。

马遥力没能扛住这突如其来的攻击，直接昏了过去。

擒贼先擒王，打翻这个领头的，周围的青衣襟就有一瞬间的怔愣。

就趁着这个时候，段十一拿过自己的外袍和扇子，朝着窗外跳了出去，动作如飞云逐月，据现场青衣襟回忆，那个画面比国宴上的舞姬跳舞还好看。

潇洒如段十一，冷静如段十一，在这个充满阴谋气息的晚上，因为段小草同学的连累，直接造反了，放弃捕头的身份不要，与小草同学一起狂奔在希望的田野上。

小草跑得比他早，自然跑得比他远，在一个山坡口等了段十一很久很久，已经从心急如焚，变成了心灰意冷。

这么久还不来，应该是……没救了吧？小草捂着脸，躺在草地上嘤嘤地哭了一会儿，然后捡了两块石头垒在一起，将自己手里的凳子腿儿插在前头，朝着拜了几拜。

"这是什么？"

"这是我师父的衣冠冢。"小草嘤嘤哭道,"他是个好师父啊,为了让我走,自己被一群青衣襟打死了,我会永远记住他的,每年都会记得来拜祭……"

"我拜你个大头鬼啊!"段十一一巴掌拍在小草的后脑勺上,"你哪只眼睛看见我被打死了?"

师父!小草高兴地回头,看见活蹦乱跳的段十一,嗷呜一声就扑了上去:"呜呜,你这么久没来,我以为……我以为……"

段十一翻了个白眼,呵呵两声:"老子就比你晚来半炷香的时间,你造坟是不是也太快了点?巴不得我死啊?还有,衣冠冢里好歹放件儿我的东西,弄大一点,再有个像样的石碑刻字吧?你这两块石头一根凳子腿儿是敷衍谁啊?啊?"

小草语塞,抬头看了他一眼,嘀咕道:"好挑剔哦……"

段十一:……

这是挑不挑剔的问题吗?简直是想吐槽都觉得槽点太多无从下口。

"你听好了啊。"段十一将人拎起来,"咱们这一场闹,就不能再回六扇门了,你也不能再当捕快了,知道吗?"

小草吃了一惊:"我们又没错啊,错的是付太师,勾结颜六音,杀害命官子女,为什么反而是我们不能继续留在六扇门?"

"因为官权压人。"段十一道,"在你扳倒他之前,只要他官比你大,哪怕他是错的,后果也是你来承担。"

小草沉默了。

段十一微微叹息,当年收小草的时候,这丫头就十分有雄心壮志,扬言一定要成为六扇门里最出名的捕快,要断冤案,知真相。

现在出了这么一茬儿,不能当捕快了,她一定很难过,不知道会不会对捕快这个行当失望?到底是在官权之下的东西,而她也不是那么容易屈服于官权的人……

"我现在把你绑了去自首,还来得及吗?"小草认真地想了半天之后问。

段十一:……

天色渐渐有些亮了,早起耕地的农夫赶着老牛出来,莫名就听见一阵阵令人毛骨悚然的惨叫。

"师父,师父,我不敢了!我错了!真的!"

被倒挂在树上的时候，小草总是格外地老实。段十一黑着一张脸，啃着不知哪里来的野果，冷冷地道："我一世英名，看人很清，怎么就一时眼睛瞎了收了你么个孽畜啊？"

"缘分！这都是缘分啊师父，你快放我下来……"小草哀号不已。

段十一恍若未闻，吃完野果就靠着大树休息，等天亮透了，还有事情要做呢。

六扇门名捕段十一造反了！

这消息震惊了整个长安城，叶千问一大早就被传去刑部问话，一整天都没回来。六扇门里其他人都是沉默着，表情凝重，只有李二狗剔着牙，十分悠闲地道："真不愧是段十一啊，连太师都敢得罪。"

谁人不知这付太师是如今最炙手可热的权贵，人人都是巴结他都来不及，他一个小小的捕头，竟然敢对着干。这不，太师一生气上奏皇帝，皇帝的通缉令就下来了。

关于段十一到底为何会这样，茶馆里也是众说纷纭。有说是段十一勾引了付莹莹，导致太师迁怒的，有说因为段十一太好看被太师嫉妒的。

众人聊得正火热呢，却有一个人开口道："真相只有一个，段十一手里，有让付太师害怕的东西。"

这声音清澈啊，众人都回头去看，却发现只是一个长相普通的少年。

第 44 章　段美人

"口出狂言啊。"众人一看这少年，都纷纷表示不信，"你哪里知道的？"

少年也不急眼，淡淡地道："我认识段十一，他前些日子得了个账本，据说上头有不得了的东西，所以才被付太师追着跑。"

瞧他说的，还有些根据的样子，茶馆里的闲人便都聚拢了来："此话怎讲啊？"

"这当官的，谁手里头干净？"少年见人多了，说得也起劲了些，"朝中如今两党相争，前些日子右党三位千金又遇刺，真凶没有抓到之前，谁也没办法说付太师是无辜的。"

"而据在下所知，这太师府受贿也不是一日两日的事情了，只是皇上信任太师，睁一只眼闭一只眼。段十一如今查案，恐怕就是得了付太师贪污的证据，才被付太师紧追不舍，丢掉了饭碗。"

茶馆里安静了一阵子，接着就是一阵笑声，有人来拍了拍少年的肩膀，道："书说得不错啊，有没有考虑在大堂里摆个桌子讨营生？"

少年皱眉："我说的是真的。"

"哈哈，还真的，骗人呢吧。"看客们摆手，都各自回了座位。

茶馆里都是聚在一起八卦热闹的，有些话听着心里知道就好，谁也不愿意惹麻烦上身。

但是少年起身离开的时候，却还是被人跟上了。

浑然不觉的少年穿街过巷，走在人群里。身后两个乔装的青衣襟目光定定地看着他，就等着他走进一条无人的巷子，好将人带回去严刑拷打！

前头就是一条巷子！两个青衣襟开心地瞧着这少年走进去，连忙抬脚跟上。

然而一进巷子，四周都是空的，半个人影都没有了。

两个青衣襟吓了一跳，跟得这么紧，人怎么可能不见？

巷子另一头，小草扒了人皮面具，披着长发，换了衣裳，蹦蹦跳跳地回了客栈。

"师父，妥了！"

一个人正坐在梳妆台前，一头青丝垂下，眉目上了妆，一副好面相，桃花眼，细眉樱唇，睫毛忽闪忽闪的。闻言扭头过来，冲小草眨了眨眼。

小草一看就傻了："对不起，走错房间了。"

说完就要退出去。

"站住。"段十一的声音在房间里响起。

小草一脸吃了大便的表情，震惊地回头。

段十一一甩水袖，娇嗔道："人家这样可爱，转身就走是不是太没礼貌了？"

小草："今天天气好好，我突然有点尿急。"

段十一一脚踹在她腰上，娇滴滴地道："快说，过程如何？"

小草快哭了："妖精，你还我师父！"

段十一没好气地翻了个白眼，正常了嗓音："我就是你师父。"

这一张桃花开的脸配上段十一的声音，小草哭得更厉害了，边哭边道："我按照你的吩咐已经在茶馆里说了，并且后头出来有两个人跟着我，但是被我甩掉了。"

"很好。"段十一扭头看着铜镜里的自己，声音忍不住就又娇滴滴了，"人家尝试了易容，但是这脸太好看了，怎么易容都显得与众不同，惹人注意，所以我干脆男扮女装了。"

这由内而外散发出的女人味儿，当真只是为了伪装？小草呵呵两声，扭头目光苍凉地看向窗外。

"第一步计划完成，接着就要让付太师上钩了。"段十一梳理着头发，眯着眼睛道，"从颜六音和陈白玦的事儿里吧，为师猜到了一点东西。但是还不够，不够完全，所以为师接下来，要以身犯险，潜入太师府了！"

小草嘴角抽搐："付太师一把年纪了，你确定你能勾引得了他？"

段十一翻了个白眼："天真的孩子，我告诉你，男人好色是不分年纪的，再老的人，只要你够美，都是可以勾引到的。有些男人不是清心寡欲，只是未曾碰见我这样的绝色女人。"

现在说自己是女人都说得这么顺口了？小草一脸悲愤地改口："师娘加油。"

段十一又踹了她一脚，道："你也别闲着，今天开始一边练轻功，一边练习金蝉脱壳。"

金蝉脱壳是段十一新教她的，就是方才用来逃跑和甩脱尾巴的新功夫，需要对地形观察仔细，反应灵活，身手敏捷。

小草点头，问："任务已经完成了，我又该去哪儿继续练习啊？"

段十一嘿嘿笑了两声："为师自有办法。"

皇宫门外官道。

付太师听了属下的汇报，眉头皱成一团，眼里的戾气藏也藏不住："段十一那个不识好歹的！"

只说这么一句，轿夫和随从就已经大气都不敢出了，连忙起轿往太师府走。

路走到一半，寂静的官道边传来一阵哭声。

"你这不知好歹的娘们，你家里将你卖给我了，你还哭什么哭？！"一个驼背的老男人冲着一个姑娘吼，"别给我丢人了，快跟我回家！"

"我不认识那些人啊，他们不是我的家人。"那女子哭得可怜极了，"求求你放过我吧。"

"我花了银子呢，你说什么梦话！"老驼背一把将姑娘拽过来，伸手就要打。

付太师没在意，毕竟这样的事情多了去了，他也没有那么闲。

不过这姑娘声音挺特别的，他还是忍不住掀开轿帘看了看。

结果这一看，一声"停轿"就吼了出来。

轿夫吓得腿一软，连忙压轿，付太师下来，皱眉看着远处路边，示意旁边的随从："将那个姑娘救下来！"

"是！"

段十一段姑娘泪眼婆娑香肩半露地被带到了付太师面前，像一只受惊的小鹿，睁大眼无辜地看着他。

这样的眼神，是个男人就受不了啊。哪怕付太师已经年近半百，目光也柔和了下来，低声询问："怎么回事啊？"

段姑娘哭得嘤嘤地："我与家人初来长安，走散了，被个大叔救着，以为可以送我去官府，结果转手就将我卖了人，我不认识那个人啊……"

拐卖人口的事情嘛，长安也多了去了。但是付太师今儿不知怎么就发了善心了："这样的人真是太可恶了，来人，将那买卖人口的人给我抓住，送官府去！"

"是！"周围跟着的四个青衣襟一齐朝那边的老驼背扑过去！

老驼背小草同学瞪大了眼睛，立马拔腿就跑啊！说好的只是唱个黑脸，凭什么就被追得这么厉害啊！看付太师那模样，抓着她还不先打死了，以讨段美人开心？

跑跑跑！赶紧跑！

段十一这个狗日的，还说什么一定有机会锻炼她，敢情就是这样的机会？谢谢他全家！

"姑娘要是不介意，可以先到寒舍去休息，我可以替你找你的家人。"付太师轻轻拉过段十一的小手，温和地道。

段十一腰身一软，脸上微红地看着付太师："你真是个好人，如此就多谢了……"

付太师一笑，拉着他就上了轿子："我的轿子比较小，姑娘别介意。"

色狼果然是越老越可怕的，段十一感受着放在自己腰上的咸猪手，咬着指头笑得要多天真有多天真。

心里已经在思考猪蹄的十八种做法了。

付太师府上新来了个绝代佳人！往那儿一站，整个屋子都好像被染上了光一样，出场自带花瓣和袅袅琴音，十分惹眼。

付太师中年丧妻，未曾续弦。家里只有几房姨娘，最小最美的那个也不及段美人的十分之一。

于是付太师就开始想了，这是缘分啊，老天是不是给他安排媳妇儿来了？

当然，身为一个老谋深算的官员，来历不明的人他肯定是不会收的，所以特地看了段十一的户籍，也派人继续在找他的家人。

户籍这问题，小草一早就去偷偷托祁四解决了，然后又分别易容成了段十一的老娘和要娶段十一老娘的隔壁老王，算是把段十一给交待在太师府了。

付太师满意了，也没打算深究，一张美丽的脸总是能让人忽略很多事情，动感情的傻子不止女人，男人傻起来也是一样。

于是段十一就成功打入了太师府，打到了付太师的枕头边儿上。

别误会，身还是没献的，因为段十一身为男人，十分理解男人的一种心态——贱。

得不到的女人是最好的，主动送上来的女人是可以轻贱的。越对自己好的女人就是越可以欺负的！

所以段十一傲娇、矜持，但是懂事大方，绝对不无理取闹和过分吊胃口。

短短三天时间啊！小草易容成的段十一的妈就已经被付太师请去太师府，准备举办婚事了。

"勾引男人有什么秘诀吗？"小草忍不住问段十一。

段十一咯咯笑着道："要什么秘诀？长得好看就可以了。"

小草：……

这三天时间，太师府里也发生了不少的事情，比如有人趁着颜六音重伤，偷走了妙音，惹得颜六音发狂追出太师府，一直未回。再比如府里闹贼，每天晚上青衣襟们追一个身材矮小的贼，都要追上半天。

最后还每次都让那贼溜了！

这一切让付太师很头疼，可是身边有美人，娇嗔着往他身边一站，付太师就觉得自己年轻了不少，烦恼也少了不少！

第 45 章　谢谢你的爱啊

一切的问题，在心情愉悦的人面前都不是问题。付太师眉头每每一皱，段十一就给他弹琴解闷，琴声那叫一个动听啊，听得付太师直叹息：

"可惜妙音被贼人偷走了，不然拿来送给你，不知是怎样的合适。"

段美人手一顿，坐在古琴后头，抬袖子一抹眼角就哭了起来。

"怎么了？"付太师吓了一跳，心疼地过去拉着段美人的手。

段美人嘤嘤道："最近看太师总是心不在焉，又听闻府里丢了个美人，奴家就知道太师心有所属。提起那妙音，似乎也是那位美人儿的心头好，奴家就觉得……太师是不是只将奴家当个替代……"

说着，抽回自己的手，捂着眼睛哭得更厉害了。

付太师哈哈大笑，一把搂过段美人的腰："你怎么想得这样多？跑出府去的那人是因为受了伤在我府里小住，跟我可没什么关系。"

"没什么关系怎会住在这里？"段美人苦笑，"太师不必安慰奴家，奴家懂的，太师毕竟是大人物……"

"唉。"付太师心里甜津津的，凑在段美人耳边轻声道："不要吃味，那人是替我做了些事情才受的伤，所以留她在这里也是情理之中。她这不是已经自己走了吗？"

段美人抬眼，红红的眼睛真是我见犹怜："是这样啊。"

"对啊，我心里没别人。"付太师宠溺地刮了刮他的鼻子。

段十一浑身一个哆嗦，轻轻推开他道："那是奴家失礼了，瞧这狼狈，太师容奴家去收拾一二。"

说完就立马溜回了自己的房间，关上门对着墙一阵狂挠。

"咋了？"小草坐在桌边正啃苹果呢，就看见段十一跟发疯的猫似的。

"没事儿，磨爪子。"段十一回头，声音听起来怎么都有点咬牙切齿，"你这两天拿的东西都整理好了没？"

小草听了听房间四周的动静，然后将几封信和账本拿了出来："都是在太师书房里顺来的，这两天我的功夫绝对长进了！具体内容我看得不是很懂。"

段十一拆了封信看了看，翻了个白眼："你直接说完全看不懂，为师也不会笑话你的，这是密文，用的是千字文上字的序号写的。"

小草干笑两声，搓了搓手。

段十一看了两眼就从旁边书架上抽了《千字文》出来，放在小草面前道："你自己看自己破解，我要去继续接客了！"

这一副懊恼不已的语气，听得小草这叫一个暗爽啊！叫他天天让自己去半夜当贼，小腿肌肉都要跑出来了！这连续几日她都已经熟悉了整个太师府地形，以及每个青衣襟的脚步声。

轻功又上了几个台阶啊！

段美人甩着袖子走了，小草收拾了桌子，留着一封信打开来看。

"二十二，七六九，四，四十一，一二三，一五八，五零二，七零三，三五零，一二三，九九一，八三，一九二。"

还真是简单明了，一看全不懂。

千字文密文是什么意思？这一串乱七八糟的数字，她怎么破啊？

打开《千字文》看了看，熟悉的"天地玄黄，宇宙洪荒"。里头的数字就那么几个，可是怎么也跟这一串儿联系不起来啊。

算了，还是去偷看段美人好了，她这么聪明的脑子，是不能拿来思考这些愚蠢的问题的！

小草换了身衣裳，将书信都贴身藏好，然后顶着一张段妈的老脸，咳嗽着出了房门。

"红颜祸水啊。"

"这样下去不是个办法，得把那女人处理了，不然太师无心大事，沉迷声色，到时候会连累所有人。"

花园一向是情报泄露的最佳场所，小草正路过，就听见马遥力和太师府里常来的几个官员在议论。

"可是那女人天天在付太师旁边，根本无法下手啊。"马遥力叹息道，"看她那狐媚模样，也不像是懂事的人，劝也不可能劝走。"

"她不是还有个母亲吗？"

小草趴在一边听着，心想段十一这是成了众人眼中钉了啊，想着法子也要除掉他，谁当他的母亲，那还真是倒霉。

正想着呢，身后就有人喊了她一声："段家母亲，您怎么在这儿趴着哪？"

花园里众人瞬间回头，小草趴在地上很茫然，半天才反应过来，她现在就是段十一那倒霉的母亲啊！

还想什么啊，拔腿就跑！

"抓住她！"马遥力低喝一声，花园附近的青衣襟瞬间都朝小草冲过来了。

这画面很熟悉，每天晚上基本都会上演，可是晚上天黑啊，没人看得见她，她想怎么跑就怎么跑，空中翻跟斗都没事。

但是现在，她一副老人家的模样，要是蹿上墙头健步如飞，那她可能跑得掉，段十一就完蛋了。

本来她是不会管这么多的，逃命要紧啊。但是一想到段十一上次护着她逃走，小草看着面前的院墙，终究还是没有飞上去。

后头来的青衣襟上来就将她押住了。

段十一靠在付太师房里的软榻上，手里拨弄着琴，心里总觉得有点不安。

"怎么了？"付太师低声问。

段美人回神，叹息道："突然想起了奴家的母亲，奴家的家乡因为旱灾颗粒无收，奴家跟着她一路来到长安，看尽了世态炎凉，现在终于安稳了，倒是希望她能过得好。"

"这个你放心。"付太师道，"我自然会好好对待你母亲。"

段美人一笑，目光悠远："如今大梁正是盛世，要是官员都像太师您这样温柔，对百姓呵护，大概也就不会有那么多人流离失所了。"

付太师一顿，别开头："我也只是对你温柔，官场里的人，太温柔是活不下去的。"

段美人一脸惊讶："为什么？"

"那是个人吃人的地方。"付太师低笑一声，"我教太子读书数十载，才得了皇帝信任，参与朝事。六部官员多有视我为眼中钉之人，我哪怕有一点错漏，也是要被参上一本的。"

段十一轻拨琴弦："太师两袖清风，不曾有什么错漏。"

"哈哈哈哈。"付太师大笑，"这朝中可不曾有一个人干净，不过你不用管那么多，在我身边就好了。"

段美人含羞点头。

用过晚膳，段十一正准备回房，马遥力就过来行礼了："段姑娘，借一步说话。"

段十一挑眉，跟着他往柴房的方向走。

"段姑娘姿容倾城，太师府地方太小，会妨碍姑娘前程。"马遥力推开柴房的门，直接开门见山了，"令堂在这里过得也不太好。"

段十一往里头一看，当下脸色就沉了。

小草被绑在一张凳子上，绑得结结实实的，嘴里还塞了布团子，睁着一双无辜的眼睛看着他。

"马大人这是什么意思？"

马遥力抿唇："段姑娘玲珑剔透，不会不明白。你若是愿意离开太师府，外头已经准备好了马车和银两，足够姑娘和令堂返乡过上富足的日子。"

付太师手下这些人也真是忠心耿耿啊，段十一轻笑，该有的东西他都拿到了没错，本来要走也是应该的。

但是这人采取的这种方式，还真是不让人喜欢。

段美人二话没说，立马仰脖子号啕大哭！

这哭声大的啊！吓坏了巡逻的青衣襟，也把马遥力给吓傻了。

嗓门也太大了吧！

"发生什么事了？"一群青衣襟拥进柴房，就看见马遥力站在被绑着的段家母亲旁边，段美人哭得稀里哗啦的。

"我走，我走还不行吗？你放开我母亲！"段十一一边捏着嗓子哭，一边大声喊，"我不会妨碍大人分毫，请大人高抬贵手！"

马遥力脸都绿了，看着外头的人，张张嘴真是不知道说什么好。这女人看起来很斯文的啊，怎么会……

已经有人飞快地去告诉了付太师。付太师那头刚要休息呢，一听这消息，立马披衣起身，拿了自己的佩剑就朝这边冲过来。

"马遥力，你干什么！"付太师一到地方就直接把剑放在他脖子上了，"敢悖老夫的意思？段姑娘可得罪你了？"

马遥力"扑通"一声跪下，咬牙道："太师，这女人不能留！"

"能不能留，还是你说了算了？"付太师冷笑，看着哭得惨兮兮的段十一和旁边被绑着的"段家母亲"，想起段美人今天说的话，更是怒火中烧，"真是反了你了，来人！将他给我关进地牢里去！"

"太师！"马遥力一惊，心都凉了半截，"红颜祸水啊太师！"

付太师心疼地扶起段十一，挥手就让人将马遥力带下去了，然后给小草松了绑。

"没事了。"他温柔地看着段美人道，"我不会让你难过的。"

段十一都快被感动了，收回手来抹了抹鸡皮疙瘩，回头确认小草已经活动自由了，才松了口气道："太师，奴家有话要对您说。"

"嗯？"付太师立马挥退了后头的一众青衣襟，"你说。"

"感谢太师厚爱奴家，甚至准备娶了奴家为妻。"段十一道，"但是奴家的媳妇可能要生了，奴家得回家了。"

第 46 章　千字密文

付太师一瞬间没听明白段十一的话，一脸茫然地看着他："你媳妇要生了？"

段十一颔首，还是那么娇羞妩媚："所以奴家与母亲，要先行一步了。"

说完，一撩袖子抱起段小草，直接从付太师面前飞身而起，蹿上墙头，一蹦三跳地消失在了夜色之中。

付太师站在原地，眼神有些空洞，过了好一会儿，红色才慢慢从脖子蔓延到脸上。

"混账！"

一声咆哮，吓得整个太师府都抖了抖。马遥力还没来得及在地牢里喊冤，就又被带到了付太师跟前。

"去把那两个人给我抓回来！"

马遥力看了看空无一人的四周，心里想，难不成那段姑娘还挺懂事的，自己跑了？

结果就听得付太师下一句话说："贼竖子！竟然敢男扮女装欺骗

于我！"

啥？马遥力傻眼了，抬头怔愣地看着付太师。男扮女装是怎么个情况啊？

"你还愣着干什么？"付太师大怒，"马上去追刚刚那个段姑娘，不，那个媳妇要生了的男人！"

"……是。"马遥力飞快地起身，从旁边人手里接过帽子，直奔出门上马，带着青衣襟茫然地往路上追。

"你媳妇要生了是啥意思？"小草扯了脸上媳妇婆的面具，使着轻功跟在段十一身边问。

段十一一边跑一边将头上的珠钗发饰都取了，小白眼翻得那叫一个欢快："就是说我是男人的意思。"

小草挠挠头："那你咋不直说啊？"

"你傻啊，咱们就站他面前，我要是直说我是个男人，他反应那么快，我们还怎么跑？"段十一哼哼两声，"东西都破解好了吗？"

小草沉默许久："那么麻烦的东西，这么短的时间要我怎么破解啊？"

"我不是告诉你法子了吗？"段十一嫌弃地看着她，"你怎么那么笨？"

小草鼓嘴，气愤地伸手将信件从贴身衣物里直接扯出来，一把拍在段十一手里："你聪明你来！"

前头就是城隍庙，段十一接过信件，带着小草翻墙进去，随便找了间没人的空斋房，点了蜡烛。

"这个是吧。"段十一展开信件，"二十二，七六九，四，四十一，一二三，一五八，五零二，七零三，三五零，一二三，九九一，八三，一九二。这么简单你都不会？"

小草摇头："我和它不熟，不能好好交流。"

段十一冷哼一声，道："为师已经告诉你了，是千字文的密文，这数字代表的是千字文中字的序数，比如'二十二'，就是千字文里的第二十二个字：'收'。"

原来是这样啊！小草瞬间懂了，一把将信件拿过来："你早说不就好了？这个我也会啊！"

段十一看着她。

小草看着那些数字，上下翻找了一下自己身上："……我好像没把那本千字文带出来。"

还是靠不住啊，段十一啧啧两声，拿回信件来："七六九是'陈'，四是'黄'，四十一是'金'，一二三是'一'，一五八是'万'，连起来就是'收陈黄金一万'。"

小草瞪大了眼睛："这么多？"

一万两黄金！

她一个月的俸禄才半两，一年六两，一万年才得六万两白银，六万两白银才等于一万两黄金，也就是说，这一笔钱，她得一万年不吃不喝才能赚到！

段十一点头，表情也有点严肃："下面的，五零二是'给'，七零三是'其'，三五零是'子'，一二三是'一'，九九一是'等'，八三是'文'，一九二是'章'。"

"给其子一等文章？"小草皱眉，"啥意思？"

"收陈黄金一万，给其子一等文章。"段十一轻笑一声，"不就是陈白珙说的，陈元徽帮他买了状元之事吗？"

小草恍然："状元这么值钱啊？"

"前途无量，怎么能不值钱。"段十一放下信纸，又拆开另外的。小草凑过去看，依旧是数字。

"话说，师父，你怎么知道这是千字文的密文，不是百家姓或者三字经什么的？"

"经验。"段十一一边看一边道，"这样的密文我以前看过。"

小草点头，她光学方法还不行啊，还得跟着累积经验。

"这个付太师也真是有意思。"段十一看完所有的信件，冷笑道，"表面上两袖清风，背地里却收了这么巨额的贿赂。更是买通宫里人的关系，在为付莹莹进宫铺路。"

"你都读懂了？"小草惊愕，"这么快？"

段十一翻了个白眼："我将千字文全部标记过，都铭记在心，这样看起来自然是快。"

小草眨眨眼，她还以为段十一是天生的什么都会，原来背后也背过书，下过功夫啊。

"那有这些证据，咱们可以去告付太师了吧？"

"去哪儿告？"段十一轻哼一声，"付太师已经是只手遮天的权势，你告的地方不对，反而会被送进天牢。"

说的也是，现在他们连六扇门都不能回，还能去哪里告啊？

段十一看了看这斋房里的两张床，随便选了一张躺上去："已经到了这个地步了，后面该怎么做，就是为师要考验你的了。"

考验她？小草眨眨眼，她咋知道啊……

"想不出来不要睡觉。"段十一吹熄了蜡烛，滚上了床。

小草在黑暗之中坐着，揉着脑袋使劲儿想。

如今能治付太师的是谁？皇帝！可是皇帝在深宫之中，就算段十一轻功再好，那也是不可能轻易得见的。朝中能与付太师抗衡的……好像就右党的那几个六部官员。

可是上次他们已经因为颜六音杀人之事，迁怒六扇门，自己还当场顶撞过那啥尚书，现在去求人家，怎么求啊？

除非绑着颜六音上门。

可是段十一哪里舍得啊，撇撇嘴，小草望着床上已经闭眼沉睡的段十一，叹了口气。

"妙音"是被段十一再次偷走的，颜六音跟着追出了太师府，去了哪里却是不知道了。琴是放回六扇门他们住的院子的匾额后头了，人也没抓住，也不知道段十一是怎么想的。

当个捕快好难啊，小草苦恼地揉揉太阳穴。

"还想不明白？"闭着眼睛的段十一突然开口。

小草吓了一跳，随即撇嘴："太复杂了……"

"有什么复杂的。"段十一轻哼一声，"想办法的时候，就拿张纸出来，将所有可能的办法都列出来，不管多离谱，只要是能解决事情的，都写下来，然后挑一个最好执行的，不就完了？"

听起来真的好简单，小草蘸了桌上杯子里的水，借着月光在桌上写写画画。

可以去找六部官员、可以拦圣驾、可以飞进皇宫、可以使用妖术……

不，想来想去还是绑着颜六音去找六部官员最为妥当。

小草咚咚咚地跑到段十一床边："师父，我觉得我们只能抓颜六音了。"

段十一"嗯"了一声，一点异议都没有。

"咦？"小草歪了歪脑袋，"你不反对吗？"

"我一直在抓她，为什么要反对？"

小草拧眉："上次放走她的也是你，你不是说，办案过程中，不可以对人动感情吗？"

段十一翻了个身，声音平静没有波澜："你以为我放了颜六音，是因为她曾是我带大的而已吗？"

不是吗？

小草哼了哼，知道自己说不过这畜生，干脆换了话题："那我们现在又该怎么抓？还拿妙音吗？"

"嗯，跟她做个交易。"段十一道，"睡觉吧，明天你回去将琴带出来，去烟波亭找我。"

长安城外烟波亭，情人相离不闻音。

小草点头睡了一觉，第二天就继续当个跑腿的，拿了妙音出来给他。

本来还想问要怎么通知颜六音，结果一听琴声，小草就把话吞回去了。

段十一琴艺卓绝，配上名琴，琴声飘扬水面十里，动人心弦。

颜六音来得比谁都快，脸色惨白，眼眸赤红，身后跟着一脸担忧的颜无味。

"段十一！不许你碰他的琴！"尖锐的呵斥之声，却没能穿透这琴音。段十一一身白衣长袖飘飘，姿态宛若仙人，引得路人纷纷停步，听得痴傻。

小草也觉得自己有点听傻了，神智无法集中不说，想上前去靠近颜六音一些，身子都动不了。

颜六音和颜无味都没事，颜无味甚至还大方地走到她身边，伸手挡在她耳朵上，低笑道："你这个小菜鸟，怎么也敢来听他弹琴？"

小草茫然地抬头看他。

颜无味脸色也有些差，眸子里倒是温柔："妙音落在普通人手里，只是琴，落在段十一手里，可是杀人的利器，他这不带杀气的弹奏，都能夺去人的心智，万一带了杀气，你这小命可就没喽。"

原来是这样啊，小草点头。

"换个地方说话吧。"段十一看着眼神可怕的颜六音，收了手里的琴道，"六音啊，别想来硬的，你现在和无味加起来都抢不走它，不如听我说两句话。"

颜六音盯着他，表情满是戒备。

第 47 章　你的目标是什么

跟段小草一样，颜六音也是被段十一坑大的，这人一笑，基本就表示在挖坑了。你敢应他，那就做好掉坑里的准备。

但是现在，妙音在段十一的手里，即使当真是坑，颜六音也只有认命了。她身受重伤，无味又替她输了真气疗伤，两人加起来，的确也是抢不过来妙音的。

"你想说什么？"颜六音问。

段十一不语，抱着琴起身，从颜无味身边将小草拎过来，往烟波亭的上层走。

颜无味和颜六音对视一眼，跟着上去。

周围围观的百姓回过神来的时候，仿佛做了一场梦，四周什么都没有，也没了那琴声只应天上有的仙人。

一定是他们做梦了，众人纷纷散开。

"交易内容很简单，你配合我，被我送去六部，直到付太师之事被揭发，你想怎么逃我都不会再抓你，并且，妙音给你，我不再拿回来。"段十一将妙音放在手边，微笑着回头看颜六音，"你觉得如何？"

颜六音还没说话，颜无味已经皱眉："你拿妙音引诱我姐姐在先，伤她在后，又再次偷走妙音，现在还要来做交易。段十一，你是不是太无耻了些？"

小草一脸沉痛地拍拍颜无味的肩膀："你习惯就好了，他一贯这么无耻的。"

段十一抬着下巴哼了一声："要是不无耻，我能跟你们两个小魔头周旋？你们杀人经过朝廷批准了吗？还不是不按规矩办事？那就别怪我也不按规矩来。"

说得好有道理啊，颜无味语塞。

颜六音看着段十一道："若你所说的话当真能做到，那这件事不是

183 ·

难事，我只不过收人钱财，替人杀人，将我交出去也没什么大不了。之后，妙音给我，你不再抓我，这可是你说的。"

"嗯，我说的。"段十一正了神色，看着她道，"你每年都在我眼皮子底下杀人，我并没有太认真对付你，因为你杀的都是我想杀而不能杀的。但是今年，六音，你不该滥杀无辜。"

三家小姐不过是柔弱女流，不管家庭背景和她们的父亲到底做了什么，她们并没有到该死的地步。

颜六音笑了一声，没有解释，眼角眉梢又显出些妩媚来："那就请大人将我捉拿归案吧。"

小草看着她伸出来的纤纤玉手，吞了吞口水，又瞟了瞟段十一。

段十一颔首，摸了根麻绳出来就将她绑了，然后拉到自己跟前，目光温柔了不少："好久不见你这样听话了，真是难得。"

语调听着有点暧昧，屋子里的气氛也就怪怪的。小草别开头看着窗外，嘴角微微抽了抽。

还真是谁都能泡啊。

"我和她去李尚书的家里。"段十一扭头看着小草，"你将信件给我，然后在这里等着。"

"哎？"小草有点惊讶，"你一个人去吗？"

"足够了。"段十一道，"你去了也帮不上什么忙。"

张了张嘴，小草看了看面前这一红一白一妖一仙的，将口水都全吞了回去，站到了边儿上。段十一就拉着颜六音，一同下了烟波亭。

"你这么喜欢你师父？"颜无味站到小草旁边，看着这失落的小眼神，忍不住问了一句。

"谁喜欢他。"小草看着下面的湖水，轻哼道，"我只是习惯跟着他学习东西了，本来看他那样子是想锻炼我来着，今天却又不要我去了。"

颜无味轻笑："那两人都是高手，一起去不会有任何问题。可是带上你，万一有什么麻烦……"

"我知道，我现在这个样子，还是个大型拖油瓶。"小草耸肩，"怪我功夫不到家，没法跟他们一样去哪儿都来去自如的。"

语气听着好幽怨啊，颜无味挑眉："你想去哪里啊？"

小草哼哼道："我想去皇宫里，你带我去吗？"

颜无味撇嘴："皇宫有什么好玩的，全是护卫和没点儿生气的花，我带你去这长安最高的地方吧。"

最高的地方？小草仔细想了想："通天塔？"

颜无味笑而不语，拉着她就出门去。

"对了啊，你的肚子，是骗我的？"走在路上，颜无味眯着眼睛看了她一眼，"段十一那样的人，怎么可能会跟你有孩子。"

小草撇嘴："无奈之举啊，谁让你当时看起来很想杀了我。"

有吗？颜无味下意识地摸摸自己的脸，他记得当时自己有笑吧？挺温柔的啊。

"我还以为，段十一是真心要抓你和颜六音，所以好紧张啊，想去给他报信。"小草想起来都咬牙切齿，"谁知道你们关系看起来还不错，你们没想要他的命，他也没当真想抓你们。"

"段十一对我姐姐，有养育之恩。"

"这个我知道。"小草点头，"是琴圣托付的嘛。"

"嗯，我姐姐十二岁拜琴圣为师，我则是拜了一个江湖前辈，跟着他去雪山修炼。"颜无味道，"姐姐她喜欢琴圣的风华，只是没想到，那个男人会去得那么突然那么早，以至于她那点小心思还没来得及得到成全，就已经阴阳相隔。"

"段十一将姐姐从十四岁带到十八岁，教了她武功，也教了她一些破案技巧，所以现在，除了段十一，谁也看不出我姐姐的作案痕迹，因为那都是他教出来的。"

小草抿唇，踢着脚下的石头："颜六音的悟性不错啊，才四年就成这样了，我跟了师父一年，还是现在这个白菜样儿。"

"我还奇怪，他竟然还会收徒。"颜无味道，"自姐姐入魔之后，段十一已经宣布不再收徒，以免祸乱苍生的。没想到一年不见，又多了一个你。"

"嘿嘿。"小草眨眨眼，"说不定我也是天赋异禀，他舍不得错过，所以收了我了！我的潜力还没被挖掘，等挖出来了肯定吓死你们！"

颜无味哈哈一笑："他分明说过，十年之内都不会再出现姐姐那样有潜力的人了。"

"那就是我太可爱了。"小草嘟嘟嘴，"他养着好玩儿。"

就跟路边随意捡回来的大白一样。

颜无味看着她，脸上的笑意慢慢浅淡了些，眼里也露出点苦恼。

这小丫头，看起来是真喜欢段十一啊，这可难办了，要从段十一嘴边抢肉，太难了。

不过，段十一那样的人，收徒应该是另有目的，也没看出来他对小草有别的心思。

他动了挖墙脚的念头，这念头一旦动了，就该尽快去做，不然错过好时候，就难挖了。

"快到了。"

小草抬头一看，果然是通天塔，只是这塔里的楼梯都有人看守的，又不是景点，不能随意上去。

"过来，抱紧我。"颜无味站在塔下，对小草张开双臂。

"你想干啥？！"小草双手护胸，警惕地看着他。

颜无味挑眉："你可以选择是自己爬上去，还是我带你飞上去。"

飞？小草仰头一百八十度看了看通天塔，这颜鸡腿是鸟人不成？这么高也能飞？

"你背我吧。"小草走到他身后，"抱起来没安全感，万一你飞一半把我丢着玩儿呢！"

颜无味失笑："我又不是段十一那禽兽。"

说是这么说，大魔头还是温柔地蹲了下来。

小草跳上他的背，感觉没有段十一的宽厚，不过却稳当很多。

"走。"

颜无味的轻功极好，点着通天塔的屋檐一路往上，即使背着个笨重的段小草，也是一口气上五十楼不费劲。

通天塔的顶端，是全长安最高的地方，可以将整个长安城看得清清楚楚。

小草抓着颜无味没敢放，生怕自己脚下一个打滑就去见玉皇大帝了。她小心翼翼地看了看下头，这个高度还真是让人害怕到可以暂时忘记烦恼。

"喏，他们去的是那个方向的尚书府。"颜无味指给她看，"你要是惦记，可以盯着。"

"有什么好盯着的。"小草嘟嘴，眼睛却很老实地顺着颜无味的手指看了过去。

两人坐在一起，很长一段时间没有说话，直到小草把眼睛看酸了，转头问颜无味："你有什么特别想实现的目标吗？"

颜无味想了想："等姐姐这里的事情摆平了，我想去杀了巴蜀一户人家的满门。"

段小草：……

"还有打伤过我的少林寺和尚，想把他们的庙和佛像都一起烧了。"

"最后的话，也快到秋天了，杀几个坏人给母亲做个血祭吧。"

小草深吸一口气，她一直活在治安良好的长安，颜无味这杀人跟切鸡崽子一样轻松的语气，她一时消化不了。

"为什么非要杀人？"

"以后也许你会知道，有些愤怒，只有杀人才能平息的。"颜无味望着星空，气息温和，"律法管的是老实人，律法之外不老实的人，就只有我们这样同样不老实的才能收拾掉。"

是这样吗？小草想了想，道："我的目标和你相反啊，我想当个好捕快，厉害一点的，像段十一那样，想揍谁揍谁，想查什么查什么的那种。"

第 48 章　你跟我学吧

颜无味挑眉，侧头看着她笑："那可惨了，你以后肯定会视我为眼中钉，说不定接了抓捕我的任务，天天追着我跑。"

"要真有抓你的任务，那可麻烦了。"小草眨眨眼，"你功夫好像比我好太多了。"

"你终于发现了？"颜鸡腿挖墙脚的锄头开始挥动了，"其实平时的时候，我的功夫比段十一有用多了，他不教你，要不你跟着我学学？"

跟着个大魔头学武功？小草不太想，说实话就是打心底里觉得没有人比段十一更厉害了。

但是瞧着颜无味这眼睛亮闪闪的，又不太好意思拒绝，敷衍似的道："好啊，有空你教我两招。"

"现在就有空。"颜无味咧嘴一笑，伸手拉起段小草，跟跳水似的，直直地跳下通天塔！

"啊啊啊啊啊——"小草整张脸都吓变形了，失重的感觉太过恐怖，尤其是这通天塔还这么高！颜无味是个疯子吗！

"不可高声语，恐惊天上人。"颜无味笑眯眯地抱紧小草，抬袖子挥了蚕丝出去，挂在通天塔一路往下的屋檐上面，减缓了下降速度。

还吟诗！小草头发被风吹得倒竖起来，脸上全是惊恐："你大爷的！"

"放心，摔不着你。"颜无味道，"我很可靠的。"

听他这么信誓旦旦的，小草都要相信了。但是颜无味这话音刚落，承受着两个人体重的天蚕丝，发出了"啪"的一声。

"你有没有听见什么声音？"小草问。

颜无味干笑两声："你抓紧我，没事的，就是蚕丝断了而已。"

哦，蚕丝断了。

等等！什么断了？蚕丝？！小草抬头看，通天塔某层的屋檐上，半截蚕丝迎风飘扬。剩下的半截，从颜无味的袖子里飞出，飞在虚无的空中。

下降的速度陡然加快！小草脸都青了："你还有备用的吗？"

"没有。"颜无味道，"像我这样的高手，一般情况下蚕丝是不会断的，只是我疏忽了，今天多了一个你。"

怪她咯？小草呵呵两声，咬牙切齿："那我们俩现在会怎么样？"

"会摔成肉饼吧，你喜欢什么口味的？"颜无味轻笑。

"哦，我喜欢香葱味的。"小草被风吹得凌乱了，忍不住用左手掐住颜无味的脖子，"你还我命来啊！"

颜无味深吸一口气，捏着她的腰，在急速的下落之中借力，踏破了通天塔好几层的屋檐，纵身一跃，带着小草做奔月状，轻盈地落在旁边的草地上。

小草傻了，躺在地上看着夜空，心跳快得跟受惊的兔子似的，使劲儿抓着地面才找回点真实感。

"像我这样的高手，是不会让你出事的。"颜无味俯身凑在小草脸的上空，笑眯眯地道。

段小草气沉丹田，一拳就朝他打了过去！

颜无味轻巧地闪开，顺带评价："出拳速度不够快。"

小草起身，头发根根倒竖，张牙舞爪地朝颜无味进攻。

打不死他的啊！

颜无味一边闪避，一边道："段十一都教你的什么东西？基础还算扎实，这准头和力道是怎么回事？来，我教你两招。"

小草只觉得眼前一花，颜无味突然就窜到她的身后，往她背上某个穴位一打，顿时她身子就发麻了，动弹不得，接着就被他一个扫腿撂翻在地，这人身子就压了上来。

"这招制敌用的。"

颜无味对她根本没下狠手，就是简单教技巧："背心一寸往下，用食指关节猛击，可以令人身子发麻，暂时失去动弹能力。"

小草暗暗记下。

"你朝我打。"颜无味站起来，朝她勾勾手。

小草起身，一拳直冲他的面门。

颜无味伸手接着这一拳，一个空中侧翻就又到了小草背后，手臂扣住了她的脖子："这是被攻击的时候可以反控制的绞喉，我力道再大点，你脑袋就没了。"

小草吞了吞口水，缩出他的胳膊，眼神里有些兴奋："还有呢？"

颜无味一笑，飞快朝她过来，往肩上麻穴一点，侧身一个飞腿，小草同学就愉快地飞到了空中。颜无味跃起，把小草的外衣扯下来，一通神奇的操作后，直接借着旁边的树，用小草的衣服将小草吊了起来。

"打架嘛，要么直接杀了对方，要么控制住人，再慢慢杀了对方。"颜无味道，"你看我的招式是不是更加简单明了？"

小草倒着看着他，呃巴了一下嘴道："段十一都没招式的，也从来不杀人。"

"他那是慈悲过头了。"颜无味道，"你学着我的，总也有好处。"

说着，颜无味打断树枝，看小草"吧唧"一声摔在地上，然后道："打斗之中，我能控制人的方式有八十一种，不管对方有多高的武功，只要他没能打死我，而被我控制了，那就是他死。"

好厉害的样子，小草抿唇："可是我当捕快，也是不能杀人的。"

"那就把人吊着玩儿呗。"颜无味道，"下次见面，我再送你个礼物好了。"

"谢谢啊。"小草拍拍身上的灰，站起来看了看月亮，"都这个时辰了，师父是不是该回去了？"

她和颜无味玩了这么久，段十一回去了会不会要罚她啊？

"你们在何处落脚？"颜无味问。

"城隍庙啊。"小草急忙抹了抹头发，"不行了，快些回去，我可不想大半夜的扎马步。"

"我送你。"

两人在夜色里狂奔，小草很想知道段十一和颜六音去的结果如何，颜六音应该是留在了某处天牢，段狗蛋该回来教她点什么了吧。

"师父！"

结果推开城隍庙的房门，没人。

"哎？"小草眨眨眼，"还没回来？会不会出事了？"

"那两人能出什么事。"颜无味道，"兴许是被留在六部盘问了吧，也许今晚上回不来。"

小草皱眉，扭头看着他："大象还能被蚂蚁咬死呢，那两人功夫再好，万一被重兵围困，出事怎么办？"

"你安心睡吧。"颜无味道，"我去看看。"

小草抿唇，看着颜无味出去，坐在凳子上发了会儿呆。反正是睡不着，干脆出去在外头的空地上，练练方才颜无味教她的东西。

段十一在富丽堂皇的尚书府里睡得正好，颜六音已经被送进大牢，李尚书和司马尚书等人连夜开会，第二天就打算上奏皇帝，揭发付太师。

他们想对付付太师很久了，然而一直证据不足。现在段十一竟然将这么多证据送上门来，简直是帮了大忙了，乐得白尚书都想送他两个美人宽慰宽慰。

段十一只说要举报付太师，其他的什么也不要，几位尚书一商量，还是先办正事。

天亮，上朝。

颜六音被戴上了镣铐，秘密送入宫中。段十一乔装成了白尚书旁边的随从，跟着入宫。

皇宫巍峨，已经是许久不曾见，段十一低着头，从红墙黄瓦的地方走过，最后等在了一处侧殿。

大堂前头如何地波澜汹涌，他是没机会看见的，但是今日的早朝格外地久，一个时辰过去了，才有人来传他过去。

"关于付太师行贿受贿，杀害三家千金一事，已经是证据确凿，人证物证俱在。"白尚书跪在金銮殿里痛哭流涕，"还请皇上做主！"

付太师跪在一边，神色难看得很，但是背脊挺直，半点没有怯懦。

颜六音已经老实招供，现在就看皇上的决定了。

段十一跪在颜六音旁边，轻飘飘地抬头看了皇帝一眼。

当今圣上宣武帝，已经年近半百，眉毛花白，神色慈祥。

他道："付太师是太子之师，一直深得朕的信赖，如此多的证据面前，朕还是愿意听他说两句话。"

付太师抬头，沉声道："皇上，这都是诬陷，如您所言，臣得您信任，已经是光宗耀祖，为何还要犯下这杀人的勾当？若说臣为了小女进宫一事行贿受贿，皇上也知道臣，从来是两袖清风，书信要造假，再简单不过。人证要造假，收买也是再简单不过！"

"你！"李尚书皱眉，"你强词夺理！"

"众人皆知各位尚书对老夫有些不满，今日被你们所指，老夫也不意外。"付太师垂着眼眸道，"臣没有证据证明自己的清白，全看皇上做主。"

好会说话的人啊，几句话没明着说，却是暗指六部尚书针对自己，故意诬陷，最后拿皇上的信任做筹码，想就这样脱罪。

要是段十一今天不在，说不定这事儿就成了。

"卑职斗胆，御前进言。"

皇帝正为难呢，就见下头跪着的一个穿随从服饰的人开口了。

"你是谁？"

"卑职六扇门捕头，段十一。"段十一行礼，声音清澈，令人一听便觉得有好感。

皇帝坐直了身子："你就是那长安第一名捕？抬起头来。"

段十一抬头，面带微笑："承蒙皇上夸奖，对于付太师一事，卑职有话，不知皇上可愿一听？"

一时间满朝文武的目光都投了过来。

第 49 章　好人有好报

有惊叹的，有疑惑的，更多人的眼神里却是赤裸裸地写着"这小子胆子也太大了"诸如此类的话。

段十一可是前段时间付太师通缉的人啊，虽然罪名不详，但是现在竟然敢堂堂正正地出现在金銮殿上！并且看样子还想告付太师！

他不知道这皇宫里很多人跟付太师都是关系友好，并且就某种利益达成一致的吗？

"你但说无妨。"皇帝好像有些兴趣，低头看着他。

段十一拱手，正色道："付太师说信件可以造假，但是卑职有证据可以证明，这信件是由付太师亲笔所写。"

"哦？"皇帝轻笑一声，往旁边一伸手，大太监便将白尚书呈上来的信件递到了他手里，"你怎么证明？"

"皇上可以细看，这信件所用的纸，是极品雪宣。卑职没有记错的话，是江西进贡，由宫中独享。对着烛光看，可以看见麒麟图腾的水印。"

皇帝闻言仔细摸了摸，又对着光看了看："所言不假。"

"这样的极品雪宣，除皇宫以外的地方是不该有的。"

"没错，但是朕赏过付太师，念其教导太子有方。"

段十一颔首："也就是说，这纸是太师府里有的，旁人也不可能拿到。再看上头的字，太师的字迹，皇上定然认识。"

皇上看了看，继续点头："也没错，是太师的亲笔字。"

"皇上，老臣不过随意写着玩玩，这上头的东西，如何就能说是老臣贪污的证据？"付太师皱眉道，"再说了，段捕头不觉得荒谬吗？老臣若当真要记账，为什么不写在账本上，要写成信？"

"太师是个有学识的人。"段十一道，"这上头的数字看似乱写，实则是千字文的密文，翻译过来的东西，段某都已经写在另一张大纸上了，皇上可以细看对照，看段某的翻译可有错。再说这信件，段某惭愧，将信件从太师府偷出来的同时，也偷了太师的账本。"

付太师皱眉，张口欲骂，段十一就先打断他："太师的账本上没有任何问题，收入支出都在俸禄的范围之内。独独这一堆信件，写的全是来历不正的钱财，且锁在另一个盒子里。哪天要是有人查账，付太师可以大大方方让他们查。但是真正的账本，就被您以这些信件乱码的方式，藏了起来。"

满朝哗然，皇帝也皱眉，仔细看了段十一翻译出来的文字，又对照了一下呈上来的千字文，脸上的笑容浅淡了一些："太师，段捕头所言，可有哪里不对？"

付太师绷直了背，神色丝毫不为所动，一本正经地道："老臣冤枉，欲加之罪，何患无辞。"

皇帝为难地看着下头："段捕头可有其他要说的？"

"有。"段十一道，"物证已经确凿，人证也妥当。这是此番长安鸳鸯会命案的凶手颜六音，早些时候卑职的徒弟就无意间发现她住在太师府上，也正是因为我师徒二人知道了这秘密，才被太师一路追捕。如今捉拿颜六音归案，她也可以将实情都说出来。"

颜六音脸色有些苍白，跪在皇帝的下头，浑身都轻轻发抖。

她得花多大的力气才能说服自己，不要挣开绳子扑上去，明知道不会成功，不要做无谓的牺牲。

可是……一抬头看见宣武帝的这张脸，她就好恨！要不是他，师父就不会死！

皇帝被颜六音周身散发出来的杀气吓了一跳，金銮殿的禁卫也纷纷上前拦在台阶之下。

"拿人钱财，替人消灾。"颜六音努力压着心里汹涌的恨意，咬牙开口，"付太师答应替我弟弟销案，也答应给我百两黄金作酬，杀三个手无缚鸡之力的女人，自然不在话下。"

"你血口喷人！"付太师终于有些慌了，看着颜六音道，"我与你无冤无仇，为什么要污蔑我？"

"付太师给的黄金，在太师府东院主屋的床下，皇上要是不信，可以派人去找，我一直在太师府养伤，还没来得及转移。"

四周都是议论声，而且越来越大。付太师跪不住了，屡屡看向皇帝身边的大太监。

大太监瞟了瞟帝王严肃的神色，畏惧地轻轻摇头。

"啪！"

皇帝一掌拍在龙椅扶手上，金銮殿里瞬间安静。

"关于此事，朕心里有数了。"皇帝一脸严肃，看着下头道，"段捕头先回六扇门去，任何人不得再为难他师徒二人。付太师就暂住皇宫，待朕命人查明真相，再按律办事。至于这个颜六音……"

颜六音抬头，目光冰冷地看着他。

"关进天牢吧。"帝王别开眼，有些不敢与她对视，但是又忍不住悄悄看看。

这美艳绝伦的女人，怎么会是个杀手呢？可惜了啊。

"吾皇圣明。"六部大臣都偷偷松了口气，段十一俯身跪着，直到旁边的大太监喊了下朝，才跟着众人一起往外走。

"段捕头可是有史以来第一个能上金銮殿的捕头啊。"白尚书心情大好，走在他身边笑道，"前途无量啊！"

段十一表情平静，低声道："六年前我也来过。"

"什么？"白尚书没听清。

段十一不再说话，直到走出那金碧辉煌的地方，神色才好看了些："事情已经解决，多谢各位大人，段某就先回六扇门了。"

"段捕头慢走，小心了。"李尚书和司马尚书都朝他颔首示意，看着他消失在宫门外头。

"段捕头留步。"

刚要过宫门前头的三龙桥，一个穿着太监衣裳的人就过来道："有人请段捕头借一步说话。"

段十一挑眉，笑着问："谁啊？"

那太监摇头装神秘，转头回了宫门里头，示意他跟上。

段十一没多想，直接跟着进去了。

前头无人的宫道上，迎接段十一的却是一批紫衣襟。

先前说过，官兵分"赤橙黄绿青蓝紫"，这紫色的，就是大内专用。

段十一抱着胳膊数了数，二十个人。

"谁找我啊？"

带话的小太监噌噌噌地跑了，二十个紫衣襟围过来，一点没客套就亮了兵器。

好家伙，杀人灭口？段十一拍了拍心口，嘀咕道："这年头，讲不过律法就讲权力，讲不过权力来暴力，律法放那儿看着，有什么意思啊？"

紫衣襟看着这人手无寸铁，就想着好对付啊，结果刚围上去，就见段十一不知道从哪里抽出来了一把长剑。

"在这里杀人，没人知道是吗？"段十一擦了擦却邪剑，一套天女剑法就耍了出来，姿态优美，杀伤力极高，将靠近他的十个人的衣裳全刺破挑落在地。

众人都看呆了。

"啊，不好意思，用错了剑法，这个是给小草练的。"段十一十分诚恳地道歉，"我不经常用剑，别介意啊。"

紫衣襟：……

小草顶着一双熊猫眼在城隍庙等着，快要扛不住睡过去的时候，段十一终于回来了。

"走啦，回六扇门去。"那人逆着光笑得十分好看，凑近瞧了瞧她，一把将她扛上背。

"师父……事情都解决了？"

"嗯，解决了，你又可以当你的小捕快了。"段十一心情不错，大步往外走，"想不到陈元徽的案子还能扯出来个付太师，也真是惊险刺激。皇上已经全部知情了，等回去，陈白玦应该也能自由了，我会安排他录口供的。"

"真好。"小草打了个阿欠，立马在段十一背上睡着了。

案子能顺利解决是十分令人开心的事情，小草在梦里也在享受这份开心。她梦见生者得慰死者安息，坏人得到惩罚，好人都有好报。这个世界多美好啊，当捕快真是太好了！

然而段十一的笑容，却在踏进六扇门的那一瞬间，消失得干干净净。

小草什么也不知道，她这一觉睡得太好，梦里全是飘落的桃花，安宁祥和。她好像在一艘船上，下头是清凉的水，还能闻见清新的水香。

"你替我看着她，我马上会去找你们。"

"段十一，我是你对头，不是保姆。"

"知道了。"

摇啊摇啊，不知道摇了多少天，小草终于醒了。

睁开眼，竟然是船篷。

"这是哪里？"小草睡傻了，起来头就是一阵地疼，"不是该回六扇门了吗？"

身边的人不是段十一，竟然是颜无味，颜无味脸色还不太好看，抿唇道："你们刚回六扇门就接到了新的任务，你师父还有事，先留在长安，你同我去下一个小镇等他。"

嗯？又来任务？生意这么好？小草咧嘴一笑，觉得外头的阳光也是灿烂极了："对了啊，付太师和陈白玦那些人怎么样了啊？"

颜无味垂眸："付太师有他该有的报应了，陈白玦去过自己的生活，好人有好报，坏人有恶报。"

第50章 我是六扇门捕快

真好啊！小草听得直咧嘴："果然是天道好轮回，善恶终有报！"

她能当捕快真是太好了，每个案子有了它该有的结果，她都特别有成就感。虽然过程跟她关系不大，都是段十一的功劳，但是她也高兴啊。

颜无味看她笑得开怀的模样，抿了抿唇，低头去看河面粼粼的水。

"到了，就在这里等他吧。"

两人在一个小村庄的河岸下船，小草一下来就蹦蹦跳跳地，绕着村庄四处跑："我好久没出过长安城了啊，你瞧外头这花红叶绿的，比长安城里的长得还好。"

颜无味侧头看着一边花坛里的花："长得是挺茂盛的。"

或者说，也太茂盛了吧？长安城里掌心大小的牡丹花，这里开得跟向日葵似的。

"咱们去找找前头有没有茶棚子，坐着等师父吧。"

"好。"颜无味颔首，格外温顺地陪着小草一路走着。

奇了怪了，小草边走边忍不住打量颜无味。她睡着的时候是发生了什么事情？这大魔头好好的日子不过，怎么跑来给她当保镖了？颜六音呢？好像其他人的下场都说了，还没说颜六音如何了。

不过她那么高的武功，应该不会有事，只是逃出天牢要花点时间吧。

颜无味大概也是在等颜六音，所以这会儿跟她同路。

这么一想就想通了，小草松了口气，瞧着前头支着个茶棚子就过去坐了。

"两位是外地人啊？"卖茶的老伯看见有生意，立马热情地煮茶招呼，"打哪儿来啊？"

小草乖巧地回答他："长安来的，这里山水不错啊，花都开得这么好。"

老伯笑呵呵地："咱们这儿的花，哪里有长安城里的好。"

"可比城里大多了。"小草夸张地比画了一下，"刚刚下船看见的那村口的花坛，牡丹开得都可以拿去城里卖了。"

"是吗？"老伯挠挠头，"好像村子里就村口那地儿花开得好，其他地方都养不活，大概是土好吧，对了，两位是做什么的啊？"

小草挺了挺胸："我是六扇门里当捕快的！"

"嗬。"老伯吓了一跳，"官爷啊？"

"不是多大的官。"小草连忙摆手，"就是帮着跑跑腿，跟着查查案子的。"

"查案子？"老伯眼睛一亮，"哎，那可好，我们这儿有个案子，官爷您给查吗？"

还真是头一次有人叫她去查案，小草顿时就飘在半空中了："什么案子？老伯您但说无妨！"

卖茶老伯跑到小草旁边坐下，一脸神秘地道："村子左边的刘家出事儿啦，前几天晚上打雷下雨，刘家的小儿子出了门就再也没回来，全村人都找了好久了，也没看见人影。有人说是因为刘家发了横财，触了什么禁忌，所以那刘家儿子被山神抓走了！"

失踪案啊？小草摸了摸自己下巴上不存在的胡子，一本正经地道："我得去刘家看看啊，老伯，那刘家怎么走？"

"官爷您从这条路走到头，左转就是了。"

"多谢。"小草起身，理了理衣襟，看着颜无味小声道，"去看看啊。"

颜无味挑眉："你想一个人查案？"

"有什么不可以吗？"小草双手叉腰，"我好歹也是段十一的嫡传弟子，也是有点本事的！"

"是吗？"颜无味想了想，"反正等人也无聊，那我就陪你去吧。不过先说好，我不是好人，不会帮忙的。"

他是一个大魔头啊，杀人不眨眼的那种！现在不杀人了改行当保姆也就算了，要是还帮着个捕快去查案，不是叫江湖中人笑掉大牙吗？

打死都不伸手帮忙！

"不帮就算了啊，这小村子里还能有什么大鱼？"小草踢着正步往前走，"大不了就是被狼给叼走了，山神之类，根本就不存在的。"

村子里的屋子都是两间三间修成一个小院子，门口的篱笆墙又不结实，难免进了狼什么的。她是这么想的。

但是一炷香之后，面前出现了一座大宅子。

真是大的宅子，白墙灰瓦，看起来颇为气派，占地也大，在这村子里就跟皇宫似的，跟周围的小门小户形成了鲜明的对比。

小草张大了嘴："这么气派的宅子，什么狼才进得去啊？"

颜无味淡淡地道："刚才那老伯不是已经说过了，这刘家发了财，宅子自然修得好，也没什么不对。"

小草神色严肃了一些："我闻到了大案子的味道！"

狗鼻子啊？颜无味斜眼看着她，这丫头已经跑上去咚咚咚敲门了。

"谁啊？"

"六扇门的。"小草伸着脖子喊，"我是来查案的！"

门里安静了一会儿，一个老妇人打开了门，眯着眼睛看了外头半天，目光落在颜无味的身上："你是六扇门的？"

颜无味黑着脸摇头，指了指自己前面站着的人。

老妇人低头才看见小草，眉头皱了皱，立刻就将门关上了，关拢之后还嘀咕："这年头真是什么样的骗子都有，那么小的姑娘竟然冒充六扇门的……唉……"

小草错愕，看着面前紧闭的门，回头指着自己问颜无味："我看起来那么不像捕快吗？"

颜无味认真地上下打量她，出来的时候段十一给她换了身儿长裙，身上也没带刀，水灵灵的一小姑娘，要说是六扇门的捕快，也的确没人信。

不过为了不伤小草自尊，颜无味还是斟酌了字句："你挺可爱的。"

这是夸奖，但是小草听着怎么也高兴不起来，蹲在刘家门口郁闷了好一会儿，然后抓抓头发站起来，深吸一口气，一脚踹在紧闭的大门上。

一定是她太温柔了，不行！要豪迈一点，像个爷们儿一样！

这一脚她用了十足的力气，就算这门上了栓，也能踹个半开吧！

但是出乎意料的是，这门并没有上栓。所以这用力过猛的一脚，让段小草同学向前翻滚一圈，直接滚进了刘家大院，"吧唧"一声摔在了院子中间。

颜无味错愕，连忙跟进去，伸手将她拉起来："摔坏没？"

小草龇牙咧嘴地揉着膝盖，正要说没事呢，抬头就看见刚刚开门的老妇人一脸惊恐地看着他们："你们要做什么？"

"我说了啊，我是来查案的。"小草一撩裙摆，摸出自己的六扇门腰牌来，"看见这个没？我真是捕快。"

老妇人眼里的惊恐更多了，转身就往屋子里跑，边跑边喊："老爷夫人，有人闯进咱家里啦！"

刘家大院热闹了起来，小草和颜无味是被一群家丁给活生生瞪到大厅里去的。

"你们是谁？"厅里没站一会儿，就来了个浓妆艳抹的妇人，捏着帕子皱眉看着他们，"可有什么事？"

小草不得已，再次道："我是六扇门的捕快，路过此处，听闻这家人丢了儿子，所以特地来查探一二。"

妇人一愣："六扇门？"

"对，长安的。"

大厅里气氛一时古怪，小草正盯着这妇人打量呢，下一秒她就朝自个儿扑来了："青天大老爷啊，我儿子莫名其妙就没了，您来得正是时候，只要找到我儿子，您要什么我都给！"

"夫人愿意让我查，那就提供一些线索和具体情况，我一定竭尽所能。"

妇人抹着眼泪儿，拉着小草坐下，眼神却不停地往颜无味身上瞟。

"妾身商氏，是这宅子的女主人，我的儿子刘幼龄年方八岁，长得活泼可爱，三天前村子里下雷雨，那孩子怕打雷，可能是想跑出来找我，结果据下人说，他跑到院子的黑暗处就不见了。"

她说着说着，泪如雨下："我就这么一个儿子，平时是疼到骨子里去的，这一不见，大家一起找了三天，村里村外都找遍了，还是没有看见人。"

小草看她哭得伤心，伸手拍了拍她的肩膀："夫人别难过了，带我去刘少爷的房间看看。"

商氏点头，盈盈起身，引着两人去了后院的一个小房间。

房间虽然小，里头却是富丽堂皇的，地毯纱帘都十分好看，床上还摆满了木制的玩具，看得出那小少爷有多得宠。

"从这里到我住的房间，要跨过一个院子。"商氏靠在门口继续哭，"就是外面这个院子，幼龄就是在这里不见了的。"

小草仔细看了看，地上干干净净的，院子里也干干净净的，可能是下雨之后已经打扫过了，完全没有脚印可言。外面的院子不大，也没有什么障碍物，跨越难度为零。

那为什么人会不见了呢？

小草去外面的院子里看了看，旁边有一扇后门，供下人出入的，这个设计倒是和长安城里的大户人家很像。

"这门怎么锁了的？"小草拉了拉。

商氏道："最近村子里有贼，这门三天前就锁了，都让人从正门进出，以免有人随进随出我都不知道。"

三天前锁的，也就是说，刘少爷也不可能从这个门出去。

第51章　刘家小少爷

小草深吸了一口气，做严肃状："我需要些时间仔细思考，顺便四处看看，夫人介意吗？"

"不介意。"商氏擦着眼角，哀恸地道，"只要能找回幼龄，叫我拿什么去换都可以！"

可怜天下父母心啊，小草叹息，朝商氏微微颔首，便开始沿着院子一点点仔细查看。

段十一说过，发生案子后的第一件事是保护现场，现在现场已经被破坏了，那就只有努力找找蛛丝马迹了。

"查案过程很无聊，夫人和其他人可以去做自己的事情，要是有结果，我会来知会你们。"

蹲在墙角看了半天，背后刘家的人都一动不动盯着她，盯得小草全身发麻，忍不住回头说了一句。

商氏道："妾身闲来无事，怕官爷不熟悉地方，来给您指指路也是好的。"

这宅院虽大，却没到可以让人迷路的地步啊。小草也没多说，毕竟她和颜无味是闯入者，人家不放心也是情理之中。

"这是什么？"小草从墙角捡起一团毛，"毛质看起来……这家养了狗？"

颜无味抬头四十五度仰望天空，浑身上下都是"我不会帮你查案的"这样的气息。

小草翻了个白眼，后头的老妇人道："家里未曾养狗，这山上倒是有狼，只是咱家院子这么高的墙，也不该进来狼啊。"

抬头看了看高高的墙，这院子并不大可能有狼跳进来。

可是，要是没狼进来，这家人又没养狗，这毛哪儿来的？

"说起来……"商氏皱着眉，绞着手帕道，"妾身突然想起件事情，官爷请跟妾身来。"

小草起身，跟着商氏走到院子另一边的一棵大树背后。

"这个狗洞也不知道是谁挖的，官爷您看，会进来狼吗？"

小草低头一看，这进来人都可以了，更何况进来狼？这好端端的墙，砖都被挖掉了，上头还有动物的爪子印儿。

"这不就是了？"小草捏着手里的狼毛，"极有可能有狼从这里进来，叼走你家小少爷。"

"呜呜呜……"商氏立马号哭起来："我的幼龄，我的幼龄啊！"

后头的家丁和老妇人都连忙上来安慰商氏，小草也同情地拍了拍她的肩膀："我与旁边这位少侠去山上看看，说不定……至少能带回点什么来。"

商氏哭得肝肠寸断，几乎站不稳："多谢官爷了，呜呜……"

小草心情沉重地接过家丁拿来的地图，带着颜无味就出了刘家的门，商氏哭着在门口相送，直到看不见他们了，才回门里去。

颜无味走在小草旁边，想了一会儿，张口想提点一下她，结果段小草就拉着他的衣袖，贼眉鼠眼地往回走。

"怎么？"

"回这刘家去，咱们去门外头看看。"

颜无味挑眉："你不是要去狼窝里找人吗？"

"找个屁，这刘家问题才大呢。"小草带他走到刚才看见的后院门外头，低声道，"下雨过后院子里干干净净的，明显是打扫过。可打扫过的话，咋还有这么大团毛留在墙角等我看啊？还有，去看那小少爷房间的时候，里头的东西都是新的。"

"都是新的不好吗？"

小草终于在颜无味这里找到了点儿优越感，仰着下巴道："你是不是傻啊？那屋子又小又破，里头却弄了崭新的装饰，要是那小少爷一直住那么好的话，东西怎么会是新的？"

颜无味眯了眯眼睛，瞧着面前这不知天高地厚的丫头，上一个敢说他傻的人，坟头的草都快比人高了。

"而且，院子里那么大个洞，是人都该知道会进狼，那商氏知道，却没叫人去补是怎么回事？还有啊，那墙是砖砌的，我只看见过土墙会被刨出狗洞，这砖墙都能给强行刨个狗洞出来，那是什么狗啊？"

小草一抹自己脸上说得横飞时溅上的唾沫，眯着眼睛看着院墙外头的小路道："总之这家人自己就有问题，咱不用上山去。"

还真是小看了她，颜无味有些惊讶，方才他也觉得哪里不对，还以为她不会察觉呢，没想到她倒是会不动声色地骗过刘家人，继续回来找线索。

雷雨已经过去三天，附近地上自然没有太多的线索，沿着小路往村口的方向走了两步，才发现一双质地不错的、满是泥土的绣花鞋。

那鞋埋在土里，本来是发现不了的，小草走在路上踩了狗屎，跳着去旁边的土里蹭，就把这双鞋不小心蹭出来了。

"还真是走了狗屎运。"颜无味默默站得离她远些，小草拿了麻袋，将这双鞋装了进去。

"官爷，怎么样啊？能查不？"卖茶的老伯见两人又回来了，热心地问。

"能查，找证据呢。"小草坐下来，笑眯眯地看着那老伯问，"这刘家老爷哪里去了啊？我去拜访，就只看见刘家夫人。"

老伯一边擦桌子一边道："正常啊，那刘家男人是做生意的，经常不在家，家里就商氏和刘家小少爷一起过。"

商氏和刘家小少爷？

小草抿唇："商氏这个人平时为人如何啊？"

"啊？她可是个贤惠的，咱们村子里都夸她呢。"卖茶老伯道，"商氏持家有道，谁家有困难也都愿意帮忙，对小少爷更是疼宠上天了。先前刘家男人没发达的时候她就任劳任怨的，现在发达，更是一点没变，依旧勤劳善良。"

评价还挺高，小草点点头："那这村里，除了她，谁还能穿绣花鞋吗？"

"没了啊，村子里其他女人可都是要下地干活的，谁会穿那个。"

小草按了按麻袋，敲着桌子道："这可就奇怪了，她为啥要丢了这双鞋？"

样式老旧不喜欢了？看模样还不错啊，只是上头的红泥多了些。难不成这商氏已经奢侈到了鞋一脏就要丢的地步了吗？

本来她是觉得，有没有可能是商氏有点问题，比如丧心病狂要杀自己的儿子之类的。但是一听村子里人的评价，竟然还不错。这评价不错的人，又不是神经病，为什么要拿自己的儿子开刀？

那，就只有考虑其他可能了。

"颜无味，我们上山去。"

颜无味面无表情地看着她："天快黑了。"

"有啥关系？"小草茫然。

"山上有狼。"

小草呵呵笑了两声，拍拍颜无味的肩膀："你放心，你比狼可怕多了，往它们面前一站，嗷一声，保证它们夹着尾巴就跑了！"

颜无味：……

真是要谢谢她的夸奖了。

"官爷，别晚上上山啊，很危险的。"老伯好心提醒，"咱们这儿除了多年前的一个傻子上去被狼吃了，其他再没有人晚上上山了。"

小草起身，拉着颜无味一边走一边道："老伯放心吧，不会有事的。"

老伯担忧地看着他们的背影，看得小草一路走得不安稳，仿佛自己头上已经被标了个"傻子二号"，颜无味头上是"傻子三号"。

走，上山喂狼！

傍晚的风吹得人惬意而舒爽，村子外头这山头不高，地方也不大，在天完全黑下来之前，小草就几乎将山路找遍了。

"没有血迹，没有衣物遗留，啥都没有。"蹲在一棵树旁边，小草道。

颜无味淡淡地道："没血迹是正常的，毕竟下过雨，但是连衣裳和随身物品都没有一点痕迹，那就只能说明刘家小少爷没上山来。"

小草盯着远处将太阳吞了的山头，沉思了半天，然后道："我好像能猜到是怎么回事了，咱们去刘家住几天吧。"

203 ·

这是个小案子，要是放段十一面前，他可能眼皮子都不会抬一下。但是现在他不在，小草是单独行动，能破这么一桩案子的话，还是很有成就感的。

"山上没有吗？"商氏看着他们，皱眉道，"都找过了？"

"夫人不是也派人找过吗？"小草问。

商氏颔首，捏着帕子道："只是山上的狼窝没人敢去找，所以……二位今日也辛苦了，这小村庄也没什么地方好住的，要是不嫌弃，就住在寒舍吧，我让下人收拾两间房出来。"

"那就多谢夫人了。"小草高兴地道。

颜无味站在一边，当个尽职尽责的保姆，并没有发表意见。

商氏的确是个会处事的，安排住宿也十分周到，说话也柔和。

"妾身这命苦，相公常年不回来，只能与儿子相依为命，没想到现在儿子也没了……"坐在院子里，商氏提及伤心事，又哭得不成声，"我十六岁嫁过来，现在已经过了四年了，整整四年只见过相公四面，再大的房子又有什么用……"

好惨啊，小草听得忍不住抹眼泪："你几岁生的孩子啊？"

商氏一顿，拿帕子擦了擦脸上哭花的妆，侧头问颜无味："公子饿不饿？厨房还有点心。"

完全无视她的问题啊，小草抹了把脸，不回答她也算得出来，刘幼龄已经八岁了，也就是说这商氏十二岁就生下了孩子。

第 52 章　蛇蝎心肠

十二岁的时候她在干吗？可能还在原来的家里，流着口水捉蟋蟀之类的。这商氏倒是厉害，竟然就已经生孩子了？

小草摸着下巴思考，商氏已经往厨房跑了。

"不对啊。"半天之后，小草反应了过来，"她不是说她十六岁嫁过来的吗？带着孩子嫁的啊？"

颜无味盯着她道："很明显，那刘少爷不是商氏亲生。"

不是亲生？小草想了想："怪不得那卖茶老伯说的是'商氏和刘家

小少爷'，而不是'商氏母子'。但是这商氏看起来人还不错。"

"看起来不错的人多了去了。"颜无味道，"你觉得商氏可忠贞？"

小草挠挠头："这活寡守了四年了，还一直勤俭持家，应该算得上忠贞吧？"

颜无味没说话，伸手从怀里掏出一张手帕，粉红粉红的，上头绣着鸳鸯。

小草一蹦三尺高："你偷人家手帕！"

颜无味无奈地道："这是她刚刚塞在我袖子里的。"

啥？小草睁大眼："好端端地送你手帕干什么？你喜欢粉红色？"

"我不喜欢，但是她这行为有些不妥，也并不像别人说的那么好。"颜无味道，"所以别人说的话，你也别太当真了，还是自己看吧。"

这真是给上了一课啊，小草捏着那粉红色的手帕，支着下巴想着，人原来是这么复杂的东西，别人看见的不一定是真的，自己看见的也不一定是真的，那到底什么样的才是真的？

她也不是歧视继母吧，但是现在看来刘幼龄小朋友不是商氏亲生，那就不排除商氏有这个杀人之心。虎毒不食子，不是子的话万一想吃个零嘴儿呢？

那么现在来分析害人的动机，小草微微闭眼，想象自己是段十一那狗娘养的，感觉一股气从丹田升上来，功力瞬间提高不少。

刘氏暴富，钱是万恶之源，那么跟钱有关系吗？

商氏是刘家正室，按理家产会有她的一份，根本没必要争抢。刘家少爷就算是财产继承人，继母只要对他好的话，将来长大也必定会孝顺，要为了这个害人的话，是不是太过了些？

那么，还有什么原因呢？

"咱们是不是该把小少爷先找到啊？"小草想了半天道，"万一是咱们想多了，小孩子就是乱跑出去结果迷路了呢？"

颜无味已经回屋子里睡觉了，院子里空荡荡的，响着她一个人的回音。

小草一拍桌子，捂着手站起来："没义气的，你不去我去啊。"

夜深人静，最是探听一切的好时候。这村庄不大，要逛完也就一个时辰的事情。

小草乘风夜出，在月色下飞身成一道自认为靓丽的风景线，然后重重地摔在希望的田野上。

村子里安安静静的，偶尔传来两声狗叫。夜风有点凉，小草从村头开始，屏息凝神，一点动静都没出地将所有房子里找了个遍。

每户人家家里，包括人家床下面都看过了，并且没有惊醒人家的狗。

她的轻功又一次得到了磨炼，这几乎是一次完美的搜寻，如果在最后那户人家的家里，没有踩到狗尾巴的话。

此时此刻，满腹疑惑的段小草同学在村庄里狂奔，身后跟着一只狂叫不已的狗。她一边跑一边想，整个村子都不见人，那小少爷是不是被拐卖了？

三天时间足够人被带出这个村子了。

屁股上留着两个狗牙齿印，小草蹲在村头看着那异常茂盛的牡丹花发呆。

"不知道是不是我想多了。"小草盯着那牡丹花道，"我记得段十一好像说过，尸体是最好的养料。"

"那你挖开看看啊。"颜无味半睁着眼睛，站在她身后道。

小草吓得一滚，转身看着他："你不是在睡觉吗？"

"嗯。"颜无味道，"我边睡边跟着你看看。"

小草："……那你就看着我被狗追也没说搭把手？"

颜无味很认真地道："我想搭把手的，但是看你跑得比狗快多了，就没太担心。"

"……"

小草在旁边捡了块儿青瓦过来，一个用力就朝那牡丹花下头的泥土里扎进去。

瓦片带起的风从颜无味面前刮过，颜无味动也没动，十分平静地看着小草跟只土拨鼠似的刨土。

"哎？真有臭味儿。"小草眼睛发亮，兴奋地回头想跟颜无味说话。

一转头发现那厮已经扯了块儿布挡住口鼻，站在远处的树下靠着闭目养神了。

没义气啊！小草喷了喷鼻息，继续挖。

血腥味越来越重，猜想也差不多成真了吧？小草屏息，想着不能破坏尸体，就丢了瓦片拿手继续刨。

"真的有尸体！"

颜无味都快睡着了，被小草这一声给吓得差点摔倒，站直了身子抬头一看。

那傻丫头拎着只兔子的尸体，一脸愁苦。

牡丹花下埋了只兔子？

小草有点沮丧，又有点高兴，这说明她想多了啊，刘家少爷说不定还活着。

"白忙活了，咱们回去吧。"一手的血污，小草将兔子放回土里，打算埋好。

"有血腥味。"颜无味开口道。

"废话。"小草翻了个白眼，"没看见死了兔子吗？"

"不，我是说，人的血腥味。"颜无味闭眼轻嗅，"你该再挖挖。"

她这是带了个狗鼻子啊？小草有点惊愕，随即照办。

颜无味杀人无数，没人比他更熟悉人的血腥味。果然，继续往兔子下面挖，没挖一会儿，就出现了一只小手。

小草吓得退后两步，手上又是泥又是血的，瞪着眼睛有些无辜。

"这不就找到了？"颜无味走上来，拿出刚刚商氏给的手帕，包着那小手，将周围泥土松了，把整个孩子挖了出来。

三天时间，尸体已经被泥土里的虫子咬噬得面目全非。依稀可以辨认出是个男孩儿，那就应该是刘家小少爷没错了。

"送去刘家。"小草咬牙，"你配合我一下，等会我来说话，你别说。"

颜无味点头，拎着那孩子的尸体，跟在小草后头往刘家走。

半夜的刘家，从黑灯瞎火，变成了灯火通明。

商氏出来看见刘少爷的尸体就开始哭，哭得声嘶力竭，令人闻之动容。小草瞧她那模样，心里都忍不住动摇，觉得她是不是怀疑错人了？

但是等他们坐下来，小草将绣花鞋摆在商氏面前的时候，看着商氏瞬间变化的脸色，小草觉得，她还是该学学段十一。

"你做了什么，我都知道了。"

商氏捏着帕子的手一紧，泪眼婆娑地看着小草："官爷你在说什么？"

"这双鞋子是你的，上头有红泥，被抛弃在一片黄泥土里。"小草沉着脸道，"是什么原因令夫人要将这鞋给丢掉呢？怕上头沾着刘少爷的血，自己不安稳吗？"

商氏的脸更加苍白，到底是小地方的女人，再好的伪装也经不住这么吓啊，声音终究是抖了："这鞋子……我不知道，是被人偷走了的。"

"那夫人知道三天前的晚上到底发生了什么吗？"小草幽幽地道，"我知道。"

商氏一惊，抬头看着小草，眼里满满都是惶恐。

"你可以什么都不说，我会通知六扇门的人，不久会有囚车来接你，去公堂上说可能更好。"小草学着段十一冷笑，下巴抬高，目光往下，嘴角十五度拉扯，嘲讽值飙升。

商氏吓得坐都坐不稳了，眼睛左看右看犹豫不决，最后叹了口气道："今天也实在太晚了，妾身知道实情，但是明天再说可以吗？妾身保证，幼龄的死不关妾身的事，我是无辜的。"

说着说着又开始哭起来。

小草有点心软，瞧这人哭的，明天只要她肯说实情，也可以啊。

于是她点头了："好。"

要是段十一这时候在她身边，肯定往她后脑勺来一巴掌，狠狠的那种。

叫你江湖经验少，叫你心软！

小草一觉醒来商氏就已经不见了，颜无味站在她旁边，看着她道："昨天半夜的时候，商氏卷了细软[1]跑了。"

"啥？"小草震惊，鞋都忘记穿，直接冲了出去。

府里哪里还有商氏的影子，倒是刘老爷知道了实情，急急忙忙地终于赶了回来。

"幼龄……我儿！"刘大富哭得那叫一个肝肠寸断，"我家七代单传就这么一根香，怎么会成这样了啊？"

小草皱眉站在他背后，道："你媳妇跑了。"

"我媳妇？"刘大富一边哭一边回头看着她，"我媳妇那么贤惠的人，往哪里跑啊？"

小草一脸平静地将这两天的事情说给他听。

"三天前的雷雨天气，府里众人都休息得早没有出门，刘家少爷是怕打雷的，所以他跑出了房间，但是不是去找商氏，而是去找奶娘的。

"然而半路，他被商氏拦住，直接从后门带了出去，从尸体的伤

---

[1] 细软：指珠宝首饰一类，精细小巧而便于携带的贵重物品。

口来看，是被掐死后埋在土里的。一切都由商氏亲自动手，因为鞋会沾泥，细心的商氏还带了鞋出来，作案之后换鞋，将有红泥的鞋随意掩埋。

"这个聪明的女人知道自己会被怀疑，所以将刘少爷的屋子布置得很华丽，甚至将后门锁起来，故意弄了狗洞和狼毛。"

第53章　去巴蜀出差

"这样别人就会觉得，大概是狼将孩子叼走了。加上商氏平时表面功夫做得好，没人会怀疑到她头上。"

小草捏着商氏的粉红手帕道："要不是她往旁边这位少侠怀里塞手帕的话，我也不会怀疑她。昨日晚上寻着小少爷的尸体回来，我拿找到的绣花鞋吓了吓她，没想到今日她就畏罪潜逃了，坐实了一切罪名。"

刘大富听着，忍不住痛哭："怪我，都怪我，我怎么就把幼龄交到了她手里！几天前我回来的时候还给她说，这次咱家挣的钱多了，以后她和幼龄都能过上舒坦的日子，我还想着给她添置首饰的……"

商氏刚嫁过来的时候，刘家并不富裕，并且还是给一个孩子当后娘，她心里也多少不舒坦。但是她是不洁之身，除了嫁给刘大富，也没别人愿意娶她。

然而嫁过来之后，刘家家境一直在好转，最近更是发了横财，大兴土木，修了大宅子。有嘴碎的人来她跟前说，等刘大富回来，看这样子是肯定要纳妾的，娶着个好的，说不定她就被弃为妾了。再加上有个儿子等着继承家业，她这无子无女的，只有仰人鼻息过活这一种下场。

商氏本来也没那么心狠，但是刘幼龄很讨厌她，几次三番顶撞她，恶作剧。雷雨天气容易激发人心里的恶念，她也就趁机将这熊孩子带出去，想丢去山上。然而刘幼龄大哭大闹，闹得她心烦，直接就将人掐死埋了。

她是个心思细腻的人，为了给自己洗清嫌疑，弄了许多假证据。村里的人都觉得她贤惠，刘大富也是一样，所以不会有人怀疑到她头上。

没想到来了个不靠谱的六扇门捕快段小草。

刘家大宅里哭声震天，小草都觉得不忍心了，低声安慰道："刘老爷，凡事往好处想，想开点，万一这孩子不是你亲生的呢？"

……

像掐了开关似的，众人都停止了哭声，转头震惊地看着小草。

颜无味捂脸，扯着她就往外狂奔。

"你那叫往好处想？"

"当然啊，你瞧，他马上都不哭了。"小草站在刘家门口，嘿嘿地笑着。

颜无味拍拍她的肩膀，示意她回头。

小草扭头一看，几个家丁举着水桶就出来了。

"这里感谢恩人流行泼水吗？"小草眨眨眼，十分高兴地张开双臂，"来吧！"

几桶水瞬间朝她泼过来，颜无味皱眉，扯了小草就跑。

"咋了？"小草挣扎了两下。

"笨蛋，那是开水！"

小草：……

这里人心怎么这么可怕呀？

一路跑到河边，小草躺在地上休息，颜无味就坐在她旁边看着河水。

"颜无味。"小草闷闷地喊了他一声。

"嗯。"

"我师父……是不是出事了？"

颜无味别开头："怎么这样问？"

"你说我们在这村庄等他，结果等了这么久他都没来。"小草皱眉道，"我总觉得他不是办案去了。"

虽然查这小案子暂时分散了她的注意力，但是她心里一直很不安啊，段十一查案为什么又不带上她？为什么要把她丢出长安城？

"你想太多了。"颜无味道，"段十一能出什么事？他不让别人出事就已经谢天谢地了。"

"那他什么时候会来？"

颜无味叹息一声："你要是实在担心，那我回长安替你找人，你在这里等着，不要乱跑。"

"真的吗？"小草眼睛亮了亮，立马起身坐得端端正正的，"好，我在这里等着。"

颜无味颔首，等了一艘去长安的船，乘了上去。

小草坐在原地，一个位置都没挪，认认真真地看着河面来往的船。天色暗了，四周又响起了狼嚎，她回头看了看，吞了口唾沫："那啥，我要不要换个地方等啊？"

周围没人，连灯光都没有。小草自言自语道："颜无味又叫我不要乱跑，万一我乱跑了，他不给我带段狗蛋回来了怎么办？可是这地方，万一出来狼，我这位置太明显了……"

说着说着一回头，小草就看见了几双绿色的眼睛。

"啊啊啊！"尖叫划破夜空，吓得狼群退后了两步。

小草脑子里一片混乱，突然想不起来段十一教过她的野外生存方法，遇见狼群该怎么办？

瞧着这一群绿眼睛又朝她靠近了，小草急中生智，蹲下来对着它们就号："嗷呜——"

一群狼眼里都是冷光，要是能说话的话，前头的狼估计会回头对后面的狼说一句："嘿，伙计，你瞧那边个傻子！"

这招没用，狼已经朝她这边来了。小草吓得脸都白了，看见第一头狼扑过来的时候，她做了个很少女的动作——用手捂住了眼睛。

做完这个动作之后段小草想，不对啊，她是个捕快，她应该站起来跟这群狼打一架的，怎么能这么少女呢？

但是这个动作竟然有些作用，因为狼并没能扑过来将她咬碎。

小草放下手，抬头一看。

段十一站在她面前看着她，咬牙切齿地道："段小草啊，你能不能给自己放个假，别天天丢为师的脸啊？好歹一三五丢，二四六别丢，而且要丢你往人面前丢就算了，还丢去狼面前？"

小草第一次觉得他的毒舌也这么可爱啊，几乎都要热泪盈眶了！扑上去就想抱着他的腰，大喊一声师父！

结果段十一伸手就抵着她的脑门儿，嫌弃地道："别来，站稳了。"

一头狼倒在一边，剩下的狼见势不对已经撤退，小草脸上全是鼻涕眼泪的，可怜兮兮地看着他道："师父，你没死啊？"

"你才死了呢！"段十一没好气地翻了个白眼，"找个地方落脚，休息一晚上，明日咱们往巴蜀走。"

"为啥？"小草好奇地看着他，"你不是一直在长安办案，对这里最为熟悉吗？"

段十一道："为师是很熟悉长安没错，但是组织安排为师前往巴蜀出差，那也只能去，明白吗？"

"这样啊……"小草点点头，"这村庄里没客栈，本来有户人家可以住的，今日被我得罪了。咱们住哪儿啊？"

段十一停了步子，叹了口气："随便找户人家。"

他的声音好像很累，小草连忙在前头开路，去敲了附近一户人家的门。

赶巧了，正好是卖茶老伯家，看见小草就笑道："官爷没地方住了？进来吧，寒舍比较小，只能勉强让你们睡一晚上。"

小草高兴地进去，段十一却站在门口没动。

"师父你干啥呢？"小草问他。

段十一站得笔直，却低着头，看不清表情。他说："我在思考自己为何这样英俊潇洒。"

段小草：……

回身过去一把将他拉进来，还想吐槽他两句的，没想到这一拉，段十一直接往她身上倒了。

"师父？！"小草惊愕，连忙伸手抱住他，一摸背上，湿淋淋的。拿起手来看，全是血。

小草沉默了一会儿，问："师父，你来大姨妈了吗？"

段十一没力气了，脸埋在她肩膀里闷哼一声。

小草抿唇，将他扶进屋子里，借着灯光一看。

"我的天哪！"卖茶老伯倒吸一口凉气，"这兄弟不会死了吧？这么多血！"

后背白色的长袍血红一片，看得小草眼睛都红了，咬唇对老伯道："没事，我师父只是受点小伤出血，老伯您先去休息吧。"

卖茶老伯感叹了一声"真神奇"，便拿了点药过来，关上了门。

"这是哪家英雄为民除害，把你伤成了这样？"小草一边给他脱掉衣裳，一边道，"自拜师以后，这还是我头一回看你这么惨。"

段十一侧头闭目，淡淡地道："六音身陷天牢不得出，我去救她了。"

衣裳揭开，后背腰间有一道刀伤口子，很深，做了简单的处理，但是刚刚跟狼打架，估计是伤口裂了。

小草嘀咕："你是兵她是贼，你救她干什么？"

"你不懂。"段十一叹息。

他与她的交易，可没想过要害了她性命。六音还有自己想做的事情要做，他不想支持，但是也不想阻拦。

她到底是琴圣的徒儿，也是他带了好些年的人，心里，怎么都还是存着一些怜悯的吧。

小草没有说话，她在段十一身边不过一年，也的确不懂很多。

反正他最厉害，她就是个傻瓜。

"这里就一张床啊。"上完药，小草看了看屋子里，很自觉地打了地铺。

"今天怎么这么老实？"段十一挑眉。

"废话，你还有伤，我睡相不好，怕半夜将你伤口又踢裂了。"小草道，"你快休息吧。"

段十一欣慰地笑了笑，接着就昏睡过去。

长安城，还是过段时间再回去吧，等小草忘记一些东西之后，再回去。

第二天，天气晴朗，阳光明媚，小草一边走一边给段十一说破案的经过，将刘家那案子说得神乎其神。

"我厉害吧？"小草仰着脸等着夸奖。

段十一打了个呵欠："还不错吧，虽然有点拖泥带水的。"

第54章　自尽的少女

小草瞪眼："哪里拖泥带水了？我明明是以迅雷不及掩耳之势迅速侦破了案件！"

"那你为什么让犯人逃走了？"段十一翻了个白眼，"这得多蠢才会相信人家明天再说的话啊？"

小草语塞，咳嗽两声嘀咕道："我那不是没想到吗？颜无味也没提醒我……对了，颜无味呢？"

她记得颜无味不是说回去找段十一吗？那段十一回来了，他人呢？

段十一用古怪的眼神看了她一眼："小草啊，颜无味说到底是个贼，不可能一直与我们同路的。他和六音，有他们自己要做的事情。"

也就是说，接下来是暂时不会看见他了。

小草挠挠头，"哦"了一声，又问："咱们这离开京城，大白谁来喂啊？"

"走之前，我托付给祁四了。"段十一道，"吃肉的狗不好养，吃大白菜的狗谁家养不起啊？不用担心它。"

说是这么说啊，这一去巴蜀也不知道要去多久，小草还是很想念大白的，那么有灵性的狗，看不见她，不知道会不会得忧郁症。

段十一买了条小船，跟小草一起去附近的镇上置办行李。

"我说。"段十一揉揉额头，"我让你买的是干粮。"

"对啊。"小草嘴里塞着香酥鸡，手里拿着糖葫芦，怀里抱着一堆小笼包黄金酥什么的，"这些都可以干吃的！"

段十一深吸一口气，扛着背上的伤，转身去了旁边的大饼和馒头铺子，按照小草的食量，买了二十张饼和三十个馒头。瞧着旁边有卖调料的，顺手也买了点。

"我们为什么不坐马车，要乘船啊？"小草抱着东西走在段十一的身后，好奇地问。

段十一正想回答，侧头就看见人群里有两个人，穿的是平民装束，周身气场却与这里格格不入，目光四处搜寻着。

"走。"

小草被拉得一个趔趄，迅速地消失在了人群里。

"可有见过这两个人？"乔装的青衣襟拿着小草和段十一的画像，四处询问着。

幸好这小镇上的人还算可爱，看段十一长那么好看，这两人长这么丑，根据长得好看的是好人定理，果断就没有出卖段十一。

只除了一个包着头巾的女人。

"这个女的我见过！"商氏眯着眼看着小草的画像，"她之前在前头的村子里出现，说是六扇门的捕快！"

两个青衣襟相互看了一眼，问："知道她往哪里走了吗？"

商氏一身褴褛，头发凌乱，也不知道经历了什么事情，但是眼眸里的不善是清清楚楚。

"知道，刚才还在这附近买东西呢，刚走不久，我盯着呢！两位要是很想追上她，那就带上我，我一点都不麻烦，还能看穿那小贱人的一切伪装。"

两个青衣襟有些震惊，这得多大仇啊？这么记恨段小草？

不过段十一会易容，他们这追踪也的确不好办，两人眼神一交换，干脆就带上了商氏。

自古有谚语是这么说的：宁得罪小人，别得罪女人。小草也不知道，自己的一个疏忽，会给他们以后带来那么巨大的麻烦。

"有人在追我们？"小草敏锐地察觉到了，一坐上船就问段十一。

段十一淡淡地道："你看错了，是有我的爱慕者分散全国，我为了低调才拉你走的。"

这话可信度好像不怎么高啊，小草很想怀疑一下，但是一想付太师肯定已经伏法，六部官员又都是感激他们的，那谁还会闲得无事来追杀他们啊？

于是她就放心了，坐上船听段十一的话换了一身男装，又看着段美人重出江湖。两人以夫妻的装扮上路，目的是……躲避段十一爱慕者。

白天行船，段十一当船夫，有适合野营的岸边段十一都会停下来，去岸上抓两只野兔，烤了让她就着馒头大饼吃。

小草觉得这伙食一点也不比在六扇门的差啊，段厨师的手艺，做啥都是杠杠的。

只是到了晚上好像不太安稳，四周总是时不时出现些黑衣人啊，或者是带火的羽箭，朝他们而来。

小草很疑惑，段十一说："这是黑粉，你不用管。"

当红美男子的烦恼真是多啊，小草躺在船上看着天上飞来飞去的羽箭，心里直感叹还是长得平凡点好，起码没有性命之忧啊。

"下一个县城我们可以暂时落脚。"段十一脱了衣裳趴在她面前，小草就很自然地给他上药。

"那里的县令说是遇见麻烦了，总捕头的意思是让我能帮就帮。"

小草点头："坐船太久也想吐了，能去陆地上住一阵子也好。"

段十一"嗯"了一声，瞧着那虚无的夜空皱眉。

什么东西黏得他这么紧，连易容都没用？也是小草脑子不好使，不然早被察觉不对劲了。

世昌县颇为繁华，不知道是不是托了这个"世代昌盛"的名字的福。小草一进城门就瞧着街上车水马龙的。不同于长安街上全是绸缎衣冠，这里的人穿得质朴，甚至有点儿江湖气息。但是人很多，很热闹。

"娘子。"小草踮着脚勾着段十一的肩膀，"咱们去哪儿落脚啊？"

段十一拿了把香扇挡脸："去县官家就好了，我这儿还有总捕头的推荐信呢。"

小草侧头看他："你要用这模样去？"

"嗯哼。"段十一朝她抛了个媚眼，"今天开始，你是段十一，我是段小草。"

啥？小草吞了口唾沫，段十一脑子坏了吧，不惜抹黑自己来帮她提高在人民群众心里的形象？

真是太阳打西边出来了。

两人去了县令府，一个瘦得皮包骨头的男人顶着官帽走出来，眯着眼睛朝小草直作揖："段捕头啊，您可来了，这儿有件事快愁死我了，您看能不能帮着解决一二？"

小草看了看段十一，后者顶了她的腰一下，她立马掏出段十一装蒜专用折扇，展开挡脸："大人客气，段某不过是小小捕头，帮忙是应该的，不必行礼。"

"哎，那可真是多谢了。"瘦猴子县令道，"敝姓赵，先带二位去寒舍安置，再来说一说这案子吧。"

"好。"小草颔首，跟着往里走。

县令府里女眷都跑出来围观这天下第一美男段十一，头在走廊两边跟花灯节挂的灯笼似的，赵县令呵斥了两声，她们还伸着头继续看小草。

小草这个脸红啊，举着扇子都不想放下来了。后头的段十一倒是左扭右扭，扭着他的大屁股踩着莲花步好生自在。

"奇怪，段捕头不是身高八尺吗？这人怎么比身边的女子还矮？"

"果然真人和传言是有差距的，唉，也没有画像上那么帅啊。"

"走了，别期待了，这天下哪里真有那样的神仙人物？"

小草听着都觉得惭愧，看了身后的段十一一眼，小声道："让姑娘们失望你都不在意啊？"

段十一掩着樱桃小口，嘻嘻道："能不让她们全大围观我跟监视一样，我就已经谢天谢地了，办案哪能带这么大的尾巴，老娘又不是松鼠！"

老娘！

段小草一个呼吸不顺畅，咳嗽了好几下。这段狗蛋，自称老娘都这么自然，怎么就没投胎成个女人啊？

"到了，两位可以先在这里住着，有什么不满意的，可以告诉赵某。"

赵县令客客气气地请他们在屋子里坐下。

小草合了扇子，问："你说的案子是怎么回事啊？"

赵县令脸上有些尴尬，挥退了下人，关上门才道："不瞒二位，这事有些难于启齿，还请二位听后，务必保密。"

小草点头："这点职业操守我们还是有的，你但说无妨。"

赵县令叹了口气："我有个不争气的侄子，前些天看上了钱家的小姐，赵某都准备去下聘礼了，但是钱小姐无意，不肯嫁。本来这事儿赵某也不打算强求，但是就在前天，钱家小姐上吊自杀了。"

自杀不算命案啊，小草疑惑地看着他："跟你侄子有关系？"

"说来惭愧……"赵县令尴尬地道，"钱小姐死前衣衫不整，似乎是被人侵犯，羞愤自尽。钱家人一口咬定是赵某侄子孙有途所为，且不肯让仵作验尸。现在还僵持着，没能有个说法。那钱家小姐，也就没能下葬。"

小草皱眉，这不给验尸，虽说可以理解，但是不验尸怎么证明是赵立安所为？

"我衙门里的捕快和仵作都被钱家拒之门外，二位是从长安而来，又是大名鼎鼎。若是二位肯去钱家查看此事，说不定钱家会允。"赵县令一脸无奈，"我那侄子虽然不争气，明年也是要参加科举的，若是因为这件事折了前程，我也没办法跟我夫人交代。"

大致情况就是这样了，这地方的衙门只是因为立场尴尬不能查案，也不是什么特别难的案子。小草松了口气，回头看着段十一。

段十一娇声道："既然如此，那我就与段捕头去钱家看看。"

第 55 章　钱芊芊

小案子嘛，轻轻松松。段十一扭着他的小蛮腰就带着小草来了地图上画的钱家的位置。

"我的乖乖。"小草瞪大眼，"怪不得赵县令那么重视呢！"

面前出现了一座巨大的宅院，沿河岸好几百米，刘家大宅跟这一比都只能当个柴房。赵县令怎么就没说这钱家来头这么大啊？怪不得总觉得他眼神躲躲闪闪的，好像还瞒着什么东西。

段十一摸摸下巴，眯着眼睛看了这宅子一会儿，回头看着段小草道："我怎么记得，宫里有位娘娘好像姓钱？"

小草皱眉："不是吧？"

事实证明是的，抬头一看钱府门口的牌匾，上头刻着"敕造"二字。这衙门哪里是立场尴尬啊，简直是查也不敢查，认也不敢认，这小地方的皇亲国戚相当于地头蛇啊，你敢得罪吗？官怎么丢的都不知道。

聪明如赵县令，这就找来两个出头的傻蛋了。

段傻蛋看着另一个段傻蛋问："那咱还查不查啊？"

美丽的段傻蛋回答她："查！你去敲门！"

小草听话地就上去了，敲了两下门之后，抬头挺胸收腹，等门一打开就道："在下是长安六扇门段十一，听闻府上有命案，特来查看，如有打扰，还请恕罪。"

开门的是个小丫头，长得十分伶俐，眨巴着眼听着这话，忍不住脸色微红："是段捕头啊？请随奴婢在大厅等候，老爷要过一会儿才能回来。"

看来段十一这名字还真好用，小草松了口气，带着身后的段美人就进去了。

伶俐的小丫头走在她身边，一直不停地打量她。不过这打量也是够含蓄的，小丫头双手互扣放在腰间，踮着脚走的是莲花碎步，下巴微颔，只拿眼角余光轻轻扫着她。

小草瞧她这姿势，忍不住夸了一句："姑娘走得真好看，跟宫里的宫女儿似的。"

小丫头一听眼睛就亮了："真的吗？多谢段捕头夸赞。"

本来见这人没有传闻中风度翩翩，她还有点失望的。但是一听这话好感度瞬间提升！有眼光啊！

段十一走在后面，看着这丫鬟细如柳的腰，微微眯眼，就瞧见了她上衣下摆不小心露出来的一截白色绳子。

侧头看这府邸，亭台楼阁都是精致非常，来往的丫鬟走路都是一个味儿的，腰也都一样细，简直就跟一个模子一样。

"府上规矩很严吧？"小草坐在大厅里，看了看这富丽堂皇的地儿，感叹了一句。

小丫头捧着两双鞋，摆在段十一和小草面前道："对客人的要求没有那么高，不过二位进了敝府，还是请换一双鞋吧。"

换鞋？小草疑惑地看着她："为什么啊？"

小丫头道："咱们府里的地毯，都是波斯那头运来的，每次进屋子，我们是都要换鞋的。二位贵客，就换这一次，可在钱府通行。"

小草忍不住低头看了看地上，红色和绿色相间花纹的地毯，看起来的确很厉害的样子，更奇特的是那花纹，弯弯绕绕的，大大咧咧地铺满整个大厅。

"我们老爷说了，这个花纹在波斯是代表吉祥和安宁的意思。"小丫头替他们换了鞋，感叹了一句，"可惜最近府上出事多，先是三小姐没了，后又是池塘里的鱼死了一片。那鱼可是波克米米那边送来的，很珍贵的……"

"来客人了？"

小丫头的碎碎念还没完，外头就进来一个衣着华贵的妇人，端着身子看了小草两眼。

小草起身，朝这妇人行礼："在下长安六扇门段十一。"

妇人一听，柳眉一皱："长安六扇门？来咱们这里做什么？"

"他们是来查案的。"小丫头轻声解释一句，又朝小草介绍，"这是敝府二夫人。"

二夫人？也就是还有大夫人，说不定还有三夫人？这钱老爷好福气啊。

"我们这里没有命案，有的只不过是一个自杀的丫头。"二夫人的脸色不太好看，"没什么好查的，让衙门给个交代就成了的事情，不必拿其他的来拖延。"

段十一挑眉，细声细气地开了口："恕在下冒昧，二夫人是三小姐的生母吗？"

二夫人一愣，这才发现旁边还站着个女人。

还是个倾国倾城的女人！

一时没想起回答他的问题，二夫人张口先问："这位姑娘是？"

"啊，这是我徒弟，段小草。"小草嘿嘿两声，展开扇子挡着脸，"长得丑了，叫夫人见笑。"

二夫人表情严肃，看了段十一好一会儿才道："段捕头谦虚了，令徒这模样，若是明年进宫选秀，怕是能有个好结果。"

听这语气就知道这二夫人是什么意思了，段十一低头扯着手帕，往小草身边一靠："我只想等着什么时候能嫁给心爱的人，进宫并非小草所愿。"

听他自称"小草"，段小草同学浑身都不太舒坦，不过还是配合着点头："这丫头不能进宫的。"

进去了就是欺君冈上株连九族啊！

二夫人眉头微微松了一点，表情却还是不太友好："原来是这样，刚刚段姑娘问我什么来着？"

旁边的丫鬟小声提点了一句，二夫人抿抿唇接着道："我自然是三小姐的生母，不然哪有资格开口说这样的话。"

小草道："既然是生母，那您不想知道自己女儿到底是因为什么自尽的吗？"

"还能因为什么？"二夫人眼睛红了，垂了眸子道，"这种事说出来也是丢人，段捕头不如让芊芊安心去了。"

小草皱眉，这可真是，哪有亲生母亲不想知道自己女儿到底怎么死的？就算要面子，好歹也让人查一查啊。

"妹妹这话说得就有些不通情理了。"门外一个娇媚的声音传了进来。

小草和段十一都抬头看，嚯，来了只大火鸡！

一身红色带羽毛的外套，首饰也都是红宝石和玛瑙的，嘴唇上的红色更是跟天边炸开的晚霞似的娇艳。

"大夫人。"旁边的丫鬟都纷纷行礼。

大火鸡……不，这钱家的大夫人走得那叫一个傲慢，下巴抬得，小草真担心她得颈椎病。

"长安六扇门来的贵客，自然是要好好招待了。"大火鸡冲着小草笑得唇红齿白的，"老爷也一直挂心三姑娘的死因，妹妹身为三姑娘的生母，怎能如此冷血？"

二夫人皱了皱眉，但是大概是因为身份比不过，只在一边站着，低头道："姐姐教训的是。"

大火鸡看着小草，十分热情地道："段捕头要查就尽管查，妾身在府里给二位收拾客房出来，就在这里住下，要问什么逮着府里的丫鬟问就是了。等老爷晚上回来，妾身再带你们同他说。"

这大火鸡还挺通情达理啊，小草松了口气，笑着点头："那就有劳夫人了。"

"哪里哪里。"大火鸡眼角瞥着二夫人，"三姑娘的身子在府里可停了不少时间了，再下去都要臭了，来人查明了真相正好，省得有人整天不消停。"

二夫人没有再吭声，虽然手捏得紧紧的。

这府里的规矩还真跟宫里差不多，上下阶级明显，二夫人这么生气，都没敢顶撞大夫人半句。

"幽兰，你带着二位去灵堂看看吧。"大火鸡道，"自从三姑娘去后，她的遗体都没人动过的。"

"是。"刚刚那伶俐的小丫头站出来，朝小草眨眨眼，引着他们就往外走。

穿过回廊，直到感受不到大火鸡的气息了，三个人才都松了口气。

"夫人很厉害的，这府里上下都怕她。"幽兰走在前头，小声道，"不知道今天怎么这么好说话。"

段美人走在幽兰身边，很亲切地挽起她的胳膊："咱们慢慢走啊，这府里的情况，我与师父都不清楚，还请幽兰姑娘指点。"

幽兰一瞧这女子就有好感，本来就是个话多的人，话匣子一打开就关不上了。

"咱们老爷原来是知州的幕僚，因着大小姐前些年嫁进了宫里为妃，地位直上，成了知州巡查。府里一共三个夫人，大夫人出身名门，也是大小姐的生母，膝下还有个二少爷。二夫人小家碧玉，育有两女，三小姐没了，就剩了四小姐。三夫人出身贫寒，一般也不太爱露面，膝下只有五小姐一个，不过老爷还算宠她，没亏待了吃穿。

"没了的三小姐脾性很好，是准备明年送进宫去的。可是几天前发现她浑身狼狈地自杀在了自己的房间。有丫鬟说刚见赵县令的侄子孙少爷来过，加上平日孙少爷对三小姐一直有不轨之心，大家也就猜到了是怎么回事。"

这样的情况，肯定就是孙少爷一时冲动强暴了三小姐钱芊芊，钱芊芊羞愤自尽，的确是用大脚趾都想得出来。

"到了，这里就是灵堂，也是三小姐住的院子。"幽兰推开一扇门，请小草和段十一进去。

十分幽雅的院子，满是缟素，大白天的也显得有些冷。

第 56 章 春天已经过了

钱芊芊的遗体就放在棺材里，没有换寿衣，脸色青紫，脖子上有明显的勒痕。

棺材旁边跪着个丫鬟，哭得眼睛跟金鱼似的，一看见人来，眼里就满是警惕。

段十一走过去，先朝灵位鞠躬，按着小草的脑袋一起行礼，然后才走到棺材旁边去看。

"他们是六扇门的人，不必紧张。"幽兰安慰跪着的绿翘，"说不定能还你家小姐一个公道呢。"

绿翘闻言，立马起身跑到小草身边，死死地抓着她的衣袖道："大人，我觉得我家小姐是被人害死的！您一定要查清楚！"

被人害死的？小草一愣："为何这样说？"

绿翘眼泪又要下来了："我家小姐不会这么轻生，本来还好好地拿着新发的首饰，只不过一个出门买胭脂的时间，奴婢回来就看见她……大人务必明察！"

小草点头："你放心，我段十一出马，一定还你家小姐公道。"

段十一斜了她一眼，低头摸了摸钱芊芊的衣裳。

钱芊芊穿的自然是绸缎，起了些小皱，整个衣裳都皱巴巴的，加上衣裙下摆被撕裂，看起来狼狈极了。

"需要验尸。"段十一低声道，"看外面只能得到一点线索，更多的线索要仔细看才行。"

不过这个时代，想验女儿家的尸，特别是这种大户人家的女尸，那可是不容易的。人死了都讲究个清白，怎么可能随意给你看尸体。

所以一听这话，绿翘都直摇头："这可不行，小姐死得已经让钱家没了颜面，再验尸……"

"我会验尸。"段十一媚眼一抛，娇嗔道，"我来验的话，没有太大关系吧？"

小草嘴角抽了抽，这死人妖，男扮女装原来藏着这么多心思。

绿翘看着段十一，倒是放心不少，回头左右看了看，抿唇道："这位姑娘要验，奴婢可以回避。但是段捕头请与奴婢一同回避。"

小草低头看了看自己的男装，颇为不甘心地道："我就站远点，不看不成吗？"

绿翘坚决地摇头。

段十一笑呵呵地拍着小草的肩膀："师父，男儿家要有自知之明，要非礼勿视，你掺和什么啊，快出去站着啊。"

他还知道非礼勿视？小草瞪着眼前合上的门，不要脸的禽兽段十一，也不怕钱家三小姐诈尸找他负责！

门合上了，段十一就收敛了脸上的笑容，将钱芊芊的外袍脱了。

丝绸材质的衣裳，皱巴巴地卷成一团。

除去里衣，里面穿着一件白色的束腰。这个东西钱府里好像很多丫鬟都穿，用来显得腰细，白色的绳子一勒，就是杨柳小蛮腰了。

钱芊芊脖子上的勒痕由下往上，的确是上吊形成的，而不是人在背后勒的，伤痕的角度似乎就证实了，她的确是自杀。

段十一低头，再看了看她的鞋，绿色的绣花鞋，带着些泥土。

伸手拿了手帕出来，将口鼻都掩上，段十一念了一声"得罪"，便脱了钱芊芊的底裤。

"怎么样？"小草看着出门来的段十一，眼巴巴地问。

旁边两个丫头也期待地看着他。

段十一将脸上的帕子取了，叹息道："看起来是自杀没错，死前应该受了不小的刺激，身上乱碰乱撞出了很多伤痕。"

绿翘一听就黯淡了眼神："怎么会这样……"

"出事的时候，你留了你家小姐一个人在房间里是吗？"段十一轻声问。

绿翘点头："小姐是准备午睡的，奴婢将床都给她收拾好了，谁曾想……"

"孙少爷有来府上吗？为什么都会怀疑是他？"

"孙少爷经常从后院翻墙进来，调戏我家小姐。"提起那个人，绿翘语气里都是愤怒，"小姐顾及名节，没敢给人说，只是让护院更加小心些。没想到那登徒子还是那样胆大包天，将……将裤子都落在了小姐房里。"

小草倒吸一口气："这么白痴？裤子都不穿，裸奔出去吗？"

绿翘一顿，抿唇道："大概是被人发现了，慌不择路跑的。"

"你家小姐死后，孙少爷什么反应？"段十一问。

幽兰都忍不住翻了白眼："那纨绔子弟，以为有他姑父撑着就无法无天了，现在估计还在青楼里泡着呢吧！"

这么牛？小草惊讶，看了段十一一眼。

段十一这叫一个同仇敌忾："禽兽不如的东西，就该把他抓起来！"

"是啊，姑娘也这么认为吗？"绿翘哽咽，"大夫人还说我们是想讹了赵县令的秀女名额，才故意找事。天地为鉴啊，那孙少爷的确是该付出代价。"

"秀女名额？"小草好奇地看着绿翘，"那又是什么？"

幽兰轻轻一拉绿翘的衣裳，绿翘也就知道自己说漏嘴了，连忙道："那没什么重要的，大人不必在意。"

小草不知道，但段十一心里清楚，秀女每四年由地方官员推选出来送入长安，这钱二夫人怕就是想用三小姐这次的死，换赵县令给她的四小姐一个选秀名额。

还真是一笔好买卖。

"验尸的结果我就先保留着，等你家老爷回来，得了允许，再报上去。"段十一柔柔弱弱地往小草怀里一靠，"好累啊，我想休息了。"

小草正站着发呆，腰上被使劲一拧，立马回过神来配合演戏："啊，徒儿你没事吧？为师带你去休息啊。"

"房间已经准备好了。"幽兰道，"二位跟我来。"

小草点头，扶着段十一跟着她走，从牙齿缝儿里挤着声音问段十一："真是自杀？"

段十一哼笑了一声，也不知道是什么意思，只伸手指了指前头幽兰上衣下头露出来的白绳子："女儿家用束腰，会不会特别累啊？"

小草茫然："束腰是什么？"

段十一顿了顿，伸手捂脸："对不起我问错人了，换个方式问你啊，我在你身上绑根绳子，你睡觉的时候取不取？"

"废话。"小草道，"当然要取了，不然睡得多不舒服？"

"那就对了啊。"段十一低声道，"钱芊芊的束腰没有取。"

小草皱眉，歪着脑袋想了一会儿，好像明白了段十一在说什么。

但是……

"万一人家就喜欢捆着睡呢？"

"那你告诉我，有没有人喜欢穿着鞋睡啊？"段十一翻了个白眼，"还是带泥的鞋，这钱府不是规矩多，进屋子要换鞋吗？"

小草放缓了步子，跟做贼似的嘀咕："你的意思是……钱芊芊是被害的？"

"她的致命伤是上吊造成的，这个没有什么说的。"段十一道，"但是我很好奇，她在上吊之前，到底发生了什么事情。"

小草挠挠头："那到底是不是自杀，你倒是给句痛快话啊。"

段十一翻了个白眼，瞧着到地方了，一把推开小草，柔柔弱弱地进了幽兰准备的客房。

"这一间是段姑娘的，这是段捕头的。"幽兰道，"两间屋子是相邻的，有什么事，二位也可以相互知会。"

"有劳。"小草朝她行礼，笑眯眯地看着她出去。

"我们接下来做什么？"门一关上，小草就蹦到了段十一身边。

段十一已经躺在了床上，嘴唇有些苍白地道："我要休息，伤还没好完，你坐在这里。"

"坐在这里干什么？"小草眨眨眼。

段十一半睁着眼看了看她，道："坐在这里想一下，是先有鸡还是先有蛋。"

先有鸡还是先有蛋？小草觉得这是一个深奥的问题，于是便坐在段十一的床边想。

段十一闭上眼睛就睡着了，薄薄的嘴唇有些干裂，一张脸即使易了容也显得憔悴。

小草看着看着他就走神了，这一路上他好像都很辛苦，有什么事情瞒着她，瞒得简直天衣无缝，她这么聪明，都半点没发现破绽。

转身去倒了杯茶，又拿了干净的手帕浸湿，轻轻擦了擦他的嘴唇。一个没忍住，又摸了摸他笔直的鼻梁，摸着鼻梁太舒服，又忍不住摸了摸他的脸。

造物主真是不公平，凭啥什么好的都拿来造段十一了，而造她的时候，全剩下边角料，要不然她要是倾国倾城的，站在他身边就绝对一点都不自卑了。

看着他的脸发了会儿呆，小草越凑越近，越凑越近，近得都可以看见他脸上的细细的绒毛。

只差一点就能吻上他有些干裂了的唇。

窗外阳光正好，夏天来了，大树的绿荫显得格外清凉。

段十一没睡一会儿就醒来了，侧头，小草已经趴在床边睡着了。

微微翻了个身，段十一看了看这丫头的脸，挑眉。

"睡着睡着，还能睡出鼻血了？"

流着两条鼻血的段小草同学沉默不语，装睡是唯一的出路！不然就等着被降龙十八掌拍出去吧。

段十一好像没察觉到什么不对，伸了懒腰刚准备下床，外头幽兰就来喊：

"段捕头，段捕头！老爷回来啦！"

小草一个激灵就跳了起来，拿手帕抹了鼻血，精神十足地回："马上来！"

段十一挑眉，看着这丫头跟疯狗一样冲出去，忍不住看看外头的太阳。

春天已经过了啊，怎么还这么活泼呢？

第 57 章　谁二啊这是

也不知道她抽的哪门子风。

摇着头跟上去，段十一觉得这样的画面真是熟悉，他在后面跟个带孙女的老爷爷一样走着，段小草在前头蹦蹦跳跳地跑着。

不管两人谁是男的谁是女的，这模式都是万年不变。

"这位是……段捕头？"钱老爷挺着胖胖的肚子，看着段小草，好像有些不可思议，"跟传言的差别……好像有点大哈？"

小草一脸沉痛地道："传言不实，实在害人。段某没有惊为天人之容，倒是我这徒弟有惊人心魄之貌，这一趟出来，一定能纠正许多人的看法。"

她甚至可以预想到，以后每当她出行，街边人群夹道围观，再也没那么多女人见着段十一跟狗见着屎一样地往上扑了。

世界该多美好啊。

"呵呵……"钱老爷扫了一眼小草腰间的腰牌，确定是真的，才道，"关于芊芊自尽之事，段捕头可有眉目？"

小草回头看向段十一，段十一上前盈盈道："钱三小姐的确是上吊致死，只是到底是因为什么上吊，还需要查一查，不知钱老爷可否给我师徒二人一点时间？"

钱老爷抿唇道："三天之后小女就该下葬，不是钱某非要为难，这时间，似乎只有三天。"

三天啊，足够了啊，小草张口就想愉快地答应。

段十一一脚踩在小草的脚背上，阻止了她正要脱口而出的话，脸上满是为难："三天……这，我们只有尽力了，要是无法查到的话……"

"毕竟二位只是路过帮忙，实在查不出来，钱某还能怪你们不成？"钱老爷挥挥手，"段姑娘不必担心，尽管查吧。"

"多谢。"段十一笑着颔首。

等出了大厅的时候，小草才委屈地蹲下抱着自己被踩肿的脚："你可以换个温柔点的提醒方式吗？"

段十一摇着小绢扇，没好气地道："不痛你长记性吗？给你说了多少遍了，能做到也要给自己留后路，别兴冲冲什么都答应着。到时候做好了没好处，没做好还者怪你。"

这个心机婊！小草不服气地嘟嘴："直接答应下来，不是显得段十一厉害一些吗？"

"然后万一出了什么岔子，就成傻子了。"段十一拿眼尾看着她，"你脑子里的豆腐干再过几天都可以拿出来炒了吃了。"

段小草：……

也就是她现在说不过他也打不过他，不然一早脱了鞋往他脸上糊了。

"小草啊。"段十一抹了把脸，瞬间又变得笑嘻嘻的了，"为师有个任务要交给你。"

又来了，又来了！小草浑身皮子收紧，下意识地想后退。

段十一一把捞过来，捻了两张银票往她裤腰带上一塞："去青楼找人去吧。"

青楼？小草想了想："找那个孙少爷？"

"嗯。"段十一道，"我这样子，不好跟你进去，就在外头等你了。"

这任务简单啊，就进去找个人而已。小草松了口气，点头道："没问题！"

比起要她去偷琴，这任务简直不要太简单，还给报销消费的！小草乐颠颠地问了孙少爷平时爱去哪个青楼，然后揣着银票就走。

走过三条街，到了千红楼门口，小草忍不住感叹，这不愧是县令的侄子啊，去的都是最好的青楼，瞧瞧门口这牌子写的，入场五两，最低消费二十两。

"真奢侈。"小草走到门口，大方地掏出了段十一塞在自己腰间的银票。

两张二两银子的银票。

小草傻眼了，门口收钱的人一脸热情地看着她："公子，这里交费。"

这狗娘养的，就知道让她来做的事情一定没好的！竟然只给她四两银子，那她怎么进去啊？

脑筋一转，小草看见了旁边代写书信的摊子。

这一点点小困难，是难不倒聪明的段小草的。"二"加一横，不就是"三"了吗？三加二，不就刚好是五两银子了吗？

她真是太机智了！

"喏，银票给你。"加完银票上的笔画，小草十分大气地将票子往收费人的桌子上一拍，然后大摇大摆地走进了千红楼。

收费的人被这气势震撼了，半天才拿起银票来看了看。

"贰两银子"的"贰"上面多了一横是什么意思？改银票数额好歹也敬业点啊，这是繁体字！

"来人啊！有人闹事！快抓住他！"

小草飞快地上了二楼，压根儿不知道下面的骚乱是来抓她的，只顺手捞过路过的一个姑娘，笑得一脸痞子样地问人家："赵县令的那侄子在哪个房间啊？"

小姑娘被她抱得脸上一红，笑道："公子好生轻薄，孙公子在天字一号房，已经醉了，您找他做什么啊？"

"没事，就想结交结交。"段小草道，"听闻他人还不错。"

小姑娘脸色微僵，从她怀里退出去："这……那公子就去吧，正好没人敢伺候他了。"

这么厉害？小草挑眉："那我就去了，你帮我给下头说一声啊，别那么吵啊，影响客人多不好，从我进来就吵到现在了。"

"好。"小姑娘老实地答应了。

小草就在下面的人追上来之前，进了孙公子的包厢。

"滚！都滚！"孙有途朝着空气挥舞着拳头，旁边的一圈儿姑娘花容失色，纷纷往外走。

小草好奇地在旁边坐下，盯着他看了看。这孙公子长得可真难看啊，怪不得钱三小姐不肯嫁他，这凹进去的五官，小小的眼睛，厚厚的嘴唇，看得小草直想回去拿段十一洗眼睛。

"你又是谁？"孙有途转过来看着她，眉头皱得死紧，"又是老头子派来的说客？滚！老子说过了老子什么都没干，不信别来问老子！"

"在下只是路过，觉得公子好像十分苦闷，正好我也有心事，于是想进来一起喝两杯而已。"小草叹息一声道，"同是天涯沦落人，相逢何必曾相识。"

无意之间，她竟然念了句诗！简直要开始崇拜自己了！

孙公子不说话了，盯着她看了好一会儿，觉得面生，才放心下来，郁闷地将杯子里的酒一饮而尽，喃喃自语："我什么都没做，为什么没一个人肯相信我呢？"

芊芊死了这么多天了，他辩白过起码一百回了，芊芊自杀的时候他一个人在外面游荡，根本不知情，更不可能去冒犯了她。她的死真的跟他没有关系！

但是大概由于他平时就不爱说真话，所以现在这个情况，连他的姑姑姑父都不想相信他，只想着如何帮他脱罪。

"听说长安名捕段十一来了啊，你可以去跟他说清楚，他在查这案子呢。"小草端着酒杯，说了一句。

"有用吗？"孙有途冷笑，"官官相护，那人不过是姑父找来给我脱罪的，钱家定然不会相信。再说，我也没有什么好说的，芊芊死的时候，没人能证明我不在场。而且据说芊芊那里，有我的裤子。"

"真是可笑，我要是当真冒犯了人，难不成连裤子都不穿就跑吗？"

小草点头，裸奔上街会被罚款的，不可能没人看见。

"可是这样说来，你的衣裤，谁能拿到呢？"

"这可多了去了……"孙公子"邪魅"一笑，"毕竟我如此风流，来我房里主动献身的女人可多了。"

小草一脸吃了大便的表情看着他："都有哪些女人啊？"

"这个可不能告诉你。"孙少爷哈哈一笑，接着就呜呜哭出了声，"我最喜欢芊芊了啊，比喜欢她妹妹喜欢多了，怎么就没了呢？"

比喜欢她妹妹喜欢多了？小草嘴角抽了抽，嫌弃地看了这人一眼，站起来直接从二楼窗户跳了出去。

孙有途看傻了，举着酒杯半天才回过神，跌跌撞撞地爬到窗边去看，街道上全是来往的行人，刚刚那出现的人就跟个幻觉似的。

小草走在街上，一边走一边想孙少爷这话的真实性。都说酒后吐真言，他喝得烂醉，不至于还能这么顺溜地编谎话。

那要是真的，就是有人故意陷害孙少爷？

不管怎么说吧，反正当事人之一的口供她是拿着一点儿，回去交差就行了。

钱家现在允他们来去自如，小草回到客房所在的院子，刚踏进门口，就看见一个一身白衣的姑娘站在段十一身边，低着头嘤嘤哭泣着。段十一这死人妖，就甩着帕子安慰人家，什么"节哀"啊，什么"我知道你心里的苦"啊。

你知道个屁！小草哼哼两声，冲上去就想跟他算那四两银子的账。

结果旁边的姑娘受惊似的一抬头，一张熟悉的脸，看得小草一愣。

"我们是不是在哪里见过？"小草问。

白衣姑娘张了张嘴，眼睛红红的，开口道："我是钱芊芊。"

段小草：……

段十一还没来得及说话呢，面前这傻子两腿一蹬两眼一翻，直接给吓昏过去了！

诈尸了啊！钱芊芊活了！

第 58 章　我欠你命

段十一蹲在小草身边，没好气地拍拍她的脸："醒醒！"

"我不醒，有鬼！"小草闭着眼睛在地上打滚，"我只是想破个案子积累业绩啊，用不用这么狠啊！你咋啥都会，连招魂都会！"

难不成黑白无常也都是母的，段十一要钱芊芊的鬼魂，她们就真给带上来了？

一旁的姑娘错愕了好一会儿，跟着蹲下来，不好意思地道："段捕头，我是钱芊芊的妹妹钱倩倩，与她是一母同胞的双生女，是这钱府的四小姐，并没有闹鬼。"

啥？小草猛地睁开眼睛，一个鲤鱼打挺站起来，拍了拍身上的灰："你是四小姐？"

还真跟棺材里那个长得一模一样！

钱倩倩点头："听闻有人来查姐姐的死因，我才过来看看的。姐姐平日里很得人心，对上对下都好，就这么没了，我这个做妹妹的也是万分难过。"

她说着，就又要掉眼泪了。

小草连忙安慰她："逝者已逝，四小姐切莫太过伤心。"

"我与姐姐，从小就是形影不离的。"钱倩倩抬头仰望天空，哽咽道，"没想到这一次她会离我而去，还是这么突然。我们分明说好要一起过一辈子，她在哪里，我就在哪里，哪怕她以后当了贵妃，我也给她做丫鬟。没想到……"

楚楚可怜的少女眼睛红红地看着小草问："你说人为什么会死？"

小草想了想，一本正经地回答她："要是人都活着，大概饭和肉都不够吃。"

钱倩倩听见这话一哽，瞪大眼睛都忘记了哭。

"我师父开玩笑的，四小姐别在意。"段十一一屁股将小草撞去一边，拉着钱倩倩的手道，"四小姐可知道三小姐和孙公子的事情？"

"知道啊，她什么事情都不会瞒着我。"钱倩倩道，"孙公子向姐姐求亲不成，天天翻墙来骚扰，姐姐为此哭过好几次，却不敢告诉父亲。也怪我心软，听着姐姐央求，没有将这事说给父亲听，现在出事了，真是后悔都来不及。"

"我的性子软弱，姐姐的性子要开朗些，很得人喜欢，母亲也是打算让她与我一起，明年准备进宫的。"钱倩倩低声道，"现在姐姐没了，我也不想去了，我想就守在这院子里，陪着姐姐过完下半辈子。"

听得都让人觉得感动啊，小草正想继续安慰，就听见了外头大火鸡的声音。

"哎哟，四姑娘你说什么胡话呢？"大夫人站在门口，一身红色的羽毛直抖，"你要是留在这院子里，咱们得多花多少银子养你啊？这可养不起。还是跟着五姑娘一起去宫里试试吧，入不了后宫，入个皇亲国戚家里也算是让老爷回本了。"

钱倩倩皱眉，低着头给大火鸡请安，表情里却满满写着不悦。

"钱夫人。"

小草和段十一都打了招呼，大火鸡扭进院子里来，白眼一翻，拉着段十一就道："我院子里有新做的点心，段姑娘不妨来尝尝。段捕头想来的话，妾身也不拦着，多给您备一份儿。"

话说得漂亮，主要想请的人还是名义上的段捕头。

小草咂嘴："好啊，多谢夫人招待了。"

钱倩倩低声道："那女儿先回房了。"

"你去吧。"大火鸡睨着她道，"没事少往男人跟前跑，注意名节。"

钱倩倩应了，低头而去。

段十一和小草就被这只火鸡给带进了主院。

"这院子里没一盏省油的灯，段捕头最好还是谁的话都别信。"大火鸡往桌子旁边一坐，白眼儿一翻，"刚刚那小蹄子跟您说什么了？"

小草干笑两声，拿着桌上的点心往嘴里塞："也没说什么，就是伤心她姐姐没了。"

"嗬，人死了是值得伤心，可谁敢说她心里不是偷着乐的？"大夫人哼声道，"没了芊芊，她的机会不知道大了多少。"

小草抿唇："入宫的机会哪里有亲姐姐重要？"

那钱倩倩的难过也不是装的啊。

"段捕头到底是男儿家，不懂这些。"火鸡咯咯了两声，道，"这全天下的女人都一样，从及笄开始都想着嫁一个好人家，后半辈子的幸福都在这一嫁上头了。而入宫，不仅是能荣华富贵，更是能光宗耀祖，可以说是女人最好的归宿。刚开始这些丫头不都是不争不抢的吗？结果呢？玉容一进宫，得了甜头，一个个就跟见着鸡的黄鼠狼似的，削尖脑袋要往宫里钻。"

小草听得愣神。

好像也是这么个道理，一人得道鸡犬升天，谁家出个妃子，一家人都能过上好日子。无论哪个朝代，这裙带关系从来都是家族兴旺的一大要素。

"可惜了三姑娘，人就这么没了，用自己来给妹妹换个进宫名额，真是伟大。"大夫人说着，看着小草道，"段捕头在府里可以仔细看看，这里狐狸精和蛇精多了去了，谁肚子里也没好水，别轻信了谁。"

小草点头。

火鸡又转头看着段十一，暧昧地笑道："你们师徒二人感情也真是挺好的，不知我那两间客房有没有安排得不妥？要不然给换成一间？"

啥？小草看看段十一，有点脸红，连忙摆手道："我们什么都没有的，夫人不必多想。"

"是吗？"大夫人捂着嘴笑了一会儿，拿着一碟子糕点放在段十一手里，拍拍他的肩膀道，"那二位就早些回去休息吧。"

段十一微笑，行了礼就端着糕点出去。小草跟上，伸手就要去拿着继续吃。

"不许吃。"段十一拍开她的手。

"小气鬼。"小草嘟嘴，"我就再吃一块！"

"里面不知道加了什么东西，你还要不要命了？"段十一斜眼看她，"身为捕快，人家给什么你吃什么，你猪脑子啊？"

小草傻了，连忙蹲去一边抠喉咙。

段十一叹了口气，站在小草背后道："你这蠢样子，真是不知道什么时候才能出师。"

出师？小草垂了眼眸，望着地上的蚂蚁，沉默。

她虽然是很想马上出师没错，但是……她这么笨，肯定要很长很长时间才能出师的！

不着急！

远处的院墙上，几个黑衣人无声无息地望着那边的两个人。

段十一若有所察，敏锐地回头，目光破空而来，吓得黑衣人连忙闭眼。

他们除了眼白，其他地方都是黑的，和夜色融为一体。

"怎么了？"小草问。

"没事，回去休息吧。"段十一抬步，走得极快。

小草迈着小短腿在后面追，进了客房，关上了门。

夜晚，钱府里十分宁静，连下人房里的呼噜声都没有。

"确定是他们吗？"

"确定，那女人说的，她化成灰都认得出来。"

细细碎碎的声音，和着晚风一起被吹散，没人听得见。几道黑影闪到院子四周，开始行动。

小草又做噩梦了，梦里血流成河，将一张张亲切的脸都吞没了。她吃力地爬出水缸，眼前是一片废墟，空气里是风都吹不散的铁锈味儿。

昏黄的光线像一张罩子，罩得人呼吸不得，她爬过尸骸，爬过鲜血，终于爬出坍塌的门槛之时，抬眼看见的，却是个好看的男人。

那人满脸悲悯，看见她又十分错愕，怔怔地盯着，竟没有反应。她扁嘴，抓着那人的衣角，闻见他身上皂角的香味儿，突然笑了笑。

"你……"

"大哥哥，你哭什么？"

"我……没哭，你为什么不哭呢？"

她为什么要哭呢？小草翻了个身，觉得好热，热得从噩梦里挣扎了出来。

睁开眼，四周一片火光。

嗯？梦中梦？小草使劲儿砸了一下自己的脑袋，迷茫地看了周围一会儿，片刻之后，她尖叫了一声："走水啦！"

段十一一脚踹开了房门，捂着口鼻喊："你出来！"

小草跌坐在床上，跟痴呆了似的："我走不动路。"

"啥？"

"腿软了。"小草眼泪汪汪的，"师父救我！"

段十一顿了顿，叹息一声，跨过门槛进去，一把将她扛了起来，直接往外跑。

小草眼泪就下来了，抱着段十一嗷呜嗷呜地叫。

大火包围着两间客房，下人们已经都惊醒了，纷纷找水救火。小草光着脚坐在外头花园的大石头上，傻傻地看着段十一。

"遇见火你都不会跑？"段十一潇洒地甩了甩他的刘海，"老子是不是又救了你一命？"

小草点点头："有机会我会还你的。"

虽然可能机会很渺茫，但是其实她欠了段狗蛋挺多东西的，今天早上还偷吃了他碗里的鸡腿。

段十一哼了哼，望向空无一人的夜空，眯了眯眼。

到底是什么东西这么麻烦啊？

钱府着火，钱老爷和夫人都起身对段家师徒进行了慰问，然后给换了一间大屋子。

"明天钱府会彻查此事，两位受惊了，先休息吧。"幽兰道。

小草和段十一相互看了一眼，再看一眼面前的一张大床。

得了，都习惯了，凑合着睡吧。段十一躺进里面，小草老老实实地躺在外面，睡之前默念"我不会非礼段狗蛋"一百遍。

然而，有的东西吧，越是知道不行就越是容易在意。月光从窗户里透进来的时候，段小草睁开眼，侧过了头。

旁边的人睡得安稳，侧脸轮廓在月色之中更显动人。这厮睡着的时候可比醒着温柔多了，长长的睫毛一动不动，薄唇也轻合，不再吐毒液，很容易就让她想起两人第一次见面的时候。

……

"大哥哥，你哭什么？"

"我没哭……你为什么不哭？"

小草咧嘴，费力爬上他的膝盖，捏着袖子给他擦了擦脸："没什么好哭的，明天还会出太阳呢。"

段十一当时双眼发红，看了看她身后，又不可思议地看了看她，那眼神里的东西太多，她不懂。不过后来，他将她抱了起来，抱得结结实实，抱得让她无比安心。

屋子里月光淡了些，四周一片寂静。段小草咽了几口唾沫，小心翼翼地伸出手，慢慢抱住旁边睡着的段十一。

她指尖有些发颤，动作也不算轻，可是一向浅眠的段十一没反应。

长出一口气，小草哽咽两声，闭眼强迫自己睡着，不再多想。

月下柳梢，小草进入了梦乡，呼吸均匀的段十一却缓缓睁开眼，斜一眼旁边这人脸上挂着的泪花，无声地叹了口气，反手将她拥进怀里。

第 59 章　消失的耳环

第二天醒来的时候，段小草发现自己正抱着段十一的腰，摸着人家的胸，嘴角的哈喇子还染湿了人家的衣襟。

说实话她好歹是个女人，是个有皮有脸的女人，还没嫁人呢就在一个大男人的怀里这么醒来，小草是很娇羞的。

如果这时候段十一睁开眼睛，和她一样害羞的话，那她肯定会红了脸。

然而，段十一同学表现得实在太君子了，睡得跟猪一样沉，且四肢规矩，一动不动，完全是她贴上去的。

也不知道是哪个小本子上看见，说男子若是和心爱的女人同床共枕，那是会有特殊反应的。小草研究了半天，最后无奈地发现，段十一当真没把她当个女人！

虽然她没胸没屁股，别人有的她全没有，但是她真是个女儿家啊，这也太伤人了啊！

愤然起身，小草收拾了自己，然后一巴掌拍在段十一的胸口："起来了！"

段十一皱眉，缓缓睁开眼睛，看着面前脸拉得跟驴一样的段小草，好奇地沙哑着声音问："你脸咋了？拉得跟鞋拔子似的，昨天晚上落枕了？"

小草翻了个白眼，看着外头的天色道："不早了，起来继续查案。"

段十一白她一眼："有什么好查的，该知道的都知道了，现在应该等。"

该知道的都知道了？小草茫然："为何我不知道？"

"因为你蠢啊。"段十一闭着眼睛道，"没事多吃点猪脑子，为师都替你着急。"

小草：……

这人真是一天不毒舌都会死。

活在段十一的阴影下，还能这么茁壮成长的也只有她这种野草了。小草很骄傲，起码自个儿还是有优点的。

"段捕头。"门外有人来敲门了，"老爷和夫人在前厅准备了早膳，邀您一起过去呢。"

"哦，好。"小草打开门，放了丫鬟端水进来，将段十一叫起来洗漱完毕之后，一起往前厅走。

厅里已经坐满了人，小草扫了一眼，大夫人今天不是火鸡了，换成了紫色的蜘蛛精。二夫人穿得素雅，低头看着桌面。三夫人倒是头一回见，文文静静的，带着个清秀的小姑娘坐着，沉默不语。

"段捕头请坐。"钱老爷笑呵呵地招呼她，"昨天晚上敝府走火，吓着了吧？"

"无妨。"小草一脸大义凛然，"做我们这行的，随时面临着生命危险，已经习惯了。"

这话说的，形象顿时高大了起来。大夫人道："为了三小姐的案子，也是难为段捕头了。不知道是谁心那么狠，竟然纵火想杀人灭口。还好两位没事。"

钱老爷点头，跟着问了一句："案子进展如何了？"

小草扭头看向段十一。

段十一专心地吃着饭，闻言抬头，无辜地道："已经在调查之中，初步确认跟那孙少爷没关系。"

"怎么可能没关系！"二夫人一激动就站起来了，"那么明显的证据，他怎么能脱得了干系？段捕头会查案吗？"

段十一看了她一眼，赶在小草开口之前道："就因为证据太明显了，而三小姐其实并没有被侵犯，所以我才斗胆说案子跟孙少爷没关系。"

他验尸的时候仔细检查过了，钱芊芊只是衣裳凌乱，并没有当真被强暴，只是…也不是处子之身。

这话他没说出来，怕被赶出去吃不了早饭了。

"并没有被侵犯？"一桌子的人都震惊了，"怎么会？那她怎么会上吊？"

段十一咬了口馒头，吞下去了才道："三小姐死前应该落过水，浑身湿透，所以丝绸的衣裳会皱的。那屋子不是第一案发现场，因为三小姐穿的是外出的鞋，鞋上还有泥，束腰也未曾取下来。"

大夫人连忙点头："段姑娘说得对啊，发现她尸体的时候，当真是湿着身子的，只是没人在意。"

二夫人咬唇。

"如此说来……"钱老爷皱紧了眉头，"芊芊她？"

"不是上吊自尽的。"段十一接着道，"她是被人吊上去死了的。"

一桌子的人瞬间都吓坏了，一个个瞪大眼睛一动不动。小草和段十一就趁着这机会将桌子上好吃的东西都给吃了。

"段捕头也这样认为吗？"二夫人白着脸问小草。

小草满嘴是东西，点头，口齿不清地道："段姑娘的意思就是我的意思，我们一起查的。"

二夫人皱眉，打量了两人半晌，嘀咕了一声："总觉得怪怪的，该不是冒充的名捕吧？"

竟然看出来了？小草挑眉，低头继续吃她的饭。正牌名捕在她身后给她撑腰呢，她怕啥？

钱老爷没理会二夫人的嘀咕，满脸严肃地道："芊芊若是他杀，就请段捕头与段姑娘务必找出凶手，还她一个公道。但，若是你们查案有误……"

"没误的。"段十一擦了擦嘴，"钱老爷可以让下人去三小姐上吊的那根房梁上看看，若是有拉扯滑动的勒痕，那就证明我说得没错，若是自己上吊，房梁上是只会有浅浅的印记的。"

说得有道理，钱老爷立马让人去看了。

结果不用说，吊死钱芊芊的是麻绳，房梁上有很重的勒痕。

"恕小女子多嘴。"段十一吃饱喝足了，看着这一桌子的人道，"三小姐死得这么无声无息，没个挣扎的，只能说明一点，杀她的人很熟悉周围的环境，也很熟悉她，所以一击就得手了。"

前厅里死一样的安静，二夫人瞪着眼看着周围的人，从大夫人看到五小姐，眼神跟要吃人似的。

早饭就这么不欢而散，钱老爷让段家师徒继续查案，然后就匆匆出门了。

段十一和小草离开了前厅那气氛沉重的地方，来到了花园的水池边。

"你的意思是，三小姐的死，是府里人干的？"小草问他。

段十一点头："很明显啊，你看不出来吗？这地儿的守卫算是森严的，唯一有水的地方就是咱们面前这个池塘。从三小姐的房间到这个池塘有些距离，要是外人的话，怎么顺利将人从这里带回房间里去？"

说得好像有道理，小草点头，蹲下来仔细找了找。

"好像有点什么东西。"趴在地上半天，小草捡起来个珍珠耳环，"这个是谁的？"

段十一微笑："你问我我怎么知道？去问大夫人。"

府里的吃穿用度都是正妻在管，所以问大夫人就没错。

大夫人看着这耳环，道："是芊芊的。"

所以是证实了那池塘边，钱芊芊的确去过，只是，跟谁一起去的呢？小草捏着耳环走在段十一身边，低头仔细想着。

"奇了怪了。"段十一将小草手里的耳环拿过来，"芊芊的尸体上没有耳环，钱家人不是说，尸体没人动过吗？"

小草一愣："耳上是空的？"

"嗯。"段十一道，"我验尸的时候就发现了，她耳朵有耳洞，但是没有耳环，现在只找到一只是怎么回事？另一只呢？"

好像变得越来越复杂了啊，小草苦恼地道："还以为只是单纯的自杀呢。"

"每个人都想活着，哪来那么多人想自杀。"段十一继续往前走，前头是三夫人的院子，今天在前厅也看见了，三夫人和五小姐都是特别安静的性子，从头到尾一句话都没说。

"碧玉，去打水。"

"是。"

隐隐听见声音，段十一拉着小草躲在一边，并没有从门口光明正大地进去，而是选择了翻墙。

"师父，我们这样不太好吧？"小草低声道，"为什么不走正门？"

"钱老爷不是说了这府里随意我们走动吗？"段十一不要脸地道，"我往墙上走也是走啊。"

小草无语，跟着他跃过墙到了内院，这院子丫鬟奴婢很少，走动还算方便。

三夫人和五小姐正坐在屋子里，支开了丫鬟说些体己话。

"这府里不太平，有人要兴风作浪，你保全自己就好。"三夫人的声音温柔又细弱，"最近就别出门了。"

"好。"五小姐乖巧地应着。

等三夫人出门了，五小姐左右看了看，手里捏着个东西，急匆匆地往后院走。

段十一和小草就躲在后院的大树后头，见她过来吓了一跳，哪知她只是站在墙边，一用力丢了个东西出去，然后急匆匆地就又回了房间。

"什么玩意儿？"小草跟着飞身出去，将她丢的东西找了回来。

"哎，这个东西是不是很眼熟啊？"小草拎着东西问段十一。

段十一呵呵两声，一巴掌拍在她后脑勺："废话，这是刚刚找到的珍珠耳环的另一只！"

小草倒吸一口凉气，看了看那院墙："凶手竟然是五小姐？"

段十一挑眉："你哪里看出来的？"

"这耳环在她这里啊!"小草道,"除了凶手,谁还能有这耳环?"

段十一沉默,将一对耳环拿来看了看,又嗅了嗅。

"进去正式拜访一下五小姐。"

小草点头,走了正门去敲门:"五小姐可在?"

钱灵灵被这话吓得浑身发抖,半天没应声,还是去打热水的丫鬟听见了,才来开的门。

第60章 风筝轴

"我……我什么都不知道。"钱灵灵躲在门后,从缝隙里看着段十一和小草,声音也在发抖,"你们别来问我。"

段十一温柔地上前,跟个大姐姐似的将钱灵灵拉出来,柔声安慰:"你别怕啊,我们又不吃人。外面那臭男人不进来,咱们女儿家说会儿话。"

钱灵灵往段十一怀里一靠,顿时觉得安心无比,只是眼睛还戒备地看着小草。

得了,段十一又要当中国好闺蜜了,小草转身,自觉地在外头当个盆景。

段十一就拉着钱灵灵去里头坐下,一边摸着人家的小手一边道:"刚刚在外头捡着个东西,所以与段捕头一起进来看看。是你丢的吧?"

钱灵灵的身子又抖了起来,看着段十一手心里的耳环,头摇得跟拨浪鼓似的:"这不是我的。"

"我知道不是你的,是三小姐的。"段十一温柔地道,"可是为什么会在你这里啊?"

"我……"钱灵灵眼泪都出来了,揉着帕子道,"我也不知道哪里来的,刚刚打开一个荷包看见的,想起是三姐的东西,觉得有些可怕,连忙就丢了。"

段十一挑眉:"什么荷包?"

"就是这个。"钱灵灵慌忙拿了个荷包出来,"我不常用的,就前天戴着跟娘亲去其他院子里请安,回来后拿下来就没再看。今天想起来要用，打开就看见了这个耳环。"

她看见都吓坏了，生怕自己跟三姐的死扯上关系，所以才急急忙忙地想丢掉的。

钱家五小姐性子内向软弱，一般不与人亲近。段十一摸着她的背安抚了一会儿，道："我会查清楚的，若跟你没关系，就一定不会冤枉了你。"

钱灵灵眼泪汪汪地点头。

小草蹲在外头，看见刚刚那叫碧玉的丫鬟，就拉着人家来一起蹲着。

"我家小姐当真不是惹事的人，就连选秀的名额也没跟她们去争。"碧玉小声道，"段姑娘不会欺负她吧？"

小草笑着摆手："我徒儿很温柔的。"

"那就好。"碧玉叹息，"平日里二少爷就爱欺负她，三小姐和四小姐也不帮忙的，她连个说话的姐妹都没有。"

听起来也是可怜，小草表示了同情。

"不过三小姐这一走，四小姐对她的态度倒是要好些了。"碧玉道，"上次去二夫人院子里拜访，四小姐哭个不停，拉着我家小姐说了许久的话，看样子是没了姐姐，终于想着还有个妹妹了。"

身后的门打开，段十一刚好从里头出来，看着小草道："师父，我们去别处看看吧。"

"好。"小草起身，拍了拍衣裳，朝碧玉颔首致谢，便跟着出去了。

"怎么样？"

"五小姐不善交际，怯懦，且力气很小。"段十一道，"方才我将身上戴的彩绳打了结，她都解不开，脸上全是汗。"

小草听着，边听边点头。

"现在你该有的信息都有了，凶手到底是谁，就该你来分析了。"段十一侧头看着她，"算给你个机会。"

啥？小草愣了神，她还觉得一头雾水呢，哪里就知道该知道的了？

现在就只确定三小姐是他杀，杀人凶手如何下手的都不知道，好不容易有个耳环线索吧，段十一又说五小姐力气小。

要把一个人给吊上房梁，对力气的要求还是挺大的。

小草一脸严肃，从花园的池塘边慢慢走回三小姐的卧室。

241

设想一下，当时的三小姐，在丫鬟绿翘离开之后，应该是接到了谁的邀请，才会去了花园的池塘边。经过一番谈话，可能出了什么事情，三小姐不小心落水了。

池塘水不深，不可能淹死人，所以三小姐被拉上来了，上来的时候不小心掉了个耳环。

然后凶手扶着三小姐回房间，趁她不注意，将绳子勒在她的脖子上，直接吊上了房梁。三小姐就这样活活被吊死，然后凶手再扯破她的衣裳，弄得她一身狼狈，造成了一个羞愤自杀的假象。

中间可能有一番拉扯，以至于三小姐的耳环挂在了凶手的身上，被凶手带走了，后来不知怎么想办法放进了五小姐的荷包，想以此嫁祸。

能做到这么一系列事情的人，应该是个男人，否则三小姐怎么可能会挣扎不过，这么轻易地丧命呢？

走到三小姐的房间里，小草又仔细看了看。

"你过来，坐在这里。"小草指了指旁边的一张太师椅，看着段十一。

段十一听话地过去坐着。

地上的上吊绳子还在，是个有活扣的长绳，一般人上吊都直接拿一根绳子挂上去就完了，这绳子竟然还有个活扣，她一早怎么没发现呢？

小草将绳子挂在段十一的脖子上，然后将另一头丢上房梁，深吸一口气，用力一扯。

好重！

她要使出全部的力气，才能将段十一扯起来半个身子。

要知道，她可是天生神力啊，从每次能轻松背起段十一来看就知道了。比她力气大的女人，大梁里是不存在的。

就算段十一比三小姐重，那三小姐也不轻，要将她迅速吊上房梁，只能是个力气大的男人。

"你还要吊着我多久？"段十一涨红着脸，咬牙切齿地挂在半空。

小草连忙一松手，听见"砰"的一声之后，无视了段十一的骂骂咧咧，继续思考。

要是凶手是男人，那杀人动机是什么？不为财不为色，难不成当真还是孙少爷干的，因为喜欢而得不到？

不对，要是孙少爷，他完全可以占有了之后娶过门，用不着杀人。

那是因为什么呢？

段十一说作案的人就在这钱府，如果是下人，那一个男人扶着小姐回房，怎么都不科学，三小姐也不可能不防备。

难不成，是这家的二少爷吗？小草仔细想了想，三小姐没了，进宫的人少了一个，二少爷要是向着自己的大姐，完全也有理由这么做，为大姐除去一个劲敌。

"我锁定了嫌疑人了！"小草兴奋地道，"去找二少爷！"

段十一挑眉，一声不吭地跟着她往外走。

"二少爷在外头放风筝呢。"幽兰道，"二位要找他，就乘车去。"

"多谢。"小草咧嘴一笑，拉着段十一就出门上车。

"为什么怀疑二少爷？"段十一问她。

小草道："吊死人这种力气活，你觉得女人能干吗？你看刚刚，我都吊不起来你。"

段十一挑眉，笑了一声没说话了。

小草听不出来他这是嘲讽还是真笑，还是兴致勃勃地去找人了。

二少爷钱多俊扯着个手工制作的鸳鸯风筝，正在泡姑娘。

小草和段十一的突然出现，明显打扰了这位少爷的兴致，眼瞧着脸就黑下来了："你们来干吗？怀疑我？"

小草嘿嘿笑了两声，看了看天上的风筝。

今天风很大，线挺难扯的，然而二少爷收放自如，十分得心应手。

"二少爷力气真大啊。"小草笑道，"这么大的风，竟然也能收线。"

钱多俊没好气地翻了个白眼："有线轴啊，根本不用什么力气，你瞧。"

小草低头看，这风筝的线轴跟普通的不太一样，普通的都是自己卷线，而这个线轴却是旁边有个轮子，上头有个把，捏着把跟转水车一样地转，线就裹上了轮子的边儿。

"这可真新鲜。"

钱多俊把线轴递给她，撇嘴道："这是以前三妹妹做的，就只有咱们府里才放这样的线轴，本来是拿来给人炫耀的，你俩这一来，我可什么心思都没有了。喏，你来放吧。"

小草接过线轴，捏着那把子转了转。

风筝线当真很轻巧地收了回来。

脑子里有什么灵光一闪，小草回头看着段十一："师父，我知道了！"

段十一轻哼一声："还不算笨啊。"

小草把风筝线一扯，拿着线轴就狂奔："回去回去！"

刚要走的二少爷都被她吓了一跳，看着天上道："我的风筝！"

小草置若罔闻，跳上车就往回赶。

其实最开始她怀疑过四小姐，因为三小姐死了，获利最大的是她。但是毕竟是双生的姐妹，不可能会残忍到这个地步啊，而且女儿家也没那么大的力气，所以小草忽略了她。

今天看着这风筝轴，小草明白了，用那种法子吊死人的不一定非要男子，女儿家一样可以！

只要有一个这样的风筝轴！

一切怀疑归零，这院子里与三小姐能和平共处的，能扶她回房间不被人注意的人只有两个。

四小姐和五小姐！

几位夫人身为长辈，自然不可能去扶晚辈的。而丫鬟身份低微，三小姐也不可能专门跑出去见。

真相已经越来越近了！

小草有些激动，双腿都微微发抖，抓着段十一的大腿道："你千万别提醒我，千万别！让我来破了这旷世奇案！"

就是普普通通的命案而已，段十一瞧着她这高兴的模样，眼里全是嫌弃。

但是嫌弃归嫌弃，他这个当师父的，还是挺欣慰。

第61章　双生之子

马车一停下小草就冲了下去，跟脱了缰的马似的，段十一拉都拉不住。

穿过走廊，穿过花园，刚好就撞见要出门的四小姐。

"段捕头这是怎么了？怎么跑得这么急？"四小姐惊讶地看着她，只一瞬表情又恢复了温柔，满脸好奇。

小草气喘吁吁地问她："你最后一次见三小姐是什么时候？"

钱倩倩一愣，低头想了想："她死的前一天吧，我去跟她拿了绣花的小样。我姐姐擅长刺绣，我也想学的，想着进宫以后也多会个东西。"

"你撒谎！"小草张口就喷了她一脸口水。

四小姐错愕，后头跟着出来的二夫人更是惊讶地将钱倩倩拉了过去："段捕头这是干什么？"

"我找到凶手了。"小草目光如炬地盯着钱倩倩，伸手指着她道，"就是她！"

二夫人吓了一跳，脸色发白："怎么可能！芊芊和倩倩是亲生的姐妹！"

钱倩倩也抖了抖，有些不可置信地看着小草："大人为什么会怀疑我？"

"发生命案的时候，你在哪里？"小草问。

钱倩倩皱眉，回忆了一下道："当时我想出去散步，就没让丫鬟跟着，自己一个人在府里乱走，好多家奴都应该看见我了！"

"也就是说，你身边没有能证明你一直不在场的证人。"小草道，"那么你完全可能走到了花园里，去见你三姐姐。"

"我见她做什么？"钱倩倩低头，"因为选秀的事情我们还吵过架，正是尴尬的时候，怎么会相见。"

"你约她的呗。"小草笑道，"就因为吵架了，你想约她出来谈谈，这一切也才这么顺理成章。"

钱倩倩脸色不太好看："你有证据吗？"

周围的家丁闻声都连忙去通知了老爷夫人，段小草就站在二夫人的院子门口，跟个流氓似的抄着手："我有证据，只要四小姐敢将你的袖子撩起来看看。"

钱倩倩一愣，随即红了脸："我还要嫁人的。"

"我不看。"段小草转身，朝二夫人道，"您来看吧，看看四小姐的胳膊上，有没有青紫的伤痕。"

二夫人身子微微发抖，整个人情绪很不稳定，听了这话，却还是很

245

配合地抓住钱倩倩，将她袖子撩了起来。

"当真有……"二夫人倒吸一口气，"倩倩，怎么弄的？"

钱倩倩连忙道："这是前些时候与姐姐争吵起来，两人都没控制住，相互拧的。"

"你……"二夫人痛心地道，"姐妹二人，有什么话不能好好说？"

钱倩倩低头："我就是不想与姐姐争才……但是这伤痕是在姐姐死之前就有的，大人何以用此来证明我是凶手？"

"死前造成的伤痕，和死的时候造成的伤痕是不一样的。"小草一本正经地说了这么一句。

钱夫人和钱老爷都来了，府里的人围成一个圈看着段小草和钱倩倩，段十一也跟了上来，悠闲地站在小草旁边。

"为什么不一样？"钱倩倩盯着段小草，倔强地问。

小草说这句话的时候底气很足，但要解释的话就难免心虚了啊，这么多人看着，她就一时忘记了是为什么，只记得这话段十一说过。

"这种解释的事情，叫我徒儿来。"小草一巴掌拍在段十一的肩膀上，"徒儿，你告诉她为什么！"

段十一轻咳一声，站出来道："死前造成的伤痕，会变浅。但是死的时候造成的伤痕，由于人已经死了，血液不再流动，所以伤痕会加深。从四小姐的伤痕看来，已经是好几天过去了，淡得差不多了，只要看看尸体上的伤痕，真相就明了了。"

钱倩倩被吓着了，使劲儿摇头："我没有杀姐姐，这伤痕根本不致命。"

"但是你撒谎了，你分明在她死的当天见过她。"段十一微笑着诱供，"不是吗？"

钱倩倩的眼珠子开始乱动，有些不安地绞着手帕："是……我见过。"

"是在花园的池塘旁边见过是吗？你俩想和好，但是一句冲突，你就将她推下了池塘，导致第二天鱼还死了一片。"

钱倩倩咬着唇，使劲儿摇头。

"她应该是说了什么话刺激到你了，所以你将她扶回房间的路上就动了杀心，一到房间里，趁着她想换衣裳，你便拿了她房间里的风筝轴，又拿了绳子，默不作声地准备好了之后，将她吊死在了房梁上。"

四周一片哗然，钱倩倩拼命地摇着头，眼泪不停往下掉："我怎么可能杀了自己的亲姐姐？再说，她房间里的东西，我怎么可能在那么短的时间里找齐？大人不觉得说不过去吗？"

　　小草摸摸下巴，想了想段十一的话，点头道："我也觉得哪里说不过去。"

　　要是四小姐跑到三小姐的房间里作案，当真不可能这么得心应手的。

　　"我相信倩倩。"二夫人眉目突然都苍老了很多，"她一向喜欢自己的姐姐，怎么可能会动杀心，我待她二人也从来都是一样，连吃穿用度都是一模一样，不曾偏心，两个孩子相互不可能有怨怼。"

　　段十一颔首："所以二夫人平时怎么区分这两位小姐的？"

　　"什么？"二夫人一愣，看了看钱倩倩，道，"当娘亲的怎么会分不清自己的孩子？芊芊开朗，倩倩沉默，最重要的是，倩倩左边眉毛的中间藏着一颗痣，芊芊没有。"

　　钱倩倩当即指了指自己眉毛里的痣。

　　段十一走近她两步，温柔地抬手，往她眉毛上一抹。

　　眉毛间若隐若现的痣花掉了，段十一的拇指上黑黑的。

　　钱夫人和钱老爷都倒吸了一口气，二夫人脸色惨白，瞪大了眼睛看着钱倩倩。

　　或者说，是钱芊芊。

　　"你还有什么想说的啊？三小姐？"段十一低声问，"在别人的房间里容易找不到东西，那在自己的房间里呢？用自己做的风筝轴，得心应手的情况下，杀了自己的妹妹是不是易如反掌？"

　　钱芊芊张大嘴说不出话，转身想跑，四周却全是人。

　　小草的嘴巴张得比她还大，完全没想到这个转折。

　　竟然是三小姐？这人要是三小姐的话，那死的人岂不是……

　　四小姐？！

　　一股子凉意从脚底传上来，小草看着面前的钱芊芊，忍不住道："你怎么这么厉害啊？"

　　知道逃不掉，也掩饰不过去了，钱芊芊跌坐在了原地，回头看着自己的娘亲，红了眼睛："对不起。"

　　"这……这可真是……"大夫人回过神来，拉着二少爷的手浑身发抖，"多歹毒的心肠才会朝自己妹妹下手？"

钱老爷也气得够呛，扶着家奴的手就猛烈地咳嗽起来。

段十一半蹲下来，看着钱芊芊问："能告诉我们原因吗？"

钱芊芊回过头来看着他，幽幽地道："你有没有听说过，双生子是带着诅咒的啊？一个人好了，另一个人就会衰败，我们永远没有办法同时幸福。"

段十一："……你是不是小摊上的杂书看多了？"

钱芊芊摇头，咯咯笑了两声："我这个妹妹也该死了，为了拿进宫的名额，竟然献身给了孙有途，换得他答应背地里将这个县的名额留给她。"

小草震惊，段十一却是一早知道了："所以四小姐并非处子之身。"

"是啊，愚蠢之极的东西，没了处子之身，她还想进宫？真是笑话。更可笑的是，她竟然还敢来我面前炫耀，说这次一定会赢过我。"

双生子从小就是爱相互比较的，每次都是钱芊芊赢，因为她比她早出生一会儿，总是有些优势的。

然而这一次，她的妹妹竟然说，进宫的名额一定是自己的，甚至炫耀孙有途那纨绔也已经拜在了自己的石榴裙下。

两人为此掐了一架，都不过是十五六岁的小姑娘，正年轻气盛呢。

然而钱倩倩还是很喜欢自己的姐姐的，吵架之后还是约了她出来，打算和好。

也就是这一个午后，钱倩倩被自己的姐姐推进了池塘，一身狼狈。

"对不起。"钱芊芊说，"我带你回我那里换衣服吧，正好娘亲给我新的衣料，我做了一套新衣裳。"

两个人的衣裳从来都是一样的，钱倩倩听着姐姐有新衣裳，于是就跟着去了。

浑身湿透地坐在太师椅上等着姐姐拿衣裳，钱芊芊拿出来的却是一个打了活结的绳子，用固定在一边的风筝轴，轻松地在她喊叫出来之前，将她吊死在了房梁上。

这一瞬间钱芊芊觉得很爽，她终于是一个人了，世界上终于没了她的影子，没人跟她一模一样了。

然而冷静下来她就开始想要怎么做才能脱罪，并且利用这一次机会，顺利拿到选秀名额。

她往自己的眉间点了痣，弄好了自杀的假象，装成钱倩倩的模样离开了房间，回去了钱倩倩的屋子。

在钱倩倩的屋子里，她发现了孙有途的一条裤子，不知道钱倩倩怎么弄到的，不过也派上了大用场。

于是一切都顺理成章，她变成了钱倩倩，而钱芊芊，因为被孙有途侵犯，上吊自杀了。

只是她忽略了一样东西。

第62章　你自己的心魔

那一对珍珠耳环，是她们姐妹之间唯一不同的东西，大夫人发首饰的时候，钱倩倩选择了银耳环，她的则是一对珍珠。一只耳环掉在了池塘边，回了屋子她才发现，自己耳朵上还有另一只。

这该怎么处理呢？若是乱扔，难免会被人发现，再次返回屋子的话，万一撞着人就麻烦了。

钱芊芊认真思考过这个问题，用一种很聪明的方法，将这个耳环给转移了。

钱家人发现"钱芊芊"上吊之后，各方的人都来二夫人院子里慰问。钱芊芊已经变成了"钱倩倩"，哭着伤心自己姐姐的离去，顺便在到来的人当中，选择合适的栽赃对象。

很明显，这院子里的女儿家，除了她就只有一个五小姐了。钱芊芊装作与她亲近的模样，就将耳环放进了她的荷包。这样一来，不被发现也就算了，万一被发现，钱灵灵必然被怀疑，那么与她竞争入宫的人，就又少了一个。

不得不说钱芊芊是很聪明的，顶替钱倩倩的身份，不用付出什么就可以得到她在孙有途那里的名额，万一孙有途靠不住也没关系，她可以除掉钱灵灵。万一钱灵灵除不掉，也没关系，因着"钱芊芊"的死，赵县令要是不给一个交代，那钱家不会饶过他。

不管是哪种结果，最后得到名额的都是她。

这一切简直是顺理成章天衣无缝，如果段十一和小草没来的话，钱芊芊现在就该得逞了。

可惜了，段十一目光怜悯地看着她："一个入宫的名额而已，竟然比自己亲妹妹的性命都重要吗？"

钱芊芊跪坐在地上，眼睛通红地抬头看着他："你懂什么？你知道进宫意味着什么吗？意味着从此以后我娘亲可以在府里横行，可以抬着头说话，我再也不用被欺负，不用看别人脸色行事，我会有好多的钱，买许多漂亮的胭脂水粉，再也不用去拿夫人们用剩下的。"

小草皱眉："这些东西就比人命重要了？你完全可以和你妹妹公平竞争。"

"公平竞争？"钱芊芊冷笑，"从一开始就不是公平的，孙有途喜欢我，不想我入宫。而我的好妹妹，竟然夜来奔之，上了他的床，换来了他的允诺，说会把名额给她！"

钱老爷听着，脸色难看得很："混账！"

"是我混账，还是她混账？"钱芊芊哈哈大笑，"瞧瞧，大姐一入宫，大娘在府里一得意就是这么久，你们提起女儿，也都说钱家大女儿最有出息，我们下头的女儿听着，能不羡慕吗？能不朝着她的方向走吗？现在我朝着她的方向走，你们为什么又要说我错了呢？"

二夫人捂着嘴泣不成声，大夫人也是一脸错愕，周围的人都安静了下来。

小草挠挠头道："女儿家有出息的方式可以有很多种的。"

比如像她一样当个捕快啊，再比如像颜六音那样当个所有捕快都头疼的魔头啊，再比如去朱雀大街卖最好吃的包子，每天店子门口的长龙都可以排到皇宫啊。

"他们只给了我这一种选择。"钱芊芊冷笑道，"这是他们逼我的！"

"是你自己心里有魔，怪不得谁。"段十一淡淡地道，"他们给你选这条路，也许是有错的。但是你自己不用双脚走，想着去飞，是你自己的错，是你的贪欲和求胜心让你杀死了自己的妹妹，跟其他人没有半点关系。"

钱芊芊微微一顿，捏着双手道："你们要是不来，就什么事都没有了。"

这是啥逻辑？自己做错了事情，怪别人指出来？小草直摇头："人都扭曲得跟麻花一样了，别说了，跟咱们往衙门走一趟吧。"

"大人！"二夫人跪了下来，满脸是泪地抱着钱芊芊，"千错万错都是我的错，我不该逼着她们入宫，芊芊还是个孩子，你们放过她吧，要抓的话，抓我好了！"

可怜天下父母心啊，段十一看着她，无奈地叹气："就是因为有你们这样强加自己意志给子女的人，才有这么多的悲剧。但是律法明文，杀人偿命，进大牢的只会是钱芊芊。"

二夫人瞪大眼睛，眼泪大颗大颗地往下掉，小草垂眼，伸手将钱芊芊拉起来，绑上了绳子。

钱老爷和钱夫人站在后头，脸上的表情分外复杂。段十一朝他们颔首，便带着小草一起去县衙门了。

身后传来二夫人撕心裂肺的哭声，但是除了这声音之外，其他什么声音也没响起。

"我会死吗？"钱芊芊问。

"看运气。"段十一道，"万一天上落雷，在刽子手行刑的时候刚好劈死他，你就不用死了。"

钱芊芊眼神黯淡了下来，苦笑道："我后悔了。"

"嗯，每个犯人都是在被抓住的时候才后悔。晚了。"

人总是有侥幸心理，万一我杀人没人知道呢？万一我中奖了呢？万一我做错事，但是不会被罚呢？

都知道前头是"万一"，万分之一的概率，竟然还有这么多人爱去赌。

县衙门里，赵县令听了段十一说的，惊愕不已之余，也是松了口气："看来跟我那蠢侄儿没关系了。"

"嗯，的确是没太大关系，不过……"小草一边记录着这案件一边道，"你家侄儿送了裤子给钱家四小姐。"

赵县令的脸又绿了。

"……事情解决了，也要多谢二位。"赵县令咽下心里的气，赔笑，"今晚本官就在何庆楼给二位设宴，以表谢意。"

"客气客气。"小草拱手道，"身为六扇门之人，查案是应该的，大人不用这样……"

"那家酒楼的水晶肘子和梅菜扣肉堪称一绝啊，还有芙蓉鸭和龙凤炖……嗯？段大人不能去吗？"赵县令流着口水夸了一阵子，才反应过来小草刚刚在推辞，连忙紧张地看着她。

小草跟着吞了吞口水，嘿嘿笑道："我是说，大人不用这么着急，晚上我们一定会去的。"

"那就好那就好。"赵县令起身道，"那二位先在这里休息，晚上本官会让人来知会。"

"好！"小草笑眯眯地目送他出去。

段十一拿着她记录案件的小本子看了看，放在桌上，又看看赵县令出去的背影，敲着桌子问："你刚刚看见什么了？"

小草回头，搓着手眼睛亮闪闪的："看见了满桌子的肉！"

段十一：……

揉揉额头，他道："赵县令身上有股子潮气，应该是刚从地下室一类的地方出来，食指和拇指尖上都有些墨印，应该是打开了一封刚写没多久的信看了。看着你我的眼神，跟我们最开始来的时候不一样，说明那信多半和我们有关系。"

小草张大嘴看着他："你咋能猜到这么多？"

段十一茫然："这不是最基本的吗？察人入微，是不是为师最早教你的？"

好像是的，小草干笑，她给忘记了。

"那照这样来说，赵县令是不是接到什么人写的什么信，表扬我俩办案有方的？"

段十一呵呵两声："你可劲儿往美处想吧，晚上给我打起精神，别吃东西，吃了都给我偷偷吐出来，听见没？"

小草皱眉，一脸不赞同："这是对食物的亵渎，要遭天谴的！"

"遭天谴和直接去死你选一个。"

小草低头认真思考了很久。

段十一简直被她气个半死，这有什么好想的？吐两口肉能要了她的命是不是？

真是恨铁不成钢！

"好吧，晚上我听你的。"小草为难地道，"就这一次啊！下不为例！"

段十一选择在自己气死之前，扭头就走。

他当初为什么不把她丢去养猪场啊？叫她天天看肉看到吐就好了！

忙了这么久，小草也累了，没问段十一去了哪里，躺在床上就睡。养不足精神，晚上也不好抵抗诱惑。

一道黑影无声无息，在段十一离开小草所在的房间之后，悄悄地进去了。

床上的人睡得毫无防备，黑影看了看，拿出丝线和一个药瓶子，顺着丝线滴了几滴不知名的液体到小草的唇上。

睡得极好的小草同学在梦里都咂了一下嘴，完全没有意识到危险。

段十一偷溜去了县衙门的书房，赵县令好像是出去了，书房门口有人守着，他直接翻了窗。

进去四处翻了翻，没有看见新的信件。敲着地砖，书桌下头的一块颜色不同的砖倒是动了，片刻桌子下头就显出来一个洞。

地下室这东西，官府是都有的，或者拿来密谈，或者拿来放宝藏。

段十一没下去，慢慢把机关合上，原路返回了院子。

小草睡得正好，脸色绯红，跟小婴儿似的。

第 63 章　为人师表

段十一挑眉，在床边坐下，难得看小草有这么安静的时候。

这丫头是他从一桩灭门祸事里救出来的，没人知道。大家知道的只是他从外头带回来一个怯生生脏兮兮的小姑娘，说要收成徒弟。

这也不是第一回了，六扇门众人没有很惊讶，也没问她来历。

问及名字的时候，他替她说了，叫小草，跟着他姓段。

草嘛，野火烧不尽，春风吹又生的东西，他希望她有这样的生命力，能从那一场祸事里走出来。

然而，带回来还没好好地开导呢，这丫头一觉醒来，就活泼乱跳的了。

"师父师父，你是男人还是女人啊？长得贼好看！"

"师父师父，你为啥收了我啊？是不是看上了我的美貌无双？"

"师父师父，你刚做的烧鸡我都吃完了，还有吗？"

他见过很多从灾祸里出来的人，要么是痴傻了，要么是满腔的怒意，发了疯似的要复仇。

结果段小草同学，好像什么都不记得了，只流着口水吃光了他的存粮，然后就老老实实跟着他学功夫。

他这本来一颗不问世事的心，倒是叫她牵扯得入了凡尘，跟着她抽风似的瞎胡闹。

不知道她这咋咋呼呼的样子下头，还存没存着报仇的心思。

盯着她一看就是两个时辰，外头的天都黑了，有丫鬟小声敲门："段捕头，老爷说您该收拾一番去何庆楼了。"

段十一回过神来，轻咳两声，伸手用力在小草的大腿上一掐。

"啊！"小草惊醒了，脸色唰地一下变得惨白，反而把段十一给吓了一跳。

"你怎么了？"

小草茫然了一会儿，接着就咬牙切齿地道："我梦见被毒蛇咬了，谁让你拧我的！"

她脸色片刻又恢复了正常，段十一揉揉眼睛，觉得可能是自己眼花了。

"不拧你你能醒吗？赶紧收拾收拾，赴宴去了。"

看看外头的天色，小草"哎呀"一声，连忙起来洗漱收拾，然后大方地搂着段十一的腰，一脸风流纨绔的模样："走吧。"

段十一淡淡地道："你比我矮，搂腰显得很猥琐。"

"没事儿。"小草嘿嘿嘿道，"反正猥琐的是'段十一'，我怕啥啊？"

嘴角抽了抽，段十一眯着眼，停了步子，立马开始脱衣裳。

"你你你干啥？"小草吓了一跳，"一到晚上就现原形啊？"

"今天晚上太阳不错，我就想跳个脱衣舞。"段十一一本正经地道，"六扇门捕快段小草，当街表演行为艺术，六扇门一定会给你发奖状的。"

小草脸都绿了，立马站直了身子："师父，有话好好说，咱们好好说，我会维护好你的名声的，你相信我。"

段十一"哦"了一声，慢慢将外袍给合上："太年轻就不要和老江湖斗，再老的江湖也不要和我斗，这道理你怎么就是不明白呢？"

小草深吸一口气，笑得一脸谄媚："现在明白了。"

等她有朝一日能出师，定然砍死这人！还斗什么斗！

两人都是面带微笑，十分和谐地走到了何庆楼。

作为县里最大的酒楼，何庆楼今天只对他们几个人开放，足以表现赵县令的诚意了。

走进包厢里，赵县令和孙有途已经坐着了。

"来啦？不用拘束，快坐下吧。"赵县令笑眯眯地道，"这宴席全当酬谢二位，感谢二位解决了我的麻烦。"

段十一在赵县令的对面坐下，扫了这两人一眼，没吭声。

小草光盯着桌上的东西了，口水泛滥地道："不客气，都是应该的。"

何庆楼都是木头修建，他们在二楼的包厢，从窗户看出去可以看见后头的河水。包厢很大，容纳二十个人都不成问题，简直是奢华。

赵县令一张脸笑得有些僵硬，举杯看着小草道："真是对不住段捕头了，多有麻烦，这杯就先干为敬。"

"也不是很麻烦啊。"小草跟着端起酒杯。

段十一抬头看着天花板，隐隐地，好像有"咯吱咯吱"的声音传来。

"难为赵县令今日还特地包场。"段十一低头道，"真是破费。"

小草顺势将酒倒在了衣袖里。

"没事……"赵县令有些心不在焉，手肘顶了一下旁边的孙有途。

孙有途干笑着，手都有些发抖，端着酒站起来道："段姑娘国色天香，不知可愿与我喝一杯？"

段十一颔首浅笑，眼睛一眨，连人的魂都要勾去似的："好啊。"

孙有途身子都软了，连忙低头喝酒，眼角余光看着对面的女子也将酒喝了，心里才踏实了一点。

"听闻段捕头功夫很是了得。"赵县令接着道，"京城颜六音一案，真是名声大噪，我们这么远的地方都有耳闻。"

"过奖。"小草道，"不过是三脚猫的功夫。"

"不知能以一挡几？"赵县令笑问。

小草掰着指头算了算："二十个人没问题吧？"

"那可太好了。"赵县令松了口气，"他们来了二十一个人。"

嗯？小草挑眉，正疑惑呢，头顶的天花板就晃动起来，像是一群大象跑过去一样。

没等她反应过来，包厢门口就有许多穿普通衣裳的人拥了进来。

"赵县令这是什么意思？"段十一娇声问。

"对不住了啊。"赵县令扯着孙有途后退，"上头要拿你们，我也只是个小县令而已，你们帮忙了我很感激，但是这实在没办法，不要怨我。"

这都不怨你，怨谁啊？小草愤怒极了："恩将仇报，早知道就让你侄儿去顶罪算了！"

赵县令急忙忙地撤退了，二十一个人堵在包厢门口，显得格外拥挤。

"这可真是风水轮流转。"人群里有个女人的声音开口道，"好厉害的捕快和捕头啊，可惜了还是逃不出大人的手心。"

小草一听这声音就吓了一跳："商氏？"

商氏抬头，一身男装也难掩那姣好的身段："哎呀，这可不是冤家路窄吗？"

小草咬牙："你这个逃犯，怎么会勾结官府！"

商氏咯咯地笑起来，她命好啊，勾搭上那两个青衣襟，一路帮着追人，又用了点特殊手段……现在已经是抓捕他二人的副队长了！

这个想抓她伏法的小捕快，现在反而落在她的手里了！

"师父，你能一个打二十个吗？"小草咬牙问。

段十一道："遇见人少打人多的时候，还强撑着要打的都是白痴。"

话音刚落，卷着小草的腰就破窗而出。

"不要命了吧！"商氏尖叫了一声。

这里虽然只是二楼，可是在河边啊，下头是一条运河，能淹死人的那种！

小草只觉得耳边全是风声，忍不住就抱紧了段十一。水淹没上来的时候，也没觉得多害怕。

有段十一在的地方，绝对就是最安全的地方。

后头有人跟着跳下来的声音，小草和段十一都会游泳，后面那几个狗刨的一时半会追不上。但是时间久了，两人的力气也消耗了许多。

"前面分头跑。"段十一看着运河的分支道，"去永陵镇会合。"

岸上也有一部分人在追他们，再不分头，两个人目标这么大，会被一网打尽。

小草觉得头很晕，从松开段十一的时候开始就觉得难受，她分明没有吃肉也没有喝酒，眼前却是一阵阵的白光。

不过段十一说这句话的时候，她还是应："好！"

身体里的力气消失得很快，她往左边的分流游着，呼吸越来越困难，后头的人也越来越近。

只能拼一把了，小草深吸一口气，潜进了水里。

水面上一时没了目标，商氏自然是紧盯着小草的，然而她在岸上，看不太清楚。小草一潜水，追的人就完全不知道去哪里追了。

水从鼻子耳朵灌进来，小草觉得很难受，一张口就吐了一大串气泡，连忙捂着嘴。

可是为啥有红色的东西从她鼻子里漂出来？越漂越多，越漂越多。

小草没来得及想那是什么，先使劲游，免得那一大片红色叫水面上的人看见了。

然后不知道游了多久，她伸出头去，四周都没人了，河岸也离她很远，要游过去的话，看起来要花很多力气。

她没力气了。

抹一把鼻子下面，红色的，有点铁锈味。

"就算偷看段十一洗澡，也流不了这么多血啊。"小草心里嘀咕，"啥玩意儿这是？"

头一阵眩晕，在她思考这个问题的时候，整个人就跟翻了白肚的鱼似的栽进了水里。

段十一的身上也都是血，只是这血不是他的，而是追上来的人的。

"堂堂六扇门捕头，竟然杀人！"便服的青衣襟不可置信地喊着，"知法犯法！"

段十一散了头发，抹了脸上的妆，眼神里满是冰冷："杀畜生是不犯法的，而且谁告诉你，我现在还是捕头？"

对面的人一愣，还没反应过来，腹部就被冰凉的剑穿透了。

无人的河岸，躺着十几具尸体，像是牲口屠宰场。

"有这样的实力，又为什么还要跑？"青衣襟一边逃跑一边问身边的人。

身边的人跑得比他快多了，并没有回答。

段十一收起却邪剑，低身去河里将身上的血都洗了，满目的杀气渐渐褪去，微微勾唇，笑得依旧是玉树临风。

"因为为人师表啊，傻孩子。"

第 64 章　包百病

在段小草的眼里，他一直是个不杀人不犯法每天为维护和平而奋斗的战士，是一朵纯洁无瑕的白莲花。既然她这么认为，段十一便不想破坏这个印象。

他想她的世界是单纯美好的。

于是段白莲花方才才想兵分两路，然后解决了这一头多的追兵，再去附近小镇上换一身普通男装，准备去永陵镇和小草会合。

由于路程有些远，他选择了跟人拼一辆马车。车上人也不多，就一个妇人和一个喋喋不休的书生。

"祛寒的药多了去了，夫人你别乱买啊。"

那书生穿着有些大的青衫，戴着书生帽，二十多岁的模样，一张脸圆圆的可爱，眼睛瞪得很大地道："我这次来也是打算进同济堂给人看病的，但是我开的药方子，用药都是最普通便宜的，他们说我掉价。其实不都一样吗？效果一样，为什么非要用贵的药？"

那妇人刚开始还连连点头，段十一一上来，她就傻了，一直盯着他看。

段十一没注意这两个人，实在有些普通，也没啥好留心的。

他在想离开长安的时候总捕头说的话。

他说："十一，这些推荐信可以让你一路无忧，只是不知道付太师会什么时候追上你，见势不对就走吧，尽量别正面冲突，去巴蜀一带，查江湖之事，等风头过去了再回来。"

这世界就是这么可笑，犯错的是付太师，揭发付太师贪污的是他和小草，结果皇上仁慈，没有重罚，只罚了付太师一年俸禄，令其思过。

这种大事竟然都没有摘掉乌纱，也没有关进天牢，明摆着就是对人说，你快去报仇啊，是谁揭发你的你就去揍谁！

六扇门被施压，段十一只能带着小草离开京城。颜六音被关在天牢，差点没能出来，他让颜无味带了小草走，又回去救了一遭。

小草还不知道这些，她以为好人有好报，坏人有恶报，一切都是按照规矩来的。

他也不想叫她看清了这些丑恶，就让她这么以为吧，起码心里还有些盼头。

至于其他的，他来就好了。

想得正出神呢，对面的书生就朝着他大大咧咧地道："这位公子，你长得好俊啊！"

段十一回神，抬头看了他一眼，微微一笑。

那书生怔愣了一下，道："你身上有伤吧，有仙鹤草和紫珠的味道，用量有点大，伤口估计有些深。"

段十一挑眉："这你都知道？"

"那是当然。"书生笑眯眯地把下巴一抬，"我可是神医！熟读《药草经》和各种医书，能用最便宜的药材治最难治的病！"

段十一终于打量了他两眼："据在下所知，江湖上最年轻的神医，也该有四十余岁。"

书生脸一红，咳嗽道："我是后起之秀，还没能闯什么名堂出来，不过医术是肯定不输人的！"

"真厉害。"段十一像夸小孩子一样地夸了他一句，然后就继续转头看着车外。

"这位公子可曾娶亲？"旁边坐着的妇人双颊微红地问。

段十一没有回答，他只是搭个车来的，又不是走亲戚，干吗非得回答这些。

妇人有些尴尬，书生嘀咕道："这人看起来好冷血哦，身上还有血腥味，好多人不同的血，我都闻出来了……"

鼻子够灵的啊，段十一轻笑，正想回头呢，就看见马车经过的河岸边有一坨东西，一个渔夫正四处张望着，动手想去拿什么东西。

"停车！"段十一突然低喝一声，吓得车厢里的人都是一抖。

车夫没想停的，马被他这一声吓着了，自觉地停了下来。

段十一跳下车就往河边飞奔，一把抓住那渔夫的手："你干什么？"

渔夫吓了一大跳，连忙跪地道："不是我杀的，不是我杀的！"

段十一有一瞬间没反应过来。

岸上躺着的段小草脸色青白，没有一点生气，浑身湿透，头发也散了下来，看起来像睡着了一样，身子往右侧蜷起来。

丢开渔夫，段十一慢慢蹲下来，探了探她的鼻息。

全无。

段十一瞳孔微缩，纤长的手指放在她的鼻下，一时间都忘记了动。

"怎么了怎么了？"车上的书生也下来了，一看这儿躺着个人，连忙摸了摸她的脉搏。

"呀，这可真是麻烦了。"书生道，"你快让开啊，我来救他！"

段十一一愣，轻轻抬头，看向书生。

漂亮的眸子里一片呆滞，像是有一层琉璃瓦正哗啦哗啦地往下摔，摔得稀碎。

他没说话，书生却是心里莫名跟着一疼，连忙安抚道："我能救他，能救的！"

渔夫慌忙跑了，车上的妇人也拿了衣裳跟下来。段十一执着地抓着段小草的手，急得书生团团转："你先松开他，相信我！"

手指动了动，段十一缓缓松手，皱眉看向他。

书生得了机会便蹲下去按压地上人的胸腔，听了心跳之后，又拿出银针，往各个穴道上扎。最后捏着小草的下巴，还想亲上去。

"你干什么？"段十一陡然沉了脸。

书生颇为无奈地道："他肚子里有好多水，没呼吸了，我只能渡气给他啊。"

段十一抿唇："这种事情我来，她毕竟还尚未出嫁。"

出嫁？书生吓得连忙丢开小草："这是个姑娘啊？"

段十一沉默，捏着小草的下巴，往她嘴里渡气，另一只手捏着她的手腕，下意识地想再输些真气给她。

"别别，这个时候渡气就好了别传真气啊。"书生瞧着段十一这姿势就连忙阻止，"还有救，别浪费了。"

段十一没听，手上动作没停，唇瓣含着她的，有些急地送着气。

小草的嘴唇冰凉没有温度，他下意识地就贴了上去，温柔地摩擦着，想着能不能让她变暖一些。

这瞧着，怎么都像一个缠绵的吻。旁边的妇人和书生都看红了脸，想转头回避吧，却觉得这画面太美，想多看两眼。

过了好一会儿，小草突然呛咳两声，吐出了水。

段十一眼眸骤亮，慌忙看她，又探了探脉搏，整个人才放松下来。

只是地上这人还没醒，脸色一会儿绯红，一会儿发青。

"她怎么会这样？"段十一问。

书生将妇人拿来的衣裳给他："你替她换身干衣服，然后一起去永陵镇医治。她这是中毒了，天下奇毒'花月'，很容易丢命的。"

段十一皱眉，连忙抱起小草先上了马车，放下车帘，闭着眼替她换了衣裳，然后用布包着她的头发，抱在怀里。

书生和妇人上车："师傅，快些走，有人要死了！"

车夫被这话吓得一扬马鞭，马狂奔起来。

妇人看着段十一嘀咕道："这看起来，应该是你的内子啊，怎么会在河边。"

段十一低头道："被坏人追杀，她可能是酒桌上贪吃了，所以被下了毒。"

"这毒不好解啊。"书生皱眉道，"毒药之中有两味药所对应的解药是相互冲突的，要是没下毒之人给的解药，给配的解药都有可能变成毒药。"

下毒之人？段十一闭了闭眼，他难不成现在回去京城，杀进太师府，问付太师要解药吗？来不及了吧。

"不过幸好你遇见我了！"书生洋洋得意地道，"我是谁啊？我是神医包百病！我配的解药，一定能救她！"

段十一抬眼看他："当真？"

"当真！"包百病拍拍胸膛，"你找个医馆附近的客栈，我来配药。"

"那就多谢了。"段十一微微颔首。

怀里这丫头沉得很，到了永陵镇，段十一找了客栈安顿，那妇人依依不舍地告辞了，包百病就一路跟着他。

"我去抓药，你先看着她。"包百病写了个方子就冲出去了。

段十一坐在床边，摸着小草的脉搏，心想这孩子跟着自己也算是够倒霉的，什么伤啊毒啊的都受过，能活下来也是不容易。

不知道有没有后悔拜他为师。

"客官。"小二在外头敲门。

段十一起身去开了，小二一脸不好意思地道："官府今天不知道怎么了，让每个住客栈的人都看一下这个，您拿着吧。"

伸手递过来一张纸，上头写着什么东西。段十一接了过来关上门。

"解药在衙门，你只身前来，可以换取。"

就这一句话，今天被发到了各个新进客栈的人手里。

段十一嗤笑一声，将纸撕了。这点小伎俩，简直不够看的。就算没遇见包百病，他也有他的法子能救小草，竟然盼着他自投罗网？脑子怎么长的啊？

包百病很快回来了，带着大包小包和一个药罐子，解开绳子就开始在屋子里配药。

段十一瞧着这人，还当真有些神医的架势，以手作秤，药材不多不少刚好，只是他话实在太多了，每捏起一种药材都会把名字和功效念出来。

"蟾酥，解毒消肿，止痛，辟秽浊；斑蝥，外用攻毒蚀疮，内服破症散结……"

"好了，煎好药就行了。"包百病兴致勃勃地抱着配好的药和罐子出去了。

段十一捏着小草的脉搏，只觉得越来越弱，越来越弱。这丫头脸色又开始潮红，嘴里喃喃着不知道在念什么，额头上开始出汗。

忍不住贴近去听了听，她哼哼唧唧地轻声叫着："血啊……"

第 65 章　江湖就是黑社会

这个梦已经困扰小草很久了，有时候是漫天的刀剑，有时候是满地的鲜血。梦里她都觉得孤立无援，不知道该往哪里跑。

每次她都在想，段十一会不会像个英雄一样突然从天而降，带她远离这可怕的地方，给她一片世外桃源？

结果每次都是被段十一从梦里叫醒，顶着一张看起来欠揍的脸对她道："起来练功了！"

半点没有人道的关怀。

小草觉得这次自己睡了很久，差点看见了黄泉路和地府的大门，迷迷糊糊之间，却听得旁边有人在说话。

"神医果然医术高明，段某以茶代酒，敬你一杯。"

"敬啥呢这是，先喂药啊，我手上端着呢。"

"喝口茶又耽误不了时间。"段十一递了茶杯过去。

包百病一脸纳闷地接过来闻了闻，然后左手拿茶跟他碰杯，收回来就抬右手喝了一口刚熬好的药。

这种典型犯傻的情况段十一经常遇见，就像上次小草拿着一串糖葫芦和一根吃完了的签子去丢，走到垃圾堆旁边十分豪迈地将糖葫芦丢了，蹦蹦跳跳地拿着空签子回来了。

包百病也是喝了一口才发现不对劲，将药咽下去才道："我喝错了，重来。"

段十一放下茶杯观察了他一会儿，确定没有异样才道："没事，不用来了，药给我吧。"

单纯的小神医包百病同学压根儿不知道自己被当成了小白鼠，还满心期待地盯着段十一给小草喂药。

小草只觉得天地一阵旋转，像是有什么东西倒下来了，温暖又舒服。火灭了，血也不见了，她接着就睡了一个没有梦的好觉。

醒来的时候外头已经是黑夜，小草一睁开眼，就对上一张圆圆可爱的脸。

"你醒啦？"包百病欣喜地看着她，"我又成功了！"

小草茫然，环顾了下房间，头还有些晕。

"你的未婚夫出去了，不知道做什么去，他说你要是醒了，就在客栈等他。"

小草点头，又皱眉："我未婚夫是谁啊？"

包百病挑眉，伸手比画着："就是那个长得特别好看的，跟仙人下凡似的那个。"

"哦，段十一啊。"小草坐起来道，"他是我师父。"

包百病瞪大了眼睛："不是未婚夫吗？"

"怎么会。"小草翻了个白眼，"他能看得上我？他自己说过，就算世上只剩下他一个男人和我一个女人，他也会选择进化成雌雄同体！"

这话可真狠，包百病啧啧两声。

可是想起在河边那抬头看他的眼神，包百病又觉得不对啊。

若是看不上，那眼神里怎么会全是绝望，绝望之中点了一点希望的火，带着乞求看着他。那么美好的人，突然像一只没了主人的大狗。

好吧，他不太会打比方，但是大概就是这种感觉。要说这两人没感情，不太对吧？

小草低头看了看身上的农妇装，撇嘴道："你帮我买身儿衣裳回来吧。"

"好啊。"包百病好说话得很，转身就咚咚咚下了楼。

段十一返回了县城，戴了斗笠，瞧着衙门上空一副凝重气息，轻笑一声，去了钱府。

钱芊芊伏法被关，对二夫人的打击很大，但是对其他人来说，好像也没什么，毕竟钱府还是有女儿的。

段十一选择了翻墙，跑到二少爷的房间外头，将一封信丢进去了。

信上内容很简单：来衙门，我有事找你。

段缺德同学跑这么远回来，就干这么一件缺德事，然后就愉快地骑马回去找小草了。

商氏带着人在衙门苦守，恨得咬牙切齿的。十多人葬送在段十一手下，因为是秘密出动，连报官追究他的责任都不行。幸好她聪明，提前让人给段小草下药。段十一可宝贝这个徒弟呢，一定会来的。

衙门已经到处都是机关，只要他敢踏进来一步，保管没有命回去！

钱二少爷接到信就去衙门了，因为他最近泡的姑娘刚好是赵府的，上次放风筝不欢而散，已经好久没联系了，这回竟然叫他去衙门，钱二少爷只身就去了。

结果刚进衙门，就被不知哪里出来的箭给射中了胳膊，疼得瞬间大喊。

段十一潇洒地策马，身后，是钱家和衙门即将起来的硝烟。

那都跟他没关系了，他要带着他的笨徒弟，去江湖上历练历练了。

小草以前总是问段十一，江湖是什么地方啊？段十一简单明了地告诉她："江湖就是黑社会，混得好的叫大侠，混不好的叫老贼。打打杀杀是家常便饭，约定俗成生死由命，是官府管不了的地方。"

小草听得一脸向往，虽然没混过江湖，但是总是臭不要脸地称自己为江湖第一捕快。

如今总算有机会了。

师徒二人整顿了一下，两匹马，两个包袱，愉快地往巴蜀而去。

只是……

"为什么他也在?"小草皱眉看着包百病,"不用回家的吗?"

包百病笑嘻嘻地摇头:"我没家,就是出来闯名堂的,不知道去哪里,干脆就跟着你们。"

"你想跟着我们,我是没什么意见啊。"小草皱眉,"但是你敢不敢把手从我师父的腰上拿开?"

包百病嘟嘴,坐在段十一的马背上,使劲儿抱着段十一的腰:"不要,我怕掉下去!"

小草磨牙:"那你来骑我的马!"

包百病更是摇头:"我不会骑马。"

那你会点啥?小草瞪他,段十一却悠然自得地道:"多个人也不碍事,况且你别看他有点傻,医术还真不错,听闻还会验尸。"

"是的是的,我很厉害的。"包百病应和着点头,随即又觉得不对,"谁看起来傻了?"

听着是个有用的,小草也就没那么生气了,抱着马脖子踏在巴蜀的泥地上,望着这夏日与别处没啥不同的巴蜀,想着等会该去哪里住下呢?

结果一踏进亭湖城,段十一就跟回到家似的,噜噜噜地就跑到了一家布庄,对着掌柜地就号:"哥俩好啊!"

那掌柜的一脸严肃正在算账,小草看着都觉得段十一是个神经病,人家不会把他打出来吧?

可是那严肃的掌柜没伸手打人不说,下一秒就张手接道:"五魁首啊!"

"六六六啊!"

"八匹马啊!"

两个神经病在布庄里又蹦又跳,最后十分亲热地来了个拥抱。

"十一,你可算回来了!"

小草和包百病在后头抱着包袱站着,都有些茫然。这掌柜竟然直接将店铺门关了,跟段十一勾肩搭背地就往后院走,边走边道:"可想死兄弟们了,最近世道这叫一个乱啊,你是不知道,熊大混上霹雳门的门主了,可不得了……"

段十一没了在长安里的范儿,显得分外随和。小草跟在后面想了半天,最后一拍脑门。

原来段狗蛋以前是混江湖的啊，怪不得身世成谜，六扇门里都没人知道他从哪里来，父母是谁。

也不知道他混成了大侠还是老贼。

跟着他们往里走，这布庄的后院，竟然十分大气，越过一扇门，就是另一片天地。

如果她没认错字的话，那匾额上头写的是"霹雳门"。

霹雳门是什么东西呢？小草不知道，包百病知道啊，于是又开始了喋喋不休。

"这霹雳门以火器出名，在江湖上没人敢得罪的，想不到我竟然来了他们的老巢。听闻前段时间霹雳门内乱，说是死了不少人，估计就是选门主给闹的。"

小草似懂非懂地点头，段十一说过，这江湖里也有案子是朝廷想查的，但是不好查。若是能知道真相记录进卷宗送回六扇门，可算是大功一件，更能提升她的业绩啊。

想想还有点小激动，小草突然对这地方来了兴趣，伸着脑袋就左看右看。

后院很大，分了八个房间，乍一看跟八卦阵似的。院子中间放着很多簸箕，上头有奇怪味道的东西铺着。

"硝、炭、硫黄。"包百病嗅了嗅，嘀咕道，"真不愧是做火器的。"

前头段十一跟着进了中间的房间，小草和包百病则被人引到旁边的房间里休息。

"这地方可真大。"小草感叹了一句，"还以为布庄的后院会很小呢。"

招呼他们的丫头闻言笑道："霹雳门可是巴蜀一带最有名望的门派，这主堂怎么可能寒酸。段公子是霹雳堂的老朋友了，听闻接受朝廷招安做了捕头，怎么现在突然回来了？"

小草心想，我总不可能直接告诉你是来找案子查的吧？于是就道："官场黑暗，我和师父都是想念江湖的自由了，所以才逃离京城，出来看看。"

"这样啊。"丫头给他们倒了茶，就在旁边坐下，"我叫唱晚，鱼唱晚，二位既然是段公子的朋友，那也自然就是我的朋友了，以后有什么需要帮忙的，尽管吩咐。"

这豪气满满的模样,小草看着就觉得比那些娇滴滴的官家小姐舒服,于是咧了嘴道:"你真好。"

唱晚红了脸,笑了两声道:"我这样好,段公子还不是看不上?"

第66章　接到个保镖任务

小草刚准备伸手跟她握一握呢,闻言立马把爪子给收了回来:"你看上我师父了?"

眼瞎啊?

鱼唱晚捧着脸笑了:"看上你师父的人多了去了,你师父十六岁江湖成名,那时候就有好多小姑娘想嫁给他做媳妇的。可惜他那时候不开窍,人家送的小香巾都拿去当抹布用。后来啊,他去了长安,据说是收了颜六音为徒弟,两人……总之咱们都没机会啦!对了,颜六音呢?怎么这回带了你来?"

小草无奈摆手:"颜六音现在是六扇门在追捕的魔头,我师父是六扇门的捕头,她自然是不可能跟着我师父的。"

只有她,当牛做马,被段十一使唤得要死要活的。

鱼唱晚惊讶地看着她,随即眼睛亮了亮:"这么说来,咱们有机会啦?"

小草嘴角抽了抽:"为什么是'咱们'?"

"这还用说,你别害羞嘛,江湖儿女,喜欢谁都是直接去上门求亲,没那些官小姐的扭捏。段十一身边的女儿家,还没一个不喜欢他的,你能例外?"

"我例外啊!"小草不服气地鼓嘴,"谁会喜欢他,他那么讨厌的人。"

鱼唱晚张大嘴看了她一会儿,又咯咯地笑了:"你可真有意思。"

你才有意思呢!

小草抱着胳膊生闷气,外头有人喊了一声,鱼唱晚就跟着出去了。

包百病伸着头四处嗅了嗅,嘀咕道:"怎么有股子醋味儿?"

"这你也能闻出来?"小草翻了个白眼,"狗鼻子啊。"

包百病嘿嘿了两声,看着小草道:"我瞅着吧,你和你师父之间肯定有点那啥，你别不承认。"

"啥？"小草撇嘴，"我还是个孩子，你别带坏我！"

"十六岁的姑娘了，换别人都该忙着找夫家了，你还当什么孩子？"包百病啧啧两声。

小草有点泄气地趴在桌上："找个什么夫家？段十一一直都说我是个男儿，给我换衣裳跟我一起睡都没半点尴尬的。"

包百病张大了嘴，眼睛瞪得跟铜铃似的："他他他！"

竟然干得出这种事！

"有啥好大惊小怪的。"小草哼哼两声，"他又不是个定力好的，能这样，就说明老子在他心里真是一个彻彻底底的男人！"

多悲哀啊，被喜欢的人当成好哥们儿，是人间最惨的事情没有之一。

不对，呸呸呸，她也不是当真喜欢段狗蛋啊，就是依靠习惯了而已。

包百病的眼神里瞬间充满了同情，拍拍小草的肩膀道："你要坚强！"

"我都坚强得刀枪不入了。"小草嘟囔着，起身跑到门口看了看。

主屋的门已经打开，里头一片笑声，大多是粗犷的男声。

没想到这厮不仅讨女人喜欢，也挺讨男人喜欢的。小草郁闷地想，段十一其实是金子成的精吧，谁都喜欢的那种。

站在这里远远看着，那边仿佛是另一个世界，有她不了解的段十一，有她怎么也掺和不进去的过去。

"小草，过来。"段十一突然走出来了，微笑着朝她招手。

她一愣，站直了身子："干什么？"

段十一温柔的脸瞬间变得有些咬牙切齿："叫你过来就过来，哪来那么多话啊？"

"嗖——"小草立马蹿过去了。

段十一拉着她，一脸慈父的表情给主屋里的人介绍："这是我新收的徒弟，叫小草，以后也请多照顾了。"

小草乖巧地跟着低头，周围都是客套的声音。

"小姑娘看起来骨骼不错啊，有兴趣学武吗？"有个满脸胡子的瘦子大叔问了一句。

小草抬头道："师父有教我一些，不过习武还不久。"

"我这儿有本内功秘籍，送你当见面礼了。"胡子大叔笑眯眯地道，

"认真修炼的话，说不定成就会高于你师父啊。"

小草眼睛发亮，嘴里却说着："不太好吧？这么贵重的礼物！"

段十一在她背后冷笑，咬着牙道："真要客套的话，手给我收回来别去抢啊！"

小草嘿嘿地将秘籍抢过来抱在怀里，扭头道："别这么凶嘛，就算我当真内功超过你了，也还是会喊你师父的！"

段十一呵呵两声："你给桃树浇黄金粪，长出来的也不会是黄金桃子。可长点心吧段小草，先把你的基本功练扎实了再说。"

一张脸给他说得瞬间垮了，小草哼了一声，抱着书站在他身后。

段十一抬头，一张脸马上又笑得春暖花开了："各位见笑。"

"无妨无妨，你这徒弟可爱得紧。"众人纷纷笑道。

一边坐着一直没开口的霹雳门门主熊大终于说话了："客套完了就出去，我还有话要给十一说。"

一大票人都安静了，鱼贯而出。小草本来也想跟着走了来着，但是被段十一抓住了腰带，硬生生给拽了回来。

"有件事要拜托你。"熊大人如其名，胸很大，整个人却不胖，说起话来声音洪亮，功夫想必不弱。

"熊门主请讲。"段十一拱手。

熊大叹了口气，道："我夫人上次想回娘家，半途遇见了刺客，差点没命，吓得在房间里不敢出来，可是娘家那边又催着要她回去。我有事情走不开，霹雳门其他人又靠不住。能否请你帮个忙，替我将夫人给送回娘家去？"

这是请保镖啊？小草伸头看了看他，这霹雳门不是很厉害吗？谁会跟他夫人过不去啊？一路扛着火药走不就好了，来一个炸一个！

"她的娘家也不远，就在三十里之外的镇上。"熊大看着段十一，"能帮忙吗？"

"自然是能，我刚好也要去下一个镇上拜访洪兴门。"段十一道，"令夫人什么时候出发？"

熊大松了口气："只要你方便，什么时候都可以。"

"那就明日吧，今日也不早了。"段十一道，"明日一早，还请门主准备车马干粮。"

"没问题。"熊大站起来，拍了拍段十一的肩膀，"那就交给你了。"

"好。"

这事儿算是应下了，小草抱着秘籍跟着他回房，包百病已经在床上睡了。

"咱们不是来查案的吗？为什么要帮人保镖？"小草一边翻着秘籍一边问段十一。

段十一正在洗漱，手舀水泼在脸上，睫毛上都是水珠儿："你说查就查吗？案子又不是没脑子的兔子，能一头撞死在你面前啊？再说了，这霹雳门火器凶猛，一直是江湖一霸，人家请你帮忙，你还能不帮？"

说的好像也对，小草点头，翻着书继续看。

这书内容好深奥啊，真不愧是秘籍，看都看不懂！

洗完脸段十一回头，就看见一个傻子拿倒了书还看得津津有味的。

就这智商，要出师，那只能等他死了。段十一摇摇头，转身上床。

这房间里有两张床，本来安排的是段十一和小草以及包百病都分开有房间，但是包百病竟然怕一个人住！直接把床给搬来了！

陌生的地方谁都怕一个人啊，小草放下秘籍，回头看了看左右两张床上的人，愉快地爬去段十一的床上："师父我和你睡吧？"

段十一嘴角抽了抽："你自己有房间。"

"这人生地不熟的地方，还是靠着你我放心些。"小草嘀咕道，"反正又不是没睡过！"

"不要！"段十一扯了被子就翻身过去。

小草皱眉，坐在他旁边道："你害羞啊？"

"我还害喜呢。"段十一没好气地道，"大夏天的，太热了，不想和人睡。"

"这样啊。"小草嘟嘴，"我还以为你把我当女人看了，要避嫌呢。"

"你想多了。"段十一翻过身来指着对面熟睡的包百病道，"他给你压胸都没发现你是个女的，段小草，你的人生一点希望都没了，还是多看书吧。"

小草脸"唰"地就红了，双手环胸道："你怎么可以让他给我压胸！"

因为你快死了，段十一张口想说，眉头一皱，却没说出来，改了口道："就你这胸，太平洋似的，环胸干啥啊，给我展示太平洋？"

段小草：……

这人死了之后一定会下地狱拔舌头的！

都没人当她是女儿家，那真是随意了。小草抱了被子就打地铺。

动静有点大，包百病都被吵醒了，迷迷糊糊睁眼就看见个可怜的人正在打地铺。

"干啥不睡床上啊？"包百病嘟囔道，"来，我这床比较大。"

小草扁嘴："不用了。"

包百病真是个好人啊，她不该一路欺负人家的。

"没事，来吧，反正都是男人。"包百病睡得迷糊，拍了拍床，让出来一点就朝着里头睡了。

小草：……

这真是个对她充满恶意的世界！

倒头，睡觉！

总有一天她也是能长出胸的，长得比熊大还大的那种，吓死他们！哼！

迷迷糊糊地睡了过去，地上铺着的被子薄，有人瞧着，叹了口气，半夜下来，还是伸手将人抱上了床。

第 67 章　竹子心碎了

第二天小草在床上醒来，一点都没惊讶地穿衣洗漱。对面的包百病眼睛瞪得跟铜铃似的看着她。

"怎么了？"小草扫他一眼，"你在惊讶我为什么不惊讶吗？老娘就知道他舍不得让我睡地板……"

"不是。"包百病摇摇头，夸张地叹息道，"没想到他和你同床共枕竟然当真一点反应都没有！"

段小草：……

段十一从外面端着早膳进来，就看见小草将包百病堵在墙角一顿老拳。

"过来吃饭上路。"段十一好笑地道，"你们俩怎么跟螃蟹似的，见着面就得掐啊？"

"他欠揍！"小草气呼呼地过去坐下，咬了一口馒头。

包百病无辜地跟着过来，头上顶着一串儿包："唉，这年头实话没人爱听。"

段十一安静地用膳，用完了才继续开口："等会上路可能会有些危险，包百病你会武功吗？"

包百病吞了嘴里的馒头，瞪着眼睛道："我要是会的话，直接把当初敢嫌弃我的同济堂给打穿了，哪里还在这里啊？"

"嗯。"小草点头，"是不该在这里，早该被关进大牢了。"

包百病语塞，低头继续吃，边吃边道："我也不过说说而已……"

段十一微微拧眉，看着小草："那这一路上你多照顾他，我有可能顾不过来。虽然熊门主说会派十个人给我们，但是这地界儿，突然蹿出来三十多个山贼也不是什么稀奇事。"

小草听着，乖乖点头。

三人用完膳上路，两辆马车已经在外面等着了。熊夫人坐了一辆，小草和包百病坐另一辆，段十一则骑马跟在旁边。

"夫人别怕。"贴身丫鬟半湖扶着熊夫人上车，轻声安慰道，"有段公子在呢。"

熊夫人长得很瘦，小草瞧着都怕一阵风来把她给卷走了。她的一张小脸也就巴掌大小，真是我见犹怜。

听着丫鬟的话，熊夫人安定了不少，看了一眼旁边的段十一，感激地道："麻烦段公子了。"

段十一在马上颔首，熊夫人也就上了马车。

今天天气不错，天亮得也早，小草好奇地支着头往外看，从霹雳门出来往东走，又是一片河水，有渔夫正在打鱼。

不过奇怪的是，他们用的不是渔网，而是一根竹竿，上头套着一个绳圈。

"这玩意儿能抓着什么啊？"小草忍不住吐槽，"那么大个圈儿，当抓鲨鱼呢？"

赶车的车夫听见了，笑着道："姑娘有所不知，最近这河里好像有奇怪的水怪，就那绳圈那么大一个的，挺多，味道也还不错，就用这绳圈去抓都好抓，用渔网太脆了，那大家伙会挣坏的。"

原来是这样啊，长见识了，小草点头。

"前头有个小茶店可以休息的。"走了半天，车夫道，"不过夫人害怕，估计是不会喝茶。"

"她不喝我们喝啊。"包百病道，"马车停在那里就可以了。"

这时候都快晌午了，总得下来吃饭休整。

段十一策马去前面的马车询问了一下熊夫人的意见。

"段公子。"熊夫人在马车里瑟瑟发抖，"你有没有感觉到杀气？"

段十一茫然，抬头看了看四周："没有啊。"

熊夫人牙齿都打战了："我感觉到了，有人要来杀我。"

段十一皱眉："夫人可是有什么缘由？为什么会引人追杀？"

熊夫人一个劲地摇头，捂着脑袋缩成一团。旁边的半湖低声道："段公子别问了，看好四周就行。"

段十一这人好奇心重，不过他不傻，不会直接去问，自己一点一点观察也就是了。

到了前面茶店，众人都下去休息了，熊夫人坐在马车里没动，一双眼睛充满恐惧地看着四周。

马车是几乎封闭的，只有车后面有个小窗，用来透气的，也不过脑袋大小。

"夫人不下去吗？"半湖道，"奴婢也觉得口干。"

熊夫人一个劲地摇头："我在这里还安全些，你去喝水，喝了就回来。"

"是。"半湖提着裙子跟着下去了。

茶店子就在马车旁边，是露天的，坐在桌边也可以看见两辆马车和两匹马，众人都觉得还算放心，也就开始喝茶吃干粮了。

车夫一共两个，派来保护熊夫人的有十个，加上小草和包百病以及段十一，十五个人就坐在茶店子外头休息。

段十一时不时会看一眼马车，这附近都是山林，也没什么人。

"传闻中段公子武功很厉害啊。"小草车上的车夫拿着一把筷子，笑眯眯地道，"不知道能不能把这些都折断？"

众人都看过来，这一路都是粗人，枯燥的赶路途中能有点余兴节目也是不错的。

段十一接过筷子来放回了竹筒里："你们是不让人家老板做生意了是吗？"

茶店老板抹着汗笑了笑。

车夫不乐意，又去旁边砍竹子。他身上带着小砍刀，扭着身子使劲儿折腾那边的绿竹，众人忍不住都侧头看过去。

好家伙，这人砍了十五根粗竹竿下来，嘿咻嘿咻地搬过来道："段公子务必表演一下江湖上失传已久的铁砂掌！"

众人哄笑，段十一笑着笑着就突然转头去看马车，起身几步过去掀开车帘。

熊夫人吓了一跳，更加紧张了："段公子怎么了？"

段十一松了口气，微笑着摇头："没事，我怕你口渴，等我给你倒水来。"

熊夫人点头，段十一转身就朝小草丢了个眼神。

小草正专心吃大饼呢，不甘不愿地起身就去倒茶，旁边有人顺手就递给她了："这杯是干净的。"

"谢谢。"小草接过来，直接就过去给段十一了。

段十一低声和熊夫人说着话，也大多是安慰之言，小草把水给他，看里头抖得跟小鸡崽子似的熊夫人，好奇地道："到底是在怕什么啊？"

自然不会有人回答她，等熊夫人喝完水，后头的车夫还在不依不饶地等着："段公子快来。"

段十一无奈，走过去啪啪打了两下地上的竹子，嘴里大喊："铁砂掌！"

众人都屏息看着，猜想这竹子等会儿是碎成几段，然而段十一都吃喝完毕准备上车了，那竹子也没动静。

"咋回事？"车夫踢了竹竿一脚，一堆竹竿哗啦啦地响，却一根都没断。

耍他们呢？众人心里都不高兴了。

段十一一脸认真地看着那堆竹子道："竹芯碎了。"

包百病看了半天问小草："竹心碎了是什么？竹子有心吗？"

小草翻了个白眼："你别理他，他刚刚那两巴掌跟打蚊子一样，哪里用了力气了？"

车夫不信邪，拿了刀就从中间砍断一根竹竿来看。

"哗啦啦——"刚将竹筒倒立起来，里头就掉出来一堆竹屑。

"嘿，还当真碎了！"众人惊叹，纷纷凑过来看。

竹子的节骨地方是有层东西的，段十一这两巴掌没把竹子打碎，却把里头的东西打碎了，这是何等高深的内力啊！

一时间赞美声响彻整个山林，吵吵嚷嚷的，其间不知道是谁怪叫了一声，也没人注意。

"好了，上车出发吧。"段十一道。

半湖终于回神，这才急忙忙准备上车，怪她看段十一看入迷了，忘记了夫人还在车里害怕呢。

一群人都往马车的方向走，半湖上车去，猛地一拉开车帘。

"啊！"尖叫之声响彻整个山林，吓得马车上套着的马不知怎么受了惊，拉着半湖和熊夫人就使劲往前狂奔。

"快拉住马！"段十一低喝了一声，马车夫连忙追上去。

然而已经晚了，半湖受惊过度，直接从车辕上摔了下来，被车轮子从脑袋上轧过去。

"天啊！"小草惊呼了一声，连忙追上去将半湖扶起来。包百病也跟着上去，将半湖的头转过来。

满是伤痕的脸，头破了好大的洞，已经没了脉搏。

小草震惊。

前头的车夫终于把疯马给拉住了，打开车帘一看，饶是一个大男人也忍不住吓得尖叫。

段十一连忙跑过去。

车帘里头，熊夫人睁大眼睛，眼球都快凸出来了，脖子上一道青色勒痕，神色可怖，脉象全无。

她死了。

段十一倒吸一口凉气，连忙上车查看。

怎么可能，方才他们都在附近守着，他还去给熊夫人倒了水。要是有人突然上车，谁都看得见才对啊。

案发时间应该是在他给她倒水之后，在众人上车之前，这段时间里大家都在玩竹子，可能没有注意到。

但是不管怎么说，熊夫人有嗓子啊，真有人上马车她就该大叫了，怎么可能无声无息地被人勒死了？

小草和包百病也过来了，站在马车旁边，两人都有些无措。

一群霹雳门的人也慌了神，都说不出话来。

"先回霹雳门吧。"段十一揉了揉眉心，"我得先给门主一个交代了。"

小草心里微紧，人家是信任段十一才把媳妇给他护送的，结果人死了，这回去该怎么办啊，会不会被直接炸死啊？

她突然都不敢回去了。

第 68 章　凶手是谁？

"做人要有担当。"段十一语重心长地教育她，"自己没做好的事情，哪怕知道后果很严重，也一定要去承担，这样才不至于犯错的同时还失了做人的品格。"

小草点头："有道理。"

"熊夫人的死跟我们没关系，我们只是没有保护好她，凶手太厉害，相信熊门主也能理解，所以你别害怕。"

"嗯对。"小草又点头，"道理我都懂，那么师父，你为什么要使劲推我进去？"

霹雳门门口，段十一双手撑在小草背后，意图推她先进门，小草脚抵在门槛上，誓死不从。两人形成了一个大写的"人"。

这就是"人"字的含义，相互扶持！

包百病看得十分感动，鄙视地道："你俩到底进不进啊？"

虽然里头杀气很重，但是这两人怎么能这么胆小呢？不就是任务失败了吗？至于不敢进去吗？后头还有这么多人等着进呢！

小草和段十一同时看向他，两人动作十分统一地往旁边一让："神医请进！"

包百病吓了一跳，脖子一缩："我就是个路过的，干什么要跟着你们进去啊？你们加油啊我先走了！"

说完转身就想跑，段十一拎着他的衣襟，伸手一甩，包百病就以优美的姿势砸在了院子里站着的熊大脚下。

小草觉得很欣慰，自从有了包百病，段十一终于不会随手乱丢她了。

气氛很凝重，熊大红着眼睛站在院子里，看着后头的段十一和小草进来，哑着嗓子问："我夫人没了？"

段十一低头叹息："段某愧对门主。"

后头的一帮子人都进来跪下，有人将熊夫人和半湖的尸体都抬了进来。

熊大看着熊夫人脖子上的勒痕，咬牙道："可抓着了凶手？"

"段某惭愧，当时众人都在马车旁边，未曾看见人上车，夫人却……"

"你的意思是，她是自己掐死自己的？"熊大冷笑了一声。

这一声冷笑弄得小草心里都是一沉，段十一更是沉默不语。旁边的胡子大叔连忙上来劝："门主丧妻，心情不好，段公子不要介意。"

"无妨，是段某的疏忽造成的，段某也不知道该怎么赎罪。"段十一垂了眼眸。

帮人家忙就是这点不好，做好了吧，也就得声谢谢，不轻不重的。做不好吧，反而责任都推在你身上了。所以风险高的忙还是尽量不要帮，推辞的语言优美点就行了，白给自己惹一身麻烦啊。

熊门主沉默了许久，才嗓子沙哑地道："事已至此，段公子真想赔罪，就烦请多花点心思，替我找出杀害芸儿之人！"

这是个不错的赎罪方式啊，小草仿佛看见一只笨兔子，"咣"的一声撞在了她面前的木桩上。

有案子查了！

段十一为难了一瞬间，还是答应了下来。不然你把人家夫人给护没了就直接走人，指不定走哪儿就被炸了呢。

可是这个案子好像有点麻烦，首先，他离开巴蜀这么久，对这里发生了什么事情简直是一无所知，案子的起因完全不明白。再者，这地方的人来来往往流动非常快，有哪个凶手会笨到在原地等着你来抓啊？

于是应承下来之后，段十一就约了鱼唱晚去散步了。

鱼唱晚是熊大认的干妹妹，是个孤儿，从小在霹雳门长大，一直没离开过。有什么消息想知道，问她就最好了。

小草就被丢在了一边自己看黄昏，怀里是胡子大叔给的秘籍，时不时看一眼，没精打采地练练。

段十一到哪里都是美男计，还看黄昏散步聊人生，霹雳门后院的母猪还在霹雳门待了很久了呢，怎么不带它一起去看黄昏啊？

正气恼呢，河边就有渔夫抓着河怪上来了。

小草忍不住好奇地看了两眼，河怪说是怪，看起来只是一条很胖的鱼，拿来抓这个的绳圈是可以通过手捏着的那一头的竹竿收缩的，一网着河怪，就拉竹竿另一头的绳子，绳圈就变小，刚好捆着河怪上来。

渔夫们还真是聪明。

"段姑娘，晚上吃河怪啊。"渔夫竟然跟她打了个招呼。

小草愣愣地点头，就看着那渔夫往布庄的方向去了，才想起来，人家霹雳门里出个渔夫也不奇怪吧。

"小草！"左边传来喊声，小草回头就看见包百病跟个风火轮似的冲过来，"有重大发现，快来啊！"

"什么重大发现？"小草将秘籍揣在怀里，起身问。

包百病拉着她就走："刚刚我不是在验尸吗？结果发现了不得了的事情啊！"

小草听着，立马跟他一起跑，边跑边问："有发现你怎么不叫我师父啊？"

"他不是正在跟人散步吗？都二十五岁了还没娶亲也是怪不容易的，就让他好好散步吧，咱们先看着。"

看什么啊！小草一把信号烟就放到了天上。

远处的段十一正听着唱晚说最近熊大身子不好，就看见了天上的烟雾。

这玩意儿是有事才放的，段十一当即起身就往霹雳门走。

熊夫人的尸体停在院子里，搭了棚子。包百病重新戴上手套，将一个东西从熊夫人的尸体上拈出来给小草看。

"你看这个！"

小草一看，水草啊这是，河里都有的东西，有啥好大惊小怪的？

嗯？不对啊，熊夫人身上怎么会有水草？小草皱眉，看着包百病问："你有什么想法？"

包百病一脸严肃地道："那茶店子背后就是一条河，凶手说不定是潜在河里，等我们休息的时候，上来把熊夫人勒死的。"

嗯，有道理！小草刚想点头，脑袋就挨了段十一一巴掌。

"没事放什么信号烟？"身后的人气喘吁吁，"都给你说了那是危险的时候用的！"

小草委屈地摸着后脑勺："这不是不好意思打扰你吗？刚好案子有了点进展，叫你回来看看也没错啊。"

段十一皱眉，看看包百病再看看她，眼神里就写着"你俩能查出什么进展"这样的怀疑。

小草不服气地抓着包百病的手，把水草给他看。

"这说明什么？"段十一挑眉看着她问。

"说明凶手会潜水。"小草越说越没底气。

段十一冷笑一声："鸭子还会潜水呢，要不要咱们把这儿的鸭子都当凶手抓起来啊？"

小草有些沮丧，她刚刚明明想到了什么的，突然间就又想不起来了。

鱼唱晚终于跟着追回来了，小脸也是红红的，一双眼睛看着段十一，大大方方地表现着爱意："段公子还要继续出去走吗？"

"嗯。"段十一看了小草一眼，点头转身，声音严肃了些，"下次没事别放信号烟。"

小草扁嘴，有点可怜兮兮的，看段十一转身走了，抱着脑袋就蹲了下来。

"哎，你别想不开啊。"包百病小声道，"喜欢的男人，去抢就好了，干啥一个人难过啊。"

"不是这个。"小草使劲儿打着自己的脑袋，"我刚刚想起来什么东西的，但是忘记了！是什么呢……"

每次想点正经事脑袋就疼，难不成还真是天生不能动脑子？

"对了！"灵光一闪，小草猛地跳了起来，伸手就去抓住了走到门口的段十一，目光灼灼地道，"我知道凶手是怎么杀人的了！"

段十一回过头来，挑眉看着她。

"用绳圈！捕河怪用的绳圈，从马车后头的小窗伸进去，套在熊夫人的脖子上，然后用力收紧勒死她就可以了！"小草说得又急又快，鱼唱晚一个字都没听懂。

然而段十一笑了，伸手摸摸她的头："你还不笨啊。"

当时的马车是正面朝着他们的，没有人去注意到马车背后。刚好就有那么一个人，趁机站在熊夫人坐的马车后头，用捕河怪用的绳圈，直接将熊夫人勒死。这也就是为什么他们没看见任何人上马车的原因。

小草高兴得脸都红了，还没来得及自我夸奖一下，段十一就接着问："那为什么熊夫人没有发出任何声音呢？"

她又傻了，皱眉再次陷入沉思。

段十一和鱼唱晚继续出去了。

熊夫人不是个哑巴，而且敏感又胆小，要是有绳子从她身后伸过来，肯定早就尖叫了。

那么她没尖叫没挣扎的原因是什么呢？

她叫不出来！抑或是当时已经昏过去了！

那凶手是用什么法子让她昏过去的呢？熊夫人没有下车，也没有吃过任何……

等等！那杯茶！

小草倒吸一口凉气，熊夫人中途唯一喝过的茶，是她递过去的！

那茶是谁给她的？小草闭眼，努力想回忆起当时给她茶的那个人的样貌。

不记得了，抑或是她当时根本没有看，出于对自己人的信任，直接就接过来了。

那个人是霹雳门的人！也就是说，出了内贼了。

一切好像都慢慢清晰起来，砍竹子弄出很大声音掩盖了另一些声音的马车夫，递给她有迷药的茶的随从，还有谁？

总觉得这其中应该还漏了谁，这两个人是帮凶的话，凶手是谁？

第 69 章　吃夜宵

仔细想想，马车停在茶店子旁边，下来了十五个人，茶店老板上了十五个茶碗，这个她记得清清楚楚。

十五个人里有十个是随从，两个车夫，加上他们这一行三人。也就是说，这十五个人里不可能有凶手。

那凶手是从哪里来的？天上掉下来的？那附近分明是荒无人烟，除了茶店子老板和小二也就没别人了。而茶店子的两个人忙着上茶，哪有工夫杀人。

这么一推敲，凶手好像就不见了。小草皱眉，揉着自己的脑袋嘀咕："我是不是漏了什么人？"

包百病蹲在她旁边学着她揉脑袋："漏了什么人？"

"不知道啊，总觉得少了谁。"小草重新数了一遍，"你看啊，我们一行人，除了随从十个，车夫两个，我们三个，和被保护的熊夫人，还有谁？"

包百病道："不是还有个半湖吗？"

半湖！小草拍了拍脑门，这名字好像是一个开关，她知道凶手在哪里了！

兴奋地一跃而起，小草麻溜儿地就滚去找段十一了。

段十一和鱼唱晚正散步在夕阳之中，鱼唱晚道："争夺门主之位让大哥失去了很多兄弟，也幸好有嫂子陪在身边他才挺过来了。现在连嫂子都没了……"

霹雳门里不仅要以武功服人，更要以制作火器的技术服人。说实话熊大不是最厉害的，其实门主也轮不到他，但是另一些人争夺门主之位互相残杀，最后倒是让熊大得了便宜。

段十一正想说一句节哀顺变呢，就感觉背后一阵杀气。

"师父！"段小草跟风火轮一样地冲了过来。

段十一和鱼唱晚十分有默契地往两边一让，小草就"砰"的一声砸在了两人中间。

烟尘滚滚。

段十一俯视着她，眼角全是嫌弃："小草啊，你能不能好好走路了？没事学什么流星坠落啊？脸本来就丑了，再砸平点我是不是得养你一辈子啊？"

段小草愤然抬脸，抹了一把灰道："我知道凶手在哪里了！"

"哦？"段十一看了鱼唱晚一眼，将小草拎到一边，"在哪里？"

"在那十个随从里头！"小草压低声音，却又忍不住兴奋地道。

"为什么？"段十一挑眉，展开扇子，扇啊扇地思考着。

小草尾巴都要翘到天上了："也只有我这么聪明的人才想得到了！你记得吗？当时半湖是下来喝茶了的，但是茶小二只上了十五盏茶，刚好的！这说明什么？"

段十一淡淡地道："说明有个随从不见了。"

"对啊！"小草激动地一拍手。

随即愣了愣，看着淡定的段十一，不满地道："你早就知道啊？"

段十一道："我这是为了培养你独立思考的能力，我知道是我的事情，你必须自己想明白。"

兴奋没了一半，小草郁闷地看着他。本来还想讨个表扬呢，结果人家早知道了……

"不过你能这么快想明白，倒是让为师很意外。"段十一收了扇子，摸了摸小草的脑袋，"有进步了。"

刚刚耷拉下去的尾巴又再度摇起来，小草嘿嘿地笑着，摸摸自己的后脑勺，像被老师发了小红花的小孩儿，高兴又害羞。

被夸奖了耶！

"那么，凶手在那十个随从里，你要怎么找呢？"段十一继续问，"三个随从里，有两个帮凶，一个主犯，帮凶有一个是你们的车夫，已经明确，另一个你大概是不记得是谁了。"

"这样的条件下，你要不打草惊蛇地将凶手是谁找出来，难不难？"

"难！"小草苦了脸。

段十一翻了个白眼："难什么难？你可给我长点出息吧，有点骨气地回答！"

小草一挺胸，双腿并拢，手贴裙缝线，骨气十足地大喝："难！"

段十一：……

旁边的鱼唱晚都忍不住笑了出来，虽然不知道那头在说什么，不过瞧着这师徒俩，可真好玩。

"给你半天的时间，明天中午的时候，你得揪出凶手。"段十一抹了一把脸道，"不然你一个月没肉吃。"

这也太狠了吧！小草脸垮了，肩膀耸着，可怜兮兮地看着他："师父……"

"叫无敌帅师父。"

小草立马甜甜地跟着喊："无敌帅师父！"

段十一听得很满意，点点头道："你这么叫也是没用的，去查吧。"

小草：……

这狗娘养的段十一！

哭丧着脸回去霹雳门，小草蹲在包百病身边问："你有没有那种，能让人一吃就说真话的药啊？"

包百病正验尸呢，闻言瞪了她一眼："要是有这东西，朝廷里贪官都该死完了。"

小草苦恼地揉了揉脑袋，这可怎么个查法儿，才又不打草惊蛇，又能把人揪出来啊？

"别揉了，你头发都成鸡窝了。"包百病瞧她一眼，"从没见过女儿家跟你一样不在乎外貌的。"

小草无力地趴在地上："在乎外貌也没用啊。"

包百病抬起她的脑袋示意她看四周："你看见了什么？"

周围有跪着烧纸哭灵的，有送东西去主屋的，人来人往。

"全是人啊。"小草道。

包百病抬着她的头左右甩了甩："不是人，是什么人？男人女人？"

"男的啊。"小草没好气地道，"这地儿男多女少你又不是不知道。"

"我知道，我更知道阴阳调和，异性相吸。"包百病嘿嘿笑了两声，"医书上写的。"

啥意思啊？小草很茫然，包百病却将她提起来："你不是想查嘛，回去梳洗打扮，让我们同行那一路人都一起吃个饭，再打听打听，不就好了吗？"

说得容易，小草一边往屋子里走一边想，这里的人都凶巴巴的，她叫人一起吃饭，还有凶手在里头呢，人家凭什么来吃啊？

不过试试看吧，也没别的法子了。

梳了头发换了衣裳，小草蹦蹦跳跳地去院子里找了找，瞧见几个眼熟的好像是一路护送的人，便上去拦住他们。

"晚上有夜宵，我请你们吃，还请各位将同行的十个兄弟都叫上。"

面前三个人都是大老粗爷们儿，瞧见小草都不太好意思说话，低声问了一句："为什么要吃夜宵？"

小草叹息了一声："熊夫人死了，我师父还在找凶手，没个眉目，我担心他啊，所以请大家吃个饭，一起想办法，三个臭皮匠还赛过诸葛亮呢！"

意思就是找他们帮忙？几个人没好意思拒绝，连忙应下："段姑娘放心，晚上我们会把人找齐的。"

"嗯，咱们就在布庄里头吃，东西我来准备。"小草松了口气，没想到当真是女儿家好说话，轻轻松松就约了十个人。

不算段十一，小草和包百病加那十个人，十二个人，三只烧鸡两盘子牛肉，再弄两个凉菜和酒，总共消费半两银子，从段十一的包袱里报销。

小草安排妥当，和包百病低着头一阵嘀咕，就等着开吃了。

十个护送熊夫人的人来得很齐，小草看了一眼，都是脸熟的，也都不太熟。

"段姑娘想让我们怎么帮忙？"有人问了一句。

小草坐在主位上，笑道："各位不必紧张，我也是病急乱投医，什么都没想好的。咱们先吃先喝，有想到的，那就再说，怎么样？"

一群人点头，但还都是挺拘谨的，毕竟人家姑娘家，从长安来的，比起他们这些大老粗，肯定很斯文……

"来，开吃。"小草喊了一声。

众人都意意思思拿起了桌上的筷子，机智的段小草同学趁着这个机会，直接伸手，将面前烧鸡的两只腿都给抓到自己碗里了。

一群男人有些傻了，她不是该很斯文吗！

小草"啊呜"一口吃掉两个鸡腿，伸着油腻腻的爪子就要去祸害其他盘子里的鸡了。

大家一看，这咋行啊？十双筷子瞬间往身后一丢，袖子一捞就开始抢了。

别说人没见过世面啊，霹雳门里鸡还是不少的，只是到底是一大群人，也不可能天天吃肉。有人请客的话，自然是不能客气。

包百病是这里头最斯文的，拿着筷子没丢，就看一群男人和小草在桌子上抢肉，骨头那叫一个横飞啊，都能当暗器用了。本来他们还顾着小草是个女儿家，没敢太大力，但是看着小草这横扫千军的气势，其他人也就没留手了。

"想不到段姑娘也是性情中人。"一个高个子穿蓝衣裳的人喝得双颊通红，走到小草面前道，"来，这杯我敬你！"

小草笑眯眯地将酒杯接过来，一饮而尽，看着这人晕乎乎地道："感觉在哪里见过你啊。"

那人也是晕乎乎的，拍着小草肩膀道："见过啊，今天我还抓了河怪，这菜要是没了，等会我炸只河怪来！"

"好啊好啊。"小草嘿嘿笑着，随即眯着眼睛想了想，"你叫什么名字啊？"

那人回答："我叫余千，能捕鱼，能保镖，拳脚功夫还不错，门主也信任我，在这里还混得开。"

第70章　我知道是谁

"不错啊。"小草拍着他的肩膀道，"交你这个朋友了！"

余千嘿嘿笑着，伸出手来摆了摆。小草瞧着，上头有多年捕鱼磨出来的茧子。

这就是那会儿在河边抓了河怪还跟她打招呼的那个人。

"瞧瞧，余千这小子，看见姑娘可冲得比谁都快。"旁边两个人忍不住调侃，"可是想着要娶媳妇儿了？"

余千哈哈大笑，然后一巴掌拍在桌子上，震得盘子都抖了抖，旁边的包百病被吓得手里的牛肉也掉到了桌上。

"乱说什么呢，段姑娘远道而来就是朋友，多说两句怎么了？"

小草也给吓得一哆嗦，这边拍桌子，那边跟着就拍了更响的一声："行啊，还说不得你了，不就是最近得了势，在新门主跟前能说话吗？了不得了吗？"

"怎么着，嫉妒了？"余千冷笑一声，"洪山，别以为我不知道你就天天找我茬儿呢，有本事放明面上来，别背后放冷枪！"

"嘿，还真给你脸了，谁背后放冷枪了？给我说清楚！"洪山站了起来，脸上也是一片红，明显喝多了。

屋子里十个人瞬间分成了两边站，洪山一边五个，余千一边五个，看这架势，马上就要开干了。

真不愧是江湖人，就是不拘小节，就是不顾后果。

小草干笑了两声，在这凝重的气氛里开口："烧鸡没了，还要来两只吗？"

"要。"余千和洪山同时侧头看着她。

"让做烧鸡的多加点辣椒！"

"让做烧鸡的少加点辣椒！"

两人同时吐出来的话，也还是针锋相对的。本来小草还以为加两只烧鸡能缓和缓和气氛呢，这下可好，口味不同，余千直接搬起凳子就往洪山脸上砸。

"给我打他个狗日的！"

小草和包百病连忙起身，一起蹲去角落里观战，屋子里桌子凳子乱飞，拳打脚踢的声音不绝于耳。

顶着个凳子在头上，小草一边看热闹一边对包百病道："你觉得有人可疑吗？"

包百病抱着一盘子牛肉，边吃边道："可疑倒是没什么可疑的，但是那个余千，说他是个渔夫，那应该会用绳圈。"

"嗯，还挺熟练的，能抓到河怪。"小草看着打斗中的余千，"但是他说他很得门主信任，也混得开，那为什么会跟门主夫人过不去？"

这杀人总有个动机，余千这动机好像怎么猜都说不太通。

包百病咽着嘴道："你今天要是连那两个车夫一起请来就好了，刚刚分边站的时候，看那车夫站的是哪边就知道了。"

对啊！小草一拍脑门，她咋没想到呢？这起冲突的时候站队是最能表明立场的，可惜了可惜了，没请车夫来。

余千头上被洪山砸了个窟窿，洪山的衣裳也被余千撕破了不少，手臂上有血迹。小草想啊，这家伙要是放在长安，早被抓进牢里吃饭了，也就这地界儿，外头一点动静都没有。

"烧鸡来了。"小草号了一嗓子。

两边人都停下了动作，往她这边看了看，小草干笑两声："我让人去叫烧鸡了，烧鸡快来了，各位不如坐下来先等等，别打了。"

说着，一脚踹在包百病的屁股上，将他踹出了门。

余千和洪山像是打累了，相互放开，往桌边一坐，其余的人也就都纷纷坐下，继续喝酒，好像刚才什么事情都没发生过似的。

然而，洪山坐在了小草旁边，低声道："段姑娘，说起来我有话想告诉你。"

"什么？"小草好奇地看着他。

"余千以前是夫人的青梅竹马！"洪山眼睛余光瞟着余千，在小草耳边轻声道，"后来夫人嫁给了熊门主，他还消沉了好一段时间。依我看啊，夫人多半是他动手杀的！"

还有这么一层关系啊？小草咋舌，疑惑地道："要是青梅竹马，熊大不介意吗？为什么他还这么得熊大信任啊？"

洪山一顿，接着道："那是因为抢夺门主之位的时候，他帮了门主的忙。门主念着恩情呢，就对他宽容些。"

这样听起来，余千浑身上下都充满了犯罪条件，小草摸了摸下巴。

段十一说过，听人证词，只能听能说公正话的人的证词，洪山刚刚才和余千打了一架，虽然说得好像有理有据的，但是这话不能全信。

余千会用绳圈，与熊夫人有过往，可能会构成杀人动机，但是最关键的一点是……

小草扭头看着洪山问："你觉得那天茶店子里的毛尖茶好喝吗？"

洪山一愣："怎么突然问这个？"

"就是有点想念那味道了。"小草咂了一下嘴。

洪山道："那毛尖一般，毕竟是山野里的小茶店。姑娘要是喜欢，明儿我带你去雨后茶楼上喝。"

"好啊。"小草应下了。

余千瞧着他们嘀咕半天，微微皱眉。

等夜宵散场的时候，余千追上小草道："洪山那人最爱背后嚼舌根，姑娘有什么疑问可以直接问我，不要听他的话。"

小草挺着吃撑了的肚子，笑眯眯地道："他也没说什么，你不必在意。只是我从长安来，还没喝过这边的毛尖，那天在茶店子喝了一口觉得不错，哪儿有卖的啊？"

余千皱眉："毛尖？那天我们喝的是普通绿茶而已啊。"

小草笑得更灿烂了："那就是我记错了，绿茶，那绿茶也好喝。"

然后她就蹦蹦跳跳地和包百病回去了。

段十一已经在屋子里等着，一开门就是酒气扑面而来。

小草仰着脸对他笑："你谁啊？长得好像我师父哦。"

包百病也醉得有些站不住，搭着小草的肩膀看着段十一道："是哎，长得真好看。"

"砰"的一声，门就在他们面前关上了。

小草和包百病相互看一眼，啪啪啪地就开始砸门："段狗蛋，段狗蛋，别躲在里面不出声啊我知道你在家！"

段十一深吸一口气，揉了揉额头，第一百二十七遍开始后悔，他怎么就收了这么个孽畜当徒弟啊？

门再度被拉开，喝醉了的两个人天不怕地不怕，勾肩搭背地看着面前的黑脸。

包百病道："我要进去睡觉。"

小草道："我也是。"

段十一呵呵两声："我讨厌酒味儿，你俩去池子里洗洗吧。"

主屋的背后是个小花园，有个养鱼的水池。小草打了个酒嗝，当真拖着包百病去了。

"要洗干净才能进去啊？"包百病傻兮兮地笑着，"那我去洗了啊！"

"你去吧！"小草大方地摆手，一脚将包百病踹下了水池。

包百病吞了几口水，呸了半天，差点呛着。小草没下去，只晕乎乎地又将他拉起来，邀功似的跑回段十一的门口道："我给他洗干净了没有酒味儿了，让我们进去吧！"

段十一：……

所以她是觉得自己身上就没酒味吗？！小小年纪不学好，还学会跟人在外头喝酒大半夜才回来了！

深信"一日为师终身为父"的段十一当即拎起小草，丢去后头的水池里洗了两个来回。

小草使劲儿挣扎，最后觉得挣扎不过，就抱着段十一的胳膊不动了。

"不会喝酒以后就少喝。"有人道。

小草随口应了一声，挂在段十一身上一路滴水。

包百病衣裳都没脱，一身湿淋淋地就躺在床上睡了。段十一进屋，将小草往地上一丢，自己就转身上床睡觉。

没睡一会儿，后头就黏上来个跟水鬼一样的东西。

段十一没好气地一脚将她踹了下去，小草也是坚持不懈，他踹她就爬，再踹还爬！

但是第三次被踹下去的时候，小草没力气了，不往段十一床上爬了，直接爬上了包百病的床。

许久没等到身后的水鬼，段十一一回头，肺差点都炸了。

这死孩子还学会睡男人了？

伸手拎回来，把她衣裳给换了套干的，塞进自己的被窝里，自个儿睡外面，免得她大半夜的去祸害良家少年。段十一眯着眼睛想，他也是时候该教教小草男女之防了，这没心眼的，什么时候被骗了都不知道！

可能还会帮着人数钱！

这样想着，段十一就抱着小草，一身正义感地入睡了。

第二天，包百病病了，是风寒，自己裹着被子可怜兮兮地在熬药："为什么只有我病了？"

小草睡眼惺忪地看着他："你运气不好吧。"

包百病哭丧着脸，捏着鼻涕眼泪汪汪的。

段十一已经收拾完毕了，坐在桌边吃着早饭，看了一眼外头的日头，回头对小草道："你还有两个时辰可以找出凶手。"

小草爬下床来洗漱，一点也不慌："我已经找到了。"

段十一挑眉："这么快？"

"嗯，因为很简单啊。"小草甩甩头发，终于等到这个邀功的机会了，"这么简单的答案，我昨晚就找出来了！"

段十一低头继续喝粥，一点也没给小草想象之中的热烈反应。

"你咋不问我是谁？"小草不高兴地看着他。

段十一道："我知道是谁，就看你猜得对不对了。"

第71章　心有多狠

又是这样，半点会给人家惊喜的感觉都没有。

小草沮丧极了，耷拉着脑袋道："你又知道了，唉，我是套了洪山的话才知道是他的，问他毛尖好喝不好喝，他竟然说不好喝。那天我们喝的是绿茶啊，他那样回答，就说明他就是那个没过来喝茶，躲在马车后头等着杀了熊夫人的人！"

算上车夫随从，他们一路是十五个人没错，但是还有个半湖！半湖当时是下来喝茶了的！所以当时那十五碗茶，少了一碗就是洪山的！

这样一解释，也就知道凶手是在哪儿了，不用潜水也不用从天而降，就在他们中间。

昨儿晚上他们打架的时候小草也观察了，洪山身后站着的人，有那么一个的声音她有些熟悉。这一路上与她说过话的也没别人了，就那个递茶的人说了一句"这碗是干净的"。

干净什么！里面加了迷魂药！

洪山利用绳圈杀人，刚好可以嫁祸给他的死对头余千，要不是后来套话，小草几乎都要相信洪山的话，觉得余千是凶手了。

"原来如此。"段十一恍然大悟，"你又聪明了一点。"

"嗯，是啊。"小草没精打采地应着，可惜这么聪明的推断，结果段十一早就知道了，一点成就感都没有。

嗯？等等，她觉得哪里不对劲啊。小草皱眉，听段狗蛋这语气，怎么不像是一早知道的，还带着点惊讶。要是早知道凶手是洪山，他说什么"原来如此"？

诈她？小草拍桌而起，一双杏眼瞪成了电灯泡："段十一！"

段十一已经喝完最后一口粥，优雅地擦着嘴道："接下来就要去问，他为什么会杀熊夫人了。这可是霹雳门，杀了门主夫人，娄子可捅大了。"

小草瞪眼，哼哼两声跟了上去："问什么问，熊门主不是只要找到凶手吗，那直接告诉他谁是凶手不就好了，要问他自己问去。"

那熊门主那天态度那么差，小草对他是没啥好印象的。

段十一摇头："你要相信自己问出来的东西可能比别人问出来的要多，做事也要有头有尾做个全套。"

说白了也就是好奇心重想知道内情。

鱼唱晚跟他说，霹雳门没看起来那么和谐，只是原来的几个长老一死，各堂的人都安分了一阵子。熊大的门主之位来得不太光明，大家心里也有数。

段十一很好奇熊大的门主来的是怎么个不光明法儿，然而鱼唱晚就转了话题，开始说熊夫人有多可怜。

"嫂子跟了大哥很久了，长得也算清秀，门里不少人都喜欢她。"鱼唱晚道，"只是她痴心于大哥，就算大哥当初只是玄武堂的副手，有长老想引诱她，她也是忠贞不贰。可惜了死得这么突然……"

段十一对女人的同情心向来很足，出于好奇，多问了些关于熊夫人的事情。

但是鱼唱晚显得有些尴尬，摆摆手道："有些事情我多嘴不得，但是大嫂对大哥是真的好，真的真的很好。"

现在这个真的真的对熊门主很好的女人死了，尸体就在院子里摆着。可是当段十一和小草走到院子里的时候，灵堂却正在被拆，熊夫人的尸体也已经装殓好，盖上了棺材盖。

"干啥呢这是？"小草连忙上去拦着动手的洪山。

洪山看了看她，又看了看她后头的段十一，抿唇道："门主吩咐，天气太热了，夫人的尸体不能久留在这里，得先下葬。"

小草皱眉："凶手还没抓着呢，就先把人埋了？"

"凶手已经抓着了。"洪山笑着道，"刚才门主还让我去知会二位，只是现在要先下葬夫人，我没能忙过来。"

抓着了？！小草和段十一大眼瞪小眼，都一副见鬼了的表情看着洪山："抓着谁了？"

"余千啊。"洪山哼了一声，满是愤懑地道，"那禽兽不如的东西，记恨夫人当年没跟他，现在来报复了。"

小草：……

突然觉得周围的空气有点冷，段十一合了扇子问："那余千人呢？"

"跪在主屋里头呢，在给门主自首，估计是良心不安了。"洪山笑了声，命人一起抬着熊夫人的棺材，越过小草和段十一就往外走。

段十一拔腿就冲去了主屋，小草连忙跟上。

门锁着，推了一下没能推开，段十一也没顾着礼节了，退后两步冲了一下，对着那门就是一脚。

"啪！"门开了。

屋子中间站着熊大，地上躺着余千，他头上破的窟窿更大了一些，血不停地流着，人还是温热的，却没了呼吸。

小草倒吸了一口凉气。

熊大应该是没想到会有人在这个时候撞门，一个条件反射就甩了两个小火雷出来。

段十一皱眉，护着小草滚到一边，听着两声炸响在身后响起。

这动静有点大了，霹雳门里的人瞬间都拥过来看。

熊大脚往前迈了两步，又硬生生地停下，皱眉看着段十一问："怎么会是你破门进来。"

段十一从地上爬起来，拍了拍身上的灰，走到余千身边去摸了摸他的脉搏，脸色有些难看："门主何以要处死他？"

门外进来了许多人，瞧着地上的尸体，都是一阵议论。

熊大红了眼睛道："余千刚刚来向我自首，说是他用绳圈勒死了芸儿。昨日梦见芸儿来找他哭泣，他内心不安，故而来告诉我实情。"

"但是我太冲动了，一个没忍住，就失手打死了他！我与芸儿同行七年，还想与她白头到老，没想到她会死在这个畜生手里！"

熊大越说越激动，声音都有些发抖。

鱼唱晚也过来了，听了一会儿，站在段十一身边轻声道："大哥也是太爱嫂子了，所以没控制好力道，大家能体谅他。"

小草瞪大眼睛，这就是江湖啊，死了人就大家体谅就完了？

众人沉默，站在外头的一个人张了张嘴，像是想说什么，但是看了一眼地上躺着的余千，他还是把话吞回去了。

段十一环视了一周，在这里的新人居多，霹雳门的老人儿除了布庄掌柜雷天行和送小草秘籍的道天风，其余的好像都慢慢不见了。

"他当真是来自首的吗？"段十一轻声问。

熊大点头，尚在情绪之中没能回过神来："真是可怜之人必有可恨之处。"

小草没忍住，激动地道："你撒谎！人不是余千杀的，他不可能来自首！"

众人的目光纷纷都往这边看了来，小草挺直胸膛，迎着熊大的目光道："凶手是洪山！不是余千，余千昨天晚上还跟我努力解释过，怎么可能今日就来自首！"

这个藏不住话的丫头！段十一暗叫一声糟糕，连忙往外冲。

洪山还在外面呢，这丫头就把真相说出来，那人跑了怎么办！他得去把人给抓住！

段十一跑得跟龙卷风似的，谁也不知道他干吗去了。小草和包百病还在大堂里傻站着。

看了一会儿段十一的背影，小草回过头来看着熊大接着道："听说余千是你的亲信，既然是亲信，你怎么可能这么轻易杀了他，而且不是公开杀，是自己躲在房间里偷偷地杀！这不像是怒极杀人，而像是杀人灭口！"

熊大被说得直皱眉："我为什么要杀人灭口？你也说了他是我的亲信……"

"他同时也是熊夫人的青梅竹马。"小草肚子里没话了，开启了胡编乱造模式，"熊夫人的死，与门主您，脱不了干系吧？"

熊大一愣，下意识地后退一步："怎么会和我有关系？"

"若是没有关系，怎么会一边装作让我师父查案，一边急急地要把人下葬？"小草步步逼近他，"若是没有关系，明知道她那么害怕，有人要杀她，你为什么不放下手里的事情陪她回去？"

"还有，熊夫人一直在霹雳门住着，为什么会觉得有人要杀她，哪怕是在门口上车也觉得惴惴不安？"

小草摸了摸下巴，眯着眼睛道："是不是因为，有杀气来自她的身边，来自她最亲最爱的人，所以她才会这么害怕？"

外头的人纷纷低声议论起来，鱼唱晚的脸色也变得有些古怪。

"我不知道你在胡说什么。"熊大沉了脸，低喝道，"但是在我霹雳门当众污蔑门主，就算你是段十一的徒弟，也不能这么轻易放过！来人啊！将她给我拿下！"

"是。"外头进来几个人，朝小草围了过来。

"说不赢我就要打架？"小草瞪大眼睛，"你心虚啊？其实是你指使洪山杀了自己夫人的是不是！还嫁祸给余千，除去一个会为她查明真相的人，又保全了自己！"

熊大目露凶光，挥手道："磨叽什么，上！"

小草别的功夫没学好，就一件已经算是不错的。

轻功！

人要抓，她不会跑吗？上蹿下跳飞檐走壁，边蹦跶边道："你这个杀人凶手，连自己的发妻都要动手除掉，肯定是她知道你什么秘密！"

第72章　门主的真相

熊大咬牙，有些气急败坏，甩手又是几个火雷出去，幸好小草躲得快，但这屋子里被炸得烟尘滚滚的。

"你瞎说什么！"

三四个人抓她，也没能将这小丫头片子给抓住，看得熊大这叫一个气啊，偏偏小草还咋咋呼呼地直叫唤：

"我师父说了，心虚的人才会着急上火，我要是说得不对，你倒是让我把话说完再来反驳我啊！"

熊大眯眼，转头看了一眼旁边站着看热闹的包百病，冷笑一声，伸手就将人给捏过来了，拔刀就架在他脖子上。

小草脸色一沉，不跳了。旁边的人很轻松地伸手就将她按在了地上。

"关进地牢里去。"

"你卑鄙你无耻！"小草愤怒地低喝。

熊大置若罔闻，板着脸挥手，她和包百病就被人拖下去了。身后听见的是熊大愤怒地指责他们诬陷的声音。

"我说段姑娘啊，你咋这激动呢？"包百病苦着脸道，"咱俩这手无缚鸡之力的，你有什么话不能等着段公子回来再说啊？"

小草没好气地翻了个白眼："手无缚鸡之力的是你，不包括我！要不是因为你，我能被抓着吗！"

包百病轻咳一声，嘿嘿笑道："不好意思啊，我看你上蹿下跳得实在精彩，一时忘记逃跑了。"

他当看猴戏呢？小草龇牙。

霹雳门的地牢就在主屋的下头，就是个地下室，有两排笼子，里头气味有些难闻，隐隐可以看见点人影。

小草和包百病刚被人推进去，就听见有人大喊："放我出去！"

这声音嘶哑，又充满愤怒，吓得小草和包百病齐齐贴着墙角站着。

绑他们进来的人目不斜视，直接就又出去了。

地牢的门合上，下头又是一片漆黑，窗子都没有一个，让人觉得有些窒息。墙上有一盏壁灯，光时暗时明的，人在这里待久了，会觉得抑郁消沉。

然而黑暗里两个好奇宝宝正瞪着眼睛打量四周，小草挪到笼子侧面，旁边就是刚刚嘶吼了一声的人。

"嗨，我们是新来的。"

包百病盘着腿坐在一边，心想这段姑娘也是个不着调的，只听说搬家要跟新邻居打招呼，没见过进大牢还跟人套近乎的。

"你们为什么被关进来？"旁边那人声音里充满疲惫和绝望，一身脏兮兮的，脸上黑得啥也看不清。

小草叹了口气："我是来查案子的，查到门主身上，他恼羞成怒，就把我关进来了。"

"门主？"那人愣了愣，连忙朝小草这边爬过来，身上全是锁链之声，"门主是谁？"

小草眨眨眼："熊门主啊，你不认识吗？难不成你不是霹雳门的人？"

"熊门主？"那人喃喃念了几遍，突然发狂似的哈哈大笑，"熊门主，好个熊门主！我怎么就没想到，最后收网的会是他这卑鄙小人！"

听着好像是个知道内情的啊？小草的好奇心又起来了，伸手递过去自己身上藏着的早上的糕点，道："反正牢里无聊，你说给我听听是怎么回事啊。"

那人是许久没吃好东西了，抓过糕点去就一阵狼吞虎咽，噎得直咳嗽。

小草担忧地看着他，生怕他噎死了没人给她说故事了。

"我叫郑宗胜。"

许久之后，这人开口道："是玄武堂的堂主，几个月前门主被杀，霹雳门召集所有堂主聚首，要选个新门主出来。"

江湖上门主被杀的事情很多，换门主也不算太大的事情，只是竞争很激烈。

当时郑宗胜就带了熊大和李芸儿，本来是不打算带女眷的，但是熊大私下求他，说最近芸儿睡不好，没他不行。熊大平时是他的得力干将，所以郑宗胜也就允了。

但是李芸儿这姑娘吧，长得清秀，身段窈窕，很让人有好感。朱雀堂和白虎堂的堂主都瞧着对她有那么点意思。

熊大是个副堂主，手下没几个人，不能跟人家堂主争，气得天天在外头喝酒，还不小心吃了他吃不得的猪肝，过敏得差点死了。

幸好李芸儿是个守妇道的，没搭理两个堂主的暗中示好，一心只跟着熊大。

但是熊大不知道为什么，性情微变，对李芸儿冷漠了些。

后来就发生了一件事情。

李芸儿不知被谁灌醉了，送去了朱雀堂堂主的床上。白虎堂堂主听闻之后大怒，当即上门去将李芸儿抢了回来，关在自己的屋子里，任凭外头的人怎么说都不开门。

这到底是熊大的媳妇，就算是堂主，也不能这样欺负人吧？身为玄武堂的堂主，郑宗胜就出面了，带着兄弟与白虎堂和朱雀堂理论。青龙堂也觉得白虎朱雀太过分了，于是帮着玄武。

这冲突就大了，四个堂口，两两对峙，要不是因为门主的尸体还在院子里，两边人就直接打起来了。

然而就在双方僵持的时候，玄武堂有个人在郑宗胜背后，突然朝白虎堂堂主射了个爆雷。

没人想到会有人敢在霹雳门里头动手，白虎堂主也没反应过来，直接就被炸昏了过去，医治无效，两天之后就死了。

这下麻烦就大了，玄武堂和青龙堂被对面两个堂口联手攻打，霹雳门里血流成河。青龙堂主也是上了头了，直接杀了朱雀堂主。

朱雀、白虎的堂主都死了，只剩下玄武和青龙。双方收拾了残局之后，道天风提议选门主出来主持大局。

只剩两个堂主了，选谁呢？

道天风道："青龙堂主杀害手足兄弟，难以服众，还是玄武堂来吧。"

这话出来，青龙堂的人不高兴了。老子帮你打架杀人，结果最后好处全给玄武了？

青龙堂主不干了，带着兄弟离开了巴蜀，打算自立门派。霹雳门就算白送给了郑宗胜。

郑宗胜也没想到是这个结果，虽然结果挺好的。

然而刚准备接任门主呢，又有人站出来道："给李芸儿下药灌醉她的人就是郑堂主，目的就是为了让霹雳门各堂主鹬蚌相争，好渔翁得利！大家可别被骗了！"

波澜再起，郑宗胜都来不及解释，就被关在了这里。

这就是霹雳门的内乱，因为一个女人引发的内乱。

小草听得咂舌："这么厉害？你们这些堂主是多缺女人啊？抢着睡别人媳妇？"

郑宗胜无奈地道："不是缺，是恰好朱雀白虎堂主都喜欢李芸儿，红颜祸水，说都说不清楚。"

包百病不知什么时候也挪过来坐着听了，听完好奇地道："没人查出来到底是谁给李芸儿下药灌酒的吗？"

郑宗胜摇头："我被关进来了，后面的事情都不知道。"

小草摸着下巴想了想："你被关进来之后，肯定是有人拥护熊大上位，因为霹雳门欠他的啊，也欠李芸儿的，所以现在门主是他了。"

"嗯，是这样吧。"郑宗胜道，"可是我不懂，我对他恩重如山，一直照顾提携，既然是他当了门主，为什么不放我出去？"

小草咂了一下嘴："我也不知道为什么，他还杀了李芸儿呢。"

"不可能！"郑宗胜皱眉摇头，"他怎么可能对芸儿下手？你们是不知道熊大有多疼爱他那夫人，简直是捧在手里怕冷着，含在嘴里怕化了！当年因为李芸儿，熊大没少被玄武堂的人调侃。"

竟然是这样？小草皱眉："可是我觉得就是他啊，要不是的话，为什么那么心虚地把我关起来？跟我理论不是更容易解释清楚给大家听吗？"

包百病摇着头在旁边叹息了一声："男人是会变的。"

"也不该变这么快吧。"小草嘀咕道。

郑宗胜沉默了一会儿，道："我关在这里也有几个月了，进来的人好像都是出不去的，有你们来陪我说说话，也算有点安慰。"

出不去？小草瞪大眼："为啥啊？让人来救我们不就好了？"

郑宗胜指了指头顶上的一个小洞："这里的门是在机关下头的，普通人找不到。整个地牢就这一个换气口，一个拳头都过不去，更别说人了。"

普通人找不到，段十一找得到啊！小草一点也不担心，十分放心地靠去旁边休息。

她那无所不能的师父，也不知道发没发现她被坏人抓了。

段十一正抓着洪山往回走。

洪山一脸无畏地看着他道："段公子，你抓我没用，人就算是我杀的，门主也不会处置我。"

"这么有自信？"段十一挑眉看着他，"为什么啊？"

洪山"哼"了一声，一脸傲慢，没打算回他的话。

段十一停下了步子，走到旁边的一棵大树下头，将手里牵着的绳子往树枝上一甩，然后一拉。

"啊啊啊！"另一头绑着的洪山就被吊在了树上。

段十一坐在一边的大石头上，悠闲地捡起地上的石头，瞄准了洪山就丢。

"你以为这样我会害怕吗？"洪山镇定了一下之后怒道，"我才不怕！"

"砰！"石头的准头不太好，狠狠地砸在了男人最脆弱的地方。

空气里有一瞬间的安静。

第73章　我知道你会来救我

接着就是一声惨叫响彻整个树林！

段十一一脸歉意地道："不好意思啊，石头太小了，我准头不好，别激动啊，我给你换块儿大的，保准只砸其他地方！"

说着就拿起一块石砖大小的，瞄准洪山就甩了过去。

这被吊在半空中，想躲都躲不开啊！洪山惊恐地睁大眼睛，奋力挣扎晃动绳子，跟荡秋千似的，才勉强躲过力道十足的石头。

这个骗子，石头明明还是从他腰间的位置飞过去的，他要是不躲，会不会断子绝孙？

幸好他身手敏捷！洪山松了口气，正觉得庆幸呢，就瞧见下头的段十一站起来了，转身将他方才坐着的那块大石头给举了起来。

那石头有一头羊羔那么大啊，这么砸过来，他还有命在？洪山吓得脸都白了，挣扎的力道再大也感觉躲不过攻击范围，语气瞬间就软了："段大侠，段大侠！有话好好说啊！"

段十一举着石头好像一点也不累，微笑道："有什么想说的啊？"

洪山吞了口唾沫，道："人是我杀的，让老三老四给我打的掩护……就是那个车夫和另一个高高瘦瘦的，递茶的那个。我们计划好在茶店子动手，事先就准备了迷药，也算好了马车后窗的大小，刚好可以无声无息地杀了李芸儿。你那会儿不给熊夫人喝茶，我们也会递的。"

段十一挑眉，点头道："这些我知道，那么你为什么要杀她？"

洪山迟疑了，瞧着段十一想拖延会儿。

结果段十一举着石头就要往这边丢了！

洪山连忙道："我说我说！段大侠你别冲动啊！"

"我不想为难你。"段十一身上散发着天使的光芒，"强迫人是不对的，我就丢个石头而已，你什么都不用说了。"

"不不不！"洪山瞧着那大石头，汗都吓出来了，"你没强迫我，我自己愿意说的！我统统都说！"

人被吊起来的时候是最没安全感的，也是最好恐吓的。不是洪山没骨气，只是人都怕死啊，遇见段十一这种变态，还是老实点早说早好。

洪山张口就道："是门主让我杀了李芸儿的，说她是不洁之人，做门主夫人，有损我霹雳门的名声。"

段十一皱眉，放下了石头。

鱼唱晚曾说："大哥对大嫂很好的，很疼她，一直让她在屋子里，饭菜都是端进去自己喂。"

"大嫂自从某些事情之后，变得有些不正常，胆子很小，一惊一乍的。"

"嫂子很爱大哥，对大哥真的很好，真的真的很好。"

一阵风吹过来，有些夏日里的独特清凉。段十一深吸了一口气，将洪山从树上取下来，牵着继续回霹雳门。

他不傻，回霹雳门不是去找熊大，而是去找了布庄老板道天风。

身为霹雳门长老，道天风最近虽然不管事了，但说话还是有分量的，段十一把洪山说的话转告了他，又把人给他看管。

道天风很惊讶："杀了李芸儿的是熊大？当初众人可都是因为觉得他太委屈了，所以推选他当门主试试，也好化解恩怨。也就是说，熊大是因为芸儿才能坐上门主之位的，怎么忍心就把人给杀了？"

段十一摇头："一切还没明朗之前，我也不好下定论。对了，我的傻徒儿呢？"

道天风一拍脑袋："坏了，你徒弟被熊大抓起来了！"

刚开始听那小丫头说话，他没当真，就觉得是小女孩子乱猜，也就没阻止熊大把人抓走。结果她说的竟然都是对的，那就危险了！

段十一二话不说就往里走，直接进去了霹雳门的主屋。

"熊门主。"段十一笑道，"我徒儿呢？"

熊大正在书桌后头坐着，慌忙将一个东西放进书里夹着，抬头看了看段十一。

"你不是出去抓洪山了吗？怎么样？"

段十一装作什么都不知道，叹息道："他跑了，我没追上，不过看样子他就是凶手，才会跑得那么快。既然凶手找到了，段某也还有其他事情，就想带着徒儿和包百病先告辞了。"

熊大一愣，大概是没想到段十一竟然这么轻松地就想走了。人都关进地牢了，他不可能放出来吧？地牢里可是有秘密的。

于是熊门主一本正经地道："令徒已经走了，和那个大夫一起先走了。"

"哦？"段十一挑眉，"那为何没知会在下？"

熊大笑了笑："她是闯祸了，没来得及等你就先跑路了。你现在去追，还有可能追上。"

头顶上传来的声音很小，几乎听不见，但是小草就是听见了段十一的声音，激动地蹦起来大喊："师父！"

这地牢隔音效果太好了，喊破嗓子外头的人都听不见。

郑宗胜看了她一眼："别白费嗓子了，我的嗓子就是喊哑的，不会有人听见的。"

小草不听，对着头顶那个小通风洞死命地喊："段十一！段狗蛋！我在这里啊！"

上头的房间里一片安静。

"原来如此。"段十一朝着熊大点头，顿了顿，往旁边书架的方向看了一眼，"那道大哥可能是骗我的，他说我徒儿被你抓起来了，可能关在地牢。"

"怎么会。"熊大起身道，"就段公子与前任门主的交情，我怎么也不可能骗你。"

"那我去地牢看看？"段十一说着，伸手就要去拿书架第三层上的一本厚重的老书。

熊大脸色变了变："段十一！"

段十一挑眉，回头看着他："嗯？"

"地牢是只有历任门主才知道的地方，你一个外人，怎么会……"

"哦，我这个人品行好，跟我来往的人也都大方，总喜欢送点什么东西给我。"段十一悠悠地道，"比如琴圣的名琴，再比如霹雳门的火器制造手册和地牢开启的方法。"

熊大别的没听见，就听见了"火器制造手册"这个东西。

"原来在你那里！"熊大愤怒地道，"那是我霹雳门的至宝，段公子怎么也不该据为己有！"

段十一耸肩："当初那老头非塞给我的，说我拿着肯定会比别人拿着有用，祖师爷写的东西，你们许多人不是都看不懂吗？"

火器制造是霹雳门的根本，如何制造出最有威力的火器，方法都在那手册上。熊大自当上门主之后就一直在找，没想到那东西竟然会在段十一手里！

顿时，他看段十一的眼神都变了，火流弹也捏在了手心。

"段公子还是将东西交出来为好。"

"可以啊，我对火器没兴趣，你想要的话很简单。"段十一脸上的笑容慢慢消失，看着他一字一句地道，"把我徒儿还给我。"

熊大皱眉道："都说了她已经走了，段公子为何如此……"

"咻——啪！"

有一串儿火焰从墙角的地面冲上来，房间里顿时烟雾弥漫。

信号烟！

段十一眯了眯眼，趁着烟雾浓厚，直接打开了书架上的机关。

"轰隆隆——"内室墙角的四块大地砖移开了，露出通往地下的通道。

熊大怒喝："段十一，你再乱来，别怪我不讲情面了！"

话音刚落，旁边已经没人了。熊大大怒，伸手就将机关给关上，地面的砖再次合拢。

"敬酒不吃吃罚酒！"熊大冷哼一声，转身去开门驱散屋子里头的烟雾。

"咳咳，这什么东西。"地牢里，郑宗胜被烟给呛着了，直咳嗽。

小草道："这叫'出来吧！段十一！'，召唤神兽专用的。"

郑宗胜一脸迷茫，刚想再问呢，就觉得周围有杀气。

"小心！"

话音刚落，笼子的门就被人一脚踢断了。

郑宗胜倒吸了一口气，这可是玄铁做的牢笼啊，谁这么厉害能踢断？

小草脖子一缩，下一秒就被段十一掐在了手里。

"你才神兽，你全家都神兽！"段十一梗着脖子吼，"你猪脑子啊？一个人就敢乱蹦跶，不知道跟我一起走啊？幸好老子机智，不然你被关地牢里一辈子，哭都没地方哭！"

小草嘿嘿笑了两声，伸手抱着段十一的大腿道："我知道你肯定会来救我啊，所以冲动一下也没关系，师父厉害！"

段十一没好气地冷哼一声，看了看已经被关上的地牢门，对旁边吓得半死的包百病道："走，带你们出去。"

"门都关了，怎么出去啊？"小草皱眉。

"这边有路，我来过，自然知道。"段十一往地下室里头走了两步，到了一个巨大的木箱子旁边，伸手就将箱子推开。

一个洞露了出来，黑漆漆的，刚好能过人。

"哇，还真的可以出去。"包百病喊了一声。

郑宗胜坐不住了，连忙道："带我一起出去啊！"

段十一这才注意到旁边还有个人，凑过去看了看："你谁啊？"

郑宗胜有些尴尬地道："我是玄武堂主，六年前段公子来霹雳门的时候，我还站在门主身边。"

"哦，记起来了，你好像混得不怎么好。"段十一伸手替他掰断牢门，"出来吧。"

郑宗胜连忙爬出来，手上脚上都是镣铐，不过好歹可以爬。

第74章　白眼狼

"没想到再次看见段公子，会是以这样的方式。"

郑宗盛跟在小草背后往地洞里爬，一边爬一边感慨："当年段公子与门主成忘年之交，令江湖议论了好一阵子。"

段十一在前头"嗯"了一声，嘀咕道："那老头子大概也没想到，自己一手兴建的门派，现在会落在那么个人手里。"

说起熊大，郑宗胜就有些生气："枉我对他那么好，没想到养出这么个白眼狼。霹雳门绝对不能落在这种人的手里！"

"怎么？你要出去抢门主？"小草惊讶地道，"人家当门主已经几个月了，凳子都坐热了，你怎么抢啊？"

"这……"郑宗胜想了想，"段公子聪明绝顶，一定有办法的！"

前头慢慢有了光亮，段十一顺着地洞爬上去，皱眉看着衣裳上的泥，心情不太美丽地道："谁说要帮你想办法了？老头子没了，霹雳门跟我没关系，你们要打要抢的，都自个儿解决去。"

听起来霹雳门与段十一颇有渊源啊，这家伙竟然还这么绝情，小草跟在包百病身后爬上去，坐在旁边的空地上道："那咱们不管这事儿，接下来去哪里啊？"

"段公子。"郑宗胜急了，挡在小草面前看着段十一道，"看在老门主的分儿上，您也该伸出援手啊！"

"段某与老门主的交情，也仅限于他给了我一个有趣的谜题。"段十一睨着他，脸上带着灰呢，依旧美得风华绝代，"要让我参与你们门派内部的事情，段某嫌麻烦。"

郑宗胜眼睛闭着，不太适应外面的强光，但是看表情也实在是着急了，一张脏兮兮的脸和一身脏兮兮的衣裳，看起来有点可怜。

小草忍不住又起了同情心，拉拉段十一的袖子道："师父，好事做到底呗。"

段十一抬着下巴，像是终于被说动了，懒洋洋地道："要我帮忙也不是不可以，只要郑前辈答应，把霹雳门祠堂里，老堂主灵位前的香炉给我。"

香炉？郑宗胜慢慢睁开眼睛："段公子要那个做什么？"

段十一一脸感慨："现在还是挺怀念那老家伙的，我不久又要继续往南走，带着香炉也算常常与他相伴，虽然不能陪我下棋，也好歹伴随我一路。"

那香炉也不是什么宝物，郑宗胜倒是被段十一这话感动了，点头道："好，若是段公子能助我将霹雳门拿回来，那香炉郑某替你去请来。"

"成交。"段十一拍拍手站起来，"小草和包百病去布庄把洪山给我押过来，咱们一起，去找熊大。"

洪山已经抓住了？小草嘴角抽了抽，不是说不打算管吗？那抓洪山干啥？这人分明又是设了套等着人钻呢！

钻了套的郑宗胜一无所知，甚至十分感激地跟着段十一走："多谢了。"

"应该的应该的。"段十一咧着嘴笑得很不要脸。

四个人都找地方换了身干净衣裳，然后分头行动。

熊大清干净了屋子里的烟，就锁上门往地牢的通风口灌了迷烟下去，等着里头的人都该昏了，才打开机关，打算下去先捆了段十一，然后再慢慢逼问他手册的下落。

结果地牢门打开的时候，里头已经没人了！木箱子移在一边，地牢里竟然多了一个地洞！

这是熊大不知道的事情，不然怎么会把重要的人都关在地牢？这竟然可以出去的？他还以为是全封死的！

心里慌了一阵，熊大已经可以想到段十一带着郑宗胜回来的场面了。

不能慌不能慌，还有办法的！

熊大深吸一口气，立马上去吩咐人准备酒席，宴请霹雳门如今的几位堂主，以及两位还在的长老。

饭桌子上最好谈事情，几个堂主也都是他一手提拔上来的，临时再拉拢拉拢也不成问题。两位长老有点难办，熊大也想过了，多划点兄弟和地盘给他们，要想赢点好感也不难。

李芸儿刚死，上来的菜却全是荤菜，大鱼大肉。道天风和雷天行是一起来的，看着这阵仗，坐下来没吭声。

四个新的堂主倒是笑盈盈的，看着熊大道："门主这是要有什么喜事了？"

"芸儿新丧，哪来的喜事？"熊大道，"只是想起你们几个兄弟跟着我这么久了，还没好好一起吃顿饭，所以今天就特地设宴，答谢各位。"

话说得漂亮，酒桌上的气氛也好。道天风和雷天行都和颜悦色地跟着动筷子。

"马上就要划分新的地盘了。"熊大道，"我刚当上门主不久，各个方面都要多倚仗各位，所以这次的地盘划分，我心里有想法，想说给你们听听。"

地盘儿这事可是根本，几个堂主都精神了，盯着熊大一动不动。

"我手下四处最繁华的城镇，想分给四个堂主。另外两位长老一直在霹雳门主堂，这附近的地盘，也就都给两位长老。"熊大道，"门派里的兄弟最近新来的也很多，到时候你们可以跟着去挑些能干的，帮把手。"

这一个大肉饼砸下来，桌子上的人都有些回不过神。

开玩笑，门主手里的地盘，竟然要让出来？人人争着当门主，就是因为门主手下人最多，地盘最肥。结果熊大要把这些都给他们？

这可算是撞见好事了！熊大定然是怕自己位置坐不稳，所以要拉拢他们。但是这拉拢谁不愿意接受啊？明摆着的便宜可以占，谁不占谁傻蛋!

于是四个堂主都纷纷道:"熊门主大方,我等必然誓死效忠!"

熊大笑了,旁边的两位长老只瞧着没吭声,但是脸上也带着笑意,以表示附和。

刚说完呢,这头的门就被一脚踹开了!

郑宗胜拿着刀,气势汹汹地站在主屋饭厅门口,看着这一桌子的人道:"熊大,你这个忘恩负义的畜生!"

"郑大哥!"道天风惊讶地站了起来,雷天行也是倒吸一口凉气,"这么长时间,你跑哪里去了?"

熊大尚算镇定,只是跟着站了起来。

"老子被这白眼狼坑了!"郑宗胜一把刀拍在桌子上,瞪着熊大道,"好小子,你敢将我关在地牢这么久!还敢坐上门主的位置!你忘记了是谁当年将你从街边捡回来的了?"

道天风和雷天行一惊,纷纷转头看向熊大。

熊大从桌子绕出来就给郑宗胜跪下了:"大哥恕罪,我是真不知道你在地牢里!"

"骗谁呢?"段十一从后头进来,摇着扇子慢悠悠地道,"你不是还把我徒儿关进去了吗?瞧那对机关熟悉的样子,怎么可能没去过地牢?知道地牢的存在,怎么可能不知道郑前辈在里头?"

熊大一顿,低着头跪在地上不吭声了。

"段公子这是什么意思?"桌上坐着的新的青龙堂主站起来了,不满地道,"如今门主是熊大,他说的话我们就该听,念着恩才给郑大哥跪下,别说我说话不好听,郑大哥哪怕回来,也该尊称熊大一声门主!"

"这样的人,你们也甘心跟着?"郑宗胜怒道,"他忘恩负义在前,杀死发妻在后,要是叫他带领我们霹雳门,那就完了!"

"信口雌黄的话谁都会说。"朱雀堂主冷哼道,"说话也要讲个证据的,谁能证明门主杀了发妻?"

"我能啊!"段十一眨眨眼,朝外头挥了挥手。

段小草押着洪山就进来了,后头跟着一众听着动静前来围观的,鱼唱晚也来了。

熊大看见洪山就变了脸色,也没跪着了,站起来皱眉看着他。

"门主饶命。"洪山哆哆嗦嗦地道,"我是被逼无奈,才说了真相。"

"什么真相?"鱼唱晚皱眉。

"就是门主让我们杀了门主夫人,嫁祸给余千的事情。"洪山道,"小的只是想得门主重用,所以帮着杀了人,门主为什么要杀了夫人,我们也不知道。饶命啊!"

此话一出,屋子里一片哗然。鱼唱晚不可置信地摇头:"不可能的,我大哥那么喜欢嫂子,怎么会杀了她!"

"再喜欢,不也是说她不干净吗!"洪山嘀咕了一声。

鱼唱晚脸色一白,侧头看了熊大一眼。

熊大冷哼一声,道:"我算是看明白了,段十一段公子这次回来,就是要把所有的脏水都往熊某身上泼。行,你们一次把话说完,我也有话要说。"

"好。"段十一收了扇子,轻声道,"你说我泼脏水,那么熊门主,你深爱尊夫人吗?"

"那是自然。"熊大道,"唱晚可以做证。"

"那为什么她死后不过两天你就急着下葬,没有亲自去坟上立碑不说,还在这里开了荤席?"

伸手指着一桌好宴,众人也都纷纷跟着看过去。

当真是酒肉都有!好一个深情的熊门主!夫人刚死,当真情深的话,何以至此!

熊大没作声了。

"再有,你说郑前辈在地牢你不知情,那谁知情?谁平时给郑前辈送吃送喝,让他在地牢里活了几个月?"

第75章 第一次的礼物

地牢里关着也总是要送吃的吧?那机关只有熊大知道的话,没他的允许,怎么能去送水送饭?郑宗胜又是怎么活到今天的?

他还敢说不知情?

"也就是说,李芸儿是你杀的,郑前辈也是你关起来的。"段十一道，"杀妻为不义，谋害当时为你上司之堂主为不忠。不忠不义，如何担任这霹雳门的堂主？"

众人一片哗然，小声嘀咕议论。其中不乏谴责之声。连鱼唱晚也不再帮熊大说话了，退了两步站在了段十一旁边。

熊大抿唇，突然叹了口气："这些事情是熊某做的没错，可是都有我自己的苦衷，不能说而已。大家要是都觉得熊某不能担任门主，那熊某便退位让贤。"

嗯？这么简单就答应退位？小草有点意外，郑宗胜也有点没回过神。

然而他这话也就是说给人听的，旁边站着的四大堂主听着，反应尤为激烈："这怎么行？"

他答应他们的地盘和人手呢，换了个门主不就没了？

朱雀堂主连忙站出来道："熊大重情重义，在位这几个月霹雳门多产了很多火器，并没有什么不好。如今被心怀鬼胎之人翻旧账，就要替换掉这么好的门主？我不同意！"

"我也不同意。"玄武堂主站出来，看着郑宗胜道，"虽然郑大哥是我们以前的堂主，但是上次霹雳门大乱之时不在，已经是失了人心。门派里势力重新洗牌，自然是熊大当门主更合适。"

瞧这一个个跟吃了迷药一样地支持熊大，小草就觉得纳闷了，忍不住往桌上看了看。

嘿，一桌子荤菜就把人全收买了？瞧这桌上的盘子，摆在熊大位置附近的都快被吃完了，这也是个爱吃肉的。

嗯？等等！

小草瞧见了一样东西，睁大眼睛，二话不说就扑了过去。

段十一正思考要怎么才能让熊大彻底不能当门主呢，就见小草扑到人家桌子上去了。

捂了捂眼睛，段十一咬牙，他怎么就收了这么个没出息的徒弟，气氛正凝重呢，她也能去看吃的？

"熊门主！"小草突然大喝一声。

熊大吓了一跳，回头看着她。

小草站直了身子问："敢问尊夫人最喜欢的颜色是什么？"

熊大一愣，皱眉："问这个干什么？"

"熊门主与夫人感情十分好，想必回答出来不难。"

"哼。"熊大冷笑，"你一个无名小卒，凭什么要我回答你！"

众人觉得有点奇怪，这问题的确很简单，对熊大来说张口就能答出来，怎么反应这么大？

"她的问题熊门主高高在上不想回答，那段某来问吧。"段十一看见了小草发现的东西，微微一笑，"李芸儿喜欢什么颜色？"

熊大青了脸，正想怒斥呢，旁边的道天风就接了一句："这有什么难的，门主肯定知道。"

鱼唱晚皱眉看着熊大，心里满是疑虑。

哪里不对劲呢？

熊大深吸一口气，低声道："贱内喜欢蓝色。"

衣裳大多都是蓝色的。

"不对！"鱼唱晚低低地喊了一声，"嫂子不喜欢蓝色，她喜欢的是红色，只是因为你夸她穿蓝色好看，她才经常穿蓝色。"

熊大沉着脸不吭声了。

段十一再度展开扇子，笑问："当初是郑前辈将你捡回来的，那郑前辈是从哪里捡到你的？"

"这我哪里记得！"熊大退后了一步。

"不对！"鱼唱晚脸色苍白，"你以前天天给我和嫂子讲当初郑堂主救你回来的事情，是在苗县的主街上！"

众人听得茫然，像是听懂了什么，又具体说不上来。

熊大一个人站在隔断旁边，抿唇道："我不想记得当初的事情，选择性忘记了，也跟你们无关吧？"

"是跟我们无关。"小草笑眯眯地道，"可是有些严重的事情忘记了，那可是要出人命的，比如熊大对猪肝过敏，而你面前这盘子猪肝你吃了个干净，碗里还剩着炒猪肝的大葱。"

道天风和雷天行都扭头去看桌上，刚刚熊大边说边吃，的确是吃了不少猪肝。

"我看你现在半点要过敏的样子也没有，也不难受。"小草蹦跶过来道，"难不成你连自己不能吃猪肝也一并忘记了？"

熊大的脸色变了。

"这个人，根本不是熊大。"段十一看着他，一字一句地道，"谁能把他脸上的人皮面具撕下来？"

闻言，道天风立马就动手了，飞身上去以迅雷不及掩耳之势，打了熊大一巴掌，然后使劲扯着他翘起来的脸皮边缘一扯。

一张平凡陌生的脸出现在众人的视野里。

"熊大"根本来不及反应啊，段十一的话音才刚落道天风就冲过来了，压根儿不给人反应时间，他想躲，却撞到了背后的隔断，躲无可躲。

他还有那么多招没用呢，结果直接就被人戳中了死穴！"熊大"咬牙，伸手就甩出来一个霹雳弹。

"小心！"段十一低喝一声，一把将小草拉了过来。

众人纷纷躲避，屋子里浓烟炸开。

"熊大"趁机就跑了。

烟雾散去的时候，一屋子的人都很沉默。

鱼唱晚开口道："从来了主堂开始我就觉得大哥不对劲，跟换了一个人一样，原来真的是换了一个人……"

顿了顿，她又想起了什么，眼睛一红："可怜了大嫂，几个月前大醉那一晚，是跟那个人在一起喝酒啊，她以为是大哥，喝得毫无防备，我一早回去了，也不知道后来如何，还以为她是被别人送去朱雀堂的，现在看来，怕是那人顶着我大哥的脸送去的。"

到底是有多禽兽不如！

"真正的熊大哪里去了？"郑宗胜忍不住问。

这谁知道啊！小草撇嘴，转头一想："等等啊，你是不是说过，熊大因为芸儿的事情出去喝酒，不小心吃了猪肝，病了一场回来，性子就有些变了？"

"嗯。"郑宗胜也想到了，"估计就是那个时候，他被人害了，换了一个人来。"

鱼唱晚忍不住呜咽。

众人沉默了一会儿之后，道天风道："让郑大哥暂代门主吧，这件事我们要好好追查，看到底是谁在背后要夺我霹雳门！"

几个堂主相互看了一眼，也没意见。熊大既然是假的，那开再诱惑的条件都没用了，霹雳门不可能交给外人。

霹雳门派人出去四处寻找，没能抓住假熊大，倒是发现了真熊大的尸体，已经腐烂得不成样子，但是身上戴着与李芸儿的定情信物。

"大概是李芸儿发现了假熊大的不对劲，所以才被灭口了。"小草认真地分析，"而余千是她青梅竹马，这么几个月她心里疑问重重，肯定给余千说了。于是假熊大就连余千一起灭口。"

段十一躺在河边的草地上，听着她说的，微微点头。

"可是为什么会有人来冒充熊大，还刚好坐上了门主之位？"小草很纳闷，"跟安排好了的一样。"

段十一伸手拿了个东西出来给小草看。

"这是什么？"小草接过来。

一块木牌，用的是红木，上面应该是有只雕刻的老虎，然而只有四只爪子，上半身不知所踪。

"好像少了一半，你在哪里捡到的？"

段十一道："当时去救你，那人刚好把这玩意儿藏书里，我顺手就转移出来了。"

转移什么啊转移，分明就是偷！小草翻了个白眼，又看了看："这东西有啥用啊？"

"我也不知道，挺好看的，留着玩吧。"段十一道。

送她东西？小草眼眸微亮，瞬间笑得春暖花开。

段十一微微睁眼，就看见小草凑在他脸前头嘿嘿嘿地笑。

"走开，你蠢到我了。"段十一翻了个身。

小草：……

看在送了她东西的分儿上，忍了！

"我们该继续往前走了。"段十一道，"霹雳门剩下的事情，就让他们自己解决。下一站是少林寺，听闻发生了一些奇怪的事情，咱们可以去看看。"

"什么奇怪的事情？"小草好奇地问。

"说是佛祖活了。"段十一道，"听着玄乎，咱们去看看热闹也好。"

小草点头，回去收拾包袱的时候，拿了根红绳将小木牌捆牢实，戴在了自己的脖子上。

这可是段十一第一次送她礼物。

"一路好走，多谢了。"出发的时候，道天风两位长老和郑宗胜都来送他们，郑宗胜一脸感慨地道，"以后有什么用得着霹雳门的地方，尽管吩咐。"

段十一抱着香炉，心情甚好地点头。

三人又上了马车，包百病跟河水开闸似的又开始说了。

"咱们这一路可太刺激了，又是死人又是帮人抢门主的。段公子真厉害，那霹雳门可是六大门派之一，竟然都承情于你。"

"刚刚那个鱼姑娘哭得好伤心，段公子竟然也没多安慰两句。"

"还有啊，小草姑娘的内功学得怎么样了？那秘籍有用吗？"

"总觉得这一趟跟着你们不会无聊啊。"

小草忍无可忍，一巴掌将他给拍得头晕眼花。

段十一一边打量那香炉一边道："小草啊，为师说过不能总是用武力解决问题。"

"就是啊……"半晕的包百病委屈地嘀咕。

下一刻段十一的一巴掌就拍过来了，彻底让他陷入了黑暗。

小草一脸严肃地道："师父，我明白了！"

第 76 章　我害怕

不能事事都用武力啊，而且你要用就用彻底了，要么就不用！这就是段十一的潜台词。

小草了然地握拳！

段十一微微一笑："孺子可教。"

三人继续和谐地上路，包百病一路都安静了，小草玩着脖子上的木牌，时不时看一眼段十一。

他一路上都在看那个香炉，这是郑宗胜答应他的，事成之后给他的上一任霹雳门门主灵位前的香炉。

小草忍不住就问："你拿这个干什么啊？特殊嗜好？"

段十一伸手指敲了敲那香炉，有清脆的回响："我在找东西。"

他手里有霹雳门的火器制造手册，但是最后一页缺失了。他破解了那手册这么多年，就差这最后一页。本来也不是很想得到，毕竟对他现在来说没什么用。

但是既然路过了霹雳门，那不要白不要。

老家伙说最后一页藏在"日照生紫烟"，那是一个绝密的地方。

是挺绝密的，段十一默默地将香炉底部砸开，扯出一块泥巴，泥巴捏开，就是一张纸。

齐全了。

小草看着段十一，好奇地问："这东西很厉害吗？"

"是挺厉害的。"段十一拿出一本书，将这纸放在最后卡住，"当年霹雳门被蓝衣襟重重包围，就是为了这个东西。可惜在我手里它没什么用。"

"那你拿来干吗？"

段十一一脸正经地道："放着玩。"

小草：……

马儿愉快地奔跑着，跑着跑着就左摇右晃。

起初小草没注意，也就觉得可能是路太崎岖。

但是马车突然一个急转，她"吭"的一声就撞在了段十一的胸上，撞得龇牙咧嘴的。

段十一很淡定地将她扶起来，默默地朝旁边吐了一口血沫，然后掀开帘子去看。

车夫不知什么时候已经不见了，前面的马狂奔在路上，再往前就是一个山崖。

"出来！"段十一低喝一声，扯着小草就跳下了马车。

小草惊魂未定抱着段十一的大腿，看着那马车翻下山崖，拍着心口道："幸好你反应快。"

段十一点头，然后皱眉："咱们是不是忘记了什么东西？"

"你这么一说，我也觉得。"小草皱眉想，"总觉得少了点啥。"

"包百病！"段十一倒吸一口凉气，连忙顺着山坡去看那翻了的马车。

马已经给摔得昏迷不醒了，车轱辘上的辐条都断了一根。小草掀开帘子，拖了一个头破血流的人出来。

包百病被打昏了，又被直接摔醒了，茫然地看着面前的小草和段十一，嘿嘿笑了两声："你们干啥呢？"

小草和段十一呆呆地看着他，都下意识地咽了口唾沫。

"怎么眼神跟看快死了的人一样？"包百病傻笑，感觉有东西流下来进了自己的眼睛，伸手就是一抹。

满手的血啊！

包百病瞪眼看了半天，淡定地道："皮外伤，没关系的。"

小草点头，刚要松口气呢，这人两眼一翻就昏过去了。

段十一：……

风吹草动，有一大群人正在朝这边靠近。

段十一将手册收好，又抽了却邪剑出来，原地做了个热身运动。

"师父，怎么了？"小草看着他。

"你听见什么了吗？"段十一问。

小草闭着眼睛仔细感受了一下，又趴在地上，感受了一下地面的震动："我听见了！有一大批人正在往这边靠近！"

"嗯，二十多个人。"段十一道。

小草惊讶地看着他："师父你好厉害啊，怎么能把人数也听出来？"

段十一呵呵两声，指了指前面："我看见的。"

小草扭头，就看见了一身黑衣的商氏，面容扭曲地骑在马上。她身后跟着青衣襟，还是熟悉的衣襟颜色，还是熟悉的味道。

"这群人怎么没完没了的？"小草皱眉，"师父你欠他们钱啊？"

段十一耸肩："我要是缺钱，肯定也是让你去借，怎么可能自己去欠人情。"

说得有道理，小草转身去马车上抽出了自己的大砍刀。

是时候活动一下手脚了！刚看完那秘籍，学会点内功心法，拳脚功夫还有待加强，正好碰上人就练练。

"逆贼段十一，还不快束手就擒，打算跟朝廷作对吗？"商氏狐假虎威地朝着这边喊。

跟朝廷作对？小草忍不住笑了，大刀往肩上一扛："我说这位大姐，你犯了杀人罪，是个在逃的罪犯，哪来的底气朝一个捕头喊要他束手就擒？你还代表朝廷？"

商氏冷笑："你还不知道吧？"

知道什么？小草挑眉看着她。

商氏张口就准备说，然而段十一动手了，比以前任何一次都认真，都快速，却邪剑挥了青丝漫天，人瞬间移到了商氏的面前，眉目冰冷，动手就卸了她一条胳膊。

313 ·

商氏没有反应过来，甚至没有感觉到痛，近距离看着旁边这美得不像话的男人，有些恍惚。

血溅当场，痛楚也终于像巨浪拍上了岸一样。商氏尖叫，痛得翻滚到了地上，跟被踩断尾巴的蚯蚓一样地扭曲着身子。

周围人都吓了一跳，小草也吓了一跳。

"杀！"青衣襟反应过来，纷纷下马动手。小草连忙过去帮忙，甩着大刀将一个个人挨着拍昏。

她的刀，是没开过刃的。因为段十一说过，捕快不能杀人。

所以她现在只能把刀当棒槌用，拍一个是一个，拍俩就成双！

段十一的眼眸里有淡淡的红色，然而目光触及小草，会稍微清澈一些。

他的却邪剑也不杀人，只挑机会挑断人的手筋。

但是人家也不可能都伸着手给你挑啊，人家手里还有刀呢，开了刃的那种！

于是就算段十一武功再好，但处处被限制，对面人又多，身上就难免带点伤了。

小草看着急得团团转，又被人围着帮不上太大的忙。她能做到的就是保全自己不扯段十一后腿。

"小心！"段十一怒喝了一声。

小草一愣，回头一看，身后一把剑正朝她而来。

狼狈躲过，膝盖在地上擦得发疼，小草咬牙，伸手就从袖袋里掏了东西出来。

霹雳弹！这是她走的时候，顺手从霹雳门拿来防身用的。

青衣襟们就瞧着这丫头拿了几个泥丸子出来，也没在意，拿着刀剑就继续往上扑。

"砰！"

一声巨响，几个人被炸了一脸的灰，裸露在外头的皮肤都被灼伤了，疼得哭爹喊娘的。

"耶！"小草握拳欢呼，接着就举着大刀过去一个个给拍昏。

段十一没想到这丫头还带着这个，哭笑不得的同时忍不住夸她："真不愧是我段十一的徒弟！"

小草那叫一个乐呵啊，扛着刀就去了段十一身边，帮他挡着刀剑。

炸没了一半的青衣襟，剩下的人也还是多啊，小草在段十一的背后应付，跟着胳膊上被砍了一刀，疼得紧，但是她没吭声，怕分了段十一的心神。

这算是一场恶斗，不能杀人，但是要让他们丧失战斗能力，比杀人还费劲。要全是那种一般人就好了，一脚蹁过去就爬不起来的那种。可这群青衣襟偏偏倔强，右手被砍了还能换左手拿刀！

段十一身上的旧伤本来就没好完整，这一个激烈运动，白衣上头全是血。

小草看得着急，拼着自己挨了好几下，也将面前这几个人打昏了去。

半个时辰之后，地上倒着一片。小草身上全是汗，段十一身上全是血。

"师父？"小草扶着他，瞧着这人没血色的嘴唇，心里跟被谁划了一刀似的，"怎么样了？"

段十一甩了甩湿透的头发，抿唇道："死不了，但是走不动了，你不能留在这里，去少林寺求救。"

她是不能留在这里没错，谁能留啊！没准儿等会就又来一群青衣襟了。

小草刚想说话呢，段十一就直接昏了过去，昏在她的肩膀上。

"师父！"小草慌了，头一次觉得这么慌，看了看马车旁边的包百病，咬咬牙，将段十一背了起来，然后找了根绳子，一头捆在包百病的肩上，一头捆在自己腰上，背着一个拖着一个，努力往前走。

一个女儿家，到底喜欢谁不喜欢谁，从一些小事就可以看出来了。

幸亏包百病是昏过去了，不然可能得被气死，这差别待遇，不求你俩一起背吧，但是好歹给人家背下垫个芭蕉叶啊！

小草天生神力，力气比一般的男人都大。但是背着段十一又拖着个包百病，没走几里地就双腿发抖，眼泪都快下来了。

身后的段十一跟漏水一样，一路滴滴答答，只是漏下来的水是红色的。

走到一座山脚下，小草实在走不动了，却还是没放下段十一，只跪坐在地上，抓着段十一的胳膊号啕大哭。

她有点害怕啊，万一段狗蛋真就这么死了，就这么离开她了，那她该怎么办啊？

哭声震天，小草心里默默对上天发誓，要是能让段狗蛋活着，以后她一定不气他了，好好跟他学东西！

"段小草？"前头传来一个熟悉的声音。

第77章 什么时候与我成亲?

抬起蒙眬的泪眼往前头一瞧,有个人过来了,声音挺熟悉,穿着一身黑色袍子,还闪着点银光。

小草抽搭了半天,抹了眼睛仔细看了看。

颜无味眉头紧皱,蹲在她面前看着她这模样:"怎么哭得这么惨?"

亲人啊!小草眼泪掉得更厉害了,张了张嘴都说不出话,只伸手指指背后的段十一,又指指包百病,着急地比画。

颜无味挑眉,这才看见她背后有个半死不活的段十一,眼神冷冷地勾唇:"他也能有今天,谁这么有本事啊?"

小草一愣,这才想起,颜无味和段十一是死对头啊!虽然后来是合作了那么一把,但那也是段十一逼的!归根究底,颜无味被关了一年是段十一害的,他姐姐受伤也是段十一害的,看见段十一快死了,她要是颜无味,肯定上去补一刀!

倒吸一口凉气,小草使劲儿背着段十一站起来,转身拔腿就跑!

"你去哪里?"颜无味问。

哪里没你去哪里啊!小草内心咆哮,还以为遇见救兵了,结果遇见的是宿敌!

埋头往前冲,拖得背后地上的包百病哐当直响,没冲两步就撞见了人。

小草低着头,看见了地上的很多只脚,心里有些不好的预感。再一抬头,她预感真准。

黑压压的一片人,也不知道哪儿来的,悄无声息地堵在她的退路上,穿的都是玄色长袍,袍子边角有云一样的银色图案。

正纳闷呢,就听得身后的颜无味道:"把她给我抓回来。"

"是。"玄衣银云应声一片,接着她腰间的绳子就被解开了,包百病被人背了起来,还有人过来要抢走她背上的段十一。

"那个你们随意,这个不行。"小草头摇得跟拨浪鼓一样,"我自己来背。"

颜无味走过来，眯了眯眼："你就这么舍不得他？"

小草点头："没他没我！"

四个字，落地有声。

段十一要是醒着该多好啊，多感动啊，保证以后就不斜眼看她了，走哪儿都喊她"亲亲徒儿"！

可惜段十一是昏迷着的，而且气息微弱，血也没止住。

颜无味冷笑了一声，转身就走。

一众人你看看我我看看你，背着个包百病，也不知道自家宫主抽的什么风，只能跟着走。

但是没走两步就停下来了，站得最近的人看见，当时宫主的手捏得都发白了，然后叹了口气，转身又走回了那小姑娘面前。

他道："我能救他，你跟我走。"

小草心有戚戚："不用了，我上少林寺去就行了，你身上又没有止血药……"

"少林寺？"颜无味忍不住冷笑一声，"我们刚刚从那上头下来，劝你还是别去，没人能帮得到你。"

"啊？"小草皱眉，"少林寺怎么了？"

颜无味淡淡地道："惹人厌，被我屠了。"

哈哈哈，小草很想笑两声，这个笑话讲得不错啊，人家少林寺百年的根基啊，你想屠就屠？

不过为了不要惹恼面前这个魔头，小草没说出来，而是背着段十一打算继续爬山。

颜无味恼了，伸手抓着她背上的段十一，语气有些阴沉："我都说了不用上去，你想他活命就跟我走，听不懂？"

小草回过身，看了他半天道："你不会想杀了我师父？"

"我想。"颜无味道，"但是我不会乘人之危。吃一只死兔子有什么意思，要吃也吃那种活泼乱跳的，会咬人的。"

小草放心了，嘿嘿笑着看着他："那就多谢了哈，你家在这附近吗？"

颜无味板着脸道："不在，但是暂时有个落脚的地方，段十一这伤再不止血，会流成人干。"

"好。"小草背着段十一，跟着他走，"那你走快点。"

颜无味黑着脸，一双长腿迈得老快老快了。小草已经是精疲力尽，但是还是咬牙小跑跟着，谁想来拿段狗蛋都不给。

不远处的山脚下有一处农家，颇为壮观的是，那农家附近扎了很多帐篷。

颜无味领着她走进去，一路没个好脸色，让她把段十一放下来，就吩咐人进来给段十一上药。

"我能……先试试这药吗？"小草瞧着那黑乎乎的东西，不放心地说了一句。

颜无味咬牙："我不会毒死他！"

"我知道我知道，息怒哈。"小草嘿嘿笑着，还是不放心地伸手弄了点药闻了闻，然后一股脑地糊在了旁边包百病的伤口上。

观察了一会儿，包百病还在喘气，小草松了口气，点点头道："上药吧！"

来上药的大夫穿的也是玄衣银云，古怪地看了小草两眼，又看看自家宫主的脸色，大气不敢出，小心地低头上药。

"对了，你来这里做什么啊？"小草问。

颜无味皱眉："我已经说过了，我是来屠少林寺的。"

"噢。"小草撇撇嘴，也没当真，不过也没往下问。他能扯这么大的犊子，肯定是有什么难以启齿的事情。

想着想着，小草就靠在段十一的床边，陷入了昏睡。

她太累了啊，等段狗蛋醒了，一定要喊他减肥！长手长脚又跟铁块儿似的，难背死了。

颜无味叹了口气。

"哎，这什么情况啊？"帐篷附近一堆人凑在一起八卦，颜无味身边的识金挤眉弄眼地道，"你们瞧见宫主那模样没？瞧见没？可吓坏我了，没见过对谁这么温柔的。咱们宫主是不是也该成亲了啊？"

"那姑娘什么来头啊？"断玉好奇地问。

众人一起翻了个白眼："你不认识她，还不认识她背上的段十一啊？管段十一叫师父的，除了咱们大宫主，不就是那个传说里啥也不会的小捕快了吗？"

"啊，就是那个跟了段十一半年也还是个小菜鸟那个？"断玉一顿，"咱们宫主这是什么情况？"

众人唏嘘，纷纷拿出了身上的碎银子。

"赌五钱，最后宫主不会跟她在一起。"

"跟五钱！"

"我也跟！"

识金啧啧两声："我赌一两会在一起，宫主那性子，谁比我了解？"

断玉犹豫了一下，果断抛弃了兄弟："我也赌不在一起。"

识金翻了个白眼："你们这群没见识的，等着赔钱吧！"

然后一群人散开，个个恢复了冷酷的模样，守着四周。

颜无味动手喂了段十一一颗药，黑乎乎的那种。

转头看看旁边床上的小草，小脸惨白，睡梦里手脚都在微微抽筋。

也是苦了她了，跟着段十一这祸害。

想了想，颜无味伸手抓起小草的手，还是过点真气给她吧，也能叫她好受些，他日好好运用，武功也能有所长进。

过真气很伤自己的身子，还好他要做的事情已经做了，休养一段时间也不碍事。

调息好了，他将气息游走在小草的四肢，正想将真气过给她，突然就被一股气给冲撞了。

霸道浑厚的真气，不用问也知道是谁的。

颜无味睁开眼睛，收回了手，看着面前这人，眼神复杂极了。

怪不得当初在长安，段十一与六音交手会被伤着，原来过了真气给小草。这小丫头何德何能，竟然有段十一的真气在身。这玩意儿在勤奋练功的人身上相当于少费劲几年，而在这样的小丫头身上，怕也就是来暖暖身子吧。

真是奢侈。

三个又累又带伤的人在农家睡了四个时辰之后醒来，最先醒的还是小草，一醒就蹦跶去段十一身边，摸他的脉搏。

还好还好，还活着。

再看看包百病，好像也不严重了。

颜无味端了清粥进来，瞧了她一眼，忍不住道："他死不了，你过来喝粥。"

小草应了一声，乖乖坐过去。

身上手臂上的伤口都被人细细包扎过了，小草也就放心地喝粥，不用担心粥会漏出来。

"段小草，你知不知道江湖上有个规矩。"颜无味突然道。

"什么规矩？"小草一边喝粥一边抬眼看他。

"母子不婚、父女不婚、师徒不婚。"

小草一愣，眨眨眼："关我什么事儿？"

颜无味挑眉："你不是喜欢你师父吗？"

小草倒吸一口凉气，第一反应是回头看了还躺着的段十一一眼。

还好，没醒。

"我不知道什么喜欢不喜欢的。"小草夹了菜，慢慢地吃着，"只是我舍不得师父死了，他要死我陪他一块儿死，他要是能活，那我死了也没关系。这是喜欢的话，那我挺喜欢他的。"

颜无味一怔。

"若是有一天，你师父要娶师娘了，你会难过吗？"

小草认真想了想，撇嘴："当然会啊，成亲了他肯定就不管我了。"

颜无味沉默，还想问问呢，却不知道问什么好了，只能幽幽地道："他对你也的确挺好的。"

哪儿好？小草心里凄凉，外人都不知道她怎么被段十一欺负的好吗！简直是惨无人道灭绝人性！

愤怒地咬一口大头菜！

"你今年也十六了吧。"颜无味神色平静下来，认真地道，"打算还等多久再与我成亲啊？"

第78章　被灭门的少林寺

小草一脸纳闷地看着他，这人长得不错武功也好，是有多想不开，才会想娶她啊？

她都替他觉得可惜！

"颜大侠今年多大？"小草问。

颜无味道："正好弱冠。"

"为何还未成亲？"

· 320

"没遇见喜欢的。"

小草乐了："你的意思是你喜欢我啊？"

颜无味支着下巴，想了一会儿："觉得娶你回去应该挺有趣的。"

冷冷清清的摘星宫也该会多点生气。

"得了吧你。"小草翻了个白眼，"我顶多是对你有鸡腿之恩，你半点不了解我，认识时间也不长，就觉得我有趣就叫喜欢啊？母猴子还有趣呢你咋不娶回去？"

颜无味皱眉，思考了半天之后认真回答："母猴子不能娶，起码要是个人。"

小草：……

这缺心眼的孩子！

"我的意思是，你对我那点儿感情，没到要娶我的地步。"小草喝完粥，正儿八经地道，"只能当个朋友。"

颜无味有些不服气："那什么感情才能娶你？"

小草也是个小丫头片子啊！她哪里知道什么感情可以啊！但是还好看的戏本子多，张口就是瞎编：

"等你觉得替了我去死也半点不可惜的时候，那就可以了。"

颜无味一震，低头想了想，觉得小草真是个智者。

他现在的确还做不到这点，他还有摘星宫，还有大仇未报，要是死了真的很可惜。

所以颜无味安静了下来。

"哎哟我的脑袋……"包百病声音嘶哑地号了一声。

小草连忙跑过去看，包百病身上包着的白布十分多，从上到下都包了个严实，只露了眼睛鼻子嘴巴在外头，看起来像个蚕宝宝。

"你醒啦？"小草一脸悲伤地看着他，"可真是太惨了，还疼不疼啊？"

包百病捂着头，好半天才茫然地看着四周："我为什么会在这里啊？"

"你出车祸了。"小草道，"马车翻下了悬崖，我们又遇见了杀手，我师父都伤着了，最后是我一个人将你们救回来的。"

"你一个人？"包百病惊讶地看着她。

小草连忙把包扎着的胳膊给他看："这里离我们出事的地方有十几里地呢！我一个柔弱的姑娘把你们救回来，好悬没死在半路上！"

包百病感动了，眼泪汪汪地看着小草："真是苦了你了，我背起来很重吧？"

"很重！"小草不要脸地点头，"我腰都快断了。"

包百病信了，十分不好意思地道："对不起啊，我欠你一命，等我身子骨好了，我肯定给你搓个大力丸当谢礼！"

"这倒不用。"小草嘿嘿两声，心虚地转头去看段十一。

段十一也醒了，悄无声息地，睁着眼睛看着她。

小草一愣，对上他的眸子，心里莫名地一跳。

啥时候醒的？！

"师父，你怎么样了？"

段十一动了动身子，眉头皱了皱，十分生气地道："要留疤了！"

小草：……

您老人家身上的疤也不知道有多少了，还在意这一道两道的？

瞧他还有心思担心别的，也知道内伤肯定不重，小草松了口气："想不想吃东西啊？"

段十一坐起来，靠在枕头上，瞧着那边的颜无味皱眉："东西不想吃，倒是很想问，为什么颜大侠会在这里？"

正在思考感情与人生的颜大侠回头，皱眉看了他一眼："你以为你为什么还活着？"

小草低声嘀咕："是他救了我们。"

"我不是说这个。"段十一道，"最近应该是少林寺闭寺休整的时候，你来这里干什么？"

颜无味睨着他："有人出十万两黄金，要我灭了少林寺满门。"

段十一手一紧，皱眉看着他："你做了？"

"不然我为什么在这里？"颜无味好笑地道，"我又不是圣人，为什么放着钱不赚？"

真的假的？小草瞪眼，她还以为颜无味是开玩笑的啊，少林寺毕竟是六大门派之一，里头什么乱七八糟的十八铜人和金钟罩都有，要灭人家门没那么容易吧？

再说了，就算打不过你，人家背后还有佛祖呢，颜无味也不怕突然五雷轰顶？

段十一表情有点严肃，奈何现在身子柔弱，血流太多了，要打也打不过颜无味，还是选择沉默吧。

"明天我们上山。"段十一闭眼道，"容我再调息一天。"

小草点头，看了看颜无味。

颜无味冷哼："你上去也只有收尸的份儿，还不如省省力气调养好，再与我打一架。"

"调养好的时候你打不过我。"段十一盘腿坐好，闭着眼睛道，"别白费力气了。"

"是吗？"颜无味挑眉，"哪怕你少了一半真气，我也打不过你？"

段十一微怔，转头看了小草一眼。

小草很茫然："什么真气？为什么会少一半？"

"不小心弄丢了。"段十一淡淡地道，"不要紧，少了一半要教训他也不是难事。"

"好大的口气。"颜无味笑了，"那我明天一早在屋子前头等你。"

段十一毫不惧怕地点头。

小草有点急："你身上的伤不可能好那么快的。"

"有什么关系？"段十一轻笑，"行了，你出去吧，把包百病也给我打包带走，我要好好调息。"

小草郁闷了，扛着包百病就出了门，找了旁边的稻草堆将他放下，然后坐在旁边支着下巴想事情。

颜无味也出来了，看了她一眼，就去了帐篷那边。

包百病扭动了一下身子，看着小草道："小丫头，是不是感情又受挫了？"

"我受什么挫？"小草没好气地道，"就是不懂段狗蛋在想什么，所以觉得烦。"

包百病咂了一下嘴，道："你现在是他徒弟，他肯定不会事事都告诉你。你要是他媳妇那就好啦，夫妻是同林鸟，他肯定什么事情都告诉你，用不着你去猜。"

小草一脸看神经病的表情看着他。

"你别瞪我啊，就说我猜得对不对吧！"包百病哼哼道，"你喜欢你师父，有眼睛的都看得出来。"

小草眼神一片茫然，她的确不知道自个儿喜欢不喜欢啊，就……觉得段十一是她在这世上最后一个亲人了。

包百病自顾自地道："你喜欢一个人就得去想办法得到他啊，男追

323 ·

女隔座山，女追男不就隔层纱吗？我是替人看过很多相思病的，那病无解，得你自个儿大方勇敢。不然等人被别人抢走了，你哭都来不及哭。"

小草撇嘴，斜他一眼："你想太多了。"

她只想当他徒弟，这就够了啊。

包百病哼哼两声："不听老人言，吃亏在眼前。唉，我就是遇见过一个姑娘，没使劲儿去追，结果人不见了，后悔都来不及。"

后悔个什么啊，就算哪天她多了个师娘，只要段十一还疼她，那也……应该也许大概似乎无所谓吧。

小草咧着嘴想，再说，段十一也不能看上她这样的小鸡崽子啊。

农舍只有三间，颜无味等人在这里只是方便做饭，晚上是睡帐篷的。于是晚上的时候小草依旧在段十一的床边打地铺。

颜无味因着明天一大早要和段十一比武，所以在帐篷里安静地修炼。他知道就算段十一少了一半真气，那也不是个好对付的主儿，必须准备充分。

而段十一也在准备，不过不是准备打架，是准备跑路。

一男一女加个木乃伊，在寂静的月色之中翻墙而出，朝着山上狂奔。

"师父，你不是答应了颜无味要和他比试吗？"小草一边跑一边道，"临阵脱逃也太没骨气了啊！"

段十一边跑边道："骨气是什么？能吃吗？我要是不答应他，他能放松警惕让咱们走吗？真跟着回去摘星宫，为师会变成机关下头无辜丧命的美男子！"

"我也觉得该跑。"包百病道，"但是你们能不能等等我？"

天可怜见啊，他这个浑身绑着的人，要怎么跟上那俩跑得比兔子还快的？

小草身上伤最轻，跑得最快，压根儿不理包百病的呼喊，只道："我先上山看看情况。"

颜无味说，上山也只有收尸的命，小草已经想到了山上会是怎样一个场景。

宏伟壮观的少林寺，大概已经是鲜血遍地，尸骨如山。也不知道传闻中的得道高僧有没有幸存。阿弥陀佛，到底是佛门慈悲之地，颜无味这罪孽也太深重了，怪不得是魔头。

远远地看得见少林寺的大门了，小草停下来喘了口气，回头看了看，段十一和包百病都已经被甩得老远。

不管了，她先进去看看有没有活口。

深吸一口气，小草上前，将阖着的大门轻轻推开。

沉重的"吱呀"声响彻山林，小草念着阿弥陀佛，刚跨进去一只脚，就听见旁边有人道："阿弥陀佛，女施主，少林正在休整期间，不接待任何香客。"

小草吓得一滚，脸色青白地回头，就看见个小和尚手里拿着佛珠，朝她双手合十。

这是鬼，还是人？

她伸手去摸了摸，热的！

小草惊讶极了，这是什么情况？活口？

第 79 章　奇怪的少林

小和尚被小草捏着脸一阵乱摸，不禁有些脸红，说话都结巴了："女施主……施主自重。"

"啊？不好意思。"小草连忙把手收回来，看着他问，"这山上……有发生什么事情吗？"

小和尚一脸茫然："什么事情？住持大师刚闭关，少林寺每年这个时候都会闭寺休整，并没有发生什么事情。"

啊？那颜无味为什么要说，他把少林寺给灭门了？小草嘴角抽了抽。

吹牛不用交税真好！

段十一和包百病慢慢跟上来了，看见个小和尚，也有点吃惊。段十一看着他问："慧通大师可安在？"

小和尚瞧见段十一，顿了顿，双手合十道："住持安在，只是在闭关，阁下是？"

"在下段十一，烦请通报住持一声，借个地儿容身。"段十一柔弱地跟着双手合十。

小和尚呆呆地点头，然后飞快地顺着阶梯往山上跑。

小草扶了段十一一把，段狗蛋就直接不要脸地将重量全压在了她身上。

325

"你跟这里的住持也认识啊？"包百病在后头一蹦一跳地跟着上楼梯，好奇地问。

段十一淡淡地道："早些年出来到处跑的时候，认识了不少人。这慧通大师人最好，和我打赌输了从来不赖账，我喜欢。"

就是差点将少林寺都输给他了就是了。

包百病忍不住惊叹："厉害！"

小草觉得，段十一简直就是一朵摇曳在红尘中的交际花啊！走哪儿摇到哪儿，男女通吃，简直厉害。这种人行走江湖都不用带钱的！带脸就够了！

少林寺前面的台阶很高，有一百零八级，小草扶着段十一走到一半的时候，上面就来人来接了。

一群中年和尚，大概七八个，这阵仗也算大的，一下来就双手合十道："段施主，住持大师等您很久了，请随我们来。"

说完，又一群人一起往上走了。

小草就纳闷了，你说这算啥？来引路？前头就一条路！来接人？那倒是搭把手啊，看着一个柔弱女子扛着个伤员，后头还蹦跶着个木乃伊，也忍心就这么走了？

腹诽了半天，前头就已经出现了寺庙建筑。

可能是因为在休整的原因，寺庙显得有些空荡荡的，也没什么人。前头的和尚直接将他们引到了一间斋房，然后道："住持大师闭关的时候不见客，三位就在这里歇息吧。"

"有劳。"段十一颔首。

门合上了，外头还站了两个人没走。

小草觉得有些奇怪，打开门看了看，两个和尚朝她作揖，也没拦着她不准出去，但就是站在门口。

关上门，小草跑到段十一身边嘀咕："这里是不是有点奇怪啊？颜无味明明说将少林给屠了，却还有这么多人活着。但是咱们不过是普通香客，干吗站在门口守着我们？"

段十一悠悠地睨着她："谁说我们是普通香客了？慧通心里肯定还惦记着我呢，这会儿出不了关，派人看着我以免我跑也不是什么奇怪的事情。"

小草瞪大眼睛："你又欠了人家什么？"

段十一抿唇："什么叫'又'？是他欠我的，不是我欠他的。每年我都会来跟他打赌，只是今年因为霹雳门的事情来得晚了，他已经闭关了。"

这得多让人恨得牙痒痒，才会在闭关的时候都派人出来看着他啊？小草啧啧两声，转头打量斋房。

房间挺大的，内外两室，两张床，旁边还有个超大的衣柜。看起来段十一可以在这里好好养伤一段时间。

"你们有没有闻见什么奇怪的味道？"

包百病从进了少林寺就一直捂着鼻子，看表情不太好受。

小草闻了闻四周："没有啊，只有点烧艾叶的味道。"

"就是这个味道，好浓。"包百病皱眉道，"浓得我呼吸都不太顺畅，这少林寺有女人安胎吗？烧这么多。"

"不是闭寺休整吗，又怎么会有香客？"小草摆摆手，"你这狗鼻子先收起来吧，都去躺着，我去厨房看看给你们弄点吃的。"

爬山就爬了一晚上，现在这俩伤员就该吃了东西睡觉，不然伤口是好不了了。

小草自告奋勇地就推门出去了。

门口的和尚和善地看着她。

"请问，厨房在哪里？"

左边的和尚热心地道："女施主请跟我来。"

少林寺很大，小草跨越了整个练功的操场，才来到了少林寺的厨房。

厨房也大，几十口锅摆着，由于已经是深夜，没人做饭，小草就一个人进去了。

那和尚道："贫僧就在门口等施主，外头有点黑，等会儿施主会迷路。"

"好。"小草笑眯眯地应了，走进厨房里，随意选了个灶台。

结果菜板上头还放着切了一半的萝卜，锅里不知烧着什么，成了奇怪的糊糊，像是主人忘记灭火，烧到柴没了才算停歇。

小草脸上的笑容没了，神色凝重地换了个位置。

白菜、四季豆、茄子，很多东西堆在一边，都是只切了一半，锅里有的是干净的，有的沾着奇怪的菜，炉灶里都有柴。

这怎么看也像是一群和尚正在做饭的时候，突然发生了什么，所以一切都被中断。

"女施主，怎么了？"外头站着的和尚问了一声。

小草回过神来，走过去问他："少林寺里会做饭的师父还在吗？我……突然想起我不会做饭。"

和尚一愣，接着笑道："女施主，我们寺庙里会做饭的和尚都睡了，这会儿去叫起来……他们明日还要练功呢。"

"是这样啊。"小草点头，回去找了找，找到两个馒头放进怀里，"那就让他们将就吃吧。"

"阿弥陀佛。"和尚念了句法号，带着她原路返回。

天上无月，四周都阴森森的，小草路过那练功的操场之时，觉得远处好像有什么东西堆积成山。

步子放慢了一些，小草想过去看看。

"女施主。"前头的和尚也停了下来，"晚上风大，快些回去吧。"

"哦，好。"小草连忙跟上他，只是忍不住又回头看看。

只有一点轮廓，像是一堆破布一样的东西，堆在不远处的地上。空气里都是艾叶的味道，什么也闻不出来。

小草觉得心里有些发毛。

回到房间，包百病和段十一竟然都已经累得睡过去了。小草将馒头放下，果断缩去了段十一身边。

分明是佛门清净地，她怎么觉得鬼气森森的。

这一觉睡得一点都不踏实，半夜听见一点响动，小草都会坐起来低喝一声："谁？"

动静消失得一干二净，段十一却是睡得极好。

第二天小草就顶着两个黑眼圈，看着精神了许多的段十一。

"昨天晚上偷牛去了？"段十一瞧着她，开口就是揶揄。

小草摇头："我睡不着，好不容易睡着了梦见的全是尸体。师父，咱们去看看吧，看看那边他们练功的操场上面堆着的是什么，我昨天好像看见了人的一只手……"

"怎么会。"段十一打了个呵欠，梦还没醒的样子，"少林寺不杀生的。"

她知道啊，可这不是怕少林寺被人给杀生了吗！

伸手将一头青丝束起来，段十一笑道："行了，我陪你去看看，顺便上山采药给包百病，他脑子摔坏了要换药。"

"好。"小草连忙点头。

包百病给自己拆了包扎，换了新的白布又给自己包上："你们早点回来。"

"好。"段十一一只脚跨出去，想了想，又转身回来，勾弄了几下门，塞了几个不知道什么的东西在门后。

"你没事不要开门，等着我们回来。"

"好。"包百病挥手，也没注意段十一做了什么。

小草迫不及待地往操场上跑，跑到一看，远处依旧堆着东西。

"师父你看，就是那边！"小草抱紧他的胳膊道。

段十一走了过去，眯着眼睛瞧了半天，最后翻了个白眼："这不就是一堆破麻布吗？能把你吓成这样？"

麻布？小草跟过去看，还真是麻布，积了不少的灰，看样子应该是寺院大扫除的时候丢出来的，还没处理。昨天晚上又没月亮，她就看错了。

"好吧，采药去。"心里的石头放下，小草拉着段十一就往寺外走。

段十一面带微笑，就跟出来踏青似的。

只是将要跨出少林寺大门的时候，他回头看了一眼，长长的一眼。

"两位要去哪里？"又冒出来一个和尚，喊住了他们。

小草回头看着他道："我们要去采药。"

"山上这两天多猛禽，两位要什么药，都去药房拿就好了。"和尚道，"不必出去采。"

有现成的？小草跳了回来，那更好了啊，省得漫山遍野地找了："药房在哪里？"

和尚指了一个方向，看着段十一道："段公子应该知道的。"

"嗯，我们自己去吧。"段十一朝那和尚颔首，抓着小草就走。

小草跟在段十一身边，时不时回头，还可以看见那个和尚跟在他们身后。

"好烦啊。"小草道，"这种被监视的感觉一点也不好！"

第 80 章　这臭不要脸的

段十一道："你就当是个随从了，别理他。"

小草嘟着嘴，浑身不自在。

段十一拉着她往药房走，药房在少林寺偏后的位置，刚好能经过住持闭关所在的房间。

小草瞧着，那房间外头挂了一把大锁，地上用红漆写着"生人勿进"，门上拉着些透明的丝线，像是蜘蛛网。

段十一只看了一眼就收回了目光，小草倒是忍不住问："这住持闭关修炼一般是做什么啊？"

"调息吐纳，修炼内功，领悟心法。"段十一道，"都是不能被打扰的事情。"

这样啊，也怪不得要把房门锁起来了。小草点头。

药房里有个和尚在，一直碎碎念。段十一和小草走进去，就瞧见墙上桌上还有药箱子上全是划痕。

"这是怎么了？"小草忍不住惊呼。

那和尚回过头来，眉目慈善："两位施主不必惊慌，昨日贫僧……试药中毒，发了狂，拿剑将药房弄成了这样。今日毒已经解了，正打算收拾一番。"

原来是这样，小草松了口气，拍拍心口："还以为这里发生什么命案了呢。"

和尚一顿，念了佛号："施主说笑了。"

小草将包百病写的药方子给他，那和尚看了看，转身就去抓药。

段十一靠在一边，伸手摸了摸那满是划痕的柜子，微微一笑："大师的功力不错。"

"过奖……"和尚憨憨地笑了两声，将药包好递给了小草。

"那我们就先告辞了，多谢。"段十一温和地笑了笑，朝那和尚颔首，然后带着小草离开。

刚经过佛堂，就听见某处传来"砰"的一声。

什么东西炸了？小草吓得差点没站稳，段十一却跟听见了起跑枪声一样，飞快地往他们住的地方跑去。

房间的门被炸开了，烟雾滚滚。包百病被炸得头发竖起脸上灰黑，咳嗽着从门里爬出来。

"怎么回事？"小草跑过去将人给扶起来，段十一迅速地将旁边地上两个炸昏了的和尚给拖进了屋子里去。

包百病很茫然地吐着烟："我也不知道怎么回事啊，刚在研究伤口呢，就有人推门进来，我说门锁了，他们还直接砸门。结果不知道怎么回事，门刚被砸开就爆炸了。"

小草皱眉，这动静有点大，不少和尚都往这里来了，纷纷在问怎么回事。

段十一从屋子里出来，脸上无辜得很："这少林寺的门，还有这么大的威力？"

一个胖和尚进来，看了四周一眼，皱了皱眉，对段十一道："施主受惊了，要不换一间斋房？"

"不用，这门也就透点风，挺凉快的。"段十一道，"出门在外没那么多讲究，大师还是去忙自己的吧，这里我们自己处理就好。"

"阿弥陀佛。"胖和尚行了礼，带着其他人，一步三回头地走了，只一个小和尚，趁着人多的时候，从窗户翻进了屋子里，躲在隔断后头。段十一假装没看见。

"扶他进来，等会去煎药。"

"是。"小草连忙把包百病扛起来，进了屋子。

多灾多难的包百病啊，真是惨得很，一路上大伤小伤没断过就不说了，哪儿出事儿哪儿有他，总在受伤的最前线，精神实在可嘉。

小草看着他这倒霉样，心里仁慈地发誓，以后遇见要拖着包百病走的时候，一定给他屁股底下垫块儿木头！

门破了个大洞，小草还是勉强去关上了。刚一扭头，就看见隔断那儿冲出来个小和尚！

"什……"小草后面两个字还没说出来，那小和尚的帽子就掉了，瀑布般的头发散下来，扑了段十一满怀。

"段公子！"鱼唱晚像是终于看见了亲人一样，小声地呜咽，"我一听声音就知道是霹雳弹，就知道是你们来了，你们终于来了！"

小草有点傻了，段十一也不解地低头看着她："鱼姑娘……为什么会在这里？"

不是该在霹雳门吗？

鱼唱晚抹了抹眼泪，看了一眼门口，拉着他们进内室里，低声道："你们刚走不久我就出来追你们了，大哥大嫂都没了，我待在霹雳门也没什么意思，想着就跟你们出来走走也好。没想到一直没追到你们，我就先来了少林寺，想着段公子与慧通大师有交情，怎么都会来看一眼。"

"结果我来这里的时候……"鱼唱晚伸手捂着嘴，平静了好一会儿才道，"看见少林寺被灭门了！"

包百病好奇地凑过来："外头和尚不都是好好的吗？哪里灭门了？"

小草也想问这个问题。

鱼唱晚摇头道："就是前天，少林寺上下和尚，包括还没来得及下山的香客，全部被魔头颜无味带着摘星宫的人屠杀一空，尸横遍野。我刚好到这里，没进去，爬在树上躲了起来，看着里头跟人间地狱一样……"

当真是人间地狱，佛祖垂着的眉目所及之处，全是被屠杀的僧侣，血将地砖都染红了。

"那魔头走了之后，我偷偷潜了进来，正准备找找慧通大师，却听见外头有动静。出来一看，另一群和尚穿着少林寺的衣裳进来，很平静地收拾尸体残骸，脸上的表情一点也不惊讶。"鱼唱晚咬牙道，"那群人不是少林寺的人，是别处的和尚，不知道被谁指使，穿了少林寺的衣裳，将这里外打扫干净，尸体清理一空，全部埋去了后山。"

小草倒吸一口凉气。

怪不得，怪不得她看见厨房里的东西都是做到一半的，那些人还没来得及将菜切完，就遇见了一场大屠杀！

而凶手，竟然是颜无味？

小草心里说不出来的难受。

她认识的颜无味，不是这个样子的啊……

"我找了他们的衣裳，假装是他们其中一员，这些和尚来自五湖四海，彼此都不认识的，可能只是冲着少林寺的香火来的！"鱼唱晚道，"我一直在等你们，总算是等到了。"

段十一拍了拍她的肩膀，示意她站直，然后道："我知道了，慧通估计也被他们锁在房间里。"

这群人，难不成就天真地觉得，随意找一群和尚来，就能替代少林寺？

"我想过去找慧通大师，然而那房间周围全是机关，窗户和门都不能碰。"鱼唱晚抬眼看着段十一，"我知道，要是段公子来了，就一定有办法！"

段十一嘴角抽了抽："我都没自信，你别替我这么有自信。"

鱼唱晚目光里满是涟漪，看着他道："我就是替你有自信，你是无所不能的！"

　　小姑娘对心上人的崇拜，都觉得那人定然是个脚踏七色云彩的盖世英雄。

　　小草蹲在包百病身边听着，啧啧两声嘀咕道："段狗蛋欺骗良家妇女的本事真是高啊，还无所不能呢！生孩子会不会啊？"

　　包百病往空气里嗅了嗅，皱眉："我闻到醋味儿了。"

　　小草一巴掌拍在了他的后脑勺上，完全忘记了刚刚自己在心里说过要对包百病温柔点儿。

　　"醋个屁！我就是觉得他浪荡，看着想打他。"

　　包百病捂着后脑勺很无辜，打就打啊，去打段十一啊，打他干啥啊？

　　这边的嘀咕段十一和鱼唱晚都没听见，两人正在商量该怎么营救慧通大师。

　　"你可以假扮成跟踪我们的和尚。"段十一道，"有俩门口的和尚被炸昏了，我捆在衣柜里头，一时半会儿不会醒。今晚你就跟着我，假装去药房，然后路过慧通大师的房间，再想办法。"

　　"好。"鱼唱晚点头。

　　小草不乐意了："凭啥是带她去不是带我去？"

　　段十一斜她一眼："择优懂不懂？唱晚的功夫比你扎实，关键时候不容易出乱子。"

　　小草皱眉："我关键时候出什么乱子了啊？你忘记是谁把你一路背过来的了！"

　　段十一撇嘴："反正你老实待在房间里，看着衣柜里那两个和尚以及保护包百病就对了。"

　　小草气得直磨牙，心里当真有一坛子陈年老醋，咕噜噜地往上冒着酸泡泡。

　　这还没师娘呢，随意来个女的，段十一就要抛弃她了，那以后当真有了师娘，她还不得被逐出师门啊？

　　以前怎么没嫌弃她出乱子了，现在倒是不要她跟着了，有本事一直带着鱼唱晚，一直别要她跟着啊！

　　哼！

　　门打开又合上，段十一和鱼唱晚出发了。

　　包百病揶揄地看着小草："我说什么来着？前车之鉴你不听，现在知道难受了吧？"

小草一脚就踹了过去："你给我边儿待着，别来烦我！"

包百病骨碌碌地滚到了墙角去，一边碎碎念最毒妇人心，一边继续捣鼓他的药材。

段十一和鱼唱晚一去就是大半天，外面天都黑了，少林寺里也还是一点动静都没有。

小草坐不住了，起身就要出去找他们。

"女施主，要去哪里？"门口的和尚这次却拦住了她。

小草心里一跳，连忙道："我只是去找找我师父。"

"晚上风大。"和尚抬头看着她，脸上的表情有些麻木，"女施主还是在屋子里待着为好。"

第81章　阿弥陀佛

夜风吹来，的确有点大，还夹杂着杀气。小草觉得不对劲了，皱眉看着面前这和尚，手悄悄往后，捏着背后的大刀。

和尚动手了！动作很快！冲着她面门就是一套伏虎罗汉拳！双龙出海！四龙逐月！

小草退后一步，瞧着他这一拳拳的都打在离自己一步远的空气里，不由地松了口气。

是个照着武功谱子出招，不看具体情况的傻帽啊！就这样的人，也敢派来杀人灭口？小草终于有机会学着段十一的口气冷笑一声，然后抽出自己的大刀，很快很准地往他后脖子上一敲！

"砰！"人倒了。

小草帅气地摸摸鼻子，下巴扬到天上。她这么厉害的武功，竟然也被段十一嫌弃？这是段十一的损失，不是她的！

收起大刀就继续往前走，虽然心里觉得自己忘记了什么，但是一时想不起来，小草也就没去硬想了。

人生嘛，就是要洒脱！

被洒脱掉了的包百病在屋子里打了个喷嚏，吸吸鼻涕看了一眼外头。

小草姑娘怎么还没解决完门口的人，来接他一起去找段十一啊？

小草在夜色里狂奔，少林寺里一片寂静。奔到慧通大师的屋子附近，一个人也没有。

段十一和鱼唱晚呢？小草瞪大眼，房门上的锁没了，门却还是关着的，上头的蜘蛛网一样的东西也还是在。

难不成段十一还会隔空取物，直接将慧通大师变出来救走了？

小草围着屋子绕了几圈，最终决定推开门看看。

但是刚踩到地上有红漆的地方，还没来得及走过去呢，屋顶上就吊下来一根绳子，垂到了她面前。

小草一愣，抬头一看，鱼唱晚正抓着绳子的另一头，招手示意她上来。

这是干啥？小草好奇地抓住绳子，借力飞身上了屋顶。

段十一也在上头，屋脊上摆了桌子，桌子上面还有酒菜，敢情这两人出来这么久，就在这屋顶上喝酒聊天看月亮？

小草眯了眯眼。

"你别吱声。"鱼唱晚轻声道，"再过一炷香的时间，就是他们来巡查的时候，我把门上的锁给撬了，他们看见，一定会以为慧通大师被救走了，然后打开房门看的，到时候我们就可以跟着进去，将大师给救出来！"

姑娘挺聪明嘿！小草坐在一边，阴阳怪气地想，怪不得段十一都悠闲地在这里喝小酒看小月亮了。

段十一没吭声，咬着不知道从哪儿来的酱菜，慢悠悠地等着。

小草也不知道自个儿哪根筋抽了，浑身不自在，就盯着瓦片生闷气。

"来了来了。"鱼唱晚突然低声说了一句，然后就退到了段十一身边去，段狗蛋的狗爪子很自然地就搭在了她肩上。

不要脸！小草咬牙，转头去看下头。

几个和尚朝这边来了，白色的僧服晚上还是看得较为清楚。

"不好！锁坏了！"一个和尚大叫了一声。

段十一放下了酱菜，和鱼唱晚一起到了屋檐边等着。

"吱呀——"

门被推开了，就是这个时候！段十一先纵身跳了下去，鱼唱晚摸了摸自己头上的僧帽，等着那几个和尚追着段十一进门之后，也跟着跳下去，混进和尚堆里。

小草呆呆地站在屋顶上，突然觉得自己不该来的，杵这儿挺多余啊，人家俩配合得很好。

"中计了！"和尚大喊着，连忙想去抓已经进了屋子的段十一。

段十一哪是这些人能抓得住的？返身几下就打昏了几个僧人，然后扭开屋子里的暗室机关，往里头冲。

慧通大师被绑在木架上，以耶稣的造型，凄美地望着进来的人，一看是段十一，眼泪都快下来了："阿弥陀佛……"

"还佛什么佛。"段十一上去给他松绑，没好气地道，"你堂堂得道高僧，怎么会到了这个地步？"

慧通一被松开就扑到了段十一身上，眼泪一把鼻涕一把地道："老衲没想到啊！老衲万万没想到！"

"先别想了。"鱼唱晚道，"等会肯定还会有人过来，快先离开！"

段十一一把扛起慧通大师就往外走。

小草从屋顶上跳了下来，看着两人顺利出来，咧嘴笑了笑："成功啦。"

段十一看了她一眼，突然想起："包百病呢？"

小草一愣，坏了，又把他给忘记了！

"我回去接他，等会儿门口会合！"

段十一点头，带着鱼唱晚就往少林寺门口跑。

小草撒丫子跑回斋房的时候，门口已经站了十八铜人在等着她了。

包百病被捆在中间，嘤嘤哭道："小草啊，你下次去哪儿都记得捎上我啊，我这手无缚鸡之力的……"

"闭嘴！"小草头疼地看着这场景，要她一个打十八个？这绝对只有被十八个人一起打的份儿啊。

但是现在怎么办？是丢下包百病跑，还是和他一起挨揍？

其实她包里还有信号烟，但是段十一重伤未愈，干点偷鸡摸狗的事情还成，这种群殴，他的伤只会加重。

想了想，小草叹了口气，抽出大刀来，开始在地上磨。

十八铜人慢慢朝她靠近，包百病急得大喊："你还磨什么啊！砍他们啊！砍他们！"

小草一脸严肃地道："不急，等我给刀开个刃儿。"

包百病一听，眼前就是一黑。

完蛋了，要死在这里了。

段十一和鱼唱晚刚到少林寺门口，后面的追兵也上来了，大门口也是一场恶斗。

小草的功夫比起在长安，已经是进步了很多了，内功和拳脚功夫都有质的飞跃！

但是在十八个人面前，小草还是被揍得鼻青脸肿的。

这是冒牌的十八铜人，功夫没有正品那么厉害，但是架不住人家人多啊，一人一拳她都可以肿成个包子了。

"你先走吧。"包百病都看不下去了，咬牙道，"我死就死了没关系，你好歹能活！"

小草打得再辛苦也忍不住翻了个白眼："这话你咋不早说？偏在我已经累得跑不动了的时候说？"

缺心眼啊？

包百病眼神无辜，躺在地上叹了口气。

又是一拳打在肚子上，小草没忍住，吐了口血。

眼前有点花，行走江湖，她好像就一直在挨揍，以前果然是太年轻了，觉得自己功夫还过得去。现在出来才发现，还得跟段十一多练练。

浑身都疼，小草疼得要放弃抵抗了，手里的刀都掉在了地上，身子蜷缩了起来。

最后一拳落下来的时候，小草念了一句："阿弥陀佛。"

然后闭上了眼。

一道佛光照了下来，她的身上没有感受到那一拳头，小草心想，原来信佛祖真的有用啊！

睁开眼睛一看，颜无味站在她的面前，手里的天蚕丝勒断了一个铜人的脖子。

他的眸子是赤红色的，看起来比平时还漂亮。站在她前头，替她挡去了所有攻击不说，还将剩下的铜人全部吓跑了。

真好啊，小草恍惚地想，原来除了段十一，还有其他人能护着她。

"段小草。"颜无味蹲下来，皱眉看着她的脸，"怎么成这样了？"

小草指了指那边的包百病，说了两个字："救他。"

然后就昏过去了。

颜无味瞧着面前这鼻青脸肿，一点也没了原来模样的脸，哭笑不得，伸手就将人抱了起来。然后看一眼旁边的包百病，找了根绳子捆在他腰上，一只手拿着绳子另一端，一路拖出去。

只有自己心疼自己的包百病，含着辛酸的泪水，顺手拿了旁边地上的一块木板，垫在了自己屁股下头。

行吧，拖着走也行，别忘记他就算好的了。

少林寺门口一场恶战，段十一身上又是鲜血淋漓，正想回去看看小草有没有事，颜无味就已经抱着人出来了。

"大魔头！"鱼唱晚吓了一跳，脸色都白了。

段十一皱眉，轻轻将她护在身后，然后看着颜无味道："你不是急着回摘星宫吗，怎么还返回了？"

颜无味一脸理所当然地道："有东西忘记拿了，现在拿到了，正好回去。"

他眼睛看的是怀里的小草。

段十一脸色当即就沉了下来："她不是你的东西。"

颜无味耸肩，将捆着包百病的绳子递给他，然后抱着段小草就走。

"站住！"段十一将慧通丢在一边，上前拦住他，"你要是想与我打架就直说，别打她的主意，她还是个孩子。"

"孩子？"颜无味想了想，"也对，你都二十五岁了，跟你比起来，小草的确还是个孩子。"

段十一呵呵笑了两声，浑身的气息都冷了下去。

这是找碴儿啊！他这样风华正茂的美少年，竟然敢嘲讽他老了？

不打一架不行了！

鱼唱晚站在后头，有些不可思议地道："段公子，就是这人灭了少林满门，小草怎么会跟他有牵扯？等今日之事传出去，摘星宫必定被江湖追杀啊！"

段十一没好气地道："他跟小草没关系。"

颜无味眯着眼睛看了鱼唱晚一眼，鱼唱晚吓得直往慧通大师身边靠。

"阿弥陀佛。"慧通大师嘴唇也有点发抖，"施主放下屠刀，立地成佛吧！"

第 82 章　老相好

"佛？"颜无味低眉看着那老和尚，像是听见了什么天大的笑话，"你信的佛，可救得了你这一寺的僧人？"

慧通大师身子一震，眼里涌过痛苦，却还是双手合十："佛心向善，善者方能长存。"

颜无味冷笑："那是他们活得久，还是我活得久？"

都说佛能普度众生，众生死在他的眼下，他普度了吗？伸手救了吗？颜无味觉得，佛才是这世界上最大的骗子。他站在佛的对面，死的是佛脚下的人，他们却还要来感化他。

真可笑。

慧通大师沉默了，终于忍不住取下了脖子上的佛珠。

"阿弥陀佛。"

佛号念罢，慧通双目赤红："施主手上罪孽深重，屠刀已经拿起不能放下，那么就由老衲来领教了。"

佛也有怒的时候！

颜无味笑了，眼里有兴奋的光芒："他们说你不能杀，我就没有杀。但是你要送给我杀，那就多谢了。"

"我来帮你拿着。"有人对他伸出双手。

颜无味顺手就把小草给递过去了，然后捞起袖子就摆开架势，准备和慧通打架。

慧通雪白的眉毛在风里微微扬起，深吸一口气，也摆开了降龙伏虎拳的准备姿势。

这两人某种意义上来说是一类人，都对武学很痴迷。但是不同的是，颜无味的武功是用来杀人的，慧通的武功却是用来保护人的。

风吹叶动，颜无味先动手了。慧通迎面接住他一拳，操起佛珠就往他头上砸："我让你不听佛祖的话！让你不听佛祖的话！"

那珠子是沉香木做的，瓷实极了，砸一下就能让颜无味喉咙一甜。

颜无味也不是吃素的，天蚕丝飞出来就削去了慧通半幅衣袖，两人十丈之内都是杀气腾腾，莫敢近人。

慧通的武功造诣很高，毕竟年纪摆在这里，颜无味应付起来还需要集中精神。要不是摘星宫人多使诈，不一定能那么轻松地将慧通给捆在修炼室。

这一集中精神，半个时辰就过去了。等颜无味反应过来的时候，段十一已经抱着小草拎着包百病和鱼唱晚一起到了五里之外的破庙了。

小草伤的都是外头，鼻青脸肿的，段十一不放心，检查了一番，有轻微的内伤。

这傻丫头功夫还没到家。

包百病掏出个药丸子来，道："给她吃这个，我秘炼的护心丹，可以调养内伤，增添功力。"

段十一回头看了他一眼，接过来皱眉打量一番："真的假的？"

这种护心丹，可是要卖好几百两银子一颗的，而且供不应求，江湖上人人趋之若鹜，恨不得一口吃成个大侠。

"我自己做的，效果保证啊。"包百病道，"都说了我是神医，这点东西就跟小糖丸似的，有时间可以给你们都做来吃。瞧咱们这一路身上全是伤，还有你身上的伤口已经破裂很多次了，得找个地方好好调养了。"

段十一自己也知道，他身上的伤口怕是要恶化了。

"你是神医的话，就先帮段公子包扎一下伤口啊。"鱼唱晚看着段十一身上的血，有些着急地道，"他血流得也太多了。"

包百病撇嘴，伸出自己被包成粽子一样的手："你觉得我还能给他包扎？"

鱼唱晚咬牙，道："那我来！干净的白布呢？"

包百病看了看自己的身子，道："我腰那一截绑着的白布挺干净的。"

鱼唱晚：……

江湖儿女不拘小节啊，鱼唱晚实在是心疼段十一，生怕他流血过多而死，于是就脱下自己的里衣，撕成了布条儿。

段十一微微皱眉："鱼姑娘？"

"出门在外，也就别计较那么多了。"鱼唱晚脸色微红，却是一本正经，"将就一下，你先脱了衣裳。"

段十一沉默，然后道："你在很久以前就该知道，我心有所属。"

鱼唱晚一愣，拿着布条的手也僵硬了。

"只是给你包扎伤口，段公子别想太多。"鱼唱晚垂了眼眸道，"该知道的事情，我一直知道。"

"这样啊。"段十一又笑了，背对着她将外袍脱了，"那就多谢姑娘。"

小草醒了很久了，想着睁开眼的话段狗蛋说不定要她自己下来走路，于是就一直装死。

结果装死到这里，听见段十一那句"我心有所属"，小草装不下去了，睁开了眼睛。

"醒了？"段十一正面对着她，背后是在包扎的鱼唱晚。

"嗯。"应了一声，小草眯着眼看着段十一，"我们要去哪里？"

段十一道："我知道有个地方可以藏身，就在这附近，等鱼姑娘给我包扎好，咱们就过去。"

"好。"小草点头，在草堆上翻了个身，背对着他。

很久以前，心有所属。

很久以前，她还不认识段十一，但是那个时候，他已经心有所属了？小草捏着稻草，觉得心里不太是滋味儿。

也说不上来是什么感觉，就像看中了一件宝贝，努力攒钱想去买，结果钱还没攒够，宝贝已经被别人买走了。

莫名其妙的失落感让人鼻酸。

小草给自己解释了一下，这种难过和鼻酸呢，肯定是因为她几天没好好吃饭了，寺院里的伙食又差，还没肉，所以她太难受了！

一定要吃肉！

至于段十一喜欢的人……大概是颜六音吧。小草猜也能猜到，鱼唱晚好像也曾经说过，他们两个感情很好。

一个是正义凛然的捕头，一个是桀骜不驯的魔头，一旦接受这种设定，其实还是挺带感的。小草咧了咧嘴，然后闭上了眼。

鱼唱晚给段十一包扎好了之后，段十一看了看小草，还是将她抱起来往外走。

包百病和鱼唱晚跟在后头，一路走到个山谷附近，看见山壁的旁边有几间屋子，应该是户人家。

然而这户人家里头，只住着一个人。

裹着头巾的妇人瞪眼看着面前的段十一，拿着擀面杖站在篱笆边，看起来不太想让他们进去。

鱼唱晚正想去说两句好话呢，段十一却挡在了她面前，一脸严肃地道："六姑，少林寺被灭门了。"

杨六姑一愣，一张风韵犹存的脸瞬间苍白："什么？"

"但是慧通大师还活着。"段十一道，"现在应该还在与颜无味缠斗，我们身上都是伤，可否进去休息？"

苍白的脸过了一会儿才缓回来，听见慧通没死，杨六姑咬牙："遭报应了吧他，你们进去，我出去一趟。"

"好。"段十一抱着小草进去，轻车熟路地找到一间空房，放下小草之后扭头对包百病道，"后头有个药草院子，你需要什么就去拿，药罐子在中间屋子的左边墙角外头。"

包百病一进这地儿眼睛就亮亮的，听闻药材可以用，都顾不得身上的伤，飞一般地去了。

"那个人是谁？"小草靠在床上，问了一句。

段十一嘿嘿笑了两声："慧通大师的老相好。"

小草和鱼唱晚都倒吸了一口凉气。

慧通可是得道高僧啊！出家这么多年了，怎么可能还有老相好？这要是给江湖人知道，少林寺不就颜面扫地了吗？

瞧着两人震惊的眼神，段十一慢悠悠地又补充了一句："他还未出家之前的相好，现在老了，叫老相好。"

小草和鱼唱晚：……

打量了一下这房子，布置得很简单，却有家的感觉。门口还挂着蒜头，院子中间还有一群鸭子在散步。

慧通是三十年前出家的，也就是说，六姑已经守在这里三十年了。

小草觉得有些不可思议，一个老和尚而已啊，那妇人看起来还挺好看的，咋就这么想不开？

"把这个先吃了。"段十一将包百病给的药丸塞进小草嘴里，然后给她倒了杯水。

小草乖乖地吞了药，咂了一下嘴，也没啥特别的感觉。

段十一起身道："你们先休息，我出去接一下他们。"

颜无味没那么好对付，就算六姑过去，也不一定能让慧通大师脱身，所以还得他去。

小草点头："师父小心。"

鱼唱晚也道："段公子小心。"

段十一潇洒地走了，带着满身的血也走得霸气十足。等看不见人了，小草才把目光收回来，看着鱼唱晚问："鱼姑娘，喜欢一个人是什么感觉？"

鱼唱晚一愣，没想到她会这样问，想了想还是回答道："就是牵肠挂肚吧，看见那个人就会很开心，看不见就很失落。别人让我帮忙去山上挖个人参我不会答应。但是若是换成喜欢的人，他不用开口我都心甘情愿替他去挖。"

小草听着，仔细分析了一下，果然她是不喜欢段十一的，他们总是在一起，都相看两相厌了，哪里来的牵肠挂肚！再说挖人参什么的，她可不愿意去，可是段十一要是有这个需求，怎么都会逼她去的。

鱼唱晚说的症状，她一个都没有。

拍拍心口，小草刚要松口气，却听得鱼唱晚道："还有就是，他跟别的女子亲近，你会很不高兴。"

第 83 章　那算你厉害！

还以为已经安全着陆了呢，结果鱼唱晚这一句话就让她后一只脚直接绊在石头上，摔了个狗吃屎。

段小草郁闷地道："不高兴他跟别的女子亲近就是喜欢？为什么啊？"

鱼唱晚坐在她床边，叹息道："喜欢人都是想占有他的，这是人的天性。"

小草撇嘴，她是有点不高兴段十一跟其他女子亲近，那也是因为这人实在太浪荡，她怕他坑害了人家良家妇女！

她没想占有那禽兽，所以，应该也不是喜欢。

不是的不是的！

包百病到了后院简直跟到了天堂一样，这里的药材闻着就知道都是佳品，而且很全，不仅可以做护心丹给小草和段十一，还可以做些其他的解毒丸和大力丸。

一路上都被段十一和小草投喂食物，包百病还是很自觉的，知道感恩回报、真情回馈。一头扎进药堆里就鼓捣到了天黑。

天黑的时候，段十一也就正好带着慧通和六姑回来了。

慧通身上有伤，精神头还算好，捏着佛珠被段十一扶着回来，嘴里还喃喃念着："阿弥陀佛，佛祖不发威，那小子真不知道厉害！"

六姑瞧着他这一身破破烂烂的衣裳，眉头直皱："你可省点力气吹牛吧，要不是我去了，你能保住你这胳膊？"

慧通有些不好意思，跨进门来看见小草，"咦"了一声走过来："这不是魔头抱着的那个女娃子吗？"

段十一抿唇道："这是劣徒段小草。"

"你徒弟？"慧通大师瞪大眼，看了看段十一，又仔细看看小草，接着恍然，"你尽会挑好苗子。"

段十一沉着脸道："别说其他的了，来说说吧，少林寺怎么回事？"

六大门派之一的少林，上下三百多口人，不乏武功高强之辈，却被颜无味给一夜之间灭了门。这怎么听着都像是有内情。

慧通大师不笑了，双手慢慢合十，沉重地念了声佛号："三天前，有个穿着梅花绣鞋的男人来找老衲。"

小草一听就来兴趣了，绣花鞋？梅花？还是个男人？

"他说，这少林寺香火鼎盛，但是人数众多，再多的香客，也只够每人每天一碗饭的。于是问我，想不想训练僧兵，可以替人卖命，然后赚钱供奉佛祖。"

想起那个男人，慧通叹了口气："我自然是没有答应他，少林寺的僧兵有是有，但是也只是为了保护我少林百年基业。要当成佣兵杀生，那是万万不能的。那个男人也没说什么，就走了。"

但是第二天，寺庙里来了很多香客，还大多是要住在寺庙里沐浴斋戒的，少林寺没起疑心，招待了他们。

只是没想到，水井里打上来的水竟然是有毒的，喝过水的僧人死伤无数。香客里有人拿了刀剑，开始攻击僧人。僧人为了保护其他香客，都纷纷拿起了木棍。

慧通大师一向是不赞成武力的，能说话的话，为什么要动手呢？

但是这群不知道哪里来的香客，简直禽兽不如，竟然抓了个五岁小孩儿威胁他。

"你不是慈悲吗？"颜无味站在高处，睥睨着他道，"既然这么慈悲，那就用你的命，来换这孩子的命，如何？"

"阿弥陀佛。"慧通看了一眼杀成一片的四周，又看看颜无味手里的孩子，皱眉。

"怎么？怕死？"颜无味挑眉。

慧通大师叹息，闭上眼松开了手里的棍子。

于是他就被绑起来，关在了修炼密室。

在密室里，他又看见了那个男人。

"大师也是倔强，敬酒不吃吃罚酒。"那男人咯咯笑着道，"我也不想杀生，但是僧兵我想要啊，他们喝的水里的迷药也该起作用了，你猜猜看，我会做什么啊？"

"施主罪孽深重。"慧通道。

"我知道，用不着你提醒。"

"梅花绣鞋"翻了个白眼道："你就直接告诉我吧，要怎么才能控制僧兵？"

慧通指了指自己。

"梅花绣鞋"立刻上来将他全身摸遍。

"不是老衲身上的东西，是老衲本身。"慧通大师笑得一脸智慧，"僧兵只听老衲调遣，施主何必白费心思？"

"梅花绣鞋"眯了眯眼，明显是有些不高兴了："我就讨厌你们这样的聪明人，你以为我没有办法吗？"

慧通沉默不语。

"梅花绣鞋"转身就去打开了外面的门。

清净地过了一百年的少林寺，正被笼罩在腥风血雨之中。

没了慧通，僧兵所在的后寺又被锁上了门，里头的僧兵全部睡得正香。这样一来，少林寺里其他的和尚要对付摘星宫的一群人，就很麻烦了。

抵抗了一夜，天亮的时候，地上就全都是僧人的尸体了。

"我会给你一个全新的少林寺。""梅花绣鞋"端着早膳进来看他，道，"到时候，我会给你下毒，你什么也不用说，就当一个下命令的木偶就可以了，你看怎么样？"

身边的僧侣被尽除，慧通闭了闭眼，额头上冒出了青筋："欺人太甚。"

"佛祖不是说，要没有七情六欲，要始终心态平静吗？""梅花绣鞋"道，"你气什么啊？"

慧通抬眼就记住了这个男人，长得跟只孔雀似的，十分娘娘腔的男人。等他脱了困，一定去佛堂给他点个"断子绝孙灯"，百世长明！

阿弥陀佛，他真是修行还不到家，再怎么平静，都想一佛珠打死这人！

"你是说，有人想用少林寺的僧兵？"小草肿着一张脸，看着慧通道，"少林寺的僧兵有多少啊，他用得着费这么大力气吗？"

"你有所不知。"鱼唱晚低声道，"少林寺寺庙遍布整个大梁，僧兵分开来说是不多，要是集合在一起的话……"

她掰着指头算了算："也能打下一座城了！"

小草吓得都打嗝了，瞪着眼睛看着慧通。

少林寺这样的全国大门派，人的确是挺多的。被人当成力量想利用也是情理之中。

那个"梅花绣鞋"杀了少林寺主寺的满门，然后用乱七八糟的僧人凑数，弄成了一个便于掌握的少林寺。

然后呢，如那个人所说，最简单的方法就是给慧通下毒！将他当个遥控器来使用！哪儿要用僧兵了，就让他下令调遣。

如果嫌麻烦的话，还可以直接把慧通给关起来，然后用身边的"亲信"来传话。

方式方法多种多样，但是那"梅花绣鞋"是个选择困难户，之所以迟迟没有给慧通下毒，是因为没有想好是罂粟毒好呢，还是每月要解毒一次的"月月红"好。

结果还没想清楚的时候，段十一就来了！

小草觉得有些可怕，那人那么残忍，肯定是坏人。少林寺要是当真落在坏人手里，那该多惨啊？

"现在我们要怎么办啊？"小草看着段十一问，"衙门管不管这事儿？"

段十一撇嘴："你去报案，人家就给你记录一下，不会真的有什么结果的。这种屠杀之事，衙门不敢掺和。"

"那怎么办？"鱼唱晚皱眉，"现在那群人还在少林寺呢，就凭我们几个，也无法将寺院抢回来啊。"

六姑道："我去通知其他门派，说不定能帮上什么忙。"

"可以。"段十一点头，然后看着慧通大师道，"但是六姑通知其他门派需要至少半个月的时间，这半个月里，要靠大师自己，将少林寺给拿住。"

怎么拿啊？慧通一脸茫然："你要我回去跟他们打吗？"

"出家人，打什么打？"段十一翻了个白眼，"人家要的不过是你乖乖听话，那你乖乖听话不就完了？"

慧通白眉一横："这怎么行？我少林是有原则的，绝对不与奸人为伍！"

小草想了想，好像明白段十一的意思了。

"权宜之计，大师可以回去少林寺，假装答应他们，看看这后头到底是什么人在整幺蛾子。然后等其他门派前来救援。"

段十一颔首："我这傻徒儿都听明白了，你怎么越念佛越傻了？"

慧通大师气不打一处来："我这叫气节！叫风骨！谁傻了？"

六姑一脚就踹在了他的腿上："老东西少废话！少林寺都要被人抢去了，你还要什么气节风骨的！段公子比你聪慧多了，你就听着然后去做就是了！"

慧通张张嘴，很想反驳她，但是看了六姑一眼，竟然就沉默了。

小草突然很好奇这两人之间到底发生过什么事情，瞧着还有那么点古怪啊。

"好吧，我听段施主的。"慧通道，"但是这次也得打个赌。"

"赌什么？"

"就赌我这少林寺能不能抢回来。"慧通道，"若是不能，你得把你的却邪剑给我留下！"

好大的口气，段十一挑眉："那要是我赢了呢？"

"那算你厉害！"慧通大师鼓掌。

小草：……

段十一呵呵了两声，扭头就坐在了一边。

"咋啦，不敢赌了？"慧通跳到他面前，"段施主可是赌神！不能退缩！"

段十一打了个呵欠，伸手抓了一把旁边放着的小碟子里的药丸，闻了闻就丢进了嘴里，慢悠悠地道："我是赌尿，我退缩了，少林寺的事情，大师自己解决吧！"

第 84 章　我的师父喜欢我

慧通大师瞬间就泄气了，眼睛红红地道："我少林遭此劫难，已经令老衲悲痛不已……段施主还有什么想要的？"

段十一一脸同情："大师节哀，段某不是贪心的人，自然不会趁火打劫，要大师为难。"

慧通大师松了口气，正要作揖呢，就听见段十一道："把少林那本每年会供在大殿佛像手心里一日的秘籍借给我几天怎么样啊？"

这不要脸的！慧通大师的脸瞬间涨成了猪肝色，那是少林绝学！绝学知道吗！全少林寺就他一个人看过，平时都是他学了之后，再教些皮毛给其他僧人！

这人倒是好，一上来就问他借绝学秘籍，还说不贪心！心简直可以装下整个大梁！

"很为难吗？"段十一挑眉道，"少林若是不存，秘籍拿着也没用。少林要是拿回来了，有没有秘籍也都是一样的，大师在犹豫什么？"

话说得好听，哪里就一样了？慧通恨不得吐口血在他脸上，那可是镇寺的东西！

不过，段十一虽然与他认识多年，但是交情也没好到要费心费力地替他拿回少林寺的份儿上，毕竟一个不注意就容易丢了小命。慧通之所以跟段十一打赌，其实也就是含蓄地问他：帮我拿回少林寺需要啥代价？

段十一开了价码了，少林秘籍。

慧通犹豫了一会儿，咬咬牙点头："好！"

天下武学是一家，需要发扬光大，共同促进！慧通心里默默这样想着。

"既然大师这么大方，那段某自当尽力相助。"段十一笑了，"大家身上都有伤，先在这里休息几日，等着他们来找。"

"谁会找来？"杨六姑瞪眼，"我这地方可不是那么好进的！"

"就是要让他们进。"段十一道，"慧通大师逃走了，那群人肯定会下山来追，我们且先躲着，等着伤好得差不多了，就现身给他们抓回去。"

慧通大师点头："接着那些人以你们为威胁，我就顺着梯子下，配合他们。"

"没错。"段十一点头。

化被动为主动，有他在少林寺，总有办法能帮到慧通大师。

"那我现在就出发了。"杨六姑麻利地收拾了东西，往肩上一扛，"半个月一定将其余四大门派都通知到！"

"有劳女施主。"慧通大师抿唇，朝着杨六姑的背影作了个揖。

杨六姑一顿，加快步子走了出去，黑色的长裙显得她很瘦，上马远去，就这么将自己的屋子放心地交给了他们。

小草忍不住拉着段十一的袖子嘀咕："这六姑是不是还喜欢慧通大师啊？"

段十一扫她一眼："你这小小年纪，怎么就这么八卦呢？"

"我不小了！都十六了！"小草鼓嘴。

十六岁啊！都该嫁人了，哪里还像个孩子？

段十一还想揶揄她两句，脑子里却闪过颜无味的脸，眉心微皱。

也不知道他是来真的还是玩玩而已，竟然当真对小草这丫头有兴趣，口味可真重。

不过话说回来，颜无味吧，长得也还凑合，虽然比他差远了，但是要骗骗小姑娘也不难。人吧，平时的时候还算正常，杀起人来就跟疯子一样。像小草这种根正苗红的好少女，肯定是不能接受一个杀人狂魔的。

想到这里他也就松开了眉头。

"对了师父。"小草想起来，"我记得好像是颜无味救了我，他现在去哪里了？"

段十一刚放松的皮子又紧了，看着小草道："你问他干什么？"

"不干什么啊。"小草道，"他救了我很多次了，礼貌上来说，我应该道谢的。"

段十一眯眼："跟一个杀人狂魔道谢，你脑子进水了？"

鱼唱晚和慧通大师也望了过来。

小草有些不好意思地道："我知道他身上罪孽深重，但是救了我也是不争的事实。责任上来说我该抓住他，为民除害！但是个人感情上，我还是想谢谢他。"

"哈？"段十一没忍住挖了挖耳朵，"你还懂什么叫个人感情？"

小草翻了个白眼："这东西人人都有，有什么不好懂的！"

段十一觉得，自己一直在对小草进行武力和智力教育，好像一直忽略了她的感情方面。

眼瞧着也胸是胸腰是腰的，快长成大姑娘了，他似乎也该跟她谈谈，免得以后被人骗啊。

"咦？我刚刚放这儿的一碟子药呢？"包百病从外头蹦跶进来，正开心呢，一看桌上的空碟子，傻了。

那可都是刚做好的护心丹哪！虽然是手搓工艺，没炼炉，但是药效也很好的，那么一大碟子，哪里去了？

段十一轻咳一声，看着他道："你最近经常伤着脑子，记忆容易出现偏差，这儿没药，肯定是你记错了，先出去重新做吧。对了，慧通大师也去隔壁休息吧。鱼姑娘最好去帮帮包百病，他那手包的，肯定不利索。"

说着就把一屋子的人都推了出去，然后关上了门。

鱼唱晚站在门口，微微愣神，眼神复杂地转身去了后院。

小草眨眨眼，看着段十一锁上门，一脸严肃地回到她的床边。

"咋了？"

段十一道："我想跟你谈谈感情的问题。"

小草：……

心莫名地跳得有点儿快。

"你觉得颜无味是怎么样的一个人？"段十一问。

小草满脸问号："你问这个干什么？你不是比我熟悉他吗？"

"我想看看你眼里的他。"段十一道，"老实交代。"

小草认真想了想，摸着下巴道："颜无味像个大孩子，傻不愣登的，总是会在关键的时刻来帮我，最开始是他欠了我的恩情，到现在反而是我还不清了。"

"感觉他杀人的时候挺可怕的，但是温柔下来也挺好的。"

眼角瞧着段十一的脸色越来越难看，小草连忙道："但是他是个大魔头啊，杀人无数，这次的少林血案也是他一手为之，太过残忍，哪里比得上师父你心怀天下，英俊潇洒……"

这话还算中肯，段十一点头："你明白就好，以后少跟他来往。"

"嗯。"小草点头应了。

嗯？过了一会儿，她才觉得不对啊，这么严肃地关上门，就是要她别跟颜无味来往了？小草眼珠子转了转，巨大的脑洞再次打开了。

鱼唱晚说什么来着？喜欢一个人，看见她跟别人在一起会不高兴？

"师父，我跟颜无味在一起，你会不高兴吗？"

段十一眯着眼睛看着她："岂止是不高兴，我可能会打断你的腿逐出师门！"

小草缩了缩脖子，心里一阵阵激昂啊！不喜欢她跟别人在一起就是喜欢她的话，那是不是说，段十一终于眼睛瞎了，喜欢上她了？

脸蛋瞬间通红，小草咬着手指，笑得跟朵花似的继续想。

你瞧啊，不喜欢她跟别人在一起就是喜欢她，那段十一说要打断她的腿逐出师门，这么不喜欢！是不是也就说明了……他喜欢她，也是很喜欢很喜欢那种啊？

回想看看，段狗蛋一直对她很好，有肉都留给她吃了，还一次次帮她收拾烂摊子。救过她的命，帮她挡了不知道多少危险。

如果这都不算喜欢的话！那喜欢是什么？小草兴奋极了，扭身就坐了起来，娇滴滴地对段十一喊："师父……"

段十一打了个寒战，皱眉看着她："好好说话！"

小草咳嗽两声，眨巴着眼睛看着他道："你觉得如果喜欢一个人的话，是等他发现好呢，还是直接去告诉他呢？"

段十一道："肯定是直接告诉啊，多省事省时间啊……等等，你喜欢上谁了？"

小草捂着嘴"娇笑"两声："倒不是我喜欢谁，只是我也同意师父你的观点，加油啊！"

这话说得段十一一头雾水莫名其妙，小草看起来却心情极好，哼着小曲儿在床上滚来滚去的。

发春了？段十一看了看外头的天气，春天早就已经过了啊。

可能是饭喂少了，人都不正常了。段十一连忙起身，出去吩咐包百病做饭。

"为啥又是我？"包百病捏着根儿板蓝根无辜地看着他。

段十一柔弱地咳嗽两声，衣裳上的血迹还是十分触目惊心的。

于是包百病就心软了，乖乖去做饭。

段十一伤得很重，但是恢复也很快，睡了一觉起来，脸上就红润了些。

小草恢复得更快，顶着一张肿脸第二天就下床了，蹦跶在鱼唱晚身边开心地问："你觉得我师父对我好吗？"

"那肯定啊。"鱼唱晚道，"我可真是羡慕死你了，段公子一路都是抱着你走的，都没让你下来自己走。"

心疼她啊！段小草偷笑，一颗少女心心花怒放，觉得天气真好！阴风阵阵的！

"你怎么这么开心啊？"鱼唱晚晾完衣裳，看着小草问了一句，"有什么喜事吗？"

小草嘿嘿笑着，牙龈都要笑出来了："我发现了我师父的秘密哦！"

鱼唱晚微讶："什么秘密？"

小草左右看看，拉着鱼唱晚到一边去，一本正经地道："按照你的说法来看，我伟大而浪荡的师父，应该是喜欢上我了！"

第85章　只是你师父啊

鱼唱晚表情一僵，沉默了一会儿。

段十一喜欢小草？不会吧，他喜欢的不应该是颜六音吗？当年他自己亲口承认的啊！

可是……小草说的也没错，按照种种表现来看的话，段十一好像对小草也有点……怎么说呢，作为师父，他也太好了点。

先不说一路护着她，就说他身上伤那么重，竟然是抱着小草一路回来没喊累，有护心丹那样的东西，竟然犹豫也没犹豫就先给小草了。还有少林的秘籍，如果她没有猜错的话，段十一应该是为小草借的。

因为他完全不需要那东西，却拿来跟慧通大师打赌。

鱼唱晚抿抿唇，无奈地承认："好像是这样没有错。"

小草嘿嘿嘿地笑了起来，眼睛亮亮的。

"那你打算怎么做？"鱼唱晚看着小草，"江湖规矩，师徒不能成亲。"

啥？成亲？小草听着头甩得就跟羊角风似的："谁要跟他成亲！"

她就是觉得被段十一喜欢是件很了不起的事情，所以觉得开心啊，哪里想到了那么多！

"你不喜欢他？"鱼唱晚瞪大眼。

"哈？没……不是。"小草舌头有点打结，脸也红了，"不是不喜欢，那什么……我去找找包百病。"

撒丫子就跑！

鱼唱晚看着小草的背影，心情也有点复杂。毕竟她也喜欢段公子，有颜六音在先她也就认了，毕竟颜六音那样的女子她望尘莫及。

但是段小草这样的？鱼唱晚有些不服气，自己没有哪里比她差，不过就是没拜段十一为师而已。段公子如果已经忘记颜六音了，那……那她也可以跟小草公平竞争吧？

包百病还在搓药丸，旁边的盘子里大大小小颜色不同的药丸快放满了。

"你怎么了？"瞧着狂奔过来脸色通红的小草，包百病好奇地道，"生病了？"

"不是，就是有点热。"小草笑得嘴巴都合不拢，"包神医啊。"

一听这称呼，包百病简直觉得神清气爽，立马就笑了："一看你就是有心事，我是过来人，你有啥要说的就给我说啊。"

小草捧着脸坐在他旁边，小声问："你要是知道有人喜欢你，你会怎么做啊？"

包百病倒吸一口凉气："有人喜欢你？"

这语气里的震惊和质疑没掩藏好，太明显了！小草呵呵呵地笑着就伸手拧了他的胳膊。

"哎！不，我不是那个意思。"包百病讨好地道，"我的意思是想问，谁喜欢你啊？"

"这个不重要，你回答我就好了！"

包百病抽回自己的胳膊，想了想道："你要是也喜欢人家，那就对他好点，给他点暗示，让他主动跟你坦白。这两情相悦，不就是水到渠成的事情？但是你要是不喜欢人家，那就早点告诉人家，免得人家白白期待，又得不到回应。"

好深奥的样子，比霹雳门的内功心法还深奥，小草忍不住拿出自己的小本子给记了下来。

"小草。"前头屋子里传来段十一的声音。

小草吓得差点把手里的本子给丢出去，连忙站起来往屋子里跑。

"师父，我在。"

段十一趴在床上，无力地伸手指了指一边的茶杯："帮我递杯水。"

"好。"小草笑眯眯的，温柔地倒了水，又"温柔地"坐在段十一的床边，眨巴着眼冲他笑。

段十一呛着了，皱眉看着她："你怎么了？"

"啊？我不是挺好的吗？"小草低头，扯了一张手帕出来，学着大家闺秀的模样，使劲儿揉。

段十一挑眉，看了一眼那可怜的帕子，清了清嗓子坐起来道："小草啊，你是不是有心事？"

小草摇头："我能有啥心事？你才有心事呢！"

"少贫嘴。"段十一道，"我瞧着你这样子，怎么看怎么像怀春少女，喜欢上谁了？"

"我喜欢你……大爷！"段小草正义凛然地道，"我是要成为六扇门正式捕快的人，哪能被儿女情长给羁绊了？"

说出来，又觉得不妥，万一段狗蛋以为她是在拒绝他呢？

于是小草咳嗽了一声，又补充道："除非是当真很喜欢的人。"

段十一不傻，瞧着她这眼神，听着这语气，很快就察觉到了不对劲。

"你……"眯了眯眼，段十一问，"是不是看上为师的美貌，有不轨之心？"

红色从脸蛋蔓延到了耳根，小草左看右看，就是没敢看段十一，嘴巴上却是强硬得很："谁看上你了！"

"是吗？"段十一啧啧两声，"你有本事撒谎，有本事别脸红！"

"我脸红你也管！"小草不服气地道，"你咋啥都管啊？"

"因为我是你师父。"段十一笑着，眼神里却没什么笑意，显得很认真，"对你好，关心你，都是因为我是你师父。"

小草一愣，皱眉看着他："那不喜欢我跟颜无味在一起，也是因为你是我师父？"

"废话！"段十一翻了个白眼，"你是我徒弟，那是个魔头，我为什么会喜欢你跟他在一起？"

"那……"小草张大嘴，"那你一路帮我挡枪挡箭的，也是因为……"

"总不能看着你去死吧？"段十一没好气地道，"你也该多练练功夫了，每次都拖累我，瞧瞧我这身上伤的，老子的冰肌玉肤，都要全是疤痕了好吗？"

小草：……

脸上的红色消退得干干净净，变得有些苍白，盯着自己的手指看了一会儿，她道："我会好好练功的。"

"嗯。"段十一点头，"去吧。"

小草起身出去了，关上了门。

世界上的感情，除了亲情、友情和爱情之外，还有第四种感情：自作多情。

小草干笑了两声，蹲回了包百病身边。

方才还晴空万里呢，现在就乌云密布了。包百病看着小草的脸色，轻声问："咋了？"

小草撇撇嘴："我误会了。"

"误会什么了？"

"那人不是喜欢我。"小草低头摆弄着药丸，"我误会了。"

包百病"哦"了一声："误会就误会了呗，解开了不就好了。"

"可是……"

可是她竟然觉得很难过，比表白被人拒绝了还难过。这是什么情况啊，其实段十一不喜欢她是很正常的事情，毕竟那是段十一。

但是，有了点希望，现在又全部落空，总觉得难受得很。

她又想吃肉了。

包百病瞧着这小可怜，一副快哭出来的样子，连忙安慰性地往她手里塞了颗药丸。

小草问也不问就吃了，吃了之后包百病才道："这是大力丸，我答应回报你的，跟别家的大力丸不一样，这玩意儿吃了练功会事半功倍。"

"多谢。"小草沮丧地道，"可是我现在没有心情练功。"

包百病抓了抓头发，干笑两声道："要是吃了不练功的话，血管会爆的。"

小草：……

已经感觉到越来越热，浑身充满力量了，小草踹了包百病一脚，就开始在旁边的空地上耍大刀。

鱼唱晚准备了早膳，送进段十一的房间里。

段十一靠在床头想事情，看见鱼唱晚，就问了一句："你觉不觉得小草有点奇怪？"

鱼唱晚挑眉："哪里奇怪了？"

"大早上在我这儿揉碎了一张帕子。"段十一垂着眼睛看着床边的碎绢道，"模样也奇怪。"

鱼唱晚一顿，放下手里的东西，低声问："段公子是不是喜欢小草？"

"嗯？"段十一眯了眼，"为什么这样问？"

"段公子对小草挺好的，而且……小草是这么觉得的。"鱼唱晚道，"方才跑出来跟我说，段公子好像喜欢她，然后又一溜烟跑走了，我都没来得及多问。"

段十一一脸错愕。

第 86 章　你是我爹

错愕之后又觉得有点好笑，小草那丫头，竟然会觉得自己喜欢她？

是不是他对她太好了？加上那丫头又没有什么感情经历，自然而然地就这么以为了？

段十一严肃地开始反思，身为她师父，果然是不能只教功夫的，感情方面的事情，也还得多指引她。

下次就不会遇见个对她好的男人就觉得人家喜欢她了！

鱼唱晚看着段十一的表情，觉得好像不是这么回事儿啊。段十一要是真喜欢，当下就应该有些惊慌失措吧？结果竟然是一脸惊讶。

是她误会了什么，还是小草误会了什么？

"我知道了。"段十一抿唇道，"这件事是个误会，你也不必与别人说。我会好好管教小草。"

当真是个误会？鱼唱晚眼睛微亮："段公子不喜欢小草？"

"我是江湖中人。"段十一没回答别的，就说了这么一句。

鱼唱晚瞬间了然。

小草在外头练功练得大汗淋漓，只觉得浑身舒畅，连着心里的郁闷都没了。

"这玩意儿好啊！"拍了拍包百病的肩膀，小草将他刚搓好的几个大力丸都收进了自己的腰包，"每天一颗，强身健体！"

包百病一脸扭曲地看着她："你知道这药在江湖上多难得吗？还每天一颗！"

要不是这里的药材好，他也搓不出这么多药丸来。

小草努努嘴："你再多搓几个。"

包百病：……

鱼唱晚从前头过来，一脸笑意地看着小草道："段姑娘，你师父叫你过去呢。"

小草身子一僵，收回大刀点点头："我知道了。"

一身大汗淋漓，头发也乱糟糟的，小草随意抹了把脸，提着刀就进去了段十一的屋子。

段十一依旧笑眯眯地看着她："小草啊。"

每次这个调调，都没什么好事情。小草顺手关上门，坐到他床边："师父有何吩咐？"

"为师想与你探讨一下人生哲理。"段十一道，"你知道何为师徒吗？"

小草干笑两声："你我这样就是师徒。"

"嗯，没错。"段十一道，"你父母双亡，又拜我为师，所以我会照顾你教导你，这些都是我的责任。"

"嗯。"小草点头，"我都知道，刚刚还在练功呢，没啥重要的事情我就去继续了啊。"

说着就想起身跑。

"你给我坐下。"段十一沉了声音。

小草脸一垮，沮丧地坐了回来。

"你知道为什么说，师徒不能成亲吗？"

小草摇头："我咋知道。"

"那为师告诉你吧。"段十一严肃地道，"师徒等同父女，父女怎能成亲？"

哦，原来段十一是她爹。

小草点点头。

段十一瞟了小草一眼，叹息道："其实我喜欢你。"

小草心里一颤。

"但是，是师父对徒弟的喜欢，就像将来我要是有女儿，也会喜欢她一样。"段十一道，"明白了吗？"

搞半天这么严肃的，就是为了跟她解释他不是那种喜欢她？小草干笑两声，这么尴尬的事情，用得着再拿上来说吗？误会就误会了呗。

"我知道了。"小草起身，咧嘴笑了笑，"大概也是因为我没亲人了，所以把你当爹了。我也喜欢你，但是，也不是那种喜欢。"

段十一一愣，微微皱眉。

"今天搞清楚就好啦，也免得我一直纠结。"小草挠挠头，"谢谢师父。"

段十一靠在床头，抿唇看着她。

"没其他的事情我就走了。"小草道，"我会努力练功的，下一次一定不拖师父后腿。"

"……嗯。"

小草扛起大刀，很潇洒地出去了。

段十一坐在床上沉默了一会儿，继续躺下养伤。

小草出来，看了一眼后院的包百病，没再过去打扰他了，一个人提着刀去了旁边的竹林。

其实也没啥好伤心的，这世上喜欢段十一的人多了去了，好歹她还能一直待在他身边做个乖女儿呢。

大刀裂风，小草挖了颗大力丸出来吃，继续练功。

练了一会儿觉得不够，又多吃了一颗。

"阿弥陀佛。"

练得正起劲呢，眼角就瞧见个光秃秃的脑袋，在阳光下闪闪发光。

小草看了他一眼，继续练功："大师有事吗？"

慧通笑了笑："没事。"

没事你跑过来阿弥陀佛干什么？小草没理他，继续挥刀。

这刀法是段十一随意丢给她的一本刀谱上的，感觉还不错，就是需要花很大的力气。以前练都觉得胳膊要断了一样，现在挥刀却是十分轻松。

不知道是她进步了还是刀变轻了。

"段姑娘这刀法，是男儿用的。"慧通说了一句。

"嗯，看起来也像。"小草随口应他。

"你的力气很大，倒也无妨，但是老衲觉得，你该更适合拳法。"

嗯？小草停了下来，转身看着他："大师的意思是？"

"我少林的拳法和棍法最为出名。"慧通笑了笑，接着眼睛有点红，"但是新一批的弟子，都死在那一场屠杀里了。"

"节哀。"小草叹了口气。

"你的骨骼清奇，悟性也很好，是个练武的好苗子。"慧通大师道，"要是你愿意，老衲也想传授一套拳法棍法给你。"

小草戒备地看着他，这怎么那么像街上卖冒牌武功秘籍的人啊？上来把你一顿夸，小兄弟骨骼清奇啊，来本秘籍吧。

"为什么要传给我？"小草道，"我不出家的。"

慧通大师一笑："武功天下大同，有所成就之人，都想让自己的武功能传承下去。我也不是要段姑娘做什么，只是刚好走到这里，刚好看见你在练武，刚好就想教你点东西。"

"一连串的刚好，那就是缘分。"

小草觉得真不愧是当大师的人啊，这话说得顺溜的，她都要相信了。

放下大刀，小草道："那你教吧，反正也没事做。"

这些人也真是，看见她就想教她点啥，她现在已经学会了颜无味的控人手法和霹雳门的内功心法，现在还要再学少林寺的拳法棍法。

不学白不学啊，反正段十一也还没怎么正式教她武功，先吃点零食凑合凑合。

慧通双手合十，念了一句佛号就拉开了架势。

"这一套伏虎罗汉拳，我少林中人都会。"慧通边打边道，"但是真正会的，还是只有我一人。"

小草目不转睛地看着。

慧通拳风极大，拳舞之处竹叶翻飞。力道用得……怎么说呢，不是一拳一拳的蛮力，而是刚中有柔，又力道十足。

虎虎生风的一套拳，充满着正气。在武功方面，小草其实是个段十一刚引进门的门外汉，基本上看着只会觉得人家好厉害，压根儿不明白厉害在哪里。

但是看慧通的拳和看颜无味的控完全是两种感受，前者如春风拂面，后者却如暗夜飞霜。

小草看得入神，一招一式都慢慢印在了心里。

"如何？"慧通一套打完，收了手。

小草点点头，摆开了跟他方才相同的架势。

慧通一笑，站去了一边。

那力道怎么说呢，应该不是手腕发出去的。小草回忆着慧通的动作，仔细想着。

是肩膀用力吗？她开始打那套伏虎罗汉拳，一招一式都记得很清楚。

慧通安静地看着，面带微笑。

不对，不是肩膀，是腰身？小草一拳打出去，觉得比方才更有力了一些，但是好像还不够。

打了半套，刚开始觉得挺累，但是现在已经轻松了许多，手脚都不用力，也不知道借了哪里的力气，柔柔地甩一拳出去，拳风顿起，竹叶翻飞。

对了！小草眼睛一亮，有些兴奋。

霹雳门的内功心法里有一句，叫"气灌全身而得力"，她现在好像突然明白了那句话是什么意思。

气灌全身，不用哪里使劲，顺着身子摆动的力道，一拳拳自然而发，发而带风，力道十足。

慧通刚开始还笑，笑着笑着就笑不出来了。

小草打完了一整套拳法，觉得不过瘾，又再打了一遍。

这遍通畅多了，也觉得轻松，练习拳法的同时，霹雳门的心法也能修炼，好像很不错的样子。

慧通皱眉看着。

小草的动作其实很多是错的，毕竟只看了一遍，不可能全部记下来。

他惊奇的是，这个丫头竟然没有故意去记招式，而是看到了他如何用力，如何出拳。哪怕她打的招式跟他刚才教的不一样，那感觉却是一样的。

她竟然学心，没有学形。

"怎么样？"一套又打完，小草开心地看着慧通大师。

"段姑娘有得天独厚的资质。"慧通双手合十，"段施主一直以来，运气都很好。"

夸她啊这是？小草撇撇嘴，却觉得很受用，笑眯眯地打算继续再练练。

"别练了。"慧通一脸严肃地拉住她。

"为啥？"小草好奇地问。

慧通沉默了一会儿，道："毕竟是少林的武功。"

"啊？"小草眨眨眼，"你刚刚不是说武功天下大同吗？"

"再大同那也是少林的。"慧通呵呵笑着，"老衲后悔了行不行？"

这么小气？小草瞪大眼。

第 87 章　　救人去啊

"大师自己说的有缘分，拳法教给我了是缘分，哪有还不让人继续练的？"

"阿弥陀佛。"慧通大师道，"缘分都是诓人的，你别当真。"

小草：……

"行了，我继续练刀法。"小草道，"我还是觉得大刀最威风。"

慧通松开她，叹了口气道："老衲也不是这么小气的人啊，这样吧，你挂个少林寺俗家弟子的名头，你想学什么我都教你。"

又拜师吗？小草眼神暗了暗，摆手道："不用啦，一个爹就够了。"

"爹？"慧通满头问号。

小草干笑两声，没再多说，继续练功。

师徒间发生这样的误会，其实挺尴尬的，毕竟还是要朝夕相处的。小草决定，练出一身汗，回去就把这不愉快的事情和汗水一起给洗了，然后乖乖跟着段狗蛋继续学东西。

段十一也在思考后面该怎么和小草同学愉快相处的问题，正有点纠结呢，小草就回来了，咚咚咚地冲去烧了热水洗了澡，然后换了一身干净的裙子站在他面前道："师父，我偷学到了少林的拳法！"

段十一轻咳一声，笑道："这么厉害？"

"嗯，我觉得我的资质应该也没那么差吧。"小草道，"还可以再抢救一下。"

"等后天，我就该恢复得差不多了。"段十一道，"到时候你可以跟我一起上山，等事情解决了，去把少林秘籍给抄一遍回来学。"

哎？秘籍也是给她的？小草咧嘴笑了笑："多谢师父。"

"应该的。"

屋子里陷入了沉默，小草道："没事的话我去帮鱼姑娘准备午饭。"

"去吧。"段十一挥手。

小草飞一般地逃离了那个屋子，出来大大地松了口气。

得让彼此都花点时间消化这个东西。

鱼唱晚正在做饭，这姑娘也是出门能打架，在家下厨房的好女子。小草在旁边看着，突然想起，以前在六扇门饭都是段十一做的，还挺好吃。

其实像段十一这样啥都会啥都好的男人，喜欢人才有问题呢，该从天上掉个仙女下来陪他！

"段姑娘要来露一手吗？"鱼唱晚回头看见她了，笑着问。

小草摆手："我师父说我做的饭跟被人下了毒一样。"

鱼唱晚被这话给逗乐了，拉着她进来道："做饭又不难，你不会的话，段公子岂不是要饿死了？"

小草耸肩："他会做菜的，饿不死他。"

鱼唱晚一顿，转头惊讶地看着她："段公子……会做菜？"

"嗯。"小草点头，"烧鸡还挺好吃的。"

鱼唱晚呆了呆，然后叹息："我了解的段十一实在太少了。"

小草在旁边坐下，看着鱼唱晚炒菜，问："你们眼里的段十一是什么样子的？"

鱼唱晚道："他很厉害的，来去无踪，武功又极为高强，身边以前只有颜六音，现在只有你，都不跟其他人亲近。跟江湖上很多人有交情，大家也都买他的账，但是他好像也没有特别交心的朋友。"

想了想，鱼唱晚一脸严肃地补充："我原来一直觉得段公子应该是住在天山上的，每天喝喝雪水，修炼武功。"

没想到也是个爱吃肉的，还让她记得多弄点肉。

小草哈哈大笑："他身边的人多了去了，长安招袖楼的顾盼盼啊、小红啊、小翠啊，还有大白。他也就远看着带仙气儿，走近了能喷你一脸毒水儿！"

鱼唱晚神情复杂地看了小草一眼："你真幸福。"

"我也觉得。"小草笑眯眯地道。

虽然不知道鱼唱晚说的幸福是不是她想的那个意思，不过小草觉得，她就是很幸福。

帮着切切菜，递了递柴，一顿午饭就出来了。

段十一和慧通坐在桌边，包百病咋咋呼呼地问："小草你在厨房半天，哪道菜是你做的？"

小草干笑两声，鱼唱晚倒是来打圆场，道："段姑娘帮着做了这炒蛋。"

"不错啊。"包百病看着那炒蛋。

"是挺不错的。"段十一点头，"估计是帮忙递了柴火，连火都不是她自己点的。"

小草：……

鱼唱晚轻笑两声："段公子总是这样不给人留颜面。"

包百病挑眉，看了鱼唱晚一眼，笑道："都是自家人，他俩之间肯定有啥说啥了，来，开饭吧。"

小草点头，拿起筷子开始吃饭，顺便看了一眼鱼唱晚。

鱼唱晚不知怎么了，脸上的笑容有点僵硬，最后瞥了包百病一眼。

"有人来了。"

刚吃完午饭，段十一看着外头就皱了眉。

少林寺的人找下来了吧？慧通也不惊讶，起身去将屋子里的一个大箱子打开："我们先躲躲。"

箱子里头有机关，打开底盖，下面就是个通道。

小草也没来得及八卦慧通大师为什么会这么轻车熟路地打开箱子，就跟着先钻进去了。段十一在最后收拾东西断后，机关刚一关上，外头就传来了一群人进屋子的声音。

通道下头的空间不大，几个人站在一起显得拥挤。小草站在段十一前面，都能听见他的呼吸。

周围很安静，上头的人鼓捣了一阵子就走了。众人出来，段十一问："少林寺是不是后山也可以上去？"

慧通点头："不过那路有些远。"

"没事，你们收拾东西，我们马上离开这里。"

"为什么？"鱼唱晚不解地道，"你们的伤还没有好完呢。"

"他们马上会回来的。"段十一道，"快点。"

小草二话不说已经把东西收拾好了回来了，鱼唱晚就带了点干粮，包百病则是把能带的药都带了，一行人匆匆往后山走。

"他怎么知道人家会回去找？"鱼唱晚一路上还在喃喃念。

小草忍不住告诉她："我们的厨房里柴都还是热的，人家傻一时想不起来，等反应过来了，肯定会回来的。"

鱼唱晚一愣，抿唇。

慧通大师找的路都是又崎岖又偏僻的，但是好在他们不急，边爬山边养伤，包百病的一堆药都砸在他们身上了，段十一的伤总算是好了。

一行人爬山就用了三天时间，瞧着段十一生龙活虎的样子，慧通大师也就放心了不少。

刚到少林寺，就看见了一个僧人拿着一大叠纸从里头出来，看样子准备下山。

段十一看了小草一眼。

小草心领神会，立马冲出去，抓着那僧人的脖子，往他后颈一敲。

纸落了一地，上头写的东西好像都一样。小草随意捡了一张过去给段十一。

"求医，少林武僧全部中毒，每日死亡一人，求江湖英雄寻得解药'荟桐'前来救命。"

慧通大师呵呵笑了两声，咬牙道："这群人会下十八层地狱的！"

解药"荟桐"，不就是慧通吗？这是想去告诉他自动回去少林寺，不然武僧每天都会死一个？

当真是禽兽不如！

"走吧。"段十一道，"救人去啊。"

众人一致点头，然后一起把他给推了出去。

段十一站在少林寺大门口，深吸一口气，大喊：

"慧通大师寻仇来啦！大家小 —— 心 —— 啊 ——"

慧通脸都绿了，说好的救人，这是干啥？

台阶上头哗啦啦地拥下来一群和尚，个个拿着棍子，气势汹汹。

慧通跳了出来，怒喝："同为佛祖脚下人，竟然大行杀戮，你们实在太过分了！"

那群和尚压根儿不听他说话，上来拿着棍子就开打！

段十一跑得飞快，就在旁边看着。小草看着人多，忍不住就上去帮忙。用的还是刚学的拳法。

鱼唱晚在旁边看得皱眉，侧头对段十一道："小草不是你徒弟吗？怎么又学了少林的东西？"

"多学点东西不是坏事。"段十一微笑，"你看她不是学得挺好的？"

第 88 章　你们保重！

江湖中人，收徒挺忌讳的就是徒弟除了跟自己学之外，还跟其他人偷学。这样的称为"路数不正，师传不专"。

现在段小草学了少林的东西，段十一却说她打得挺好的？

鱼唱晚觉得有点不可置信，瞪了段十一半天，转头去看段小草。

少林的伏虎罗汉拳，看样子也是才学不久，动作有些不到位，也有错的。但是打在人身上真是力道十足，几个僧人扑上去，叫她打得爬都爬不起来。

鱼唱晚也是会武功的，江湖里武功好的女儿家很少，说起厉害的女子，也不过一个颜六音。鱼唱晚有努力练功，觉得还是可以朝"女侠"的名头努力一下的。

段小草的功夫，看起来也就轻功比较好，拳脚功夫应该是一塌糊涂才对。结果现在，前后也不过这点时间，她竟然能在人群里游刃有余了。

打斗了半天，山上下来的人越来越多，小草嗷嗷直叫："师父救命啊！"

段十一这才动手，飞身过去，一把将小草拉出战圈，然后带着鞘的却邪剑一挥！

直接把旁边的慧通大师打了个头晕眼花！

周围的人都愣了，慧通也愣了。

段十一十分抱歉地道："不好意思，我没看见你，痛不痛啊？"

你说痛不痛啊？慧通恨不得一串儿佛珠送他去见佛祖！

傻愣了的僧人们纷纷回神，上来就将还在头晕的慧通大师给按压在地。段十一闷哼一声，像是伤口又撕裂了一样，吐出一口红色的东西。

小草如果没记错的话，那是厨房里放着的最后一个番茄。

要演戏你早说啊，她刚刚就不用打得那么辛苦了啊！小草郁闷地蹦跶了两下，然后一个失误被僧人按住了。

鱼唱晚也意思意思反抗了一下，包百病直接举手投降。

一群人直接被抬上了少林寺。

慧通大师不愧是大师，一路演技爆发，大喊："阿弥陀佛！你们绑得住我的人！绑不住我的心！"

后面的段十一等人都是一脸悲痛状。

穿着梅花绣鞋的男人站在佛堂门口等着他们，瞧见慧通大师，咯咯地又笑开了："我就知道你还是得回来。"

慧通一脸愤怒："拿人命开玩笑的人，百世都会沦为牲畜，你不知道吗？"

"哎呀，奴家真是怕死了。"那人甩着帕子笑道，"这一世都还没过完呢，惦记下一世干什么？"

小草被这充满诱惑的声音吓得一个激灵，连忙抬头看过去。

那儿站着一个孔雀一样的男人，穿的是樱粉色长袍，甩着手帕，脚下一双梅花绣花鞋，十分的……漂亮。

好吧，她不得不承认，就算是个男人穿女装都比她好看啊！

那人好像察觉到她的目光，斜眼看过来，眼角眉梢都是妩媚："哟，这还搭着些赠品，都是什么人啊？"

段十一挑眉。

打扮得这么令人印象深刻的人，他脑子里没他的信息，也就是说没见过。

江湖上不认识段十一的人太少了，毕竟他长得这么好看，就算别人不知道段十一长什么样子，也知道有个长得很帅的男人叫段十一。

结果这个人说，这些赠品是谁。

段十一心里不爽的同时，也觉得庆幸。旁边的包百病直接递出去自己的行医执照："我是个神医啊，不是说这儿有人中毒什么的吗？我就上山来看看。"

"梅花绣鞋"挑眉，打量了他们几眼，轻哼一声道："罢了，将慧通给我关到修炼室，其余的人，关去佛堂。"

"是。"僧人们应了，押着人就走。

"等等！"小草路过那男人身边，气势如虹地大喝了一声。

僧人停了下来，众人都看向她。小草认真地看着"梅花绣鞋"，脸上表情很认真地拉着他的衣袖问：

"你这绣花鞋哪里买的？"

众人一阵沉默，鱼唱晚都没忍住低笑了一声。那男人却像是很惊讶："你喜欢？"

"对啊，很好看。"小草道，"有机会我也去买一双。"

微微怔愣，梅花绣鞋咯咯地又笑起来了："你可真有意思，这鞋是我自己做的，你想要啊，只要你以后还活着，我送你一双。"

"好啊。"小草点头，笑眯眯地道，"多谢。"

然后就继续跟着僧人们走了。

佛堂很大，几个人被推进去，都被捆得跟粽子似的。

段粽子问旁边的草粽子："你刚刚发现什么了？"

草粽子道："那人是长安的。"

"何以见得？"

"他那鞋子用的缎子有点特别，莹莹发光，我在霓裳阁见过。"小草道，"就是帮你去给顾盼盼买衣裳的时候看见过一眼，据说特别贵，所以我记得。"

段十一点头："不错啊，又机灵了一点。"

小草嘿嘿笑了两声，然后侧头看了看旁边的两个粽子，担忧地道："现在咱们该怎么办？"

段十一道："不怎么办，等啊。"

"可是，我饿了。"小草表情很严肃，"今天就吃了一个饼，还是没肉的那种。"

段十一：……

鱼唱晚低声道："总觉得刚刚那人怪里怪气的，好好的男人，穿一身女装，还绣花。江湖上从未听说过这么一号人。"

包百病蠕动着身子道："他是谁不重要，能傻点最好，咱们的小命可都在他手里了。"

段十一轻笑："把命交给别人可不是个好习惯。"

说着，他身上的绳子就断了，站起来活动了一下手脚。

佛堂被锁着，门窗都十分牢固，所以外头的人很放心地将他们关在这里，没留人在里头看着，但是外头却是有人的。

小草瞪着段十一："师父，你想出去？"

"我只是去看看，绝对不打草惊蛇。"

"那万一他们发现你不见了怎么办？"小草皱眉。

"你可以说我是被佛祖带走了。"段十一道。

鱼唱晚低声道："发现你不见了的话，我们会不会有危险？"

"会啊。"段十一道，"所以你们保重！"

说着，他走到中间的大佛像背后，"咔"地拧开个东西。

第 89 章　男女授受不亲

鱼唱晚傻了，没想到段十一当真这么潇洒地走了，忍不住扭头看小草。

小草一脸淡定："我早就习惯了。"

这人从来就是这么禽兽这么不要脸！

鬼才喜欢他呢！

少林寺里一片安静，慧通大师重新变回了耶稣造型被捆在修炼室，"梅花绣鞋"站在他面前，挑着眉梢道："这样吧，我给你两个选择，要么你听我的话，按照我说的做。要么我就把你的武僧，一个个地杀死在你面前，你选哪个啊？"

慧通大师垂眸："你要的不就是武僧？还能全部杀了不成？"

"梅花绣鞋"一噎，跺脚道："不杀武僧，那我就杀那些附赠品了！肯跟着你上山，肯定都是朋友吧？你就忍心看着他们死？"

慧通大师慌了，这眼里藏不住的着急和身体强装的镇静完美融合在一起，发挥出了高水平的演技："你……我不会受你威胁的。"

"梅花绣鞋"一笑："那我就让人去动手了啊，先挑谁呢？挑那个白衣裳的吧，比我漂亮的都该死。"

说着就要转身。

"阿弥陀佛！"慧通连忙喊住他，"施主，我们可以再商量商量。"

"梅花绣鞋"笑了，转头看着他："我就给你一炷香的思考时间，答应，还是不答应？"

　　慧通满眼挣扎，他痛苦！他犹豫！最后不得不因为慈悲，向恶势力低头："老衲……答应。"

　　"很好。""梅花绣鞋"拍了拍手，"快来人，给大师松绑。"

　　外头进来几个僧人，解开了慧通。

　　"接下来，少林寺该开寺接香客了。"那男人笑道，"大师可别做什么对大家不利的事情，我会跟在大师身边，好好引导大师的。"

　　最后一句话，他是用内力说的，格外震耳欲聋，震得慧通差点护不住心脉，吐一口血。

　　这是在告诉他，想反抗吗？老子功夫也不差啊。

　　慧通垂了眼。

　　"这个东西，喏，给你。""梅花绣鞋"掏出个沉香木做的木牌给他，上面刻着老虎的四只爪子。

　　"何用？"慧通皱眉。

　　"以后要是有人拿着这东西的另一半来下令，你无条件听从就是。""梅花绣鞋"道，"对了，为了安全起见，大师还是干了这杯'月月红'吧。"

　　旁边有人递了酒杯过来，慧通双手合十，正要阿弥陀佛，那男人就道："放心吧，里面是水。"

　　慧通想了想，喝了。

　　"梅花绣鞋"彻底放心了，拍手道："那我就回去招待大师的几位朋友了，大师最好别耍什么花样。"

　　慧通低头不语。

　　段十一在房梁上蹲了半天，下面没一个人发现他。

　　沉香木牌，又是那个东西，假的熊大手里也有一块，到底是拿来干什么的？

　　不管了，先回去再说。

　　密室通向佛堂有一条密道，段十一在"梅花绣鞋"回去之前就溜回了佛堂。拿挣脱的绳子意思意思将自己绑了一下。

　　"哟，凌乱美啊？""梅花绣鞋"开门瞧见段十一，眼里的神色深邃，"委屈你们几位了，我特地备了点吃的，请各位移步。"

　　吃的！小草瞬间有反应了，坐起来笑道："有没有肉啊？"

"这是寺院。""梅花绣鞋"瞧见小草就笑了，"你想吃肉啊？行，我给你弄。"

这么好？小草挑眉："什么肉？"

"人肉。""梅花绣鞋"咧嘴笑。

鱼唱晚干呕了一声。

段十一轻声道："寺院里就吃点清淡的吧。"

"那就请移步。""梅花绣鞋"哼了一声，踮着脚尖扭转身子，让人给他们松了绑。

包百病动了动手脚，走在小草身边，不动声色地塞了个药丸给她。

素宴做得还不错，看起来至少是很好吃的。小草快饿扁了，坐下来还没等人说话呢，拿起筷子就开吃了。

"梅花绣鞋"坐在慧通大师身边，正准备说点好听的，让他们放松呢，结果对面那丫头不管三七二十一，直接开吃。

缺心眼啊？

她开吃了，旁边的人也纷纷动筷子。明知道这桌子菜有问题，还是吃得分外欢快。

"梅花绣鞋"就纳闷了，人与人之间的信任，什么时候变得这么深刻了？

等一桌子菜被吃得差不多了，他才想起来道："我想请各位在少林寺多住几天。"

"没问题啊。"小草抹抹嘴，"只要给吃的。"

这么好骗？"梅花绣鞋"挑了挑眉，道："那就这样吧，我让人安排房间。"

众人纷纷起身，小草跟在段十一身边，嘴唇不动，从牙齿缝儿里轻声道："师父你有药吗？"

段十一颔首："我吃了。"

那就好，小草点头，刚好可以在少林寺让他继续养伤，伤还没好利索呢。

房间一共三个，小草习惯性地就跟着段十一走，然而他进了门，却将她挡在外头。

"你跟鱼姑娘一起睡吧。"他道，"男女授受不亲。"

小草一愣，接着就笑了，然后点头，转身去找鱼唱晚。

男女授受不亲，她的师父终于把她当个女人看了，这事儿可真值得普天同庆。

少林寺重新接纳香客，四面八方来的香客还是络绎不绝。虽然很多和尚不见了，但是慧通还在，没有人觉得哪里不对。

"梅花绣鞋"每天都在发信鸽出去，小草瞧着，终于有一天忍不住射了一只下来，烤着吃了。

段十一就在旁边看着那鸽子带的信。

"已交虎符，可调僧兵。"

八个字，没任何落款。段十一想了想，还是去偷了只鸽子，把信发出去了。

杨六姑并没有在半个月之内回来，段十一的伤都养得差不多了，慧通也终于接到了第一个命令。

"召集僧兵？"小草听完段十一打听来的情报，不解地道，"现在这和平年代，僧兵拿来干啥？"

"我也好奇。"段十一道，"长安不允许大量僧侣进入，他就算召集了，打算做什么用？"

难不成是看不惯谁，要找人去打？

"我闻到了阴谋的味道，"小草道，"什么时候行动啊？师父？"

"是时候了。"段十一眯眼，"六姑可能在路上，也可能是回来不了了。我们今晚上就动手。"

"好。"小草转身看着包百病。

包百病视死如归地抱着自己的包袱："我不！"

第 90 章　怎么老是你啊！

小草笑着搓了搓手，一脸的温柔："包神医啊，现在咱们就只能靠你了，关键时刻，你不能这么小气。"

包百病眼珠子都要瞪出来了："我小气？这可都是宝贝啊！你们竟然要拿来当灰撒？我不干！"

他辛辛苦苦搓的药丸子啊，不都拿来给他们养伤解毒了？就剩下这一点……这一点最后的个人收藏爱好，也要贡献出去？

包百病要哭了。

小草拍拍包百病的肩膀，语重心长地道："组织需要，随叫随到你懂不懂？药丸怎么都还会有的，你得先让咱们摆脱这困境，对不对？"

包百病眼泪汪汪地摇头，不对！

那边的段十一轻笑了一声："六姑是最好的采药师，所以包神医才能做出这么多珍贵的药丸子来。要是这回咱们能成功拿回少林寺，六姑那里肯定还有取之不尽的药材。"

包百病呆了呆，眼睛一亮。

"可惜包神医不肯配合，看样子咱们要一起抱着这堆药，葬身在这少林寺了。"段十一叹息道，"真是可惜啊。"

包百病抱着包袱犹豫了一下，咚咚咚跑到段十一面前，潇洒地把包袱递给他："拿去！"

小草翻了个白眼，她说这老半天，还抵不上段十一一句话！

"包神医不心疼了？"段十一将包袱接过来。

"还是命重要！"包百病大义凛然地道，"药丸总会有的！"

段十一笑了，拍拍他的肩膀，然后将包袱里的药丸拿出来，倒了壶水，统统溶进去。

"你们可小心些。"包百病紧张地道，"这药麻痹全身，碰着就两天不能动，没有解药的！"

"知道。"段十一摇了摇水壶，交给小草，"以其人之道，还治其人之身，去倒在水井里吧。"

"是。"小草接过来，蹦蹦跳跳地就往外走。

这半个月，段十一每天晚上都会外出，隐藏在少林寺的各个角落，总算把基本的情况给弄清楚了。

那个"梅花绣鞋"，名为孔雀，别人叫他孔大人，从长安而来，带着六个精锐替他做事，控制了整个少林。

颜无味是受其雇用，屠杀少林僧人。那日他与慧通对峙，也受了伤，现在不知道在哪里养伤。

也就是说，只要控制住孔雀和他的六个部下，然后就能慢慢夺回少林了。

小草本来是有些不解的，现在的少林全都是外人，就算没了孔雀那些人，也不是以前的少林了啊，要怎么办？

结果慧通大师不愧是有大智慧的人，他道："这些人受孔雀控制，我们拿下孔雀，控制他，不就也能控制这些人了吗？至于剩下的，就让佛祖慢慢感化他们吧。"

　　于是小草一闭眼，就将水壶丢进了少林最大的水井里。

　　阿弥陀佛。

　　现在就等着他们喝水，然后不得动弹，最后抓住孔雀和那六个人了。

　　"你在做什么啊？"有人笑着问她。

　　小草随口答："我想打点水上来喝。"

　　答完回头一看，果然是孔雀来了。

　　她就知道！自己每次运气都不好，做啥事都必定被人发现，所以她已经有心理准备了，绝对不会随口说出"我在下毒"这样的话。

　　而且一转身，还要配上惊讶的表情："你怎么在这里！"

　　人生如戏啊，全靠演技！

　　孔雀踩着小碎步，走过来看了一眼，道："真是苦了你了，想喝水还得自己来打。不过这不重要，等会再说。段姑娘，我倒是有事想问你。"

　　小草挑眉，沉默了一会儿才扭头看他："你怎么知道我姓段？"

　　"是我孤陋寡闻了。"孔雀道，"有人拿了你们的画像来，我才知道你和那段十一，是六扇门的人啊，更是坏了霹雳门大事和救出慧通的人。"

　　空气里瞬间杀气四溢，小草心里暗道一声糟糕，哪个王八蛋把她的画像拿来了？

　　"孔雀，别啰唆，这人狡猾得很，赶紧抓住她！"身后传来一声娇喝。

　　什么叫冤家路窄，什么叫阴魂不散，小草看见背后站着的商氏，心里就有一万匹马呼啸而过。

　　怎么老是你啊！

　　商氏脸上的表情阴森得可怕，一只衣袖空荡荡的，看着小草的眼神恨不得一口吃了她："段小草，有我在，你还想要什么花样？"

　　"我本来也没花样可耍。"小草耸耸肩。

　　"呵。"商氏一挥手，旁边站着的青衣襟就上来将她给押住了，看着小草这模样，商氏脸上总算有了点笑容，"你现在是不是特别后悔当初的多管闲事，要与我为敌？"

　　小草看她一眼，一脸你有病的表情："我为什么要后悔？当初的行为给我添加了你这个麻烦，我是觉得挺烦的，但是不代表我抓出你杀害继子就是个错误的行为。再给我一次机会，我依旧会管闲事抓你出来。"

"我错就错在太年轻，不该信了你的鬼话，让你走了！"

商氏沉了脸，一巴掌甩了过来。

"啪！"

小草头侧过去，脸上火辣辣的。

"死到临头还敢说这样的话，我看你也是太年轻。"商氏阴冷地道，"这次我不会放过你！"

她费尽周折得到大人的信任，就是为了报仇！结果段十一竟然砍掉她的一条手臂，让她被人嫌弃！这已经不是杀了段小草就能解恨的了，她要连着段十一一起杀了！

"等等。"小草无奈地道，"就算你要杀了我，也让我先喝口水吧？我大老远地过来就只是想喝水而已。"

商氏皱眉："你又想耍什么花样？"

小草舔了舔嘴唇："没骗你，你问这位漂亮姐姐，我刚刚就说想喝水。"

被称为漂亮姐姐的孔雀瞬间心花怒放，笑道："喝个水能出什么幺蛾子？你就让她喝一口吧，反正，她体内也还有我种的毒，敢乱来，先死的可是她。"

孔雀一直放心他们，就是因为当初那一场斋宴，他有控制这些人的方法。

商氏听着，也就放心了些，让人去打水上来，眯着眼睛看着小草："别耍花样！"

第91章　跟我走吧

"水是你们打的，我能耍什么花样？"小草伸手去接过来，吞了吞口水。

商氏和孔雀都盯着她。

她背后有两个人，面前除了孔雀和商氏还有四个人在不远处。这一杯水肯定不可能全泼到的，那就只能……

"啊……"刚刚打水的那个人突然全身僵硬，痛苦地喊了一声。

众人瞬间都看了过去。

就是这个时候！小草一甩杯子就洒了商氏和孔雀一脸水。

"你干什么！"商氏尖叫，孔雀脸色一沉，上来就想动手。

小草使出轻功就跑啊，一溜烟跑上了房顶。孔雀使了轻功就要追，结果飞身到半空中了，身子突然一僵，"砰"的一声砸了下去。

刚好砸在一个青衣襟的身上。

"怎……"商氏想上前，身子却像是被封进了石头里一样，动弹不得。

小草松了口气，剩下几个还能动弹的青衣襟都来抓她了，她左躲右闪，跑回水井边，提起刚刚打上来的那桶水就是一阵乱泼。

这简单粗暴的方式，瞬间静止了这后院里的时间。

小草放下木桶，看着面前一群不动弹了的人，叹了口气，以最快的速度给自己找了个舒服的姿势。

泼水的时候难免自己也沾着水了，按照包百病的说法，她将有两天不能动弹，而且没有解药。

为啥她就这么命途多舛啊？好端端地来下个毒而已，竟然就弄成了这样！小草躺在地上，望着天空，十分忧郁。

"你竟然真的敢动手！"孔雀就趴在离她不远的地方，愤恨地道，"不怕我不给你们解药吗？"

小草淡淡地道："解药我们都吃过了，没人中毒，你现在就和我赌一赌，看是你的人先发现你，还是他们先发现我吧。"

哪一方先来哪一方就赢了。

孔雀咬牙，这地方十分偏僻，要不是他接了商氏正好往这边进来，根本就不会看见段小草。

现在是下午，离晚饭还有一段时间，晚饭之前肯定会有人来打水，来打水的一定是寺院里的僧人，也就是说，要是在晚饭之前段十一他们没发现小草没回去的话，那就完蛋了。

小草心里默默祈祷，段狗蛋，可千万记挂一下我啊！

时间一点点过去，孔雀和小草都铁青着脸，终于！有人的气息过来了！

小草瞪大眼睛，盯着后院门口。

孔雀也吞了口唾沫，皱眉看过去。

脚步声越来越近，门口，黑色的衣角扫了进来。

小草的心一沉。

他们的人里，没有人是黑色衣裳的吧？也就是说，这是孔雀的人。

孔雀看见了那人衣裳上的图案，脸上一喜，脱口而出："颜无味！"

颜无味踏进门来，瞧着这里面东倒西歪的一群人，挑了挑眉。

小草脸色苍白，颜无味也是他们的人啊！也就是说，孔雀一旦获救，她和段十一后面的计划全部泡汤不说，慧通大师也可能有危险。

"快来，扶一下我。"孔雀朝颜无味道，"那个女人不知道搞了什么东西，我们都动不了了！"

颜无味看了半天，好奇宝宝似的道："什么东西这么厉害？"

"谁知道呢。"孔雀看着他，"你快把我抱去佛堂就对了。"

颜无味挑眉，嫌弃地看了他一眼，越过去走到小草身边，伸手捏了捏她的脸："你也动不了了？"

小草鼓了鼓嘴："嗯。"

颜无味失笑，伸手将她抱起来："你说你怎么每次都落在我手里呢？"

小草紧张地看着他："你要带我去哪里？"

"本来是要离开少林，听见声音不对劲所以过来看看，没想到捡到你了，那自然是带着走了。"

他在少林寺里养伤，如今方才痊愈，本来是想下山的，没想到还发现了个段小草。

真是意外惊喜。

小草倒吸一口凉气，连忙道："我还有事情要做，你快带我去找我师父。"

颜无味皱眉："又是你师父，我不喜欢你师父。"

真巧啊，我师父也不喜欢你。小草想着，没说出来，只是道："我真的有急事，关系着很多人的性命。"

"别人的性命，跟我有什么关系？"颜无味轻哼一声。

小草急了，伸出舌头咬着道："你不带我去，我咬舌自尽！"

颜无味停住了步子，挑眉："你还会威胁人了？来，咬给我看看。"

小草：……

一狠心，当真就用力咬了，反正要是她离开了这里，那段十一他们肯定也不好活，那还不如一命换几命呢！

颜无味脸色一沉，飞快地低头，以牙磕牙，拯救了小草无辜的舌头。

小草傻了。

温热的气息从他的呼吸间传过来，这人狠狠顶开她的牙齿，吸着她的舌头，像是惩罚一样地轻咬了一下。

脑袋里"轰"的一声就炸开了，小草瞪着他，看着他近在咫尺的脸，突然不知道说什么好了。

颜无味过了一会儿才回过神，抬起头，皱了皱眉，脸上也有点可疑的红晕。

"我双手抱着你，没空儿。"

所以只能用嘴了。

这算是解释吗？小草茫然。

颜无味抿唇，看了她这模样一会儿，叹了口气："你师父在哪里？"

莫名其妙亲了人家，总得……总得给点安慰啥的吧？

小草呆呆地道："你往左边走，转弯的第二个院子。"

颜无味点头，抱她的动作更轻柔了些，低声道："我带你见他，之后，你跟我走吧。"

小草还没回神，目光涣散。

颜无味就当她默认了，心情极好地进去了段十一的院子。

"大魔头！"鱼唱晚一看见颜无味就吓得尖叫了一声。

段十一和包百病也就都出来了，看见他怀里的小草，段十一皱眉："多谢你，小草还是交给我吧。"

"交给你的下场，好像都不太好。"颜无味道，"她非要回来找你，我才带她来的，之后，她可得跟我回去摘星宫。"

凭什么啊？段十一眯眼看着小草。

小草望着段狗蛋的脸，总算回过神来了："师父，快去后院，孔雀和商氏都不能动弹了，赶快把他们关起来！"

第 92 章　带她走！

段十一一愣，立马看向旁边的鱼唱晚。鱼唱晚点头，立马冲了出去。

"你沾着水了？"包百病看着浑身僵硬的小草，啧啧道，"咋这么笨呢？"

小草咬牙："你给我试试你拿那么笨重的木桶泼水，自己手上一点不沾啊！老子能回来已经不错了！"

要不是颜无味良心尚在，他们这一群人都得遭殃。

"嗯，回来就好，过来吧。"段十一伸出了双手。

颜无味脸上带着春天一般的笑意，把小草往后一带："她是我的了。"

段十一挑眉，小草突然想起了刚刚发生的事情，脸上一阵发红。

段十一盯着颜无味道："她是我的徒弟。"

"所以我带她来跟你说一声啊。"颜无味认真地道，"我们刚刚有了肌肤之亲，我要带她走。"

段十一：……

包百病：……

小草：？

肌肤之亲是什么！她怎么不记得！

颜无味很严肃地道："我能照顾好她，有能力护着她不叫她受伤，所以她还是跟着我比较好。你们看起来很忙，我就不多打扰了，先告辞。"

说着，抱着小草就走了。小草僵硬着身子，跟个植物人似的望着天空。

师父！救命啊！

包百病张大嘴，好半天才回过神来，用手肘捅了捅旁边的段十一："你徒弟被人拐走了！"

段十一回过神，皱眉道："先处理少林寺的事情，去帮鱼姑娘的忙。"

"啥？"包百病瞪眼，"你不要你徒弟了吗？"

段十一面无表情地往外走。

肌肤之亲？那可真够快的。

他还没来得及教育她呢，结果就当真被人给骗去了？

颜无味也是个智障，看上谁不好，偏偏跟段小草看对眼了。

小草也是个智障，出去下个毒而已，还能被人拐了！

一路走得飞快，刚走到一半，段十一又猛地停了下来。

后头跟着狂奔的包百病一头就撞上了他的背。

"你和鱼姑娘能应付的，我知道。"段十一转身，"这里就交给你们了。"

啥？包百病呆呆地看着他，段十一已经朝后头狂奔了。

这决定变化得也太快了吧！

颜无味抱着小草，一路上红着脸不知道说什么。小草则是欲哭无泪："肌肤之亲是什么？"

"就是方才，我与你那样。"颜无味轻咳两声，"嘴唇也是肌肤。"

小草咬牙，恨不得一口咬死他："那是个意外！"

"但是我是认真的啊。"颜无味道，"难得总是遇见你，总是救了你，你不觉得跟我很有缘吗？"

"慧通大师说，缘分都是拿来诓人的。"小草一脸严肃地道，"你别当真。"

颜无味停下步子，低头看着她："你心里还是有人。"

"没。"

"要是没人的话，我这么英俊潇洒，你为什么不肯接受我？"颜无味一张脸委屈极了。

"是没人。"小草道，"有个畜生而已。"

畜生？颜无味挑眉："你喜欢猫还是狗？"

"狗。"小草郁闷地道。

"汪。"颜无味抿唇一笑，叫了一声之后，更加抱紧了她，"我就当你喜欢我了。"

小草：……

心口一疼，她抬头看着他，看了许久，叹了口气。

人是不是都特别傻啊？遇见自己喜欢的人就不管不顾的，遇见喜欢自己的倒是诸多刁难。

其实颜无味也是很不错的，如果她不是捕快，他不是魔头的话，小草觉得还可以相处试试。

但是……

"我不喜欢杀人狂魔。"

颜无味唇边的笑容淡了淡，低头看着她："你见过我杀人的样子吗？"

小草摇头，她是没机会看见。

"那就对了。"颜无味道，"我一辈子也不会让你看见的。"

小草一呆。

"女儿家都是听觉动物。"有人在他们头顶道，"所以才容易被男人的花言巧语骗了。"

颜无味眯眼。

段十一从他们头上一个鹞子翻身，落在颜无味的前头："没点儿基础保证的承诺，谁信谁傻。"

小草愣愣地看着他，皱眉："不是要处理少林的事情吗？"

"有人在处理，我总不能随意就把自个儿徒弟给卖了。"段十一笑了笑，"所以特地来拯救失足少女。"

小草点头："得亏没拜错师父，谢谢啊。"

"不用谢。"段十一笑了笑，然后看着颜无味，"你要抱着她跟我打？"

颜无味眼睛亮了："你肯跟我打了？"

"嗯，现在有时间。"段十一撩了撩袖子，拔出却邪剑，"来吧。"

颜无味笑了笑，抱紧了小草："可我现在没时间了啊，失陪。"

竟然不上当，不跟他打！段十一挑眉，就看着颜无味拔腿狂奔，跑得比什么都快。

少林寺里，鱼唱晚和包百病已经将孔雀等人都捆牢实了，然后送了水去厨房做晚饭。

众人一将晚饭吃下去，基本就大局已定了，捆住孔雀身边的六个人，迷昏其他的僧人，将慧通大师给放了出来。

"段公子呢？"鱼唱晚问包百病。

包百病道："他去追小草去了。"

鱼唱晚皱眉，有些不满地道："小草怎么和那魔头搅和在一起？"

"不知道。"包百病道，"不过能看见段公子那么紧张的样子，也是难得。"

"毕竟是他徒弟，哪里能不紧张？"鱼唱晚笑了笑，"这里交给你了，我也去看看。"

包百病点点头。

鱼唱晚一路追下山，找了半天才在一处湖边看见正在打斗的段十一和颜无味。

两人周围十丈之内，杀气四溢。鱼唱晚皱眉看着，小草被放在了一边的石头上，段十一甩着却邪剑，颜无味用的是天蚕丝，两人缠斗不可谓不精彩。

段十一有伤，颜无味也有伤，这算是很公平。但是颜无味莫名其妙就处于了下风，而且看起来很难翻盘。

"还看什么啊！"小草看见了鱼唱晚，连忙喊，"快来救我啊！"

鱼唱晚回过神，连忙跑到小草身边将她扶起来。

"带她走！"段十一吼了一声。

颜无味见状要过来，段十一瞬间挡在他面前，却邪剑割掉了他一缕头发。

第 93 章　出事了！

颜无味低头，再抬眼，满目都是清冷："你还是不想跟我走？"

小草僵硬地靠在鱼唱晚身上，有气无力地道："道不同不相为谋啊，好比你一只猫跟只鱼说'跟我走'，你猜鱼走不走？"

颜无味皱眉："我不是猫。"

"我只是比喻啊。"小草道，"我这人一点也不好，你以后看清楚就知道了，我又蠢又馋，长得也不好看，性子还不温柔，也没啥优点，就是给你俩鸡腿你也不用记那么深刻啊对吧？今天的事情都是误会，咱们就当没发生过。"

哟，这还挺有自知之明啊？段十一满意地点头，不错不错。

颜无味眨眨眼，有些委屈了："你可是我吻的第一个女人。"

小草深吸一口气："你就当嘴巴被门磕了吧。"

鱼唱晚倒吸一口凉气："段姑娘你……"

竟然跟那个魔头……

小草无奈地道："这个解释不清楚，江湖儿女不拘小节。你也不必多问。"

段十一抬手，却邪剑突然如同暴风骤雨扑向了颜无味。

颜无味还没反应过来，天蚕丝被根根斩断，差点被段十一伤了脸。

鱼唱晚趁机背起小草就走。

"多谢。"小草趴在鱼唱晚背上，松了口气。

鱼唱晚头也没回地道："我们现在在一条船上，自然是不用道谢的。但是段姑娘，恕我直言，女儿家，哪怕是在江湖之中，贞节名声也是十分重要的。今日你与那魔头……你以后还怎么嫁人？"

小草瞪眼："这么严重？不就亲了一下吗？"

鱼唱晚惊得差点把她给丢下去："你不知道吗？女儿家是不可以同夫君之外的人亲近的，更别说是亲吻了！"

这……段十一也没告诉她啊，小草急了："那怎么办？"

"也没其他办法了。"鱼唱晚道，"要么你嫁给那大魔头，要么你去峨眉上出家为尼吧。"

小草：……

两个选择都好像不太美丽的样子。

嘴唇微微发热，想起颜无味，小草叹息一声。他可真是个好人，每次都帮她的忙。但是，这少林寺满寺的杀戮，也都是他造成的啊。

她是要替天行道，为民除害的捕快，不能与恶人为伍！

那……峨眉吗？小草鼻子有点酸酸的，要是出家的话，段十一会不会嫌弃她啊？像慧通那样的光脑袋，多不美观啊。

"这样说起来，其实我可以嫁给我师父啊。"小草闷闷地道，"我还经常跟他一起睡呢。"

鱼唱晚：……

"你……"她停了步子，侧头看向身后，"你和你师父……睡一起？"

"不是正常的吗？"小草道，"我师父没把我当女儿家。"

那也不能睡一起啊！鱼唱晚倒吸一口气："真是疯了！"

继续往前走，走了两步鱼唱晚道："今日的事情你别给人说，我也会帮你保密的。"

"多谢。"小草道，"你真好。"

鱼唱晚叹了口气，背着她慢慢地上了山。

天已经黑了，慧通坐在佛堂里，眉目间已经恢复了镇定。少林寺看起来没什么不同，但是孔雀和商氏等人都已经被关在了后堂，动弹不得。

"哎，总算回来了。"包百病端着药等着呢，瞧见小草和鱼唱晚，连忙上去给小草灌药，"刚配出来的，不知道能不能解，你先喝喝看！"

不知道能不能解，那还给她喝？小草愤怒地挣扎，奈何身子动都动不了，只能眼睁睁地看着包百病把药往自己嘴里灌。

过了半个时辰，身子总算有了点知觉。小草半坐起来，看了看外头："师父怎么还没回来？"

"那魔头也不好对付，我再回去看看。"鱼唱晚转身就要出去。

段十一却刚好提着剑回来，看了床上的小草一眼，放下剑，转身先去找慧通说事。

少林寺现在就装作被孔雀等人控制，每天学着孔雀的笔迹给长安发信即可。剩下的事情，段十一会继续去查。

慧通大师应了他的想法，有些担忧地道："六姑为什么还没回来？"

段十一想了想："应该也快了。"

然后回房，看着鱼唱晚和包百病："我有话要给小草说。"

两人都自觉地退了出去。

小草缩在床上，可怜巴巴地看着他。

段十一脸上一点笑意都没有，坐下来看着她道："你过来。"

小草坚定地摇头。

傻子才过去！

段十一微笑："过不过来？"

小草心里一惊，乖乖地蹭了过去。

段十一伸手捏着她的下巴，眯着眼，拿着一张手帕就开始擦她的嘴唇。

"……师父？"

"女儿家的名声很重要。"段十一严肃地道，"你给我把今天的事情忘掉！"

"嗯，好。"小草点头，又忍不住道，"其实颜无味也不坏。"

"是吗？"段十一呵呵笑了两声，"那你去拜他为师？"

小草一愣，抿唇："你是不是讨厌我了？"

段十一错愕，觉得自己语气重了点，抿唇道："没有。"

脸色却是难看极了。

小草心里有点难过，身为段十一的徒弟，她实在太给他丢人了。平时拖后腿就算了，今天还出这种给他脸上抹黑的事情。也不知道江湖规矩里有没有给师父抹黑必须自刎谢罪。

"你先休息吧。"段十一起身往外走，"明日起来练功，我顺便告诉你一些感情之事。"

小草点头，埋头就睡。

最近的事情太多了，她要好好冷静一下！

杨六姑嘴角带血，终于爬上了少林寺，几乎是拼着一口气爬进佛堂的。

夜深人静，只有慧通大师还在超度亡魂。

"阿和。"杨六姑喊了他一声。

慧通一愣，回头一看，杨六姑半跪在地上，浑身是伤地道："快想办法……峨眉跟这里，是一个情况！"

段十一翻来覆去正睡不着，就听见鱼唱晚的敲门声。

"段公子，六姑回来了！"

段十一起身，披衣去看。

慧通在给六姑运气，但是看她那青白的脸色，估计是凶多吉少。

"段公子。"杨六姑道，"江湖大劫，不知哪里来的势力，控制六大门派，正欲起事。一旦得逞，江湖必定遭遇一场浩劫。"

段十一皱眉，谁能有这么大的本事，同时控制六大门派？

包百病帮着给杨六姑塞灵丹妙药，段十一转身就去找孔雀了。

孔雀被捆在修炼室里，脸色也没多慌张。瞧见段十一进来，反而是笑了："怎么？出事了？"

段十一半蹲在他面前，低声问："你家主子是谁啊？"

孔雀咯咯直笑："我怎么可能告诉你？堂堂六扇门捕头段十一，可是能在关键时刻坏事的。"

"这样啊。"段十一点头，转身看了看商氏和那群青衣襟，"你不说，我就乱猜了。付太师近来身子可好？"

孔雀脸色一僵。

商氏看见段十一，更是双目充血："你这该死的，总会被送上断头台！"

"不劳你操心，你肯定比我先上去。"段十一看了商氏一眼，女人总是最好刺激的。

"我倒是有些同情你，花那么大的代价混成了个小头目，竟然还是拿我没办法。"

商氏咬牙，眼神跟淬了毒一样："你别得意，后面还有好戏等着你，付太师恨你入骨，绝对不会叫你好过！"

嗯，还真是付太师。段十一起身就往外走。

"你去哪里？"孔雀吓得尖叫，"你不是还有想问的吗？我可以告诉你，这个女人说的都是骗你的！"

段十一轻笑，走得头也不回。

"小草！"

睡得正好的段小草同学直接被揪下了床，睁开眼睛就看见慌张的段十一："快起来，咱们回长安！"

长安？小草迷茫："不是说要去巴蜀办事吗？"

段十一拿了她的衣裳帮她穿上："现在回去不知道来不来得及，你别给我拖后腿。"

一听拖后腿三个字，小草麻利地就醒了，穿好衣裳就出去找马。吃了包百病的药，好像有那么点作用，虽然身子还不是很灵活，但是至少能跑。

鱼唱晚和包百病都跟着跑出来，包百病不会骑马，直接坐在了段十一的马上，小草和鱼唱晚一人一匹，三匹马狂奔在路上。

"到底发生什么事情了？"小草问了一句。

段十一道："有人要图谋不轨。"

有人？谁啊？小草想了想，朝廷里好像没谁有这条件啊，都是皇亲国戚的。就一个付太师是外人，但那不是被处置了吗？

来不及多问，几人骑马又换船，飞快地一路奔回长安。

长安城里繁华依旧，李二狗打着呵欠看着朱雀大街上来来往往的人，嘀咕了一声："最近进城的人可真多。"

断水瞧着也觉得奇怪："往常进城出城的人好歹能平衡啊，最近怎么进城的比出城的多那么多？"

"兴许是知道皇上的寿辰快到了，来京城的达官贵人多。"抽刀道，"不关咱们的事，看着街道治安就行。"

李二狗安逸地喝着茶，感叹了一声："没有段十一的地方，真的是天堂啊！"

第 94 章　下不与上斗

如果可以的话，他愿意用减寿十年，换段十一一辈子不回长安！李二狗望着天空，心里如此祈愿。

然而下一秒，噩梦一样的声音就在他背后响起：

"李捕头。"

哈哈，安逸日子过太久都出现幻听了！李二狗抹了把脸干笑着对旁边的断水道："我竟然听见了段十一的声音，昨儿晚上没睡好？"

断水吞了口唾沫，看着他身后道："不是没睡好，师父你回头看看。"

李二狗脸上一僵，慢慢拧着脖子回头看。

段十一关上了厢房的门，正站在他背后，笑得春暖花开："好久不见啊，李捕头。"

李二狗只觉得眼前一黑。

这小兔崽子怎么又回来了？才离开一个多月，怎么就又回来了！老天爷是不是睡觉去了？他这么诚心诚意的祈愿竟然都听不见！

"呵呵……段捕头。"

心里再不愿见他，表面功夫也是要做好的。李二狗扯着嘴巴对着段十一笑："这就回来啦？"

小草等人站在段十一的身边，看着李二狗这模样，小草忍不住揶揄："是不是巴不得我师父回不来啊？"

"怎么会，瞧你说的。"李二狗干笑道，"没段捕头在的日子，可真是寂寞啊。"

"那你不会再寂寞了。"段十一走过去，搭着李二狗的肩膀道，"我会一直在长安。烦请李捕头替我找总捕头传话，要他来这里一见。六扇门里眼线太多，我可不好进去。"

"这个……"李二狗咳嗽了两声，"我还在值班呢你看，走不开啊。"

段十一当初离开长安，就是因为得罪了付太师。如今付太师还在一直找他呢！他要是帮忙去传话，岂不是让人觉得他是跟段十一一伙的？那误了他的前程怎么办啊？

"好像也是，不该耽误李捕头做事。"段十一恍然点头，转身看着小草，"那这样吧，小草去，直接去六扇门门口，说传李捕头的话，让总捕头来这茶楼一趟。"

李二狗脸都青了，直接去六扇门门口，还传他的话，那他不死得更快？

"别别，还是我去吧，我自己去。"李二狗干笑道，"毕竟同事一场啊，我马上去！"

说着，带着抽刀断水就往外狂奔。

鱼唱晚和包百病围观了半天，啧啧称奇："这人这么没骨气，怎么当上六扇门捕头的？"

不是说六扇门对捕头捕快要求特别高吗？小草至今都还只是个试用捕快呢。

段十一望着窗下的街道，淡淡地道："他大舅子在刑部任职。"

众人默然。

"师父，我们要在这里等吗？"小草皱眉道，"我总觉得李二狗不太靠谱。"

"我们去六扇门后门。"段十一道，"李二狗岂止不靠谱，他会直接去知会付太师的。到时候六扇门里的眼线也能被引开，我们直接去找总捕头就行了。"

段十一想的没错，李二狗一出茶楼就往太师府狂奔，急忙忙地告状去了。

小草领着他们，从六扇门的后门狗洞溜进去，嘀咕道："奇了怪了，我们是正经的捕快捕头，为什么回来还要偷偷摸摸的？"

段十一跟在后面轻咳一声："我们是回来做大事的，做大事不拘小节。"

好像很有道理的样子，小草点头，继续往里走。

六扇门里一片安静，来往的人倒是不少，他们刚溜到总捕头的房间附近，就听见有脚步声传过来了。

"怎么办？"鱼唱晚着急地看了看四周，没什么可以躲藏的地方啊，就一个屋子拐角他们这么多人！别人一过来就看见了！

段十一皱眉，已经做好动手的准备了。

"汪汪！"一条大白狗朝这边飞快地跑了过来，吐着舌头，撒欢儿似的甩着爪子。

"大白。"小草乐了，这家伙肯定是闻到她的气味了，这么开心地跑过来。

但是，这时候不对啊，这狗再跑过来，人家更要来看看这边怎么了，到时候不就暴露了？

段十一当机立断，朝着大白就比了个挥剑的手势。

大白"嗷呜"一声倒地，装死。

"这狗怎么了？"走过来的两个捕快连忙过来看。

大白翻着白眼，四爪朝天，可怜地哼哼着。

"送它去看看，这狗有灵性的。"两个捕快连忙一前一后将大白给抬起来，往六扇门的医馆走。

大白吐着舌头，被抬起来了，尾巴还冲着段十一一阵甩。

小草这个感动啊，真不愧是段十一养的狗，关键时刻发挥的演技真够厉害。

众人都松了口气，段十一继续往前，直接翻进了叶千问的房间。

叶千问正在看文件，被这一群翻进来的人吓了一跳，差点就搬起凳子砸人了。

"总捕头。"段十一一脸严肃地道，"要出事了。"

看见是段十一，叶千问眉头一紧，连忙去关门关窗。

"你怎么回来了？"叶千问道，"最近付太师的势力尤为猖獗，到处都在找你呢，你还敢回来。"

小草皱眉。

付太师？

段十一看了小草一眼，然后道："我往巴蜀走了一遭，刚去了霹雳门和少林寺，发现有异常状况，峨眉和昆仑也出事了，都被人控制，为人所用，将人力物力都送来了长安。"

"我怀疑有人在暗中蓄力，意图不轨，所以才先回来。"

叶千问听完，皱眉想了想，又摇头："如今这太平盛世，再出乱子也不会出什么大乱子，你想多了吧？区区江湖几个门派，能顶什么用？"

"霹雳门擅长火器，一旦大肆制作，轰开长安城门也不是问题。"段十一淡淡地道，"少林僧兵人数众多，武功高强，比紫衣襟也丝毫不差。大人当真觉得，江湖门派，不顶什么用吗？"

叶千问沉默，许久之后才道："你想怎么做？"

"我会在长安暗中调查江湖势力的去向，一旦有确凿证据，我想进宫面圣。"段十一道，"还得请总捕头帮忙。"

叶千问叹了口气："你做事一向没有出错过，我也不得不相信你。但是十一，你要记得，民不与官斗，下不与上斗。"

第95章 报 官!

段十一挑眉。

这句话是规则，他知道，活在制度里，就应该遵守规则。

但是要是一直遵守规则，那也就没意思了。

"我知道。"他道，"我不会让您为难。"

叶千问颔首，看了旁边的人一眼，道："你们去查吧，必要的时候我会提供帮助。但是记着，万一让人发现，我定然会舍弃你们，保住六扇门。"

包百病听得浑身起鸡皮疙瘩，段十一和小草却双双点头。

叶千问这决定是正确的，也已经给了他们足够的包容了，剩下的要全部看他们自己。

要是段十一这次的直觉是错误的，那他们就算自投罗网了。

一行人飞快地离开六扇门，小草一路都很沉默。

段十一带他们找了间宅子住进去，鱼唱晚忙里忙外地收拾，包百病则是继续在周围找药店。

小草坐在院子的石桌边发呆。

段十一站在她旁边，低声道："不是故意要瞒着你的。"

上次离开京城，他让颜无味给她说，付太师已经伏法，好人有好报，恶人有恶报。

然而事实是，付太师如今更加权势遮天，而他们被迫离开长安。

小草呆呆地抬头看着他，问了一句："陈白玦怎么样了？"

段十一垂眸，没有回答。

四周都很安静，小草低头看着自己手里的刀，突然笑了。

"师父，你说这世上邪不胜正，魔高一尺道高一丈，那为什么会有这样的事情？"

段十一深吸一口气，无奈地道："这人世间，不可能永远是充满正义的，有时候邪压过正，就得靠我们去赢回来，你懂吗？"

小草红了眼："陈白玦没有做错什么事情，为什么他没了，付太师却还好好的？这不是很不公平吗？我们已经告诉皇上付太师的所作所为，为什么他没有惩罚付太师，反而让我们成了这个样子？"

"你要是觉得别人不够正义。"段十一道，"那你就让自己变得强大，能够主持正义。"

小草满眼都是委屈和不甘。

段十一叹了口气，轻轻抱住她："你还小，将来还要面对的这类的事情还有很多。我本来是不想让你知道这些的，但是你迟早要面对。为师只是希望，不管以后遇见多么不公平的事情,你的心里都能存着正道。"

小草埋头在段十一怀里，思考良久，点了点头。

"咳咳。"鱼唱晚尴尬地咳嗽两声，抱着一篮子菜，低声道，"段公子，晚上要吃什么？"

段十一回头看着她，松开了小草："你就做你跟包百病的吧，我与小草要出门。"

"……好。"鱼唱晚看了他们一眼，抱着篮子进厨房了。

"我们要去哪里？"小草问。

"太师府啊。"段十一道，"只是现在要去可没以前那么容易了，咱们得另外想办法。"

由于上一次的"段美人"事件，太师府现在是无论如何也不会搭救陌生人了，更不会随意让陌生人进去。

那么问题就来了，他们两个陌生人该怎么进去？

"过两天恰好是付太师的寿辰。"段十一道，"或许那个时候我们可以混进去。"

"我有个主意！"小草眼睛一亮，"你要不要听？"

段十一挑眉："你说。"

难得这丫头有灵机一动的时候，段十一觉得很欣慰。

结果小草道："你不诱惑付太师，付太师还有个儿子啊，你去诱惑他儿子怎么样？"

段十一：……

"你当人家眼睛瞎了是吗？为师这么美丽的扮相，人家看一次肯定就记住了好吗？"段十一一巴掌拍在小草的后脑勺，"能不能想个靠谱的主意？"

小草一脸严肃地摸了摸下巴。

一个时辰之后，招袖楼。

付太师之子付应龙正坐在顾盼盼的房间里听曲儿，这也是个纨绔，在朝中挂着闲职，每天无所事事在青楼装风雅。不过都说这主儿性子古怪难伺候，普通姑娘可能都不太合胃口。

顾盼盼此番也是花了力气，弹了许多拿手的曲儿，也没得这爷颔首。

如今付太师正是如日当空，贪污受贿之事似乎丝毫没有影响到他什么，反而更得皇帝信任、太子尊敬。

六部大臣一一换人，付太师一党却是扶摇直上，炙手可热。

所以这付应龙，就更是大家要巴结的对象。

顾盼盼深吸一口气，弹得更用心了。

门"吱呀"一声开了，付应龙回头，略为不满地道："不是说了让你们不要打扰吗？"

一张妖冶的脸伸了进来，妩媚一笑："恭喜公子，中了招袖楼今日大奖，奖励果盘一份，舞蹈一段。"

顾盼盼停了琴音，皱眉看过去。

一身火红的长裙，广袖飘飘，脸上的妆艳丽得比千妈妈有过之而无不及，段小草这扮相是没经过段十一过目的，离开院子的时候还说："师父放心！"

段十一要是看过她这模样，肯定是不能放心的。

付应龙皱眉看了她一会儿，又松开了眉头："还有跳舞？正好盼盼琴艺卓绝，你跳吧，她还能与你和一曲。"

小草扭着腰进来，学着段十一曾经的模样，朝付应龙一阵眨巴眼。

付应龙轻笑一声，支着下巴瞧着。

顾盼盼沉默了一会儿，弹了一曲《离殇》，是为大梁战歌。

这来路不明的姑娘，要抢她的客人，顾盼盼自然是不欢迎的，也没那么大的心气儿，所以这曲子，也算是为难她的。正常情况下这场景哪里会弹战歌啊。

但是段小草压根儿就没准备好跳舞，一听这歌，反而合适，直接就地耍了一套伏虎罗汉拳！

段十一说，这付应龙付公子也是个喜欢功夫的人，可惜喜欢是喜欢，自个儿不会。

所以段十一说："你可以另辟蹊径，给他耍耍剑什么的。"

小草照着段十一说的做了，然而不知道为什么，这付公子脸上的表情特别奇怪。

打完一套拳法，付应龙干笑了两声，转头对身后的随从道："报官！"

第 96 章　小簸箕

小草当即就要跪下了啊，有没有天理？她打扮得这么好看，还投其所好打了拳法，凭什么就要报官啊？

别的人不都是上来出其不意，然后就赢得某某某的青睐了吗？

"付公子。"顾盼盼见状，连忙起身来打圆场，"这姑娘应该是新来的，有冲撞的地方，还请公子多谅解。"

毕竟是招袖楼的人，顾盼盼还是要意思意思维护一下的，也显得自己善良。

付应龙眯着眼睛看了看小草，又看了看顾盼盼，然后道："这姑娘看起来精神不太正常，招袖楼怎么会允了这样的人来接客？"

小草：……

她本来是打算好好学着段十一的样子勾引一下这付太师的儿子的，但是现在看来计划失败，这条路走不通。

那就不走了，换条路走。

捏了捏拳头，小草回头看了顾盼盼一眼："你回避一下。"

顾盼盼被这话气得七窍生烟："这是我的房间！"

来这里抢她的客人就算了，还敢叫她回避一下！

小草撇嘴："那算了啊，就在这里吧。"

说着就转身去把门关了，窗子也关了。

"你要干什么？"付应龙皱眉，"可不要把我惹火了。"

"你才把我惹火了！"小草龇牙，扑上去就打人，"说谁精神不正常呢？你说谁呢！"

说一句打一巴掌，付家公子哪里遇见过这种人啊，背后的两个随从都吓傻了，一时忘记拦，就看着小草左右开弓，扇了付应龙三个巴掌。

"你干什么！"后面的随从这才想起来，拔出刀就朝小草砍。

要是以前的小草，瞧见这两个人呢，肯定会选择跑路的。

但是现在，她武功精进了不少不说，内力也提升了，一打二简直绰绰有余。

于是顾盼盼就瞪大眼睛看着小草打翻两个随从，然后接着左右开弓继续扇付应龙的巴掌。

付应龙长得也不难看，但是这一阵打下来，脸全肿了，跟外头猪肉铺子上挂着的猪头一样光亮。

"你……你到底是什么人！"顾盼盼大惊之下连忙道，"肯定不是招袖楼的人！"

小草打爽了也出气了，一甩头发道："老子就是江湖上人见人爱花见花开的黑白双煞！"

付应龙口齿不清地道："双煞应该是两个人。"

小草一顿，"啪"的一巴掌拍在他脑门上："就你知道得多？另一个在家生孩子呢行不行？"

付应龙不说话了，眯着肿成条儿的眼睛看了小草半天，算是勉强记住了她的样子。

他知道，最近长安城的女孩子都在疯狂地吸引他的注意，都想进太师府去，飞上枝头。顾盼盼是这么想的，正在揍他的这个女子肯定也是这么想的。

只是这女人也未免太粗暴了些，竟然能把他的两个随从都打趴下，功夫不错。

"就算你这样，我还是不会娶你回家的。"付应龙道，"我喜欢温柔一点的女人。"

"娶你个大头鬼。"小草一拳打在他的脑门上。

付公子终于昏了过去。

顾盼盼已经说不出话了，就看着小草将付应龙给扛起来，从窗口飞身出去。

半晌她才反应过来，连忙去开门大喊："偷人啦！"

段十一在院子里等着，小草说，她出去一个时辰就能搞定。

好吧，姑且不论可信度的问题，小草能自己想办法行动，段十一这个当师父的还是很欣慰的。

但是没半个时辰，小草就回来了。

"师父！"小草把付应龙往院子里一丢，"你看！"

段十一先是震惊于她的装扮，一低头，又被地上这人给震惊了："你为什么要扛一头穿衣服的猪回来？"

小草扒拉了付应龙两下，指着道："这是付太师的儿子啊。"

"哦。"段十一点头。

顿了一会儿，段十一炸了："你把人给抢回来干什么？"

小草眨眨眼，道："我出去的目的，不是把人勾引回来吗？"

"是这样没错。"段十一抓狂地道，"但是勾引人，不是用胳膊把人给钩着拖回来，是要灵魂，灵魂你懂吗？不是身体！"

这把人给拖回来了，付太师还不得满城找啊？说好的动静要小，不能被人发现呢？

小草低头想了想，解释了一下："他骂我精神有问题，我没忍住才把人打了一顿。打了一顿吧，总不能留在那里等着他来寻仇啊，所以我就把人给带回来了。"

"嗯，很有道理。"段十一呵呵笑了两声，"可是我要是看见个穿成这样的火鸡化个大浓妆企图去勾引人，我也觉得你精神有问题！"

"想想这玩意儿该怎么处置吧。"段十一踢了付应龙一脚。

小草垮了脸，沮丧地道："师父，我真的很不吸引人吗？"

段十一笑了笑，指了指远处的山。

小草眼睛一亮："你是说我眉若远山？"

"不。"段十一道，"我是说你去那坟山上试试，这副样子吸引人是没办法了，但是说不定能吸引鬼呢？"

小草：……

气愤地回去梳洗一番，换了件土黄色的正常裙子，小草打算把这付应龙拖去丢了。

然而刚拖到院子门口，付应龙醒了！

小草吓得就地一坐，抱着他的脑袋一脸紧张。

付应龙幽幽地睁眼，就看见一个美若天仙的姑娘正温柔地看着他。

"你没事吧，怎么会晕倒在这门口？"小草一本正经地胡说八道，"被什么人害了吗？"

付应龙眨眨眼，脑海里想起那张浓艳无比的恶魔脸，打了个哆嗦。

再看看面前清新可爱的小姑娘，完全就是看见仙女了啊！

"多谢姑娘相救。"付应龙感动极了，"敢问姑娘芳名？"

小草轻咳两声，眼睛看了周围一圈儿："啊，我叫小簸箕。"

付应龙愣了愣，竟然笑了："真可爱，我现在身受重伤，不知簸箕姑娘可否搭救？"

第 97 章　中毒了？

小草眼珠子一转，行啊，她这立马就从打人偷人的火鸡，给变成助人为乐的仙女了啊！

"瞧公子相貌如此英俊，小女子也没有不帮忙的道理。"小草掩着嘴，害羞地道。

付应龙一听，更是心花怒放，扶着小草的手就往屋子里走。

段十一刚想问垃圾处理完了没，转头就看见那边一对男女眉来眼去的进来了。

立马往旁边一躲，段十一皱眉，瞧着他俩这模样，咋觉得有点离奇呢。

付应龙笑问："簸箕姑娘一个人住在这里吗？"

段簸箕一脸娇羞地道："不是，还有一个姐姐一个哥哥，和我爹。"

段十一嘴角抽了抽，默默回房间换了身衣裳，贴了点络腮胡。

鱼唱晚刚做好饭呢，没想到小草和段十一都在家不说，还多了个猪头。

付应龙一直看着小草，一双眼睛因为肿了，没人看得清神色。但是表情倒是真真切切的："多谢簸箕姑娘救命之恩，若是有什么能报答的，姑娘只管开口。"

鱼唱晚一脸惊愕，看了段十一一眼。

段十一已经是一副"爹"的模样，微微摇头示意旁边两个人不要多问，然后道："小女簸箕自小没了娘，过得也是辛苦。今日与公子相遇，算是一场缘分，我们一家也不求什么，但愿公子余生安稳。"

小草刚想说我想去你家看看呢，就被段十一这一段话给堵了回来，不禁瞪眼。

付应龙却被感动了，好人啊，帮人不求回报！

"再说，看公子这副模样，过得应该也辛苦。"段十一抹了抹眼泪，"不知道府上何处啊？"

付应龙低头看了看自己，一身锦缎都被撕坏了，鞋也掉了一只，想必脸上也是万分精彩，看起来应该的确很惨。

但是簸箕姑娘也要拿同情的目光看着他，付应龙就不能忍了啊，立马道："我是太师府上的，过得不辛苦。"

"哦？"段十一压着声音道，"付太师府上吗？我路过看见过，那府邸可好看了，你是府上砍柴的还是喂猪的啊？"

付应龙气得瞪眼："我是付太师的儿子，府上的公子！"

桌上几个人都顿了顿。

小草轻笑道："你别开玩笑了，我哪里有那么好的运气，能救到太师的公子啊？"

"你们不信？"付应龙抬了抬下巴，"那等会儿吃完饭，我带你们去太师府！"

"真的？"段十一吓得起身，"那地方的守卫可森严了，你别吹牛，一般人进不去的！"

"有我在，你们怕什么？"

装蒜的心一起，就再也收不回来了。付应龙同学在段簸箕的面前，打算一路装到底，就算自家老头子说过不能带陌生人进府，他也打算让簸箕装成个丫鬟跟着他回去。

包百病和鱼唱晚看了半天的戏，本来也想跟着去那太师府看看的，但是吃完饭段十一就猛踩他们的脚，踩得两人脸都青了。

"走吧。"付应龙道。

鱼唱晚和包百病两人连连摇头。

"我肚子疼。"

"我脚疼。"

"你们去吧，回来给我们说说太师府的繁华。"

多懂事的两个人啊！付应龙也松了口气，这样就好办多了，就两个人，刚好扮成一个丫鬟一个车夫不就好了？

"那走吧。"付应龙一把拉过小草，目光温柔，"我会好好报答你的。"

小草娇羞地扭脸，对着段十一比了个"耶"。

段十一挑眉，眨眨眼算是表扬她，然后出门去找马车。

"我家最近客人很多，你进去就跟着我，不要冲撞了其他人。"付应龙低声道。

小草点头，乖巧地坐着。

"我就喜欢你这样温柔的姑娘。"付应龙喃喃了一声。

小草笑了笑，心里呸了一声。

付太师府很快到了，天色已经不早，付应龙拉着小草带着段大爷，从后门溜了进去。

"公子！"马遥力就在院子门口等着，见付应龙回来，欣喜地道，"属下正准备派人出去找您，您终于回来了！"

付应龙把小草往身后一藏，张口就吼："还正准备？没见我的脸都成这样了？真等着你们出去救我，我不死在那女鬼手里了？"

女鬼？小草眯眼，狠狠踩了付应龙一脚。

"啊！"一声惨叫，付应龙回头，就看见他的簸箕姑娘一脸可怜："我不小心踩到你了，没事吧？"

这一个不小心，气力还挺大。付应龙白着脸笑："没关系。"

转头对上马遥力疑惑的目光。

"这是我的丫鬟，那个是车夫，这俩今天救了本少爷，本少爷要在院子里款待他们。"

"少爷。"马遥力为难地道，"太师说过……"

"太师说过要你好好保护我，结果呢？"付少爷梗着脖子吼，"你是要去告小状让我告你一大状呢，还是让我进去好好休息？"

马遥力戾了，叹了口气让开了路。

小草蹦蹦跳跳地跟着付应龙进去了。

段十一从马遥力身边经过，无波无澜，没被认出来。

"怎么样，这地方好看吗？"付应龙拉着小草道，"你喜不喜欢？"

小草害羞地点头："我从来没来过这么好看的地方。"

"你要是嫁给我，这地方你就可以一直住下来。"付应龙笑着道，"只是我正室还未立，先委屈你做姨娘，可好？"

小草挑眉："公子竟然要娶我？"

"我觉得你挺好的。"付应龙道，"比我其他十八个姨娘都让我觉得顺眼。"

小草：……

段十一：……

看样子是个浪荡公子，那小草也就不用担心会玩弄人家感情了，这种人一般都是玩别人的，不会被玩。

于是她道："我出身卑微，怎么能配得上你？"

"没关系。"付应龙摆手，"我不嫌弃你。"

谢谢啊，小草默默翻了个白眼。

"今天你们先住在这里。"付应龙吩咐下人去打扫了房间，一双眼看着小草，喉结动了动，"等你确定好心意，明日我来问你答案。"

"好。"小草点头。

付应龙笑着退出去了，还指派了个丫鬟来伺候。房间很大，那丫鬟一进来就点了香。

小草给段十一捶着背，乖巧地问："爹，舒服吗？"

段十一点头，一副昏昏欲睡的模样。

那丫鬟看了一眼，笑道："老大人的房间在对面，奴婢引您过去吧？"

"不用，我等会儿扶我爹过去。"小草道，"不劳费心。"

那丫鬟点头，退下去了。

门一关，段十一就精神了，拿了地图出来道："这地方咱俩都熟悉，等会儿二更一过，你往东我往西，看看这府上到底藏了什么东西。"

"好。"小草点头。

段十一起身往外走："你自己小心，有事叫我。"

"嗯。"

出门，段大爷弯着腰回了自己房间。

两人就安静地等着二更天。

不过不知道是不是饭吃多了，小草靠在床边，觉得困得很。

香炉里的烟不断冒出来，叫人觉得浑身发热。小草挣扎了两下，起身去想把烟灭了。

结果门开了。

"谁？"小草撑着桌子问了一声。

那人直接关了门进来，一把抱起了她就往床上放。

心里一惊，小草大喊了一声："救……"

"命"字还没喊出来，就被人堵住了嘴。付应龙的声音在她耳边响起："簸箕姑娘，我是喜欢你才来找你，今夜之后，我娶你为姨娘吧！"

小草瞪大眼睛，终于明白这家伙十八个姨娘怎么来的了！

伸手想打人，奈何全身一点力气都没有，小草有些急，衣裳都被这禽兽给扯开了，月光透进来，可以看见自己光洁的肌肤。

"别挣扎了，这院子是我的地方，没人能来救你。"付应龙亲吻着她的脖颈，笑道，"我保证会好好疼你的，乖。"

小草咬牙，奋力挣扎。

外头的门轻轻开了，又无声无息地合上。

付应龙正亲得带劲呢，后衣领突然被人一扯，整个人就摔去了地上。

嘴巴都没来得及张开，对面一拳就打掉了他的门牙，接着往肚子上一拳，付大少爷就痛昏了过去。

段十一双目赤红，但黑暗里谁也看不见，他手里暗影一闪，直直地就朝着付应龙脖子去了。

"师父？"小草不确定地喊了一声。

段十一眼神清澈了一些，手一转，挑掉了付应龙的手筋，顺手喂了一把哑药进他嘴里，然后转身走到床边。

小草身上挂着半件衣裳，迎着月光，能看见她脖子上刺眼的痕迹。

"抱歉。"段十一哑了嗓子。

"抱歉什么？"小草茫然，"我不过是被他咬了两口而已。不过师父，我浑身都好难受啊！"

段十一深吸一口气，突然僵硬了身子。

挥手灭了香炉，段十一一把将小草抱起来就往外跑。

太师府守卫森严，只能走房顶。

小草跟八爪章鱼一样裹在他身上，不停磨蹭："好奇怪啊，那香炉里是什么东西？毒吗？"

第 98 章　解　药

段十一额角青筋暴起，语气十分不好地道："我该说你蠢，还是该说你脑子有问题？"

二者有什么区别？小草迷迷糊糊地想，段十一说话总是这样，不清不楚的又让人觉得生气。

不过现在她生不起气来，只觉得想抱紧他，再抱紧他。腿不老实地缠上他的腰，跟只小猫似的不停蹭着他的脖子。

"好热……"

段十一差点就把她丢下去了！

江湖上最狠的药除了毒药迷药就是春药了，而且这药一般是在关键时刻让人中了，恰好没解药，旁边恰好就有个人，而且这个人还是不能给解毒的人。

比如现在的他！

怀里这个是自己的徒弟！他现在只能马上带她出去找包百病！

但是……

这里是守卫森严的太师府啊，进来都费尽了心思，要怎么轻松地出去？

"什么人！"刚到花园，就听见有人一声怒喝。

不是段十一轻功不好，而是小草已经把他的腰带解开了，段十一惊慌之下，踩到了旁边的碎瓦。

"啪"的一声惊动了下面的守卫。

"有人闯入！快警戒！看好大门！"

段十一黑着脸，看着一群守卫去将大门给堵了个严实。

这下咋办？

抱着人往下面的草丛一滚，躲开一群守卫，再往无人的池塘一侧溜过去。

"嗯……"小草已经没了神智，解了段十一的腰带不算，还直接伸手进去一阵乱摸。

段十一抱着她，没手来阻止，一得空干脆就将她压在了旁边的围墙上。

"别乱动。"

小草抬头，眼里满是水雾，迷茫地看着他，下意识地伸出舌头去，舔了舔段十一的下巴。

身上的袍子敞开，里衣也被她剥开了。滚烫的小手压根儿不听他的话，还在往下，往下，直到……

"嘶——"段十一倒吸一口凉气，眼眸的颜色深了不少，压着小草，低低地呻吟了一声。

天黑无月，守卫还在四处搜寻，这一处有树荫草丛遮蔽，完全不得见人。

小草被他这一声给刺激了一下，张口就咬在段十一的锁骨上。小小的身子还在磨蹭，从上到下，几乎要将她自个儿给融进段十一的身体里。

再怎么说，段十一也是个男人，就算小草是块儿搓衣板，那也是柔软香嫩的小女孩儿，这样的挑战，受住了的就不是男人！

他也是解药啊！

段十一眼眸里一片浑浊，伸手压着小草的手，交叠放在自己心口，低头就吻上了她的唇。

小小的嘴唇还是冰凉的，他闯进去，明显能感觉到她抖了抖，然后试探似的含着他，一点点地吮吸。

呼吸更重了些，段十一抱起小草，直接将她压在了草地上，剥开她的衣襟，看见方才被人留下的那一块红色。

眯了眯眼，段十一伸手使劲擦了擦，又重重地在那上头亲吻吮吸。

"啊……"小草叫唤了一声，下一刻就被段十一给捂住了嘴。

晚风轻柔，没能吹散这一处浓浓的旖旎。段十一伸手解开小草的衣裳，一点点地亲吻抚摩。小草的眼神很迷茫，又很害怕，呆呆地看着他。

下身空落得难受，全身血脉都要倒流了似的，她抬起身子，慌张地磨他。

段十一狠狠地扯开她的腰带，轻柔地捏着她的腰，两人的亲热已经差不多到了最后，就差……

"滴答……"

凉凉的雨水落了下来，越来越多，越来越多。

段十一身子僵了僵，眼神清澈了些，低头看着小草。

下雨了！

身下的人面如桃花，呼吸浓重，眼眸里什么东西都没有，只有赤裸裸的欲望。香软的身子上，已经到处都是他的痕迹。

他做了什么？

倒吸一口气，段十一伸手合上小草的衣裳，抱着她站起来。

倾盆大雨说下就下，两人身上瞬间都湿透了。段十一感觉到小草身上的温度降了下来，深吸一口气，抱紧了她。

太师府出不去，他便抱着她回去了付少爷的院子。

付少爷还在昏迷，段十一把小草放在床上，想了想，走过去洒了药在付应龙的眼睛里，然后把他整个人扛起来，随意找了个姨娘的院子，丢去床上。

做完之后回去小草的房间，小草已经清醒了，衣裳半挂在身上，香肩半露，一脸茫然地看着他。

"师父，刚刚发生什么了？"

段十一垂眸，道："没什么，你中毒了。"

"这样啊。"小草点头，又看了看自己，若无其事地将衣裳合上，然后问，"付应龙呢？"

"他已经看不见说不了，被我丢在别处，明早起来，什么事也不会有。"段十一站在她面前，竟然觉得有些尴尬，"现在是二更天了，你先休息，我出去看看。"

"我也想去啊！"小草连忙站起来。

可是腿一软，竟然又跌坐了回去。

咦？为什么她全身都没力气？

"都说了你中毒了。"段十一侧头看着外面，脸上有微微的红晕，可惜天色太暗，谁也看不见，"歇着吧，我去搞定。"

"哦，好。"小草点头。

门被关上了，小草安静地坐在床上，感觉段十一去得远了，才长长地吐了口气。

师父一定不知道，那药她知道是什么药，也知道刚刚发生了什么。只是……他既然停下来了，也既然想当作什么都没发生过，那她会好好配合的。

她不想失去这个师父。

今天的事情是个意外，小草低头对自己道，不可以记住，要全部忘掉。

只是……身子还温热，嘴唇间也全是他的气息，小草叹息一声，抱着被子滚在了床上，死死闭着眼。

身上少了累赘，段十一在这太师府里穿行，简直无人能发现他。

太师府的后院住满了人，过去一看便知道，是装扮成百姓模样的僧兵，还有昆仑的机弩和许多不知哪里来的美女。

这里的人定然只是一小部分，还有很多的东西，不会放在这里。

第 99 章　肌肤之亲

他所猜测的东西，十有八九就是真的，付太师在密谋造反。

然而就这样去告御状，然后要皇上来搜的话，付太师又不傻，肯定会转移的。

不知六大门派里最早出事的是哪个门派，但是就算是霹雳门，那也是三个月之前就出事了。也就是说，付太师密谋这件事，起码已经三个月，所有东西都在往京城汇拢，已经是准备就绪了。

段十一脑子里回想了一遍付太师所有的关系。除了与太子一党亲近，他与九王爷好像也是关系密切，而九王爷……

微微皱眉，九王爷赫连淳宣，虽然是个不简单的人，但是圣上一直有防他之心，这个时候造反，不太明智吧，皇上正当盛世之治，谁造反就是与民心相悖，那个聪明如狐狸的人不会有那么傻。

那付太师凭什么造反？就凭这一群会集起来的江湖人士？

段十一皱眉，有点看不太明白了。

蹲在屋顶上听着下头的动静，雨还在一直下。听着听着段十一就走神了，这雨水打下来，叫他好像又闻到了小草身上的味道。

他是不是禽兽啊？说好了那是徒弟，是女儿，他倒好，没把人直接丢水池里，还倒亲上去了。

一定是那屋子里的香也进了他的鼻子，所以才迷失了。段十一一脸严肃地点头，肯定是这样没有错！

师徒不婚，他和小草也没啥可能，还是等这件事过去了，给她找个好人家准备嫁了，这才是正经。嫁了人之后，她还可以继续当捕快啊。

心里有了一番计较，段十一返身回了自己的房间。

累了一晚上，应该是很好睡的，然而段大捕头这一整夜翻来覆去，不知为何就是没能睡着。

小草反而睡得安稳些，一夜梦里，都是段十一低下头来亲吻她时的温柔。

第二天太师府里就炸开了锅，付太师之子付应龙被人挑断手筋，毒瞎毒哑，昏迷在一个姨娘的房间里。

付太师大怒，当即下令将那姨娘赶出府去，然后派人追查凶手。

六扇门意思意思来了两个捕快看了看，然后就走了。付应龙张着嘴一直呜咽，却难成声。

"好好的人，怎么成了这样。"小草坐在他旁边，震惊地道，"昨晚你不是还说要娶我吗？"

付应龙听着小草的声音，"啊呜啊呜"地想说话，然而却说不出来。

马遥力皱眉看着小草，这姑娘脖子上有好多痕迹，自家少爷是怎么个作风他也知道，只能拱手道："我家少爷遭此横祸，姑娘若是还想留在少爷身边照顾，那在下就禀明太师，给姑娘个名分。若是姑娘嫌弃，那在下也不强求，姑娘可以自行来去。"

付应龙激动地蹬腿。

段十一上来，一把按住他道："老夫也知道公子舍不得小女，但是公子，小女这……"

"爹爹不用说了。"小草一脸坚决，"我愿意照顾付公子一生一世，哪怕他看不见说不出也动不了，我也愿意守在他身边！"

多好的姑娘啊！马遥力都要被感动了，低头一看自家少爷，更是被感动得吱哇乱叫的。

"少爷，您也觉得这位姑娘好吗？"马遥力问。

付应龙哆嗦着，"哇哇"叫了半天。

段十一现场翻译："公子说小女很好，好得没人比她再好了！"

马遥力点头，转身就出去禀明太师了。

付应龙就躺在躺椅上，气得嘴唇直抖。

付太师这个人也是有点心狠手辣的，虽然就这么一个儿子，但是既然没用了，他也没必要来看了。听闻有人愿意照顾，也就点了头没多问，甚至还赏了小草一对镯子。

小草就帮付应龙揉着肩，边揉边温柔地道："敢给姑奶奶下春药，现在可落到我手里了啊。"

付应龙"嗷嗷"叫着想跑，小草一拳就把他给打进椅子里爬都爬不起来。

· 404

"我看起来很温柔是吗？"小草笑眯眯地问，"那还想不想看我耍一套伏虎罗汉拳啊？"

万万没想到啊！躲过女鬼又还是掉在了这魔鬼的手里！付应龙这个后悔啊，他不该动这不该动的心思，更不该对不该动心思的人动心思！

一切都已经晚了，现在他人都废了，这惩罚也太重了吧！

小草也没想到段十一会下这么重的手，不过也幸亏他下手重，现在两人还能留在太师府，还不被怀疑，真是极好的。

只可怜了那个被赶出府的姨娘，不过现在付应龙都这样了，能出府去也是好事。

段十一道："明天就是太师生日，应该会有很多人来，我们待着，从中找找，万一他露出什么破绽呢。"

"好啊。"小草道，"明天看样子又能吃好吃的了。"

段十一顿了顿，看了一眼她脖子上的痕迹，轻咳一声道："其实昨天晚上……"

"昨天晚上什么也没发生，我知道。"小草连忙打断他，"我这脖子应该都是被蚊子咬的。"

"蚊子咬不出这种东西。"段十一抿唇。

小草挑眉，又咚咚跑去对着镜子看了看，然后道："那可能就是被他咬的吧，也没什么大不了。"

"还没什么大不了？"段十一沉了脸，"你要知道，这是肌肤之亲，不是跟什么人都能有的。"

小草顿了顿，转头看着他："那该跟什么人才能有？"

"自然是你未来的夫君。"段十一脱口而出，然后就咬着了自己的舌头。

小草忍不住笑了："没那么严重的，我还不急着嫁人，也不准备拖谁下水，还没当上正式捕快呢。"

"那你就不介意这个吗？"

"有什么好介意的。"小草转过头去，"我什么都不记得啊。"

他担心了一晚上的事情，这丫头竟然说什么都不记得！那他在紧张个什么啊？人家根本不介意啊！

真不知道该夸她天真还是该骂她蠢了，要是记性再好一点，脑子再灵光一点，完全可以赖上他的。就算没到最后一步，可毕竟……她身子的每一寸他都已经……

想起来就让人烦躁，段十一沉了脸，起身道："你照顾他吧，我四处走走。"

"好。"小草点头，坐回去付应龙旁边。

段十一合上了门。

"你说，男人喜欢一个人，是不是都会想拥有那个人？"小草坐在付应龙旁边问。

付应龙先是抖啊抖的，听了小草的话，竟然点了点头。

男人只要喜欢一个女人，是肯定想拥有的。

小草眨巴着眼，一巴掌就拍了过去："谁让你回答我了，我自言自语行不行？"

付应龙：……

他又看不见，怎么知道她是在自言自语还是在问他啊！

泄气地趴在旁边，小草戳着桌上的杯子，嘀咕道："那还是别抱啥希望了，压根儿是前途一片黑暗啊……"

她也想过，要不然就以有肌肤之亲了作借口，要段十一娶了她？这也不是什么难事，但是，她不想破坏现在这么和谐的关系，不想段十一恨她。

那么喜欢自由的人，怎么能被人威胁着成亲了，那多没面子啊？

罢了罢了，大不了她一辈子不嫁人，也没什么。小草握拳，日子还是要一样过的！

段十一装扮成小厮，端着茶水一路去了太师府的书房。

付太师正在跟人说话。

"九爷马上到京城，带了很多兵。"有人道，"小的特地来传话，请太师放心，事成之后，太师的那份东西一点不会少！"

下册

草色烟波里

白鹭成双 著

北京联合出版公司
Beijing United Publishing Co.,Ltd

第 100 章　有事情啊

付太师的声音有些谄媚的味道："多劳大人提携，九爷还有多久进城啊？属下也好去迎接一二。"

那人道："不必，太师做好分内之事即可，明日就是良辰吉日，皇上出宫，太师可准备好了？"

付太师有些为难地道："我这里人手也就这么点儿，怎么都显得有些仓促，还是让九爷来坐镇……"

"爷明日也会来，太师不必担心。只有把事情做得漂亮，才能让爷满意，相信太师也明白。"

里头沉默了一会儿，付太师道："我明白了。"

段十一挑眉，听着这语气，这一系列的事情，难不成都不是付太师主动的，而是九王爷在背后操纵？

九王爷当年是先皇最宠爱的小儿子，然而先皇驾崩之时，九王爷尚且年幼，皇后手段高明，直接扶了如今的皇帝上位，九王爷则是被赐了一块偏远的土地，遣送了出去。

而如今，皇帝已经年近六十，九王爷不过四十六。憋屈了三十年的九王爷，要回来咬皇帝一口了吗？

皱了皱眉，段十一屏息在屋子后方的窗户下头等着。

屋里两人说完了话，付太师开门送那人出去，段十一就正好翻窗进去，找东西。

书桌上有个没来得及收起来的盒子，段十一拿来打开了。

一块沉香木的牌子，上面刻的是一只老虎的上半身，四只爪子都不见了。

就是这个了！段十一把牌子放回去，立刻翻出去打算进宫。

等不了明天了，明天就是付太师要动手的时候，所以哪怕今天他手里没证据，也要去告诉皇帝。

可是要怎么进宫呢？

这个问题难不倒段十一。

半个时辰之后，镇国长公主的马车开进了皇宫。

长公主已经六十多岁，自然不可能有事没事往宫里跑的，车上坐的是芙蕖公主，长公主的五女儿，聪明伶俐，温柔大方……关键是她喜欢段十一。

此时此刻，芙蕖看着段十一的侧脸，心里充满了感慨："皇上也知道你为何离开京城，也曾叹过可惜，但是十一郎你要知道，这付太师权倾朝野，不是说动就能动的，毕竟太子是他一手教导出来，又有文武大臣支持……"

"段某明白。"段十一道，"段某此番回来，不是要给自己申冤的。"

芙蕖眨巴眼，一双美目格外动人："那是回来做什么？这么急急忙忙要见陛下？"

"自然有要紧事。"段十一道，"公主大恩，段某改日必报。"

芙蕖掩唇一笑："瞧你说的，我要什么你也知道，不用报什么，给我画个像让我显摆显摆也成啊。"

"遵命。"段十一颔首。

芙蕖立刻笑成了一朵花，掀开帘子吩咐车夫："快些走。"

付应龙一直"呜呜"叫个没完，小草嫌他烦，直接把人打昏了，然后出去活动活动。

太师府里头张灯结彩的，热闹得很，不少美女穿着好看的衣裳，面无表情地在走廊里穿梭。

小草瞧着，总觉得这些姑娘哪里有点奇怪，但是又说不上具体哪里奇怪。

直到一个姑娘不小心把头发给碰掉了，露出了光溜溜的脑袋。

小草倒吸一口凉气，那姑娘却若无其事地将头发捡起来套在头上，继续跟着走。

当作没看见，小草转头想去前厅。

结果刚走到半路就被人拦下来了："姑娘，前厅正在装饰，太师吩咐，不能靠近。"

小草挑眉，踮着脚看了看："就是挂个花而已，有啥不能靠近的？"

家奴很坚决地摇头："太师吩咐。"

"那好吧。"小草转身就走，绕了个圈儿往另一边偷偷潜进去看了看。

前厅门口站着很多人，手里捧着奇怪的东西，有人站在梯子上，将他们手里的东西一个个接过来安在门楣上。

小草看了半天才看明白，哦，那好像是传说中昆仑的机弩，能射出很多暗器的那种。这么多机弩安在门上，那谁要是坐在门正对的主位上，还不被射成马蜂窝？

想了想，小草转身就溜回去，一巴掌拍醒了付应龙："你家有盔甲吗？"

段十一已经将自己的猜测和看见的东西全部告诉了皇帝。

皇帝穿着常服坐在内室，听完轻笑了一声："朕不信。"

段十一皱眉："事关社稷，皇上再不信也该多加小心。"

"付太师忠于社稷，朕用人不疑。"

"人心隔肚皮。"段十一道，"皇上要实在不信，那属下也没有办法，属下只是尽了自己的本分，做了自己该做的事情。"

皇帝看了看段十一，叹息道："朕知道你受了委屈，也知道付太师有些地方做得是不对，但是如今是盛世，付太师没有必要以卵击石。"

"那要是加上九王爷呢？"段十一轻笑了一声。

皇帝沉默了。

小草在房间里鼓捣了一天，也没见着段十一回来。

应该是有什么事情，小草也没多想，换了件衣裳，绑好付应龙，就在他旁边睡了。

第二天整个太师府都是天不亮就起来，布置酒席，准备礼炮。

小草也起来得很早，偷了件丫鬟的衣裳，开始帮着端水送菜。

付太师认识的人可真多，天刚亮一点就有人上门送礼了，街道上也慢慢热闹起来，什么舞狮队高跷队，人数多得让人咋舌。

听闻午时的时候皇上会出宫，所以太师府门口的红毯延伸出去半里路，就等着迎接。

"太师，真的要这样吗？"马遥力不确定地在旁边道，"怎么都觉得有些仓促。"

付太师抿唇，低声道："别担心，九爷很快会入城，我们只要将皇上留在这里，宫里的事情，他会去搞定。"

小草帮着端菜，时不时偷吃一口，到中午的时候也就吃饱了。

付太师在门口等着，来道贺的人络绎不绝，然而皇上的圣驾迟迟没有出现。

"宫里出事了吗？"付太师侧头问了一句。

第 101 章　一触即发

马遥力摇头："一切太平，昨日倒是芙蕖公主进宫了，也是按时出来，没有什么异常。"

那就奇怪了，圣驾呢？付太师一脸凝重。

皇上要是临时改变主意不来，那这一场布置不就白费了？

正着急呢，街道那头就响起了慢悠悠的锣鼓声。

付太师心里一跳，连忙看过去。

明黄色的圣驾，配着十六行守卫六行宫女太监的仪仗，从远处缓缓而来。

"赶快迎接圣驾。"付太师喜上眉梢，立马一掀袍子跪在了门口。

众人纷纷跪下，小草挤在人堆里，不免有点担忧。段十一一晚上没回来，肯定是进宫通风报信去了，那这皇帝还来，是不是缺心眼啊？万一今儿真出事了，百姓怎么办？长安怎么办？

帘子一掀开，小草抬头看了一眼。

当真是皇帝，也没找个替身，大大咧咧地就下来扶起付太师："爱卿今日寿辰，不必如此多礼。"

付太师一脸感激："臣身受皇恩，十个响头不足以表达臣对皇上的尊敬之意，皇上请上座。"

众人都高呼："吾皇万岁万岁万万岁。"

皇帝笑眯眯地就跟着进去了，身边只带了个扭着腰的太监，护卫都没一个。

小草皱眉，蹭着进去，将要准备跳舞的女尼挤下来一个，近距离观察圣驾。

"皇上请上座。"

文武百官分列在大门之外，付太师迎着皇帝坐上主位，先领着群臣下跪行礼，一阵齐声问安。

"朕今日微服出访，各位爱卿不必太过拘束。"皇帝笑眯眯地道，"稍后朕还要去给太后请安，也就只能跟付太师讨一杯薄酒了。"

"皇上隆恩。"付太师深深埋头，闭了闭眼，之后抬首，又是一脸笑意，"皇上稍等，臣还准备了舞姬，要给皇上献舞，又有十六年的女儿红，想请皇上一品。"

皇帝笑道："爱卿心意朕领了，只是太后还在等着。"

付太师笑着没说话了，只管让人上来。

峨眉多美人是不假的，哪怕是戴着假发的美人也是美啊。比起油腻的人间富贵花，峨眉的女尼们美得不食人间烟火，加上那一套套精心准备的裙子，皇上当即就看呆了。

只要是个男人，多少岁了也还是喜欢美人的！小草默默吐槽，就跟狗改不了吃屎是一个道理。

这厢皇帝看呆了眼，付太师就吩咐人将大堂的门给合上了，美其名曰："臣有事与皇上商量。"

这皇帝耿直啊，身边就一个太监，护卫全在外面，充分表现了对付太师的信任。

付太师捧着酒上来了："臣敬陛下一杯。"

皇帝笑眯眯地道："爱卿知道规矩的，圣驾在外，不会饮酒进食，就由朕身边的总管代劳如何？"

付太师笑道："皇上，臣总不会害您，这酒是难得的十六年女儿红，不喝就可惜了。"

皇帝深深地看着付太师，付太师抬眼迎视，眼里一片坦然。

犹豫了一下，皇帝还是把酒接过去了。

都提醒过他付太师有问题，还接酒？旁边的段公公翻了个白眼，手肘子一过去，就将皇帝手里的酒给撞翻了。

"你……"付太师脸色变了变，看向旁边的太监。

段十一抬头，咧嘴对他笑："付太师，规矩就是规矩，您可不能坏了去。"

竟然是他！付太师脸上一阵红一阵白，眼里情绪几转，最后都化成了笑意："堂堂六扇门捕头，怎么会进宫做了太监？"

段十一捏着嗓子道："哎呀，还不都是因为一不小心惹怒了权贵，才有这样的下场？不过小的提醒太师一句啊，权贵惹不起，当今天子就更是惹不起。"

付太师拱手道："臣之忠心，天地可鉴。"

"是吗？"段十一笑，"那现在皇上要起驾回宫了，付太师还不把门打开？"

付太师脸上的笑容慢慢没了，盯着段十一道："皇上身边有你这样的小人，老臣怀疑皇上现在回宫不太安全。"

"没关系，朕想回宫。"皇帝脸上也没笑意了，"爱卿让还是不让啊？"

"皇上！"付太师一脸着急地道，"不可亲小人远忠臣啊，您要走，臣万万不敢阻拦，但是一定要将这段十一给抓起来！"

皇帝转头看向段十一。

出宫的时候，他和段十一打了个赌，就赌这付太师到底是忠是奸。段十一说，只要他出了这太师府大门，就算他赢。

现在付太师说他要走可以，是不是就算段十一输了？

皇帝犹豫了一下，道："好，你将大门打开，让人进来抓段十一吧。"

段十一没忍住翻了个白眼，这人是不是蠢？小草跟他比起来，瞬间都聪明多了！

付太师应了，亲自去开门，却是双手抓着门弦朝外道："马统领，带人来护驾！"

皇帝的人就在外头，这付太师却喊自己的人来护驾，这么明显的事情，还不明白吗？段十一眼神示意皇帝。

皇帝皱眉，还是摇头。

不见棺材不落泪啊！段十一气得吹了吹头发。

然后就被马遥力带人进来给押住了。

"人抓着了，朕可以走了吗？"皇帝脸上已经有不悦，看着付太师问。

付太师一脸笑意地道："舞还没看呢，太后想必也不急于这一时，来人啊，跳舞！"

皇帝又被付太师给压回了座位上，脸上已经带着薄怒："太师说话不算话？"

丝竹声起，付太师就当没听见，笑眯眯地看着歌舞。

峨眉女尼们都被调教过，挥着水袖就上来了，一个个眉清目秀，暂时压了压皇帝的怒火。

然而最后一个挥着袖子上来的，怎么都像一群仙女里混进了一个奇怪的东西。

段十一被马遥力押在一边，瞧着小草蹦蹦跶跶地上来献舞，心都停了一下。

小草尽量跟着大家的动作一起摇摆，她真的尽力了，只是想上来观察观察，没想到这群人还要跳舞啊。

皇帝耐着性子看了一会儿，侧头问付太师："朕想马上回宫，这是圣旨，太师遵还是不遵？"

付太师抬手指了指门楣，一排整齐的机弩正对着皇帝的位置。

皇帝的脸色终于变了。

"微臣尽心侍奉皇上多年。"付太师道，"尽得皇上信任，微臣很感激。"

"但是皇上重用赫连家人，一直将臣视为外人，连臣之子也不得重用。五王爷之子纨绔比臣子更甚，却得高官厚禄。臣子虽然不堪大用，却不至于挂个守城官的职位就草草了事吧？"

说起这些事情，付太师简直是愤愤不平："臣一生尽忠，还是成不了皇上的亲近之人，反而还因为贪污之事被皇上责罚，在群臣面前没了颜面。那今日皇上就莫要怪臣了。"

皇帝眉头直皱："你竟然是这样想的？你一直尽忠，所以朕相信你，哪怕你贪污受贿，朕也未曾重罚，你反而怪朕？"

付太师轻笑："臣不甘心，付出与回报不相等，臣就是不甘心。"

皇帝当即站了起来，朝外头大喝一声："护驾！"

门瞬间被推开，一群禁卫军都进来了。

但付太师低喝："都不要靠近！否则皇上会没命！"

峨眉女尼们瞬间拥到皇帝身边，抽出匕首。有勇猛的禁卫军想冲过来，门楣上的机弩一动，命丧当场！

第 102 章　想听你说喜欢我

大厅里气氛瞬间凝重，皇帝沉着脸看着付太师道："爱卿当真要以下犯上？"

付太师其实心里很虚，他也觉得现在就造反实在很仓促啊！然而九爷说了，现在就是好机会，只是他看不明白。

这皇帝一控制，宫里再一控制，荣华富贵唾手可得，实在是简单。他不该想那么多，当断不断！

于是付太师定了定心神："皇上恕罪，臣这是不得已而为之。"

皇帝冷笑，眼神终于凉透了，恢复了一只老虎该有的威慑力和杀气："既然如此，段十一，你赢了，动手吧！"

被马遥力押在一边的段十一吐了口气："皇上，您犹豫这半天，属下已经动弹不得了。"

晚了点吧!

"哈哈……"付太师大笑，"臣知道这段捕头一向会坏事，所以才会将他给抓住。段捕头武功高强，不知道能不能挣脱这玄铁镣铐？"

皇帝脸色更加难看，一拍扶手就站了起来。

堂堂天子，怎能被臣下困于这一处?

这一拍，门楣上的机弩瞬间被启动，唰唰唰地射了箭出来，直奔皇帝而去!

付太师都吓了一跳，那机弩是拿来吓唬皇帝的，可不能当真杀了皇帝啊! 要是皇帝死了，他怎么跟九爷交代?

段十一当即撞开了马遥力就往皇帝那边扑，第一次紧张得脸都绷紧了。

然而他来不及，隔得太远了，机弩的速度又快，根本赶不上。

皇帝一脸淡然，也不知道是不是被吓傻了，动都不动一下。

说时迟，那时快，旁边女尼堆里的小草飞身而出，就在皇帝抬手拍机弩的那一瞬间便起跳，然后在众人震惊之时，扑在了皇帝的面前!

段十一睁大了眼，清澈如湖水的眸子里映着小草的身子，眼睁睁看着那十几支羽箭射在了她的胸口、腹部、手臂。

脑子里"轰"的一声，世界好像都安静了。

很久以前收小草为徒弟的时候段十一就想过，这孩子什么都不会，有可能会遇见很多的危险，更有可能会突然丧命。他能做的就是尽自己一切努力保护好她，但是要真的有保护不了的时候，那也没办法，这是她的命数。

然而现在，小草当真在自己面前中了箭，缓缓倒下去的时候，段十一突然发现，自己好像没有当初想的那么轻松。

不知道是什么样的情绪从喉咙爬到了心脏，紧紧地抓着他，像是要抓出了血。

皇帝也吃了一惊，下意识地伸手捞住跌落下来的段小草。

小小的人儿被射成了刺猬，脸色苍白地瘫软在他怀里，皇帝皱眉，心里跟着一紧。

"来人!"帝王怒喝，"将太师府给朕围起来! 一个人也不准放出去! 再找个大夫过来!"

"是!"外头的禁卫军应声一片，文武大臣还不知道发生了什么事情，就看见皇帝起身，亲手打了付太师一巴掌。

付太师瞪大眼，没想到会半路杀出个程咬金。伸手捂着脸看了皇帝一眼，咬牙道："皇上觉得臣这样无能，就只有这些机弩当筹码吗？"

"你还有什么？"老皇帝笑着问他，"不如拿出来看看？"

付太师冷笑，看了旁边的禁卫军统领一眼。

禁卫军统领一顿，转身拔刀，面对着皇帝。

众人倒吸一口凉气，禁卫军统领要造反？

这可真是送羊入虎口了！皇帝只身一人来太师府，身边亲信要么是叛徒要么已经被控制了起来，就剩下一个还忠心护主的女子，还被射成了刺猬，这要怎么办啊？

垂垂老矣的皇帝像一只没了爪子的老虎，被付太师伸着狼爪子按在了这里。

然而，到底是年近六十又稳定了江山的皇帝，阴谋诡计里走出来的人，怎么也不会束手就擒。

所以正在付太师得意的时候，周围的禁军一点也没犹豫，上来就直接从背后给了禁军统领一刀。

付太师笑不出来了。

老皇帝垂着眼眸看着怀里的段小草，周围的禁军越来越多，有的上来将峨眉女尼都押住，有的出去叫大夫。

一瞬间外头院子里站着的文武百官都不见了。

"你在想什么东西，朕很清楚。"老皇帝头也不抬，话却是对付太师说的，"朕今日之所以来，是给你对朝廷效忠几十年来的一个交代，朕足够信任你，也足够将你当成亲近之人。"

"然而，你终究是没能对得起朕对你的期待，还企图谋害朕。"

老皇帝终于抬头，目光幽深地看着他道："我赫连皇室，对得起每一个臣子，今日却是你，让朕寒心。故而之后若是朕株连九族，想必朝中也没有人会替你求情。"

付太师睁大了眼睛，没想到形势会变得如此之快！他回头，马遥力也已经被押在了一边，自己精心布置好的局，竟然被轻轻松松地就破掉了？

段十一解开了束缚，白着脸跑到皇帝身边，没顾什么礼仪，直接把小草给抢了过来。

小草气息微弱，幽幽地睁开眼睛看着他："师父。"

段十一喉咙有些紧，手想收紧又怕捏疼她，眼眸里的情绪翻江倒海："我在。"

小草咳嗽两声，虚弱得好像马上快死了一样："我这辈子，一点也不后悔……不后悔当你的徒弟。"

段十一红了眼睛，张了张嘴说不出话。

"只是好可惜，你可能要再找一个徒弟了……"小草伸手，轻轻摸上段十一的脸，"找个男徒弟吧，肯定就少很多麻烦了。"

段十一摇头，哑着嗓子道："你是我这一生的最后一个徒弟。"

"真的吗？"小草亮了亮眼睛，马上又暗了下去，"可惜我没有颜六音那么聪明，还总是拖你后腿……"

段十一低笑："你很努力，将来不会比六音差，至于拖后腿，为师已经习惯了。"

"咳咳……"小草捂着心口的箭，笑得苍白，"我好想再听师父说一句喜欢我啊……"

周围都安静了下来，世界好像就剩下了他们两人。段十一低笑，红着眼睛开口："我……"

"啪叽"一声，羽箭掉了一支在地上。

段十一侧头，看了一眼一点红色也没有的箭头，挑眉。

小草心里一惊，立马闭眼装死。

伸手摸了摸这丫头的身上，不对劲吧，怎么这么硬的？心里悲痛的情绪还没散掉呢，段十一就冷笑开了。

"段小草！"

小草一跃而起，立马跪地认错："师父我错了！"

那叫一个快啊，比扑羽箭的速度还快。段十一眼睛都还是红的，犬牙忍不住龇了出来："你给我过来！"

小草随意拉着个人就往人家身后躲，伸出来个头道："师父你说的，犯了错只要认错，你就不罚我！"

上一秒错了下一秒立马认错，这也太轻松了点吧？穿着盔甲去挡箭，挡完还敢给他装死，这丫头是越来越胆子大了啊！

"哈哈。"被小草拉着当挡箭牌的老皇帝不知为何笑出了声，慈祥地看了小草一眼，"段捕头，你这徒弟看起来顽劣，却是救了朕，当赏不该罚。"

段十一眯了眯眼，暂时收回怒气，看了看付太师，又看了看皇帝："皇上打算怎么办？"

"不急不急。"老皇帝往座位上一坐，"朕的九弟今日不是要回长安吗？朕已经让人传了消息出去，皇帝被困太师府，朕要看看朕的好九弟，会做什么事情。"

付太师低头，双腿有些发抖。然而他还没有完全输，还有九爷呢！皇上在太师府，九爷一定有时间去控制皇宫！

他还有霹雳门的火器，今天也是刚好运到长安，到时候，就算皇宫禁军再多也不怕，那玩意儿的威力可大了！

付太师如此安慰自己，顺便恨恨地看了段十一和小草一眼。

等他大事一成，必定先杀了这对师徒解恨！

午时已过，空无一人的太师府门口一点动静都没有。

付太师跪在大厅里，都快跪睡着了，皇帝却还十分精神，一脸凝重地等着。

"皇上！"终于有人来报信了，"九王爷率领大军，正往太师府而来！"

"哦？"皇帝挑眉，"他去过皇宫了吗？"

"回皇上，未曾。九王爷听闻皇上被困太师府，直接就带兵过来了！"

皇帝眼眸深邃，付太师被吓清醒了，不可置信地看着来报信的人。

小草已经被段十一揍得眼泪汪汪的了，听见有动静，忙不迭地就往门口跑。

九王爷赫连淳宣坐在马上，身后的人已经将太师府团团围住。

皇帝刚走到门口，就听见他大喊："叛贼付百世，胆大包天，竟然敢忤逆圣意，囚禁圣上！本王今日前来勤王，势与反贼不死不休！"

一字一句，忠心耿耿。

第 103 章　不甘心！

皇帝没有急着开门，而是回头看了旁边的禁卫副统领一眼，副统领颔首，开门出去。

"九王爷，皇上已经被太师捆在大厅，大局已定，只要王爷拿下皇宫，那龙椅换个人来坐也不是什么难事。"

赫连淳宣皱眉，听见这副统领说的话，想也没想便怒喝道："大胆！尔等身受皇恩，却要做这以下犯上之事吗！"

"九王爷何必假正经？"副统领笑道，"当年先皇对九王爷多有偏爱，有意将皇位让之。无奈王爷年幼，所以皇位给了当今圣上。现在吾等已经将路铺好，就等九王爷上座，王爷怎能辜负臣等的一片好意？"

小草算是听明白了，这皇帝老头儿是怀疑自己的弟弟有不臣之心，所以在这个节骨眼上加以试探。

怪不得今天会来太师府呢，为的不是付太师，而是九王爷。你瞧着这老虎以为他老了，牙口不好了，老虎还是老虎。

九王爷二话没说，拿了旁边人手里的弓箭过来，抬手引弓，箭头就对准了副统领。

禁卫副统领这才跪地求饶："王爷息怒！"

"本王绝不会放过任何一个伤害皇兄的人！"九王爷朗声道，"是皇兄当年放了本王一条生路，这恩情本王会记一辈子！"

小草侧头，就见老皇帝的脸上露出了满意的笑容。

"哎呀——"大门被推开了，老皇帝背着手走出去，看着马背上的九王爷，笑道："九弟回来了？"

赫连淳宣一顿，脸上露出了惊讶的表情："皇兄？"

"皇兄老了，但是也没无用到被个臣子捏在手里的地步。"老皇帝笑道，"你远道而来，实在辛苦，现在与朕一起进宫去给母后请安吧。"

九王爷下马行礼，拱手道："臣弟遵旨。"

于是这一个皇帝一个王爷就欢欢喜喜地进宫去了。段十一将小草抱出太师府，没回头看那满府的杀戮。

"我没弄明白。"小草好奇地看着段十一，"这是怎么回事啊？"

段十一瞧着远处的明黄仪仗，淡淡地道："付太师被人利用了，让九王爷在皇帝面前表了忠心，也让皇帝放下了戒心。"

本来皇上对九王爷是一直耿耿于怀的，毕竟先皇在世的时候，最疼爱的可是九王爷。如今闹这么一出，九王爷忠心天地可鉴，皇帝心里再无嫌隙。

牺牲的只有一个付太师。

段十一最开始还觉得奇怪，九王爷与付太师一向没什么来往，最近怎么突然熟络起来了？结果好嘛，在这里等着。九王爷估计是一早就算计好了，付太师此人位高权重，逮着点他与帝王的嫌隙，努力撬开，然后把人挖到自己这边，造出一个要造反的假象，引起皇帝注意。

等皇帝张开网要网人的时候，九王爷果断地抽身而出，帮着皇帝收网，将付太师给网得死死的，卖得干干净净。

他的忠心是表明了，就算付太师现在反咬他一口，一个是要造反的奸臣，一个是护主的好皇弟，你猜皇帝信哪个？

段十一和小草都白忙活了，因为皇帝出行身上也是穿着软猬甲的，就算小草不挡，那老头子也死不了。

就算段十一不去告诉皇帝付太师要造反，皇帝也不会出事，顶多事出突然，受受惊吓，反正是会被九王爷给救回来的。

小草听完，忍不住叹息："皇家真的好复杂啊！"

"是啊。"段十一道，"所以若非有什么必要，一定不要和他们扯上关系。"

小草严肃地点头。

两人跟着进宫，龙颜大悦，立马要给段十一奖赏。

钱呢，段十一是不缺的。官嘛……给段十一这样的人高官，皇帝也不放心啊！

于是老皇帝坐在龙椅上，眼珠子转了转，笑眯眯地看着段十一道："段捕头这次又立下大功，朕也不知道该奖赏你什么好了。爱卿看起来年纪也不小了，正好朕的芙蕖公主也到了该出嫁的时候。"

言下之意，朕给你个媳妇，你看怎么样啊？

段十一挑眉，旁边的小草脸都白了。

这皇家的赐婚简直是天底下最要不得的东西，不管赐给你谁，你都不能拒绝，敢拒绝那就是抗旨！恩典收回来不说，可能还要治罪。你要是接受吧，那就是无条件成为皇室最忠诚的犬了。

老皇帝已经想过段十一会拒绝了，毕竟这人二十五岁还未娶妻，肯定是有隐情的。所以他就坐在龙椅上等着，等着段十一开口拒绝，他马上就拿皇权压下去。

谁承想，段十一低头思考良久之后，竟然道："微臣谢主隆恩。"

皇帝傻了，小草也傻了。

芙蕖公主喜欢段十一也不是一天两天的事情，段十一要是真想当驸马，也轮不到皇帝来赐婚了。小草曾经很难过，段十一心里应该是有别人，所以才谁都不愿意娶。

可是现在，她宁愿段十一心里住着颜六音，也比突然娶个公主回来好啊！

"皇上，师父这次没有功劳也算是有苦劳，皇上怎么能上来就赐婚，也不问师父的想法呢？"小草没忍住站出来了，小脸绷得紧紧的，"这不是明君该做的事情。"

皇帝乐了，刚刚还发愁段十一不抗旨呢，这就冒出来个段小草。

坐直了身子，皇帝道："段姑娘这话可是有犯上的意思，朕念你今日救朕一命，可以恕你无罪。但是关于段捕头的婚事，朕只是赐婚，他可以拒绝，但是段捕头没有拒绝啊，又何来不问他想法一说呢？"

小草急急地转头看着段十一，段狗蛋，你拒婚啊！莫名其妙就要成亲了是什么意思啊？

段十一伸手将她拉了过来，轻声道："你别说话。"

"我不说话，你就去成亲了啊！"

"不管你怎么说话，我成亲也是迟早的事情。"段十一小声道，"听话，别跟皇帝作对。"

小草委屈极了，谁能想到好不容易立了一功，换回来的是这个结果啊！段十一要是娶了公主，那她呢？

段十一想得倒是很简单，早结晚结早晚要结，这么多年也没有等到合适自己的人，没必要冒着惹怒龙颜的风险拒婚啊？

只是瞧着身边这丫头紧张着急的模样，段十一心里有些暖和。

没白收个徒弟啊，这么在乎他。

皇帝轻咳两声，瞧了瞧小草，又瞧了瞧段十一，补了一刀："成亲之后，段捕头再当捕头也不太合适了，就挂个闲职，好好陪伴公主如何？"

段十一挑眉，拱手道："臣遵旨。"

这么好的脾气？老皇帝坐不住了，这逆来顺受的，一点反骨都没有。他想逮着机会教训一下都不行。这回的事情虽然老皇帝也感谢段十一，但是皇帝的聪慧是不容被挑战的，你敢比皇帝知道得多，还来教皇宫做事，那就该被教育教育了。

但是段十一完全不给他教育的机会，你赐婚，他接着，你说啥他都应着，捕头都不当了当个吃软饭的都没关系。

老皇帝的内心几乎是崩溃的，面上还要十分高兴地挥手道："如此你就先退下吧，圣旨朕会择日写下。"

"属下告退。"段十一拱手，转身就走。

小草气红了脸，一路上踩着段十一的脚后跟，从大殿踩到了宫门口。

"你想当驸马？"

"好像不是什么糟糕的身份。"

"想成亲？"

"我这岁数，放别人身上也该当孩子的爹了。"

小草快走两步拦在他面前，倔强地抬头看着他，眼睛红红的："你喜欢那公主？"

段十一想了想:"不讨厌吧。"

"不讨厌就可以成亲?那你干吗不跟我成亲?"小草低喝了一声。

段十一一愣,脑海里不自主地又想起那天在太师府发生的事情,脸上微红,皱眉别开头:"你是我的徒弟。"

"徒弟怎么了?你和那公主还不太熟悉,我好歹和你生活了一年呢!"小草嘟嘴,"怎么看也是跟我比较合适吧?"

段十一失笑,伸手揉了揉她的头发:"你还是个孩子。"

"你才是个孩子呢!"小草气得声音都哽咽了,"你明明也主动吻了我的,明明也很在意我,为什么就是不肯跟我在一起?"

段十一皱眉,伸手捂住小草的眼睛:"为师希望你以后有出息,不被儿女情长羁绊,做自己想做的事情,把想报的仇给报了。剩下的事情,等你长大再说。"

她也想长大啊!小草扁着嘴:"那你为什么不等我长大啊?"

收回自己的手,段十一转身就往宫门外走:"天色不早了,先回去知会唱晚和包百病,咱们回六扇门去。"

他的步子很快,小草站在原地,红了许久的眼睛,才咬咬牙追上去。

不甘心啊,虽然她也知道段狗蛋没什么可能喜欢她,但是就这么白白把自己的师父让出去,叫她怎么甘心?

第 104 章　抢男人的计划

鱼唱晚一直在等着他俩回来,结果好不容易看见段十一,板着脸就从她身边过去了,带起一阵风,只丢下一句话:"收拾东西,跟我回六扇门。"

包百病还在捣药呢,刚捣好的花椒被段十一这一带,飞了自己满脸,一连打了好几个喷嚏。

"这是咋了,这么风风火火的?"包百病红着鼻子问鱼唱晚。

鱼唱晚摇头,再往后看,就看见了双眼通红的段小草。

你说恨他吧,凭什么啊,人家对你这么好,一路教导不离不弃的。你说爱他吧,他把所有温柔都给你也可以,就是不让你喜欢!师徒的围墙往中间一拦,你还是个孩子你走开。

真是恨不得爱不得就想一顿老拳打得他娘都不认识他!

"小草？"鱼唱晚伸手拦住她，皱眉问，"怎么你也是这副模样？到底发生什么事情了？"

小草停下来，撇撇嘴："段十一要去当驸马了。"

啥？鱼唱晚瞪大眼："驸马？"

"我们救驾有功，皇帝说把公主嫁给他。"小草眼睛又红了，"那狗娘养的答应了。"

鱼唱晚倒吸一口凉气，心里一沉。

驸马很没人权的，因为不能纳妾。只要那公主蛮横一点，基本也就一生只娶公主一个了，就算想去当个小妾都不成。

现在不是想这个的时候，关键的问题是，段十一为什么会答应？

他不是喜欢颜六音吗？退一万步来说，身边不是还有段小草吗？难不成段十一当真是那种贪恋富贵，想借着娶公主上位之人？

怎么看都不像啊！

包百病倒吸一口凉气，连忙拉着小草道："你都没争取一下？"

"我怎么没争取啊？"小草咬牙，"老娘就差把他压在身下逼他娶我了，结果他说，我还是个孩子……"

包百病嘴角抽了抽："你有没有跟他说过你喜欢他啊？"

"我……"小草顿了顿，"我不打算说这个的……"

"人都要被公主抢走了，你还扭扭捏捏？"包百病啧啧两声，"现在可是你保卫自家师父的重要时刻，还犹豫什么要什么矜持啊？直接去告诉他你喜欢他，让他不要娶公主不就好了？"

想想好像也挺有道理的，小草眼睛亮了亮，看着包百病："你觉得这样有用吗？"

"不试试看怎么知道啊？"包百病道，"感情这东西，有时候要相信感觉，有时候感觉会错误，那还是直接问比较好。"

接收到来自包百病的鼓励，小草瞬间振奋了起来。

虽然她几乎可以猜到段十一会回答她什么，也想过一辈子不要跟他提这方面的事情。但是……她的确喜欢段狗蛋，也不想眼睁睁看着他娶公主。

现在都到了这个地步了，那去多说一句话，万一他不娶了呢？

鱼唱晚站在旁边叹息了一声，也拍了拍小草的肩膀："我觉得你师父是喜欢你的，你去试试吧，要是实在不成，也没什么遗憾了。"

"嗯，好。"两个人的鼓励加起来，足以推动一个动了感情的傻女人勇往直前。

段小草就这么咚咚咚地往院子里跑了，段十一已经收拾好了东西，正准备出来，小草上去一推就把人给推回屋子里了。

段十一一个趔趄站好，哭笑不得地看着小草："你要干什么？"

小草神色紧绷，瞪了段十一半天才道："我有话给你说。"

段十一往椅子上一坐，颔首道："说吧。"

脸色慢慢涨红，小草深呼吸了半天，磕磕巴巴地道："你喜欢我！"

"不对。"小草连忙摆手，"我喜欢你！不是徒弟对师父的那种喜欢，是女人对男人的那种喜欢！"

段十一脸色微沉，一双眸子静静地看着她。

屋子里安静了，外头听墙角的两个人都觉得紧张。小草更是不能呼吸，眼睛都不敢眨地看着段十一。

"你今天吃错药了？"

许久之后，段十一开口："没事就多练功，想这些乱七八糟的干什么？"

提着的心总算放下了，小草竟然没想象中的难过，反而咧嘴笑了笑。

到底算是说出来了，对她自己有个交代。段狗蛋不接受……那不是很正常的事情吗？他要是接受了，今晚上长安城都得炸了。

拍拍心口，小草笑道："我就是知会你一声，在你还没正式成亲之前，我都会想尽一切办法把你抢回来！"

段十一冷笑一声："得了吧你段小草，连稻谷和大麦都分不清的人，还懂什么是喜欢了？还抢男人呢，你霹雳门的内功心法学完了吗？少林寺的拳法熟悉了吗？我刚给你的少林秘籍看了吗？"

小草吓得连连后退。

"这些都没做完，你还好意思抢男人？"

好像也是啊，小草听完十分羞愧，她还有那么多事情没做，怎么好意思在这儿抢男人？

"我会好好练功的，师父，就算我功夫还没练好，我也还是喜欢你！"

小草嘿嘿笑着吼了一声，转身就往门外跑。

段十一在后头翻了个白眼："别整天喜欢喜欢的，这话说多了就跟菜市场的烂白菜一样不值钱了。"

小草步子顿了顿，又接着跑。

鱼唱晚围观了整个过程，默默地感谢了一下小草的贡献，然后把表白的心思给收起来了。

包百病则是直叹息，看样子段十一对小草是没意思了，那丫头竟然还那么高兴，也不知道脑子是怎么长的。

四个人回去了六扇门，算是光荣凯旋，叶千问都在门口站着接他们。

"听闻段捕头不仅保护了圣驾，还得了皇上垂青，要做驸马啦！"李二狗站在最前排，笑得见眉毛不见眼的，"恭喜段捕头啊，恭喜恭喜！"

小草二话没说，直接从李二狗的脚背上踩过去进了门，那一脚融合了少林秘籍和霹雳门内功心法，力道十足。

李二狗的表情瞬间很精彩，一句话也说不出来了。

叶千问笑眯眯地看着段十一道："你总算又可以光明正大地回来了。"

段十一拱手："多谢总捕头信任。"

"不必多礼。"叶千问道，"正好六扇门里还有很多棘手的案子，你不在，都不知道该交给谁。"

段十一挑眉："大人就等着属下回来，好压榨我？"

"哈哈，能者多劳嘛。"叶千问拍拍他的肩膀，又看了看已经进去了的段小草，"小草这一趟出去，好像成长了些。"

走路的步子都轻了不少。

段十一颔首："若是以后段某不在六扇门了，也希望那丫头能接替段某的位置。"

叶千问挑眉："你要丢下她？"

是谁当初说的，肯定能护那小丫头半辈子？现在才一年呢。

"也不算是丢下。"段十一低声道，"有些事情总要她自己去面对。"

叶千问低笑："你不怕她成了第二个颜六音？"

段十一皱眉。

小草一进院子，大白就扑过来舔了她满脸口水。

"好久不见啊！"小草逮着它就是一阵乱揉，"还是你最好了，不管怎么都是爱我的，不像有些人没心没肺，见色忘徒。"

大白汪了一声，以表示附和。

段十一领着包百病他们进来，大白耳朵一竖，立马甩开正在揉它的小草，猛地扑向了段十一。

"汪汪汪！"

"嗯？"段十一半蹲下来抚着大白，"想我了？"

大白立马躺在地上打滚儿，模样比方才不知道欢快了多少倍。

又忘记这是只母狗了！

愤然起身，将包袱丢去房间，小草道："这院子就两个房间，鱼姑娘和包百病要住的话，那我跟我师父睡。"

"不行。"段十一皱眉，"鱼姑娘和包百病有别的院子住。"

"干吗浪费资源公款吃住啊？"小草道，"你又不是没跟我睡过！"

瞬间四周的眼神都看了过来，段十一脸色难看得很："段小草，你还是适合睡狗窝，叫你睡软榻都是便宜你了！"

小草哼了一声，又蹭去段十一身边："据说有肌肤之亲的话，你就得娶我。"

段十一冷笑："证据呢？全长安的女子都说与我有肌肤之亲，那我是不是得娶了所有人啊？"

竟然不认账！小草瞪眼，又拿这人没办法，暗暗握拳，已经开始在心里打了小算盘。

第二天，皇帝的圣旨就下来了，赐婚段十一与芙蕖公主，在下个月月末完婚。

小草算了算，她还有差不多五十天时间。

半夜，段十一睁眼，第十次起身，将偷偷溜进他房间的小草同学给捆起来，一点也不温柔地直接丢出去。

小草愤怒啊，她已经把学到的轻功发挥到极致了，竟然还是被他发现了？

第 105 章　霓裳阁掌柜

段十一斜眼看着她，再配上关门一瞬间的那一丝冷笑，彻底激发了小草练功的动力。

轻功不够好，连夜袭都不行！

于是接下来的日子，包百病就经常看见小草以各种诡异的姿势倒挂在树上、房梁上，晚上也经常听见隔壁院子门口传来类似重物"咣当"落地的声音。

小草喊着口号，头上捆着红布条，狂奔在胭脂河岸锻炼身体。

小草从来没这么努力练过功啊，本来看一本霹雳门心法都用了半个月，这倒是好，几天时间不吃不喝的，把少林秘籍给学了不说，轻功又上了一个台阶。

　　叶千问在远处看着，直点头："小草果然是天赋异禀之人。"

　　只是这天赋，好像只有段十一能挖掘出来。

　　日近黄昏，小草也累了，趴在河边看着流动的河水，心里又把心法给过了一边，坐起来调息。

　　"我还以为我看花眼了。"有人站在她身后，话中带笑，"竟然真的是你。"

　　小草瞬间睁开眼，翻身而起，摆了个准备进攻的姿势。

　　颜无味穿着一身普通的黑衣，身上的银龙也低调了不少，看起来颇像一个良好百姓。

　　"虽然你看起来进步很快，但是要跟我打还差远了。"他走过来，伸手一拧，小草都没看清那是什么招式，自己的少林格挡手法就被破了，双手都被他按在了草丛里。

　　"我现在是霓裳阁的掌柜，不是你口中的大魔头。"颜无味笑着用另一只手捏了捏她的脸，"身份合法，是长安百姓，要受六扇门保护的，段捕快。"

　　小草皱眉："你杀了少林寺上下几百口人。"

　　"是啊。"他坐在她身边，歪过头来看着她笑，"你怕不怕？"

　　小草：……

　　他这模样，像个不谙世事的孩子，叫她怎么害怕？但的确，这人血洗少林寺，打伤慧通大师，帮着付太师造反……

　　等等，付太师已经伏法，那他为啥还好好的没有被牵连？

　　"你们回长安的速度也是真够快的。"颜无味道，"还以为段十一反应不过来，要去峨眉和昆仑继续看看，那样也能拖他一拖。"

　　结果他竟然反应得飞快，一路狂奔回了长安。

　　小草有些好奇："少林后来怎么样了？"

　　问完又觉得自己傻，她竟然去问血洗少林的人少林怎么样了？

　　结果颜无味很老实地回答她："少林寺没事了，这次的计划据说是已经成功，江湖各大门派都在恢复之中。霹雳门本来还说运火器来长安，结果也没了消息。"

　　本来要长期控制整个江湖门派就是不可能的事情，制造个假象骗了皇帝骗了付太师就行了。

但是他那十万两黄金可不好拿，少林被血洗，江湖上又会掀起一阵腥风血雨，六大门派一定会联手攻打摘星宫。

所以颜无味已经给摘星宫众人发放了奖赏，让众人出去潇洒个一年半载的，算放个长假。而他，自然是来长安，在有她的地方，暂时当个良民。

小草听完，沉默了半天才吐了口气："你身上罪孽太深。"

颜无味皱眉："你不喜欢？"

"我这一辈子的目标，就是把像你这样的人给统统抓进天牢，你说我会不会喜欢？"小草翻了个白眼。

颜无味低头，认真想了一会儿，然后伸出双手递到小草面前："那你抓我回天牢吧。"

小草：……

"别用这种看病人似的眼神看着我。"颜无味道，"我认真的，你要是想抓我回天牢，那我跟你走。"

只是在里面待多久，就是他来决定的事情了。

小草沉默，看着颜无味，心里有点儿纠结。

段十一常说，办案不能动情。但是颜无味这个人，多次救她帮她，虽然犯下滔天罪行，但是……她总觉得真抓了他，自己心里会有罪恶感。

小草纠结了很久，抬头看他："要不你站在这里别动，我让其他人来抓你回去？"

颜无味收回了手，笑道："别人来抓，我可不会束手就擒，那就得看那人的本事了。"

叹了口气，小草往草地上一滚："不管了！我就当没看见你！你快走！"

颜无味咧嘴一笑，像是云开见月一般明朗："你舍不得我。"

"我只是知恩图报。"小草捂脸道，"况且我打不过你，真能抓你也不过是凭着你让着我。要是这样的情况下我还将你抓回去，那就是我不知好歹。"

还算想得通透啊？颜无味笑了，伸手将小草的手拿下来道："别纠结了，我都说了我现在是长安的百姓，户籍上都写着我的身份呢，你抓我进大牢，也没人能定我什么罪，明白吗？"

这么厉害？案底又被全部销毁了？小草瞪眼："付太师不是已经倒台了吗？谁帮你的？"

颜无味挑眉："谁告诉你我背后是付太师？"

小草皱眉："你们一直在帮付太师做事啊。"

颜无味下意识地摇头，又不想多说，换了个话题道："看你好像很用心在练功，怎么样？有多大的进步了？"

小草瞬间被带着走了："还不错，手里有的秘籍啊心法什么的都学透了，就是没机会实践。"

颜无味道："那你起来，跟我练练。"

顿了顿又补充："我不动手，你能打到我就行。"

这么看不起她？小草立马爬了起来，一个扫堂腿就攻他下盘。

颜无味背着双手，轻轻一跃，一个鹞子翻身就到了小草背后："能打到我的话，送你套裙子。"

霓裳阁的裙子啊，值好多钱的！

于是这一招一式，少林拳法棍法，段十一教的轻功和招式，全往颜无味身上用。

然而颜无味背着双手，左躲右闪，好像看穿了她的套路，总是比她出拳更快躲闪，压根儿打不中。

小草沉了心，专心地看着他，每一次出手都比上次更快、更有力。但她快一点他就更快一点，不管怎么样就是不能打中他。

"你还是跟我学学东西吧。"颜无味低笑。

小草眼睛一亮，突然想起颜无味教过她的招式。

借力打力，以控制为主。然而颜无味现在是被动状态，她借不了力，那就只能……

一个翻身到他背后，做了攻下盘的起手姿势。颜无味身子微微前倾，准备躲闪。

就是这个时候！小草瞄准机会，一个勾手将他脖子给钩住，反手一扣。

颜无味下意识地就弯腰，直接将她从背后给摔下来。小草借力一跃，头重重地往他头上一撞！

"砰！"袭击成功！

颜无味低笑："够聪明的。"

小草捂着脑门，脸都青了："你头怎么这么硬？"

颜无味连忙过来帮她看了看："很痛吗？"

废话！小草皱着脸道："把你摘星宫的秘籍心法什么的交出来，我就既往不咎了。"

这句话就是随便说说而已的，毕竟每个门派的心法秘籍什么的都是不外传的东西。

但是一向实诚的颜无味，"唰"地就把一本秘籍拿出来递给她了："拿去。"

瞧他这不在乎的样子，这是小摊子上卖的假秘籍吧？

接过来看了看，破破烂烂的一本书，写的倒是像模像样的。

姑且拿着看看吧，只要是没看过的，对她来说都有用。

于是小草就顺手把这书给插腰带上了，也没咋在意。要是真的摘星宫心法，人家也不会那么容易就给她了不是？

颜无味看了她腰带上的书一眼，抿抿唇道："走吧，带你去挑件裙子。"

"不用啦！"小草摆摆手，"给我这本书就当是抵债了。"

"可是……"颜无味挑眉道，"你师父不是要成亲了吗？你不打算好好打扮一下参加他的婚事？"

提起这事，小草就跟泄了气的球一样。

"怎么？"颜无味俯视着瘫软在地上的小草，拿脚尖踢了踢，"不高兴啊？"

"谁高兴得起来啊！"小草撇撇嘴，"我不想他跟公主成亲。"

颜无味顿了顿，深邃的眸子里光芒微闪："你还喜欢他？"

最开始跟他说自己喜欢段狗蛋，那是开玩笑的啊，小草也没想到有一天这玩笑会成真。

趴在地上一动不动，小草也觉得自己挺没出息的，又想当人家一辈子徒弟，又不想有师娘，这简直是太自私了！

正想着呢，身子就飞起来了。

"你干啥？"小草看着颜无味，后者抱起她往街上走："你身上全是汗，脏死了，带你去换一身衣裳再说。"

这人当霓裳阁掌柜，尽是送人家衣裳，真的不会亏本？小草哭笑不得，也随他去了，毕竟有便宜不占，都是傻蛋！

段十一今日约了芙蕖公主，两人都是常服，正在朱雀大街上走着。

第 106 章　这是你师娘

对于两人的婚事，芙蕖公主是很意外的，一个是意外皇上竟然已经忌惮段十一到了这个地步，另一个是意外段十一竟然答应了。

芙蕖公主和段十一算是旧相识了，早年芙蕖也倾心过段十一，后来发现这人可望而不可即的时候，芙蕖公主就变成单纯地支持他了。

"如果我没记错的话，你曾经说过，若有朝一日成亲，新娘子必定是颜六音。"芙蕖走在段十一身边道，"如今怎么想明白，要娶我了？"

段十一笑："段某要娶的话，公主当真会嫁吗？"

芙蕖微微有些狼狈，轻咳一声道："毕竟我倾心你多年，真要嫁了也不亏。"

"那公主急急忙忙约了在下出来，可是想在下了？"段十一挑眉，眼角眉梢都是柔情，专注地盯着人看时，能把人溺死在他的眼神里。

芙蕖公主脸红了，下意识地别开头，轻咳道："我约你出来，不过是想问问，你当真想娶我？"

"那是自然。"段十一一甩扇子，"公主不要多想，段某心里无人，十分乐意娶公主这样的美人为妻。"

芙蕖公主干笑，捏着手帕揉来揉去："十一郎何必说这些好听的骗我？你心里有没有人，我会不知道吗？"

段十一笑得自信又从容："公主可还曾看见段某因谁动容过？六音的事情不过是前尘往事，现在与她也是万万不可能了，公主又何必……"

话没说完，眼角就瞥见两个人，脸色当即一沉。

芙蕖被这瞬间变脸给吓了一跳，顺着他的目光就往旁边看过去。

一个黑衣男子抱着个姑娘，旁若无人地从大街上路过，往霓裳阁去了。

芙蕖回头看看段十一，这厮的脸色已经恢复了正常，就像她刚刚看见的那一瞬间的阴沉只是幻觉。

"公主既然出来了，段某就陪公主四处看看可好？"段十一温柔地道，"朱雀大街上这家霓裳阁里的衣裳，做工不比宫里的匠人差呢。"

"好……"芙蕖打量段十一两眼，心里直犯嘀咕，跟着他往霓裳阁去。

小草被带着上了霓裳阁三楼，洗了个澡出来，从里到外换了一身新的。

迷迷糊糊站在一楼的镜子前头的时候，小草抬头一看，吓得一抖。

这镜子里的姑娘可太好看了，粉红的长裙裹着淡黄色的挽袖，袖口还有点荷叶边儿。腰间环佩叮当，脸上着淡妆，一张脸儿带着刚刚洗漱过的粉嫩红晕，配着一个少女的流仙髻，都可以送去宫里选秀了。

她咧咧嘴，镜子里的人也咧咧嘴，小草傻笑，回头看着颜无味："这是我啊？"

颜无味严肃地点头："果然是人靠衣装。"

小草没听明白这话，就当人家是夸她了，喜滋滋地捧着脸蛋想，段十一要是看见她这样子，会不会吓着啊？

正想着呢，镜子里就出现了一张恍若天人的脸，微笑着道："人都说这霓裳阁，母猪进来也能给变成仙女，以前我不信，现在倒是信了。"

颜无味没回头，笑道："段捕头这样挖苦自己的徒弟可不好，小草天生丽质，不过就是不会打扮。"

还真是段十一！小草猛地回头，就看见段狗蛋挽着个姑娘，优雅地冲着她笑："颜掌柜说得不错，小草这一打扮，还真像个女人。"

芙蕖公主站在旁边，多看了小草很多眼，又瞧瞧段十一，挑了挑眉。

小草撇嘴："老子本来就是女人！少狗眼看人低了！"

段十一歪着头看了看她，抿唇道："恕我直言，女人该有的东西，你没有。"

小草下意识地低头看，这一低头就看见了自己的脚背。

芙蕖忍不住掩唇一笑，轻轻打了段十一一下："十一郎，你说话怎么那么毒？这位姑娘年纪尚小，你怎能……"

段十一回头看着芙蕖道："逗你开心呢。"

这光天化日打情骂俏的，小草当即就不能忍了，往两人中间一挤，抱着段十一的胳膊看着芙蕖问："你是谁？"

芙蕖微微惊讶，优雅地道："我……名芙蕖。"

小草蔫了，松开了段十一的胳膊。面前这姑娘比自己打扮过还好看啊，气质也好，也没一般公主的骄纵味道，要配段十一的话，还是勉强能配上的。

盯着自己的脚尖看了看，突然就有点自卑。她功夫没颜六音好就算了，长得也不如芙蕖，不过就是命好被段十一给捡回去当了徒弟，凭啥跟人抢啊？

段十一瞧着小草的侧脸，心情突然变得不错。每次这丫头不开心的时候，脸都囧囧的，他瞧着就觉得乐呵。

"看见师娘，也不问个安吗？"段十一道。

小草鼓嘴，虽然心里发虚，但还是道："一日没成亲，就不算我师娘！小草拜见芙蕖公主！"

说着就半跪了下去。

听着这语气，芙蕖公主的眼睛立马亮了，伸手拉起小草："我微服出来，身份什么的也自然不重要，瞧着你倒是跟我挺有缘分的，要不咱们聊聊？"

有啥好聊的？小草心里嘀咕，这公主看起来是好看，眼神也友善，但是顶着段十一未婚妻的头衔，那就是敌人，不可以轻易向之屈服！

于是她挺直了小腰杆："不了，我还有事。"

段十一斜眼看她："你还有什么事？"

颜无味伸手将小草从两人中间拉出来，笑着道："我还想与小草好好聊聊，两位要是来买衣裳的，可以自便。"

旁边的丫鬟立刻上来接待了。

段十一微微挑眉："段小草，可还记得为师说过什么？"

小草一脸气愤："你说过的话那么多，我怎么知道是哪一句？"

段十一道："关于正邪的那一句。"

正道之人，不能与妖邪为伍。

小草皱眉："我知道了。"

知道还跟颜无味在一块儿？段十一拧眉，耐心地又多说了一句："你跟谁在一起为师都不想管，但是这个人，还是离他远点。"

这是师父对她的要求，以免她这个当徒弟的给他丢脸。小草都明白，但是现在她觉得自个儿好像是在孤岛之上，环顾四周，孤立无援。身边只有个颜无味，凭什么还限制她跟人来往啊？

叛逆之心一起，小草拉着颜无味就往外走。

段十一眯了眯眼。

芙蕖公主眨巴着眼，看了看出去的两人，又看了看段十一，转了转眼珠子问："十一郎，你要是实在担心，现在去把她送回六扇门也行。"

"不必。"段十一收回目光，低声道，"她那么大的人了，该自己为自己的行为负责。等你我完婚，我就再也不能照顾她了，有些事情总得让她自己明白。"

"哦？"芙蕖公主笑了笑，"你那会儿说，很久不曾为谁动容过了。可我怎么瞧着，方才你的神情就不太对劲？"

难得见他浑身是刺的模样，又偏偏还笑着。看起来古怪极了。

段十一一脸严肃地道："我只是不喜欢自己的徒弟跟邪门歪道之人来往。"

"我瞧着那掌柜挺不错的啊。"芙蕖道，"知道小草适合什么颜色的衣裳，人看起来也温柔。若是做过什么坏事的人，那这反差也挺可爱的。"

段十一翻了个白眼，颜无味那叫挺不错？那自己这种是不是该供奉在神庙里，称为极品啊？

冷哼一声，段十一转身往外走。芙蕖公主笑着追出来："不看裙子了？"

"这些裙子哪有宫里的好？公主还是早些回去吧，段某送你一程。"

颜无味被小草一路拖着往街上走，走得很快又没啥目的地。于是颜无味知道，这丫头肯定心情不太好，自己还是看好她吧，以免出啥意外。

结果刚走到闹市，小草伸手就抓了个人出来："光天化日，在姑奶奶的眼皮子底下也敢行窃？"

四周哗然，回头一看，小草抓着的人一副普通模样，手里却捏着个荷包。

前头立马有人喊："我的荷包！"

贼见状，奋力一甩挣脱了小草，跟泥鳅似的就往人群里钻！

哪能让人就这么跑了啊？小草提起裙子就追，一脚踹在贼的后背上，跨腿压上去，当场就把这小贼打了个半死，然后把荷包抽出来还给人家，又抽了旁边小摊子上的麻绳，将贼绑了个结实。

周围的人看得直鼓掌，却有人嘀咕了一句："看起来像个姑娘，没想到是个母老虎。嘿，厉害是厉害，这样的姑娘谁敢娶啊？"

"就是就是，正经姑娘都该在闺房里待着的。"

小草充耳不闻，押着贼看了颜无味一眼道："我送他回衙门，你自便吧，今日多谢。"

第 107 章　嫁不出去来找我

颜无味挑眉，抱着胳膊看着她："你这是心情不好就要赶我走？"

"没有啊。"小草一脸正经地指了指手里的小贼，"我这是有公务在身。"

"那好。"颜无味耸肩，"我正好想去六扇门看看，你带着他回去吧，我就在你身后跟着。"

小草皱眉："你想干什么？"

颜无味抬起双手，十分无辜地道："我现在是合法百姓，有来去自由的权利，你别紧张。"

对付小草这种小女孩，心思又浅又心软，只要坚持不懈对她好就可以了。

颜鸡腿不是个情圣，但是在对付段小草方面，有点无师自通。

虽然他也不知道自己怎么就看上这小姑娘了，本来是觉得娶回家也不错，挺乐呵的，但是自从少林那一吻之后，他突然有点……想将她的心一并抢过来的想法。

他身上满是杀戮，被江湖称为魔，却看上这么个一身正气的小捕快，和她待在一起竟然觉得轻松。

无法解释这样的情绪，那就称为缘分好了。

小草无奈地撇嘴，拖着贼就走了。颜无味就在五步之后跟着，像散步一样地轻松。

芙蕖公主在旁边看着，笑眯眯地道："你家徒弟挺有意思的，我瞧着那黑衣男子，也挺有意思的。要是真成了一段姻缘，那就更有意思了。"

本该送公主回府的段十一，站在街边，冷笑了一声道："那两人不可能。"

"为什么？"芙蕖好奇。

"一个是老鼠一个是猫，你觉得有可能吗？"

芙蕖想了想，道："没什么不可能啊，女儿家的心思很单纯，一旦喜欢上谁，管他是老鼠是猫，嫁鸡随鸡嫁狗随狗，不是很正常吗？"

段十一回过头来看着她，一脸不可思议。

芙蕖公主笑得甜美："在女儿家看来，只有喜欢不喜欢，从来没有应该不应该。若是你徒儿找到自己的归宿，你也该祝福她才是。"

祝福她？段十一呵呵笑了两声，转身送芙蕖回去。

小草将贼关进大牢，交代了一番出来，颜无味还在外面站着。

"你不回家吃饭吗？"小草看着他问。

颜无味摇头："我只一个人，哪里用回家吃饭，正想请你去珍馐轩吃。"

小草摇头："不了，我师父还做了饭等我。"

说是这么说，可自从这次回京，段十一就没给她做饭了，都是鱼唱晚在做。

颜无味笑道："你师父做的饭天天吃，珍馐轩可是难得吃一回，有小煎鸡、水晶猪蹄、东坡肉、烧鸡烧鹅……"

小草横眉："你以为用吃的就能收买我？"

话说得底气十足，如果说完不咽口水的话，颜无味就相信了。

顺手从背后拿出两串街角的烤鸡翅，颜无味自己咬了一串，另一串递到小草面前。

小草内心正在挣扎，手已经不受大脑控制地去接了，脚也没出息地跟着人走了。

于是六扇门里的饭桌上，鱼唱晚做了晚饭出来，就看见桌边只有两个人。

"嗯？小草呢？"

包百病摇头："不知道去哪里了。"

段十一面无表情地道："应该等会儿就回来，送人去大牢了。"

"哦，那我们等等她吧。"鱼唱晚坐下来道。

三个人无声地坐了两炷香的时间，包百病掏掏耳朵问："大牢离这里多远？"

段十一道："一里。"

"那就算用爬的她也该回来了啊。"包百病饿得受不了了，拿起筷子道，"看样子小草肯定是半路有了艳遇，咱们不用等了，菜都要凉了。"

鱼唱晚点头，也拿起了筷子。

段十一盯着菜看了好一会儿，微微一笑，拿起筷子跟着吃。

小草吃得肚子鼓鼓的，几乎是被颜无味架着回来的。

"好好吃啊！"她还在感叹，"好久没吃这么饱了！"

颜无味面色沉重："人家掌柜的也说，好久没遇见你这么能吃的人了。"

第一次看个姑娘吃东西，竟然吃出了排山倒海的气势。

"过奖过奖。"小草哈哈大笑。

笑着笑着又沉默了下来。

颜无味侧头看着她，小草低声嘀咕："你说像我这样又粗暴又能吃，半点没有女儿家模样的人，是不是当真就嫁不出去了？"

前面就是六扇门侧门，颜无味停下来，轻笑道："等你哪天想嫁人了，就来找我啊，你想要什么聘礼我都给你。"

小草一愣，呆呆地抬头看着他："我想要段十一，你给我吗？"

嘴角的笑容慢慢消失，颜无味抬手扶着额头："你要他的尸体我倒是可以努力一下。"

"哈哈。"小草大笑，然后打了个饱嗝，拍拍颜无味的肩膀，"谢谢你逗我开心，我回去了啊，你路上小心。"

"好。"颜无味看着她摇摇晃晃地进门，微微一笑，转身准备离开。

剑刃如青丝，锋利无比，暧昧地缠绕在他的脖子前头。

颜无味轻笑："我还以为你想一直偷听。"

段十一站在他身侧，冷冷地笑了一声："无味啊，你现在可是被整个江湖追杀，还敢这么光明正大在长安行走？"

颜无味拿手指捏着他的剑刃,笑道:"我是霓裳阁的掌柜,是给朝廷纳税、受你们六扇门保护的普通百姓,如何就不能在长安行走了?六大门派休养生息尚且需要时间,哪里可能那么快就来追杀我?段捕头的担心多余了。"

段十一轻轻一动手,颜无味的手指就溢出了血。

"有你在我眼皮子底下,我怎么都不得安生。"

颜无味挑眉,侧头看他:"那你怎么不关心关心六音?她也在长安。"

段十一微愣。

自上次一别,已经是好几个月不曾听见颜六音的消息了。付太师已经被关进了大牢,她还在长安做什么?

眯着眼睛想了想,他心里有点不好的预感。

"听闻你要娶公主了,也不知道她听见会是个什么反应。"颜无味道,"段捕头身边的麻烦事就已经够多了,自是不必花心思在我的身上。"

收回却邪剑,段十一道:"你只要别靠近小草,我不会在你身上花心思。"

"嗯?"颜无味挑眉,"你在意她?"

"她是我最后一个徒弟。"

"哦?"颜无味摸着下巴想了想,眯着眼睛看着段十一道,"我大胆地猜一猜,段捕头,小草在你心里,该不会是用来替代六音的吧?"

段十一眸色一深,颜无味耳边一缕青丝便落了地。

"行了,我也不多说。"颜无味往后退了一步,黑色的一身,仿佛要和黑夜融为一体。

"我与小草男未婚女未嫁,要做什么都是看我和她的心情,段捕头无权干涉。若是实在看不惯,可以找罪名将我抓进牢里。"

顿了顿,补充一句:"如果大牢关得住我的话。"

段十一轻笑一声:"你可真是有恃无恐。"

"自然自然。"颜无味转身往后走,"等段捕头大婚之日,在下自当送上大礼一份,还望笑纳。"

站在原地,直到颜无味没影儿了,段十一才收起却邪剑,转身进了六扇门。

推开小草的房门,竟然还没人?段十一挑眉,大白坐在他的脚边,"汪"了一声。

"你知道这丫头哪儿去了？"段十一低头问大白。

大白摇摇尾巴，立马站了起来。

段十一就跟着它走。

再往前就是寒潭了，段十一眉头紧皱，瞧见那寒潭入口上挂着牌子。

"正在修缮，不便进入，请明日再来。"

伸手去推门，竟然是锁着的。

虽然最近小草进步很快，但是，也没到可以去寒潭的地步吧？段十一皱眉，飞身就翻墙进去了。

小草刚做了热身运动，脱光了衣裳站在寒潭旁边深呼吸。结果就听见背后"哐当"一声，什么重物砸下了墙。

有人？脸色一白，小草"咚"的一声就跳进了寒潭里。

以前差点取了她性命的地方，现在已经是十分适合她的练功之地。

只是……谁在那边？小草浮了个脑袋出来，眯着眼睛看了看。

天色已黑，四周寂静，感受了半天也没有感受到人的气息。小草甩甩头，想着兴许是猫吧，然后就伸手将颜无味给的秘籍拿了过来，打算好好修炼。

结果打开一看，上面写的修炼法子可真奇怪，先是各种奇怪的姿势就不说了，往最后翻，竟然画着一男一女，扭着身子也不知道在干啥。

不管了，从最基础的开始。小草翻到第一页，刚好要求所处极寒之地，这儿就是。

练功之时最不能被打扰，否则容易走火入魔，这个段十一知道，所以即便他摔得脖子拧不过来了，也还是躲在墙角一动不动。

第 108 章　好疼啊

以小草的功力自然是发现不了段十一的，所以她练得很专心，按照书上所说，吐纳浊气，令冰寒之气侵蚀其身，不动不想。

段十一安静地看着，看着看着就觉得不太对劲。

片刻之后，小草眉目结霜。她起手运气，再用真气游走四肢，解除霜寒，打通筋脉。周身边的寒潭水开始微微升温。

眉心有一点红，在夜色里微微发亮。

段十一沉了脸，抬手化气为力，温柔地将小草笼罩在了里面，然后一用力，就将小草周围的淡淡红色光晕给击破了。

小草一震，胸口钝痛，眼睛睁开，眼眸微微发红。

"谁给的秘籍？"段十一从暗处走了出来，俯视着水里的小草，表情分外严肃。

小草茫然了好一会儿才看清楚是他，下意识地往水里缩了缩："颜无味给的。"

"他给的东西，你也敢学？"段十一眯了眯眼，"歪门邪道，你若是真学了，就跟颜六音没什么两样了！"

当初的颜六音急于求成，不听他的话，走火入魔，才成了今天这副样子。小草竟然想跟着学？

小草微愣，低头看了那秘籍一眼："我还以为是假的，结果是真的？颜无味随便给我的。"

"呵。"段十一冷笑，翻了那秘籍的最后一页给她看，"这秘籍最先自伤，而后以伤人提高自身功力，最后……与同修魔功之人双修而达大成。"

小草眨眨眼："那是什么？"

段十一咬牙："男女交欢互相融合的练功之法。"

"听起来好厉害啊。"小草咂舌，"会变得和颜无味一样厉害吗？"

面前的人周身都被黑暗笼罩，小草没注意，拿过他手里的秘籍喃喃："虽然法子看起来很奇怪，但是如果修炼之后能变得强大的话，也不是不可……"

"啪！"

秘籍飞落在寒潭里，小草头微微侧着，眼神有些惊讶。

段十一这一巴掌用了好大的力气，以至于她的脸上，没一会儿就肿起来了。

"你若是这样想的，那就当我段十一从未收过你这个徒弟。"他的声音清冷，像是最开始遇见她一样地陌生。

小草第一反应不是觉得疼，而是转过头来看着段十一，颇有些委屈："我不过是随口说说，你怎么生那么大的气？"

好歹师徒一场，段十一一直是温和而有些欠揍的，小草从来没看过他这么生气的时候。

曾经有人说段十一这人，如天山上雪莲般不可亲近，冷傲而拒人。小草嗤之以鼻，她师父明明很逗啊，哪里不可亲近了？

结果今天她看见了，这样的段十一，当真是拒人千里之外，周身都是寒气。

段十一没多说，转身就走了。小草待在寒潭里，当真觉得寒气入骨。

她突然觉得，这么久了，自己好像从来没了解过段十一。看他一直笑着，就觉得他很温柔。看他从未有难过的时候，就觉得这人简单到没有心事。

然而过去的段十一，到底经历过什么事情？

大白摇着尾巴走到寒潭边，难得地没有跟着段十一走，而是凑过来舔了舔小草红肿的脸。

小草伸手摸摸它，从寒潭里起来，穿好衣裳，看了一眼水里的秘籍，还是捞了起来。

回去院子里，灯火都已经熄灭了。小草想给段十一认个错来着，然而一向没锁门的段十一，这次把门给锁上了。

想了想，小草转身回去自己屋子里睡觉。

这一觉睡得很不安稳，梦里依旧是漫天的大火，而这次，没有人再来救她。

第二天起床，包百病觉得气氛很奇怪。

"小草呢？"

段十一和鱼唱晚都坐在了桌边，小草的位置却还是空的。

段十一侧头看了一眼，微微抿唇："估计还在睡觉，唱晚去叫一叫她吧。"

鱼唱晚挑眉："小草一大早就出去了，没和你说吗？"

怎么和他说？段十一微恼，昨天他情绪有点失控，打了她，那小丫头不知道该怎么记恨呢，想也不用想就知道那张小脸该有多委屈。

其实……她也当真是不知道才会去练，他不该那么冲动的，打完也后悔了。但是当时那情况，他也拉不下脸来回头去。

毕竟还是个孩子，他该温柔点的。

反省了一阵的段十一轻咳道："我们先吃饭吧，等小草回来，你们叫她来找我。"

包百病瞪眼："你有事自己去找她不就好了？"

段十一皱眉："她犯错在先，怎么也该老实过来认错，我为什么要去找她？"

听起来好像发生了点什么，鱼唱晚和包百病对视一眼，都选择了沉默。

吃完饭，段十一就在院子里等着，悠闲地看着书。

然而直到晚上，小草都没有回来。

段十一坐不住了，起身出门。

颜无味一大早开门就在门口捡到一只段小草。

她抬头看着他，脸颊上一片红肿："我想听听以前我师父和颜六音的故事。"

颜无味皱眉，伸手拉起她，眯眼看着她的脸："谁打的？"

小草嘿嘿笑了两声，没回答，挣脱开他的手进了屋子。

胸口不知道是什么东西在翻涌，颜无味花了好大的力气才压下去，然后去拿了药膏，坐在她身边轻轻往她脸上抹。

"想听以前的事情？"

"嗯，很好奇。"

修长的食指蘸着药膏，温柔地将她脸上的火辣给抚平了。小草撇撇嘴吸吸鼻子，眼眶微微发红。

"六音是琴圣的徒弟，琴圣死后，她被托付给了段十一，段十一不收徒，然而因着和琴圣的交情，破例收下了六音。"

小小的颜六音眼里满是仇恨，抬眸之间就吓了段十一一跳。

那副模样，大概也是那个时候开始，印进了段十一心里。

"他教她武功，带她走遍高山大川。段十一说过，如果有东西能化掉六音眼里的仇恨，他无论如何也会去弄到。"

然而颜六音太固执了，她忘不掉琴圣，誓死要为琴圣报仇。跟段十一学了几年武功后，走了歪门邪道，在段十一打定主意带她远离这些是非的时候，修炼了魔功，与一个江湖怪人交合，最后魔功大成。

"你能想象那时候段十一的表情吗？"颜无味轻笑，"他最爱姐姐，可同时也恨透了她。每年两人都会交手，可是无论如何，最后他都会放姐姐走。"

小草听傻了，呆呆地回不过神。

段十一真的爱过颜六音啊？那样的人，竟然当真是有感情的。

而颜六音，竟然会选择以那样的方式为琴圣报仇，半点不珍惜自己，也无怪段十一会恨她了。

"你和姐姐最开始挺像的。"颜无味道，"所以我还问段十一，为什么收了你，是不是因为你和当初的姐姐一样，走投无路，又绝处逢生。"

听完之后，小草干笑，挠了挠头道："我好像误会大发了。"

"误会了什么？"颜无味挑眉。

"我以为段十一只是个厉害的捕头，每天抓抓人破破案，没想到他背后还有这么多事情。"

也没想到他心里竟然还一直住着人。

无怪那一巴掌打得她那么狠，她的言行叫他想起颜六音了吧，所以他才没控制好情绪。

小草盯着地面想，她一直隐隐觉得，段十一对她特别好，比别人都要好，也许还有点师徒之外的原因。

结果就连当他徒弟也是沾了颜六音的光。

自作多情，她还是当个疯疯癫癫什么都不知道的小捕快要好些。

"你饿吗？"颜无味给她擦完药，问了这么一句。

小草点头："我可以吃下一头大象！"

颜无味失笑，带着她出门就去了珍馐轩。

结果饭没吃多少，酒倒是喝了一坛子又一坛子。

小草双颊都红了，眼神迷离地举着酒壶道："其实我记得很多事情，但是我就当不记得了，那样的日子过得快活很多。"

颜无味皱眉，有些没听懂："你记得什么？"

"我记得自己为什么来六扇门，记得自己的家在哪里，也记得该做什么。"小草嘿嘿笑着，"但是每天都记得那些，好累人，不如就暂时当不记得，先把日子给过好喽。"

这样的心态不错啊，颜无味伸手接住她倒下来的身子，刚想把她抱到椅子上呢，小草腾地就站起来，到空地上耍了一套伏虎罗汉拳。

颜无味挑眉。

"我的功夫进步挺快的！"小草一边打一边转圈，"再过不久能出师也说不定！到时候我就不用天天对着段十一啦，管他心里有谁，管他要娶谁呢！我做完我的事情就走啦！"

"你要去哪里啊？"颜无味站起来，拎着她的后衣领。

小草立马不转了，乖乖地睁着眼睛看着他，撇撇嘴，眼睛又红了："我去没你的地方。"

颜无味一愣，皱眉："我是谁？"

小草嘿嘿笑："你是帅师父呀。"

"但是，你打我那一巴掌好疼啊……"

颜无味瞳孔微缩，伸手将小草抱进了怀里。

第109章 懂事了的小草

心口被她这一句话说得微微发紧，他低头，小草迷迷糊糊的，眼睛都要闭上了。

"来我身边，我教你功夫，他敢打你，咱们打回去好不好？"

小草模糊地应了一声，酒气上涌，身子软了下去。

颜无味顺着力道将她放在桌边，低笑道："本来瞧你被他弄得这么伤心，我该高兴才对，墙脚更好挖了。但是我怎么高兴不起来啊？难得见你有这么难过的时候，我还以为你天塌下来都不怕呢。"

他在这儿挥着锄头挖人，没想到一锄头下去，她这么难过。

颜无味不太明白自己这是什么感觉，想拥有，又心疼。本来是想无论如何，将人抢过来就好了。但是看着小草这模样，他又希望她好好的，哪怕不在他身边。

"曾经有和尚给我说，我命中犯情劫，注定孤独一生。"颜无味低头看着小草，喃喃道，"我不信，所以把他揍了一顿。"

若是这一生遇不见喜欢的人也就罢了，既然已经遇见了，那他为什么还会孤独一生？

小草趴在桌上睡着了，咂了咂嘴，脸蛋红通通的。

颜无味就低头下去想要吻她。

上次少林寺那一吻，他觉得自己的心脏好像出毛病了，跳得特别快。现在想试试，看是不是只要一吻小草，心脏就会出毛病。

她带着酒香的气息扑了他满脸，瞧着就要吻上去了的时候，毫不意外地，门被撞开了，一股子寒风卷进来，大夏天的，吹得他背脊发凉。

不知道为什么，在低头的时候颜无味就有种预感，觉得段十一会来。

而现在，他真的来了。不用回头就感觉得到一股子强烈的杀气，他再靠近小草一分，就来不及躲避了。

颜无味冷笑，翻身躲开，转头看着门口的人。

段十一脸上一点表情都没有，跨进门，看了看桌边的小草，又看了看他："你想做什么？"

颜无味耸肩："吻我喜欢的女人。"

"她不喜欢你。"段十一眯眼，"没经过人同意就吻上去，当真很失礼。"

"是吗？"颜无味认真地想了想，觉得好像有道理，于是就跑到小草身边问，"你愿意让我吻你吗？不愿意的话吱个声。"

"你看，她不说话。"颜无味笑着将人抱起来，一身黑衣在空中划了个好看的弧度，"那我就吻了。"

抬手扫了一张凳子过去，段十一眉目冷冽："把她给我。"

颜无味侧身躲开，一脸正经地看着他："我给过你很多次了。"

每次都乖乖把人交过去，每次人都还是回到他怀里，这算不算一种缘分？

段十一抿唇，扯了扯嘴角："我今日心情不是很好，你若是不给，那我便只有抢了。"

"好啊。"颜无味衣角微扬，"那你来抢。"

好久没看过段十一这么正经的样子，看起来是不会打一半就突然跑路了。颜无味觉得很欣慰。

抱着小草跟段十一比拳脚功夫是很不明智的，然而他不想放下。怀里的人软得像一只小白兔，要是放下了，不知道什么时候就被狼叼走了。他舍不得。

段十一这边也没轻松到哪里去，顾及小草，怎么也不敢用大力气，拳脚之间都是掣肘。急着想将人抢回来，反而让颜无味占了主导地位。

躲闪之间，颜无味抱着小草空中一个翻滚。小草皱眉。

拳来脚往，段十一伸手抓着小草的手，颜无味反身甩开他，又是一阵旋转。

小草继续皱眉。

最后段十一终于伸手将小草给抢过来，一个后滚翻落地的时候，小草终于忍不住了，张嘴"哇"的一声。

吐了段十一一身。

小草迷迷糊糊睁开眼，十分无辜地看着眼前的一张黑脸，伸了伸爪子："师父。"

段十一气愤地将外袍给脱下来，心里又莫名松了口气。

颜无味微微皱眉："小草，醒了？"

"我睡着了吗？"小草从段十一怀里下来，摇摇晃晃迷迷糊糊地，"今天天气好舒服，竟然吃个东西都能睡着。"

段十一伸脚踢了踢旁边的酒坛子："你就只是吃了点东西？"

小草嘿嘿笑了两声，没转头看他，倒是抬步朝颜无味走过去了。

段十一站在隔断的一边，颜无味在另一边，小草从段十一的怀里下去，一点也没犹豫地往对面去了。

颜无味有些惊讶，接着就笑了，张开手臂接着还走不稳的这个人。

段十一眯了眯眼。

"谢谢你的招待，还有你给我的秘籍，竟然是真的。"小草笑眯眯地看着颜无味道，"以后在长安我罩着你！有麻烦你就来找我！"

"好啊。"颜无味笑了。

小草转头又看向段十一："时候不早了，师父你先回去吧，明日说不定还有什么事情呢。"

"你要留在这里？"段十一挑眉。

小草看了一眼桌上的烧鸡："我再吃会儿就回去，你不用担心……"

"谁会担心你？"段十一冷笑一声，"女儿家贵在自重自持，你自己不担心自己，我何必要担心你。"

说完，拂袖就往外走。

小草拿着筷子的手僵了一下，又若无其事地继续吃。

颜无味脸色沉了沉，看着段十一出门去的背影，跟上去就关了门。

"啪"的一声，外头的段十一停下了步子。

竟然真的不跟他走？真是管教不严，被人一桌子肉就能骗走了！段十一深吸一口气，想回头去抓人，又觉得懊恼，干脆往这珍馐轩的围墙上一坐，就从一楼的窗口望进去。

小草慢慢地将剩下的菜都吃了，边吃边嘀咕："谁知盘中餐，粒粒皆辛苦，浪费食物会被天打雷劈的！"

颜无味在旁边撑着下巴看着她，轻笑道："你不是最喜欢你师父了，竟然不跟他走？"

"谁喜欢他？"小草摇头，认真地道，"我只是尊师重道，师父要和公主成亲了，很快就不能照顾我了，所以我要自己照顾自己，不能依赖他了。"

"这样啊。"颜无味笑了笑，"那你看我怎么样？我也很会照顾人的。"

小草咂着嘴摇摇头："你身上杀戮太多，我不喜欢，我自己能照顾自己，今天这一顿饭也多谢了，你的秘籍还是还给你。"

说着，拿出一本皱巴巴的书："被寒潭水给泡了泡，不过我看了，勉强还都能看清。"

颜无味挑眉，伸手接过来："你学了？"

"学了一点就被他打断啦。"小草若无其事地道，"他不想我和六音一样，那我还是老老实实当我的小捕快好了。"

颜无味点头，伸手将秘籍收进袖子里："要是有麻烦就来找我吧，我一直在霓裳阁。"

"总是麻烦你也不好意思。"小草酒醒得差不多了，站起来道，"那我就先走啦。"

"我送你。"

"好。"

两人总算离开了珍馐轩，一路上卿卿我我地走在一起。

段十一跟在他们身后不远的地方，一边看着一边冷哼。

颜无味这一身黑色难看死了跟乌鸦一样，哪有他这一身白衣有品位。说的话也无聊得很，哪有他幽默？

"月亮好大啊。"

"是啊。"

还大呢，并没有段小草的脸大，简直是没话找话。

"你明日要做什么？"

"总捕头应该会派案件下来了。"

"我可以跟你一起去查查吗？"

"应该不行，那是公务。"

一个魔头，竟然想和捕快一起去查案，传出去也不怕把他摘星宫的人吓死。

"我快到了。"

"嗯，睡个好觉。"

"再见。"

装什么温柔体贴啊，小草都做了多久的噩梦了，哪里能睡好觉了？

瞧着两人终于在六扇门侧门口分开，段十一嗤笑一声，跟着小草进门去。

"咦，师父你还在这里啊？"小草没抬头看他，只是道，"明日好像要去城北，得早些起来。"

"你这模样，还想着查案啊？"段十一忍不住就阴阳怪气地道，"叫上颜无味陪你去吧，我明日与芙蕖公主有约。"

小草顿了顿，脑子还有些浑浊，于是就没能听出来段十一这酸不溜丢

445

的语气。

"这样啊，那你约会比较重要，我自己去就好了。"小草摆摆手，"师父晚安。"

这么就完了？段十一挑眉，这丫头不是一直想破坏他的婚事吗？什么法子都使出来了，如今竟然消停了？

懂事了啊……

段十一看着小草的背影，抿唇，跟着也回去休息。

躺在床上就一直提防着门口的动静，想着预防这连续几天以来的半夜袭击。

结果直到天边泛了鱼肚白，他没扣上的门也没人推开。

第 110 章　不中计

段十一顶着黑眼圈想，喝酒果然对身体不好，小草一定是一回去就睡到天透亮，不然以她的性子，怎么都该夜闯他的房间了。

起来收拾一番，段十一出门就遇见鱼唱晚。

鱼唱晚很适应长安的生活，裹着头巾端着菜篮子从他房间门口路过，回头看他一眼："段公子昨晚没睡好？"

段十一笑："怎么可能，我还梦见了胭脂河两岸飞桃花呢。"

鱼唱晚默默地看了一眼他的眼下，抿唇没说话。

段十一看了看旁边小草的房间，道："我今日与芙蕖公主有约，等小草起身你告诉她自己去接总捕头给的任务。"

鱼唱晚眨眨眼，耸耸肩："小草今天也起来得很早，一早就去大堂接任务了。"

啥？段十一皱眉。

最近小草的行动完全在他的掌控之外，以至于他……怎么说呢，就像习惯了前面有阶梯，伸脚一踩结果踩空了，摔了满脸的血。

干笑两声，段十一沉了脸就出门了。

小草懂事了是好事，他也不必操心那么多，能自己独立出去完成任务就更是好事，她必须成长为一个能独当一面的捕快。

可是为什么他总觉得哪里不对劲，这感觉像睡觉落枕了，然而他的脖子并不痛。

深吸一口气，段十一往崇德门走，芙蕖公主还在等他。

关于两人的婚事，段十一在答应皇帝的那一刻开始就已经有了对策。

老皇帝老谋深算，上次打赌输了他一个条件，于是就有了这一场赐婚。

皇帝一诺千金，自然是不能反悔的。但是这条件给了段十一，老皇帝心里有点慌啊。

段十一的本事他见识过了，这么个人，因为自己上次的决策失误相当于被流放出了长安三个月，他不记仇吗？

有这想法，老皇帝就开始动脑筋了，怎么能让段十一不记仇又能为他所用，最好还把这个条件给抵消掉呢？

赐婚！必须是赐婚！厉害的人一般都是有反骨的，人家叫他干什么他就偏偏不会干什么，段十一应该也是这样！而且据可靠消息，他心有所属！

于是老皇帝一道圣旨就下来了，笑眯眯地等着段十一抗旨，好用掉那个条件，用掉之后，他还可以装作大度，拉拢一番，让他心怀感激，一切就大功告成。

费了一番心思啊，结果段十一说：谢主隆恩。

老皇帝呵呵笑，咬着牙想，行吧，嫁公主给你也行，成了驸马就是我皇家的人，到时候自家人关起门来算账，还怕你出什么幺蛾子？

然而，老皇帝少算了一件事。

芙蕖公主二九年华，正是少女心萌动的时刻。仰慕了段十一很长的时间，但是觉得可望而不可即，于是芙蕖公主一转头，就遇见了自己的真命天子，御前侍卫杨剑锋。

这件事很少有人知道，芙蕖公主就打算瞒下来，让段十一去抗旨，她在后面等着就好了。

这皇帝公主一顿算计啊，段十一摇着扇子都没中，还笑眯眯地看着芙蕖公主道：

"公主可准备好嫁衣了？"

芙蕖公主今天的脸色很凝重，俏脸绷得紧紧的："我有事想问你。"

"哦？"段十一表情很轻松，"公主请讲。"

芙蕖公主深吸一口气，犹豫半天道："要是你喜欢的人以为你不喜欢她，然后准备跟别人成亲了，你会怎么做？"

段十一一愣，然后笑容更加灿烂："要是我，那就去抢回来。"

"可……你要是跟别人有婚约了呢？"

"那有什么，解除啊。"段十一道，"你要是被这俗世束缚，害的就是四个人。勇敢拼一拼，说不定还就结局圆满了呢。"

芙蕖公主皱眉，眼里全是挣扎，挣扎了半天把头一甩："咱们去抗旨吧！"

早料到会是这样，段十一"啪"地展开扇子挡住自己咧开的嘴，语气惋惜地道："公主果然是心有所属，而且不是属于段某，段某好生伤心。"

"别得了便宜还卖乖！"芙蕖公主一拍桌子，吓得窗口上的鹦鹉都掉下了杆子。

拍在桌子上的手瞬间又收了回去，芙蕖优雅地道："我知道你也不是诚心要娶我，所以咱们一起进宫去给皇上说。"

段十一撇撇嘴："属下害怕，属下只是区区捕头……"

"长安就你这么个捕头最厉害！"

"不，段某还尚未娶亲，没有子嗣，这一抗旨，项上人头难保不说，还有可能牵连六扇门……"

"得了吧。"芙蕖公主咬牙切齿地道，"出什么事情本宫来负责，不用你承担什么，你是被本宫给耽误了，本宫会给皇上说清楚！"

"好！"段十一收拢扇子，答应得又快又干脆。

这个禽兽啊！芙蕖公主伸手捂脸，她怎么就把这种人当成心里明月光当了好几年啊！

双方达成友好共识，一起进宫去了。

老皇帝的表情可想而知，他要的抗旨等来了，没想到来抗旨的竟然是芙蕖公主。

"芙蕖愧对陛下，也愧对段捕头，愿意受一切责罚，只求陛下取消婚约。"

"你不是一直喜欢段捕头吗？"老皇帝勉强笑道，"是不是有人逼迫你啊？"

芙蕖摇头："没有人能逼迫芙蕖，芙蕖的心，当真另有所属。"

好家伙，算盘全部打空。芙蕖公主来抗旨，那他不但没能抵消段十一那一个条件，反而还对不起他了！给他赐婚，结果公主喜欢别人了，这不是给段十一难堪吗？

"皇上不必自责。"段十一叹息道，"是段某不够好。"

该做的姿态都让他给做了！该说的都让他给说了！该装的大度也都让段十一这兔崽子装了个干干净净！

他能为难芙蕖公主吗？不能！长公主当年可是帮了他不少，他怎么也不可能为难人家的女儿。

这口气，老皇帝使劲儿往肚子里咽了，末了还笑眯眯地看着段十一道："委屈你了，朕另外赏你些东西吧。"

段十一义正辞严地道："属下万万不敢接受皇上封赏。"

皇帝正要笑呢，接下来一句就是："随便赏段某些金银俗物即可。"

从皇宫里出来，段十一步子都轻快不少。芙蕖公主走在宫道上，拐个弯就不见了。段十一也没多问。

赐婚的圣旨下来的是轰轰烈烈的，但是婚礼取消就不会昭告天下了。赢了这一场赌博，段十一心情是不错，但是没打算回去告诉其他人实情。

尤其是段小草。

最近这段时间小草练功是更加专心认真了，这没什么不好。误会就误会着吧，还能让她有点紧迫感。

刚走到院子门口，大白冲出来了，却没瞧见小草。段十一皱眉正想进去找呢，包百病就伸了个脑袋出来："段捕头你回来得这么快？小草去城北了，说是有人口失踪案。"

城北？段十一心情甚好地点头，转身就领着大白去找人。

小草是一大早就出来了，叶千问亲自给的任务，内容倒是简单，城北丰收村有个村民在山上走失了，要她去找回来。

这山也不高，还有瀑布和溪流，按理来说找人是不难的。然而从早上到现在两个时辰了，小草累得在河边吐舌头，还没看见半个人影子。

失踪那人是个四十岁的老伯，家里没有子女，只有一个看起来挺年轻漂亮的媳妇，她今天去问失踪人的特征的时候，那媳妇的态度好像也不是很积极，说了些有的没的，比如长头发，两个眼睛一个鼻子一张嘴什么的。

报案的人也不是她，是隔壁邻居发现那老伯许久没回来了，一问之下才帮忙报的案。

小草觉得这其中应该是有什么隐情的。

眯着眼睛躺在河边的草地上，小草头还有点痛。昨天的酒喝多了，倒也把她喝清醒了。

她不可能一辈子跟着段十一，总是要学会慢慢地不依赖他，那就从今天开始好了。

手不经意伸进了河水里，碰着点什么东西，抓起来一看。

碎布条?

小草一个激灵坐了起来，转头看那河水。

这山势有些陡峭，借着水力有个水车架在上游，水流很大，水车转得也快。

水里的碎布条看起来像是衣裳上的，不像是正常撕裂，而像是人为。

皱眉往四周看了看，小草往上游继续走。

山里说是有狼，所以平时很少有人上来。河岸上有蛇一样的拖行痕迹，不知道是不是有蟒蛇。

走了半个时辰，小草累得再次坐了下来。

这一坐，地上的土又软又松。

像是刚挖过又重新填上的。

小草干笑两声，小声嘀咕了一句："不会吧?"

伸手刨了刨，很轻松地，一个脑袋露了出来。

小草站起来，跑到河边一阵狂吐。

如今这天气，人埋在土里没两天就被侵蚀得不成模样了。这人更甚，皮肤都已经发黑。

第 111 章　又是命案

趴在河边狂吐了好一阵子，小草平缓了一下心情，打算继续去把尸体挖出来，送回六扇门检验。

然而一回头，土里的头旁边多了一人一狗。

段十一蹲在她挖出来的头旁边，皱眉看着。大白跟着段十一蹲在头旁边，一张狗脸十分严肃。

小草挑眉："师父今日不是与芙蕖公主有约吗?"

"你也不看看现在什么时辰了，一早就约完了。"段十一头也没抬，指着坑里的尸体道，"这就是那失踪人口?"

小草点头，撇撇嘴道："咱师徒俩都快成命案警报了，走哪儿哪儿就死人，还以为只是救个失踪的人，结果也让我挖到了尸体。"

这样看起来，她离转正也不是那么遥远啊!

"那你把尸体挖出来，咱们回去看看。"段十一起身，后退了一步。

"噢。"小草拿着刀鞘就开始刨。

可是刨着刨着觉得不对啊，这里两人一狗，怎么就她挖？

"师父。"小草十分认真地道，"你不帮着我挖就算了，好歹装作十分关心的样子在旁边看吧？"

"就算不在旁边看，哪怕你远点看着也行啊！跳进河里游泳是什么意思？"

段十一的外袍和鞋子已经脱在了岸上，整个人像一条白色美人鱼，在河里游得可欢乐了。大白也跟着他狗刨，大舌头吐啊吐的。

"你不懂。"段十一抹了把脸，笑眯眯地道，"我这是在找周围的线索。"

找线索找到水里去了？小草喷了喷鼻息，愤怒地继续挖。

死者是三四十岁的大叔，浑身破烂，脖子上有往后勒的伤痕，看起来像是被人用绳子从背后勒死的。初步可以判定是他杀。

只是这人有点奇怪，小草把尸体平放在地上，看了半天也没发现到底哪里奇怪，但就是说不上来的不对劲。

段十一已经在河里游了一个来回，上岸浑身是水地走过来："勒死的？"

"嗯，而且你看这勒痕，不是上吊，是往后的。再者，他又被人给埋在这里，说明是谋杀。"

分析得算是有道理，段十一点头："带回去让仵作验尸吧。"

小草顿了顿，一脸严肃："师父，我一个人扛？"

段十一笑得理所当然："不然呢？你要让为师这样玉树临风仙姿绰约的人帮着扛尸体，从长安街上张扬而过？"

小草呵呵两声："老子也是如花似玉青春少女啊！你既然出来了，凭啥不帮忙？"

段十一撇撇嘴，一张脸瞬间变得楚楚可怜："昨儿为师扭到了腰，你忍心叫我再扭一次？"

他的脸突然靠近她，小草吞了吞口水，压根儿就没听见段十一在说什么。

这绝对是故意的！每次要她出力都使用美男计，她是那种看起来很容易中计的人吗！

半个时辰之后，小草将尸体扛回了六扇门。

包百病哎呀哎呀地看着她，皱眉道："小草你一个姑娘家，咋尽做这些事儿？瞧你这一身尸臭，赶紧去洗个澡啊。"

还是包百病最贴心了！小草连忙就要往屋子里跑。

结果段十一手长脚长的，伸手把门口一堵："先听了验尸报告再走。"

"我为啥要听啊？"小草皱眉，"一般不都是你听的吗？"

段十一幽黑泛光的眸子静静地看着她："你可是要成为六扇门正式捕快的人，凡事都依赖我怎么行？"

说得好像也有道理，小草点头，跑回了尸体旁边。

六扇门仵作只有一个吴事，最近家里媳妇闹别扭回娘家，于是请假没来上班。包百病在六扇门白吃白喝的，自觉就承担起了仵作的工作。

戴上手套，包百病仔细地检查了一遍尸体。

"没有打斗的伤痕，脖子间有明显勒痕，尸体应该过了水，泡得有些发白，再埋进了土里，所以腐烂成了这样。"

说着说着，包百病还仔细闻了闻："不知道是不是我的错觉，我总闻见点儿人参味儿，不是他肚子里的，是身上。"

人参味重，包百病鼻子又灵敏，所以应该是不会错的。

小草摸着下巴开始想，尸体为啥会在水里？

"边去沐浴边想吧。"包百病推了推小草，"方才门外还有个公子哥儿来找你，女儿家家的就该打扮得漂亮点多出去走走，别跟你师父学整天都是尸体命案的。"

公子哥儿？小草和段十一齐刷刷地回头看着包百病："是个黑衣裳的吗？"

"对，我瞧着长得不错。"包百病笑眯眯地看了段十一一眼，"可不比你师父差啊。"

段十一冷笑了一声："你的眼光可真差。"

小草嘿嘿笑了两声，转身就出门去洗漱。

她现在要渐渐地不依赖段十一，那么破案子的同时，就该多和其他人玩玩。这世上也不止段十一一个男人，不是吗？

小草觉得自己对感情的态度应该也是挺随便的，你瞧，段十一要成亲了，她这慢慢地不就把心思给收回来了吗？难过是难过了点儿，但是她争取过了也没结果的话，不就只有放手了吗？

至于颜无味，她也该抽个机会好好说清楚，做朋友挺好的，但是要她和他在一起，好像不太可能。就好比一个养动物的要和一个屠夫在一起，指不定拜堂拜到一半就抽刀打起来了呢。

她现在还是应该好好工作，争取转正，早日……进入六扇门的秘案库。

六扇门有很多的疑难未解的案件，都放在秘案库里。那其中，一定有……有她家当年灭门之案的相关信息。

段十一说，六扇门正式捕快都可以进去秘案库查阅信息，然而规矩是，看了里头的东西，只能自己知道，不能出来同人说。也就是说，虽然他能进去，但是也帮不了她的忙。

她想知道当年灭门惨案的真相，就只能努力转正。

这是她进六扇门的目的，她以为自己忘记了，结果每次做梦都还是会想起来，想起她家上下七十多口人如何葬身血海，想起曾经辉煌的风家如何一夜之间变成废墟。

她喜欢假装自己不记得，那样会轻松很多。

埋头在浴桶里，小草想了许久，伸头出水，呸了半天的洗澡水，起身穿衣裳。

收拾好了打开门出去，段十一靠在门口。

"怎么了？"小草看着他，"今天必须把凶手找出来吗？"

"不是。"段十一道，"我瞧见颜无味在门口等你，你要去见他吗？"

"嗯。"小草点头，"他现在只是普通的长安百姓。"

"少自欺欺人，他是杀人不眨眼的大魔头，一辈子都是。不管用的是什么身份，身上的血债一件也不会少。"段十一微微眯眼，"我简直不敢相信，你竟然会若无其事地跟他走得那么近。"

印象里的段小草，爱打抱不平伸张正义，对面是个杀人狂魔，要是以前，她就该提着刀直接去砍了他才对。

小草干笑两声，摸摸后脑勺："既然他那么坏，师父你为什么不把他抓起来？"

段十一皱眉，他又不是不想抓，只是颜无味背后不知道是谁在撑腰，抓进大牢也是第二天就放出来的，没用。

想起这个就有点气闷，段十一脸上却笑着："行，我抓不了他，那你去吧。"

小草歪着脑袋，看了看自家师父这一副有点恼火的样子，突然笑了笑。

段十一眯眼。

"没事，就觉得师父你最近变得有点喜怒无常。"小草摆手道，"不过看起来比总是笑眯眯的真实多了。"

段十一一愣。

小草蹦蹦跳跳地就去了门口。

颜无味当真在等着，手里还拿着一串糖葫芦。

"听闻又出了命案？"

小草接过糖葫芦一点没客气地就啃，边啃边点头："有人被勒死在北边的山上，我和师父正在查。你找我啥事？"

　　"嗯，刚搬了一处宅子，挺好看的，带你去看看。"颜无味笑得很温柔，盯着小草目不转睛地对后头的段十一道，"段捕头不用躲躲藏藏，刚好姐姐也在那里，邀请你一起去。"

　　门后的段十一一顿，假装路过地走出来，轻咳一声："六音在长安？"

　　"她一直没离开过。"颜无味道，"只是伤又重了些。"

　　段十一垂眸。

　　小草忍不住好奇："颜六音受了什么伤？"

　　颜无味低声道："上次姐姐强行进宫行刺，中了奇毒，又被羽箭射中左肩，差点没命，一直在养伤。"

　　这么严重？小草下意识地回头看了一眼段十一。

　　他脸色微微紧绷，看起来有些紧张，二话没说地就朝他们走过来了。

　　"带路。"

　　颜无味颔首，领着他们就往前走。

　　小草盯着自己的鞋尖，嘿嘿笑了两声，默默跟着走。

　　这一处宅子算是十分大的，就在长安近郊，朱墙红瓦，精致而清幽。段十一一瞧见这地方就变了脸色。

　　"怎么了？"小草问。

　　段十一没回答，只是深深地看了颜无味一眼。

　　颜无味笑："真不愧是你，看个宅子都能看出端倪来。"

第 112 章　你喜欢你徒弟吗

　　段十一轻笑："这长安的地图就在我的脑子里，哪一处宅子是谁的，我都知道。"

　　"哦？"颜无味上去推开门，回头看着他，"那你敢不敢进？"

　　"有何不敢？"段十一抬脚就走，回头看了小草一眼："要进来就快些进来。"

　　小草眨眨眼，咻地蹿进去，等门合上了才拉着段十一的衣袖问："这宅子是谁的？"

段十一脸上的表情很奇怪，眼里像是突然波涛汹涌，又瞬间风平浪静："是个权贵的。"

这长安城里权贵多了去了，几十辆牛车都拉不完，这回答也太敷衍了啊！小草撇撇嘴，决定自己观察。凭什么段十一一眼就能看出来这宅子的背景，她啥都不知道啊？

亭台楼阁跟别处没什么两样，然而这地方走一路也没看见一个家奴，显得十分安静。突然，不知道从宅子的哪一处，传来了琴声。

而且是听着就很熟悉的琴声。

小草竖起耳朵，都不用颜无味带路，一溜烟地就朝着琴声的方向跑过去了。

宅中有浅湖，湖心有亭，有红衣女子坐亭抚琴，琴声痴缠，闻者心痛。

小草呆呆地看着颜六音，几个月不见，她好像更美了，举手投足之间都是魅人的气息，眉目间的苍凉也更甚。

她手下抚着的是"妙音"，一弦一声，被发挥到了极致，弹得无比动人。

"怎么哭了？"颜无味站在她身边，伸手要抚上小草的脸。

小草回神，这才发觉自己脸上眼泪哗哗地流。

"我也不知道怎么了。"

段十一看着颜六音，伸手将小草从左手边拉到了右手边，躲开了颜无味的手，然后道："她的曲里感情太重，加上这琴通灵性，所弹之音容易令人迷失，你自己保护好心脉。"

颜无味的手停在半空中，眯眼看了看段十一，又绕到小草身边去站着。

一曲弹完，颜六音侧头看了过来，眉梢儿挑着的妩媚隔着这么远也能传过来："段大捕头大驾光临，可真是让这湖水都清了不少。"

段十一笑眯眯地走过去："你当我是什么？"

"岂敢岂敢。"颜六音咯咯笑着抬袖，让了位子出来，瞧着他道，"还没谢你上次救我，段郎，你的伤可好了？"

要不是听颜无味说了六音的事情，小草听她说话，都要觉得颜六音其实是喜欢段十一的。

然而，这女子的妩媚天生，对谁大抵都是如此，一声"段郎"缠绵于唇齿间，听得人心动，她自己却怕是无半点波澜。

"好是好了，扯着还是疼。"段十一坐在石桌边，眼眸温柔，映着亭子下的湖水，"听闻你中毒了？"

颜六音满不在乎地挑了挑琴弦："也不是什么要紧的毒，一年半载死不了，足够我报仇了。"

段十一顿了顿，叹息："六音啊，你上次还是没长记性吗？那人老谋深算，怎么可能轻易被人刺杀了去。"

"我才不管。"颜六音轻笑，跟小女儿撒娇似的语气，周身的杀气却是浓厚，"只要有可能杀了他，我怎么都不会放弃。"

小草走在通往那亭子的小桥上，听着那边两个人的话，停下了步子。

"怎么了？"颜无味低声问。

小草抬手指了指他们："你看，那边是不是像有个屏障？"

颜无味侧头看了看，茫然地摇头："那边不是只有两个人吗？"

小草叹了口气："我是说那两个人在一起，旁边的人怎么也插不进去，咱们不如还是别过去了。"

"嗯。"这话颜无味就听明白了，"那你跟我来，这湖很有意思的。"

有意思？小草转身跟着颜无味就跑。

颜无味带她去了湖的另一边："你看好了。"

小草点头，屏息凝神地看着。颜无味深吸一口气，朝着湖面跳了过去。

大夏天的，往湖水里跳一跳是个好主意，但是颜无味这一跳，竟然没有掉进湖水里。

而是踩在了湖面上！

小草惊讶地瞪着他，颜无味一笑，慢悠悠地一路踩着湖面，到了湖中心。

这是什么轻功？小草一直觉得自己的轻功已经算是不错的了，但是也顶多是借着浮力漂过去，就没见过能直接踩在湖面上的啊！

"你怪我执着，你不也是一样执着吗？"

亭子里的两个人还在说话，颜六音懒洋洋地眯着眼道："无所不能的段十一，竟然就甘心一直在六扇门里当个捕头，你本来也可以过更轻松的日子的。"

"我和你不一样。"段十一轻笑，"我身上没有仇怨，六音。"

"仇怨怎么了？至少还能支撑着我活下去。"颜六音勾唇，"要不然，我一早就去找他了，也不会在后来遇见你。"

段十一微微眯眼。

"听闻你和芙蕖公主要成亲了。"颜六音淡淡说了一句，"恭喜。"

"嗯。"段十一没解释也没反驳，眯着眼看着湖面上两个蹦蹦跳跳的人，语气低沉了些，"早晚的事情。"

"我还以为你喜欢你徒弟。"颜六音笑了一声。

段十一微愣，回头挑眉看着她："你说我哪个徒弟？"

他可是有两个徒弟，虽然面前这个已经不叫他师父了。

"不就是那边那个吗？"颜六音伸手指了指，"上次无味也带着她，看起来好像挺喜欢那丫头的。"

段十一皱眉，皮笑肉不笑地道："无味眼睛瞎了，我可还没瞎。你觉得我会喜欢那小丫头？"

"很奇怪吗？"颜六音看着远处的小草。

小草正跟着颜无味一路走在湖面上。这湖水下头有木桩子，最近长安雨水太多给淹没了，她还真以为颜无味能踩湖水呢，敢情是她没看清。

一蹦一跳地在湖面上，小草眯着眼睛看了看阳光。今天还真是个不错的天气，适合晒晒太阳，见见旧情人，也适合推人下水洗洗澡什么的。

颜无味毫无防备地走在她前头，小草看准机会一个飞扑！

腰上被一撞，颜无味轻功再好也站不稳，当即就要摔下水去。只是掉下去的一瞬间，他反应极快地抱住了段小草！

湖面上水花四溅，两个人都喊了一声，吓得段十一条件反射地起身看过去。

颜无味不会水，上次的实践已经证明过了。所以这厮一落水就抱紧小草不撒手。小草一边往岸上游一边狂笑，笑声之粗野，响彻整个宅子。

收回目光，段十一一脸嫌弃地道："我是有多想不开，才会喜欢这样的女子？"

颜六音挑眉，一双眼眸盯着段十一，直到将他盯得转开了头。

"你要是不喜欢，为何总是阻挠无味？"颜六音笑道，"我弟弟好不容易看上个姑娘，叫我颜家香火不至于断了去，你也要来为难？"

段十一轻笑了一声："六音，他们不合适。"

"哪里不合适？"

"不管哪里都不合适。"

"哦？"颜六音挑眉，"那你说说，小草适合什么样的男儿？"

段十一沉默了一会儿，道："那丫头又懒又馋，起码要个会照顾她的，会给她做饭的。她武功差，要个能教她学武的。还有，她出门不怎么看路，要个随时能陪着她的。最重要的一点，她浑身正义，要个能陪她一起除暴

457

安良的！"

颜六音抿唇，上上下下将段十一给看了一遍。

"怎么？"

"我觉得你好像有点傻了。"颜六音啧啧道，"你觉不觉得？以前你凡事都是事不关己高高挂起，清冷得跟没有人性一样。现在倒是有人性了，却蠢得跟普通人一样了。"

段十一皱眉："你的毒是不是有点伤脑子？"

那边两只落汤鸡已经上了岸，小草穿着三件衣裳，全部湿了贴在身上，怎么都不舒服得很。站起来抖了抖，小草伸手就解开衣带，想把外袍给脱了。

段十一瞳孔微缩，一拍亭子的石栏杆就纵身而起，踩着暗桩一路从湖面跑了过来。

颜无味正被水呛得直咳嗽，就觉得面前吹过来一阵风。抬头一看，旁边的人不见了。

颜无味起身回头，就看见段十一拎着小草，一边往旁边的房间走一边骂："没教过你男女之防？当着人面脱衣裳你不害羞啊？会不会找个遮拦？你好歹是个女儿家，能不能别总把自己当男人？"

小草被他劈头盖脸一顿骂，撇撇嘴无辜得很："你是男人吗？"

"废话！"

"那我在你面前换衣裳也不是一次两次了，你咋不骂我？"

"我不一样。"哽了半天段大捕头找到了理由，"我是你师父，相当于你爹，爹和女儿不必太在意那些。"

"哦。"小草低头，闷闷地道，"你也看过颜六音换衣服？"

段十一气得直接把她往房间里一丢："我还看过招袖楼千妈妈换衣服呢！你给我老实待着！"

第113章　感情分析报告

"砰"的一声屁股落地，小草龇牙咧嘴地坐在地上看着段十一关上门，嘀咕了一声："千妈妈换衣服你都看，口味真够重的。"

不过这人不是正和颜六音说话吗？怎么说着说着凌波微步就到她这儿来了？她招谁惹谁了啊这是！现在才反应过来，凭啥骂她啊！

她没打算光天化日地裸奔啊，就是脱个外袍而已！

门没一会儿又吱呀一声开了，颜六音拖着长长的衣服裙摆，抱着她的衣裳进来看着她："这宅子里就我跟无味，只能委屈你穿我的衣裳了。"

小草呆呆地看着她，近距离看还是觉得好美啊，傻傻地点头道："委屈你的衣裳了！"

颜六音一愣，接着轻笑，领着她去内室，拿布将她湿漉漉的头发包起来，换了一身白色的长裙。

"真好看。"小草低头看着这长长的裙摆，很严肃地道，"但是你不觉得洗衣裳很麻烦吗？一直在地上拖。"

颜六音失笑："的确很麻烦，为了我的衣裳，我专门练了内功，可以把衣摆扬起来的那种，你看。"

小草眨眼，就看见颜六音的衣摆凭空飞了起来，仙气儿十足。

女人果然是女人，武功再厉害的女人也是会花些没必要的精力在衣裳打扮上头的。小草使劲儿运气，企图跟她一样，结果发现衣摆动都不带动一下的。

"你不用着急。"颜六音笑眯眯地道，"我为练这个花了一年呢，慢慢来。"

"我还是老实洗衣裳吧。"小草撇撇嘴道，"谢谢你。"

颜六音咯咯直笑，拿干的帕子将她头发擦干，又梳了个发髻："走，带你给他们看看去。"

小草正迷糊呢，就被拖去了前厅。一路上忍不住都在回头看衣摆，拖在地上真的好难洗的！

前厅里有点儿硝烟味，也不知道是不是小草的错觉，进来就觉得背脊发凉。

段十一和颜无味一人坐在一边，中间隔着个大堂，不知咋的，大堂地上还碎了杯茶。

"你们打架了？"颜六音挑眉。

"没有。"段十一和颜无味异口同声，"茶没端好。"

小草咋舌，难得看这两个人都这么听话的模样啊。颜无味就不用说了，毕竟是人家弟弟。段十一为啥也这么听话啊？

果然是衣不如新人不如故，瞧瞧对六音啥态度对她啥态度，简直是天壤之别！

段十一抬头就瞧见了小草，嘴角抽了抽。

颜无味倒是眼前一亮，走过来低头打量小草半天："这白色倒也衬你。"

"暂时借来穿穿。"小草没忍住，还是低下身去将自个儿的裙摆给捞了起来，塞在了腰带里，"这样穿着更不容易脏吧？"

段十一起身道："时候也不早了，我和小草也不多打扰……"

"段郎。"颜六音笑眯眯地道，"今晚就在这里歇下吧。"

红衣美女对白衣捕头发出了邀约！要他今晚在这里住下！

小草呆呆地转头看着段十一，他要是答应了，要是敢答应，她就……

"好。"段十一迎着颜六音的眼神，点头。

一口气没提上来，把自己给噎了个半死。小草咳嗽两声，闭了闭眼，默默地把刚才在想的补充完整。

她就……乖乖回去吧。

眼角瞥见小草陡然黯淡下来的眼神，段十一微微皱眉，伸手将她拉过来道："她一起留在这里也没事吧？"

"自然。"颜六音道，"既然是你唯一的徒弟，我们自然都信得过。你没有意见，我们就更不会有意见。"

"好。"段十一道，"那等他来了，你们叫我便是。"

小草茫然，她也要留下？谁还要来？

为什么这些人说话，她一句都听不明白了？

颜无味拉着她往外走："段捕头和姐姐该还有话要说，我们出去逛逛。"

段十一没出声反对，表情显得有些凝重。小草最后回头看他一眼，还是觉得浓浓地陌生。

"你了解你师父多少？"颜无味走在路上，问。

小草想了想道："他喜欢吃青菜，喜欢穿白衣裳，喜欢养狗做饭，武功很厉害，脑子也很聪明。"

"就这些？"颜无味挑眉，"他父母是谁，家在何处，为什么会当个捕头，你知道吗？"

这不都是江湖上的秘密吗？小草摇头："我怎么会知道？"

颜无味停下步子，转头看着她道："我父母都是普通百姓，被官府错杀，小时候我和姐姐就分别被人领养，我被摘星宫的人抱回去了，她则是被琴圣收留。我之所以是个魔头……"

顿了顿，他想了一会儿接着道："大概因为我杀人太多了。那些人要么是惹了我的，要么是欺负了摘星宫的人的，要么就是有人拿钱买的命。"

小草眨眨眼："嗯，所以你告诉我这些干什么？"

颜无味笑了笑："他们说喜欢一个人就要坦诚，要把自己所有的事情都告诉她，你还有什么不知道的，只要你问，我都会说。"

小草伸手捂住脸："你别这样啊，一朵鲜花插在我这牛粪上你冤不冤啊！喜欢啥不好你要喜欢我，我很糟糕的！而且最重要的是，我不喜欢你啊！"

笑意僵在了脸上，颜无味深吸了一口气道："我没要求你喜欢我，表达个人感情是人的自由，你不能剥夺我的自由。而且，你是鲜花还是牛粪是我说了算，你好不好也是我说了算。"

小草嘿嘿两声，想了想："最开始我们是在说什么来着？"

"哦对。"颜无味跟着点头，"刚刚我是在问你知道段十一的身世吗？"

"嗯，我不知道，所以你为啥把你自己的身世给我说？"

颜无味一脸认真："他不告诉你的事情，我随意都可以让你知道，不是显得我比他更好吗？"

竟然无法反驳他！

"段十一的身世我也是最近才知道的，先给你打个预防针，等会儿你说不定就会看见了。"颜无味道，"他不是个简单的人。"

"我知道。"小草撇嘴，"他简直不是人！"

颜无味一愣，失笑："你不是喜欢他吗？为什么总是骂他？"

"喜欢他并不妨碍我骂他！"小草脱口而出，"因为他实在太该骂了！"

颜无味不笑了，抬头忧郁地望着天空："所以你还是喜欢他。"

蹲在路边思考了一会儿，小草同学开始进行情感报告：

"我觉得有些话还是说清楚比较好，我喜欢我师父那是个意外，这个意外我会慢慢改正，反正他也不喜欢我。至于你，我虽然没有想明白你为什么眼神不好喜欢我，但是我和你不可能，做朋友可以，其他的万万不行。因为我讨厌杀戮，而你满身都是杀气。你对我很好，我也不知道咋报答，存钱还你两套衣裳行不行？然后我会把你当朋友的，我不抓你。"

一气呵成，说完小草就趴在一边吐舌头。

颜无味瞳孔微缩，忍不住抬手捂了捂心口。

"你说话一向这么直接吗？"

"这叫直接吗？"小草挠挠头，"那我想想婉转的该怎么说啊……"

颜无味点头，当真等着她说。

"你很好，可是我跟你没缘分，你还是换个人喜欢吧。"小草纠结了半天，重新开口道。

颜无味咬牙道："哪里婉转了？"

小草起身拍了拍他的肩膀："不用在意那么多细节，我也只是表达一下情感对你做个回应，免得你一腔柔情错付，多浪费啊！"

"谢谢你的体贴。"颜无味捂着心口低头，靠在小草的肩膀上，"我不会浪费什么，一切都在该用的人身上。"

小草皱眉，有些不自在，想缩回身子，却被颜无味给抓住了肩膀。

"大人，爷来了。"

安静的宅子里突然有人说了一句，也不知道是从哪里冒出来的，把小草吓了一跳。

"知道了。"颜无味抬头，表情又恢复了正常，"走吧，你跟我去看点东西。"

小草好奇地四周打量："爷是谁？"

"是这宅子的主人。"颜无味道，"你来看就知道了。"

夜幕降临，有马车停在了大宅子的外面。小草跟着颜无味进了大堂后面的一个小房间，颜无味将墙上挂着的画卷起来，露出一个小洞。

这是要听人墙根啊？小草来了兴趣，透过那小洞看了看。

颜六音和段十一还在大堂里，一个站着一个坐着。段十一脸上的表情很严肃，浑身还有淡淡的不安气息。

"别怕。"颜六音安慰了一声。

段十一冷笑："我有什么好怕的？"

这样的他看起来浑身是刺，一点也不镇定自若了。

大堂的门被人扣了三声。

颜六音起身去开门，段十一坐着没动。

第 114 章　不要查了

小草呼吸都紧张了，死死地盯着门口。

这得出来个啥模样的怪兽，才能把段十一吓成这个样子啊？

门打开，一袭藏青色绣银龙边儿的长袍扫了进来，就那一个人，两个眼睛一个鼻子一张嘴，并没有什么特别。

颜六音关上门，站在门口没动了。那人就一直走进大堂，走到坐着的段十一面前。

从小草这个角度看过去，那人的面目不算很清晰，只能勉强看个轮廓。但是吧，小草眯着眼睛看了半天，越看越觉得眼熟。

这人……是不是在哪里见过啊？

段十一坐了一会儿，还是站起来了，笑眯眯地拱手道："属下见过九王爷。"

对了！九王爷！小草一拍脑门想起来了，这不就是上次付太师府门口那个骑着马来救驾的九王爷嘛！

皇帝的亲弟弟！赫连淳宣！

赫连淳宣整个人看起来都比较柔和，瞧着段十一这样子，也没生气，只轻声道："你这孩子总这样，又没什么外人，这一声九王爷也喊得出口？"

段十一呵呵笑了两声，直起身子道："王爷就是王爷，若是不喊九王爷，那属下该喊什么？"

眉目间嘲讽堆得满满的，段十一平视着赫连淳宣，讥诮地上扬了音调："爹？"

小草傻了，半天没听明白这句话是什么意思。

九王爷却叹了口气，摇头道："是我对不住你，现在你还不能这么喊。"

"您放心。"段十一笑了笑，"属下没打算这么喊，一辈子也不会这么喊。您不必在意，也不必担心。"

颜无味抿唇，放下墙上的画，拉着她轻手轻脚地离开现场。

"我还没听完呢。"小草目光没焦距地道。

颜无味低声道："有些事情，听见个大概也就行了，后面的再听，保不齐会出什么事情。"

小草抬头看他："九王爷和段十一是什么关系？"

"你不是都听见了吗？"

"不不不，我脑子笨，有可能是听错了，你解释一遍。"

颜无味好笑地看她一眼，道："九王爷名义上只有一个儿子，是他正妻所生，乃世子。"

"嗯。"

"但是实际上，二十五年前，赫连淳宣与江湖第一美人段青青有过一段情，并且生下了一个儿子。段青青不愿委身为妾，九王爷的正室亦是十分蛮横，于是段青青带着儿子远走江湖，一消失就是十几年。"

"十几年后，江湖上已经没有段青青，只多了个段十一，少年成名，一路回到长安，做起了捕头。"

"那个段十一，自然就是你的师父段十一。"

小草消化了半天，终于反应了过来："你的意思是，段十一是九王爷的私生子？"

颜无味点头："我们才知道不久，九王爷发现段十一，也不过就这两年的事情。"

"既然发现了，那为什么九王爷不认段十一？"小草瞪眼，"血浓于水啊！"

颜无味抿唇："原因我也不知道，但是九王爷会偷偷来这里，就说明还是在意段十一的。"

小草突然冷笑了一声："要是段十一不是名满长安的捕头，不是名扬江湖的大侠，九王爷还会这么在意他吗？"

颜无味一怔。

小草转身往旁边的小路上走，走了一会儿喃喃道："我总算知道他为什么也那么努力那么拼命了，原来段十一不是没有想要的东西的。"

"他想要什么？"颜无味道，"你别多想，段十一那样的人，是不会被什么父爱啊感情所吸引的。你看他刚才的态度就知道了。"

小草没说话，在黑漆漆的夜里一脸凝重地走着。

走着走着就踩空了台阶，摔了个狗吃屎。

颜无味哭笑不得地将小草拉起来，摸了摸她的脸："没事吧？"

小草摇头，蹲下去道："我想静静。"

对于段十一突然从一个平民阶级小捕头，一跃变成了皇亲国戚的这个事实，小草还有点不能接受。回想刚刚段十一的表情，她心里更是有点怪怪的感觉。

段狗蛋真的有好多好多的秘密，她也想一一挖开来看。然而挖开一点点，就觉得他离这俗世近一点点，也让她觉得更加心疼一点点。

无论哪个方面来看，段十一都轮不到她来心疼。也没啥好心疼的，人家小妞怀里抱着，金子库里存着，还公款住房吃喝。

但是……莫名其妙地，她就是觉得段十一挺难过的，那厮难过还不会表现出来，她就想帮着表现表现。

也免得憋着那么难受。

大堂里九王爷已经坐了下来，段十一也心平气和地端着茶，优雅地抿着。

"听说城北又发生了命案。"

"九王爷消息真灵通。"段十一微笑，"死了个平民也需要您操心。"

"哈哈。"赫连淳宣笑了，"我一直很关心你，你在做什么事情，身边有什么人，我都是知道的。"

顿了顿，他道："包括你收那个徒弟。"

段十一眼神微沉："九王爷神通广大。"

"你不要紧张。"赫连淳宣看着段十一，轻声道，"我只是觉得这案子会很有意思，你可以带着你的小徒弟好好查查。"

段十一勾了勾唇："六扇门能人很多，那案子段某不感兴趣，大可换人来查。"

"你为何总是喜欢跟我作对？"赫连淳宣语气有些苦恼，"这对你并没有什么好处。"

"我高兴。"段十一道，"九王爷还是早些回去休息吧，被王妃发现不在府里，指不定又怎么闹腾呢，到时候您脸上也不好看。"

九王爷一顿，叹息了一声："总有一天我会给你欠你的东西，但是十一啊，不要和我作对。"

说完，他起身，身上的龙纹映着烛光微微发亮，一转身好像刀刃的光芒，消失在了黑夜里。

颜六音没有再关上门，九王爷从门口出去的时候看了她一眼，微微颔首。

"辛苦了。"

颜六音跟着低头，没有说话。

小草正坐在台阶上发呆呢，面前就多了个衣摆。

抬头一看，赫连淳宣。

他都没有低头，无形的威压却朝她释放，朝着空气开口，字字句句却都是给她说的："你很幸运，小姑娘。"

是给段十一做徒弟很幸运吗？小草点点头："我也觉得。"

九王爷轻笑一声，径直离开了。

段十一铁青着脸，也没当真在这宅子里过夜，拉着小草就跟颜家两人告辞了。

颜无味道："这么晚了，你可以回去，把小草留下来吧，她也累了。"

段十一扯了扯嘴角："就是我留下来，她也不会留下来，你那点心思给我收起来吧。"

说完就带着小草上马，奔回了六扇门。

"城北死人的那案子你别查了。"段十一面无表情地道，"交给李二狗他们去弄。"

"为什么？"小草走在他身后进院子，万分不解地道，"好不容易有机会啊，白白给人家干什么？"

"我说不要查了你就别查！"段十一低喝了一声。

小草被他吼得心里一惊，不说话了。

"抱歉，我今日有些不对劲。"段十一揉了揉眉心，"你早点休息。"

门"啪"的一声合上，小草站在院子里，冷静了好一会儿。

转身回自己房间，也把门给甩上，小草越想越委屈，凭啥好端端的就不让她查案了啊？她还指着这些案子转正呢，他啥也不说，就不许她查，叫她咋甘心？

不管！他不让查，她自己查就是了，总不能把她辛辛苦苦扛回来的尸体，辛辛苦苦拿到的案子白给了李二狗！

蒙被子睡觉！小草气得头晕，梦里都没大火了，梦见全是段十一的脸，然后她就上去一顿拳打脚踢，打不死他！

醒来的时候外面天刚亮，小草二话没说起身洗漱，换了衣裳就去找了包百病。

"咋了咋了？"包百病还没睁开眼，一脸茫然地看着她，"你这是要干什么？"

"走，陪我去查案。"小草鼓着嘴巴道，"我师父无理取闹！"

包百病打了个呵欠："姑奶奶，大清早的别闹啊，段十一哪里会无理取闹？他要闹都是闹得有理有据的。"

"我不管！"小草道，"去北山上查案，还可以挖草药！"

"真的？"包百病清醒了一些，"我刚好有几味寻常的药用完了，这边的药店卖得贼贵贼贵的，我还不如自己去挖！"

"就是就是。"小草拖着他就走，"宜早不宜迟！"

"我的药篓子！"

于是小草同学顺利抓到一个壮丁，挣脱了段十一的束缚，继续领着命案去查。

死者名李子，名字挺奇怪的，没有更多的信息，为了了解了解，小草就先带着包百病去了死者的家里。

那家人当真是农民，几间屋子很普通，只是进去的时候小草吓了一跳。

这人的媳妇也太年轻了，还有这屋子里的装饰，有点……奇怪。

第 115 章　赚钱养家工资上交

你说一个农民家里，就算你收入不错，也顶多是买点儿好吃的，或者实用的东西。有人会把家里摆着些文雅的瓷器，床单被套还都是丝绸的吗？

这家就这样，屋子看起来普普通通，里头的装饰却像是什么落难的大户人家，中间坐的夫人还是年纪不大貌美如花的。

小草就疑惑了，盯着那女人问："你们家里这布置……是谁的主意？"

那女人精神有些恍惚，半天才注意到面前站着个人，支支吾吾地道："我什么都不知道。"

包百病跑这一路，也才回过神来呢，看了那女人半天，走过去道："夫人面相看起来像是有疾，可能让在下替你把一把脉？"

女人皱眉，顿了顿才把手递出来。包百病拿了手绢，轻柔地搭上她的脉，闭眼凝神。

半晌之后，小草被拖出了屋子。

"有个很好笑的事情，咱们得回去一趟。"包百病道，"回去再看看尸体，要是我没猜错的话，这死者身份有点特殊。"

特殊？小草二话不说拖着他又往六扇门狂奔。

包百病一回去就掀开尸体的白布，对小草道："你转过头去。"

"为啥？"

"别问了，就数三声的时间。"

小草撇嘴，转过身去数："一、二、三。"

包百病飞快地把尸体的裤子给脱了，只瞄了一眼便又穿上。

小草正好回头，就听见包百病道："死者是个公公。"

小草愣了愣："公公？"

"对，他屋子里那个女人还是个处子，大概是买来掩藏身份的。"

公公不是啥稀奇人，宫里总有退休的老宫人要出来过日子的，隐藏身份在民间找个媳妇，也很正常。既然是个公公的话，那屋子里一切怪异的装饰，也就好解释了。

但是这个人为什么被人杀了呢？

小草忍不住就开始想了，会不会其中牵扯了什么秘密，以至于这位公公被杀人灭口了？

那凶手是不是该从他以前的主子查起啊？

可要是关系到宫里，那就不在她的能力范围之内了，她进不了宫，也没那么大的本事啊！

要去求助段十一吗？那简直就是找打！

小草苦了脸正发愁呢，祁四从停尸房门口路过，顺口就带了个话："小草，门口有人找你。"

小草头也没抬："要是个穿黑衣服的你就让他回去吧。"

祁四挑眉："倒的确是个穿黑衣裳的，但是他说他能帮你忙什么的，你确定不见？"

帮忙？小草一顿，瞬间反应过来了！

颜无味和颜六音，好像和九王爷有点关系啊？既然跟九王爷有关系，那说不定还真能帮到她！

拔腿就往门口跑！

颜无味悠闲地看着旁边的柳树，微风正好，吹得他衣角扬起。路过的少女回头瞧他，又是害怕又是脸红。

身后的门打开，颜无味回头，就看见气喘如牛的段小草，眼里带着小星星地看着他："你要帮我什么忙？"

颜无味轻笑，伸手将她拉过来，擦了擦她额头上的汗水："不是在查案吗？那死者，我知道是个什么身份。"

"你知道？"小草咂舌，"你去偷看过尸体？"

颜无味无语了一阵，道："恰好知道他的来历罢了。"

小草倒吸一口气，左右看看，立马拖着颜无味往人少的地方走："什么来历？"

颜无味勾了嘴角，看了她的手一眼，道："那人十六年前是当今圣上最宠爱的如妃宫里的太监，十六年前犯了个错，被遣送出宫了。"

十六年前？小草垮了脸："这么久！"

还以为是刚出宫不久的太监，那去查查人家的主子还说不定能有什么皇家八卦。这都十六年了，人家要杀人灭口也不会等这么久，只能是她想多了。

"的确是很久了。"颜无味看着小草沮丧的脸，微微一笑，"要我陪你去查吗？你一个人，也不方便行动。"

"不必。"小草笑着摆手："有包百病陪着我呢。"

颜无味抿唇，微微不悦："你觉得我没一个大夫靠谱？"

"不是。"小草干笑，"只是身份不太合适，你不是还开着霓裳阁吗？当掌柜的也该去打打算盘收收账什么的吧？"

颜无味叹息一声："我不会打算盘，也不想打算盘，待在长安无趣，就想每日找你，倒不算无聊。"

小草嘴角抽了抽，一脸正经地道："我这么有趣，要给钱的！"

颜无味二话不说就往她额头上贴了一个东西。

"啥玩意儿？"小草伸手撕下来看。

竟然是金钿，长安最近很流行，女儿家贴在额间做装饰用的。颜无味给她贴的这是个梅花形状的，金色里带着点儿红，看起来很活泼讨喜。

小草挑眉："你给我这个干啥？"

颜无味闷头憋了半天，最后道："这个可以换钱。"

小草顿了半天，想了想，从腰包里掏了一两银子给他："我刚发的工钱，给你。"

颜无味眼睛亮亮地就拿过来收下了："这算是赚钱养家工资上交？"

"并不是！"小草眼皮子跳了跳，"只是给个押金，剩下的后面再给你。"

"那你这辈子的工资都得给我了。"颜无味道，"刚刚给你那个，抵得上你二十年的工资。"

小草："我现在还给你还来得及吗？"

"来不及了。"颜无味笑，"货物售出，不退不换。"

小草盯着手里的金钿，哭笑不得。颜无味倒是大方啊，买这么个东西来送她，简直就是败家孩子。

不过……她好歹也有件首饰了啊，这还是她第一件女儿家的首饰，上次颜无味给她穿衣裳配的那些，她是都还给霓裳阁了的，只有这个，算是她的了。

心情有点不错。

然而她还是不打算和颜无味一起查案，而是把人家丢在了大街上，自己回去拖了包百病从后门离开六扇门，继续去查案。

　　既然这案子跟他公公的身份没关系，那就只有找其他线索了。包百病说尸体过了水，她又在水里找到过尸体的碎布条，那这第一死亡现场，会不会在水里？

　　"官爷，我有线索啊官爷！"

　　刚回到城北的村子，就有人来找小草道："我是山下摆茶棚的，这几日上山的人都不多，自从李子失踪后，更没几个人上去，倒是有一个采药的小哥上去过，之后下来，神色十分慌张，我瞧他肯定有问题！"

　　线索一条三大吊，小草肉疼地把钱给了那人，问："那小哥的相貌你可记得？"

　　"记得记得！"茶棚老板拿了张画像出来，"官爷你瞧，我早就画好了，不白拿您钱。"

　　小草接过来一看，旁边的包百病就怪叫了一声："这不是朱雀大街上同济堂里的一个伙计吗？"

　　"你认识？"小草一喜。

　　"何止认识，他还想高价卖我次等药材，被我羞辱了一顿呢。"包百病得意扬扬地道，"你要是想找他，我带路。"

　　"好啊。"小草立马跟他走。

　　茶棚老板左右看了看，揣着钱跟在小草身后离开了。

　　两人来到同济堂，小草穿的是一身官服，进去还没开口呢，就有个伙计吓得转头就往外跑。

　　"站住！"小草飞身就追，那人跟发疯了似的一路冲上大街，东撞西撞，企图甩掉小草。

　　段十一教的轻功又不是白教的，小草在人群里穿梭，没一会儿就把那伙计踹翻在地，刀鞘杠上了他的脖子："你跑什么啊？我都还没说话呢！"

　　那伙计脸色惨白，躺在地上看了小草半天，发着抖道："人不是我杀的！"

　　"嗯？"小草低笑，"你这是不打自招？"

　　"不，我什么都说，那人真不是我杀的！"伙计连忙道，"我只是上山采药路过，想在河里洗个澡，谁知道就洗出具尸体啊！当时我好像扯断了什么绳子，那尸体就浮在水面上。我是怕他吓着人，才把人给埋了的……"

大街上就开始说，小草一把捂住他的嘴，把人带回了同济堂。

同济堂后院，包百病瞧着还在发抖的伙计，嘀咕道："你也真是神奇，发现了尸体不报案，竟然去埋了？"

"当时就我一个人，我怎么敢报案？"伙计低声道，"万一人家家人说人是我杀的，叫我赔钱怎么办？我只身一人在长安，没什么钱又没媳妇的……"

小草开口打断他："你采的是人参？"

"对啊。"伙计道，"我背篓里好多人参，怕掉了，背着背篓扛着尸体去埋的。"

包百病还真没闻错，那尸体上真有人参味儿，也就是说这人没撒谎。

可是，尸体为什么会在水里呢？

小草正想继续问点细节，门"啪"的一声就被推开了。

段十一黑着脸站在门口，看了看里头的人，又看了看小草："我昨天晚上说了什么，你又当耳边风？"

第116章　做自己的事情

背脊一阵阵发凉，小草条件反射地就将手腕放在了包百病面前，包百病也被段十一给吓得立马搭上小草的手腕。

"我……是来看大夫的！"

段十一呵呵两声："包百病就在六扇门，用得着你来这里看？"

包百病心虚地道："六扇门里没药材了，我和小草顺便出来买的。"

"是吗？"段十一冷笑，"那旁边这个人是谁？"

同济堂伙计莫名也觉得害怕，缩了缩脖子道："我是来卖药的，谈价呢正在！"

"哦。"段十一跨进门来，影子笼罩在三个人的头上，"那买了什么药，多少钱？"

"山药，二钱！"

"人参，八钱！"

伙计和包百病异口不同声地喊。

471

小草捂了捂脸。

后衣领被人提起来，熟悉的感觉又回来了，然而小草压根儿高兴不起来，浑身都有点发抖。

段十一跟拎鸡崽子似的，一路将她拎回了六扇门。

"师父……"

"得了，我叫你师父。"段十一淡淡地道，"我听你的话，你教我功夫吧。"

小草认真想了想，道："我会的你都会啊，我要教你颜无味的招式吗？"

此话一出，段十一一个转身就把她给丢了出去。

"今儿起你哪儿都别去了。"段十一道，"好好留在这里反省吧！"

说完转身就要走。

"师父！"小草灰头土脸地爬起来，"你好歹告诉我为什么啊！为什么不让我查，为什么要生气？你什么都不说，我怎么知道啊？"

步子停了停，段十一回头看着她："我不会害你，有些话不能说太明白，你又为什么非要问？"

"我不想糊里糊涂地就丢掉这案子。"小草皱眉道，"我又不傻，你为什么都要瞒着我？"

段十一抿唇，叹息一声，小草已经长大了，其实他不应该瞒着她的，有话可以直说，她又不是听不懂。

想了想，段十一道："九王爷那个人，有些阴险，也惯常会利用人。他透了口风说这案子与他有点儿关系，让我去查。为了不被他利用，我才让你不要去查，明白了吗？"

终于肯坦诚了啊！小草心里舒服多了！

"九王爷为啥要利用你啊？还有，这案子怎么会跟他有关系？他又为什么要你去查啊，你不是他的……"

小草没说完，眼神示意段十一，一副神秘兮兮的样子。

段十一闭了闭眼，抬手扶额。他竟然也真的相信小草不傻，给她说了她就能听懂了！

"你还是给我待着吧。"段十一心力交瘁地道。

小草沉默了一会儿，问："师父，他让你去查，你怕被利用。那会不会是他知道你这心思，所以反其道而行之？"

段十一摇头："我只是不想听他的话做事。"

"那他要是让你好好活着，你是不是还得马上去死啊？"小草皱眉，"这案子是在你见他之前接的，既然你不想听他的话，那就当没见过他，该做什么还是继续做就好了啊！为什么要在意他呢？"

他是不是今天脑子不太清醒，所以竟然觉得小草说的话很有道理？

"按我来说，这案子得继续查，倒是要看看后面有什么幺蛾子！"

"而且，我都快查出来了啊！有人证，也找到第一犯罪现场了，只是不知道死者是怎么在水里被勒死的而已。"

"要在水里被勒死很简单。"段十一道，"你没看见那河里有个大水车吗？往上套个绳子，把人脖子一勒，借着水力，自然就勒死了。"

小草眼睛一亮："我怎么没想到呢！这样就能解释得通为什么尸体过了水，那伙计扯断的就应该是李子脖子上的绳子！"

"但是，在水里多麻烦啊。"小草道，"那水车是活动的，不好捆住不说，要把人勒上去，也要费好大一番功夫。旁边就有大树，干什么不直接借着树干勒死他？"

段十一陷入了沉思。

瞧着他这不是不要这案子了的模样，小草心里一喜。原来别人说话他还是会听的啊！

"你有没有想过一种可能。"段十一道，"这人可能是自杀。"

小草一愣，当即摇头："不可能啊，从他脖子上的伤痕来看也不是自杀的。而且……好端端的自杀干什么啊？"

"没什么不可能的。"段十一道，"这人要是没有什么仇家的话，那别人杀他的动机就不存在。他自杀倒是有点动机，可以造成是他杀的模样，以骗取官府的抚恤金给家人。"

"他就一个名义上的媳妇，没家人了。"小草道，"但是他那媳妇有点呆傻，说不了什么事情。"

"那是你问得不对。"段十一转身就往外走。

小草眼睛一亮，果断跟了上去。

段十一去了城北的村子里，拉着李子夫人的手，轻柔地问："李子为什么会自杀，夫人可知道原因？"

那女人惊恐地看着段十一："你怎么知道是自杀？"

"仵作验出来的。"段十一微笑道，"你别紧张，既然是自杀，跟你就没关系。段某自是心疼夫人如此美貌，竟然要过上守寡的日子了。"

妇人放下了一点戒心，接着就嘤嘤哭起来："我是真的什么都不知道啊，来跟他过了这些年，他是个什么样子的我也清楚。但是那日他突然就说什么事情走漏了风声，他必须得死，所以一出去就再也没回来。"

果然是自杀！

"他对我挺好的，还让我等着领了官府的抚恤金，继续好好过日子。"妇人哭得泪水横流，"可是我真的不知道他为什么会选择自杀啊。"

段十一皱眉，往这屋子里找了一圈，只在供奉菩萨的案几下面找到被烧透了的纸，其余什么都没有。

"这案子算是结了，既然是自杀，就不用追捕凶手了。"段十一起身看了小草一眼，"回去吧。"

小草叹息一声，跟着回去交差复命。

她跑来跑去那么多趟，段十一跑一趟就解决了。果然是人比人气死人！

叶千问正在六扇门大堂里，拿着东西一脸凝重地看。旁边的李二狗一副跃跃欲试的模样，然而总捕头并没有在意他。

"十一，你们那案子查得如何了？"瞧见段十一和小草进来，总捕头开口就问。

"已经破案啦。"小草帮着回答，"死者是自杀。"

"很好。"叶千问将手里的东西给他们，"那顺便去查查这个案子吧，方家的姨娘被人杀了，就在刚才。"

刚才？小草浑身鸡皮疙瘩都起来了，接过信件看了看。

写信报案的人称，方家内宅争斗，有人杀了最得宠的姨娘王氏，请六扇门官爷前往查案。

"最近长安的命案挺多的哈？"李二狗搓着手在旁边道，"段捕头要是觉得累了，在下可以帮忙的。"

"不必。"段十一将信件拿过来看了看，又塞回小草怀里，"李捕头还是多休息吧，这种小案子就交给我师徒二人。"

瞧着这两人走了，李二狗才颇为委屈地问总捕头："长安的命案，为什么都给了段十一了？"

总捕头微笑："因为他破得最快，不用等十天半个月，通常三天就搞定了。"

李二狗撇嘴，也是无话可说。

"师父，这案子看起来真有意思。"小草蹦蹦跳跳地走在段十一身边，

"内宅争斗是什么啊？"

段十一目不斜视地道："就是一群女人为了抢一个男人不择手段。"

"为啥要抢一个男人？"小草更不解了，"抱着自己的男人不就没事了吗？"

"问题就在于，这些女人的男人是同一个人。"

小草倒吸一口凉气："这么有钱？"

纳妾很贵的！

段十一哼笑一声，带着她回了院子："案子明天去查，你先来吃饭。"

都多久没在院子里吃饭了！

小草肚子也正好饿了，鱼唱晚端着茶出来，笑眯眯地道："好久不见啊，段姑娘。"

同在一个屋檐下，还说这种话，说明她的确是很久没露面了。总觉得往外跑要轻松很多。

但是那种轻松，像没了线轴的风筝似的，自由却没个归宿。

段十一优雅地用膳，包百病坐在旁边看了他半天，确定段十一没有生气的意思，才放心地提起筷子夹菜。

然而，他夹啥，段十一绝对就夹啥！而且动作比他快力气比他大，包百病夹了一圈儿，连个咸菜都吃不到！

他气愤不已地看着段十一，后者却一脸无辜："包神医怎么不吃东西？"

包百病委屈地看着小草："我想吃肉。"

"喏。"小草伸筷子帮他夹了一块，动作十分自然。

第 117 章　随便你

段十一就笑了："小草和包神医关系真好啊。"

小草满脑袋问号地看着他，包百病倒是下意识地吞了口唾沫，连忙把肉先吃了再说。

"吃饭吧。"段十一道，"吃完饭我想和包神医谈谈。"

包百病哭笑不得，他这是招谁惹谁了啊？不就陪着小草去查了查案吗？你要是不满意你自己陪着去啊，又偏不让别人去！

心里一顿吐槽，等吃完饭当真坐在段十一面前的时候，包百病又老实了：

"段捕头我错了。"

"错什么了?"

"我不该不听你的话,陪着小草胡闹。"包百病的认错态度十分好,肩膀挺直两腿并拢头低着,"下次不敢了。"

"嗯。"段十一颔首,"我其实是想找你来说,六扇门仵作稀缺,工资待遇良好,你有没有兴趣就当个专职?平时没事还可以帮着六扇门里的人看看病,也有兼职收入。"

包百病眼睛一亮:"真的?"

"我什么时候骗过人。"段十一微笑,"你和唱晚跟着我们来长安,反正也没有什么事情做。唱晚我安排了她帮厨房的忙,平时没事也可以跟着祁四出去走走,也有收入。至于你,医术不错也会验尸,是个人才。"

包百病当即就感动了啊!段十一不动声色就给他弄了份工作不说,还这么看重他!

当下包百病就抛弃了段小草,果断投入段十一的怀抱:"多谢段捕头!以后有什么事尽管吩咐,我包百病一定赴汤蹈火在所不辞!"

段十一笑眯眯地拍拍他的肩膀:"只要别给我添乱就成了。"

小草帮着鱼唱晚洗碗,看着悠闲的鱼唱晚,忍不住问:"你不是霹雳门的人吗?为什么就在这长安住下了,不打算回去吗?"

鱼唱晚顿了顿,笑道:"我有些厌倦了江湖的漂泊,能有个地方停留也挺不错的。"

"你想一直在这里了?"小草惊讶。

"不欢迎我吗?"鱼唱晚洗着碗笑道,"我不会同你抢师父的。"

"不是……"小草总觉得有点不可思议,"你竟然就这么放弃以前的生活,来衙门当厨娘?"

鱼唱晚眨眨眼:"很奇怪吗?我觉得挺不错的。这辈子就算不能和他在一起了,但是至少他能一直吃到我做的饭,一直让我看见他。"

小草看着鱼唱晚不能回神,鱼唱晚却跟没事人一样,将她手里的碗也接过去一并洗了。

"爱一个人本来就是一件很盲目的事情,会觉得做什么都可以,只要能在他身边。"鱼唱晚喃喃道,"我也不知道这份感情能维持多久。但是只要它还在,我就不会离开。"

小草一震。

爱一个人，是这么傻的一件事吗？

转身呆呆地出去，小草开始了一晚上的思考，也就没看见背后鱼唱晚的眼神。

第二天出门查案，小草看了看镜子里的自己，顺手把金钿给戴上了。

结果一出去段十一就道："你额头上这一坨东西是什么？"

"不觉得很好看吗？"小草眨巴眨巴眼做妩媚状，"最近长安很流行的。"

段十一嘴角抽了抽："很难看。"

小草垮了脸："人家都说好看的，你干吗非说不好看？"

"不好看就是不好看。"段十一伸手扯了旁边树上的叶子下来贴在她额头上，"这样都要好得多。"

小草拉长了脸，扒拉开叶子就往前走。

段十一跟在后面，喋喋不休："你非要打扮为师也就不说你了，但是为什么偏偏穿着一身官服戴着官帽，还往额头中间贴这个？"

小草实在忍不住了，转头咆哮："能不能说点好听的了？"

段十一一愣，皱眉，犹豫了半天道："说谎太难了。"

她今天拒绝跟段十一说话！

气冲冲地往前走，没一会儿就到了目的地。

方家也算城里有头有脸的人家，方老爷在长安做生意，小有所成，姨娘娶了好几房。

但是这女人多了吧，就容易出问题。这不，刚进门的小姨娘，就把在府里已经十几年的老姨娘给挤对死了。

小草看着面前已经五六十岁的方老爷，皱眉问："死者的身份是？"

"是我的二姨娘。"方老爷看起来精神不太好，但也没有太过伤心，只是平静地叙述，"十六年前我娶了她回来之后，生意就一路红火，所以我是打算一辈子养着她的，没想到她突然就这么没了，一句话也没留下，淹死在了池塘里。"

"有其他线索吗？她生前跟谁有过争执？"

方老爷想了想，叹息："刚进门的小姨娘翡翠，不太懂事，经常顶撞心儿。心儿与她争执过两回，最后一回就是昨天，之后心儿就淹死在了池塘里。我已经把翡翠关在了柴房，官爷去看看也可以。"

段十一听着，突然问了一句："死者还有其他家属吗？"

"没有的。"方老爷道，"她是被遣送出宫的宫女，父母都不在了，打算回乡过日子的时候，恰好与我相遇。"

宫女？小草忍不住想，这些宫人的命运可真惨，前头死个太监，这里又死个宫女。

段十一皱眉，停在了原地，小草跟着方老爷去了柴房。

"放我出去！"远远地，就能听见一个女人的尖叫声，"我没有杀她！没有！你们放我出去！"

方老爷上前开了门，吩咐家奴在门边站着。

翡翠一见门开就要扑出来，被家奴一把按住。

小草瞧着这女人，不过双十年华，脸上的妆早就花了，眼里全是惊慌："你们报官来抓我了？我当真没有杀她，昨天我正在休息，什么都不知道！"

"你别紧张。"小草低声道，"我们不过是来问问，不抓人。"

翡翠顿了顿，总算平静了一点，半信半疑地看着小草问："你想知道什么？"

小草想了想："昨天心儿姨娘穿的是什么颜色的衣裳？"

"紫色啊。"翡翠不满地道，"刚做的那件，可得意了。年纪那么大的人了，也不害臊！"

方老爷看了她一眼，翡翠才收敛了些。

尸体已经送去衙门了，包百病正在验尸，结果还没出来。

"那昨日案发之时，你身边有其他人可以做证你不在现场吗？"

翡翠皱眉："有啊，我的贴身丫鬟可以证明，她一直在屋子里陪着我，压根儿没去花园！"

但是因为是贴身丫鬟，说的话也没人信啊，不然她也不会被关在这里一天了。

小草点头："案发之前你的确与被害人见过面，知道她衣裳的颜色。之后你的丫鬟能证明你不在场，但是心儿姨娘死了。"

如此看来，还是翡翠的嫌疑最大吧？

翡翠连忙道："为什么她不可能是自杀呢？自己跳进去的，想以此来嫁祸我！"

"命都没了，嫁祸你有什么用？"方老爷低喝，"心儿无子无女，孑然一身，做什么要拿命去跟你赌？"

翡翠撇撇嘴，不说话了。

小草道："等验尸结果出来了再问吧，可能带我去心儿姨娘的房间看看？"

方老爷挥手让人把翡翠关回去，带着小草往后院走。

心儿姨娘的房间看起来不错，说明方老爷的确没亏待她，这样生活没什么不满足，又不用操心子女的女人，当真会自杀吗？

"我四处看看。"

"请便。"

小草将房间的角落挨个找了一遍，然而除了墙角有点儿烧纸的灰烬，其他什么都没有。

段十一站在门外，轻声道："小草，走了。"

"哦，好。"小草转身出去，看着段十一道，"你发现什么不对劲了吗？"

段十一抿唇："没什么不对劲，多半是自杀。"

"你咋知道？"

"猜的。"段十一道，"我们先回去吧，这也是个简单的案子，给总捕头汇报一下，咱们休息一个月。"

休息？小草瞪眼："为什么啊？难得最近案子这么多，我多查些，也好早点转正啊。"

段十一微微眯眼："都说了你不要问那么多。"

转头对方老爷拱手："六扇门会给个结果出来。"

"好。"方老爷拱手。

段十一转身拉着小草就走，小草不甘心地一步三回头："心儿姨娘当真不会是被人推下去的吗？"

"你没去看那池塘？"段十一翻了个白眼，"水不过腰的位置，真被人推下去是不会死的。"

除非是自己跳下去不愿意起来。

小草恍然大悟："原来是这样！可是为什么呢？她为什么要自杀？"

"你要不要去地府里问啊，这么多问题？"段十一阴阴地道，"只有地府里的人能回答你了。"

小草立马闭了嘴。

两人一起回六扇门，经过朱雀大街的时候，小草突然想起来："我去看看颜无味。"

段十一头也没回："随便你。"

第 118 章　魔头摸摸头

这么好说话？小草挑眉，突然有种很爽的感觉啊，段十一不是说不让她跟颜无味来往吗？竟然随便她了？

不过这是好事，也免得她提心吊胆的。颜无味最近帮了她很多，既然路过霓裳阁，她是该顺便去看看的。

拐弯就进了人家的店子，小丫鬟瞧见她，伶俐地道："我家掌柜在三楼。"

"多谢。"小草飞快地往楼上跑。

段十一沿着路头也不回地继续往前走。小草长大了，他管不住了，还操心那么多干啥？她自己要接近颜无味，那以后出了什么事，可别来找他哭！

霓裳阁三楼静悄悄的，小草一上来就觉得哪里不对劲，盯着那紧闭的门，想了想，小草还是敲了敲："颜掌柜？"

屋子里有奇怪的响动，接着就是颜无味低喝一声："不要进来！"

小草吓了一跳，皱眉，听着他声音不太对劲，还是一脚将门给踹开了。

"砰"的一声，屋子里的人全部回头看着她。

颜无味站在屋子中间，周围黑压压的全是穿着奇怪衣裳的江湖人士，强大的气场让人觉得胆怯。

"在开会啊？"小草干笑。

越过众人往颜无味身边走，依稀瞧见颜无味的眸子好像变了变，手飞快地往袖子里收回什么东西。

屋子里有血腥味。

"你是不是傻？"颜无味看着走到自己身边的小草，哭笑不得地道，"我都让你不要过来了，你怎么还偏偏往我这里走？"

小草靠在颜无味的背后站着，看了一圈周围的人道："我觉得你有危险。"

颜无味一顿，继而低低地笑了出来，眸子里清澈如水："谢谢你啊。"

"不用谢不用谢。"小草手捏着自己的刀柄，"你欠了这些人钱？"

颜无味挑眉："不是钱，是命。"

小草一愣，还没反应过来呢，旁边就跳出来一个黑得跟炭一样的人大声道："怎么还冒出个官爷要来帮忙？难不成六大门派几乎灭门之事，跟官府也有关系？"

六大门派的人？小草倒吸一口凉气，想起来了。

颜无味屠杀少林寺满门，肯定是会被六大门派追杀的。但居然这么快追到了长安来！

那她现在这立场就有点尴尬了，做错事的是颜无味，但是她又不能眼睁睁在旁边看着他被人群殴啊。

这可怎么办？

"她不过是路过想来买衣裳，跟我没什么关系。"颜无味看了小草一眼，低声道，"各位也不想惊动官府吧？那我们换个地方继续商量，如何？"

哪有被人重重包围，还有商量余地的？小草心里暗骂颜无味傻了。

谁知道周围的人当真都收起了刀剑，那个黑黢黢的人道："好，我们去城郊再谈！"

说着，飞快地从窗户口跳了出去。后面的人跟着一个个往外跳。旁边好像还有人捞起了地上的什么东西。

小草正要侧头去看，颜无味就伸手挡住了她的眼睛："你回六扇门去吧。"

小草皱眉："你要一个人去对付他们那一大群人？"

颜无味从鼻腔里轻哼了一声，霸气十足又狂傲："他们还不够看的。"

与其说这些人是妥协答应换地方谈，不如说是落荒而逃。

空气里的血腥味浓了一些，小草皱眉："你受伤了？"

颜无味一愣，回头看了一眼房间里，抱着小草的腰也从窗户口跳了出去："我没有，你别担心，先回六扇门去，晚上有空儿了我去找你。"

小草拿下自己眼睛上的手，想了想道："这样吧，我脱了官服跟你去，万一你打不过，我也能帮把手啊。"

"就这么定了！"小草飞快地把官帽官服脱了，就穿了一件里衣。

颜无味脸上一红，连忙拉着她去一楼的更衣间，咬牙道："你等着。"

小草点头，没一会儿就看他拿了一套黑色的套装来。直接换上，还挺合身，而且打斗十分方便，堪称武林女侠专用。

原来霓裳阁还做这种衣裳！早知道她就来定做了！

换上衣裳的段女侠蹦蹦跳跳地就跟着颜无味往城郊走了，然而颜无味表情很凝重，凝重得不像话。

已经在城郊集合的武林人士表情都有点古怪，昆仑派的弟子小声问领头人："刚刚是发生什么事情了？那大魔头为什么突然停下来了？"

方才众人偷袭颜无味，魔头发怒，正大开杀戒呢，那门外进来一个人，他竟然直接把手里的天蚕丝给收回去了，红通通的眼睛也立马变得清澈，那速度快得都把人吓傻了。

"谁知道呢。"黑黢黢的人是武林现任盟主，昆仑派门主许违，皱着眉头颇为不解地道，"难不成那大魔头当真和官府有勾结，所以看见个捕快就收敛了不杀人了？"

"有道理！"众人纷纷点头。

没一会儿，颜无味当真就往这边来了。众人瞧着，立马绷紧了身子。

方才片刻之间，他们这边就损失了几个兄弟，足以见这魔头武功极高。不知道正面冲突他们这边有几分胜算。万一他杀心大起，那说不定今天在这里的人都别想回去了。

是他们太低估了颜无味，然而既然已经来了，他们正道中人，就不能临阵脱逃。

魔头的身影慢慢逼近，众人屏息凝神。

然而，那身影越来越近的时候，背后就多了个小姑娘，拿着大刀，看起来有点眼熟。

"这不就是刚刚房间里进来那个捕快吗？"

许违眯着眼睛看了看，还真是！

"兄弟们，颜无味当真跟官府有勾结，大家要小心了！"

"是。"

颜无味慢慢走着，一脸严肃地问小草："你真的不能回去吗？"

"不能！"小草大义凛然地道，"你帮了我那么多次，这次我一定要帮你！"

颜无味深吸一口气，望了望天。这哪里是帮他？

不过这份心意，他倒是乐于接受。

"大魔头！你杀害少林上下，勾结官府，掀起江湖的腥风血雨，今日我们要来讨个公道！"许违深吸一口气，大声喊道。

颜无味皱眉："刚刚你们翻进我房间的时候已经说过了。"

"哦，是吗？"许违皱眉，"那你就当再听一遍，拿命来吧！"

小草捏着刀柄，瞧着那边的一群人都朝这边冲了过来。

武林正道人士一向是得小草好感的，毕竟正嘛，正义凛然，一定是仁慈而善良，光明正大的那种。

结果前面一个暗器就甩了过来，连带着几个人一齐朝她扑来，刀剑都泛着蓝光。

"小心，刀剑上都有毒！"颜无味低喊了一声。

小草连忙闪开，本来不准备拔刀的，也不得不拔刀出来挡着。

"说好的光明正大呢？以多欺少就算了，往刀剑上淬毒是个什么行为？"小草一边躲一边嗷嗷叫。

许违冷笑一声："跟魔头还讲什么道义，谁赢了谁就是对的！"

小草皱眉，随即就明白了，江湖上其实没有正义邪恶之分，只有立场不同之别，哪一方占大多数，哪一方即是正义。

颜无味沉着应对，袖子里的蚕丝想飞出来又收了回去，空手入白刃抢了人家的刀剑，也不杀人，只命中腰腹或者大腿，让这些人无法动弹即可。

杀着杀着四周的武林人士都觉得奇怪了，今天的颜无味咋这么温柔？以前都是天蚕丝直接削了人家脑袋去的！现在不但一副规规矩矩打架的样子，甚至还有点束缚。

机会来了！许违眼睛亮了亮，一招猛虎下山就朝颜无味而去。

按平时的武功来说，许违不及颜无味十分之一，但是今日，颜无味如同拔了牙的蛇，一点威胁力都没有。

刀剑纷纷而至，又要应付前面的许违，颜无味有些吃力。小草见状，挑开面前的刀剑就朝颜无味扑过去，想帮他一把。

"小心！"颜无味瞳孔一缩。

这些正道中人，趁小草转身，一记飞镖就甩了过来。

颜无味伸手去将小草拉过来，许违趁机就一剑刺破他的衣袖。

"我的天！"小草瞪眼，借着颜无味的力飞身就踹了许违一脚，将他踹飞了出去。

"划破了吗？"小草抓着颜无味的手问。

颜无味勾唇一笑，眼眸里星空闪烁："没有。"

"那就好。"小草松口气，甩起大刀，直接朝面前的人身上砍。

颜无味的天蚕丝就在她周围，将她护得密不透风，刀剑不能伤分毫。

半个时辰的打斗，小草一个人在前头将一群人给打跑了。

至少面上看起来是她一个人。

"走！"许违捂着心口大喊了一声，一群人就消失得干干净净。

小草抹了把头上的汗，把刀往肩上一扛，回头看颜无味："我厉害吗？"

颜无味笑了："女侠武功盖世，以一敌百。"

就喜欢这说实话的人！小草嘿嘿笑着，过去一拍颜无味的肩膀，打算叫他回去了。

结果这一拍，颜无味直直地倒在了她身上。

第 119 章　正　邪？

小草连忙丢了刀把人接住，呆呆地看了看自己的手掌："我已经这么厉害了吗？轻轻一拍而已，你怎么就……"

颜无味头埋在她肩膀上，笑了两声，抬起自己的衣袖。

方才被许违划破的地方，隐隐可以看见血。

小草瞪眼："你不是说没划破吗！"

"骗你的。"

心里陡然一紧，小草深吸一口气，扛起颜无味就往城里跑！

"你……"颜无味闷笑，"你怎么力气这么大，半点不像女孩子。"

"别说话！"小草眼睛都红了，"你受伤了就直接告诉我啊，藏着掖着干什么！"

颜无味眨眨眼，笑得好看得很："我怕你分心。"

咬牙一鼓作气地往城里狂奔，跑着跑着，想起背上这个人一直对自己的温柔，小草眼泪都快下来了："你不要有事。"

颜无味挑眉。

"虽然你身上罪孽深重，但是放下屠刀还是可以改邪归正的，以后他们再来找你我罩着你，不会再让你被砍了，你坚持住。"

颜无味没说话，埋头在小草的发间，勾了勾唇角。

段十一正坐在验尸房，包百病在他旁边认真地验尸。

"这案子也可以结了，死者身上没有其他致命原因，完全是溺水死的。"包百病将白布给心儿姨娘盖上，"如果池塘真的不深的话，那多半是自杀。"

段十一支着下巴望着外头，完全没听他在说什么。

"段捕头？"包百病挑眉，走过去在他面前挥了挥手。

段十一眼神有了点焦距，却也没转过头看他，只轻声问了一句："包神医啊，你觉得人的感情是持久的吗？"

包百病一愣，嘿，段十一也会研究感情问题？

立马搬了椅子过来坐下道："那要看是什么感情了，亲情是这世上相对而言最持久的，友情也很持久，男女之情嘛……最令人动容，然而是最不持久的，谁知道什么时候就没了啊！"

说的好像很有道理的样子，段十一抿唇："喜欢一个人，会不会突然又喜欢上另一个人？"

这啥情况？包百病没听明白，只下意识地想到段小草。

"要是小草的话，应该是不会的。"包百病嘿嘿笑了两声，"连我一个认识她不久的都知道那丫头死心眼，段捕头您还能不知道吗？"

段十一脸色一黑，不悦地道："谁说她了？"

包百病耸肩："那当我没说。唉，小草那丫头也是可怜，不小心喜欢上你，你这样的人一看就不是跟她一个世界的，压根儿没可能嘛。"

屋子里一阵沉默，段十一望着外头想，是个人就知道他们没可能，他当然也知道。

但是那丫头上次竟然说喜欢他，虽然他给拒绝了，也告诉她不可能，但是……他这个当师父的，还是该关心关心徒弟的感情问题。

要是真有一天，小草和颜无味在一起了，那怎么办？

好看的眉头皱起来，段十一摇头再摇头！不可能，小草只是心软，又见不得人对她好，所以对颜无味心存感激而已。

他现在怎么也跟个女人一样想那么多了？

正嘲笑自己呢，视线里就出现了一对男女。

小草满脸是泪地背着一个人进来，一看见他就大喊："快找包百病来！"

段十一一愣，眯着眼睛仔细看了看。

小草背的竟然是颜无味！

这丫头腿都在轻轻发抖，偏偏还跑得极快，差一点就摔倒在门口了。

包百病听见声音就连忙迎了上去，看了看颜无味："这是怎么回事？"

小草进门将颜无味放在一个空位上，哭得惨兮兮地道："他中毒快死了，你快救救他！"

颜无味还醒着，侧头就看见了段十一一张黑漆漆的脸。

包百病连忙过来查看伤口，小草一眼都没注意到自家师父，而是站在旁边喋喋不休："刚刚我们被人群殴，他不小心中了一剑，剑上有毒，也不知道是什么毒，耽误了一路了……"

"你很吵。"段十一凉凉地开口。

小草立马闭了嘴，眼泪又要掉下来了。一路上颜无味的呼吸越来越弱，她生怕这大魔头就这么死在她背上了，那该怎么办啊……

段十一两步跨过来，颇为烦躁地拉过小草，眯着眼睛看着她的脸："小草啊，为师说过，正邪不两立，他是邪你是正，他要死了你有什么好哭的？"

小草咬牙，第一次眼睛直视着他，开口就是顶撞："你知道什么是邪，什么是正？六大门派围攻他一人，还尽用暗器毒药！到底谁是邪谁是正？"

段十一冷哼一声："心系天下是正，自私自利是邪！"

"说白了就是要大多数人认同你，你才是正！"小草道，"然而你怎么知道，那大多数人都是对的？"

半天不见，口齿咋这么利索了？段十一气极反笑："你这是要因为他忤逆我？"

小草撇撇嘴："人家都要死了你看都不看，还说什么风凉话！"

语罢甩开他，站回了颜无味身边去。

手被她甩在空气里，段十一眯了眯眼，"呵"了一声，慢慢收回手，转身就出去了。

包百病一边开药一边看着段十一和小草，瞧着段十一出去了，才轻声开口："小草啊，你今天火气怎么这么大，你师父说的也没什么错啊。"

小草紧张地看着包百病："你先说说，他还有救吗？"

"他？"包百病低头看了颜无味一眼，"别躺了，就一点翠尾毒，不是立刻致命的，毒性一般，喂一服药就没事了，可以自己下来活动的。"

颜无味抿唇，在小草错愕的目光里翻身起来，轻咳道："我不知道是什么毒，那会儿觉得有点头晕……"

"你骗我？"小草瞪眼。

"冤枉啊。"颜无味举起双手，"我可没说我要死了。"

好像是她……太激动了，以为中毒就是要死了。

话说回来，那群武林人士到底专不专业啊！既然来刺杀，干啥不用那种见血封喉的剧毒啊！

看了门口一眼，段十一已经走得没影了。

小草干笑两声摸摸后脑勺，捅了捅包百病的胳膊："我要不要……去给我师父认个错？"

包百病啧啧两声："赌五文钱你师父暂时不会理你了。"

小草垮了脸："我给你五文钱，你让他理我行不？"

包百病立马摇头："我没那本事，五文钱给你，你去让他理你。"

"好！"小草立马答应，伸手翻了包百病的袖子拿了五文钱，然后拿着他写的药方子，拎着颜无味愁眉苦脸地走了。

包百病坐在椅子上想了半天，也没想明白为什么自己平白无故地少了五文钱。

"喏。"小草抓了药，将颜无味送回了霓裳阁，在门口把药给他，"我要去负荆请罪啦，你先回去吃药好好休息。"

颜无味接过药来挑眉："为什么非要认错？你说的话也没什么错啊。"

小草挠挠头："但是他是我师父。"

颜无味抿唇，低骂一声："师父真了不起！"

"什么？"小草没听清。

"没事，你去吧。"颜无味扶着额头道，"但是，他要是不理你，那你还是来找我好了。"

小草笑了笑，蹦蹦跳跳地就走了。

用包百病的五文钱去街头小乞丐那里买情报："段十一去哪里了？"

小乞丐收了钱，笑眯眯地道："段哥哥刚刚跟个漂亮姐姐去旁边的闻香院了。"

小草嘴角直抽。

闻香院名字很像青楼，却是朱雀大街上很出名的茶楼，一般人进不去。

小草走过去看了看，根本不用她进去啊，段十一和芙蕖公主就坐在三楼上，窗户没关，纱帘也没放下，光明正大地眉来眼去！

还喂吃的！

芙蕖公主张口接下段十一喂的酥饼，笑着道："你今天又抽什么风？万一给人看见怎么办？"

就是要给人看见啊！段十一皮笑肉不笑地道："听闻公主被那位给拒绝了。"

说起这个事情芙蕖就很伤心，好不容易抗旨拒婚，找了那个人表达心意，没想到那小小侍卫竟然敢拒绝她！

拒绝了一个公主的求爱！

芙蕖觉得很没面子，已经三天没进宫了，刚刚接到段十一的邀请，就出来喝茶。

"没事，我要是到最后真嫁不出去了，不还有你吗？"芙蕖公主道，"看你也没个归宿，挺可怜的啊。"

"公主厚爱。"段十一笑得温柔极了，眼角往楼下街道上瞥了一眼。

小草果然是跟来了，正以一种诡异的姿势，爬上了茶楼对面的居民楼二楼。身手看起来还算利索。

冷哼一声，他侧过头，拎起一块酥饼，继续往芙蕖公主嘴里塞。

芙蕖公主挑眉，眯着眼往窗外看了看，心里好像瞬间明白了什么！

第 120 章 喷毒液的段十一

她就说段十一为什么今天怪怪的，一向聪明不可一世的人，怎么像是受了气，孥着毛来找她，原来原因在这儿。

段十一的徒弟段小草也算是满长安皆知了，因为段十一天人之姿，身后总跟着个不起眼的小毛孩儿。然而短短一年时间，这小毛孩也出落得亭亭玉立了，虽然还是跟在师父身后跑，但是竟然有本事把她师父给气着了！

芙蕖公主转了转眼珠子，笑得有些狡黠："十一郎，你徒弟在下头呢。"

还用她说吗？段十一轻哼："我看见了。"

那丫头正手脚并用，在一众百姓的围观之中往三楼上爬。

芙蕖公主声音轻柔地问："你是不是对她……有点意思啊？"

段十一呵呵两声："你觉得厨师会喜欢吃咸菜吗？"

"那有什么不可以喜欢的？"芙蕖公主道，"只要咸菜好吃。"

女人真是蛮不讲理的生物。

"说起来，你名声满长安，喜欢你的姑娘那么多，你就没一个心动的？"

"没有。"段十一轻哼，"庸脂俗粉哪里比得上公主你倾国倾城？"

"少贫嘴。"芙蕖娇笑一声，"我到底也是喜欢过你的，你可别惹急了我当真去求了皇上，再嫁给你。"

段十一勾唇："有何不可？"

像是吃定她不会去做一样地有恃无恐，简直是可恶死了！芙蕖公主咬牙，轻哼一声道："别怪我没提醒你，不心动不一定是不喜欢。"

段十一疑惑地抬眼看她："公主说什么？"

喜欢和心动，不是一码事吗？不心动，怎么会喜欢？

芙蕖啧啧两声，伸手拿了酥饼道："人的感情是很奇怪的，有时候心动是喜欢，有时候不心动也会喜欢。"

段十一嗤笑："对不心动之人该如何喜欢？"

芙蕖公主优雅地翻了个白眼："都道你段十一聪慧，我看也是个傻子。有的人在一起久了，习惯了对方的存在，跟呼吸一样地自然，压根儿就感觉不到心动。然而你要说不喜欢？当真失去的时候你就会明白了。"

"那种喜欢不需要心动来证明，你非要寻找它存在的话，那可能是靠心痛来证明的。"

段十一听着，心里是否定的。芙蕖公主这个忧愁善感胚子，想的也太多了，什么心动心痛的，感情这种东西是人自己产生的，自己还有不知道的？说不知道没发现的，多半都不是真的喜欢。

侧头看了一眼，对面三楼屋檐上已经蹲了个神经病，一脸便秘表情地看着这边，眼神凶恶，有点像猴山上的猴子。

段十一转回头，若无其事地继续喝茶。

芙蕖公主瞧了瞧小草这位置，起身去旁边的侍卫耳边嘀咕了两句。

小草目不转睛地看着他们！

好吧，人家是未婚夫妻，别说喝茶喂东西了，要干啥也不关她的事情，她只是来道歉的。

但是吧，这看着怎么就觉得那么不爽呢？

就好像看见一只家养的漂亮苍蝇，飞在了别家的点心上！

"师父！"没忍住喊了一句。

段十一头都不转："做什么？"

小草抿抿嘴，嘀咕道："方才顶撞你是我不对，我来认错。"

"哦，认错完了就回去吧。"段十一凉凉地道，"可辛苦人家屋檐上的瓦了，看起来还挺新的。"

小草低头看了一眼脚下的瓦，的确挺新的。

小草喊了一声："那你原不原谅我啊？"

"啊。"段十一终于转过头来了，却是眉目清凉，"要我原谅你做什么？你那牙口麻利得跟东街磨坊的驴似的，说的还能错了？"

小草干笑两声："我也觉得没错啊，但是挑战了师父的尊严，还是不对的。"

"觉悟还挺高。"段十一像只浑身是刺的孔雀，抬着下巴，身上的羽毛箭咻咻咻地全朝小草射过去，"但是师父有啥用啊？也就教你点功夫，功夫人家也会教，还附送秘籍的，你咋不去学？"

"得了，下去吧，不知道的还以为你街头卖艺呢，赶紧回家做作业去。"段十一道，"你不嫌丢人我还嫌呢，别等会儿不小心掉下去了，又来个黑衣裳绣银龙的男人上演英雄救美的好戏。你不腻我都看腻了。"

有时候小草觉得，段十一的嘴真毒，跟有毒液在里头一样，谁都不喷，就喷她。每次都是劈头盖脸淋下来，一点躲闪的余地都不给她。

芙蕖公主听得都微微皱眉，桌子下踢了段十一一脚："你也太刻薄了。"

段十一冷哼，低头拿着酥饼，眼角余光还是忍不住打量了对面一眼。

小草蹲着没动，头也埋下去了，看起来有点可怜兮兮的。

"你还等什么？"他道，"别告诉我麻利爬上来了结果有恐高症下不去了。"

"我下得去。"小草平静地道。

段十一一顿，又看了她两眼："那你还等什么？"

"我在等老天。"小草抬头，咬牙切齿地道："等老天什么时候开眼了，一道雷劈下来收了你！"

芙蕖听得一愣，低笑一声，瞧着对面三楼，很自然地打了个手势。

小草站着的屋檐后头是人家家里的窗户，正紧闭着没有开，要是打开的话……

"砰"的一声，小草还没反应过来发生了什么，身子就被一股子推力给推了出去，从长安大街的三楼上头，美丽地飞了出去。

"啊啊啊！"小草尖叫，这才是飞来横祸啊！

街上人来人往车水马龙，掉下去一个姿势不对可能就见阎王了！

一直悠闲喝茶的段十一反应比谁都快，芙蕖看着他呢，就看他一直盯着茶杯，然后突然整个人纵身而起，从窗户跳了出去。

就在小草掉下去的一瞬间，段十一以嫦娥奔月的优美姿势跳出，稳稳地接住了她！

然后师徒两个人就十分缓慢地、优雅地砸了下去。

幸运的是刚好下头有一辆满是稻草的牛车，小草压着段十一砸进去的时候，只听见一声闷响和清脆的骨头断裂声。

真幸运啊，小草想，段十一脑袋没摔掉！

然而，他还保持着刚刚的动作，抱她抱得死紧，叫她差点呼吸不过来。

"师父？"

段十一脸色有些发白，也不知道是不是给疼的。刚起身就望向小草摔下来的地方，表情十分恐怖。

芙蕖公主跟着跑下来，担忧地扶着段十一："你没事吧？"

"无妨。"段十一道，"腿骨断了一根而已。"

"什么？"小草这才反应过来刚刚那一声骨头断裂的声音是哪里来的，连忙从他身上下来，紧张地抱着段十一的右腿，"严重吗？还能动吗？"

段十一额头冒着冷汗："你这么紧张为师很欣慰，但是我摔断的是左腿。"

小草一顿，很自然地改抱左腿。

"你别动啊。"芙蕖公主连忙道，"摔断了是碰不得的，就拿这牛车送他去公主府，府上有御医。"

"好。"小草抬头看了看，牛车的车夫不知道是不是被吓傻了，已经不见了。想了想，干脆自己坐在前头，拿起鞭子"驾"了一声。

这牛跑起来飞快不说，还直抖，抖得段十一脸都青了。

芙蕖公主乘着小轿在后头一边跟一边喊："你慢点啊！"

小草无辜极了，努力躲闪路上的障碍物，还时不时回头看一下段十一还在不在车上。

段十一说："我错了。"

"啊？"小草茫然，"你错什么了？"

"我不该挤对你的。"段十一道，"但是你也不能这么折腾我啊！本来就骨头裂了，你这是非要我断成两截才开心？"

想了想，使劲儿把牛车给拉住，小草干脆下车去，将段十一背了起来："这样会不会好很多？"

废话，肯定要好很多啊！但是段十一嘴上是不会这么说的，这厮只会阴阳怪气地问："才背了颜无味又背我，你累不累啊？"

小草差点就脱手把他往河里丢了！

"我背他，是因为他对我有恩。"

"哦。"段十一冷哼，"那背我呢？"

小草认真地道："因为我喜欢你。"

给她这一句话呛得不出声了，段捕头好半天才找回自己的声音："我上次给你说过，这玩意儿说多了不值钱。"

"烂白菜是吧？我知道。"小草头也不回地道，"我也就是给你个理由，不是要表白，也没表白的时间，我还要努力转正呢。"

"嗯。"段十一严肃地点头。

轿子里的芙蕖公主掀开帘子看着段十一，突然怪叫了一声："小草你快跑啊！你师父的伤严重啦！"

啥？小草立马狂奔。

轿子旁边的丫鬟小声道："公主你别吓唬人家啊。"

"我哪里吓唬她了？你看，十一郎那脸红的，肯定是伤口引起高热了。"芙蕖笑得一脸狡黠，"不然他哪里会脸红？"

第 121 章　断腿男青年

丫鬟瞧了瞧，自己的脸都跟着红了。段十一那丰神俊朗的模样，一脸红起来，叫人哪里招架得住？

然而小草看不见，只背着他一路疯跑，跑到了公主府去找御医。

从三层楼高的地方摔下来，没死已经是幸运了，骨头裂了自然不算什么大事。不过这公主府里的御医，平时都是给娇贵身子看病，大概也没见过这么严重的伤，激动得白胡子都抖了："这伤……"

"御医，我知道。"段十一一脸沉痛地道，"我是有多久都走不得路了，甚至以后走路也有影响，是吗？"

御医胡子又抖了抖，皱眉。

小草愧疚极了："真这么严重吗？我师父会轻功的。"

"鸟还会飞呢，从天上摔下来一样得死。"段十一没好气地翻了个白眼，"况且你那么重，我就算能飞也一样被你给压残喽。"

小草心里愧疚更甚，挠挠头问芙蕖公主："府上有木匠吗？"

"自然是有的。"芙蕖道，"我让丫鬟带你去找，就在后院。"

"哎，好。"小草低着头就跟着出去了。

段十一气定神闲地将腿从凳子上拿下来，活动了一下："御医大人，帮个忙了。"

御医干笑，看了芙蕖公主一眼。

芙蕖叹了口气："你这人，就是太坏了，分明没有摔断腿，骗她做什么？"

"公主你不懂。"段十一拿了旁边的白布就开始往自己腿上缠，"有人一直拿苦肉计对付她呢，她还浑然不自知地去对人好。苦肉计谁不会啊？"

瞧这酸溜溜的，芙蕖忍不住捂着嘴笑，朝御医递过去一个眼神，御医就开始帮段十一包扎。

"你还说对她没意思，那怎么反应那么快就出去救人了？也是因为你运气好，那么高的地方，要是下头没东西，不当真送死了？"

段十一伸手将身上藏着的断了的骨簪拿出来，揉了揉胸口道："你以为我当真不知道那窗户谁推开的？"

芙蕖一愣，眼睛往下瞟，心虚地道："谁推开的啊？"

"公主真是谦虚。"段十一浅笑，"街上还能有无人的牛车停着玩儿没被人牵走的，上面刚好全是松软的稻草，你说巧不巧？"

"嘿嘿。"芙蕖公主掩唇，笑得十分矜持，"我也就是想看看，看你段捕头紧张起来是个什么模样。"

这人口不对心惯了，要看他一丝真心都好难。方才一个念头起来她就让人去推窗户了，下头也备好了东西保证不会出人命……但是到底还是任性了点，芙蕖心虚极了。

"下次公主要看什么真心，直接问段某就是，别再开这样的玩笑。"段十一脸上的笑容浅了点，吓得芙蕖心都抖了抖。

"……好。"

他方才要是一个没注意，或者慢了一步，又或者那丫头自己乱折腾没落对位置……

皱了皱眉，段十一默而不语，看着御医将他的左腿包成了一个粽子。

小草去后院找着木匠，指手画脚了好一会儿，木匠才明白她要做什么，答应赶工出一个轮椅。

一想到段十一那天仙一样的人要沦落到坐轮椅出行，小草就心酸得不得了。

都是她害的，没事爬啥楼啊……现在好了，害得他好几个月不能走路。

自责和愧疚让小草同学变得十分乖巧，拜托完木匠就立马回去段十一身边待着。

段十一上一刻还拉着脸吓唬芙蕖公主呢，一听见外头的动静，立马躺在床上做痛苦挣扎状。

"师父，很痛吗？"小草着急地看着他。

"废话，我打断你一条腿试试？"段十一梗着脖子吼，"你知道少了一条腿对一个风华正茂的男青年是多大的伤害吗？啊？"

小草缩了缩脖子，小声嘀咕："我又不是男青年我咋知道……"

"嗯？"

"没什么。"小草叹了口气，"总之我先背你回去吧，我要的东西明天才能做好送来。"

"好。"段十一一脸痛苦地爬起来，拖着自己包得巨大无比的腿，压在了小草身上。

芙蕖公主都看不下去了，道："十一郎这么重，我让马车送你们吧？"

小草刚想说好啊好啊，段十一就义正言辞地道："不用了，怎么能让公主操心呢？小草早就习惯了。"

芙蕖公主一脸惊叹地看着小草："真的吗？"

小草嘴角抽了抽，用力地点头："真的啊。"

段十一简直是折腾死她不偿命！

"那你们慢走啊。"芙蕖公主送他们到门口，笑眯眯地道，"十一郎就拜托你照顾了。"

小草看了看芙蕖，心想这公主也真是大方，自己的未婚夫摔断腿了，竟然交给别人照顾。

"嗯好。"

回去的路上小草就问段十一："你和公主感情好不好啊？"

段十一打着呵欠，回答道："很好啊，你今天不是都看见了吗？……前面左拐。"

看见也是看见他给人家喂东西啊，芙蕖又没给他喂！不过芙蕖不喜欢他是不可能的了。

两个相互喜欢的人要成亲了，也……算是好事吧。

"前面往右。"

"巷子口对直走。"

段十一指挥着，小草就跟着走。走着走着就觉得不对劲了："师父，咱们这是回六扇门吗？"

"是啊。"

"那我咋觉得，咱们在绕着霓裳阁不停地绕圈子？"

饶了五圈之后，小草同学终于反应了过来，她已经看见五次霓裳阁的招牌了！

背后的段十一沉默了一会儿，道："你走路不看路的啊？为什么要一直在这里绕呢？"

分明是一直听他的话走，结果绕路还怪她了？！

气得直想把身后的人给丢下来！然而想了想他的腿，小草还是忍了，找了找方向继续往六扇门走。

段十一带着十分温和的笑意，抬头看着霓裳阁二楼的窗口。

颜无味正用看神经病的眼神看着他，已经看第五遍了。

段十一十分有风度地抬手，朝他慢悠悠地挥了挥。

颜无味冷笑一声，关上了窗户。

啥也不知道的段小草继续走着，好不容易走到六扇门门口，就差点被急匆匆出来的叶千问给撞翻了。

"这是怎么了？"叶千问皱眉看着段十一，小草连忙道，"我师父摔断了腿。"

"偏偏是这个时候？"叶千问苦了一张脸，"上头有案子下来，又出命案了，最近长安治安不好，闹得人心惶惶，我都已经禀告上头，让你去查案了。"

段十一皱眉："我记得上次已经汇报过，我和小草要休息一个月。"

"哪来的时间可以休息？"叶千问瞪眼，"你知不知道小草的业绩已经快达标了？最近几个月案子不断，她马上就能转正了。"

小草眼睛亮了起来，一把抓住叶千问的衣袖："我快转正了？"

"是啊，上次救驾有功就不说了，后来的两起命案，你一月之中的业绩，抵人家大半年了。上头说，你要是还能拿下几件大案，就破例让你转正。"

这么好？小草简直要跳起来喊万岁了！本来以为还要熬上几年呢，没想到这么快了！

一转头正想和段十一击掌庆贺呢，哪知道段十一的表情严肃极了："谁给的任务？"

"什么谁给的？"叶千问皱眉，"刑部下来的案子，这个没的挑，是个无头碎尸案，发生在城郊城隍庙。"

听起来就好刺激，小草抽了抽嘴角："碎尸？"

"对，而且因为没脑袋，死者身份一直不能确认。"叶千问道，"这案子李捕头也想要，但是我先给你们。"

"多谢总捕头！"小草高兴地道。

段十一却皱眉，看了叶千问半天道："还是给李捕头吧。"

"为什么？"叶千问皱眉，"你不想让小草早点转正吗？"

"我想。"段十一道，"但是欲速则不达。"

"有啥好不达的？"小草瞪眼，"有案子就接啊，好不容易最近案子多，等到没案子的时候，咱们有的是休息时间。"

段十一摇头："我腿受伤了，恐怕……"

叶千问也看了看，瞧这包扎，好像是挺严重的。

"没关系啊！"小草道，"我背你！明天还可以推你走！总捕头不用担心我师父！"

这可真给人省心啊！

叶千问笑着拍了拍他："小草这么急切，你这个做人家师父的总不好意思拦路吧？就这么定了，案发现场没动，已经被保护起来了，你们休息一晚上再去。"

"好。"小草背着段十一，开心地就进去了六扇门。

段十一现在没有走路的自由，只能在小草背上，跟着她雀跃的心情，颠簸着一张充满担忧的脸。

"摔伤了？"鱼唱晚看着段十一，眼里满是心疼，"晚上还会疼醒吧？要不然我和小草轮流守夜？"

第122章　我不是它同类

段十一嘴角抽了抽："不用了，我体质好，晚上一般睡得很好的。"

小草一拍桌子："那怎么行啊？都说断了骨头的人第一个晚上肯定睡不好，你要是晚上没办法喝水，没办法翻身，那可怎么办？就这么决定了，我和鱼姑娘给你守夜！"

什么叫搬起石头砸自己的脚！段十一看着两个姑娘将他抬进房间，又开始商量谁睡哪儿，只觉得眼前一黑。

难不成他今儿晚上还得睡着睡着突然装作痛醒，起来要水喝？

鱼唱晚在软榻上铺好被子，小草已经坐在段十一床边了。

"师父，你很疼吗？"小草皱眉道，"脸色太难看了。"

段十一呵呵两声，今晚上注定不能睡觉，要硬撑一个晚上，谁能脸色好看？

"没事，我睡了。"段十一放好自己的粽子腿，躺下闭眼。

鱼唱晚轻声道："小草，你看起来很累，要不你先睡会儿，我来守上半夜。"

"不用。"小草摆手，"我精神好着呢！你先睡！"

鱼唱晚点头："那我先睡了。"

"嗯！"

段十一听着小草这信誓旦旦的语气，觉得她也真是不容易，今天累了一整天，还扛着给他守上半夜，真是让人感动！

侧头睁开眼一看，刚刚说话的也不知道是谁，反正他床边这个段小草是已经趴着睡着了。

段十一眼皮跳了跳，伸出手去戳她一下，都发出轻微鼾声了。

也着实是累了吧，段十一难得善心发作，没去骚扰她，就静静看着她的睡颜。

这丫头长大了些啊，眉目也更开了，比刚从风家血海里捞回来那会儿要好看些了，武功也长进不少。

其实他一直没夸她，她的根骨当真不错，学什么都挺快，悟性也高。但是经历过灭门惨案的人，都带有血腥气，他怕她走上歪道，也怕她一念成魔。只敢一点一点地教，一点点地看着她往前走。

也是他太善良了，才收了这小祸害，现在弄得……他自己都有点怪怪的。

叹了口气，段十一闭眼打算小憩一会儿，准备好半夜"痛醒"。

然而，刚闭上眼没一会儿，旁边就有人喊他："段十一……"

假装睡着的段十一自然没应，眼睛只睁开一条缝去看。

小草眉头紧皱，眼睛没睁开，脸上全是惊恐，趴在他床边不停地喊："段十一，段十一……"

又做噩梦了？段十一抿唇，起身伸手将她抱上床来，低声道："我在。"

从天而降的一群人，将一年前的风家院子里的寂静打破。小草躲在一边，看着那些人见人便杀。后院种花的老伯死了，平时给她端点心的丫鬟姐姐死了，厨房里做肘子特别好吃的大师傅也死了。

那些人杀啊杀啊，地上的血流过来，打湿了小草的鞋。

她拼命跑拼命跑，跑到路上，却被爹爹一把捞起来，藏在了水缸里。

然后外面就是魔鬼一样的笑声，和无数人的惨叫声。

许久之后，有人打开了水缸的盖子，屋子里是漫天的大火，房梁都快掉下来了。

"可怜的孩子。"

有人这样叹息，然后将她抱在了怀里。

"安心睡吧，没事了。"那人说着，将胸膛的温度都给了她。

小草紧绷的身子软了下来，靠在这人怀里，沉沉地睡了过去。

段十一轻轻拍着她的背，瞧着这丫头终于松开的眉头，无声地叹了口气。

也不知道还要多久才能走出这梦魇，这都一年了。

当年风家的灭门之案，六扇门只搜集了相关信息，然后就锁案不查了，毕竟全家死完，也没人催着要个结果。而当时的线索也压根儿找不出凶手。

除了叶千问，没人知道小草是从哪里来的，段十一是个破案高手，自然也是掩饰痕迹的高手。

小草就在他的羽翼之下，存活了下来。

如果可以的话，段十一觉得小草要是当一辈子傻瓜，每天过得快乐，其实也挺好的。

然而，暗处也不知道是谁的手，牵引着诱惑着，始终想将她拉扯出来。

从越来越离奇的命案开始。

夜色已半，鱼唱晚起来的时候，往床上一看就吓了一跳。

段十一抱着小草，两人都睡得十分安稳。小草蜷缩在他怀里，看起来安心极了。

鱼唱晚捂住嘴，眼珠子动了动，决定不作声，默默地回了自己的软榻上。

第二天一早，小草起来就在段十一的床上，段十一却早就醒了，被鱼唱晚扶在刚送来的轮椅上坐着。

"醒了？"段十一瞧着她道，"来吃早膳。"

她这一觉睡得可真踏实，小草嘿嘿笑了两声，蹦蹦跳跳地过去拿了烧饼咬。

段十一什么也没说，鱼唱晚也就默不作声，吃到一半还是小草开口："师父，今天不是要去查案吗？"

"嗯？"段十一低头看了自己的腿一眼，"你忍心让我这个样子还风里来雨里去，辛辛苦苦对着尸体？"

小草顿了顿，皱眉想了想："好像是不应该，你该好好休息的。"

段十一欣慰地点头："所以……"

这案子不如让给李捕头？

话没说出来呢，小草就道："所以我还是自己去吧，师父你放心，我现在已经是可以独当一面的捕快了！"

"试用的。"段十一没好气地补了个刀。

小草嘴角一抽："很快就是正式的了！"

"那你现在也还是个试用的。"段十一道，"是个试用捕快就别那么蹦跶，碎尸案，又不是谁家小女孩的娃娃不见了，你还想一个人搞定？"

小草低头想想，觉得好像也是："我一个人搞不定。"

"对啊，所以……"就不要查了啊！

"我陪你去。"门口靠了个人，十分合宜地接口道，"两个人就行了。"

屋子里几个人回头一看，颜无味竟然进来了！靠在门边逆着光，真是好看得很。

段十一当下就沉了脸："你怎么进来的？"

六扇门可不是随意进出的地方。

颜无味甩了甩手里的腰牌，上头写了个"瑜"。

瑜者，九王爷赫连淳宣之封号也。

段十一冷笑一声："他给你牌子，就是为了让你进出六扇门？"

颜无味耸肩："好像还有其他事情，不过既然这牌子能让我进来，那我为什么不进来？"

说着，瞟了一眼段十一的脚："看段捕头这伤势严重，今天肯定是出不了门了，小草交给我好了，我会好好照顾的，保证帮她找到命案的蛛丝马迹。"

小草眼睛一亮："真的？"

"嗯。"颜无味点头，很认真地道，"毕竟我是惯常杀人的，别人杀人的时候想法肯定跟我差不多，所以我能帮你点忙。"

虽然这说法，听着是有点怪怪的，不过只要有用，那就是好事啊！

"好！"小草连忙点头，低头看着段十一道，"师父，我和他去可以吧？"

段十一抬起头，笑得十分灿烂："你去吧。"

"真的？"小草一喜。

"去了就别回来了。"

包百病吃了两个烧饼之后，终于开口道："段捕头，这就是你的不对了。你自己不去，还不让小草去，又不让别人陪小草去。这案子不是都应承下来了吗？已经接了就好好做啊，小草这一腔热血，你总不能给人全浇灭了吧？"

段十一板着脸，小草在旁边可怜兮兮地道："包百病说得很有道理啊，师父你看……"

"我知道。"

闭了闭眼，段十一长出了一口气："行，你要查可以，我和你去。"

"嗯？"颜无味笑着道，"段捕头不是断了腿吗？怎好再辛苦奔波？"

"我没事。"段十一抬头看他，也笑，"为了防止有人故意误导小孩子，这一趟段某还是无论如何都要去的。"

包百病举手："我也去吧，现场就能验尸。"

"嗯，大白鼻子很灵的，也带去。"小草蹦蹦跳跳地就出去牵狗。

鱼唱晚眨眨眼："那我呢？"

"你留下看家。"段十一道。

她和那只大白狗的工作内容，是不是反了？

小草牵着大白站在院子里，大白可欢乐了，甩着舌头到处舔，已经好久没出去放风了！

不过，大白的警惕心还是有的，一般看见陌生人会大叫，也会龇牙。

比如现在院子里就有个陌生人颜无味。

大白立刻警觉了起来，朝着颜无味嘴里发出"呜呜"的声音。

颜无味走过来，蹲下身子打量它几眼。

"你小心啊。"小草道，"万一它扑上去咬你的话，我可不负责啊！"

段十一在屋子里冷哼一声："我家大白不咬同类，尽管放心。"

颜无味挑眉，伸手到大白面前。

大白一口就咬住了他的手！

小草吓了一跳，连忙喊："你干啥啊？"

"看，我不是它同类。"颜无味一脸认真地道。

第 123 章 碎尸案

这一本正经的，就是为了证明这个？

该说他傻呢还是可爱呢？段十一挪揄一下他还真较真啊？

哭笑不得地帮他把手拔出来，大白咬得算轻的，没出血，就一排牙印。

大概是看颜无味没啥攻击性，大白看了看小草，打算走过去舔舔颜无味。

结果段十一轻咳了一声。

大白立马爪子一甩，吐着舌头趴去了段十一的腿上，尾巴直摇。

包百病看得直乐："这狗可真有灵性。"

"那是。"小草道，"我家师父简直是个半仙，养的花都开得比别人的好看，养的狗也通灵性，都不知道咋养的。"

段半仙笑眯眯地道："就正常养，只是我的光华会润泽到他们，所以跟普通的不一样。"

说他胖还真喘上了！小草撇撇嘴，转身就往外走。

颜无味看了一眼段十一的轮椅，微微一笑，上前去走在小草身侧："是个什么样的案子？"

两人就有一搭没一搭地聊起来了，留下包百病推着轮椅，和大白一起走在后面。

段十一眯着眼睛看了前头那两个人半响，终于发现哪里不对劲了。

昨儿就想问了，那一身男不男女不女，裙子不裙子，裤子不裤子的衣裳到底是谁给她的？穿的那一身黑，跟颜无味站一块儿就是俩乌鸦！

低头一瞧，背后裙角边儿上还有摘星宫的银龙图案。

问都不用问了，颜无味这家伙真是选对了事做，开个衣裳店子，什么衣裳都往小草身上套。偏这是个不注意外表的，给什么穿什么，跟人穿成套了都不知道！

路走了一半了，也不可能叫人回去换，段十一只能闷不作声。

到了城隍庙，庙里外都被六扇门的人守着。看见段十一，守着的人拱手道："段捕头，现场就在里面。"

城隍庙门口有很高的门槛，段十一看了看台阶，再看了看自己的轮椅，最后笑眯眯地看着颜无味："既然来了，就是要帮忙的，无味啊，你和包百病一起把我抬进去吧。"

颜无味眯眼。

小草捞了捞袖子："没关系，我也可以抬。"

"有男人在旁边，哪里还需要你动手。"段十一笑道，"那岂不是太看不起颜掌柜了？"

颜无味深深地看了段十一一眼，然后点头："我帮忙抬。"

"好嘞。"段十一轻轻击掌，"走吧。"

包百病和颜无味一左一右抬着他的轮椅，从门口阶梯上去，又要跨门槛。

本来段十一这个人是不重的，然而不知道为什么，抬起来跟座山似的，包百病差点就给跪下了。

段十一面容温和。颜无味面无表情地道："你有本事用千斤坠，就把这轮椅给坠烂了，等会儿爬着回去！"

"怎么会呢。"段十一声音极轻，"我还有徒弟呢，要是轮椅坏了，也是她背我。"

颜无味手一松，段十一直接在空中一个晃悠，差点摔下去。

这俩人较劲，包百病虚弱地道："你们考虑一下我的感受行不行？我要抬不动了！"

前头暗潮翻涌，后头牵着狗的小草完全没发现，她瞧见的就只是大魔头和大捕头其乐融融，互帮互助地进了城隍庙的门。

血腥味扑面而来，大白站在门口不愿意进去，浑身的毛都抖了起来。

小草瞧了里面一眼，平静地转身，出去扶着门狂吐。

庙里的菩萨像上挂满了残肢，手、脚、肠子、肚子四处都是，饶是颜无味看了，都忍不住皱眉。

这也太残忍了！得多大仇才会把人砍成这样啊？刀卷刃了没啊？

"这是长安最近的失踪名单，因为尸体没有头，身份不好确认。"有捕快递了个单子给段十一，"请段捕头过目。"

小草等人都凑过去看。

单子上失踪人的名字还挺多，不过看后头年纪和性别的备注就可以排除掉一些。

就这死者的四肢皮肤来看，应该是三四十岁的人。就身体来看，怎么也是个女人。

于是名单上的男人和小孩都画掉，剩下不到十个人。

"这等于大海捞针啊，要怎么确认尸体身份？"小草皱眉。

包百病想了想，跑去观察那些残肢："应该有什么身体上的特征吧？"

段十一抿唇："你们觉得，凶手为什么会碎尸？"

"因为特别恨这个人！"小草立马答。

颜无味想了想："也许是因为好玩。"

包百病摸着下巴一脸认真地道："我咋知道？"

段十一轻笑："杀人本来就是一件对心理有挑战的事情，更何况是杀完了还要碎尸，够恶心的。要不是为了掩盖什么，凶手不必这么大费周章。"

"你的意思是，凶手把这个死者的身份特征都拿走了？"

"是啊，不然为什么拿走了头，又要碎尸？"段十一转着轮子，离近那菩萨石像旁边看了看，"而且切得跟要拿去熬汤似的细致。"

此话一出，小草又跑去门口吐了。

她终于明白为什么段十一能当捕头，她努力这么久还是个试用捕快了，他心理承受能力不是一般地强，或者说，不是一般地变态！

竟然可以在那么恶心的尸体面前说这种话！

颜无味递了手帕给她，轻笑道："你这样，真的能成为独当一面的捕快吗？"

小草抬头，一脸严肃地道："可以的。"

然后接着低头下去吐。

包百病已经轻手轻脚将所有碎块都拿下来拼凑了，除了头，其余的地方都在，还可以拼成完整的身体。

"这样一来，又能排除掉几个吧？"包百病凑过去看段十一手上的单子，"你看，这里还写着，这个叫李承生的女人，手是断了一只的，这尸体明显就不是她的。"

"何以见得？"段十一问。

小草拿帕子捂着嘴回过头来道："手断了一只，这尸体手都在啊，肯定就不是她，这还有啥好问的？"

段十一轻笑，转动轮椅过去，看了看尸体的手，伸出一根手指朝小草勾了勾。

"如果是一个普通的人，你要杀他，是不是拿走头就可以了？剩下的，别人反正也看不出是谁。"

"对啊。"小草点头。

"那要是你杀的人，刚好断了一只手，该怎么办？"

小草一愣，要是断了一只手的话，光拿走头肯定就不行了，得把手一起掩藏起来。怎么掩藏呢？

碎尸！

倒吸一口凉气，小草连忙蹲下看。

仔细看的话，尸体的左手比右手要短，好像是少了一小截。

而且，左手手臂的皮肤，跟手的皮肤，好像不太一样。

"如果我没猜错的话，受害者应该有两个。"段十一道，"还有一个人，应该少了一只手。"

一股子凉意从背后爬上来，小草抖了抖。

颜无味轻笑："这倒是个不错的主意，可惜这凶手好笨，如此大费周章，竟然被你一眼看穿了。"

段十一不知从哪儿摸出了他的扇子，往面前一展，笑道："换个人来查，案子可能就偏了方向了，可不巧的是来的是我。凶手不笨，就是运气比较差。"

这人真是一天不自恋都能死！小草拿过他手里的单子递给旁边的捕快："劳烦查一查这李承生的身份。"

"是。"捕快应声去了。

几人赶紧换地方待着，大白也跟终于解脱了似的，战战兢兢地跟在段十一后头。

站在城隍庙外头，小草想了一会儿道："其实我们刚刚的都是猜测，师父，万一猜错了怎么办？"

万一这个人刚好手比手臂白呢？又或者刚好左手比较短？

段十一道："猜测是第一步，接下来你要去找证据来证实自己的猜测。"

咋找啊？小草有点茫然。

旁边站着的大白突然抽了风似的往左跑。

"大白！"小草一惊，连忙跟着追过去。

大白跑得很快，没两步就在个草丛边停下来，然后就狂吠。

草丛里有东西？小草吞了口唾沫，回头看了一眼。

颜无味和包百病都跟上来了，包百病看了看大白道："挖出来看看吧。"

小草和颜无味同时退后了一步。

"你们啥意思啊？"包百病瞪眼，"我是个仵作，只看尸体的！"

小草嘿嘿笑道："说不定这下头就是尸体呢。"

"嗯。"颜无味点头，"你好歹是六扇门的男人，总不能让女儿家动手。"

"那你呢？"包百病鼓嘴。

"我？"颜无味优雅地拱手，"在下霓裳阁掌柜。"

包百病：……

大白狂吠不止，瞧着也有问题，包百病叹了口气就去找了瓦片来挖。

没挖两下，血腥味就冒出来了。

"嘿，真的对了。"小草捂着口鼻后退，"师父，找到脑袋啦！"

大白跟疯了一样地跑回段十一身边，趴在他脚下瑟瑟发抖。

段十一笑着摸了摸大白，然后道："今天看样子可以提前收工，把尸体带回六扇门就可以了。"

第124章　你不会害我

"这就回去了吗？"小草皱眉，"你都不看看现场的蛛丝马迹，或者找找另一具尸体？"

段十一摇头："这案子最需要知道的就是死者身份，头都找到了，拿回去对比画像就知道了。至于另一具尸体，搜寻是捕快的工作。"

顿了顿，段十一道："正式捕快的工作。"

也就是说，小草这种临时工，还是跟着回去验尸跑腿吧。

小草垮了肩膀，万分不满地撇嘴："我还以为能有什么大动静呢，碎尸案啊！结果把尸体拼凑起来就完了？简直没有挑战性！"

"哦？你想要挑战性啊？"段十一呵呵两声，"行啊，回去把尸体缝起来你看怎么样？"

小草很认真地道："刚刚那话不是我说的，真的，可能是我中邪了，师父咱们快回去吧。"

颜无味想了想道："要缝起来也不难，小草，你要不要天蚕丝？很好用的，我教你缝。"

小草一爪子捏在他手臂上："你就别添乱了！"

颜无味闷哼一声，无辜地眨眨眼。

旁边的大白不知道是不是被刚刚的场景吓坏了，整只狗都是贴在地上走的，还瑟瑟发抖。小草瞧着实在可怜，一把就将它扛起来。

然后丢在了段十一的轮椅上，一起推着走。

段十一艰难地挪开狗屁股，黑着脸道："你干啥？"

"大白害怕啊。"小草道，"你抱抱它就好了。"

当他的怀抱随便啥都能安慰吗？段十一没好气地翻了个白眼，摸了摸大白的头。

大白"呜呜"两声，趴在他身上，一双狗眼可怜巴巴的。

一行人回去六扇门，将碎尸送到停尸房。包百病将头给这尸体安回去看了看，脖子恰好能对上。

"这李承生……"叶千问拿着几本册子过来了，看了看碎尸又看了看段十一，"你确定死者是她？"

段十一道："不会找她的家人来辨认吗？"

叶千问摇头："这个人没家人，十六年前曾经是宫里的接生婆，因为以前给一个贵妃接生的时候弄伤了贵妃，被砍掉了左手。后来替如妃接生下当今太子，才被恩准出宫养老。"

段十一微微眯眼。

十六年前，又是十六年前。

最近死的三个人，一个太监，一个宫女，一个接生婆，都是十六年前的宫里人。前两个是自杀，这一个呢？难不成还有本事自己把自己切成一块一块的？

这一连串看起来简单又好像有什么联系的案件，到底是什么意思？

小草的表情也很古怪，本来她最开始怀疑过，要是死的都是宫人，那会不会是宫里的主子杀他们灭口？

然而，谁杀人灭口会等十六年？如果有什么惊天大秘密，当时就该让他们死了，怎么会都过了十六年，突然要算旧账？

段十一也在思考这个问题。

十六年，谁在提醒十六年前发生了什么？

"凶手你们继续追查吧。"叶千问笑道，"倒是有个好消息，上面已经批准了，要是小草能将这次碎尸案的凶手捉拿归案，就允许你破例成为六扇门的正式捕快。"

小草瞪眼："真的假的？"

"真的。"叶千问道，"大概是因为你表现太好了，比好多正式捕快办的案子还多，所以上头就下了这样的吩咐。"

那可真是太好了！小草转头想笑，结果对上段十一一张臭脸。

不管他，再转头，对上一脸茫然的颜无味，高兴地跟他击掌："我要转正了！"

颜无味虽然没听懂那是什么意思，不过看小草这么高兴，也跟着笑。

段十一拉了拉叶千问，示意他推着自己出去。

走到院子外头，他才开口问："九王爷最近是不是往刑部走动了？"

叶千问瞪眼看他："我怎么知道？就算不知道，也不可能啊，九王爷什么身份，往刑部去，不是惹皇上不痛快吗？"

在长安，九王爷赫连淳宣每天遛鸟看花，越闲越好，怎么可能还往六部走。

段十一闭了闭眼，是他问得不对，就算是那个人的意思，又怎么可能自己亲自去。

但是，他的直觉告诉他，这接二连三送上门的案子，跟赫连淳宣脱不了干系。

"怎么了？"叶千问道，"小草要转正，你不高兴吗？"

"不是不高兴。"段十一道，"我是怕有人要利用她。"

叶千问哈哈大笑："她一个小女娃子，有什么好利用的？除非是利用她来牵制你，那倒是有点可怕。"

段十一沉默不语。

小草已经回去换了官服，高高兴兴地跑过来问他："师父，有凶手的线索吗？我去抓！"

段十一摇头："没有。"

就算有，也只能说没有。

"我倒是发现点东西。"颜无味走过来道，"方才在城隍庙外头，捡着个腰牌，就打算回来告诉你们的。"

段十一眼里的黑色翻涌上来，看了颜无味一眼。

颜无味没看他，只伸手将东西递到小草面前："上头还有点血迹，是长安凤闻镖局的。"

小草一惊，连忙接过来看。

镖局吗？这倒是有可能，平常百姓家很少有砍刀一类的东西，倒是镖局，因为要押镖，经常会备有大刀或者长剑。

这腰牌掉在这里，也太不小心了。不过既然是线索，小草就道："那我去这镖局问问！"

"小草。"段十一脸上的神情十分担忧，"为师有话，你听还是不听？"

"啊？"小草眨眨眼，"什么话啊？我当然要听。"

段十一抬眼看着她："你的能力还不足以马上转正，这案子就别查了，再等两年，慢慢转行不行？"

小草用一种不可思议的眼神看着他。

段十一苦笑，他也知道这听起来就让人不太想答应，明明有捷径可以走，为什么非要绕路？

但是，他总觉得不安，太不安了。

沉默了很久，小草却突然开口道："好。"

颜无味微微一愣，侧头看她一眼。

小草脸色很平静，开口道："虽然不知道为什么，但是我明白，你不会害我。"

第 125 章　你转正啦

这世上谁都有可能突然捅她一刀子，欺她骗她，但是段十一不会。她的命是他给的，要是没他，她一年前就死了。

风家满门全灭，段十一也就是她在这世上最后一个亲人了。所以她信他，哪怕每次他都坑她，但是关键时刻他总会救她的命。

虽然很想马上知道当年灭门惨案的真相，很想马上转正，但是段十一说不要的话……

那她就缓缓。

叶千问和颜无味都被她这突然的决定给惊了一下。

"你……不想马上转正了？"

"我想啊。"小草撇撇嘴，"但是我这么蠢，要是不听师父的话，自己乱来的话，是一定会出事的。所以，虽然很不甘心，但是也没办法。"

段十一怔了怔，突然就笑了。

不是平时没啥温度的笑，也不是惯常的嘲笑，就当真是自然地笑了出来，右手食指关节轻轻抵着嘴唇，笑花了所有人的眼。

小草只觉得这一瞬间好像花都开了，有彩色的蝴蝶从四周飞出来，映了人满眸。

颜无味面无表情地道："段捕头，你笑得太花了。"

段十一眼波流转，赞赏地看了小草一眼，而后道："徒弟这般听话，为师实在太过欣慰。"

小草拍拍他的肩膀，严肃地道："师父你别高兴那么早，万一我实在没经住诱惑，跑去抓凶手了呢？或者那个凶手突然从天而降，跪在我面前求我抓他呢？"

段十一看她一眼："醒醒。"

这个想法是很离奇，现在既然已经打算放弃，那就不用多想了。

煮熟的鸭子从面前飞走啦，小草干笑两声，打算回后院去继续练功。

　　颜无味看着段十一低声道："你这样用自己的想法来禁锢小草的选择，是不是太自私了？"

　　段十一轻笑，拿过小草手里的腰牌来，转在指尖道："我自私？这案子跟我又没关系，全是冲着她去的。颜掌柜，我若是自私，那你这种行为叫什么？"

　　城隍庙里就不曾见他低身捡过什么东西，突然冒出一块腰牌又是哪里来的？

　　"你不会害她，我同样不会害她。"颜无味眼眸深不见底，"她总有资格知道自己想知道的事情。"

　　"呵。"段十一冷笑，"是她想知道，还是你们引着想让她知道？"

　　"结局不都一样？"

　　"并不一样。"段十一转动轮椅，抬头看着颜无味，"我不管你喜欢她，是真心也好，是假意也罢，想利用她，别忘记了还有我。"

　　小草左看右看，挠挠头："虽然你们声音很好听，但是也得说让我听得懂的啊。什么利用不利用，谁又要害我了？"

　　段十一和颜无味都侧头看她，难得地统一意见："你去练功去。"

　　小草撇撇嘴，抱着刀就走。

　　叶千问轻咳了一声道："颜掌柜，虽然你现在身份是新的，但是明人不说暗话，在六扇门里，你还是收敛些比较好。"

　　"怎么，六扇门里不能说实话？"颜无味挑眉一笑，"那可真是失敬了，段捕头是这世界上最好的师父。"

　　"过奖过奖。"段十一应承下来，"小草的事情就不劳颜掌柜费心了，还是多看好霓裳阁的生意吧。"

　　两人一坐一站，一白一黑，瞧着就让人瘆得慌。

　　叶千问抿唇，拿着资料就去把这案子安排给其他人。

　　他一走，颜无味直接一脚往段十一包成粽子的腿上踹！

　　段十一一拍轮椅，空中一个鹞子翻身，躲开他的攻击。

　　"还骗她说腿断了？"颜无味嗤笑，"你枉费她那么信你。"

　　段十一轻笑，抓了他的手腕："那你呢？不是照样假装中毒快死了，吓得那丫头都敢顶撞我了？"

　　包百病洗了手出来路过，也没看他们，幽幽地甩下一句："半斤八两，五十步笑百步，都是千年的狐狸，你俩互相说什么聊斋！"

放开手，两人各自退后。颜无味甩了甩袖子道："该来的始终会来，不过我会保护好她的。至于你，别添乱就行。"

段十一听得直摇头："年轻人真喜欢说大话。"

颜无味眯了眯眼："你这语气倒是让我想起来了，你是小草的师父，也就是父亲辈的。说不定哪天，我还得叫你一声爹。"

笑容僵在了脸上，段十一看着颜无味离去，周身突然有了杀气。

小草打完一套拳法回房间，路过段十一的屋子，于是就进去看看。

段十一正坐在镜子前，满脸忧郁。

"怎么了？"小草凑过去看了看他，"平常你不是不照镜子的吗？"

"是的。"段十一凝重地点头，"我平常不看镜子，是因为怕被自己给迷着了，看太久浪费时间。然而现在，我突然觉得自己是不是快老了，再不看就来不及了。"

"我老了吗？"段十一转过轮椅来，眨巴着眼看着小草，眼里满是水光，"真的已经青春不在了吗？"

小草深吸一口气，朝着他的俊脸道："我呸！你都快成仙了还担心老不老？"

段十一开成了一朵忧郁的花："可是我已经二十又五了，明年就该二十六了，你知道这是什么概念吗？换在别家，都该是两个孩子的爹了！"

小草翻了个白眼："你急什么啊？下个月不就要和芙蕖公主成亲了？"

对哦，还忘记了这茬儿，在小草的记忆里，他和芙蕖下个月就要完婚了。

"为师一旦成亲，就不能在六扇门了。"段十一叹息道，"你要怎么办？"

"我？"小草挠挠头，"我继续在这里直到转正啊。"

连后路都已经想好了？段十一脸色沉了沉。

小草掰着手指继续道："等转正了，我就可以查查案子，做该做的事情。做完之后，我就找个好人家嫁啦，或者跟人行走江湖，生对双胞胎……"

"想得倒是挺美。"段十一冷笑，"也得有人眼瞎看得上你才行。"

小草撇嘴："我其实还是挺有市场的，只有你老是挤对我。"

"你说的市场是颜无味？"段十一啧啧两声，"他瞎你傻，也是绝配了。"

小草深吸一口气，一脚踹上段十一的轮椅："你说句好听的能死啊？"

"没有好听的，你跟他在一起没啥好结果。"段十一别开头道，"你们不是一个世界的人。"

"那你和芙蕖公主就是一个世界的了？"小草"喊"了一声，"你难不成跟公主在一起，告诉她胭脂河岸哪家青楼酒最好喝，然后带她去查案看尸体吗？"

段十一挑眉："你觉得我和芙蕖不合适？"

"哼。"小草垂了眼眸，"我哪里敢，随口说说而已。"

段十一眼珠子转了转，眯着眼睛笑道："那下个月婚礼，你参加不参加啊？"

小草沉默了一会儿，道："我会去的。"

"嗯？"瞧这小模样万分不甘愿的，怎么还会去？

小草抬眼看着他，眼眸里没有光，却是很专注："毕竟是我师父的婚礼，尽管婚礼之后你我师徒缘分已尽，那也得去。"

参加完了之后，就把这个人彻彻底底忘记了吧。

段十一看着她的眼神，心里突然一沉，也不知道是为什么，像是要被人放弃了一样。

"其实我也觉得和公主不太合适。"他开口了，语调有一点点着急，"还是不要成亲了。"

"啥？"

段十一没再说，转动轮椅去了床边："我累了，想先睡一觉，你快去洗漱吧，一身的汗。"

"……哦。"小草茫然地起身往外走。

走到门口才反应过来，回头问他："你不喜欢芙蕖公主啊？"

床上的人没应她，入睡的速度比闪电还快。

小草拍拍自己的脑袋，突然觉得心情有点好。

一路走出去，越走越快，方向都没看，嘴角都快咧到耳朵根了。

小草转着圈圈，嘿嘿地笑着出了六扇门大门，自己也不知道自己要去哪儿，就走一步碰一下脚跟，整个人跟中了奖一样。

等心情稍微平复下来的时候抬头一看，都走到胭脂河岸了！

无数的堕落妇女正穿着薄纱，对着河上的船和街上的人挥着手帕。

"大爷快来呀！来呀！"

小草打了个寒战，转身正准备往回走。

结果一个东西就从一家青楼的二楼掉了下来，刚好砸在她面前。

小草当即就怒了！叉着腰对着二楼破口大骂："有没有公德心啊？高

空不能抛物！砸着人咋办？"

二楼的阳台是空的，一点反应都没有。

小草低头一看，一个虎背熊腰的汉子正跪在她面前。

"段捕快，我是凤闻镖局的石青，那个接生婆，是我杀的，我来自首！"

她说什么来着，万一凶手从天而降落在她面前，要怎么办？

已经说好这案子她不管了！小草深吸一口气，捏紧了手道："你去衙门自首吧，在我这里自首没用，我不抓人。"

石青抬头看着她："我只是一时良心发现，你现在要是不抓我，那我就准备离开长安了。"

还有威胁捕快抓自己的？小草眼珠子都要掉下来了，下意识地就从身上拿了绳子出来，将他捆得牢牢实实。

"先说好啊，我送你去六扇门，功劳不算我的。"小草嘀咕道。

石青没理她，一路沉默。

站在天牢门口的时候，小草的内心其实是拒绝的。然而都到这里了，再把人放走也不对啊。于是小草咬咬牙，将人送进去了。

登记信息的时候，小草正要说这不算她抓的人，善良的牢头就已经记上了她的名字："听说你要转正啦，恭喜恭喜啊！"

小草干笑两声，消息传得这么快啊？然而……她并没有做好转正的准备啊。

这可咋办？看着天牢里关着的人，小草十分忧愁，想了想还是决定马上去找段十一说清楚。

这不是她要抓的人啊，是真的人掉在她面前啊！

一路狂奔，刚走到院子门口，叶千问就把她拦下来了："你抓着人了？"

小草瞪眼："总捕头，人刚进天牢，你怎么也知道了？"

叶千问皱眉道："刚刚接到的消息，你转正啦。"

第 126 章　风温柔

幸福来得有点突然，小草一个没站稳，啪叽一声摔在了地上。

她转正了？就这么从一个白衣襟的试用小捕快，要变成妃色衣襟的六扇门正式捕快了？

这犹如天上掉了个馅饼下来，哐当一声将她砸得满眼星星。

"小草，小草！"叶千问连忙摇晃她，"等会儿我吩咐人给你拿新的官服来，不过你还是先去给你师父说一声吧。"

"哦……好！"小草擦了擦嘴角边的口水，嘿嘿笑着从地上爬起来，满眼星星地朝段十一的房间里走。

正式捕快啊！衣襟终于不是白色的了！终于可以挺胸抬头走在六扇门里，终于可以……进密案库了！

傻笑着走进段十一房间，伸出爪子使劲儿摇他："师父你快醒醒！"

段十一这些天来好不容易可以休息一会儿，刚刚沉睡呢，就梦见地震了，天崩地裂，最后变成一张小草的脸。

"啊！"惊醒了。

小草的脸没消失，依旧冲着他笑得阳光灿烂的："师父，刚刚发生了一点事情，你要不要听？"

段十一眼神有点恍惚，好半天才回过神来："怎么了？"

"刚刚啊，那个碎尸案的凶手掉在我面前，我把他送进大牢，总捕头就说我已经转正了！"小草笑着笑着，吞了口唾沫，"真的不是我故意要抓的，是他来我面前自首的！"

段十一心里一沉，皱眉看着她："你转正了？"

"……嗯。"小草挠挠头，"其实我也没反应过来，就转正了。"

段十一气极反笑，伸手戳了戳她的脑袋："你这里面的豆浆是用的红豆还是黄豆？"

小草下意识地答："红豆比较好吃。"

没救了！段十一只差一口血喷她脸上了："你告诉我，天底下有什么人会那么傻，一头撞来你面前自首？杀人自首也只有被斩首的一个下场，他为啥要来送命？就是只兔子要死了都会咬人啊！"

小草沉默了一会儿，一本正经地道："也有傻兔子的，比如那只一头撞死在木桩上，让人守株待兔的那个。"

"你给我闭嘴！"段十一气得直磨牙，"现在不是跟你讨论兔子的时候，这明显就是个圈套，有人要送着你往里头钻啊！你还真喜气洋洋上当，半点没察觉？"

小草乖乖闭着嘴巴，被骂得眼睛直眨巴。

"你不觉得这一切太巧了吗？啊？"段十一气得直接下了床，拎着小草就往外走，"去给总捕头说，我们暂时离开长安一段时间！"

"师父……"

"你还舍不得了？"段十一瞪眼。

"不是……"小草嘴角抽搐地低头看着他的左腿，"你腿不是断了吗？"

裹成个粽子的腿，跑得比啥都快是怎么个情况啊？

段十一身子一僵，接着面无表情地圆谎："包百病不愧是神医，这么一会儿我的腿就好了！"

小草皱眉："你骗我！"

该聪明的时候不聪明，不该聪明的时候总是瞎聪明！段十一气得牙痒痒，但是到底底气不足，哼哼了两声将小草放了下来："关于我腿的这件事情……"

"你没摔断！"

"……是没摔断没有错，当时太痛了我以为摔断了。"

"你还联合那御医一起骗我！"

"御医那是医术不行，没看出来……"

"我以为谁都会骗我，就你不会的！"小草咬牙，气愤不已地道，"我还傻兮兮地帮你去做轮椅，背着你从朱雀大街跑到公主府，又从公主府跑回六扇门！"

段十一干笑两声，突然觉得心虚得很，还想找词儿解释呢，抬头就看见小草眼里水光泛起。

"我还以为你当真腿断了，愧疚了好久。"小草撇撇嘴，抹了一把眼睛，"果然还是不该相信你的，你这个骗子！"

说完，转身就跑了出去。

段十一很想再说点啥，然而已经没词了。

他忘记了自个儿说的话，小草是都会听会信的，拿这个骗她，的确是不太对。但是他又不是故意的，就是开个玩笑！

"这是怎么了？"包百病在门口，看着小草冲出去，又在门口伸脑袋看了看段十一，"出啥事了？"

段十一摆摆手："让她冷静冷静吧，我做错事了。"

包百病一脸不赞同："你做错事了，让人家冷静？"

"不然呢？"段十一一脸无辜，"我现在说什么她也不会听啊。"

"听不听是她的事情，你说不说是你的态度啊！"包百病啧啧道，"我还以为你是风月场的老手，没想到也还是个毛头小子。你这样，人家会不喜欢你的。"

"谁要她喜欢？"段十一皱眉，"不过……刚才好像是我在追究她的错，怎么到后来，成了我的不对了？"

包百病一脸过来人的表情："你跟女人吵架，只要你错了一点儿就是给女人翻盘的机会。哪怕你没错，态度凶了点声音大了点，最后也绝对会变成你的错。"

"为什么？"段十一挑眉。

"因为你凶她，凶她就是不爱她，不爱她就是你的错，是你的错最后就成了你道歉。"包百病叹息着摇头，"从前我隔壁住着一对小夫妻就是这样，每天不管以什么样的理由开始吵架，最后一定是在女人一声'你凶我'里结束。"

段十一了然地点头，顿了顿，眯着眼睛道："我和她不是小夫妻。"

"差不多差不多，一个性质。"包百病摆摆手，"你还是快去追小草吧，不然会后悔的。"

段十一抿唇，冷哼一声，坐下来解开腿上的白布。

小草黑着脸提着刀一路冲出门，路上都没人敢拦她，生怕这姑奶奶突然发疯砍人。

她怎么就这么傻呢？段十一说什么她都信，甚至叫她不要查了别转正她都听，结果他处处骗她，还装摔断腿！

"段姑娘。"

一路冲撞，旁人都是回避的，走到一处巷子口，竟然被人拦下来了。

小草抬头就看见一张十分温和的脸，穿着蓝衣襟的侍卫服，朝她拱手道："我家主子在前头的茶楼等段姑娘。"

"啊？"小草皱眉，"你家主子是谁？"

蓝衣襟微微一笑："姑娘跟在下去了就知道了，就在前面。"

这人看衣裳就知道了，蓝色衣襟，仅次于大内紫衣襟，只能是一品大员或者皇亲国戚的随从。这么大的身份，竟然跟她行礼？小草反应了过来，觉得有点受宠若惊，连忙跟着走了。

光天化日朗朗乾坤的，她也不至于会被人卖了不是？

蓝衣襟一路走到一处茶楼，朝她做了个请的手势。

小草好奇地上楼去看。

这家茶楼很小，就在街转角的地方。然而没有名字，好像也不是谁都可以上来的。一楼二楼都空着，没有人。

三楼有茶香，小草上去一看，有穿着月白色锦袍的男人正坐在桌边，优雅地倒着茶。他穿的是常服，却还是绣着麒麟的暗纹。

"来了？"赫连淳宣侧头看着小草，微微一笑，"女儿家怒气冲冲走在街上可不太好，容易被人骗。"

九王爷！小草认得这张脸，当即吓了一跳！贴着楼梯动都不敢动。

"那么紧张做什么？"赫连淳宣微微一笑，"我又不会吃人。"

是不会吃人，但是真的挺吓人的！小草吞了吞唾沫，一想到这人是段十一的亲爹，就有一种丑媳妇见公婆的羞耻感。

小草深吸了一口气，努力镇定了一下，走到九王爷旁边去站着："王爷召见小的……可是有什么事情要吩咐？"

九王爷哈哈大笑："好孩子，先来坐下吧，我不过是刚好看见你在街上走，所以想让你上来喝杯茶。"

"哦……"小草贴着椅子坐下来，接过九王爷递过来的茶，小心地抿了一口。

"听说你转正了。"赫连淳宣道，"恭喜了。"

她不过是个小得不能再小的捕快了，为什么一转正，人人都知道啊？还惊动了堂堂九王爷？

不过转头想想，她是段十一目前唯一的徒弟，还是个女徒弟，九王爷多关心关心也没什么不对。

"当上正式捕快，就有很多事情可以做了。"九王爷笑眯眯地道，"你最想做什么？"

小草一顿，继而道："就继续办案而已。"

赫连淳宣微微弯唇："我倒是有一件案子，想拜托你。"

案子这种东西，不去找段十一，反而来找她？小草想也不想就摇头："我什么都不懂的，这种案子交给六扇门，总捕头会分配好的。"

"不如你先看看这个东西？"赫连淳宣抽出一封发黄的信函，直接放在了小草面前。

小草瞳孔微缩。

那信函上头写了几个字。

"风正寒亲启。"

信封上有封蜡，是密信。

风正寒是小草她老爹，也就是曾经辉煌一时的风家家主。

她已经有很久没有看见过这个名字了。

喉咙有点紧，小草想笑都笑不出来，脑子还没反应过来，手已经伸出去将信打开了。

信纸都有些脆了，也不知道是保存了多久，上头的字十分清秀："已到，勿念。以你我之谊，必视如亲生。"

什么意思？小草翻来覆去将这信纸看了几遍，没有落款，只有这几个字，并上一个兰花的暗纹水印。

"这是什么？"她轻声问。

九王爷叹息道："这是十六年前，从宫里送出来的一封信，一直被风家主保存得很好。直到一年多以前，风家灭门，我才辗转收到这封信。"

"你认识我爹？"小草脱口而出。

说完就有些后悔地皱眉，这世上知道她是风家人的，没有几个。

九王爷却一点都不意外，十分慈祥地道："我是你爹的旧友，原来还在京城的时候，还与你爹一起喝过酒，他是个不错的人。"

小草鼻子一酸。

她把很多事情都藏起来了，假装自己不记得，不记得温柔的娘亲，不记得总是笑着将她抱起来的爹爹。

十五岁的段小草不叫段小草，叫风温柔，是风家家主的掌上明珠，横行四方的小霸王，完全辜负了爹爹给她起的名字。

风家很大，却只有爹娘和她。爹爹是个好男人，不曾纳妾，一直照顾娘亲和她。娘亲不太爱笑，却对她很好很好。

她那十五年，都是笑着过的。

第 127 章　别信他

小草曾经以为自己就会那么无忧无虑一辈子，哪怕嫁人离开风家，以爹爹的性子，也一定会隔几天就带着娘亲去看她的，那跟没嫁也没啥区别。

爹爹总喜欢拿大胡子扎她，看她脸蛋红红的，一边笑一边替她揉。娘亲虽然总是看着他们不说话，但是琴声最温柔了。

直到那个可怕的日子来临。

捏着信，小草眼眶有点红，低声问九王爷："王爷有其他的线索吗？"

赫连淳宣一脸遗憾："我当时远在封地，皇上不允许回长安，所以只从一个陌生人手里接到这封信，其余的，什么都不知道。不过这信……你不觉得奇怪吗？"

小草摇头："我看不懂。"

九王爷一顿，轻笑道："你可知道宫中的如妃娘娘？"

当今圣上六宫也算充盈，但是只有太子一个皇子，连公主都没有，还不如长公主子嗣繁茂。因此，太子的生母如妃在后宫的地位堪比皇后，正宫有时候都不得不让她三分，不敢与之冲突。

如妃也算是个传奇女子，因为最开始她不过是皇后身边的小宫女，一次皇帝喝醉临幸，皇后大怒，差点将她打了个半死。皇帝之后也就给了个才人的位置，不闻不问。

但是，就那一次，她竟然怀孕了。六宫都未曾有子嗣的消息，一个小小宫女，就侍奉一次竟然就怀孕了。

皇帝大喜，多年没有子嗣让他在群臣面前简直抬不起头来，能有一个子嗣的消息，那就是一种有力的证明！

当时的如才人立马被封了如贵嫔，搬到好的宫殿养胎。其间被暗算得也不少，然而如贵嫔都扛下来了。御医曾经无数次说，这一胎偏阴，应该是个女儿。皇后那边都磨好刀了，就等着她生个公主出来，然后再好好收拾她。

结果如贵嫔生了个男孩！

皇帝大喜啊，当即就把这个孩子立成了太子，差点就高兴地把后位也给如贵嫔了。

然而不行，如贵嫔出身太低，皇后跪在勤政殿外禀明，历朝历代，宫女最高也就封了嫔，哪怕如贵嫔有天大的功劳，那也只能是妃，不能再多了。

皇帝最后妥协了，那就封妃吧，但是待遇跟贵妃等同。

所以有人讨好如妃，会叫一声如贵妃。

小草听完，忍不住道："真厉害。"

"是啊。"九王爷笑眯眯地道，"在后宫，子嗣可是一个十分重要的筹码。我问你啊，要是你是当时的如贵嫔，生的是个女儿的话，你会怎么办？"

小草茫然地看了看九王爷，想了想道："生个女儿也不错啊，好歹也是唯一的公主。"

"哈哈。"九王爷边笑边摇头，"公主迟早是要嫁出去的，并不能有什么保证。只有太子，才会给一个后宫妃嫔荣华富贵。"

小草皱眉："可是那自己肚子生的是女儿，能有什么办法啊？"

"办法可多了去了。"九王爷笑道，"比如刚好自己的旧情人的妻子也生了孩子，恰好是个男孩儿，往宫里一送，那么一换，不就好了吗？"

混淆皇室血脉！小草瞪大眼睛看着九王爷，突然背后有点发凉："王爷……"

堂堂王爷，坐在这里给她说这个，怎么都有点不妥啊。段十一经常说，知道得越多，死得越快。现在九王爷是不是想告诉她什么天大的秘密，然后好灭她的口啊？

"别紧张。"九王爷又替她添了茶，"我老了，就是喜欢讲故事。但是……如妃在进宫之前，是风家家主的青梅竹马，这件事，你也该知道。"

小草瞳孔微缩，像是终于明白了什么！

九王爷看着她的表情，暗暗地松了口气。说了这么多，就差直接告诉她了，这丫头终于听明白了！真是苦了十一，平时怎么教这么笨的人的？

"王爷的意思是，要是当年如妃生的是个女儿，而我娘把我生成个男孩儿的话，现在我就有可能在宫里当太子了？"小草张大嘴。

他话都说这个份儿上了，她还听不明白？

深吸一口气，正打算做进一步解释呢，茶楼楼下的大门突然被人撞开了，发出好大的一声响。

九王爷脸色微变，潜伏在暗处的护卫拔剑出鞘。

有人一步步地往楼上而来，脚步声一点也没藏着，甚至是带着力，踩得木楼梯咯咯吱咯咯吱直响。

小草回头看着楼梯口，就看见段十一一脸铁青地走上来，白色的长袍无风自扬，眼神看起来有点可怕。

九王爷一愣，转脸就笑道："你怎么来了？"

段十一没理他，甚至没看他一眼，低身拉起小草就走。

"师父？"小草挣扎了一下，"你也捏太紧了啊，轻点！"

"我怕轻了你不知道疼。"段十一淡淡地道，"什么地方都敢去，什么人都敢见。"

说罢，扯着她就要下楼。

"十一。"九王爷起身，几步走到他们身边，伸手按住段十一的肩膀，

"我好歹也是你的……"

段十一侧头看他。

后面两个字九王爷还是没说出来，只叹息了一声道："你既然来了，就喝口茶再走，我和小草还有话说。"

"不必。"段十一眼里满是讥讽，"九王爷茶艺了得，泡的茶却不是我们这些人可以喝的，还是留着您自个儿慢慢品尝。告辞！"

小草被扯得就差飘在空中了，一路飞下茶楼，跟着段十一往六扇门走。

九王爷还站在原地，许久才回过神来，皱了皱眉问暗处的人："鹤南，他刚刚那样子，是不是生气了？"

暗处站着的护卫低声道："属下不知。"

"还真是啊……"九王爷坐回茶桌边，皱眉低语，"那孩子好像有些变了，以前是傲娇不理人，现在……竟然护着个小丫头生我的气了。"

沉默了一会儿，九王爷苦笑："这个孩子可不行啊……"

小草一路上就在想九王爷说的话，如妃和他爹是青梅竹马，那风家灭门的时候，为什么宫里一点动静都没有？好歹旧识一场，怎么也该派点人去灭火安葬尸身什么的吧？

然而那场屠杀之后，她悄悄回去看过。风家大火是附近的居民去扑灭的。也是有好心人报官，尸体才被全部送去了义庄。

她什么也做不了，更不能出去安葬家人，只能眼睁睁看着自己的爹娘被随意埋在山上。

那地方她后来怎么找也找不到，不知道是不是她看错了记错了。本想把爹娘挪个好位置，也没机会了。

"刚刚听见的东西，你全部忘记吧。"段十一走在前头，头也不回地道，"那人说的话，你不要信。"

小草回神，撇撇嘴："为什么啊？"

段十一嗤笑："就跟屠夫骗猪说被杀一点也不痛一样，谁信谁是猪。"

"可是，他说得有理有据的，还说认识我爹。"

段十一停了步子，回头看着她，眼眸里全是真诚："其实我也认识你爹，你爹是个很好的人。"

小草一惊："真的？"

段十一翻了个白眼："随口说说你就信了，还有理有据呢。段小草，你什么时候能长点心眼啊？"

小草低头开始反思，人家这么认真地跟她说话，她一般都是会相信的。会是假话吗？

"他刚刚还跟你说了什么？"段十一继续往前走，"说来听听。"

"他还说如妃跟我爹是青梅竹马，要是我是个男孩，如妃当初生的是女孩儿的话，我就有可能被送进宫去当太子了。"

段十一深吸一口气："老混蛋！"

小草一愣。

"都忘记吧，他说的没一句是真的，就会欺骗小女孩儿。"段十一道，"咱们回去，收拾收拾东西，去游山玩水。"

"去哪里啊？"小草兴奋地道，"总捕头批假了吗？"

"嗯，反正你都转正了。"段十一道，"我们去越远的地方越……"

"救驾！"一声大喝从前头传过来，小草眼前一花，就看见一群人狂奔过去。没一会儿，后面跟着追上去一群黑衣人。

段十一脸色微变，拉起小草就跑。

不是去追他们，而是往反方向，跑得比被狗追了还快！

"师父？咋了！"

"别问，我有不好的预感，咱们快跑！"段十一优雅地狂奔，拖着的小草凌乱成了鬼。

师徒两个已经尽力了，然而眼瞧着要狂奔进六扇门了，一个人从天而降，直接砸在了小草身上。

小草被压得龇牙咧嘴的，就差吐口血了，压在她身上的人却松了口气，看了看小草的官服道："总算找到六扇门了，你，快起来护驾！"

段十一捂了捂脸。

暗处仿佛有一只在结网的蜘蛛，默默地，将他们束缚在这局里。

第 128 章　赫连齐乐

从天上掉下来这个人一脸的嚣张跋扈，头戴玉冠，腰坠香囊玉佩，一身儿宝蓝色锦袍十分打眼。

小草没好气地一把掀开他，捂着腰眼子吼："压老子身上还叫人护驾？医药费给了先！你这砸下来，老子腰都快折了！"

宝蓝色衣裳被吼得有点蒙，然而还来不及怪罪，后面的人就已经追上来了。

八个黑衣人，瞧了段十一和小草一眼，拔剑就冲了上来。

段十一和小草反应都算快的，当即就迎上。小草拿刀，段十一还是甩着他的扇子，显然这些人等级不够，段大爷连剑都不想拔。

这些黑衣人明显不是想来打架的，一招一式都是冲着他们身后的宝蓝色衣裳去的，动作又快又狠，根本无心恋战，只求杀人。

一看就是专业的杀手。

要是让人在眼皮子底下杀人，那段十一这捕头还混不混了？

一番打斗，小草解决了三个，段十一打昏了五个，而且是一边打一边念念有词。

"也不看看是哪里，六扇门家门口你也敢动手？"

一群黑衣人本来是想两个上来缠住段十一和小草，剩下的去杀了后面的人的，哪里知道被面前这个看起来文文弱弱的男人拿着扇子一阵狂打，不得不节节后退。

最后八个人被小草打跑了三个，剩下的全部躺在地上睡了个好觉。

身后的宝蓝色衣裳看傻了，呆呆地鼓掌："好厉害啊……比我身边那群草包有用多了。"

小草这才有空儿回头看着他，皱眉道："你谁啊你？"

"我？"宝蓝色衣裳回过神来，连忙从地上爬起来，一脸严肃，高抬下巴，"我名赫连齐乐！"

姓赫连？小草扯了扯段十一的衣袖："师父，觉不觉得这个姓有点厉害？"

"是啊。"段十一认真地点头，"当然很厉害，因为是皇族的姓氏。"

小草倒吸一口凉气，转头瞪着赫连齐乐。后者一副高傲的样子补充："不只是皇族，我还是太子。大梁唯一的太子！"

赫连齐乐，如妃之子，被皇帝视为宝贝的太子殿下。

这位太子其实平时还算正常，跟着太师学习，也就在宫里调戏调戏宫女，一般是不会出宫的。

但是，自从付太师伏法，赫连齐乐的叛逆因子就算是被全面激发了。喊了那么久太师的人，竟然是个叛国贼？那他教的东西有什么用？他又为什么还要学？

本来十六岁就是该翻墙的年纪，赫连齐乐在宫里闹腾一番之后觉得没劲，于是就在近侍的撺掇之下出宫了！

大梁唯一的太子，不知道多少人在暗中虎视眈眈呢，还敢直接这么出来，不是上好的鲜肉要往火锅里丢吗？

于是今儿就被追杀了一路，身边的人都死得差不多了。这赫连齐乐还不算太蠢，知道往六扇门的方向跑，大喊救驾。

眼前这两个人看起来功夫真不错，赫连齐乐心里还在想，吓唬吓唬他们，等他们一脸爱戴地看着他这个太子的时候，那就勉为其难收了他们做随从。

不过这右边这个，好像是个女的啊？

小草沉默了半晌，低声问段十一："师父，他是太子。"

"嗯。"

"咱们该怎么办啊？"小草嘴唇几乎没动，声音从牙齿缝儿里出来，"我刚刚还骂了他！"

"没事。"段十一低声道，"我们安静地看他装蒜。"

于是小草就站着没动，段十一也一动不动，就这么看着赫连齐乐。

这反应没有想象中的热烈，赫连齐乐有点不高兴了："你们没听见啊？我说我是太子。"

段十一点头表示听见了，脸上平静得像是听见今天朱雀大街包子铺卖的是包子一样寻常。

赫连齐乐肩膀都垮了，撇撇嘴，自己也觉得挺没意思的，走过来两步道："我想平安回宫。"

"这个不难。"段十一道，"我们可以送你回去。"

"可是……"赫连齐乐干笑道，"我这一路跑过来动静有点大，追杀的人好像不止这一拨，你们确定两个人就能送我回去？"

小草想了想，这样的话好像的确有点困难，明枪易躲暗箭难防，就算把她压扁了盖在这太子爷身上，也难保不会哪儿飞来一支箭穿透他的脑袋。

段十一道："若是这般，那在下就去宫里求援，让禁卫军出来恭迎太子殿下。"

"别别别！"赫连齐乐慌了，"可不能惊动了父皇，我偷偷出来的，能偷偷回去最好。"

小草十分能理解他："最恐怖的事情就是偷溜出家，晚上回去发现屋子里灯亮着。"

"对！"赫连齐乐立马跳到小草身边，深以为然，"我父皇发火也是很恐怖的！"

小草下意识地多问一句："那你母亲呢？"

赫连齐乐一愣，低头拨弄了一下腰间的香囊，没回答小草这个问题，而是生硬地转了话题："别站在外面了，我们进去吧。"

"好。"段十一颔首。

小草走在最后断后，看了看赫连齐乐的背影。这人只到段十一的下巴高度，比她高一个头，长得清秀，看着觉得亲切。就是那高高在上的模样瞧着有些让人生气，不过也没太大的架子，不然刚刚就可以治他们不敬之罪了。

给人一种故作高高在上的感觉，其实也就是个小孩子。

段十一去知会了叶千问，叶总捕头急忙赶来，看着这太子殿下，十分为难地道："今日六扇门人手不齐，恐怕无法安全送殿下回宫，不如等明日？"

"明日？"赫连齐乐脸一变，"那我父皇岂不是该知道我出宫了？"

叶千问被他吓得眉毛一翘。

段十一温和地道："太子殿下，您身边的护卫死伤不少，您出宫的事情是无论如何也瞒不住的，所以您该想的，不是皇上知道不知道，而是您平安不平安。"

赫连齐乐撇撇嘴，软了语气："那还有什么好说的，今日太晚了，明日再让宫里的人来接我好了。"

"遵命。"叶千问行礼，然后拖着段十一就出了房间。

"你怎么请了这么一尊佛回来？"

段十一颇为无奈："他是天上掉下来的。"

"那现在怎么办？要是太子有个三长两短，我们六扇门不就完蛋了？能安全送走他，那还是我们分内之事，没好处。"

段十一揉了揉眉心："没办法，已经到这个地步了，明日请总捕头让宫里的禁卫来接太子殿下，属下也会跟着护送。"

叶千问点头，又皱眉："那他今天晚上在哪里睡啊？"

太子必定娇贵，这六扇门上下一贫如洗的，他咋能睡得舒坦？

段十一看了叶千问一眼："总捕头，您不用这么担心，随意将他丢在我院子里就好了，您要是去迎他，他反而蹬鼻子上脸。"

叶千问瞪眼："你总不能不把太子当回事啊！"

摆摆手，段十一转身往屋子里走："交给属下吧。"

世上有那么一种人，你对他好他浑身不舒坦。你凶巴巴地对他，他反而乖得跟小绵羊一样。

小草正坐在赫连齐乐旁边喝茶，赫连齐乐看了她半天道："你一个姑娘家家的，怎么会武功？"

宫里看见的女儿家，都是温温柔柔，说话大声都会吓哭她们的那种。

小草一口喝下一杯茶，哑着嘴道："我师父教的，不会武功的话怎么保护自己？"

"让别人保护你啊。"赫连齐乐说得理所当然。

小草撇撇嘴："那你今天怎么成了这样？要是最后没有我和我师父，你的小命还在吗？"

赫连齐乐不悦地皱眉："今天是个特殊情况，我最厉害的护卫没带出来。"

心里哼了一声，小草还是没敢当面反驳他。不会武功还要别人保护的，真的叫男人？

"哎，我今天晚上睡哪里？"赫连齐乐道，"没有软床的话我睡不着的。"

段十一道："小草的房间床很软，暂时让给殿下。"

"别人的床啊？"赫连齐乐有些不满意，然而看了小草一眼，还是勉强可以接受，"那有美人吗？"

啥？段十一挖了挖耳朵："美人？"

"没有美人抱着，我也是睡不着的。"赫连齐乐仰着下巴道。

小草呵呵两声，眨巴眼看着他："你瞧我美不美啊？"

赫连齐乐严肃地看了她一会儿，道："要听实话吗？"

"嗯，你说。"

"勉勉强强，眉毛都不修，也不化妆，头发还这么乱。"赫连齐乐皱眉，"也就能给本太子端洗脸水。"

段十一一把抓着小草，平静地提醒她："那是太子。"

"太子怎么了？"小草头发都竖起来了，"老子有办法让他睡着！"

第 129 章　保护好他

赫连齐乐被小草这一身杀气吓得往椅子里缩了缩，面上尚算镇定地道："是你让我说的。"

小草龇牙咧嘴地道："让你说，让你撒谎了吗！你凭什么诋毁我！"

"这真是实话啊！"赫连齐乐道，"我就没见过不上妆的女儿家，糙得跟汉子似的。"

"你说啥？"小草一撸袖子，"师父放开我！"

段十一翻了个白眼，果断松开了手。

小草往前一个趔趄，看了看赫连齐乐，保持着挥拳的动作回到段十一身边："师父你当真要我打他啊？"

"你开心就好啊。"段十一笑眯眯地道，"大不了就是一死，明年的今天我会给你上香的。记得到时候说你跟我已经脱离师徒关系，别连累我。"

赫连齐乐左右看看，也没其他人了，今晚一晚上的安全还要靠面前的人呢，当即就软下来了："好啦，是我一时失言，你要是不介意的话，给我眉黛和胭脂，我替你上妆。"

"谁要上妆！"小草嘀咕了一句，然后低头想了想，"师父，我的眉黛和胭脂放在哪里？"

段十一轻蔑地看了她一眼。

那些玩意儿段小草压根儿不会用，唯一的眉黛胭脂，还是在她十六岁生辰的时候，段十一买来送她的。

结果就用了一次，还是他上次亲手给她画的。

转身去小草的房间，段十一翻了翻，将胭脂盒和眉黛都拿了出来。

赫连齐乐和小草都跟在后头，一见这东西，赫连齐乐就跟活了一样，伸手就拿去，熟练地打开盒子，看了一眼小草的脸。

"你，洗脸去。"

小草有点不信任他，毕竟是个太子，是个男人，还会给女人化妆？

不过转头一想，反正又不要钱，小草咚咚咚地就去了，打了井水洗了脸，端端正正地坐在赫连齐乐面前。

赫连齐乐嫌弃地看了她一眼，拿了一方丝帕出来，仔细给她擦了擦："眼睛闭上，头仰起来。"

段十一靠在一边，就看着他们折腾。

小草往椅背上一仰头就不动了，赫连齐乐手法看起来竟然很专业，从怀里掏了一盒子珍珠粉出来，抹了一层在小草脸上，然后开始描眉画唇上胭脂。

一边画这厮还一边嘀咕："乡下姑娘就是皮肤好，可惜不会打扮。"

小草忍着想揍他的冲动，耐心等着。

半个时辰之后，赫连齐乐终于道："好了。"

小草捂着脖子回过头来，看了镜子一眼。

不看不知道，她这张本来就如花似玉的脸，竟然变得更加如花似玉了。看一眼也不知道是化了哪里，就觉得精致，还不夸张。

"怎么样？"赫连齐乐得意扬扬地捅了捅段十一，"你看，我是不是厉害？她那么丑的人，也能被本殿下给化成这样。"

段十一已经想了很久的事情，被这一捅回过了神，皱眉往四周看了看："她人呢？"

小草笑眯眯地伸手在他面前晃："师父我在这儿啊。"

一低头，段十一眼皮一跳。

认真打扮一下，小草就是很好看的，这个他知道，但是赫连齐乐打扮得也太认真了，以至于她这眉目，瞧得他微微心惊。

"好看吧？"赫连齐乐笑眯眯的，抱着手臂跟着打量小草，"真不愧是我，不过……"

瞧着瞧着赫连齐乐就觉得不对劲了，皱眉凑近了小草一些："我怎么觉得这张脸好看是好看，却有点眼熟啊？"

小草茫然："怎么眼熟了？"

"说不上来。"赫连齐乐往旁边妆台上扫了一眼，瞧见个盒子，伸手拿过来打开。

里面是一片儿金钿。

"这倒是好看。"赫连齐乐挑眉，手指蘸了点旁边铜盆里的水，往上头一点，然后就贴在了小草额间。

小草伸手摸了摸，这是颜无味送她的那个。

抬眼对上赫连齐乐的眼睛，小草正想问这是不是宫里的装束，却见赫连齐乐脸色骤变。

"怎么了？"

段十一看了一眼太子的反应，又看了看小草，突然反应了过来，伸手就将金钿给取了下来。

"时候不早了，太子先歇息吧。"

"……嗯。"赫连齐乐呆呆地看了小草好一会儿，然后回神，傲娇的样子又回来了，"没有软床和美人，我真的睡不着。把她给我抱着吧，现在可以勉强接受了！"

小草捏了捏拳头，活动了一下脖子："师父，太子就寝有困难，我看还是帮他一把吧。"

段十一没拦着，而是往旁边一让。

"你想干什么？"赫连齐乐吞了吞口水，有点惊恐地看着她。

小草妩媚一笑，伸手要摸他的脸。

难不成要献身给他？赫连齐乐心漏跳一拍，傻傻地看着她。

然而那手到了半路，方向就一转，狠狠一个手刀劈在他的后颈。

赫连齐乐终于在一张不太软的床上，没有美人的怀抱，安详地睡着了。

小草甩了甩手，看了看外头的天色："师父，今天晚上会不会有啥挑战？"

"会啊。"段十一道，"这傻不丢的一块肥肉在这里，杀了他，当今再无皇储，你觉得有人会善罢甘休吗？"

想想也是，小草下意识地抹了把脸："那晚上我跟你执勤守着，有苍蝇来都灭了它们！"

"好。"段十一看了一眼她的脸，没吭声。

于是小草就欢快地去拿了新的官服，又往六扇门里嘚瑟地跑了一圈，以显摆自己美丽的脸。

跑到包百病那里的时候，包百病跟其他人一样一脸惊讶，甚至还给了她一包药。

小草开心极了，回去给段十一说："果然我打扮打扮还是很让人惊艳的，他们看见我都吓得说不出话了。"

段十一优雅地喝着茶，眼皮子撩了一下："嗯，是挺吓人的，你别动，快换好官服坐在这儿，晚上就靠你了。"

小草没听出啥不对，高兴地照办。

夜幕降临，今晚的六扇门注定不平静。

黑衣人一共有三拨，从三个方向而来，往同一间屋子而去。

无声无息，空气里充满杀气。

领头的杀手小心翼翼地推开窗户，确定里头鼾声均匀，猛地跳了进去。

结果就看见了一张鬼脸！

"啊！"胆子再大的刺客也忍不住尖叫了一声，连滚带爬地又翻出了窗户。

其他的刺客都被这一声尖叫给吓着了，乒乒乓乓地搞出了动静，瞬间被夜晚巡逻的捕快发现，一路追赶。

"老大，你叫什么啊！"一群刺客一边跑一边埋怨，"吓死人了！"

前头跑得最快的刺客哆嗦着道："有鬼啊！"

"哪儿来的鬼？"外头的人明显都没看见。

领头刺客伸手比画道："眼睛黑黑的，还有黑色的东西流在脸上，嘴唇血红，脸色惨白！就是个女鬼！这单子我们不接了，不要了！"

众人背后都一阵凉意，咻咻地消失在了黑夜里。

小草正准备拔刀呢，面前的人瞬间就不见了。

茫然地回头，她看着段十一问："师父，我身上的杀气已经那么可怕，可怕到把他们吓成这个样子吗？"

段十一悠闲地翻了一页书："嗯，是挺可怕的，你别洗脸，今晚一晚上我们就能不战而屈人之兵。"

听起来好厉害的样子！小草欣喜地继续趴在窗边。

这一晚上的腥风血雨，竟然当真这样消于无形。早上太阳升起来的时候，赫连齐乐就被平安地抬上了马车。

"怎么还睡着？"叶千问担忧地问了一声。

小草干笑两声："可能是床榻太舒服了，太子睡得很熟。"

段十一望着天空没说话。

叶千问点点头："那你们好生跟着禁卫一起进宫，直到太子平安到永和殿。"

"是。"小草拱手，然后跟着上车。

马车上路，车里沉默了好一会儿，小草才小心翼翼地问："师父，他还活着吗？"

段十一点头："活着，就是你那一下太用力，估计要等会儿才能醒了。"

小草心虚地低头看着赫连齐乐。

说实话，这人长得真的挺亲切的，虽然她说不出哪里亲切。

马车一路颠簸，赫连齐乐迷迷糊糊之间，终于睁开了眼。

小草欣喜地低头去看。

"母妃？"赫连齐乐有些震惊，"您怎么会……"

眼睛一睁大就看清楚了，赫连齐乐嘴角一抽，望着小草这副尊容："你……"

"嗯？"小草眨巴眼，"不认识我了？"

赫连齐乐闭了闭眼，再用力睁开，气得差点又昏过去："你这女人能不能好好在意一下自己的妆容啊？我才给你化好的，你竟然就弄花了？"

小草茫然："什么花了？"

赫连齐乐挣扎着坐起来，从袖子里掏了个小镜子给她。

段十一平静地展开了扇子，挡住自己的脸。

"段十一！"愤怒的吼声响彻马车上空的一片天。

赫连齐乐沉痛地捂脸："没救了，你这一辈子也就这样了。"

小草用力地擦着脸，冷哼一声："姑奶奶不用上妆也是人见人爱花见花开，车见车——"

"砰！"

第 130 章　快跑啊！

车轮子裂了，马车一个倾斜，直接将三个人从一侧给甩了出去。

段十一一脸淡定地飞在半空中，开口道："你可真够厉害的。"

小草使劲儿摇头："不是我的原因！"

当然不是她的原因，驾车的车夫已经死了，被人一箭射穿了脑袋。四周的禁卫纷纷挡着飞来的羽箭。段十一轻巧落地，一手捞住段小草，一手捞住赫连齐乐。

"杀啊！"四周响起了吼声。

赫连齐乐大惊，转头四顾，这恰好到了一处少人的小道，地上被挖了个坑，马车轮子断在里头出不来了。禁卫之外，统统都是黑衣人。

离皇城不到一里地了啊，竟然还会被拦截！

羽箭来得猝不及防，禁卫军中箭的人不少，赫连齐乐表情严肃了些："我是不是危险了？"

小草跳下来，拍了拍他的肩膀："你跟着我师父，他在的地方就是最安全的。"

说罢，从马车里抽出自己的大刀，加入了战局。

赫连齐乐错愕地看着那娇小的身子冲进人群，提着刀一阵乱拍。四周有人冲他而来，段十一就挡在他面前，替他一一击退。

他不会武功，治国之道倒是背了一肚子。然而现在显然没有什么用，只能眼睁睁地看着。

突然有点后悔当时不听皇后的话，文武兼备了。要是学了武，现在他起码也能帮帮忙。

黑衣人越来越多，禁卫越来越少。段十一护着赫连齐乐一路后退，却忍不住担忧地看着那边的小草。

她的刀没开刃，打起来怎么都吃力，身上衣裳已经破了，见着点红。

身后还护着人，段十一压根儿过不去。

"跑！"

小草正在硬抗，就听见段十一吼了一声。

深吸一口气，小草扭头就跑。

段十一拉着赫连齐乐跑得飞快，赫连齐乐明显没有小草那么灵活，被拖得摔了下去。

后面的砍刀羽箭接踵而至。

小草咬牙，侧身闪到赫连齐乐身后，大刀往背上一背，很潇洒地挡掉了攻击。

段十一正想怒喝，然而看她这么灵活，当下也就没吭声，两人拖起赫连齐乐就继续跑。

"要跑多远啊？"赫连齐乐气喘吁吁地问。

段十一沉着脸道："要跑去皇城才行了，这附近都没有人。"

赫连齐乐眼前一黑："我跑不动了……"

"你有脸说！"小草脸色发白，把他的手往自己肩上一扛，"这么柔弱，将来怎么统治大梁？"

赫连齐乐一震。

跑了一半的路，小草慢了下来："师父你和他先走，我断后吧。"

"怎么？"段十一皱眉，"你也跑不动？"

小草干笑："最近这两天没有好好练功，偷懒了，有点累。我往另一边引开他们一部分人也是好的。"

"好。"段十一来不及多说，"你去吧。"

小草停了步子，咬咬牙往另一边跑。

赫连齐乐回头，就看见背后一群追兵，有几个跟着小草去了。

她功夫那么好，应该不会有事吧。

前面有一段巷子路，段十一带着他七拐八拐的，竟然把那群人给甩掉了。

"累……累死我了。"

终于得了空儿喘口气，赫连齐乐抬手擦了擦脸。

段十一同样也累，喘息了半天，抬头不经意地一瞥，就瞧见赫连齐乐手上的血。

"殿下受伤了？"

"啊？"赫连齐乐低头看了看自己，"没有啊。"

"嗯。"段十一继续带着他往皇城走，"那就可能是别人的血吧。"

小草一路狂奔，脸色越来越白，最后终于跑不动了。

肩背上一道口子，被她越扯越大，后背怕是都给血染透了。

果然一把刀没那么厉害，不可能同时将所有的羽箭和刀都挡下来。她要是继续跟他们一起走，三个人都跑不掉，段狗蛋虽然总坑她，这种时候也一定不会丢下她，那太子就完蛋了。

还不如她一个人跑，要是能跑，那就活着。要是跑不掉，那起码另外两个人活着！

"哈！"黑衣人追了上来，一脚踹在了小草的背上。

小草倒地，就地一滚，伤口沾着灰尘，疼得她龇牙咧嘴的。

突然有点恼恨，为什么自己的刀没有开刃。

这念头也仅仅是一闪而过，小草心里呸了自己一声，怎么能有那么血腥的想法，她的刀可是拿来保护人的。

伸手拿刀挡下别人的刀剑，小草觉得眼睛有点花，手臂酸得跟灌了醋一样，再也难抬起来。

几个黑衣人围了上来，刀剑齐发。

太累了，小草苦笑着摇摇头，她可能要下辈子才能报仇了，今天时运不济，得交待在这里。

天旋地转，小草"砰"的一声倒在了地上。

声音全部都远去了，只剩下一片黑暗。

眼看着皇城就要到了，段十一突然停下了步子，转头问赫连齐乐："刚刚她是扶着你左边还是右边？"

"什么？"赫连齐乐没听懂，下意识地看了看自己带血的右手。

"我傻了。"段十一突然停下了步子，脸色变得很难看。

他扶的是左边，还问太子干什么。小草方才是在他右边，那这赫连齐乐手上的血也就不是其他人的了。

是段小草的。

一句话来不及多说，段十一把赫连齐乐往前面一推，转身就往回跑。

"哎……"赫连齐乐没明白他怎么了，皇城已经到了啊！

一路飞奔，比跑来的时候更快，心脏像是被什么东西捏紧了，动都不能动，呼吸都觉得困难。

跑得好好的，为什么会分开跑？她最近这两天压根儿没偷懒，有空儿就在练功，怎么会跑一下就累了？

他也是被追傻了，没多看她一眼。

她是伤着了吗？

脚下跑得更加快，段十一忍不住吐槽："这谁教的英雄情结，还舍己为公？"

路过刚才跑过的路，地上零零散散的开始有血迹，不多，但是很明显不是追兵的。

段十一深吸一口气，微微眯眼。

第131章　有的喜欢是用心痛来证明的

追兵那么多，若那丫头当真那么傻受伤了不告诉他的话，那可真是脑子里装了胭脂河的水了。这一跑，能活下来的概率是多大？

脚下狂奔，心里算了算，段十一扯了扯嘴角，得出的结论是：

无法生还。

倒吸一口凉气，段十一眼瞳微红，伸手按了按心口。

莫名的疼痛感像是仙人掌，裹着他的心脏，收紧，再收紧。

他身边一直有人不停地死去，这么多年早就习惯了，他给小草说过，做大事的人不能被感情牵扯，办案不能动情，对身边的人，也始终不能太过依赖，因为人总有一死，要是感情太深，等分别那日，必定生不如死。

他养大白也好，收留小草也好，都是做过心理准备的，不会太过重感情。

所以段十一看起来，一直是个游离世外的仙人。

然而现在，道理他都懂，心却痛得无法呼吸。

段大捕头难得也有点迷茫。他从没想过自己会因为失去段小草而难受成这个样子。

脑海里好像想起了芙蕖公主的脸。

她狡黠地笑着看着他，掩唇道："不动心不等于不喜欢，有的人在一起久了，根本不会有心动的感觉。那种喜欢，是要用心痛来证明的。"

瞳孔微微一缩。

耳边的风声渐渐清晰，段十一抿唇，不作他想，继续回去找人。

再往前，远远地，就闻到了血腥味。

段十一喉咙一紧，跟着跑过去。

最后一个黑衣人被天蚕丝挂在了空中，颜无味双眼通红，双手用力一分。

血雾漫天，四肢飞散落地。地上的血染红了一片，闻着全是铁锈腥味儿。

段十一皱眉。

颜无味已经杀红了眼，转头看见还有人，也不看清是谁天蚕丝便缠了过去。

地上不远处躺着个穿着官服的人，妃色的衣襟，衣裳崭新崭新的。段十一压根儿没理会天蚕丝，径直朝那方向跑过去。

颜无味周身杀气更重，飞身过来就挡在了他面前。

段十一咬牙，一掌拍在他的左肩，震得颜无味退后两步，眼神总算有了焦点。

小草躺在地上一动不动，身下也已经是红成一片，一张小脸惨白惨白的，一点活力都没有了。

段十一在她身边蹲下，伸手摸了摸她的脖颈。

没有脉搏。

他的心好像跟着停止跳动了，就这么呆呆地看着地上的人，身体僵硬。

颜无味从背后过来，一把抓起段十一，二话不说狠狠地打了一拳，打得他跟跄两步，跌倒在小草旁边。

段十一没回过神。

"你不是很厉害吗？"颜无味嗤笑，眼里满满的都是杀气，"这么厉害，怎么留下她一个人在这里了？"

话音刚落，又是一拳打在他肚子上。

喉咙一甜，段十一茫然地抬头看着他。

"她身上全是伤，你看不见吗？"颜无味一身黑衣飞扬，声音越来越轻，动作越来越重，"就你这样子，也配当人家师父？"

段十一没吭声，甚至没还手。他好像已经游离在另一个世界里，再也回不了神了。

颜无味趁机就打了个痛快。

段小草死了。

段十一飘浮在虚无的空间里，突然有好多好多的画面回到他脑海里。

有她笑得傻兮兮扛着大刀练武的，有她乖乖跟在他身后喊师父的，有被他坑了之后气急败坏喊段狗蛋的，有认真记下他教她的东西的。

"你想报仇吗？"

"我想。"

"那拜我为师吧，我可以让你成为六扇门里最厉害的捕快，想揍谁揍谁！"

"好！"

他不过是一时兴起，她却认认真真地开始学武。一个什么都不懂的小女孩儿，每天清晨起来蹲马步。随意给她的武功册子，上头全是标记和写写画画。

"师父，你好漂亮。"

"懂不懂怎么夸人？这叫风华绝代！"

"可是就是很漂亮。"

"小草，你先走，我断后！"

"段狗蛋！前面有狗！"

"我喜欢你！不是徒弟对师父的那种喜欢，是女人对男人的那种喜欢！"

"我就是知会你一声，在你没正式成亲之前，我都会想办法把你抢回来！"

"我背他，是因为他对我有恩。"

"那背我呢？"

"因为我喜欢你。"

好多好多画面飞过去，段十一淡淡地看着，觉得天上突然下起了雨，雨水还越来越多，越来越大，最后将他所在的空间全部淹没。

他要窒息了。

脑子还在理性地思考，然而身子一动也不想动，连挣扎都不想。

"段捕头！"

有人在焦急地喊他，声音很吵很烦。

"段捕头，快醒醒！"赫连齐乐使劲摇晃他，焦急得要命。

段十一终于睁开了眼睛，盯着帐顶看了许久许久，又想闭上眼。

"哎，醒了就别睡了啊，我还真以为你死了！"赫连齐乐红了眼睛，"御医说你受了内伤，外伤不严重，养养就好了，你别哭了。"

谁哭了？段十一好笑地睁眼，侧头看着他："我没事。"

嗓子嘶哑得跟在山顶大吼了一晚上似的，段十一皱眉，半坐起来看了看周围。

　　应该是皇宫里，富丽堂皇。太子殿下正守在他身边，再没多的人了。

　　心里一沉。

　　"怎么了怎么了？"赫连齐乐着急地问，"胸口也受伤了吗？"

　　"没有。"段十一轻笑，"只是突然疼了一下，我没忍住。"

　　赫连齐乐像是知道了什么，一脸惋惜："你也别太难过了。"

　　"嗯。"段十一低头看了看自己的手，顿了顿，才轻声道，"你怎么把我救回来的？"

　　赫连齐乐道："我回宫带了人去救你们，半路遇见了自称是霓裳阁掌柜的人，背着小草拖着你，所以我就将你们接进宫了，毕竟是我的救命恩人。"

　　段十一缓慢地转头看着他："小草……也在吗？"

　　"嗯。"赫连齐乐低沉了声音，"只是她的伤实在太严重了……"

　　段十一张了张嘴，眼前突然有些模糊。

　　"我知道，你不必说……"

　　"所以御医几乎将能用的药都用上了，千年人参，包括父皇珍藏的回魂丹都被我挖过来了。"赫连齐乐表情有点夸张，"你是不知道，她就差一点儿，魂就该被鬼差勾走啦！硬生生被我给救了回来！"

　　"而且小草真是伤得太惨了，刚刚才脱险，我才过来守着你的。父皇说你们这是第二次救驾了，等你们养好伤，必然有重赏！"

　　愣了好一会儿，段十一才回过神来，打断太子的喋喋不休："你的意思是，小草没有死？"

　　赫连齐乐瞪眼："谁说她死了？"

　　段十一深吸一口气，掀开被子就往外走！

　　"哎！"赫连齐乐吓了一跳，"你的伤还没好啊，御医说不能下床的！段捕头！"

　　段十一没听，结果走出宫殿就迷路了。穿着寝衣和袜子，茫然地站在重重宫殿之中。

　　"哎，我说你别这么急啊。"赫连齐乐追上来，"我带你去，在那边。"

　　小草刚从生死线回来，依旧还在昏迷，脸上一点血色都没有。

　　颜无味坐在床边，脸色和床上的人差不多。一听见动静，回头冷冷地看了过来。

　　一见是段十一，颜无味没说话，将头又转了过去。

"他为什么在这里？"段十一皱眉。

赫连齐乐道："我不是说了吗，你们都是他送来的。而且小草失血过多，御医说需要人血，这位颜掌柜的血刚好可以，给了小草好大一碗呢。"

段十一沉默，走到床边看了看。

小草穿着单衣，肩膀被包得很厚，脸朝外侧躺着，脸色白得都有些透明了。

伸手捏着她的手，感觉到了点温度，段十一才终于松了口气。

这一松，眼前就是一黑。

赫连齐乐连忙让人接住他，跺脚道："都是病人，跑来看什么看啊，哎，你别挣扎了，我让人在这里多加一个软榻。"

说着就吩咐了下去。

段十一躺在软榻上，缓了好一会儿才道："谢谢。"

颜无味知道是对谁说的，然而他并不打算领情。

倒是旁边的太子殿下不好意思地道："都是因为我一时任性，害得你们这么惨，哪里用得着你说谢谢。"

段十一闭目养神，不再说话。

他浑身的力气都用尽了，像是经历了一场大灾难，之后一切都归于平静。

他可能需要睡上两天。

太子遇刺的消息传得沸沸扬扬，宫里众人纷纷表示了关心，压惊礼物送了一堆，太子不太领情。

有会做人的，就买着珍贵药材往段十一和小草这边送。

小草昏迷了三天了，依旧没有醒。

颜无味一句话没说就一直在床边照顾。包百病和鱼唱晚被太子弄进宫来照顾段十一，段十一的恢复力自然比小草好了，现在已经勉强可以下床走两步。

"你打得是有多狠？"段十一某天问颜无味，"下那么重的手干什么？"

颜无味没吭声，安静地照顾小草。

段十一有时候想替代他给小草喂喂药什么的，然而都被包百病劝住了。

"你自己都是重伤要人照顾的，哪里还能管小草？"

段十一就只能看着颜无味温柔至极地擦着小草的嘴角。

芙蕖公主也进宫来表示了慰问。

东宫花园里，芙蕖笑眯眯地看着椅子上的段十一："我说的话，可有错？"

段十一冷哼: "公主的侍卫夫君可追到了?"

芙蕖脸色一变, 跺脚道: "你这人, 嘴巴这么不讨人喜欢, 哪里比得上人家温柔又无微不至的?"

段十一望着花园里的花不说话。

皇帝倒是没来看过, 太子过去请安, 还被他揍了一顿。段十一觉得这很正常。

然而进宫这么多天了, 如妃一直没露面, 段十一就觉得不正常了。

自己的儿子死里逃生, 不说过来哭一顿吧, 怎么都该关心关心啊?

结果如妃只差人送了礼物来。

闲暇的时候, 段十一就忍不住拉着赫连齐乐问: "你和如妃娘娘的关系不好吗?"

"你怎会这样想?"赫连齐乐道, "我和母妃相依为命, 感情自然是好⋯⋯只是母后体弱多病, 一直在中宫养病。"

"中宫?"段十一忍不住挑眉, 都说这如妃待遇堪比贵妃, 结果已经住在皇后的宫殿里了? 也是有点厉害。

别的也没多问, 这俩人不来也是好事。

当看见东宫里如妃的画像的时候, 段十一就更加这么觉得了。

可是这一天, 九王爷进宫了。

在段十一受伤的第五天, 赫连淳宣进宫表示慰问, 先去求见了皇帝, 然后就拉着皇帝一起来了东宫。

段十一看他的眼神冷得很, 挡在小草的房间门口朝皇帝行礼。

"段捕头不必多礼。"皇帝老头笑得和蔼, "你又立大功, 哪里还用这样客气。"

"礼不可废。"段十一轻笑道, "卑职还正有事情要禀告圣上, 请圣上移步。"

九王爷看着他道: "皇上是来看你和你徒儿的, 这还有一个人没看见呢, 不能进去说吗?"

"九王爷。"段十一笑道, "我徒儿还昏迷不醒。"

一阵凉气朝他袭过来, 九王爷抿了抿唇, 没有再多说。

皇帝跟着去了旁边的房间。

"段捕头有何事?"

"关于太子被刺杀之事。"段十一道, "卑职觉得, 最近有人心怀不轨，还望皇上注意安全，不要见陌生之人。方才那屋子里有很多宫外的人，故而卑职不愿皇上进去。"

"还是你想得周到。"皇帝笑道，"既然如此，那就将朕的问候带给你徒弟。"

"多谢皇上。"

九王爷在旁边微笑。

有惊无险，段十一严肃地找到赫连齐乐："我想见如妃。"

赫连齐乐皱眉："外臣不能随意见后宫嫔妃的，你不知道吗？"

段十一道："我有关系到你的命运，甚至大梁命运的事情，要找她商量。"

赫连齐乐抿唇："我母后一般不见人，连见我都是好几天才让我请安一次。"

"那你直接告诉我中宫怎么走。"段十一道，"我伤好些了。"

赫连齐乐脑袋直摇："你等等，我带你去。"

第 132 章　事实和八卦不同

算算日子，上一次给母妃请安是在刚回宫的时候。已经过了这么多天，是该去请第二次了。

机灵的赫连齐乐找了套太监衣裳来给段十一换上。

包百病站在旁边道："段捕头！是个男人就不能穿这衣裳啊，多羞耻啊！"

段十一面无表情地套上，系好带子："别无选择。"

鱼唱晚倒是笑眯眯地道："段公子就算穿寿衣，都一定是最好看的死人！"

后宫是个说大不大说小不小的地方。段十一跟着赫连齐乐一路走过去的时候，看着弯弯曲曲的宫道，终于想起个问题。

如妃住在皇后的宫殿里，皇后没意见就算了。皇后的娘家人也没意见吗？

皇后王氏可是大家之女，其父前朝重臣，兄弟皆在朝为官。你说后宫里皇后矮如妃一头，这算正常，可前朝里如妃算什么啊！竟然没有人上奏她鸡栖凤巢？

这个疑问一直持续到了他们进入中宫。

一早有人通报太子来请安，皇后和如妃都坐在中宫大殿。皇后上座，如妃在旁。

　　"儿臣给母后、母妃请安。"

　　"平身吧，今日怎么过来了？"

　　开口说话的不是如妃，是皇后。

　　段十一垂首站在一边去，眼角轻轻打量。

　　皇后面带微笑，从容自若，半点无被欺凌之象。倒是如妃，见着自己儿子，话都不敢多说，就坐在旁边，拿一双眼睛看着。

　　那眼睛还真像段小草。

　　赫连齐乐也不觉奇怪，跟往常一样道："每隔几日来请安，也算儿臣尽孝。母妃的身子怎么样了？"

　　如妃这才开口，轻声道："母妃无碍，只这两日腰疼，有些不好睡。"

　　赫连齐乐顿了顿，道："我这里有个太监，会推拿之术，不如送给母妃试试，看身子能否好转？"

　　"哦？"皇后笑了，"难得太子有这样的孝心，人在哪儿啊？给本宫瞧瞧。"

　　段十一正左看右看，心想太子还带了哪个太监来啊？结果下一秒自己就被推到了前头去。

　　"他叫小段子。"

　　跟着跪下，段十一额角跳了跳，顺着太子的话就捏着嗓子道："奴才给皇后娘娘、如妃娘娘请安。"

　　这皇后和如妃黏在一起，想单独见如妃好像有点困难。太子这法子倒不是不可行。

　　皇后瞧了瞧人，皱眉："你抬起头来。"

　　段十一脖子僵了僵，瞬间影帝附身，抬头看向皇后，眨巴了一下眼，跪着的手也改捏了兰花指。

　　皇后看得一愣，抿唇道："太子，这样的人……恐怕不适合在后宫吧。"

　　长得也太好看了。

　　赫连齐乐道："此人跟在儿臣身边，还不如跟在母妃身边，母后觉得呢？"

　　皇后顿了顿，深以为然，点头道："太子长大了，考虑得也周全，就把人留在如妃身边吧。"

　　"谢娘娘。"如妃颔首。

　　赫连齐乐看了段十一一眼，拱手道："那儿臣就先告退去读书了。"

"好。"皇后慈祥地摆手，"去吧。"

整个请安过程，如妃几乎没说话。

段十一站在大殿里，看着太子退了出去，心里就直犯嘀咕。

如果当年他的八卦没听错的话，如妃是皇后身边的宫女，还遭受过皇后的毒杀和暗杀，生了太子才坐上妃位。外界都说皇后让如妃三分，印象里的如妃娘娘，怎么都该是那种坐着肩舆翻着白眼一脸不可一世的模样啊。

结果眼前的如妃，温顺垂眸，像是穿着盛装的宫女，在皇后面前半句话也不敢多说。

这实际情况好像和八卦不太相符。

"既然是太子给的，本宫也不多为难。"皇后道，"如妃，你就把这小太监带回去好好调教吧，什么该说什么不该说，他都得知道。"

"是。"如妃起身，毕恭毕敬地行礼，末了朝段十一招手，"你跟本宫走。"

"遵旨。"段十一扭着小腰，迈着莲花碎步就跟如妃出了大殿，去后头的侧堂。

一进侧堂，如妃就遣退了宫人，瞧着段十一，眼泪唰唰地就下来了。

段十一吓了一跳，这说哭就哭的，一点预兆都没有，也太突然了吧？

"我知道乐儿是一片好心，叫你来伺候我。但是可能要苦了你了，我这地方……"如妃拉着段十一坐到软榻上，看着他道，"你一来这里，可能就要出不去了。"

"……娘娘此话怎讲？"

如妃长长地叹了口气，抹着眼泪道："多的你不用问，但是后宫一切皇后做主，不可冒犯半分。你来伺候了我，听见什么看见什么，都不能给太子言说，明白吗？"

段十一点头，扫了这屋子一眼。装饰还算过得去，然而瞧着比正常宫嫔住的地方可差远了。

这到底是什么情况？如妃为什么会受皇后控制，混得这么惨？生了太子，就算不横着走，起码也不会沦落到这个地步吧？

然而这房间还是小事，跟着如妃没一会儿，段十一就明白了如妃当前的处境。

皇后口渴，身边的大宫女特意跑过来叫如妃去倒茶。皇后去花园里散步，如妃扶着她。皇后想吃什么，如妃亲自去厨房端。

看起来是皇后如妃情同姐妹，但是瞧着如妃眼里的痛苦，段十一明白了，皇后娘娘这是还把如妃当自己的贴身宫女一样折腾，而且是在她身子不太好的情况下。

段十一不解了，抽空儿问如妃："娘娘，皇后如此对待您，怎么不同皇上说明？"

如妃苦笑："皇上太忙，知道了又怎么样？"

顶多因为太子，给她点赏赐。后宫最常在的还是皇后啊。

她出身卑微，这就是出身卑微的痛苦。哪怕被虐待，没人会伸手帮你。

"我在等。"如妃幽幽地道，"我在等太子登基的那一天。"

只有那个时候，皇后手里威胁她的筹码，才会彻底失效。

段十一张张嘴，将本来准备要说的话统统吞了回去。

告诉如妃没有用。哪怕告诉如妃，现在有人图谋不轨，想在太子的身份上做文章，如妃能如何？原以为她是一手遮天的霸气娘娘，那还好说，现在这模样，段十一只能选择沉默。

晚上的时候，段十一翻墙回了东宫，让太子另外派个人去顶替他。

"怎么样怎么样？"赫连齐乐迎上他，"我母妃说什么了？"

段十一看了他一眼，问："如妃娘娘可跟你诉苦过？"

赫连齐乐茫然："诉苦什么？她不是过得好好的吗？每次只叫我用功读书。"

哪怕他病了，也是皇后先来看望。母妃从他十五岁之后就搬进了皇后宫里，原先还对他关心有加，这一年来，已经是不闻不问，任何事情都不在意了。

有时候赫连齐乐还挺怨如妃的，太过冷漠了，根本不像是亲娘。

段十一沉默了一会儿，道："你母妃挺好的，只是我担心的事情她帮不上忙。"

"我就知道，你去见她也没用。"赫连齐乐垮了肩膀，"她对我不闻不问已经很久了。"

段十一拍拍他的肩膀："你好好读书吧。"

又是这句话！赫连齐乐甩开他的手，气鼓鼓地往小草的房间去了。

小草还在昏睡，不过御医说，今天晚上怎么也该醒了。

颜无味已经守了她整整五天，段十一瞧着，嫌弃地道："颜掌柜，你真的不打算洗个澡？别让小草一醒来，又被你熏昏过去了。"

"不劳费心。"颜无味头也没抬，"等确定她没事，我再去洗漱不迟。"

鱼唱晚站在旁边，忍不住小声感慨："颜掌柜对小草用情之深，让我看着都羡慕。"

段十一冷哼一声翻了个白眼，有什么好羡慕的？女人就是肤浅，看着男人对自己好就觉得喜欢，实际上……

实际上小草也是个女人。

抿抿唇，段十一很想搬个凳子去颜无味旁边坐着，然而这种掉身份的事情，段大捕头是不会做的。

"段捕头，你想让小草一睁眼看见的就是他吗？"包百病小声道。

段十一撇嘴："第一眼看见能怎么？还能开出朵花来？"

"唉，这好歹体现了你对她的重视啊，刚刚从鬼门关回来，要是睁眼能看见你，小草肯定很高兴。"

段十一呵呵笑了两声，指了指自己身上的白衣，又指指颜无味身上的黑衣："我再过去，整个一黑白无常，可别吓坏了她。"

这人咋这别扭啊？包百病直摇头，瞧着他视线一直往那边飞呢，偏偏一脸欠揍的不在乎模样，小草要是看见，又得想揍他了！

"唔……"床上的人呻吟了一声。

段十一直了直腰，颜无味更是直接站了起来，拉着小草的手："你醒了？"

眼前的混沌过了好久好久才散开，小草慢慢睁开眼睛，就看见一个长得很好看的人，正一脸焦急地看着她。

那眸子里的东西，好温柔啊。

第 133 章　一道天雷

包百病凑过去看了小草一眼，伸手在她看傻了的眼睛前挥了挥："小草？"

眼神终于有了焦距，小草看看颜无味，再看看包百病，茫然地道："这是哪里？"

"这里是东宫。"颜无味握着她的手，温柔地道，"你还疼吗？"

不问还好，一问背上的伤口就撕心裂肺地疼了起来。小草闷哼一声，痛苦地皱眉。

颜无味眉头皱得比她还深，二话没说拉着她的手就运气。

温热的感觉瞬间流淌到了全身，刚开始还有什么东西在抵触，她轻轻一调息，瞬间就通畅了。

小草睁眼看着面前这个人，哪怕这人一句话没说，小草也感觉到了。

他好像喜欢自己。

"好些了吗？"颜无味低声问她。

小草点点头，咧嘴一笑："谢谢你。"

包百病看了段十一一眼，轻咳一声道："小草，你师父也在呢。"

小草茫然地看着他，又顺着包百病指的方向看见了段十一。

"这人可真好看！"小草忍不住感叹了一声。

段十一皱眉，两步跨过来，低头看着她问："我是谁？"

小草眨眨眼："我认识你吗？"

一道天雷劈下来。

段小草失忆了！

包百病连忙检查了一番，问了小草很多问题，小草统统摇头。

"这是怎么回事？"鱼唱晚皱眉道，"什么都不记得了吗？"

包百病一脸严肃地道："可能是伤着了头，会有部分记忆缺失。"

段十一死死地盯着小草，表情有点恐怖。

小草吓了一跳，下意识地就往颜无味身后躲。

颜鸡腿眼睛一下就亮了，伸手护着小草，勾唇一笑："段捕头这么凶做什么？"

失忆是好事啊，至少对颜无味来说，真是一个天大的好事！小草谁都不记得了，也就是说她对段十一先前的好感统统清零，他和段十一在同一起跑线上了！

段十一的脸黑得很难看。

小草捂着肩，看看这个又看看那个，确定这个黑衣服的在她旁边，白衣服的不会过来打她之后，就继续趴在床上休息了。

她还很虚弱，背上受伤了不说，身上深深浅浅还有很多伤疤，睡了整整五天，也不过是有了点体力，疼还是一样地疼。

包百病一把拉过段十一就往外走。

颜无味面带微笑地看着鱼唱晚道："烦劳鱼姑娘照顾小草一会儿，我去洗漱更衣。"

"好。"鱼唱晚笑着点头。

人都瞬间走了干净，小草睁开眼睛看着帐顶问了一声："我叫什么名字？"

鱼唱晚道："你叫段小草，刚刚那个黑衣裳的是你的未婚夫，白衣服的是你师父，另外一个蹦蹦跳跳的是个大夫。"

小草一顿，侧头看着鱼唱晚："那你是？"

鱼唱晚笑了笑："我是你的好姐妹。"

眼神恍惚了好一会儿，小草同学接受了。

"有什么话我都可以给你说，你也记得不要对我有所隐瞒哦。"鱼唱晚温柔地摸了摸小草的头发，"我是当真把你当朋友。"

小草点头，咧嘴笑了笑："好！"

包百病拖着段十一一阵走，走到花园里头才道："段捕头，你意识到事情的严重了吗？"

段十一皱眉看着他："那丫头本来就脑子不好，这下还伤着脑子，是挺严重的。"

"嗯对。"包百病点头，随即又摇头，"我呸！不是说这个，我是说小草丫头失忆了啊，她不记得你了！"

段十一垂眸沉默了好一会儿，叹了口气："也许她什么都不记得了是件好事。"

反正就算她不记得了，那也可以重新认识认识，日子还很长。若是她能把过去一切都放下，躲过现在这一劫，那未必不是塞翁失马。

包百病瞧着段十一眼里的神色，连连摇头："我不知道你在想什么，但是我只知道一点，按照我看过的多个病患的表现来看，失忆的人一般会最依赖睁开眼第一眼看见的人。会相信别人第一次给她说的关系和介绍的人。"

段十一微微眯眼，看着包百病道："那又怎么样，你觉得我会比不上那黑乌鸦？"

拿着衣服准备去隔壁洗澡的黑乌鸦淡定地从他们身后经过："背后骂人不太好，段捕头。"

段十一和包百病都僵硬了一会儿，直到颜无味走进房间，他们俩若无其事地就恢复了正常，压根儿当他没来过。

"不是比得上比不上的问题。"包百病道，"感情这个东西是说不准的，也许你很好，人见人爱，但是你对她没别人对她好，你不在意她，不关心她，除了这张脸没有让她觉得心动的地方，那又有什么用啊？顶多让段小草觉得你帅，但是她不会想嫁给你。"

段十一嗤笑，别开脸道："谁又想娶她？包百病你作为一个大夫，关心的东西是不是也太多了？"

包百病鼓了鼓嘴："那行吧，就当我看走眼了，你不喜欢小草，就拿她当徒弟，那现在我就不管了啊，你别后悔！"

包百病气得跟只包子一样地回了房间。

鱼唱晚正开心地跟小草聊天，将基本的事情都告诉了她。

"包百病！"小草笑眯眯地道，"听闻你医术很厉害？"

包百病一顿，还是有点不适应，坐下来摸摸头道："还算可以，但是我不会治疗失忆症。"

"啊，不用难过，我慢慢自己想就好了。"小草嘿嘿笑了两声，摸了摸自己的伤口，"不过我是为什么受伤的啊？"

"这个我知道。"包百病道，"你师父说，是因为保护太子被追杀造成的。"

小草瞪眼："我这么厉害？"

"是啊，你是堂堂六扇门名捕段十一的徒弟，当然很厉害。"包百病道，"还好你没学到你师父那股子别扭劲儿。"

小草摸着脑袋笑，把这话当夸奖收下了。

颜无味沐浴完毕，换了一身黑衣裳过来，坐在床边看着她，低声问："饿不饿？"

小草连连点头："快饿死了！"

颜无味一笑："那我去给你找吃的。"

"不必。"段十一从门口进来，手里已经端着粥，"刚刚宫人就做好了，我顺手拿过来。小草，过来吃。"

第 134 章 我就随便看看

这可算是破天荒了，段十一已经很久很久没这么温柔过了，连包百病都忍不住看他一眼。

小草吞了吞口水，看了段十一好一会儿才将粥接过来，小声说了句："谢谢。"

段十一抿唇，收回手去拂了拂袖子，站在一边。

很久以前，段十一曾经向上天许愿，希望自己的徒弟能变得乖巧懂事、温柔文静又武功高强，那样怎么也比个疯疯癫癫、整天咋咋呼呼的孩子要好多了。

现在，老天午觉睡醒了，好像终于听见了他的愿望，就把段小草给变成这样了。接个粥竟然还给他说谢谢，真是有礼貌……又疏远得叫他不习惯。

颜无味安静地看着小草一口一口将粥喝完，拿帕子给她擦了擦嘴角："还要休息吗？"

小草直摇头："不了不了，睡了五天，我整个人都快散了！"

"那你想做什么？"颜无味低声道，"我陪你。"

这嗓音温柔得鱼唱晚都起鸡皮疙瘩，段十一自然也皱眉："我的徒弟，不劳烦颜掌柜费心。"

颜无味转头看着段十一道："段捕头有空儿照顾小草吗？好像还有什么要事要做吧？"

段十一眯眼："你知道的是不是太多了？"

皇后和如妃那边有问题，九王爷蠢蠢欲动，风家灭门之案好像也牵扯其中。小草已经失忆，段十一自然有大把大把的事情要做。

然而……就要这样把小草交给颜无味？段十一皱眉。

颜无味道："在下不过是一介平民，只是胡言乱语，段捕头不要介意。不过在下没有事情做，陪着小草回六扇门也是可以的，段捕头可以放心去做自己的事情。"

段十一轻哼一声，正要说话，身后就传来赫连齐乐的声音："你们不用回去六扇门啦。"

众人一愣，都回头看他。

赫连齐乐被吓了一跳，吐了吐舌头："别那么严肃啊，我是来说好消息的。母后说段捕头有大功，可以让小草在宫里养伤，御医院的药随意用。"

段十一轻轻松了一口气，包百病也拍了拍心口："吓死我了，我还以为咱们犯了什么事，要被关在宫里呢。"

"怎么会？"赫连齐乐道，"母后可喜欢段捕头了，说段捕头年少有为，堪当大用。"

段十一勾了勾唇："能得皇后夸奖，段某也是荣幸。"

赫连齐乐走到床边看了看小草，轻声问鱼唱晚："她真的什么都不记得了吗？"

鱼唱晚点头："不过我已经将我们这些人的关系告诉她了。"

"哦。"赫连齐乐玩心一起，立马仰起下巴对小草道，"我是当朝太子，你看见我，还不行礼？"

小草皱眉，看了他半天道："我就是为了救你，被伤成这样的？"

赫连齐乐嚣张的气焰瞬间消失了个干净，干笑道："嗯对……当时多亏了你。"

"不用谢。"小草一脸大度地摆手，"听说我是官府的人，这也是我应该做的。不过我既然救了你，有没有什么奖励啊？"

"自然是应该有的。"颜无味低声道，"太子的性命可值钱了，你可有什么想要的东西？"

"哈哈，对。"赫连齐乐摸着脑袋干笑道，"你想要什么？我可以去求父皇。"

小草眨眨眼，想了一会儿道："这里是皇宫吗？"

"是啊。"赫连齐乐点头，"是个很大很大的地方。"

"那我可以四处看看，随意走动吗？"小草道，"躺了五天，我觉得身子都要生锈了！"

赫连齐乐有点为难："这可不是一般人能做到的事情啊，虽然你是个女儿家，但是……"

"不可以吗？"小草的眼神瞬间黯淡了下来，"鱼姑娘说太子是很大的官，皇宫是天下最好看的地方，我还以为救了太子能参观皇宫呢，结果不可以啊……"

语气可怜巴巴的，眼神也可怜巴巴的，赫连齐乐听着就不忍心了，连忙道："也不是一定不可能啊。"

"有可能吗？"小草的眼眸又亮了起来。

这一失忆，段小草眼神清澈得叫人觉得让她失望都是件错事儿。

赫连齐乐咬咬牙："我去替你向父皇求块儿牌子，看看行不行。"

"好啊好啊。"小草乖巧地点头，"我保证不乱走，就是随意看看。"

"嗯。"赫连齐乐一脸凝重地出去了。

段十一睨着小草："为什么想看皇宫？"

小草仰头看着他，一脸的天真无邪："因为是皇帝住的地方啊，鱼姑娘说，后宫里还有好多好多仙女。"

仙女没有，红颜枯骨倒是有一堆。段十一叹了口气道："你伤还没好，没事就别乱走了。"

"嗯。"小草应了一声，显然是没听进去的，看了看段十一问，"师父……是吧？我以前跟着你是做什么的？"

段十一道：“你跟着我破案抓凶手，打架。”

小草点头，听起来就很厉害的样子。

“那你这么好看，我有没有喜欢过你啊？”

这话一出来，颜无味愣了愣，包百病也呆了。鱼唱晚眼睛直眨巴，看向段十一。

段十一背脊僵硬了一会儿，道：“没有，你我是师徒，怎么会……”

“哦，这样啊。”小草点头，一点意外也没有。

然后她就不理段十一了，开始戳自己的伤口，确定没那么痛了，就招呼鱼唱晚：“咱们换衣裳出去晒晒太阳吧！”

“好。”鱼唱晚松了口气，替她找了衣裳来换。

段十一站着没动，小草换好衣裳就从他背后走出去了。

颜无味背着手，也跟着小草出去，只是路过的时候，十分优雅地朝段十一颔首：“多谢。”

段十一铁青了脸。

鬼知道刚刚那话自己怎么说出去的，或许他该说实话喜欢过？可是那样就会很尴尬吧，毕竟她什么都不记得了。

心里有点烦躁，段十一甩了甩袖子，将脑子里乱七八糟的想法全部赶走。他的确还有事要做，没时间在这里想东想西的。

跟着转身出去，就看见颜无味扶着小草慢慢散步。

眯着眼睛看了一会儿，段十一侧头对旁边的包百病道：“我去面圣一趟。”

包百病耸肩，跟他说干啥啊，他又不能做什么。

太子正在御书房，跟皇帝商量让小草在宫里自由行走的事情。老皇帝不太放心啊，这让一个外人在自己家里来去自如，怎么都不太好吧？

赫连齐乐拍着胸口道：“父皇你放心，那姑娘什么都不记得了，就是想长长见识，随意看看。”

“那她要看多久啊？”老皇帝问。

赫连齐乐道：“你就给人家一个牌子，然后告诉后宫有客人参观，管她看多久呢，咱们这里又没什么不能见人的。”

你是没什么，可是老皇帝有啊！皇帝很惆怅，不同意吧，显得他皇家小气。同意吧，这可有点让他龙心不悦啊。

正犹豫呢，太监跑进来说：“皇上，段捕头求见。”

老皇帝坐直了点:"宣。"

段十一进来就直接跪下,开门见山地道:"皇上,卑职在宫里叨扰皇上多时,是时候该出宫了。"

老皇帝一听,这个可以有啊:"准奏!"

答应得又快又好,段十一笑了笑,补充道:"除了劣徒想参观皇宫,我们其余的人都会离开。"

老皇帝脸上的笑容还没形成就僵硬了。好嘛,说半天还是要参观皇宫。

不过那个姑娘脑子受伤,什么都忘记了倒是没什么威胁,只要段十一那一群人快些出宫,皇帝就觉得心里舒坦。

于是犹豫了一会儿,皇帝就笑眯眯地道:"这个自然不成问题,你还有案子在手,就早日回六扇门吧。"

"那劣徒就要麻烦太子多照看了。"

赫连齐乐点头:"好。"

段十一很潇洒地走掉了,皇帝同时就派人准备马车,将鱼唱晚、包百病以及最重要的颜无味,给一路带上了马车。

颜无味很无语地看着段十一:"你是不是也太卑鄙了点?"

段十一很无辜地看着他:"我怎么卑鄙了?皇宫本来就不是我们这些小人物长久停留的地方,小草要看皇宫,就让太子带着她看好了,颜掌柜是不是也该回去照看生意了?"

"呵。"颜无味冷笑一声,移开了眼,"段十一,你是不是害怕了?"

"我怕什么?"段捕头挺了挺胸。

颜无味勾唇一笑:"你怕小草喜欢上我。"

段十一咯咯地就笑出了声:"且不说她为什么会喜欢你,就算她喜欢,那又如何?"

颜无味轻哼:"既然不怕,为什么要把我一路带出皇宫?"

段十一低头想了一会儿,道:"我怕你刺杀皇帝而已。"

第 135 章 长得跟我像的都漂亮

颜无味翻了个白眼。

皇宫那是什么地方?守卫森严不说,当真机关少了不成?上次六音企图进宫行刺差点丧命，他段十一又不是不知道。现在竟然还说他要行刺皇帝？

还不如说觉得他在皇宫里后妃会怀孕可信度高。

"你当真放心把她一个人放在皇宫里？"

段十一笑着展开了扇子："不放心啊，所以等你们回去好好安顿，我会进宫去看她的。"

这个畜生！就是看准了他这身份不能进宫！

马车从皇宫出去，带着不甘心的颜无味，消失在了官道上。

小草脸色还有些苍白，坐在赫连齐乐面前听他讲宫中知识。

"你只能在宫里走动，但是不要乱闯别的宫殿。"赫连齐乐道，"见着什么人，就说是我身边的人，大概也不会太为难你。"

"好。"小草乖乖点头，又笑，"我什么也不知道，人家应该不会太为难我吧？"

"我想也是，你看起来就跟张白纸似的。"赫连齐乐忍不住多看她一眼，"不过说实话，你和我母妃，真的长得好像……"

小草顿了顿，笑道："那你母妃一定很漂亮！"

赫连齐乐失笑："虽然你这自夸很无耻，不过这倒是真的，我母妃当年可是宠冠后宫。可惜后来进宫的新人越来越多，母妃也老了，不得太多恩宠了。"

红颜色衰爱弛，这在宫中也是寻常的事情。

小草从他手里接过令牌，颔首道："我就随意逛逛，身子还没好，也不敢走太远，太子不必担心。"

"好。"赫连齐乐点头，目送小草出门。

等人已经走得不见了，赫连齐乐才继续皱眉，小声嘀咕："没有血缘关系的人，会长得那么像吗？"

"太子殿下。"近侍过来道，"九王爷进宫了，邀您去吃民间特产。"

这敢情好啊！赫连齐乐一听就去了。他和皇叔虽然不太熟悉，但是这个皇叔不逼着他读书，每次进宫都给他带些有趣的或者好吃的民间玩意儿，叫他欢喜。

九王爷在御花园里已经久等了，手边放着一封信。

马车在六扇门门口停下，段十一刚下车，就看见抽刀急匆匆地拿着东西进去。

李二狗师徒三人已经老实了很长一段日子了，安分得很，所以段十一也没在意，只要他们不惹事就行。

然而跟着走进六扇门大堂，很多人都在，叶千问坐在主位上，正皱眉看着手里的一份东西。李二狗站在旁边夸夸其谈，已经说到了最后一句："所以，经拷问，我们发现，段十一和小草前面查的两个案子都是错的！那个李子和心儿姨娘都是他杀，且都是被宫里派来的人所杀！至于最后一个李承生，石青自己就交代了，他是受人所托！"

"这一系列的案件背后，隐藏着一个天大的阴谋，若是就让案子这么结了，必定有隐情沉于水下，再难出来！"

李二狗这一字一句的，说得唾沫横飞。大堂里一片安静，直到段十一进去。

听见脚步声，众人回头看着段十一，表情都有点古怪。

段十一挑眉。

"十一回来了？"叶千问神色十分凝重，"在你进宫的这几日，李捕头将前面发生的命案都查了一遍，发现有蹊跷，现在要翻案。"

翻案？

段十一微微皱眉。

已经定了的案子，若是当真被翻了，那就是查案人的失职，他该受罚。

但是，李二狗来翻他的案子？这听起来有点玄幻，段十一抬步就走到叶千问旁边，低头看向他手里的东西。

那是几份供词。

拿过来看，上头有李子的未亡人的供词，说的是，李子并不想死，生前还说了有人要杀他，想带她走。结果第二天就死在了山里。还有方老爷的供词，说心儿姨娘很信自杀的人没有来生，所以应是谁把她推下去的。

这些证词看起来假得可笑，然而李二狗却道："段捕头，别怪我冒犯，这几次的案子都是你徒弟在张罗，她年纪小，难免会出错漏，我不是针对你，只是将查到的事情说出来。"

已经定了的案子，有人会特意去重新问证词，重新查案吗？

段十一看着李二狗，问："李捕头什么时候开始查案的？就在这五天之中吗？"

李二狗一顿，道："就是这五天。"

"那三个案发地点相去甚远，光是路上就得需要两天时间吧，剩下的三天，李捕头是每个地方停留了一天，就得到了供词，知道了真相？"

"这……"李二狗笑了笑，"怎么查出来的……就算李某运气好。段捕头也不用生气，我已经给总捕头说了，不会怪罪你。"

"这不是怪罪不怪罪的问题。"段十一伸手捏着那两张供词，轻笑道，"不知道李捕头听说过桃子的故事吗？"

李二狗一脸茫然。

"山上有棵桃树，上面的桃子特别好吃，可是树下有老虎，猴子都不敢靠近。有一天啊，老猴子就对一只小野猪道：'我会把老虎引走，你去偷桃子。'小野猪兴高采烈地答应了，觉得这真是个好主意，于是就去了桃树边，看着没老虎就上去咬桃子。"

大堂里一群人都屏息听着，段十一眉眼一转，笑着继续道：

"结果啊，它靠近，就被突然蹿出来的老虎咬着尾巴，吞进肚子里吃掉了。老猴子就在一边守着，看老虎吃饱了走了，立刻上树去开心地吃桃子了。"

李二狗想了想："你是想说姜还是老的辣？"

"不。"段十一笑道，"我是想说，以为别人会无缘无故帮你的人，都是蠢猪。"

四周一片轻笑，祁四道："段捕头说这话倒是有点道理。"

"呵，有道理是有道理，然而李某不懂段捕头在说什么。"李二狗道，"这好像跟案子没什么关系，要是段捕头是想调节调节气氛，那倒是没关系。"

段十一道："该说的我都说完了，若是证据充足，李捕头要翻案，段某没有任何意见。"

李二狗轻哼一声道："证据当然充足，不然今日我也不会找了总捕头来说。而且，背后的大秘密，我也知道了一些，一旦说出来，必定叫我大梁根基撼动。所以，我想和总捕头进宫面圣。"

段十一三天两头往宫里跑，李二狗早就看不下去了。跟芙蕖公主订婚就算了，还企图天天在皇上面前露脸？那以后段十一这飞黄腾达的，他还赶得上吗？

叶总捕头道："这件案子牵扯的人有点多，甚至还涉及一些旧案。进宫不必那么急，先彻底查查再说。"

李二狗皱眉，还想再说，却被叶千问压了下来。

"十一，你最近不是想休息吗？"叶千问道，"那就好好休息一阵子吧，其余的事情，就交给李捕头了。"

这是意味着，段十一要被李二狗取代了吗？祁四皱眉，看着段十一，很想他再反驳一下。虽然被翻案有些丢脸，但是总不至于就直接认输了吧？

然而段十一没多说，只点头："好。"

就这一个字，也就是把这一堆的案子，全部让给了李二狗。

叶千问颔首，带着李二狗进旁边的审问大堂去细谈了。段十一拂了拂袖子，去了秘案室。

"九皇叔，这是什么？"吃着糕点的赫连齐乐看着赫连淳宣递过来的东西，挑眉。

"这是六扇门的段捕头想给你的，出宫太快没来得及，正好我要进宫，他就托我代为转交了。"九王爷笑眯眯地道，"我还没看呢。"

一封泛黄的信，上头没有收信人，看起来有些年头了。

赫连齐乐好奇地拿过来，想也没想就打开了。

"涟漪之女，必视为亲生，也望厚待吾子，不负恩情。"

就这一行字，落款没有，透过阳光倒是可以看见一棵树模样的水印。

"这是什么？"赫连齐乐笑眯眯地看了看，"哪儿来的啊？什么意思？"

九王爷耸肩："我也不知道，有空儿的话，太子倒是可以去问问段十一。"

"好啊好啊。"赫连齐乐乐呵呵地应着，转身回了东宫。

关上门的那一瞬间，赫连齐乐脸色沉了下来。

涟漪是如妃的闺名，还是做丫鬟的时候被皇后叫过，这么多年过去，已经很少有人知道了。

那信的意思很清楚，有人把孩子托给如妃照顾了，同时也照顾了如妃的孩子。

赫连齐乐呆呆地看向墙上自己母妃的画像。

段十一为什么要送这个东西来？是想告诉他什么？

"太子殿下。"门外有人道，"你要去给如妃娘娘请安的话，记得带上我啊！"

是小草的声音。

赫连齐乐深吸一口气，转身打开门。

小草笑得十分清澈地道："我在宫里逛了一圈，就中宫进不去了。不过好想看看，那如妃娘娘到底跟我有多像？"

赫连齐乐定定地看了她一会儿，然后笑道："好啊。"

第 136 章　来不及了！

"但是刚才去给母妃请安过，不能再去了。"赫连齐乐道，"不过明日母妃应该要去佛堂，我掩护你进去，你看一眼就出来吧。"

"好啊。"小草眼睛亮了亮，"你母妃温柔吗？"

赫连齐乐点头："她一直很温柔。"

小草眼里透出点羡慕，蹦蹦跳跳地又出去了。

看着她的背影，赫连齐乐的眼神有点迷茫。然而毕竟是太子，智商也还是有的。他没多说，只吩咐人下去安排。

第二天，小草就和赫连齐乐两个人大摇大摆走在宫道上。

"母妃喜欢抄佛经，也就去佛堂的时候母后不和她在一起，因为母后虽然喜欢书法，却格外讨厌佛经。"赫连齐乐边走边道，"只要躲过外头的守卫，你就可以进去见着母妃。"

以前赫连齐乐想念如妃的时候，也经常企图在这种时候翻墙进去找如妃。然而他动作太笨重，总是被发现。

小草不一样，她会武功，更会轻功。

所以一到目的地，赫连齐乐还没来得及说话呢，小草直接就翻进了佛堂。轻盈，不留痕迹。

留下赫连齐乐在墙外傻站着。

关于为什么会在后宫修佛堂这个问题，小草来的时候也想过。大概是因为后宫里的女人需要信仰，信不过男人的时候，就只能信神佛。

佛堂里檀香缭绕，如妃一人跪在香案前头，正在一边喃喃细念，一边抄佛经。

小草远远看着她的背影，莫名其妙地觉得眼眶有点湿。

"南无阿弥陀佛，南无阿弥陀佛……"

"大慈大悲的观世音菩萨，弟子最近常常做噩梦，不知是不是业障要偿了。"如妃闭着眼，脸上泫然有泪，"若是要偿，也愿直接还清，不想夜夜受折磨，还请菩萨成全……"

小草安静地走过去，轻轻地跪在了她旁边的蒲团上。

声音再轻，如妃也是惊觉了，转头一支笔就甩了过来。

小草伸手接住，只被那墨水甩在了脸上。

"你是谁？"如妃皱眉，"怎能进得这佛堂来？"

小草抬眼看着她。

时光若会刻画，现在将小草脸上多刻二十年的岁月，就同如妃长得一模一样。

如妃震惊地看着她！

小草咧咧嘴笑道："奴婢是太子身边的宫女，无意间闯入，还请如妃娘娘不要怪罪。"

佛堂里一片安静，菩萨垂着眼，慈悲地看着众生。

愣了许久之后，如妃嘴唇抖了抖，接着颤抖着伸出手去碰了碰小草。

温热的，是真的人。

"娘娘果然和我长得好像啊。"小草笑眯眯地道，"我就跟太子说，跟我长得像的一定都很漂亮。娘娘也很漂亮。"

"你……"如妃张了张嘴，眼里大颗大颗的眼泪砸了下来，"你怎么会……"

怎么会在这里？

怎么会找到她的？

怎么会……已经这么大了？

小草嘿嘿笑道："打扰到娘娘了吗？怎么看见奴婢，就一直哭啊？"

如妃伸手捂着嘴，哽咽不成声，动作很缓慢，却很绝望地朝面前的菩萨拜了下去。

"弟子诚心礼佛十六年，菩萨不辜负弟子所愿！罢了……罢了！"

小草笑着看着她，慢慢地就笑不出来了。

如妃哭得太过绝望，双手往前拜在菩萨前头，充满虔诚，也充满了悲伤。

"你是不是,叫温柔啊？"如妃拜了三拜之后抬头，看着小草，笑着掉泪，"你爹还好吗？"

小草一震，看了如妃两眼，深吸一口气："我叫段小草。"

如妃一愣。

"我不记得以前的事情了，据说是脑子受了伤。"小草笑眯眯地道，"今日来看娘娘，只是因为好奇，我什么也不懂，所以不知道娘娘为什么哭成了这样。"

“段……小草吗？”如妃呆呆地看着她，脸上的泪水还在掉，“你不记得以前的事情了？”

“是啊。”小草道，“娘娘别哭啦，菩萨不喜欢眼泪的。”

如妃还是没回过神。

“我得走啦，只是进来看看而已。”小草笑眯眯地道，“不过娘娘的字写得真好看，这佛经，能送奴婢一本吗？”

“你……拿去吧。”

“多谢娘娘。”小草拿过一本佛经，起身，蹦蹦跳跳地就离开了佛堂。

翻墙原路返回，太子却不见了。小草在四周找了很久，嘀咕了一声“也不等我”，就自己回了东宫。

如妃还跌坐在佛堂里，许久之后才回过神。

身后有脚步声。

如妃连忙回头，眼里满是复杂的感情。

然而身后却是赫连齐乐，脸色凝重地看着她：“母妃。”

“你……怎么也来了？”如妃心里一惊，连忙将脸上的眼泪都擦了，扯着嘴角笑了笑。

赫连齐乐笑不出来，他蹲下来看着如妃道：“母妃是不是有事情瞒着孩儿？”

“怎会？”如妃移开眼，“你快走吧，叫皇后看见，定然又要说你了。”

赫连齐乐拿了封信出来。

如妃脸色骤变，慌乱得不需要解释就证明了这信的真假。

“好像母妃瞒了我很不得了的事情啊。”赫连齐乐问也不用问了，将那信贴身放好，干笑了一声，“方才出去那个，和您真的一模一样，对不对？怪不得我身边总是有人说，我与父皇，半点也不像呢。”

如妃惨白了脸色，慌忙拉着赫连齐乐的衣袖道：“乐儿你听母妃解释，不要冲动做什么事情。”

“好啊，母妃你说，儿臣听着。”赫连齐乐低声道，“只要您不要再骗我。”

如妃点头，深吸一口气，正准备说话，佛堂的门就被人推开了。

“如妃娘娘，皇后娘娘让您快些回去，说是有事。”皇后身边的大宫女站在门口道。

如妃安静地跪在蒲团上，周围一个人也没有。

"好。"

大宫女往四周看了一眼，垂手带着如妃走了。

赫连齐乐站在菩萨身后，闭了闭眼。

伤口有些疼，小草站在东宫门口许久才缓过气来，脸上一点血色都没有。

赫连齐乐一脸严肃地回来，见着她这个模样，忍不住上去扶了一把："你怎么不进去休息？"

小草眼泪汪汪地看着他："我想我未婚夫了。"

赫连齐乐皱眉想了半天，道："不是说要在宫里看看吗？怎么见了我母妃就想走了？"

"我不知道。"小草无辜地道，"看见你母妃之后，我觉得好难过，就想回到熟悉的人身边去。"

毕竟是个失忆的可怜人，就算发现了什么，应该也是很无助的吧。

赫连齐乐抓了抓自己的头发，有点纠结地看了她一会儿，然后点头："我派人送你出宫。"

"多谢太子。"小草笑了。

段十一在谜案库里找了很久，终于找到了当年风家灭门的案子。

现场发现的东西很多，有断裂的腰带、卷刃的刀和一些饰物，不算是难查。然而这案子被封起来了，上头标注了"无果案"三个大字。

当真要查的话，应该会很容易，然而是什么力量阻止了这案子继续被翻下去呢？

能阻止官府动作的，只有皇家。

段十一还想继续看下去，身后就有人喊他："段捕头，叶大人找您。"

段十一将卷宗放回去，跟着那人出去了。

有人在门口递了正式捕快的腰牌，就在段十一离开之后。

小草回到六扇门，径直走到了鱼唱晚的院子门口，刚好遇见出来的鱼唱晚。

"你怎么回来了？"鱼唱晚瞪大眼，"不是在皇宫里吗？"

小草笑眯眯地道："我一个人太孤单了，还是想在你们身边，所以提前回来啦。"

鱼唱晚微微皱眉，左右看了看，扶着小草往里走："段公子出门去了还没回来，你要见他吗？"

"我见他做什么？"小草眨眨眼，"我的未婚夫不是叫颜无味吗？他在哪里？"

鱼唱晚一顿，继而笑道："他不是六扇门的人，自然不在这里。你若是想他，我替你传话出去。"

"好啊。"小草自然地就走进了鱼唱晚的房间。鱼唱晚将她安置在软榻上，然后就出去了。

叶千问找了段十一，连带着李二狗，一起在去往大公主府邸的路上。

李二狗的脸色特别难看，他破的案子，他的功劳，他发现的秘密，为什么要带着段十一？

叶千问的脸色很严肃，一路上轻声道："这件事要是真的，那牵连就太广了。光凭六扇门，恐怕无法承受圣怒，我们只能去找大公主和五王爷，连同其他皇亲，一起将这件事说出来。"

段十一没吭声。

李二狗愤愤不平地指着段十一道："总捕头，我们找王爷和大公主都没问题，但是为什么要带着他？"

叶千问斜了他一眼："你觉得我们能悄无声息地求见到大公主？"

"不能。"李二狗这点还是懂的，大公主又不是什么好见的人，要层层通报不说，说不定今天人家还不见客。

"所以。"叶千问道，"只有十一能带我们进去。"

毕竟是长公主未来的女婿啊！

李二狗还是不服气，却不得不承认，要是不带段十一，他们的秘密可能只能烂在肚子里了。

段十一没表现好奇，也没觉得诧异，一路都在沉默中思考。

李二狗瞧着他这样子就猜他在装，肯定很想知道，但是不好意思问！

他越想知道，李二狗就越想卖关子！

但是这关子卖到了长公主府，段十一还是没开口问。

李二狗有点泄气，然而长公主直接召见了他们，他也算有个发挥的场合。

"此事关系重大，还请长公主稍后告知其他王爷，再一起进宫面圣。"李二狗跪在长公主面前，呈上了两封信。

长公主今天也是心情好，放在平时，是不想见人的。拿过那两封信，帘子后头一片沉默。

"去请五王爷、六王爷和九王爷过来。"

一炷香之后，长公主起身更衣，下了命令。

李二狗得意扬扬地看了段十一一眼，后者望着一处空地在发呆，压根儿没有看他。

长安上空笼罩了一片乌云，大概是一场秋雨快来了。

李二狗只负责禀告案情，所以说完之后，他就先回了六扇门。

一路上这叫一个扬眉吐气啊，一件惊天大案被他破了！他就等着那群王爷公主去和皇帝说完，功劳都是他的！

心情荡漾之下，李二狗忍不住就跟自己的两个徒弟显摆："你们知道你们的师父刚刚破了个什么案子吗？"

抽刀和断水好奇地看着他："什么案子啊师父？是不是抓着贼了？"

"你们两个没见识的东西！"李二狗转身一人打了一下头，哼道，"这次可是大案，关乎皇家血脉的大案！"

鱼唱晚没找到颜无味，刚回六扇门，就听见了李二狗在吹牛。

"皇家血脉？"抽刀看了看四周无人，低声道，"师父，这是怎么回事啊？"

外头的人对皇家的八卦一向是最感兴趣的。

李二狗在段十一那儿没能卖成关子，在自己徒弟面前得到了尽情发挥的机会："如果我说当今太子，并不是皇上亲生，你们觉得，劲爆不劲爆啊？"

鱼唱晚瞪大了眼。

"哎，怎么回事啊？"断水好奇地道，"怎么就不是皇上亲生了？皇上可就这一个孩子！"

"证据都已经给了长公主了，也是为师机缘巧合，得上天眷顾而拿到的。"李二狗眯着眼睛道，"一年前的风家灭门案，跟如妃有关！而之所以跟她有关，是因为她的儿子，是从风家抱过去的！当年如妃生的，压根儿就是个女孩儿！"

鱼唱晚倒吸一口凉气，二话没说，转身就走。

李二狗还在继续喋喋不休："我猜风家灭门就是如妃干的，没想到一年之后还是被我发现了她想隐藏的秘密！你们师父真是六扇门第一神捕！"

小草在鱼唱晚房间里，安静地将床下的东西放回去，然后坐着等鱼唱晚回来。

结果先回来的不是鱼唱晚，而是段十一。

段十一二话没说，拉起她就走。

"怎么？"小草诧异，"你要带我去哪里？"

"快走。"段十一道，"要来不及了！"

第 137 章　仙　草！

小草跟着他踉跄两步就往外跑，一边跑一边问："什么东西来不及了？"

段十一紧绷着脸："长公主连同其他王爷已经往宫里去了，你再留在这里，势必会有危险。"

太子身世之事竟然被李二狗揭穿，告诉了长公主不说，五王爷、六王爷和九王爷全部知情了。

赫连齐乐不是皇帝亲生的儿子，而是如妃偷龙转凤，拿个女儿从别处换来的！李二狗拿着的两封信函，也不知道是谁写的，令长公主看了之后深信不疑。

现在长公主和几位王爷应该都已经到了勤政殿了，在他们还没反应过来的时候，小草肯定是走得越远越好！

小草茫然地跟着段十一走，问了一句："若是我被人抓住了，会怎么样啊？"

段十一头也不回地道："你身份特殊，怎么都不会有好下场。"

若是被长公主和王爷等人找着，可能会被送进宫去血亲相认，但是也意味着会亲手葬送了自己的生母。若是被皇后的人找到，那可能就立马灰飞烟灭了。

只是，若是被皇帝的人找到呢？

打开六扇门的后门，外头站着的禁卫统领杨剑锋恭敬地拱手："段捕头，请让您身边这位姑娘跟在下进宫一趟。"

段十一皱眉。

杨剑锋是皇帝心腹，这边长公主才进宫，为什么他就会来抓人了？这反应也忒快了点儿吧？

左右看了看，这带的禁卫数量可比上次来接太子的人还要多。

"劣徒虽然不听话，但是也不用带这么多人来绑她吧？"段十一笑了笑，"我们还有事赶着出门，杨统领不妨行个方便？"

杨剑锋面无表情地道："段捕头想抗旨？"

段十一轻轻吸一口气，当真是打算抗旨了！让这丫头进宫的话，哪里

561

还有命在？

然而，正准备动手的时候，身后的小草却轻轻压住了他腰间的却邪剑。

"师父。"她低声道，"虽然我什么都不记得了，但是这以少敌多，是种很愚蠢的行为。不如顺其自然，再随机应变。"

段十一微愣，回头看向小草。

小草却没看他，笑嘻嘻地对着杨剑锋道："我跟你们走。"

杨剑锋多看了她一眼，点头让开路，背后就是准备好的轿子。

小草挣脱开段十一的手，蹦蹦跳跳地就过去了。

手心一空，段十一微微皱眉，看着她上轿，又从窗口露了个脑袋出来："师父等我回来。"

轿子飞快地就走了。

呆愣了一会儿之后，段十一果断转身去了颜六音所在的宅子。

勤政殿里的气氛十分凝重，老皇帝坐在龙椅上，胡子都快气得翘起来了。

长公主道："皇室血脉，不容混淆，皇上哪怕不信此事，也得查清楚。"

"你要朕怎么查？"皇帝道，"不是说当年如妃身边的太监宫女和接生婆，全部被杀死了吗？"

"正是因为这些关键的证人都被杀害，才该找出背后凶手，看是谁想掩盖这一层层的真相！"五王爷道，"若是太子的身世当真没问题，如妃身边的人怎么会被换掉？那些人如今又怎么会被杀害？"

老皇帝揉着眉心不说话了。

六王爷跟着道："皇上就太子一位皇储，若并非我皇室中人，岂不是要将江山拱手让人？"

"要查这案子不是难事，六扇门的李捕头已经查了个大概。杀害当时接生婆的凶手已经被抓住了，并且说了雇用他的人，手帕上绣着兰花。"

长公主道："皇上应该最清楚，哪些宫女可以出宫，哪些宫女帕子上会带兰花？"

兰花是如妃的最爱，衣裳帕子上自然都少不了。身边的丫鬟有样学样，自然都用着。不用去查就知道，如妃身边的大丫鬟红舞是得了皇后恩典，可以随时出宫的。

老皇帝自己心里也知道这件事八九不离十。

然而，知道归知道，他不能当真让他们给证明了！

虽然这么多年当错了爹让老皇帝十分恼怒，刚刚已经下令杀了几个人泄愤。然而他只有这一个太子，要是证明是假的，那他的皇位就后继无人了。

后继无人会怎么样呢？祖训规定，皇帝无子，禅让兄弟。也就是说他百年之后，皇位要给其他王爷，再传给其他王爷的儿子，然后世世代代继续下去。

那他的灵位在祖庙里，可能灰都没人去扫。

所以老皇帝听着长公主的话，只能叹息："这件事，不如明日再说吧，今天朕也累了……"

"皇上。"九王爷笑眯眯地站了出来，"这件事要查清楚，实在很简单，臣这里得了一种仙草，若是血缘亲生之人，将血一起滴上去，仙草会越发泛绿。若并非血缘至亲，滴血上去，仙草会泛黄。"

这可真是个好东西啊！

老皇帝忍不住鼓掌了："九弟倒是什么东西都有啊。"

"皇兄过奖。"九王爷道，"这都是碰巧。"

说着，就转身出去让人把仙草和太子一起捧了上来。

连带着，外头还站着文武百官。

老皇帝表情凝重了："九弟这是要逼宫？"

九王爷一脸惶恐："臣弟不敢，只是事关赫连家百年基业，总不能草率了之！"

本来尚算家务事的，结果你把文武百官都弄来了？

那这家庭内部矛盾，就要变成全国共同推波助澜的夺位之战了。

这可怎么办呢？老皇帝的脑子飞快地转了起来。

赫连齐乐已经站在了下头，表情还算平静："听说九王爷觉得本殿下不是父皇亲生？"

九王爷拱手："太子息怒。"

"没事，我不怒。"赫连齐乐十分镇定地走到仙草旁边去，拿出一把小刀，潇洒地往自己左手手指上一抹。

血落在了仙草上。

皇帝微愣："乐儿？"

"父皇，母妃是什么样的人，您又不是不知道。若是平白被人怀疑，那不如给人证明清楚了，也好让母妃免受这不白之冤。"

老皇帝瞪着他，这孩子是不是傻啊？是以为自己当真是他亲生，所以才这么有恃无恐？

九王爷恭敬地将仙草捧到皇帝面前："皇兄。"

皇帝呵呵两声，伸出自己的手："你这么想看，那就来割吧。"

九王爷心想，你当我傻啊？以老皇帝这种无耻的性子，真去割了，等会就治他个伤害龙体之罪，那他咋办？

于是九王爷很自然地把刀给了长公主。

长公主是他们的大姐姐，也不偏帮谁，上来就给了皇帝的手指一刀。

老皇帝闭了闭眼。

血落在仙草上，那仙草在众目睽睽之下，变得更加绿油油的了。

九王爷错愕，满堂的人都安静了。

老皇帝自己也吓了一跳，拍了拍心口，哈哈地笑出了声："今天其实是朕的姐姐兄弟们都想朕了，所以开了个玩笑，就为进宫见朕一面，是吧？"

长公主松了口气，也跟着笑了："还真是这样。"

其他几位王爷的脸色就不太好看了，九王爷盯着仙草看了半天，一脸便秘的神色。

怎么会这样呢？

"那要是没其他事情，就散了吧。"老皇帝站起来道，"朕还要处理事情，几位皇兄皇弟，没事就回去遛遛鸟，逗逗孩子，别往宫里折腾了。"

九王爷说不出话，一群大臣也只有傻站着，眼睁睁地看着皇帝走出了勤政殿。

第 138 章　没关系，我什么都不记得

太子紧随其后，捏着自己的左手手指，跟着皇帝去了盘龙宫。

"恭送陛下——"身后响起的声音在皇宫之中回荡。

老皇帝的脸色一点也不好看，进了盘龙宫便道："传如妃！"

宫殿门一关上，赫连齐乐就跪了下去。

老皇帝扶着椅子急急地喘息了几声，回过头来眼神热切地看着他。

赫连齐乐深吸一口气，拿出了自己的左手："父皇恕罪。"

左手食指上一片光滑，伤口都没有。

老皇帝瞳孔一缩，捂着心口闭了闭眼。

然而睁开眼，老皇帝却带上了慈祥的笑容："这么多年了，朕一直将

你视为亲生。现在……就算你当真不是我赫连家的男儿，朕也愿意将你视为自己的儿子。"

赫连齐乐一震，抬头看着他。

"江山姓氏，在朕的眼里，远没有血脉亲情来得可贵。"老皇帝叹息一声，轻轻伸手抱住太子，"朕也相信你这孩子本性纯良，会将朕当作父皇，孝敬送终。"

赫连齐乐眼泪都出来了，抱着皇帝就哇哇大哭。

他还以为自己冒充太子这么多年，必定要死了，结果他的父皇，竟然还愿意把他当儿子！

老皇帝温柔地拍着他的背，好一出的父慈子孝。

"对了，你手上没有划伤口的话，那仙草怎么会？"

赫连齐乐抿唇，站直了身子道："儿臣无意间发现了自己的身世，也知道段小草才是母妃父皇亲生，所以就将小草在东宫养伤时用的白布上的血取下来了，才有今日这一出。"

父子二人都知道，一旦让九王爷知道太子并非亲生，必定会开始一场夺位大战。皇帝已经老了，不再像年轻时那么爪牙锋利，斗不过正在盛年的九王爷了。这件事，能瞒只能尽量瞒。

"只是……父皇，要是那段小草落在九皇叔手里的话……"赫连齐乐担忧地道。

"你不必担心。"旁边隔断后头传来个声音，"我早就被接进宫来啦。"

赫连齐乐一惊，侧头一看，段小草蹦蹦跳跳地从隔断处出来，笑眯眯地看着他道："太子是在担心我吗？"

她怎么会在这里！赫连齐乐倒吸一口凉气，看向皇帝。

老皇帝一脸镇定地道："朕还没老糊涂，收到风声就将她接进宫来了。"

哪里来的风声啊？赫连齐乐瞪眼，知道段小草是皇室血脉的人，大概就只有他、母妃和九王爷，或许还加上一个段十一。

九王爷刚刚才进宫，父皇是如何已经把段小草给接进来了的？

"如妃娘娘驾到。"宫殿门开了。

如妃跌跌撞撞地走进来，一看见里头的人，脸色惨白。

老皇帝二话没说，挥手让宫人退下，抓着如妃的手腕就将她拖了过来。

"皇上……"

"事到如今，你还有什么想说的？"老皇帝深深地看着她，眼里又痛又怒，"朕从来不曾想过，你会为荣华富贵，骗了朕整整十六年！"

如妃眼里的泪水立刻就下来了，膝盖一软就跪在了地上："臣妾跟了陛下十六年，可曾半点爱慕荣华？皇上想知道什么，臣妾都可以说，只求皇上，相信臣妾！"

把他的女儿换成了别人的儿子，还要他相信她？老皇帝怒不可遏，当下一个巴掌就朝如妃甩了过去。

如妃吓得闭紧了眼。

巴掌甩到一半，却被人接住了。皇帝眼眸通红，侧头看向小草。

段小草微笑道："虽然不知道发生了什么事情，但是打自己女人的男人，可不是什么好男人啊。"

敢当着皇帝的面说他不是好男人的，段小草估计是第一个。

不过出乎意料的是，老皇帝没生气，眼里的怒意也散了些，缓缓将自己的手收了回来："你心疼你母妃？"

小草眨眨眼："母妃是什么？"

如妃泪水涟涟地看着她。

皇帝一顿，接着指着如妃道："她是你的生母，我是你的父皇，你本该是皇家的金枝玉叶，却因为一些事情，流落在外……"

小草没等皇帝说完就开口打断了他："皇上误会了吧？"

皇帝怃然。

"我已经什么都不记得了，不过倒是知道，皇帝的儿子该是太子，我只是民间百姓。"小草微微笑道，"难道不是这样吗？"

"不……"如妃咬唇道，"你是公主，是我……"

"娘娘。"小草茫然地看着她，"如果我是公主，大梁还有太子吗？"

如妃瞳孔微缩，怔愣地看向皇帝。

老皇帝的眼里含着惊讶，眼底的神色竟然温柔了不少："竟然有人会不愿意当公主，只愿当平民。"

"我只是什么都不记得了而已。"小草咧咧嘴，"不过啊，今日回去六扇门，我在一个人的房间里头，发现了很有趣的谜题。"

"什么谜题？"老皇帝看着她。

小草道："是个案子吧，我以前就是专门跟着师父破案的，所以瞧着特别有兴趣。那上头写的是'风家灭门惨案'，说那一百多口人，一夜之间被灭了门，没有生还的人。我好奇的是，谁有这么大的本事，在天子脚下做这样的事情啊？"

如妃重重地一抖，几乎是惊呼出声："风家灭门了？"

"一年前就被灭了，娘娘。"小草深深地看着她道，"风家家主和他的夫人死在了一起，连后院的狗都没能逃过这一劫。"

"不……"如妃张大嘴，像是不能呼吸了，"怎么会这样？怎么会这样！不是说还好好的吗！"

小草看了看她，眼眶有些红："这样说来，娘娘这一年来都是不通外界，什么都不知道的啊。"

如妃跪在地上号哭，睁大眼道："是皇后……一定是皇后！"

"皇上！"

外头传来一声怒喝："臣妾求见皇上！"

说曹操，曹操到。皇后娘娘来得匆忙，显然是听见了什么风声。

老皇帝下意识地往小草身前站了站，看着外头道："宣。"

皇后娘娘提着裙子进来，脸上像是凝了寒霜。在看见小草和如妃的时候，脸色一变。

宫殿门合上，皇后跪了下来："皇上明鉴，臣妾有话要说！"

皇帝对于这位皇后还是算敬重的，毕竟娘家人在前朝的影响很大。于是他选了位置坐下来，看着皇后道："你要说什么？"

"臣妾要告发一个人。"皇后娘娘双眉微挑，下巴微抬，"要告这个人，混淆皇室血脉，杀害无辜百姓，欺君罔上，罪该万死！"

如妃哑然，嘴唇发抖地看着皇后："你……"

皇帝眸色一深："谁能做出这些事情来啊？皇后你只管说。"

皇后娘娘抿唇，说得又快又清晰："太子并非如妃亲生，而是她利用与风家的关系，换了风家刚出生的儿子进宫来的！为的就是从贵嫔一跃而成妃，享尽荣华富贵！"

如妃张嘴，却根本插不上话。

"臣妾当时就觉得有古怪，然而皇上正在兴头上，臣妾也没有证据，所以就按下没说。而一年前风家发生灭门之案，臣妾就再次开始调查了。结果竟然发现，如妃暗中买通凶手，杀了当年伺候她的太监宫女，更是将知情的接生婆灭口！事已至此，臣妾才发现，如妃一直在隐瞒太子的身世，她当年生的，根本就是个女孩儿！"

小草当即就笑了笑。

"如妃不仅混淆皇族血脉，还为了隐藏此事，杀害风家满门，又接二连三将知情人灭口，枉费她一直念佛，双手却沾满鲜血！"

皇帝听得胸口起伏又大了些，一双眼带着锐利的光看向如妃。

如妃又急又气，本来就不是会说话的性子，被皇后这一阵抢白，只气得喘气，话都说不出来了。

赫连齐乐低身下去帮她拍着背，如妃也没能缓过来。

她不能说话，皇后就更自信了："皇上若是不信，可以再一查！"

"皇后娘娘。"小草开口了，"这事情听起来怪怪的，我可以问你几个问题吗？"

皇后一顿，皱眉看着这女孩儿，这跟如妃长得一模一样的女孩儿，该把她当什么呢？

"你问。"皇后没开口，皇帝倒是说话了。

小草蹲到皇后面前，摸了摸鼻子道："既然这一切都是如妃娘娘做的，那为什么不在换孩子的当晚就将知情人全部灭口，而是放他们出宫，在十六年之后才来杀人灭口？"

皇后一愣，皱眉道："这本宫怎么知道……"

"还有啊，风家灭门也是一年以前的事情。"小草笑了笑，"如妃娘娘是要有多想不开，才会隔了这么久才想起隐瞒太子身世？不觉得太愚蠢了吗？"

"而且，最重要的是，如妃娘娘压根儿不知道风家已经灭门，直到我刚刚告诉她。皇后娘娘，你说这岂不奇怪？"

皇后垂了眸子。

第 139 章　我的好姐姐

"本宫只是……查到这些，至于如妃怎么想的，本宫怎么知道？"

小草点头："好，就算娘娘您不知道，那请恕我多嘴，您派谁出宫查的？"

皇后微恼，冷眼看着她："你凭什么在这里审问本宫？"

小草缩缩肩膀，退回皇帝身边，小声嘀咕道："好可怕哦……"

"别怕。"皇帝慈祥地笑了笑，"你问什么皇后都会回答的，是不是，皇后？"

皇后铁青了脸，没想到会被这小丫头拦在这儿，真不愧是母女，真是一样的贱蹄子！

"这样啊。"小草又乐了，眨巴着眼看着皇后，"那娘娘就回答一下民女呗。"

皇后轻哼一声，拿帕子擦了擦嘴角："本宫宫里三个大宫女一个大太监都有出宫的腰牌，叫他们去给本宫查查，也不是难事。"

"皇后娘娘与外界联系真是方便。"小草咂舌，"比什么都不知道的如妃娘娘好多啦！"

老皇帝眯着眼睛看了看皇后，看得皇后心里发虚，连忙道："你可不要血口喷人！"

"啊？"小草茫然，"民女什么都没有说，怎么就血口喷人了？"

皇后咬牙，眼神里带着轻微的杀意，冷冷地看了她一眼。

拖延的这点儿时间，如妃总算是缓过气来了，哽咽地朝着皇帝磕头："皇上，臣妾也有话要说！"

"你还有什么好说的？"皇后轻蔑地道，"凌迟处死都算轻的，还敢在这里多嘴？皇上，下旨将这个欺君罔上的贱人处死吧！"

皇帝看了她一眼，要是刚刚小草没问那些话，他现在一怒之下，肯定就听从皇后的话，叫如妃一句话也说不出来就被拖下去处死了。

然而现在，老皇帝十分平静，看着面前的皇后和如妃，也想问个究竟。

"如妃，你说。"

皇后瞪大眼，咬牙道："明君不听谗言！皇上您怎能被这贱人继续欺骗？您若是不忍心，那臣妾今日就清君侧！"

话说得十分霸气，皇后娘娘甚至站了起来，转身准备叫外头的人进来。

但是小草比她更快，闪身到她旁边，伸手就点了她的穴道。

皇后僵硬了身子，瞪大眼睛，一句话也说不出来了。

"我的手法看起来真不错。"小草嘿嘿笑了两声，回到皇帝身边，"真是最讨厌话都不让人家说完就打断的人了，太没礼貌了！"

赫连齐乐扶着如妃坐到一边去，忍不住看了看小草。

然而皇帝不但不觉得小草大胆，反而惊奇地道："你还会武功？"

小草挠挠头："不记得谁教的了，大概是我师父教的吧。"

"哈哈，好！"皇帝看起来高兴得很，"难得女儿家还会武！"

"皇上。"如妃捂着心口，看他对着小草笑得那么开心，气也算是缓过来了，但是脸上的愁云一点都没散，"臣妾要是说，臣妾对当年偷龙转凤之事毫不知情，皇上会相信吗？"

老皇帝笑不出来了，转头看着她："你觉得朕是不是傻？"

这种混淆皇室血脉之事，受益者又只有如妃一个人。她在这宫里无亲无故，要不是她自己，谁会替她做这种掉脑袋的事情？

如妃摇着头掉泪："十六年前臣妾分娩，疼得人事不省，哪里来的能力将孩子换了？臣妾当时还是贵嫔，身边没有一个人可以出宫，又怎么将孩子从外头弄进来？皇上不觉得荒唐吗？"

皇帝一顿。

十六年前正是如妃被皇后欺凌得最惨的时候，虽然有他护着一二，皇后也是逮着机会就刁难。若是如妃那时候要在子嗣上动手脚，皇后一定是第一个抓着她往死里逼的。

这样一想，如妃好像当真是无辜的。

"但是，长公主给了朕两封信。"皇帝沉了脸道，"是你和风家家主的，你们互相托付孩子，上头都写得明明白白！"

小草一愣："皇上，信在哪儿啊？"

皇帝顺手就从袖子里拿了出来："这种东西，朕自然会收好。"

赫连齐乐怔了怔："等等，父皇，上面是不是都没落款，然后有大树的水印啊？"

小草摇头："不应该是兰花的水印吗？"

皇帝惊讶："你们怎么知道？这信上一个是兰花水印，一个是大树水印。"

小草干笑两声，从袖子里掏出一封信："这信我也不知道哪儿来的，但是是在我身上发现的。"

赫连齐乐也拿了一封出来："我的这个是九皇叔给的。"

皇帝严肃了神色，拿过那两封信，和自己手上的信一起看了看。

兰花水印的字笔迹一样，内容差不多，大概也就是前后一两个月写着问候情况的。

皇帝冷笑两声："朕的九皇弟真是辛苦，布了这么一个局给朕惊喜。本来付太师造反一事朕还以为他忠心耿耿，对他放松不少，想不到他还是包藏祸心。"

如妃皱眉拿了信过来看，片刻之后道："皇上，这兰花水印的信不是臣妾写的。"

老皇帝看她一眼："这你不用狡辩，你的字迹朕还是认得的。"

"当真不是娘娘写的。"小草从袖子里掏出本佛经出来，"如妃娘娘写的字虽然和这信上看起来差不多，然而她写'生'字的时候，总会少写一横，大抵是记错了字。"

"皇上请看。"

皇帝看向小草拿过来的佛经，看了好几个"生"都少了中间那一横。而兰花信纸上的"生"字都是正确的。

"可这笔迹……"

"太子曾经说过，皇后娘娘喜欢书法。"小草微笑道，"想必模仿如妃娘娘的字迹，不是什么难事。"

皇后被点了穴，动弹不得，不然肯定会大喊大叫了，现在她额头上都已经开始出汗。

"整件事，民女觉得应该是这样的。"小草拍拍手，笑眯眯地道，"如妃娘娘有孕，当时就算只生个公主，那也是皇上唯一的公主，比没有子嗣的妃嫔来说，怎么都算好的。而皇后娘娘对如妃一直恼恨在心，有什么法子能治一治如妃娘娘呢？"

"皇后娘娘对如妃关怀有加，照顾前后，既在皇上面前讨了贤名，又让如妃放松了警惕。"

"民女猜啊，皇后娘娘肯定当时给如妃说了不少不计前嫌的话，所以如妃接受了皇后娘娘安排到她身边的宫人，也就是现在的红舞。"

"红舞取得了如妃的信任，自然也就能拿到如妃的笔迹。皇后势力大，要查出如妃有个青梅竹马的男人在宫外一点也不难。结果这一查，刚好，那男人的妻子也怀孕了，差不多是跟如妃一个时候。"

"皇后娘娘就开始动脑筋了，要是这风家人生的是女孩儿，那没办法，她还是继续跟如妃上演冰释前嫌，反正如妃娘娘这懦弱的性子，也不会做什么。可要是个男孩儿，那就好了，皇后娘娘直接偷龙转凤，送了个太子给如妃。"

"皇上也许会觉得奇怪，既然皇后娘娘讨厌如妃，怎么会送个太子给她？"小草摸着下巴道，"最开始民女也觉得奇怪，但是后来无意间在佛堂见过如妃之后，民女就明白了。皇后娘娘根本就是拿偷龙转凤这件事威胁、控制了如妃。如妃敢有丝毫冒犯，她就将太子不是皇上的孩子这件事捅出去。

所以也就可以解释，如妃娘娘为什么会住在中宫了。"

"因为中宫是皇后娘娘的眼皮子底下，最为安全的地方，不怕她跟人乱说什么。"

甚至今天，要不是她在这里，皇上一定就已经听了皇后的话，叫皇后得逞了！

皇帝听了，沉默良久。

被点了穴的皇后已经哭了，不知道是被气的还是怎么的，浑身微微发抖，就是动弹不得。

如妃也浑身瘫软在椅子上，看着小草道："你竟然全部都知道……"

小草挠挠头，表情很茫然："其实我不知道的，只是无意间知晓了很多蛛丝马迹，我将这些东西串联了起来，所以有了这个结论。如妃娘娘，我说的是真的吗？"

如妃点头，泣不成声："臣妾曾经想过，若是个女儿也好，能在宫中陪伴我。但是等我生产完，皇后来找我说了那一通话，告诉我我要发达了，女儿变成了太子。"

"我当时就傻了，想转身去找皇上说清楚。然而皇上当时抱着太子正高兴，高兴之下赏赐了臣妾很多东西。"

"大喜之下必然大怒，臣妾不敢告诉皇上实情，着实有一年晚上都没有睡好觉。"

"臣妾将身边的知情人都送出宫了，因为他们是真的忠心耿耿。臣妾希望他们能过好一点。"

"然而臣妾真的不知道，为什么十五年后风家会被灭门！为什么十六年后曾经我身边的人会被统统杀害！"

如妃悲戚，跪在皇后面前，仰头看着她道："姐姐，我的好姐姐！你不是答应过我，会让风家一生无忧的吗！"

第 140 章　你跟紧我

皇后僵硬着身子，眼珠微微往下看，还是说不了话。

如妃哭得很惨："你不是答应了我吗？不是说她在风家也好好的吗？不是每年还会出宫去看她吗？那她为什么已经家破人亡，为什么满门被灭，为什么成了今天这样？！"

小草有点尴尬，摸着后脑勺笑了笑："其实我现在这样，也不算太惨吧？"

老皇帝被如妃哭得微微动容，心里也起了点怒火："解开皇后的穴道，看她要说什么吧。"

"好。"小草伸手往皇后背上砸了两下。

皇后跌倒在地，身子还有些僵硬，却也是立刻就哭出来了："皇上，臣妾冤枉啊！如妃血口喷人，臣妾怎么会干出这种混淆皇族血脉……"

"你只管说，有什么证据证明如妃在撒谎。"皇帝已经被哭烦了，"除了证据，其他一个字不要多说，朕不想听！"

皇后被皇帝这语气吓了一跳，顿了半晌，脸都憋得微微发红。

小草一双眼睛看着她，道："民女有些想不明白的是，为什么皇后娘娘会选择在一年前灭了风家，是因为写信暴露了，让人察觉到当年要求换孩子的人不是如妃本人了吗？"

皇后瞪眼："风家人不是本宫杀的！"

"那是谁啊？"小草的声音忍不住就高了些。

顿了顿，平静了一番，小草又道："风家灭门的案子我看过了，能在皇上眼皮子底下干这种事的，只有皇宫里的人。宫里有必要杀了风家全家的，只有你皇后娘娘！"

"照你的说法，本宫跟如妃过不去，那本宫为什么要这么辛辛苦苦，甚至不惜双手沾满罪孽来替如妃掩盖？"皇后冷笑，擦了擦眼泪，"本宫有必要吗？"

"有啊。"小草点点头，看向赫连齐乐，"皇上后继之人只有太子一个，皇后娘娘努力多年也未曾怀上一儿半女。要是太子的身份被揭穿，皇上则必须在百年之后让位于兄弟，那皇后娘娘就连太后也不是，只能降为皇太妃。"

"这样的理由，还不够皇后娘娘疯狂一把吗？"小草嗤笑一声，"反正在娘娘眼里，寻常百姓的命又不值钱。"

皇后哑然，跌坐在地上苦笑，却没再开口狡辩。

这一番分析下来，小草自己都有点佩服自己，忍不住在心里给自己鼓了鼓掌。

皇帝好像是累了，撑着额头半天没说话，如妃也哭够了，神情有些恍惚。

"现在……还不是问罪的时候。"老皇帝揉了揉眉心，再开口，声音里都是疲惫，"朕老了，皇位还不想换了居心叵测之人来坐。小草啊，你这样聪明，可有解决的办法？"

小草眨眨眼："不是已经解决了吗？"

众人都看向她，当年的真相已经全部被她揭发出来了，现在太子不是太子，她是皇帝亲生，还背着风家的血海深仇。这一笔笔一件件的事情，要怎么算啊？

"你们别用这种眼神看着我。"小草干笑道，"我当真只是在某个地方发现了写着灭门案的卷宗，好奇而已，所以今天说了这么多。至于我是谁，不重要啊，我已经忘记了。没有父母也这么久了，早就习惯了，你们现在要塞给我一双父母，我倒还觉得别扭。"

皇后冷笑："你会放着荣华富贵不要，金枝玉叶的身份不要，甘心重归民间？"

小草认真地点头："我不是来找爹娘的，只是来找真相，比起爹娘是谁，我比较在意是谁让风家上下一百多口人无一生还。"

顿了顿，小草笑眯眯地补充："虽然我什么都不记得了，但是看起来风家人对我有十五年的养育之恩，就冲着这点，我也得报了这血海深仇啊。"

她说得很轻巧，皇后的心却是一沉，下意识地就再次反驳："风家灭门，当真与本宫无关。"

"这个不急，我可以慢慢查。"小草道，"时候也不早了，今日一场闹剧，看起来陛下好像也很累了，那我可以出宫了吧？"

如妃蹙眉看着她："你……"

就这样走了吗？

当真就算亲娘站在面前，也不想认了吗？

皇帝也抬头看着她，目光幽深："不想在宫里住两天吗？"

"住着岂不是麻烦？"小草道，"我师父说要离开长安一段日子，跟着他离开是最好的了，你们也什么都不用担心。"

瞧着这丫头这么懂事，老皇帝心里的愧疚倒是越来越浓，也就没太考虑其他后果，只将自己腰间的玉牌取下来给她："这个你拿着，想去哪里就去哪里吧。"

皇后微微皱眉，如妃捂住了嘴。

小草也不知道这牌子能干什么，就顺手接过来放进袖子里："多谢皇上。"

"朕还有话要同如妃和太子说，你先走吧。"老皇帝挥手。

小草点头，退出了盘龙宫。

笑眯眯的一张脸在转身的时候阴沉了下来。

不是时候，还不是时候，她得忍一忍。这个时候冲动，皇后依旧会否认，她只能自己去查，看看这背后的黑手，到底是从哪里伸出来的！

有宫人引着她往外走，刚过西阳门，旁边就过来了另一个宫人："段姑娘留步，皇上还有东西要奴才转交给姑娘。"

小草挑眉，跟着他就往另一条宫道走了几步，想着这皇宫里好歹是皇帝的地盘，她都这样自我牺牲了，皇帝总不至于还为难她吧？

然而事实证明，刚走到四周无人的地方，前后就都有杀气冲过来。

"不会吧？"小草干笑两声，她现在身上还有重伤没好全呢，顶多只能正常行走，要打架的话，伤口定然会撕裂的！

前后八个人，穿着紫衣襟的官服，大内禁卫，光天化日之下直接朝她扑过来，招招致命。

小草低笑，你看这皇家人该多可怕啊，一边放她走，一边又要取她的性命。她都已经什么都不要，还帮着圆谎了，为什么还是不能放过她呢？

皇宫比江湖更危险，机关暗箭，杀人于无形，实在是太常见。

要不然放弃抵抗吧？看着刀尖过来的时候，小草脑袋里一瞬间有过这样的想法。

所以她站着没动，瞳孔里映着寒光闪闪的刀尖，瞧着它越来越近。

"叮——"清脆的碰撞声，普通的刀剑碰上却邪剑的时候常常会有这样的声音，用段十一的话来说，这是宝剑对普通刀剑的嘲讽。

身前身后瞬间落下来两个人，一黑一白，眉目都好看极了。

气氛紧张之中，小草也忍不住抬头看着天上，傻傻说了一句："哇，天上掉帅哥啦！"

段十一一巴掌拍在她的后脑勺，沉眉看着四周的人。

皇宫有多难进来，看他们花了多长的时间就知道了。有多难出去，看他脸上的表情就知道了。

段十一从来没这么严肃过。

身后的颜无味表情看起来有点古怪，却还是低声先问小草："没事吧？"

小草咧嘴笑了笑："本来会有事，你们来了就没事了。"

"那倒未必。"颜无味叹息着看了她一眼，"你跟紧我。"

"好。"小草直接伸手抓住了他的手。

颜无味一愣。

第 141 章　逃命吧

没时间让他多想，感觉到小草手心里的温度，颜无味勾起了唇，反手握紧了她。

十六个大内禁卫训练有素，一点没有因为多了两个人而慌乱。他们整齐划一地后退，直接搬了弓弩出来。

对付闯宫之人，禁卫们自然有自己的应付方法，遇见武功高强的，直接利用弓弩机关，随便你武功多高，也是变成马蜂窝这一个下场！

然而，段十一敢闯宫，肯定早就想到这一层了。

宫墙上有琴声传来，众人纷纷侧头去看。

颜六音一身红衣，怀抱妙音笑得妖媚生姿。手一拨弄琴弦，空中仿佛有水纹涟漪。

"姑奶奶上次就中了尔等这番伎俩，这次还想故技重施？"

小草忍不住低声赞叹："好漂亮啊……"

无论什么时候，颜六音总是让人惊艳，听这琴声带着内力，震得人心神不宁，她的伤怕是好得差不多了。

"走。"段十一低喝一声。

禁卫们纷纷回过神，对准地上这三个人就发动了弓弩。

颜六音纤指一扫，看似轻柔，琴声却将弓箭震得七零八落，要不是颜无味捂住小草的耳朵，她估计也得跟旁边的禁卫一样吐两口血。

有这样的武器还怕啥啊！小草正想嘀咕呢，段十一轻声道："这招式威力大，却十分损耗内力，六音坚持不了多久，别耽误，快走！"

他怎么连她想什么都知道？小草挑眉，下一秒就被段十一拉着手，越过虚弱的禁卫往前狂奔。

以颜六音的内力，想逃出宫去，这一招顶多只能用三次，段十一也是选了最佳路线，在其他禁卫听见动静赶过来之前应该能逃出去。

然而跑到一半，小草把他的手松开了。

段十一手心一空，忍不住就皱眉往后看。

小草一脸严肃地道："三个人拉着跑太不方便了，师父你先走！"

段十一低头看了看她和颜无味拉着的手，脸黑了一半。

三个人拉着麻烦，她不会放开颜无味吗？凭什么放开他？

颜六音从后头追上来，拍了拍段十一的肩膀："快走。"

段十一回头，抿唇继续狂奔。

颜无味倒是有些没回过神，侧头看了小草好几眼。

小草神色正常，专心地投身于这场逃命之中。

身后的禁卫很快追了上来，前头的宫门上头架满了弓弩，也摆明了不会叫他们轻易过去。

小草觉得心有点凉，当真是骨血至亲的话，为什么会下这么重的手？

皇帝看起来还是挺喜欢她的，或者说是她太稚嫩了，看不懂那慈祥笑容背后藏着的东西吗？

颜六音抱着妙音，啧啧道："你这小丫头，敢一个人进宫也是胆子挺大的，不知道座上那人惯常是喜怒无常，杀人不问罪的吗？"

小草抿唇没说话，眼神黯淡不少。

"你怎么就知道，是皇上下的命令？"段十一淡淡地道，"宫里还有一个皇后。"

颜六音咯咯地笑："管他是谁呢，那两个人，他日有机会，我一个也不会放过。"

小草侧头看她："你想杀皇帝吗？"

颜六音挑眉，这才想起段十一说，小草失忆了。

"是啊，我总有一天会杀了他。"颜六音朝她抛了个媚眼，"你若是挡着我，我会连你一起杀哦。"

"姐姐，别吓唬人。"颜无味抿唇，"想法子出去再说。"

段十一是一早料到小草进宫容易出来难，所以去别院找了颜无味和颜六音。

这两个人既然是九王爷的人，那就不会希望小草死。

不管要下杀手的是皇帝还是皇后，目的都只有一个——让太子身世的秘密永远埋葬，再没有人能绑着小草去认亲。

那么九王爷就恰好相反，他希望小草活得好好的，活到他下一次有机会继续揭穿她公主的身份，将太子扯下来，将皇位也抢过来。

赫连淳宣的狼子野心，当真不是一天两天了。

宫门上弓弩齐发，颜六音以妙音拒之，段十一和颜无味冲上前，与堵在门口的禁卫对战，企图直接杀出一条血路。

然而对面的人实在太多了，幸好段小草并没有忘记自己会武功，也没拖后腿，即便肩上又见红了，也是灵活地在人群里左闪右避。

"小心！"旁边一支羽箭飞过来，颜无味低喝了一声。

那箭速度极快，直冲小草脑门。颜六音没犹豫地就又弹了一次妙音。

羽箭在离小草一寸的地方偏了几分，被段十一接住，险些擦破她的脸。

小草连忙后退两步拍拍心口，朝着羽箭来的方向破口大骂："有没有素质啊？射心口不行吗你要往脸上射？"

周围的人都是一顿。

段十一揉了揉眉心道："你还有心思吼，我们要完蛋了。"

颜六音已经不能第四次用妙音，要是这会儿禁卫聪明点，再放一次羽箭，他们就都别想完好无损地离开这里。

颜无味的神色也有点凝重，袖子里飞出天蚕丝，看了颜六音一眼，还是先护着小草。

小草眨眨眼，回头看了看他："你这算不算是重色轻姐姐？"

颜无味淡淡地道："她有段十一。"

上次也是这个情况，段十一一路护着颜六音出的宫，不然她也算是交待在宫里了。

皇宫这地方比江湖流氓多了，再厉害的人进来，也只能做困兽之斗。谁叫人家墙高人多弓弩快？

幸运的是，禁卫已经被解决得差不多，只要他们能爬上宫墙，翻出去。

宫墙离地三丈，不是那么好爬的。段十一警惕地看着墙楼上的弓弩，道："一起上去，注意羽箭。"

"好。"颜无味抓紧了小草的手。

颜六音走在段十一身侧，皱眉嘀咕道："这些贼孙子就敢躲在上面放暗箭，有本事下来打啊。"

段十一斜她一眼："人家又不傻，少废话了，走吧。"

小草深吸一口气，跟着他们在地上借力，一路往宫墙上飞身而去。

四个人的轻功都算不错，但是上头守着的禁卫明显不是吃素的，弓弩齐发！

颜无味有天蚕丝，段十一有却邪剑，颜六音有妙音琴，按理说来，应该只有小草一个人需要保护一下。

然而颜六音这个琴痴，看见羽箭飞下来的第一反应就是将妙音往怀里一抱，抽了袖子里的红绸出来。

段十一瞳孔一缩，一把却邪剑直接笼罩了两个人，咬牙切齿地道："颜六音，你什么时候能放下这把破琴？它比你结实多了！"

颜六音撇撇嘴，有些小女儿的娇态："可我就是舍不得啊，他唯一的东西了，哪里能伤着一点点？"

段十一嘴角抽了抽："那你被射成马蜂窝也没关系？"

"不是还有你吗？"颜六音妩媚一笑。

竟然无言以对。

另一边的颜无味护着小草，显得有些吃力，毕竟天蚕丝这种东西太软，要挡下这么多羽箭，十分费力。

顶着箭雨上到城楼的时候，四个人都松了口气。

然而就趁着他们这一瞬间松懈，城楼上的禁卫唰唰地就丢了长矛过来。

这玩意儿比羽箭重多了，可不是天蚕丝能挡的。

人在精疲力竭的情况下，怎么都有点绝望。小草都不想挣扎了，然而眼前却挡了个人。

颜无味低头，伸手将她抱在了怀里："别怕。"

一身黑衣轻扬，周围像是起风了，不过这风不大。

小草微微睁大眼，颜无味却将她的头捂在了心口。

段十一还有力气挥剑，却压根儿来不及多看旁边一眼。颜六音站在他身后，飞了红绸出去，发现没多大用之后，干脆迎着上前，直接扭断好几个人的脖子。

长矛只有这么一拨，颜六音走运没中，将妙音背在背上就开始了城楼上的杀戮。

段十一喘了口气，看向旁边。

颜无味背后有伤，衣裳也被划破了，却面带微笑抱着小草，一副情圣模样。

段十一十分不爽地一脚踹了过去："装什么情圣？能正面挡的东西，耍什么酷？"

颜无味睁眼，无辜地看着段十一："我没多少力气了，天蚕丝用不了了。"

小草茫然地从他怀里抬头，眼睛湿漉漉的。

"你受伤了？"

"没事。"颜无味笑道，"咱们快走。"

小草往他身后一看，黑色的袍子染着血，颜色更深。

段十一忍不住吐槽："这苦肉计都跟谁学的？"

小草沉着脸看了段十一一眼："师父，你还有空儿说风凉话的话，不妨去帮帮那边位姑娘。"

这语气听得段十一不爽得很，然而没办法，紧要关头，他还是往颜六音身边去了。

小草拉着颜无味的手，像是下了决心一样地往城墙下跳！

第 142 章　你他娘喜欢的是我

风从耳边吹过，失重的感觉让人很容易想到死亡。小草忍不住就转头看向颜无味。

他面色很平静，像是一点也不怕，身上的血腥味有些重，然而却是笑着的。

有这么一个人，能陪自己去死，这样的感觉真踏实啊！小草鼻子酸酸的，有点感动，若是能说话的话，肯定要文绉绉地念一首情诗来感谢他！

但是事实证明，从三丈高的地方带着一个大魔头跳下来，那是不会死的。颜无味拉着她轻轻落地，有些莫名其妙地看着她道："你怎么用诀别的眼神看着我？"

回头看看还在城墙上厮杀的段十一和颜六音，再看看已经安全的自己和颜无味，这就完事了？她还以为一定会天降横祸，比如一支箭突然把他们射穿，或者是脚下打滑两人一起摔成肉饼什么的。

然而啥事儿都没有！

小草松开颜无味的手，手心里全是汗，也不知道是他的还是自己的。

"没事了就好，师父！你们也快下来！"小草朝城楼上喊了一声。

段十一正奋战呢，转头一看那边一对狗男女已经跑得那么远了，当下气得一巴掌将一个禁卫扇得老远，然后拉过颜六音往宫墙外跳。

这一红一白，衣袂飘飘的，好看极了，小草看呆了，回过神来瞧着那要开了的宫门，连忙转头就跑。

四人成功逃出皇宫也是不易，压根儿没敢回六扇门，还是去了颜六音住的别院。

"伤口严重吗？"小草将颜无味扶到椅子上坐下，连忙看了看他的背。

颜无味皱眉："有点疼，不过应该都是皮外伤。"

段十一没好气地坐在一边道："你还担心个魔头能死不成？"

"伤口很深啊。"小草抿唇道，"就算不会死，那也够受罪的了。都是因为我弄的，总不能放着不管吧？颜姐姐，你这儿有药吗？"

颜六音笑眯眯地瞧着她："有啊，我去替你拿。"

"多谢。"

小草转头看着颜无味："把上衣脱了。"

颜无味一顿，脸上微红："这……"

"反正你我是未婚夫妻，你害羞什么？"小草理所当然地道。

颜无味错愕："未婚……夫妻？"

"对啊，鱼姑娘告诉我的。"小草道，"她说你跟我是未婚夫妻，起先我还有点不相信，但是从我醒来到现在你一直无微不至地照顾我，拿命保护我，除了未婚夫，谁会对我这么好啊？所以我相信了！"

段十一冷笑一声："唱晚说胡话，你还就真信！他压根儿不是你未婚夫！"

小草一顿，一脸茫然地看着他："若不是未婚夫，那他干什么拿命对我好啊？"

"因为……"段十一咬牙。

因为他喜欢你，这事儿很正常！

颜无味瞧着段十一那一脸便秘的模样，轻笑一声拉过小草的手，一双眸子满是温柔地看着她："很久很久以前，我就同你求过婚了，问你愿不愿意嫁给我。"

小草微惊："我同意了吗？"

颜无味想了想，道："你没拒绝。"

"这样啊。"小草点头，"那就算我同意了，等我适应了现在的生活，熟悉了所有人，我就嫁给你。"

颜无味心里一暖，有些不可置信地看着她。

段十一一脸见了鬼的表情："你要嫁给他？"

"不可以吗？"小草侧头，认真地看着他，"我喜欢他啊。"

喉咙里一句"他是杀人不眨眼的魔头"被段十一给硬生生地吞了回去，

听着小草这句话，他心上好像有什么东西划了过去，然后整颗心沉沉地往下坠。

她那时候给他说喜欢，他说喜欢说多了就是菜市场的烂白菜，不值钱了。

而现在，她什么都不记得了，再给她一次选择的机会，她竟然选择喜欢了别人。

段十一怔愣地回不了神，小草也没看他，伸手戳戳颜无味的肩膀："快脱衣裳。"

颜六音已经将药拿来了。

颜无味被她那一句"我喜欢他啊"给吓住了，呆呆地就当真将上衣给脱了下来。

小草拿起药膏就准备上药，手臂却被人猛地一扯，飞快地往外走。

"哎？你干什么？"差点摔在地上，小草跟跟跄跄地被段十一拖去了外面，手里还捏着药膏。

段十一的脸色很不好看，一把将她拖到花园里，甩在石凳上："你知道什么叫喜欢吗？"

小草眨眨眼，微笑："喜欢就是想跟他在一起，不是吗？"

"为师没有好好教过你这些，所以你不懂，不懂还敢乱用！"段十一好看的脸上带着寒冬一样的凉意，"你想嫁给他，光喜欢还不行，你得爱他才能嫁。而你对他一点也不了解，就凭他对你好，救了你，你就喜欢？"

"你那不是喜欢，是感激。"

小草不悦地挑眉："你凭什么否定别人的感情呢？你又不是我，怎么知道我到底喜不喜欢他？"

因为你他娘喜欢的是我！段十一深吸一口气，没咆哮出来。

"好的，退一万步来说，就算你喜欢他，但是你爱他吗？"

小草歪歪头："爱又是什么意思？"

"喜欢可以是不了解对方的全部，就凭一两点就对他有好感。但是爱是了解了全部好坏之后，还依旧愿意跟他在一起。"段十一道，"你天生正义，他是歪门邪道。你回答我，若是以后他每天满身鲜血地回来，你还会想和他在一起吗？"

小草撇撇嘴道："我不清楚，不过现在我挺喜欢他的，也想加深这种喜欢，有错吗？"

段十一拧眉，闭了闭眼。

竟然……竟然没眼力见儿地会在他和颜无味之中看上颜无味！他这么好，哪里不值得人喜欢了？

"你有没有想过……"段十一喉咙紧了紧，咽了口唾沫，问了他人生中最羞耻的一个问题。

"有没有想过，你其实喜欢的是我？"

段小草斩钉截铁地道："没有啊，因为你说过没有，而且我们是师徒，有辈分在呢，我怎么可能喜欢你呢！"

秋天要来了，花园里的花都谢了。段十一抬头望着天空，突然明白了什么叫搬起石头砸自己的脚。

"对了，我记得鱼姑娘说过，你快成亲了。"小草挠挠头道，"虽然不记得师娘是谁了，不过还是恭喜师父。"

段十一低笑："婚礼早就取消了，我还成什么亲？"

"啊？"小草眼睛瞪得很大，"不是说是皇上赐婚吗！怎么会取消了？"

"芙蕖公主的心另有所属。"段十一道，"一早就进宫抗旨了。"

小草顿了顿，脸上满是同情："师父别灰心，天涯何处无芳草！"

"用不着你来安慰我！"段十一嗤笑一声，"为师不成亲，你也别想着嫁人了。"

"为什么啊？"小草茫然不解，"有这样的规定吗？"

"对。"段十一一本正经地道，"段氏家规，长辈没有成亲之前，晚辈不可以先成亲。"

小草皱眉，沉默了一会儿，一脸凝重地道："好吧，我知道了。"

竟然当真了！

段十一糟糕的心情总算得了点安慰，看着小草转身又要进屋，连忙跟了进去。

颜六音已经将颜无味的伤口给处理了，低声责备道："你最近也太容易受伤了，还是该早些修炼完魔功。"

颜无味低声笑道："我功夫不差，也没必要练那最后一层。"

颜六音眼里划过了然，转头瞧刚进门来的小草。

小草一脸茫然："怎么了？"

"没什么。"颜六音笑得娇俏，"只是多瞧瞧你，未来说不定就当真是我弟妹了。"

小草脸上一红，干笑两声，捏着药膏过来给颜无味上药。

段十一就倚靠在门口，冷眼瞧着。

"十一郎，你们接下来准备怎么办？"颜六音低声道，"宫里看起来不是会善罢甘休的模样。"

段十一道："能如何？你这地方最安全，等会儿我就将包百病和鱼唱晚接来住着。皇帝要是逼人太甚，我就带着小草去找九王爷。"

颜六音挑眉一笑："这可也是九王爷的地盘啊，你不怕我将你们交上去？"

段十一侧头，笑得跟她一样妩媚："你舍得？"

咯咯笑了两声，颜六音道："我还真舍不得。"

小草忍不住回头多看了两眼，低声问颜无味："我师父是不是喜欢你姐姐啊？"

颜无味顿了顿，点头："是啊，以前也告诉过你。"

第 143 章　身边的隐患

原来是这样，小草点点头，然后就继续给他上药。

段十一瞧着这状态，几乎是没耽误地就回去把包百病和鱼唱晚给拎过来了。

"怎么？"包百病瞧着段十一这模样，惊讶地道，"这是出啥事了你这么激动？"

段十一一脸严肃地道："段小草现在已经走火入魔遁入邪道了，我不知道该怎么说，所以你去唤醒她！"

包百病一脸茫然。

段小草身上，还有段十一搞不定的事情？

到了别院见着段小草，包百病上去就把脉看舌苔。

"怎么了？"小草好奇地看着他。

"段捕头说你走火入魔了。"包百病上上下下将她看了一遍，"但是好像没哪里不对劲啊。"

颜无味坐在小草旁边，闻言轻笑。

小草侧头，瞧见颜无味带着点孩子气的笑容，微微怔愣，眼里流露出了点母爱的光辉。

包百病差点被自己的口水呛着，噌噌噌地退回段十一身边，挑眉道：

"你说的走火入魔，是指小草现在和颜无味……这样了？"

段十一十分凝重地点头！

包百病翻了个白眼："这男未婚女未嫁的，不是很正常吗？"

"正常？"段十一冷笑，"她没失忆的时候分明不喜欢颜无味，现在一转眼就这样了，哪里正常了？"

包百病笑道："小草没失忆之前，那是心里有你了，所以对别人都不在意。现在她不记得以前的事情，一切归零，重新来过发现颜无味喜欢她，对她好，那她喜欢上人家不是很正常的事情吗？"

"我对她不好吗？"段十一抿唇。

"你对她也好啊。"包百病道，"但是你自己不是也说了，你们是师徒，这师父对徒弟好，不是理所应当的吗？她也会尊敬你啊。"

谁要她尊敬了！段十一咬牙。

"感情这东西是相互的，就算小草没失忆，长久得不到你的回应，她早晚也会喜欢上其他人。"包百病拍拍他的肩膀，"所以你想开点。"

段十一点头。

怎么想开点啊？这好比自己种的白菜要被猪拱了，而且那还是头黑野猪，白菜不会喜欢的那种！

段十一深吸一口气，义正词严地道："我不管，咱们想办法破坏他们，小草不能跟个魔头在一起！"

包百病斜着眼看他："我说，段捕头啊，你到底是不是喜欢人家啊？要是喜欢的话就简单多了，你直接去给她说不就好了？"

"不是！"段十一皱眉道，"我只是不希望小草跟他在一起！"

"那你的意思是跟别人在一起就可以了？"包百病挑眉，笑眯眯地道，"那你看我怎么样啊？"

段十一：……

鱼唱晚收拾好房间出来，眼神复杂地问了一句："为什么你们会被宫里的人追杀啊？"

段十一回过头道："小草的身份有点问题，大概是引起当今圣上的危机感了。"

"怎么可能？"鱼唱晚脱口而出。

随即又垂了眸子："太子不是挺喜欢小草的吗？"

"太子是太子，皇上要杀谁，太子也没办法。"段十一道，"我们暂时先躲在这里，若是被发现了，那就再说。"

"……好。"鱼唱晚转身就去找小草。

小草正在一本正经地问颜无味："什么动物最喜欢问为什么？"

颜无味认真想了半天："鹦鹉？"

"不对，是猪。"

"为什么？"大魔头十分不能理解。

小草已经哈哈哈地在旁边笑开了："因为你是猪啊！"

颜无味皱眉，看着小草笑了半天，还是忍不住问："为什么？"

这人呆萌得压根儿不像杀人不眨眼的大魔头啊！小草直乐。

然而乐着乐着一转头，就看见了鱼唱晚。

眼神微微一变，小草笑眯眯地站直身子："鱼姑娘，你们也来啦。"

鱼唱晚微笑道："是啊，上次回去六扇门没找到你，没想到是直接进宫了。"

小草道："是啊，我也没想到，怎么就突然有人来请我进宫了。"

鱼唱晚听她的语气，心里微微一惊，再看神色，小草的神色如常，并没有什么不对。

"咱们要在这里停留多久啊？"鱼唱晚低声道，"看起来这地方好像暗处藏着很多人一样。"

小草拍拍她的肩膀："不用担心，这里很安全，先住两日吧。"

鱼唱晚点点头，侧头看见小草身后的颜无味，眉头皱了皱，二话没说转身就走了。

颜无味看着鱼唱晚的背影，挑眉道："她这个人倒是有点奇怪。"

"是啊。"小草应了一声，低头看着自己的手指。

风家灭门之案的卷宗，是在鱼唱晚的床下发现的。也就是说，她想让自己去查这件事。

而希望她查自己身世的阵营，应该是九王爷这边的。但是鱼唱晚偏偏和颜无味过不去。

这可真是奇怪了，这霹雳门出来的姑娘，到底在想什么呢？

累了一天，小草很早就睡觉了。

段十一提着却邪剑守在她的房门前。

"我就知道你们不会轻易让她走。"看着面前围上来的一堆人，段十一叹了口气，"别院好歹也是九王爷的地方，为什么非要带去王府？"

"段公子，王爷的命令，属下们必定只有听从。"为首的人道，"既然您肯带着公主过来，那又何妨将公主交给我们？"

段十一轻笑："我带她只是过来落脚，并不打算把她交出来，你们要动手的话，我奉陪。"

周围的人心里都是一紧。

颜无味站在段十一身侧的位置，一句话没说，只面朝着来人的方向，表明自己和段十一统一战线。

"公子何必让属下们为难？"有人叹息了一声，然后招手。

后面的人如蝗虫一般扑了上来。

段十一的却邪剑经常只是伤人而不杀人，慈悲比凶恶可难多了，所以白天要出宫也显得吃力。

然而现在，黑夜之中，段十一想都未曾多想，直接拔剑，悄无声息地抹了第一个冲上来的人的脖子。

颜无味挑眉。

这别院里全是九王爷的眼线，今晚上有一场大战，他和段十一是都想到了的，只是没有说。

然而颜无味不曾想到的是，段十一竟然当真会杀人，杀的还是……九王爷的人。

对面那群人看着第一个人倒下去，都顿了顿。

谁都知道段十一武功高，敢来群攻，赌的不过就是段十一不杀人。

然而他竟然杀人了！

后头的人都有些胆怯，毕竟谁都不想早死。

一阵沉默之后，一群人竟然撤退了。

"段捕头可真是厉害。"颜无味忍不住低笑，"这杀鸡儆猴的本事，也倒是高强。"

段十一脸上没一点表情，板着脸道："我没开玩笑的心思，他们这一走，明日九王爷必定亲临，你打算怎么办？"

"有什么怎么办的。"颜无味耸肩，"我还可以带着小草回摘星宫。"

段十一黑了脸："她是我六扇门的人。"

"可她回得了六扇门吗？"颜无味笑道，"我摘星宫的大门倒是随时为她敞开，只要她愿意去。"

她才不会愿意去呢！

想是这么想，但是一联系小草失忆后的表现，段十一又觉得不太确定了。

"好好回去休息一下吧，有什么事情明日再说。"颜无味道，"船到桥头自然直。"

段十一站了一会儿，当真转身回了房间。

鱼唱晚蹲在一边的墙后，听着这边的动静，皱眉。

九王爷要是亲自来了，这颜家两姐弟都是他的人，到时候段十一能带走小草吗？

小草睡得很安静，然而梦里一点也不平静，爹爹从火海里爬出来，眼里满是失望地看着她："原来你不是我的孩子。"

心里慌成一团，小草努力想过去将他救出来，上头却有烧着的房梁砸在她面前。

"你不是我风家的人，自然不用管我们的事。"

不！小草泪流满面，她在风家生活了十五年，从小被疼爱着长大，哪怕血缘是假的，感情也是真的啊！

她还是要查，查到底是谁灭了风家满门！

愤怒地睁开眼睛，眼里的杀气还没散去，小草坐起来，却看见鱼唱晚往她屋里的桌上放了清粥。

"你醒啦？"鱼唱晚笑眯眯地道，"来吃早膳。"

小草有点茫然："你怎么在这里？"

"嗯？"鱼唱晚瞪眼，"你忘记了吗？我昨日就被段捕头接过来了。"

小草拍拍脑袋想起来了，坐过去看了看那清粥，拿起勺子吃了一勺："昨天晚上什么事都没发生吗？"

"怎么没有？"鱼唱晚道，"九王爷派人来想抓你回去呢，被段公子给挡下了。"

九王爷？小草挑眉，看了鱼唱晚一眼。

鱼唱晚神色自然，道："今天一早段公子和颜无味就去门口等着了，说是九王爷可能还会亲自来。"

小草点头，连忙把粥喝完，出去找段十一他们。

为了迎接九王爷，段十一已经摆好了架势，门口两把椅子，他和颜无味一人一把，看起来就很厉害的样子。

然而，天已经大亮，早膳时间也过了，九王爷却还是没来。

第 144 章　送九王爷上路

已经摆好架势的两个人有点疑惑了，不应该啊，九王爷那种人，昨晚抓人不成功，今天不该是一早过来吗？怎么可能还没动静？

又等了一会儿，九王爷还是没来，倒是跌跌撞撞地来了个九王府的家奴。

"颜大人，大事不好了！"那家奴一来就喊，"九王爷被皇上关进宗人府了！"

段十一一愣，颜无味皱眉，后头等着看热闹的小草也傻了。

宗人府？九王爷好像没犯什么事儿啊，为什么会突然被关起来？

龙位上的老皇帝磨刀霍霍，安静地看着自己龙位旁边的狼。这回的太子身世事件算是让他看明白了，一时仁慈留了狼睡在他龙榻边，当真是一个不小心就会被狼咬。早年他就该一刀切了九王爷，留到现在，反倒是让自己睡不安稳了。

所以今儿一大早，没等九王爷踏出九王府的门，圣旨就下来了。

洋洋洒洒一大篇，大意也就是说，有人揭发你有谋朝篡位之心，还私制龙袍！你有什么想说的啊？先去宗人府反省反省吧！

九王爷就无语了，说老子私制龙袍，你好歹拿件龙袍出来栽赃啊？结果就凭这么一道圣旨，他就被请去宗人府里喝茶了。

连点反应的时间都不给！

老皇帝到底是心狠手辣的，已经准备好了十八宗罪往九王爷身上压，而且件件都是死罪！

让你小兔崽子跟我说太子不是亲生！这件事太伤皇帝的心了，等处理好狼，下一步是肯定会收拾皇后的。

段十一听了消息，二话没说就往长公主府去了。

小草被他拖着一起去，一路上忍不住问："师父不想九王爷死？"

"废话！"段十一翻了个白眼，"就算他禽兽不如野心勃勃，可也是……要真这么就被弄死了，为师的余生还有什么乐趣！"

小草不明白九王爷怎么就跟他的余生乐趣产生了联系，然而段十一既然这么说了，那她也只能跟去看看。

长公主和几位王爷前面才进宫说了太子之事，虽然是个乌龙，但是也表明了他们几人对皇室血脉的关心。虽然弄错了，但是并没有什么不妥啊！

这一转眼，九王爷就被抓了！

段十一把消息告诉长公主的时候，长公主有点兔死狐悲，心还有点凉。这次抓的是九王爷，接下来是不是就该他们这些兄弟姐妹了？本来是为着皇帝好，怕他不知情才进宫去说的，没想到会是这么个结果。

当初她亲手扶上位的皇帝，怎么变得这么心狠了呢？

二话没说，长公主带着五王爷和六王爷就再次进宫去了。

段十一走到宗人府外头，虽然很想进去，然而那地方也不是随便能闯的。

"师父，你想去看看九王爷吗？"小草问。

"嗯。"段十一道，"但是进不去。"

"我有办法可以进去！"小草道。

段十一斜她一眼："又是翻墙？"

"不！"小草从袖子里掏出一枚玉牌，"我有这个。"

段十一眯着眼睛看了看："好家伙，你怎么把这个东西偷来了？"

这可是皇帝的随身玉牌，上面还刻着皇帝的"萱"字，见之如皇帝亲临。早说有这个，他们昨天出宫也不会那么辛苦了。

小草挠挠头道："昨天皇上送我的，我忘记了。"

段十一一愣，皱眉。皇帝送的？

那为什么还会派兵来追杀？

"走吧。"小草已经蹦蹦跳跳地拿着玉牌去敲门了。

九王爷被关在单间里，房间里的布置都还不错，更不错的是四周的侍卫，一个房间里，门口两个，屋顶上两个，房梁上还蹲着两个。

小草进去的时候，看见九王爷的眼睛明显亮了亮。

不是对她亮的，是对段十一亮的。

"你竟然会来看我！"九王爷有点喜出望外，"我还以为我死了你都不会觉得有什么呢。"

段十一笑眯眯地看着他道："我是不觉得有什么，只是进来看看，堂堂九王爷被关起来，是个什么狼狈样子。"

赫连淳宣笑了："你这孩子，惯常地口是心非。不管怎么样，你能来，我很开心。"

段十一冷笑一声，看了看房梁上的侍卫，有话都说不得。

九王爷转头看了小草一眼，道："这孩子也是可惜了，分明是金枝玉叶，却要流落在外。"

"我不可惜。"小草道，"身份什么的，我不在意。"

"哈哈，真是个好姑娘！"赫连淳宣笑道，"即便杀了风家全家的人也被你这牺牲给恩惠到了，你也不在意？"

小草一愣，心里一紧："你知道是谁灭了风家满门？"

"我当然知道。"九王爷笑眯眯地道，"只是你可能不愿意听。"

"怎么？"小草捏紧了拳头，双眼灼灼地看着九王爷，"您只管说。"

段十一一把将小草捞到身侧，抓着她的肩膀道："我们只是来看看而已，多的你就别问了。"

这看起来，怎么也不是能说秘密的地方吧？

九王爷深深地看了段十一一眼，叹了口气："我反正也老了，若是当真死在了这里，也没什么。你们还年轻呢，远离是非好好过吧！"

段十一轻笑："你若是当真希望我们远离是非,为何还想带小草回来？"

九王爷摇头："你不懂，赫连家的基业，如何都没有白白送人的道理。皇上太过自私，我这个当臣弟的说话他不听，就只能来硬的。不然，这江山的姓氏怕是当真要变了！"

这样一说，他还是个正义之士。

外头有人进来，低声道："请两位快速离开，皇上有旨，送九王爷上路！"

段十一一惊。

第145章　姜还是老的辣

这不可能啊，长公主才刚进宫吧？估计话都还没说几句，皇帝怎么就要直接送人上路了？

难不成皇帝压根儿没打算接见长公主和两位王爷，直接就想弄死九王爷？

段十一眉头深皱，瞧着门口那人，步子没动。

"快走吧。"九王爷坐在桌边，叹息了一声，"好好照顾自己。"

小草侧头，就看见了九王爷鬓边的白发，再看看段十一的神色，嘀咕了一句："不知道为什么，觉得你们好像父子啊。"

九王爷一愣，继而哈哈大笑："我要是有他这样的儿子……必定引以为傲。"

段十一沉默。

进来的人不耐烦地道："快走吧快走吧。"

门外已经有人端了酒进来。

段十一转身，拉着小草往外走了两步。背后，酒已经放在了九王爷面前。

"王爷一路走好。"有奴才低声道。

九王爷端起酒杯，潇洒一笑，抬手就准备喝下去。

"啪！"杯子被剑尖弹开，落在地上摔得清脆。鸩酒洒出来，冒了一地的白泡泡。

赫连淳宣侧头，就看见段十一面无表情的脸。

"你想干什么？"旁边的奴才尖叫一声。

段十一二话没说，伸手便将他打昏。上头的侍卫和门外的侍卫一瞬间全冲了进来，段十一护着九王爷，一脚踹一个，实在不行了再动用却邪剑，取人要害而不伤命。

小草帮忙打斗，护着九王爷一路出了宗人府。

幸好这地方守卫不是很森严，他们出来得竟然很容易。

九王爷回过神来，就已经和段十一以及小草坐在一辆不知道去往何处的马车上了。

"你这是……要同皇帝作对吗？"九王爷惊讶地看着段十一。

"不是。"段十一深吸一口气，闭了闭眼，"我们进宫，皇帝先前允过我一个条件，会答应我一件事，这次我就将这件事，用来保你。"

九王爷一愣，继而失笑："傻孩子，君要臣死，臣怎么都要死。你就算让皇上允了放过我这一次，下一次他依旧还会找借口杀了我。"

"那怎么办啊？"小草忍不住问了一句，"你岂不是必死无疑了？"

"没办法。"九王爷苦笑，"皇上以为我对龙位有意，所以才要对我赶尽杀绝。就算我能逃跑，九王府上下几百口人，总不能就置之不理了。无论这次我们跑到哪里，我都得乖乖回去，喝下那杯毒酒。所以十一啊，别走了，停下来吧。"

段十一绷着下巴望着前头，没说话。

小草挠挠头，有些苦恼地道："不至于闹成这样吧，毕竟是亲兄弟。"

"你以为亲情血脉，对皇家来说很重要吗？"九王爷轻笑，"为了皇权稳固，不管是兄弟还是子女，该死的一样得死。"

小草一震，下意识地摸了摸手里的玉牌。

"这个东西，你拿着还不如丢掉。"九王爷看了那玉牌一眼，笑道，"带着它，你去哪里皇帝都能找到你。"

小草皱眉，脸色微白。

段十一道："你别吓唬她，皇上对她应该还不至于那么狠，毕竟她什么都不争。"

"什么都不争，只要一日起了争心，毁掉的就是他整个帝王基业。"九王爷笑道，"你以为皇帝当真会那么愚蠢，将致命的软肋放出去让人拿捏吗？"

停了停，九王爷道："我昨晚去接她，不过也是想保护她。"

段十一皱眉看了九王爷好一会儿。

小草心里倒是有些摇摆不定了，的确，九王爷是会保护她的，而皇帝那边的人……对于他们来说，她这个人从世上消失是最好的，就再也没人能撼动太子的地位。

闭了闭眼，小草道："我还不能死。"

"你还有大仇未报，当然不能死。"九王爷叹息道，"只是你跟我处境一样，活着尚且困难，更别说做其他的事情了。"

小草皱眉。

马车停在了皇城附近，段十一道："还是先进宫试试吧，至少你堂堂王爷，不能背负逃犯的罪名。"

九王爷皱眉："你不信我？"

"不是不信。"段十一拉着小草下车，道，"只是做任何事情我都希望清清楚楚地，以免有什么误会。"

老皇帝心狠手辣是没错，但是虎毒尚且不食子，更何况小草是他这么多年来，唯一的一个女儿。

九王爷无奈地跟着下车。

小草沉默地拿着玉牌去申请进宫。

如果九王爷说的是真的，那他们这次进去，就是羊入虎口，长公主能保得住九王爷的性命，却保不住她这个"平民百姓"，那只能看段十一的本事了。

御书房里，老皇帝已经被长公主骂了一顿，连先皇都搬了出来，指责他不该残害手足。

老皇帝很无奈啊，他不残害别人，别人要来残害他啊！

但是长公主道："九王爷忠心耿耿，上次还救皇帝于危难之中。若是当真有反心，付太师造反那一次就当举兵进京了！然而他没有，这还不足以表现忠心吗？"

皇帝就没声儿了。

赫连淳宣那一次实在干得漂亮，以至于后来想说他有谋反之心人家都不信。

看着后头两位王爷的目光，老皇帝叹息一声，只能无奈地让步："好吧，朕将九皇弟放出来，遣送回封地即可。"

长公主对此也没啥意见了，这件事也算到此为止。

然而外头却有太监来报："皇上，九王爷求见！"

老皇帝当即就怒了，老子不是把他关在宗人府了吗？怎么出来的？

长公主也吓了一跳，这九王爷怎么这么傻，这个时候强行出宗人府，岂不是惹皇上不痛快吗？好不容易才安抚好了！

九王爷带着段十一和小草进来了，一进来就跪下道："臣弟有罪！"

皇帝冷笑："九皇弟本事通天，能有什么罪啊？"

九王爷语气万分诚恳地道："方才接到陛下赐的毒酒，臣弟抗旨没喝，而是想进宫喊冤，所以臣有罪！"

这话一出，长公主和两位王爷都看向了老皇帝。

皇帝无辜得很："朕没有下令赐毒酒啊！"

第 146 章　皇家没一个好东西

九王爷苦笑："皇上若是说没有……那就当臣弟刚刚是做了噩梦。"

这说法也未免太牵强了吧？长公主看向后头的段十一："段捕头既然也在，可否说说方才发生什么事情了？"

段十一垂了眸子道："发生什么不重要，王爷现在还无事，就可以问问皇上到底怎么回事。"

他一个小捕头，总不可能当庭说皇上刚刚给九王爷赐了毒酒吧？然而他这语气神态已经说明了，九王爷刚刚说的是真的，只是不能说出来。

长公主眼神变了变。

老皇帝演戏惯了，谁也不知道他这是当真无辜还是在装傻，毕竟毒杀兄弟可不是什么好罪名。

"臣弟进宫来，只是想问皇兄，臣弟什么时候想要造反？"九王爷以头磕地，一字一句都是忠心耿耿，且带着些悲愤，"臣弟一心维护赫连皇室，没有半分不轨之心，何以被冠以谋反罪名？"

老皇帝沉默了一会儿，道："朕听人言，也是一时轻信了，还望九皇弟不要同朕计较。你的忠心，朕看着呢。"

九王爷脸上瞬间闪过心痛、了然、认命和苦笑："是这样……那臣弟可以回王府了吗？"

"可以是可以。"皇帝转头看向身后的段小草，"但是六扇门这两个人，是不是犯了强闯宗人府，劫持王爷的罪啊？"

小草一惊，抬头看着皇帝。

这种时候竟然还计较他们这种小人物？

"回皇上，民女是有皇上的恩典，才进去宗人府的，并非强闯。"小草说着就要掏玉牌。

皇帝咬牙，连忙道："是这样啊，朕想起来了，上次你进宫朕就觉得你有趣，不如等会儿也留下来，跟朕谈谈吧？"

反正不管是加个罪名还是好言好语，皇帝都想把小草给留在宫里了。

皇帝本来对小草是算仁慈的，还想着要不要认个干女儿，找机会封个公主。

结果他忘记了，就算小草答应不会泄露身世，那万一被人利用呢？

还是在宫里最安全！必须把人留下来！

小草却起了戒心了，皱眉道："民女……还有公务在身。"

长公主也觉得奇怪了："皇上怎么会对这么个小女孩感兴趣？"

老皇帝干笑两声，眼神深邃地看了小草一眼。

小草往段十一身后一站，皱眉回视。

"皇上曾经给过卑职一个恩典吧。"段十一突然开口。

皇帝抬眼看着段十一，坐直了身子："段捕头想要什么？"

段十一拱手道："卑职不要荣华富贵，不要高官厚禄，只提一个奇怪但是对卑职来说很重要的要求。"

"你只管说。"老皇帝道，"朕一言九鼎。"

只要不要高官，其他都好说！

段十一道："请皇上赐段小草十年寿命。"

大殿里的人都是一愣。

老皇帝也呆了呆："朕……虽然坐拥江山，但并未得道成仙，如何赐她寿命？"

小草也傻了，莫名其妙地看着段十一。

段十一微微一笑："皇上既然是九五之尊，要保住一个人的性命应当是不难。卑职就想让皇上，保住段小草活着十年，若是中途她被人所害……那皇上也应当付出相应的代价。"

众人的脸色都青了，这段十一简直是不要命了啊，敢对皇帝说这样的话？哪有把一个平民的性命跟皇帝性命挂钩的？那要刺杀皇帝岂不是太简单了，直接把段小草杀了就好了！

老皇帝当然也生气了："段捕头，朕一直以为你是个知道分寸的人。"

段十一耸肩："得皇上错爱，卑职其实有时候也爱胡来。为了保住爱徒性命，不得不出此下策了。"

"这种事，朕要是同意了，那就是拿天下在开玩笑！"老皇帝看了小草一眼道，"段捕头你提其他的要求吧。"

说好的一言九鼎呢？小草撇撇嘴，皇帝的胆子可真小！

段十一低笑了一声："那就没办法了，皇上还是赐小草一块免死金牌吧。"

老皇帝深深地看着他："你就不为自己要点东西？万一哪天朕看你不顺眼了呢？"

小草一惊。

"君要臣死，臣不得不死。"段十一微笑，"皇上只管将免死金牌给小草就是。"

"好。"老皇帝点头，"那我就允了段小草可以免死一次，你们今日，也可以安全出宫。"

"多谢皇上。"段十一鞠躬。

皇帝眼神冷冷的，瞧着段十一，勾了勾唇角。

太聪明的人若是忠心于他倒还好，若是忠心于别人……那宁愿毁了，也不能让他长存于世！

小草心情有点复杂，跟着九王爷等人一起行礼退出来，抓着段十一的衣袖嘀咕道："为什么我觉得皇上变了些呢？昨天要温柔很多的！"

段十一挑眉："皇上有温柔的时候？"

九王爷淡淡地在旁边道："从来没有，能坐上那个位置的人，心里的温柔早就被磨干净了。若是觉得他温柔，那一定是你上了什么当。"

小草低头严肃地思考起来。

出宫门上马车，长公主有点担忧地看着九王爷道："九皇弟，皇上看样子有心结未解，你要自己小心才是。"

"多谢大皇姐。"九王爷颔首，然后带着段十一和小草一起上了来接他的马车。

"我们该回六扇门吧？"小草低声道。

段十一看向九王爷。

九王爷慈祥地道："没事，我顺路送你们过去。"

"好。"段十一点头。

皇帝已经允了放过九王爷，也放过段小草，那短期内他们应该就是安……

"砰！"

马车刚行上官道，车轴就断了。

段十一心里一惊，连忙掀开车帘。

紫衣襟光明正大地走在官道上，一过来就将他们重重包围！

小草咬牙："不是说好了不计较了吗！"

九王爷苦笑："看来，只是说给长公主他们听的，我今天还是得死。"

第 147 章　　出尔反尔

这就是一贯一言九鼎又出尔反尔的皇帝！

小草心有点往下沉，能在这官道上这么大张旗鼓用紫衣襟来抓人的，也没别人了。九王爷说得没错，皇家的人心狠手辣，是断断不会仁慈的。

她还差点真的以为，自己什么都不要，就能让生母生父省心，自己也能留着小命继续查案了。谁想到这皇帝竟然比老虎还毒，不放过兄弟，而且看样子也没打算放过她。

"还好我有些准备。"九王爷瞧着越来越近的紫衣襟，在段十一和小草都有点绝望的时候道，"进来坐着！"

段十一放下车帘，皱眉看着他："车轴坏了，你还坐在里面？"

九王爷镇定地道："我的人已经来接我了，皇兄这个时候对我下手已经晚了，你们等着就是。"

小草微愣，正想问你的人在哪儿呢，外头就响起了刀剑杀伐之声。

不愧是九王爷，到底也不是吃素的，知道要从虎口逃生，怎么都要有点准备。这一群护卫简直是及时雨，将一群紫衣襟尽数斩杀不说，还清理了尸体，甚至还打扫了官道。

段十一再度掀开帘子的时候，就见外头已经干干净净，只有空气里还有血腥味。

九王爷十分镇定地下了马车，朝小草伸手。

"皇兄不认你这个女儿，我也当你是公主。"赫连淳宣声音十分柔和，"走，皇叔带你回王府去。"

小草愣愣地看了他一会儿，伸手借力，下了马车。

"皇上既然已经不想让我们活着了，现在回王府有用吗？"段十一皱眉问了一句。

九王爷摇头："我知道没什么用，但是在那之前，为了自保，咱们可以做一些事情。"

现在这三个人被皇帝的追杀给逼上了一条船，不过小草有点犹豫，毕竟皇帝是自己的亲生父亲，就算他不仁，自己不能不孝吧？

九王爷好像没看见小草的犹豫，带着他们就一路回了王府。

刚踏进门，就有家奴急匆匆地跑上来道："爷！宫里传来消息！如妃病逝了！"

小草站在门口，被这一句话惊得脚绊在门槛上，重重地摔了下去。

如妃就这么死了吗？

九王爷大怒，当即呵斥家奴："你怎么能乱说话！"

家奴吓得跪地："爷息怒，奴才刚刚听见的消息，所以急急忙忙来禀告。"

段十一皱眉将小草抱起来，摇了摇她："小草？"

段小草双目呆滞，好半天才回过神，眨眼看着段十一，咧嘴笑了笑："师父，刚刚那个人说什么？"

段十一白着脸，没吭声。

"皇上怎么会变得如此心狠手辣！"九王爷气得声音都发抖，"如妃是当年事情的当事人，同时也是皇家唯一嫡系血脉的生母！他怎么能……"

宫里的妃嫔哪有那么娇弱？说暴病的都只有一种可能——被赐死了。

小草嘴唇都抖了起来，从段十一的怀里挣扎着下来，拉着九王爷的衣角问："我们现在能进宫去看看吗？"

九王爷拍拍她的肩膀，低声道："你没看见皇上想抓我们吗？怎么还能进宫。"

小草想起那个跪在菩萨面前一边流泪一边抄佛经的如妃，就算这十六年一点情意也没有，那也是她的生母啊！怎么能就这么死了，她都还没来得及叫她一声……

"小草。"段十一只低声唤她，将她抱在怀里。

他的怀抱好温暖，充满了令人安心的皂角味儿。小草忍不住就号啕大哭。

"乖，会好的。"段十一轻轻摸着她的头发，一双眼却定定地看着九王爷。

九王爷在沉思，眼里也有心痛。片刻之后他道："如妃也死了，我们本来可以通过证明小草是皇帝亲生女儿，将她推上公主的位置，进而保住她的性命的。皇兄看起来是想赶尽杀绝。"

如妃是最有可能会把当年实情说出来的人，现在被灭口，不用想都知道皇帝的下一个目标是谁。

段十一紧绷了身子，看着九王爷道："你一定有办法的。"

九王爷苦笑："十一，你当本王是无所不能的吗？现在没有东西能证明小草是皇帝亲生的女儿了……"

"我还有。"小草沙哑着嗓子抬头。

九王爷一顿，眼睛微亮："你还有什么？"

"我还有这一身骨血。"小草哽咽地道，"王爷的仙草不是可以认亲吗？那我们再来一次，让太子和我，当面滴血认亲，看看到底谁是皇帝亲生的孩子。"

"上次不是已经滴过……"

"那是太子拿着我的血去滴的。"小草苦笑，"我原想替他们安定皇位，想让他们对如妃好一点，还解释了当年的事情。没想到最后还是一样的结果。"

九王爷眼眸微亮："这样的话也好，我们趁皇上明天早朝的时候，就去当场滴血认亲。"

"好。"小草眼泪还在掉，表情却十分平静，"九王爷，事成之后，你会将风家灭门之案的主谋是谁告诉我吗？"

"现在就可以告诉你。"九王爷道，"原本看你处处护着皇帝，我怕你不爱听，现在我说你应该就可以信了。皇兄之所以这么坦然接受了假冒的太子继续坐在太子之位上，就是因为他一早就知道这个事情，风家灭门之案死亡上百人，六扇门怎么可能不查？但是被上头下令封锁……能有这样权力的人，你以为是谁？”

小草脸色惨白。

是那个对着她笑得很慈祥的皇帝吗？她还傻兮兮地觉得他对自己的态度挺好的，结果风家是他灭的，如妃是他杀的，还派人一路来追杀她。

好一个慈祥的父亲啊！

“你身边的鱼唱晚，也该是皇帝的人。”九王爷道，“我本来命人从六扇门偷了风家案子的卷宗想让你看，结果被她半路截下，不知道藏在哪里去了。”

那卷宗，是鱼唱晚抢的？小草笑了一声：“怪不得我等不来鱼姑娘，却等来了抓我进宫的禁卫军，原来鱼姑娘还有这样的身份啊。”

“每个皇帝在江湖上也是有一些人的。”九王爷道，“现在说这些已经没用了，咱们就准备准备，明日上朝吧。”

“好。”小草眼神坚定了起来，“劳烦王爷给我一间房，我要好好休息。”

“姑娘这边请。”家奴连忙带路，“奴才带您过去。”

小草颔首，脚步虚浮地就跟着走了。

是鱼唱晚，怪不得在她装失忆的时候要骗她！小草本来只是想开个玩笑，吓唬吓唬他们的，结果鱼唱晚上来就一副好人的样子，将关系乱解释给她听。

她要是当真信了她，那就应该爱上颜无味，跟着他远走江湖，再也不会回来了。那皇帝的算盘打得也是好，鱼唱晚还可以勾搭段十一，就算段十一没娶公主，也要拜倒在鱼唱晚的石榴裙下，一样为朝廷卖命。

她觉得当真什么都不记得了也挺好的，她就不会这么心痛，不会到现在发现杀了养了她十五年的家人的人，竟然是自己的亲生父亲！

真是荒唐！

段十一站在原地没动，一双眼睛幽深地看着九王爷：“你在打什么算盘？”

九王爷摇头：“十一，我不会害你，血浓于水。”

“你自己都说，皇家的人是没有血脉情义的。”段十一冷笑，“这一连串发生的事情，好像都对你有利吧？”

“你怎么这样想？”九王爷笑得有些苍老，“人是皇兄杀的，我连自保都是罪过了吗？"

段十一沉默，再看了他一眼，看着他鬓角的白发，终是叹了口气。

"罢了……明日，不要拿小草当出头鸟。"

"你喜欢她？"九王爷忍不住问了一句。

段十一甩了袖子就走，哪里还会理他。

小草睡着了脸上都带着泪，不停地梦呓。段十一没回自己房间，而是爬上了小草的床，将小草抱进了怀里。

在他的怀里，小草总是特别乖，眉头慢慢松开，也不哭闹了。

这一觉好眠到天亮，小草睁开眼的时候，忍不住红了脸。

"醒了？"段十一从她脑袋下头将自己手抽出来，"起来洗漱，该进宫了。"

暗暗咬牙，虽然只是普通睡一觉，小草觉得自己正常的时候简直是被段十一吃得死死的。但是一旦装失忆，他好像也拿她没办法。

比如现在，她直接若无其事地起身更衣洗漱，段十一反而觉得不痛快了："为师有没有说过，男女授受不亲？"

既然一起睡了，好歹给点反应啊？

小草淡定地将他当初说的话还给他："师徒嘛，一日为师终身为父，你相当于是我爹，没关系的。"

第 148 章　　滴血认亲

段十一眯了眯眼睛，呵呵笑了两声："说得有道理。"

他一个风华正茂的男人，就直接当了爹了，谁教她这么说的！

小草收拾完毕，外头就来了九王爷的人道："马车已经准备好了，段姑娘快动身吧。"

晨光熹微，正是早朝之时。

小草收敛了表情，跟着走了出去。

段十一跟在后头，看着她挺直的背脊，不知为何心里有点沉重。

今天的天气一看就不美丽，朝堂之上要当堂拆穿太子身份，到底会发生什么事情呢？

九王爷一身麒麟锦袍，亲自扶了小草上车。

"咱们这一去，成的话，能保住你一人性命，不成的话，我们三人连同九王府上下都得陪葬。"九王爷的表情很凝重，"小草，看你的了。"

小草颔首，侧头问他："如妃已经下葬了吗？"

九王爷低笑："暴病死的嫔妃不入皇陵，你不知道吗？"

也就是说，尸体都会焚毁，骨灰撒在白骨陵里，那里头还有病死的宫女太监，等于是尸骨无存。

小草眼睛又红了，她还想至少能带回如妃的尸体！

"不过应该没那么快，也许我们进宫还来得及，只要你证明自己当真是如妃的女儿，皇帝在大庭广众之下，肯定会给你带回如妃尸体的恩典。"

"好。"小草深吸一口气，眼神坚定地看着前方。

段十一骑在马上，一路走一路沉思，眉头微皱。

百官上朝，分列两侧，没睡好觉的皇帝姗姗来迟，坐在龙椅上直打呵欠。

"有事早奏，无事退朝。"

文武百官叽叽喳喳地开始说一些鸡毛蒜皮的事情。

皇帝正觉得无聊想睡觉呢，外头就传来禀告："长公主求见——五王爷求见——六王爷求见——九王爷求见——"

皇帝脸都绿了，不用想都知道最近长公主跟他们聚集在一起是干吗的，这有完没完了？

皇帝应了一声之后，小草跟在九王爷身后，踏进金銮殿。

"长公主又有什么话要说？"老皇帝已经十分不耐烦了，这一而再再而三的！就算你当初扶了我上皇位，现在也不能这样折腾我啊！

长公主道："皇上，事关我赫连皇族血脉纯正的问题，今日当着文武百官的面，我希望让太子出来，与皇上以及这位段姑娘，再滴血认亲一次。"

满朝哗然！

先前虽然就有流言蜚语，说太子的血脉被质疑了。然而最近长公主与众位王爷进宫几次也没结果，众人也就以为只是有人造谣。

结果现在，当着满朝文武的面，长公主要皇帝滴血认亲！

老皇帝几乎是拍着龙椅扶手就站起来了，看着长公主怒喝："皇长姐是不是太过分了？"

长公主被吓了一跳，到底是白发苍苍的老人了，差点就要站不住。九王爷连忙上去扶了一把，皱眉看着皇帝道："自家兄弟姐妹，都是为了皇上好，皇上为何发这么大的火？"

为他好？老皇帝冷笑，这是巴不得证明太子不是太子，他的皇位后继无人，然后想着谋朝篡位，是为他好？长公主耳根子软，总是容易被人撺掇！他要是一次次都看在长公主的面子上让步，这些人只会越来越过分！

所以老皇帝站在龙椅前，睥睨着下头的人，淡淡地道："太子是朕亲生的，这个朕最清楚，你们不用再操心了。"

"可是，臣弟有确凿的证据，证明当初是皇后偷龙转凤，将如妃所生之女与个男孩儿对调！也就是今天的太子！"

群臣议论纷纷，已经是人心不安。老皇帝再怎么想回避，也得考虑考虑大臣们的心情。这太子不是皇族血脉，叫他们怎么甘心一直效忠啊？

老皇帝无奈了，低头看了小草一眼，眼里有些痛恨。

早知道就直接下杀手了！这丫头留着果然是个祸害！

"你有证据，那就拿出来吧。"

九王爷拉着小草上前，又拿了如妃的画像出来："先不论血，诸位大人可看看这位姑娘与如妃娘娘的面容！"

画卷展开，小草侧头看了一眼，除了衣裳头饰，画的分明就是她！

文武百官没见过后妃，自然是一片哗然。皇帝在上头嗤笑："人有相似，不值得这么大惊小怪。"

"那皇兄敢不敢再用一用这仙草？"九王爷挥手，就有人将那盆可以断定血缘的仙草给抱了上来，"同血缘，这草会绿。不是亲生，这草会黄。上次试的时候，太子好像做了不该做的事情，欺君罔上了！"

外头已经传来"太子到"的声音，赫连齐乐一脸茫然地被带进来，一看朝堂上这架势，心里就有点慌了。

老皇帝脸色铁青，瞪着九王爷道："九皇弟这是早就准备好了？"

九王爷摇头："臣弟没有其他意思，请皇上息怒。皇上只要滴一滴龙血在这草上，一切流言都会得到澄清，我大梁也会彻底安定，岂不快哉？"

老皇帝咬牙，站在龙椅前不愿意动。

太子和小草已经分别取了血在碟子里，老皇帝就站着，一副你们谁敢上来伤害龙体的表情。

九王爷没慌，镇定地看着老皇帝。

"太后驾到——"

外头一声禀告，九王爷笑了，皇帝脸色白了。

这天下还真有那么一个敢伤害龙体，而且对皇室血脉十分看重的人在。

太后娘娘常年在沉睡，几乎是被人抬进来的。

然而一进来，这老太太就清醒了，眼神灼灼地看着皇帝："我的皇孙是假的？"

皇帝一顿："母后，当然不是……"

"那哀家看着，你们滴血认亲，认吧！"太后侧头看了小草一眼，胸口剧烈起伏了一下。

第 149 章　好大一个局

这小姑娘长得和如妃实在太像！老太后已经开始哆嗦了，老泪纵横啊！这太子皇孙要当真不是皇家血脉，那她该以何颜面下去面对先皇啊？

皇帝站不住了，缓缓地坐在龙椅上："母后……"

"说再多也没用，哀家只想看看太子是否当真皇帝亲生！"

老太后抖着嘴唇，伸手一指，旁边的嬷嬷就端了碟子上前，恭敬地道："奴婢冒犯了。"

老皇帝深吸一口气，闭眼将手伸了出去。

大庭广众之下割的血，再没人能作假。九王爷恭敬地将皇帝和太子的血拿过来，取了仙草一叶，各沾一滴。

仙草慢慢地枯黄了。

老太后深吸几口气，捂着胸口直翻白眼。

旁边有大臣站出来道："何以知道这仙草不会遇血就枯黄呢？说不定没有九王爷说的那么玄乎。"

九王爷颔首："所以还取了这位姑娘的血，咱们来看看便是。"

说罢，又同样取了一叶仙草，将小草的血和皇帝的血都沾了上去。

仙草绿油油的，更加鲜嫩了。

满朝文武鸦雀无声，九王爷叹息一声，仰天流泪："上天真是薄待我赫连家，皇兄唯一的子嗣竟然也被人偷龙转凤！堂堂公主流落民间十几年！而不知从哪里来的人，却成了皇子，占了十几年的太子之位！"

老太后急喘几口气，拍着椅子扶手道："造孽！这可真是造孽！"

"母后。"皇帝连忙从龙椅上下来，替她顺气，"您别太激动。"

"你要我怎么不激动！"老太后泪流满面，"我半个身子都在土里了，活到现在本该是安享晚年，你却让我等着了这样的事情！早知道还不如死了安心啊！"

　　老皇帝沉默无语，文武百官鸦雀无声。

　　"来人啊！"老太后咳嗽道，"把那个冒充太子的人给哀家抓起来，关进宗人府！"

　　"是。"背后的禁卫应声便上来扣住了赫连齐乐。

　　赫连齐乐又急又怒，忍不住看向小草道："你不是说什么都不争吗？你这个骗子！"

　　小草面无表情地看着他："皇上不是还说，会放过我们吗？结果谁又把自己的话当真了？"

　　他们说得小声，其他人没有听见。赫连齐乐低声道："你会后悔的！"

　　然后就被带下去了。

　　小草安静地站在朝堂上，她为什么要后悔？只不过是认了一个心狠手辣的爹而已。

　　老太后缓过气来，看了小草两眼，虽然恼恨，但是这也的确是皇帝唯一的血脉了。

　　"你过来。"老太后朝小草伸出手。

　　小草走过去，低头看着她，没说话。

　　太后轻轻拉过她的手捏了捏，咳嗽着道："你……按照字辈，应该叫昭玉……是为昭玉公主。"

　　老皇帝神色复杂地看了小草一眼。

　　小草抿唇："多谢太后赐名。"

　　该叫皇奶奶才对，然而太后现在没有心情纠正。太子是假的，还给她一个公主，这些事情发生得都太突然了，而且还是在满朝文武面前。

　　等下朝之后，这天下应该还会有一场轩然大波。皇位无人继承，现在还在的三位王爷又该讨论谁继位的问题了，到时候又是一番争抢。

　　赫连家族的大灾难就要来了。

　　"就这样吧，昭玉公主跟哀家回宫，至于这件事的相关之人，皇帝该怎么处置就怎么处置，哀家也累了。"太后半睁着的眼睛又要闭上了，"回去吧……"

　　"是。"身边的嬷嬷应了一声，几个太监拿了滑竿上来，抬着太后就往外走。

　　小草愣了愣，被身后的嬷嬷轻轻一推，跟在太后身边走出了朝堂。

段十一皱眉，望着小草离开的方向，想了想，又松开了眉头。

太后是个古板守旧的人，没有哪里比慈宁宫更加安全。

剩下的，就是要段十一这个仅有的还知道小草来历的人，在众人面前，再将风家之事解释一遍了。

太子被废，关进宗人府。段小草得太后赐名昭玉，成为了昭玉公主。

本来只是个一心一意想转正的小捕快，现在竟然成了大梁的公主。那一身不男不女的装束换成了锦绣长裙，发髻高绾，珍珠玉翠之物满戴。小草站在镜子面前，都快要认不出自己。

老太后坐在软榻上默默流泪，怎么劝都劝不住。

"皇帝子嗣少，就这么一个，没想到还出了这么大的乱子。"太后边哭边道，"即使太子被废，皇位要换人来坐，哀家也不能看着他们混淆皇室血脉！"

"太后做得没错，皇上会理解的。"老嬷嬷轻声劝着。

太后摇头："哀家没有脸面去见先皇了，何去何从啊！"

"太后……"

小草有点手足无措地看着哭成一团的太后和嬷嬷，也不知道该怎么开口。毕竟她们现在这么难过，也是她间接造成的。

"太后娘娘，我有事情想问。"小草低声开口道，"如妃娘娘的遗体可还在啊？"

太后一愣，侧过头来惊讶地看着她："什么遗体？如妃？如妃死了吗？"

小草皱眉："不是说昨天突然暴病去世了吗？"

老太后一脸惊讶地看向旁边的嬷嬷，嬷嬷摇头道："并未听见这样的风声啊？不过出了这样的事情，如妃想必也是活不成了。"

小草瞪大眼，意思是，如妃现在还活着？

"我……我可以去看看如妃吗？"小草有些急了。

太后道："你别慌，哀家已经传她过来了。到底是亲生的母女，要问她的罪，也得先让你们见一见。"

正说着呢，宫殿门就打开了，如妃红着眼睛，穿着一身素衣，进来就跪下了："罪妾给太后娘娘请安。"

当真是活着的！小草呆了呆，提着裙子过去，伸手戳了戳她。

温热的。

如妃惊讶地看了她一眼，随即抿唇，低头道："罪妾问昭玉公主安好。"

九王爷骗她！如妃根本没有死！小草深吸了一口气，突然很想见段十一。

然而现在不能，老太后指着如妃就是一顿骂，边骂边哭，声音越来越大："你这胆敢混淆皇室血脉的贱人，万死都不足以抵罪！等皇帝有空儿，定然要赐你五马分尸！"

"太后娘娘……"小草红了眼睛，"如妃必须要死吗？"

太后一愣，这才想起，如妃是昭玉公主的亲娘啊。

本来昭玉就是刚从民间回来，跟皇帝没什么感情。这要是再杀了人家生母，那这唯一的公主都可能跟皇帝要生嫌隙。

可是这如妃的罪实在也太大了！

老太后头疼欲裂，声音疲惫地道："罢了罢了，你们母女去侧堂说说话，哀家太累了，哀家要休息一会儿。"

老嬷嬷连忙点了药香，又吩咐宫女去给太后按身子。

有宫人上来，引着小草和如妃就去了侧堂。

"你为什么……会去朝堂？"如妃看着小草，柳眉轻皱，眼里满满都是无奈，"皇上心里定然恼恨我们母女。不是说好，将身世一直隐瞒下去吗？"

小草垂眸："皇上一直派人追杀我们，更是他将风家灭门。我若是不来认了他，私底下怕还是要被一直追杀。"

顿了顿，小草又道："不过我大概是被愤怒冲昏了头，被九王爷利用了。昨日他告诉我说你去世了，我情急之下，才想着进宫来……"

如妃惊讶地道："皇上怎么会派人追杀你？"

"皇宫里的禁卫，从崇阳门到宫门口那一路，以及官道外头，都追杀过我，而且是光明正大。"小草抿唇道，"除了皇帝，还有谁有这样的本事？"

如妃大急，拍着大腿道："傻孩子，不是还有皇后吗！"

皇后？小草愣了愣。

"皇后才是最想除掉你的人！"如妃道，"我被她控制，就是因为太子的身世。而皇后之所以帮我，就是因为皇上没有其他子嗣，一旦禅位，她皇后会变成皇太妃！你跟皇后没有任何的血缘关系，她杀了你简直不痛不痒。而皇上至少还会念着你是她唯一的女儿！这宫中禁卫，皇后也是有资格调动的！"

小草捏紧了手："你的意思是，追杀我们的人，是皇后派来的，不是皇上？"

"皇上昨日还在跟我念叨，说认了你做干女儿，封个公主也是可以的，又怎么会转过头来就要杀你？"如妃摇头道，"只会是皇后做的，杀了你，太子地位稳固，她的位置也自然更加稳固！"

"那风家呢？"小草皱眉，"九王爷说，风家也是皇上下令……"

如妃低笑，泪水又落下来了："皇上直到现在才知道有个风家，一年之前又怎么会去灭了风家的门。他若是早知道太子与你身份互换了，那以他的运筹帷幄，怎么也不会在今日被九王爷揭穿，这么措手不及。"

老皇帝之所以是皇帝，自然不是傻瓜，若是一年之前他就知道去灭了风家的门，那小草怎么也不会在他眼皮子底下活到现在。更别说还能出来揭穿这一切了。

小草闭了闭眼，她就是太急太气了才会中了九王爷的道儿，现在仔细想想，错漏的地方也太多了。

比如玉牌，九王爷说皇帝给她，是为了在哪里都能找到她，那她不用这玉牌，不就找不到了？皇帝当时是真的感谢她，才会给她这个东西吧？

还有鱼唱晚，鱼唱晚是皇帝的人大概没错，可她前天晚上跟着去了别院，若是皇帝想追杀她，那当天晚上就可以动手了，鱼唱晚一定会把位置告诉皇上啊。可是那天晚上除了九王爷的人，别的杀手一个都没有。

还有官道上的那场追杀，紫衣襟来的人那么多，却被九王爷的人跟切白菜一样地就解决了，还一具尸体都没落下。

现在怎么觉得，这更像是一场早就安排好的戏呢？

小草抹了把脸，低笑一声："我好像做错事了。"

这一切都是九王爷引导的话，那她和段十一就都成了帮凶。九王爷的目的简直太明显了，将太子拉下位之后，下一个要对付的就是皇帝，金光闪闪的龙位实在太诱人了。

经过这么一场血缘闹剧，老皇帝在群臣心里的信任度也会下降。毕竟良禽择木而栖，一个没有后嗣的老皇帝，和一个正当壮年且有子嗣的王爷，谁更值得效忠？

当朝王爷，五王爷懦弱，六王爷平庸，不过都是顶着王爷帽子吃闲饭的人。只有九王爷，封地肥沃，有自己的士兵，而且脑子不错。有眼睛的都知道，这皇位以后会落在谁手里。

心里一阵阵发凉，小草抿唇，脑子飞快地转着想着对策。

然而她发现，从刚刚朝堂上滴血验亲的那一刻起，一切都回不了头了。

"事已至此，也没有什么退路了。"如妃抹了眼泪道，"太后给了你身份，你在宫里，千万千万要小心皇后。"

太子被废，意味着皇后以后变成皇太妃也是既定事实了。谋划了这么多年的事情失败，皇后肯定是会怒而伤人的。

伤的目标，自然只有一个段小草。

"没关系。"小草垂眸道，"她就算不来找我，我也想去找她问问，风家当年的灭门之案，是不是她干的？"

如妃担忧地道："后宫之中皇后最大，你莫要与她冲突。"

小草干笑："躲不掉的话，还不如好好冲突一回。"

如妃叹息："此次就算我不死，也大概是要搬去天寿宫的，你在宫里，只能自己照顾自己了。"

小草微愣："天寿宫是什么地方？"

"就是冷宫。"如妃勉强笑了笑，"皇上就算对我已经没有情意了，也会看在你的面上，让我在那里安度晚年吧。"

这么大的过错，她也无颜再见他了。

第 150 章　贴身护卫

小草心里有点难过，宫里的规矩她是不懂，不过冷宫也在宫里，她还在呢，也不至于会让如妃太过委屈。

如妃也不能在慈宁宫一直坐着，看了小草好一会儿之后，终于还是起身道："我先回去了，你好生照顾自己。"

"好。"小草跟着站起来，张张嘴，还是没能喊出一声娘。

毕竟这十五年，都是风家的人将她养大的，如妃虽然看着亲切，却也是十六年的空白。

早朝已经散了，每个下朝的官员心里都打着小算盘。皇帝坐在龙椅上没动，下头的九王爷也没走。

"你跟朕斗了大半辈子，朕以为朕赢定了，没想到败在了这里。"老皇帝撑着头苦笑，"九皇弟，真不愧是先皇最喜欢的聪明皇子。"

九王爷抬头看着上头，表情严肃地道："臣弟忠于皇上，断断不敢与皇上争输赢。"

"哈哈哈。"老皇帝大笑，"你还是这样会演戏，小草是个单纯的孩子，你骗了她。"

"臣弟没有，臣弟只不过是想办法，让自己的皇侄女能回家，能认祖归宗。"

老皇帝目光幽深地看着他："但是九皇弟啊，你要知道，就算太子不是太子，朕也还是皇帝。"

九王爷微笑："这一点，臣弟一直知道。"

惹急了皇帝，这年过半百的老虎也是会发威的。谁敢拔了他胡须，他必定剁掉谁的爪子。

然而九王爷可没有装的那么柔弱，皇帝暗里想杀他是不可能的，九王府的守卫不是一般的森严。而明处，现在皇位就他一个合适的继承人，皇帝敢直接杀吗？

做这件事之前就已经想好了退路了，九王爷胸有成竹，朝皇帝恭敬地行礼，然后就退了下去。

春风得意马蹄疾，九王爷高兴地想回王府，结果刚出宫门就被人堵住了。

段十一坐在马上，居高临下地看着他，眼里的神色十分不友好："这就是你的目的？"

九王爷捞着帘子蹲在车辕上，十分无奈地道："我想要什么，你不是一直知道吗？"

"我说过，别拿她出头，你却是从头到尾将她骗得团团转，让她亲手断了自己生父的退路。"段十一微微一笑，"好个九王爷。"

九王爷笑得温润："无毒不丈夫，这也是我要教你的。十一，你若是能好好听话就好了，等大事一成，你好歹也是我的血脉。"

"呵。"段十一抬着下巴，迎着朝阳笑得让人目眩，"谁稀罕？"

九王爷的脸色瞬间有点难看。大事一成他就是皇帝啊，段十一连皇子的身份都不稀罕？

"奉劝你一句，老皇帝不是吃素的，你自己小心。"段十一掉转马头道，"要是吃亏了，可别喊我。"

"你不留在我身边帮我吗？"九王爷皱眉，"再怎么说，我们现在也算是一条船上的人了。"

段十一回头望着他，勾唇："我站在段小草这边，她在船上我就在船上，她要是想跳水，那我也陪她。至于你，你不还有个世子吗？"

言罢，策马就走。

九王爷呆愣许久才低声道："想不到那小丫头，还能算个红颜祸水？"

段十一竟然这么看重段小草，这倒是在他的意料之外。那人不是对什么都不在意的吗？

想了想，九王爷转头就道："替我将颜大人找来。"

"是。"

皇宫是个很大很豪华的地方，同时也真的是个很无聊的地方。小草趁着太后休息，已经在四周逛了一圈，无聊得蹲在墙上叼狗尾草。

皇帝的人正在四处找她，然而小草现在不想见皇帝，就跟犯了错不想回去见家长的孩子是一个心情。

宫女太监来来往往地跑着，四处找她，都快急死了，小草悠闲地飞檐走壁，随意找了个宫殿房顶躺下来休息。

上午的阳光不热，温度刚好适合睡个回笼觉。小草抬起衣袖，盖在脸上就开始睡。

太阳越来越高，也越来越热，小草翻了个身，正被晒得皱眉，头上突然一片清凉。

半梦半醒地睁眼，就看见颜无味正替她挡着太阳，笑得十分温柔："怎么睡在了这里？"

小草一个激灵坐起来，惊讶地张大嘴："你闯宫？"

不对，他身上穿的是紫衣襟的官服！

"我是昭玉公主的贴身护卫。"颜无味笑着在她旁边坐下来，"怎么样？很意外吧？"

小草眼睛都瞪圆了："为什么你会变成我的护卫？你不是……"

不是江湖上的大魔头吗！

"我说了我在逃命，这皇宫是个安全的地方。"颜无味凝视着她，"公主不介意保护卑职吧？"

颜无味还需要她保护？上次那一帮正义人士不就被他打得落花流水的？压根儿就没有必要躲，光明正大住在长安城里，也没有谁能把他怎么样啊！

然而现在的段小草是失忆了的，失忆的段小草是把颜无味当成未婚夫的，所以只能一脸感动地道："你能来陪我真是太好了，放心吧，皇宫里很安全。"

最开始小草装失忆，那是因为想吓人。后来装失忆，是为了看看鱼唱晚究竟想做什么。而现在继续装失忆……是因为她不知道该怎么面对颜无味和段十一了。

说实话，她这个人死心眼，喜欢段十一就会一直喜欢他。但是师父说过了，对她没那个想法，也希望一直好好做师徒。既然人家都说清楚了，那她再挣扎也只会给他增加困扰。她还不如就当自己失忆了，喜欢的人其实是颜无味，这样骗着骗着，说不定自己哪天就相信了呢？

　　颜无味其实真的对她挺好的，抛开身份不说，要是他以后能一直在她身边，从良不杀人了的话，那她也算是造福天下苍生了。

　　"公主为什么不去见皇上？"颜无味问她，"看起来他们找你找得很着急。"

　　小草耸耸肩："我害得皇帝没了太子，要是去见他，真的不是找抽吗？"

　　"怎么会。"颜无味道，"你要是怕，那我陪你去。谁敢抽你，我抽他就是。"

　　小草想了一下那画面，打了个寒战。老皇帝那身子骨，哪里经得起他一抽啊？

　　想想也对，自己也是会武功的，还怕被人打吗？

　　小草一蹦就想站起来，打算去见皇帝的。然而她忘记了，自个儿现在穿的是长裙，这一蹦就踩自己裙角上，没能如想象中一样潇洒起身，而是直接摔了下去。

　　"小心！"

　　刚上任的公主护卫颜无味直接一把抱住公主的腰，一起砸在了屋顶上。

　　这宫殿的屋顶也不知道怎么如此脆弱，竟然直接塌了个洞！两人落下去，颜无味一翻身就垫在了小草下头。

　　小草摔得七荤八素的，低头就见颜无味白着脸已经昏过去了。

　　"颜无味？"小草有点急，连忙下来拍拍他的脸。

　　没反应。

　　小草慌了，想起包百病闲聊时候说的渡气之法，想也不想就俯身下去。

　　刚碰到他的唇，颜无味就唰地睁开了眼！

　　小草吓了一跳，下意识就想抬头，后脑勺却被人一按，重重地吻——或者说是磕在了颜无味的嘴唇上。

　　颜无味可没想到这丫头竟然张着嘴啊，还以为能偷个香，没想到上嘴唇见了红。伸舌头舔了舔，一股子血腥味儿。

　　小草被他这动作搞得没反应过来，呆呆地看了他好一会儿才爬起来道："走吧。"

　　反正伤着嘴唇的又不是她！

　　外头的宫人听见动静就拥了进来，结果只看见新上任的公主和新上任的护卫一前一后从一间空着的宫殿里走了出来，护卫的嘴唇上还有可疑的血迹。

宫人们了然地点头，跟在小草身后，相互眼神示意。

颜无味擦着嘴唇，微微一笑，觉得心情不错，连这身丑官服看起来都顺眼了。

皇帝在御书房里坐着，不过一上午的时间，却像是突然老了五岁。

瞧见小草进来，皇帝挥手道："其他人都下去吧。"

颜无味站着没动。

老皇帝忍不住看他一眼："你是谁？"

"回陛下。"颜无味老老实实地道，"卑职是公主的贴身护卫。"

"哦。"老皇帝道，"那朕跟公主要说事情，你能不能下去？"

颜无味面无表情，瞧着下一句肯定就是要冒犯皇帝的话。小草连忙上来道："父皇，这是我未婚夫，不放心我，来保护我的。您可以不必在意他，他嘴巴很严。"

皇帝愣了愣，倒不是因为别的，而是因为小草这一句父皇。

心里竟然觉得有点感动，整个人都慈祥了。

第 151 章　天王老子

其实皇帝很喜欢女儿，芙蕖公主小时候进宫来玩，都是一直被老皇帝抱在怀里没肯放下来过的。要不是因为皇位只能皇子继承，老皇帝其实更想要个女儿。

现在虽然没了皇位继承人，但是有女儿也是好事啊，好歹是个亲生的，还活蹦乱跳的。鱼唱晚说过，这丫头没啥心眼，脑子还有点蠢，不会是想害人的姑娘。这次多半是被九王爷给利用了。

他虽然很生气，气过了之后想想也就算了，女儿在外头十几年，说到底也是亏欠了十几年，难不成还要把人打一顿啊？

瞧着这小丫头，老皇帝叹了口气，正打算展现一下慈父的光辉呢，脑子里就"咻"地一下闪过一句话！

"你刚刚说什么来着？"皇帝瞪眼，指着颜无味，"他是你的谁？"

小草眨眨眼，嘿嘿道："未婚夫啊。"

这一点毕竟是鱼唱晚瞎掰的，还没来得及禀告皇帝。

老皇帝当即就傻了,随后胡子都快竖起来了:"谁给你定的未婚夫?你现在是堂堂的公主,朕的掌上明珠!怎么能什么人都嫁!"

颜无味眯了眯眼,浑身气息都冷下来了。

小草下意识地按着颜无味的肩膀避免他冲动,然后看着老皇帝道:"这个说来话长,但是无味对我很好,也会照顾我,感情这回事……父皇就不必掺和了吧?"

"那不行!"老皇帝胡子一翘,"公主不能这么随便,他当护卫就好好当护卫,这个朕都可以忍。想直接娶了你,可没那么容易。"

好不容易将自己十六年前种的白菜给挖回来,还想好好呵护呢,上来头猪就想拱?哪有那么便宜的事情啊?

颜无味冷笑了一声,小草按住他,低声道:"没必要跟他争论这个啊,先压压火啊!"

然后扭头对父皇道:"您说的都对,他就暂且当着护卫。作为护卫也是很让人放心的,父皇有话直说。"

那可是老九的人!

皇帝笑了笑,没当真拆穿,反正也不说什么机密的话,就让他留着。这颜无味是江湖势力的大头,不知为何被老九掌握,不过根据情报,这人当真是喜欢小草,若是有可能的话,老皇帝还想把人挖过来用的。

于是老皇帝就将小草拉到跟前来,低声道:"也不说什么要紧的话,只是这么多年父皇亏欠了你,你想要什么,就只管给父皇说。等父皇百年之后,也不知道你该如何,总要先给你想好退路。"

小草一愣,抬眼看了看皇帝,他不揍她就算了,竟然还想着帮她找退路?这是真心认她这个亲生女儿了吗?

"还有,关于如妃,她已经自请住进了天寿宫,朕……吩咐了人好好照顾她了,你不必担心。至于皇后,朕让她在中宫思过,碍着王氏在朝中的势力,朕也不能在这个时候罚她。"

小草点头,道理她还是都懂的。

"在宫里跑了一天,肚子饿不饿?"老皇帝笑眯眯地问。

小草眼睛一亮,连忙点头!天下好吃的东西哪里最多?皇宫啊!这里简直是想吃啥有啥,变着花样儿地吃!小草口水直流,使劲儿咽了咽。

老皇帝瞧着她这模样就哈哈大笑,连忙让人传午膳。

颜无味自然也就跟着蹭饭了。

然而美食是上来很多没错，但是她身边站了个太监替她夹菜，每样菜只夹塞牙缝那么点儿，一旦她觉得某种菜好吃，这太监就会提醒她："公主，一样东西不能吃太多次。"

　　小草越吃越饿，最后太监将所有盘子都收走的时候，皇帝在她的眼里看见了一种类似绝望的东西。

　　"怎么？还饿吗？"皇帝道，"可是一顿饭不能吃太多，这是宫里的规矩。"

　　小草一本正经地点头，内心却在哭泣。

　　"无味，御膳房在哪儿你知道吗？"小草有气无力地走出宫殿，扶着墙问。

　　颜无味点头："你先回去太后宫里等我。"

　　"好！"小草十分放心地看着颜无味朝一边走了！

　　太后这一觉睡得有点长，根据有经验的嬷嬷说，起码也要晚上才能醒。于是小草就乖乖坐着等颜无味回来。

　　然而这左等右等地，过了半个时辰了也没看见人。小草正要出去问问他是不是迷路了，就看见一个低着头的宫女进来对她道："昭玉公主，您的护卫在皇后娘娘处等您。"

　　小草瞪眼，颜无味这迷路的水平也太高了，咋就迷到皇后那儿去了？再说皇后不是还在面壁思过吗？竟然有本事对她身边的人下手？

　　要是绑去的是包百病，小草可能当即就急匆匆地去了。可是这皇后大概是不认识颜无味，就想着是她身边的人所以就绑去了。

　　绑了个炸弹去，小草才懒得管呢，对那宫女笑了笑就把门关上了。

　　报信的宫女一脸莫名其妙。不是说那个人是昭玉公主的男人吗？今儿大庭广众的还在宫殿里亲上了呢，怎么现在人被抓了，公主看起来一点都不紧张啊？

　　小草点了根香，慢悠悠地等着，一炷香之后，颜无味踢开了门，手里抱着几个油纸包。

　　"这是什么？"小草连忙过去看。

　　颜无味道："本来御膳房里有鸡腿的，但是被皇后搞得不能吃了。为了补偿我，皇后就把她中宫厨房的钥匙给我了，我去随便拿了一只鸡一只鸭，已经做好了的，咱们直接吃就是。"

　　小草张大嘴："你在中宫干啥了？"

　　颜无味挑眉，摇摇头没说。

本来既然已经成了紫衣襟，颜无味是打算好好守规矩的，没想到半路被几个太监给抬着走了。被人抬着的姿势挺舒服的，颜无味也就没反抗。

　　结果到了地方就有个浓妆艳抹的女人对他吼，问他什么公主的身世，什么他又是谁，声音难听死了，他一个没忍住，没朝那女人动手，只把扑上来的太监的骨头全部打折了。

　　然后那女人就跟看见什么怪物一样地尖叫，结果惊动了外头的禁卫，吓得她连忙将他推出了宫殿。

　　让他走就走了？颜无味几次想去跟中宫外头的禁卫打个招呼，毕竟他是个男人，莫名其妙出现在有女人的宫殿里……死得惨的一定不是他。

　　然后那女人脸就青了，最后十分可怜地给了他厨房钥匙，他也就接受了，离开了中宫。

　　这个过程就是耽误了点时间，也实在是无聊，所以颜无味并没打算告诉小草。

　　小草看他没吃亏，也就没多问，两人坐在桌边就开始一顿狼吞虎咽。

　　段十一带着鱼唱晚出来，本来是打算去街上买点什么东西，好给他找个借口溜进宫去看看，比如朱雀大街的小笼包子宫里没有，他这个体谅徒弟的师父，正好就可以带着小笼包去慰问。

　　但是毕竟是风流满长安的段十一，光小笼包这种东西也未免有点降低他的格调。而女儿家喜欢什么东西，他又的确不知道，所以只能求教于鱼唱晚。

　　鱼唱晚眼看着如今九王爷奸计得逞，内心还是有些郁闷的。段十一约她，她自然顺便出来散散心。

　　结果两人这一走，就在朱雀大街上遇见事儿了。

　　不知道是谁家的纨绔，骑着马在街上撞伤了人，被百姓围着动弹不得，还一脸嚣张地道："不就是想讹钱吗？我家有的是钱！"

　　说着一抖荷包，银元宝哗啦啦地往下掉，引起了百姓哄抢。

　　那人没管被撞倒在地的妇人，而是直接上马就想走。

　　鱼唱晚怎么说也是个女侠，看见这种事情，还能袖手旁观？当即就飞身上去将马上那人给扑了下来，按在地上就是一顿老拳："有钱了不起？有钱就能乱骑马撞人了？"

　　那锦衣公子被打得蒙了，呆呆地看着鱼唱晚。等他想起来反抗的时候，已经是鼻青脸肿的了。

"你……你有种！"锦衣公子从地上爬起来，气愤不已地道，"有本事留下姓名！"

"行不更名坐不改姓，六扇门鱼唱晚！"

这一句吼出来真是极爽！鱼唱晚仰着下巴，十分享受这种英雄的感觉。

那锦衣公子二话不说就走了。

鱼唱晚十分开心地回到段十一身边，以为他至少会表扬自己两句，结果段十一说："唱晚，你知道刚刚那是谁吗？"

"谁啊？"鱼唱晚看着他这表情，不屑地道，"天王老子吗把你吓成这样？"

第 152 章　美　人

"不是吓到。"段十一扶着额头道，"你要说天王老子的话……那个人是九王爷家的世子。"

淡定地往前走了两步路，鱼唱晚才突然僵硬了身子，回头看着段十一："你说什么？谁家的世子？"

段十一很有耐心地重复："九王爷家的。"

没错，就是那个将来有百分之八十可能性登上皇位的九王爷。

鱼唱晚脚下一个趔趄，干笑两声："我觉得他应该不会跟我这种小人物计较的，你说是吧？"

段十一跟着笑："像你这种不由分说将人打了一顿的小人物，看他脸上那模样，我觉得不计较的话……难！"

鱼唱晚脸垮了，她就是想日行一善，偶尔充当一下正义的化身，也不用这样吧？

转头想找刚刚那被撞得爬不起来的妇人，结果一看，好家伙！刚刚还躺在地上不起来的妇人，现在已经满街捡银子，兜着银子一溜烟地消失在了街头。

这还真是个讹钱的！

鱼唱晚有点傻，接着就十分镇定地道："段捕头，我们回六扇门吧。"

"嗯？"段十一道，"你先走，我还要买东西进宫呢。"

鱼唱晚有点胆怯，毕竟这里离六扇门有点距离，万一半路被人家报复了怎么办？

但是跟着进宫？那是不可能的，她是外派人员，不能随时进宫暴露身份。

想了想，鱼唱晚咬牙，飞快地就往六扇门跑了！

被揍的这个倒霉蛋，赫连淳宣正室生的儿子，赫连易寒。因为从小被母亲惯着长大，赫连易寒就是个不折不扣的纨绔子弟，霸道自私又蛮横。今天被个漂亮姑娘当街打了一顿，他心里肯定是不服气的，当即就招呼了王府里的侍卫，要去把面子给找回来！

他堂堂九王府世子，竟然被个六扇门的人打了，这要是不打回来，以后长安城谁还怕他啊？

"把那丫头给我往死里打！"赫连易寒下了命令。

于是一群侍卫就飞快地往六扇门去了，赫连易寒骑着他的马跟在后头，揉着脸上的伤，愤恨地等着看好戏。

长这么大还第一次有人敢打他，竟然还是个姑娘。要出头也不该为讹钱的人出头啊，还下手这么狠！

鱼唱晚刚回到六扇门，还没来得及喝口茶压压惊呢，门就被踢开了。也怪她太傻太天真，把真实姓名说了出去，以至于人家要找到她实在太简单。

王府的侍卫功夫明显比她高，来的人又多，瞬间就将她逼到了墙角。按照世子的吩咐，即使面前这是个姑娘，侍卫们也不得不下手。

鱼唱晚动手反抗，然而腹部挨了一拳之后，浑身都没力气了。这些人还算善良，没往她脸上打，只是这一拳一脚的，她怎么也受不住几下。

慢悠悠赶着来看热闹的世子一踏进门就瞧见那姑娘吐了一口血，靠着墙几乎要倒下去了，却还伸手硬撑着墙面。那张脸很熟悉，就是刚刚街上动手打他的那个没错。

这就是他要的结果！

然而瞧着她好像当真伤得很重，旁边的侍卫抬手还想继续打的时候，赫连易寒心里一沉。

她抬眼看他了，眼里满满的都是厌恶。

心里一痛，一股子火气不知道怎么就冒上来了，赫连易寒梗着脖子就吼："你们住手！"

侍卫们一顿，一脸的莫名其妙。不是世子您吩咐的往死里打吗？怎么这会儿倒急上了？

赫连易寒冲进来就捞住了鱼唱晚往下坠的身子，皱眉看着她嘴角的血，有些手足无措："我……我刚刚是气着了，想报复报复你，下的命令可能狠了点儿。我……不是故意的。"

鱼唱晚安静地看了他一会儿，吐了口血沫："九王爷家的世子，果然是了不起。我这一条贱命哪里能偿还伤了您的罪过？想打的话就继续，嫌手累了旁边有刀。"

赫连易寒虽然纨绔，却也是讲道理的人，人家姑娘是误会了把他打了一顿，其实也是善良。他这带着人上来报复，怎么都是不对的。

咬咬牙，赫连易寒抱着鱼唱晚就回了九王府。

"你干什么？"鱼唱晚冷冷地看着他。

赫连易寒道："我让人打伤你的，现在负责去将你养好。"

鱼唱晚冷笑，想起这人的身份，顿了顿，没做反抗。

于是她就这么顺利地打入了敌人内部，还是九王爷世子亲自接进去的，她要走都不让走。

段十一已经拎着小笼包子和一支发簪进宫了。早在早朝之前他就知道小草会待在宫里，为了进出方便，段十一早就把小草的玉牌给偷了。

坦白说，他真的不是特意想来见小草的。主要是这做人师父的，徒弟刚当公主，肯定十分不习惯，周围又全是陌生人，他怎么都该去安慰安慰啊！

一路嘀咕着，段十一就到了太后宫里。

脑海中已经想象出小草孤苦无依的模样了，段十一一脸慈祥微笑地踏进去。

结果就看见小草坐在院子的石凳上发呆，颜无味站在她的身后，十分温柔地伸出双手替她挡着太阳。

小草恍然不知，睁着眼也不知道在想什么。

段十一冷笑了一声。

颜无味回头，瞧着他就笑了："公主你看，段公公来了。"

小草一愣，回头就瞧见段十一穿着一身太监的衣裳，站在慈宁宫门口。

"师父？"小草使劲掐着大腿忍住笑，"您怎么……"

段十一没好气地翻了个白眼，朝她勾勾手。

小草就屁颠屁颠跑过去了。

"你以为什么人都能在后宫里行走？要不是为师机智，换了这身衣裳，在后宫门口就被拦下来了！"

额头上挨了一下，小草却觉得无比亲切，咧嘴笑道："你进宫来看我啊？"

段十一摇头："我是来看其他人的，顺便看看你。"

说着将包子和簪子给她："别人不要，送你了。"

什么叫有话不会好好说！一番心意从他嘴里出来，统统都想让人扇死他。

小草脸上的笑容淡了点，伸手将东西接过来，还是咬了一口包子。

至于那发簪嘛……是一根碧玉簪子，簪头是很精致的杏花，十分好看，看得出来选的人用了心，而且是很想讨人欢心的。

"今天芙蕖公主也正好进宫跟太后请安，你来得早了点。"小草淡淡地道，"再等一会儿她就该过来了。你或许该送她个金簪子，这么素的东西她自然不会要。"

段十一背脊微微僵硬，芙蕖公主今天也进宫？那还真是凑巧了。

颜无味上前，很自然地拉过小草道："段捕头既然不是来看昭玉公主的，那我们就先告辞了。皇上赐了新的宫殿，还要带公主去看看。"

目光落在他的手上，段十一微微眯眼："你为什么会在宫里？"

"你看不出来吗？"颜无味笑了笑，"我是公主的贴身侍卫。"

贴身……赫连淳宣那老东西，怎么就爱跟他过不去？段十一咬牙，弄这人来皇宫里，又能看着小草，又能找机会刺杀皇帝，可真是一举两得。

不过皇帝现在是小草亲爹，颜无味不会动手，安全尚算有保障。

但是贴身保护？段十一眯了眯眼。

颜无味带着小草就走了，那死丫头一路都没回头看他一眼！段十一深呼吸，安静地在慈宁宫外头等着。

小草一路走一路低头看着手里的发簪，抿唇道："无味啊，你看，这簪子真好看。"

"别人不要的东西，有什么好看的。"颜无味道，"你要是喜欢，我明天给你找个更好看的。"

"好啊。"小草路过玉液湖，伸手一扬，直接将发簪丢进了湖里。

她还是一辈子当个失忆的段小草吧，别再惦记段十一了！

皇上钦赐的宫殿简直是金碧辉煌，上头还有新挂的匾，写的是"玉漱宫"，是皇宫里仅次于中宫的大宫殿。老皇帝当真是想补偿她，里头珠宝首饰、衣裳器具全都是最好的。

小草张大嘴看了好一会儿，忍不住感叹："皇宫就是皇宫。"

颜无味将里里外外都看了一遍，奇怪地道："没有其他宫人吗？"

旁边站着的宫女低声道："内务府正在分配，请稍等。"

宫里的宫女都是贴身照顾公主的，自然要好好筛选。颜无味抱着胳膊等着。

天快黑的时候，宫女一连串地就来了。

小草坐在座位上，漫不经心地听着。

"这个叫锦缎，这个叫烟儿，这个叫……"

最后一个宫女上来，报名的女官一时无语。

"奴婢是芙蕖公主送来伺候昭玉公主的。"那宫女笑盈盈地开口，"奴婢名唤美人。"

第 153 章　别磨叽了

小草抬头一看，差点从座位上滚下去！

好一个美人啊！段十一这畜生又男扮女装，正穿着宫女的衣裳对她眨巴眼！堂堂正正的六扇门捕头他不做，为什么这么想不开来当宫女？

颜无味嘴角也抽搐了，沉默了半天还是不得不佩服，段十一就是段十一，想贴个身都比他贴得近，当宫女的话，连公主睡觉都可以陪着！

"宫女进宫，都不用做身体检查的吗？"颜无味看着旁边的女官开口道，"要不姑姑还是检查检查，以免有奇怪的东西混进来了。"

女官回过神来，笑道："送来的宫女自然都是检查过的，最后这位因为是芙蕖公主送来的，太后给了恩旨，说是让美人做公主的贴身丫鬟，也好增进您与芙蕖公主的感情。"

既然是增进感情，人家送来的人你自然不能检查了，多伤感情啊！

颜无味抹了把脸，不说话了。

美人扭着腰走到公主旁边，轻轻抬手，拿手绢替她擦了擦额头上的汗水："瞧公主激动的，见着奴婢就这么高兴吗？"

小草咬牙："我是给吓的！"

美人笑了："您怕什么啊？不该感到高兴吗？有奴婢在您身边，保您一世无忧。"

有你在才有了我的忧吧？小草心里叹息一声，表面上还是点头算是同意了。

女官带着人下去安顿，吩咐美人道："今晚你要伺候公主洗漱就寝，明早记得叫公主给太后请安。"

"是。"段十一应了，身段柔软得令女人都心动。

颜无味忍不住吐槽一句："就没见过你这么高的女人！那些人是眼

瞎了？"

宫殿门一关上，段十一就恢复了正常，往旁边的椅子上一坐，跷起二郎腿道："许你当侍卫，不许我当宫女？人家还没见过你这种满身戾气的侍卫呢！"

"戾气倒是可以收敛，有本事你变矮试试？"

"颜大宫主，您跟奴婢这小宫女较什么劲啊？是在怕什么？"

"段大宫女，我什么都不怕，就是觉得你莫名其妙。不是喜欢我家姐姐吗？那不搬去别院住，怎么倒是来宫里了？"

段十一挑眉，一脸疑惑地看着颜无味："谁说我喜欢你家姐姐？"

颜无味嗤笑："不想承认了？是谁在三年前抱着我姐姐躲避六大门派追杀，说娶妻当娶颜六音，若是一朝你成亲，新娘除了她，再无旁人？"

段十一怔了怔，低着头努力回想。

这话，好像的确是他说的。但是当时是因为六大门派与他都交好，然而却要追杀颜六音。慧通大师问他要个理由，就算是师徒，徒弟犯错，师父也应该亲手清理门户才对。

段十一信口就说了这么几句话，毕竟感情这种东西是不讲理智的，拿来当借口，人家反驳不了。

只是没想到，他和六音都没当真，却被其他人全部当真了。

段十一捂了捂脸，低笑道："这话是我说的没错……"

小草干笑两声，打断他们道："你们累不累啊？早点洗洗睡吧。无味你也该回房间了，美人你就睡在外面的软榻上吧。"

"不行。"颜无味眯着眼睛道，"怎么能把这个男人留在你房里？"

"又不是没留过。"段十一轻笑，"颜宫主不必担心，我师徒二人经常同床共枕，要是段某对她有兴趣，早该生米煮成熟饭了。"

小草嘴角抽了抽，突然很想知道包百病说的"一口死"的毒药配方是什么。

颜无味的眼神突然变得很幽深，拳头捏得很紧，整个人身上的戾气又散发出来了。

小草起身走到他身边，轻柔地拉过他的手，低声道："别担心，就当他是我爹好了。你先去休息，明日还要陪我去请安呢。"

她的声音很温柔，瞬间就将颜无味旁了的毛给抚平了。小草从前是不会这么温声细气讲话的，不过如妃说话总是这样，她听着多了，自然就跟着学了。

"嗯。"颜无味应了一声，低头看着她，目光里满是温柔和眷恋。

小草回视他，虽然眼里还不能算是干干净净的只有他，但是好歹是有他了。

段十一就在旁边斜眼看着，时不时发出一声冷笑。

然而这并没能阻挡那边两人的眼神交流，瞧着小草那神色……段十一心里微沉。

颜无味才多久就把这小丫头骗得团团转？段小草也真是的，都见过他这样的天姿国色了，竟然还随随便便被人给勾搭走，真是没眼光！

"做个好梦。"

"嗯。"

小草将颜无味送出去，看了他一会儿才关上门。

一回头就撞上段十一的胸口。

"皇上有没有给你说过，金枝玉叶是不可能随意嫁给江湖草莽的？"段十一冷着脸问。

小草一顿，咯咯地就笑了："父皇自然说过，我也知道啊，所以师父你紧张什么？我嫁不成颜无味，总也会嫁给其他人，比如什么别国的王子啊，英勇的将军啊，文武双全的状元郎啊。我的归宿用不着你操心。"

自从失忆，这丫头的口齿是越发地利索，段十一屡屡被呛声不说，还找不到话反驳她！

小草转身脱衣裳上床，当真是一点不忌讳地在他面前换了寝衣，然后盖上被子："虽然我不知道你进宫是为了什么，但是你总有你的理由，我问了也没意思。不过师父，你也老大不小了，早点找个师娘过日子吧。"

段十一咬牙："你想要师娘？"

"不是想不想，是我觉得好奇怪，你这么大年纪了还没成亲。"小草打了个呵欠道，"也不是没喜欢的人，当真喜欢人家，就去争取争取娶回家吧，别磨叽了。"

第154章　应该挺好吃的！

说这话的时候小草是背对着他的，所以段十一看不见她的神色。

当初他与芙蕖公主订下婚约的时候，这丫头反应多大啊，不惜夜袭多次，也想阻拦一二。

而现在，什么也不记得的段小草说："你该去找个师娘了。"

段十一说不清心里是什么感觉，只是觉得有点怀念，怀念那个为了无声无息翻进他房间，会去苦练功夫的段小草。

"你早点休息吧。"段十一道，"我的事情，我自己知道。"

"嗯。"小草闭上了眼。

也不知道是不是换了地方，段十一怎么都睡不着。翻来覆去，还是起身走到小草床边。

这丫头倒是睡得好，口水都快流出来了。段十一嫌弃地伸手替她擦了，然后躺在她的旁边。

一贯是他给她好眠，而这次，轻轻抱着这丫头，段十一才终于睡了过去。

第二天一大早，玉漱宫里就打起来了！

小草揉着眼睛睡眼惺忪，看着颜无味跟段十一在宫殿里上蹿下跳，第一反应就是去把门给锁了！

颜无味脸色很难看，段十一却是面带微笑，一边打一边娇嗔："护卫大人好粗鲁，竟然对人家这个弱女子动手！"

"呵，你这畜生！"颜无味丢了长剑，飞出天蚕丝就直取段十一首级！

大早上的竟然睡在小草身边，真当他自己是个女人？

小草默默地去洗漱一番，然后给自己倒了杯茶，宫殿里的两个人还打个没完，却也是谁也伤不了谁。

"公主，皇上下朝之后会来玉漱宫用膳，还请公主准备准备。"外头的女官喊了一声。

小草连忙应了一句，一把将正在打斗中的两个人分开："帮我想想办法。"

颜无味收了手，看着她："你想干什么？"

段十一还往颜无味肚子上打了一拳，才收回手道："要什么办法？"

小草一本正经地道："我是要为风家报仇的，昨天如妃说了，灭了风家的人不是皇上，那就很有可能是皇后。我要怎么才能找到确凿的证据，然后为风家报仇？"

段十一挑眉："你不是失忆了吗？"

"对啊。"小草心里一惊，表面却镇定，"就算是失忆了，但是我是风家的人，被养育了十五年，怎么着也该为自己的养父母报仇吧？"

段十一轻笑："那你要是证明了主谋是皇后，堂堂一国之母，你要如何报仇？"

小草道："我撇开这公主的身份不要，直接去刺杀行不行？"

段十一摇头："王氏一族在朝有十分重要的地位，如今皇帝孤木难支，还要靠王氏多多帮忙。相信皇后不会被关太久，也是要出来的。你要是直接将皇后给杀了，那你父皇的江山，可能很快就会落在九王爷手里了。"

她现在是公主，还多了一个父皇一个母妃，做什么都不能像以前那么潇洒自在了。

小草咬牙："那难不成我就要放下灭门之仇？"

颜无味道："管他什么江山什么势力，小草只管去查，若当真查出来是皇后干的，那我替你杀了她！"

段十一直摇头，看着小草。

这孩子现在懂事，应该知道什么能做，什么不能做。

"师父，你陪我先查吧。"小草沉默了一会儿道，"现在还只是猜测，若凶手当真是皇后，那我们再说。若不是她，我也好利用现在的方便，四处继续找证据。"

"好。"段十一点头，"你要对皇后动手，那就得讨好皇帝，这宫里只有他能帮你护住。你要让皇帝偏心你，这样的话，即便得罪了皇后，你的小命也是能保住的。"

说得有道理，小草点头，认真地道："为了讨好父皇，我看我还是亲自下厨……"

段十一眼皮一跳："你想弑君？"

"怎么说话呢？"小草瞪眼，"这叫诚意，诚意你懂不懂？"

"我看还是算了。"段十一摇头道，"你换个别的方式表达诚意就好。"

还有什么比亲自下厨更让老爹感动的啊？小草觉得段十一这个人还没当爹，他不懂！她就去做一个菜好了。

颜无味很认真地道："我觉得这个主意不错，段宫女为何这么大的意见？"

段十一望着蹦蹦跳跳去厨房了的段小草，捂脸道："那是因为你没吃过她做的菜……"

午膳时间，皇帝十分疲惫地下朝，一想到能看见小草，老皇帝心情还算不错。

"皇上，听闻昭玉公主在玉漱宫亲自下厨，给您做菜呢。"总管大太监笑眯了眼地道，"这公主孝顺，皇上也是好福气啊。"

太监一贯会逮着主子高兴的说，皇帝听了直乐："昭玉有心了……不过常德啊，你一直在金銮殿外头，怎么知道公主在下厨啊？"

常德干笑了两声："奴才听别人说的。"

早朝上到一半的时候，后宫里传来一声巨响，惊呆了一众宫人。常德本来以为是天石砸进后宫了，哪里想到看见小太监一边跑一边喊。

"不好啦，不好啦！玉漱宫的厨房炸啦！"

具体是怎么炸的大家都不知道，不过据玉漱宫的人说，昭玉公主亲自下厨了……

段十一一脸的灰，头发都竖起来了，瞪着小草怒吼："你不会做就别下厨啊！还亲自烧火！后院里放着送秋神的炮仗，你也能当柴来一起烧？"

全身冒烟的段小草十分无辜地道："我捡柴的时候走神了。"

要不是颜无味反应快，她现在就该躺在床上了。

同样全身发黑的颜无味倒是很自在，他觉得这样一身黑色瞬间有安全感多了。看着被段十一骂得可怜兮兮的小草，忍不住道："别说了，先去洗漱收拾，皇上也快来了。"

"可是……"小草看着面前的一盘黑漆漆的炒蛋，"厨房没了，我的菜……"

段十一呵呵道："你放过皇上吧，毕竟是你亲爹。"

皇帝乐呵呵地踏进玉漱宫的时候，看着天上还冒着的黑烟，惊讶地道："这是怎么了？"

小草连忙从里头冲出来接驾："父皇不用在意，那是女儿为了欢迎您，放的炮仗。"

皇帝嘴角抽了抽，轻咳一声。嗯，她高兴就好。

"父皇请进！"

"听说你给朕做了菜？"皇帝高兴地问。

小草顿了顿，道："做得好像不太成功，父皇还是别吃了。"

"不，难得你这么有心，再不成功朕也想尝尝。"皇帝道，"端上来，放在正中间。"

桌子上都是御膳房送来的美味佳肴，小草看了段十一一眼，后者十分无奈地将那黑漆漆的炒蛋给拿了上来。

旁边的太监当即吓了一跳："皇上，您不能吃如此……的食物啊！"

皇帝勉强笑了两声："常德啊，试吃吧。"

常德一愣，看了一眼那炒蛋，表情瞬间有种大义凛然的感觉："是。"

小草坐在旁边，看着常德夹了一块焦炭，塞进嘴里，脸色顿时就紫了。

"皇上……"

"有毒吗？"皇帝挑眉。

"不，应该没毒……"常德流下了眼泪，"但是也太……"

碍于公主就在旁边，常德没敢说出来。

皇帝大概也能想到那是个什么味道，笑了两声道："难得昭玉心意……朕还是尝尝……"

小草眼睛一亮，十分开心地替皇帝夹了一块："我觉得它只是看起来可怕，其实应该挺好吃的！"

第 155 章　教教你们规矩

老皇帝吞了口唾沫，一脸正经地点头："嗯，朕也觉得，应该只是看起来有点……"

恐怖！

常德已经说不出话了，段十一体贴地将整个茶壶递了过去，看着他一阵猛灌。

老皇帝在小草殷切的目光之中，慢慢地将一块黑色的煎蛋放进了嘴里。

他做了心理准备的，已经打算好不管有多难吃，整个儿吞下去之后一定要表扬表扬昭玉，毕竟她已经这么有心地替他做菜了。

然而，这一块黑色的东西吞下喉咙，老皇帝脸都绿了。

她是不是把蛋丢了，把烧焦的炭给端上来了？

"怎么样？"小草眨巴着眼看着皇帝，瞧着他这脸色，略微就有点沮丧，"很难吃吗？"

"不！"老皇帝拼了命地开口，"好吃，只是朕一时没能回味过来！"

"真的？"小草眼睛亮了，"那父皇您多吃点啊！"

皇帝当即差点摔下凳子，旁边回过神的常德公公哑着嗓子喊了一声："护驾！"

旁边的禁卫连忙上来，将那一盘子黑色的东西给撤了下去。

众人都松了一口气。

"昭玉，朕今天不饿，不是你的问题。"老皇帝连忙安慰小草，"你要是喜欢做菜，朕让女官教你就是。不过你是堂堂公主，不用做菜，以后自然有人做给你吃的。"

小草撇撇嘴："我知道了。"

见她不太高兴，老皇帝又连忙道："下午朕让人带你在宫里四处转转吧？"

"我比较容易闯祸。"小草摸了摸后脑勺，"在外头生活久了，又不懂宫里的规矩，怕冲撞了谁。"

"只有别人冲撞你，哪有你会冲撞的人？"皇帝大方地道，"你只管去，出什么事情都有父皇给你做主！"

等的就是这句话！小草立马恢复了精神："得罪皇后也没关系吗？"

皇帝顿了顿，然后道："只要她还活着，其他的父皇都给你摆平。"

小草有点感动，站起来就朝他鞠躬："多谢父皇！"

皇帝笑眯眯地拉起她："好了，用膳吧。"

"父皇不是说不饿吗？"

"……朕现在突然饿了。"

父女两人十分和谐地用了膳。

拿到护身符的小草在饭后大摇大摆地走在宫道上。

身后一个护卫和一个宫女，正在暗中较量内力。

颜无味这魔头魔功不曾大成，略逊段十一一筹，然而段十一也没下狠手，就用跟他等同的内力徐徐抗之。

这样的后果就是让前面段小草的宫裙无风而裙摆飞扬，看起来跟天仙下凡似的。

周围的宫人忍不住都纷纷赞叹，昭玉公主不愧是皇家血脉，这仙人之姿，哪个寻常姑娘能做到？

皇后正在宫里发脾气。

太子已经被废，九王爷已经被朝中大臣认为是将来的皇位继承人。她这个皇后跟九王爷一向不对盘，那等九王爷登基了，她还有什么好日子过？

气归气，她却一点办法都没有。难不成现在去生个太子？她也生不出来啊！

正摔着花瓶呢，外头就有宫人禀告："娘娘，昭玉公主来了！"

她还敢来？皇后冷笑，招手喊过自己的贴身宫女："去把外头皇上派来的禁卫统统给本宫打发了！关上中宫的门，只留几个力气大的奴才！本宫今日要好好教训教训那死丫头，你们听见什么都不能进来！"

"是！"宫女都被皇后咬牙切齿这模样吓了一跳，连忙退了出去。

皇后的心狠手辣在后宫里也是出了名的，当初的如妃在被皇上宠幸之后，被皇后打得那叫一个惨啊，身上没一块儿好的地方，就脸上一点事都没有。皇帝看着，还不觉得有什么。

后宫之中说是不准动用私刑，但是谁知这暗地里有多少厮杀，肮脏又血腥。

"昭玉公主，觐见皇后的时候是不能带护卫的。"中宫门口的太监一看见颜无味就青了半边脸，"这位大人不能进去。"

小草挑眉，指着颜无味道："他上次还来过这里呢。"

"公主肯定是记错了！"太监干笑道，"中宫是不会有外臣进来的。还请公主按照规矩，让护卫大人在外头等候。"

颜无味颇为不满地看着那太监："凭什么？"

太监吓得差点就跪了下去："这是宫中的规矩啊。"

"没事，你就在外面吧，我带美人进去就是。"小草指着段十一问旁边的太监，"她这么柔弱的宫女，可以带进去吧？"

那太监多看了段十一两眼，目光里流露出一种可惜的神色。这么好看的宫女，一般都不能活着出中宫的。

"可以。"

小草朝颜无味点头，带着段十一就走了进去。

颜无味一身煞气地站在中宫门口，吓得四周的宫人都战战兢兢的。

"皇后娘娘，昭玉公主只带了个小宫女来。"大宫女贴着皇后的耳朵道，"两人看起来都柔弱，那会武的护卫已经被关在宫外了。"

"好。"皇后挑着凤眉笑了，深吸一口气，坐在主位上等着。

小草带着段十一进来，还是十分懂规矩地行礼："拜见皇后娘娘。"

皇后娘娘冷笑一声："这不是什么都不争什么都不要的姑娘吗？怎么变成公主啦？"

小草闭了闭眼，自己做的事情，含着泪也要把嘲讽听完。

不过看她也没有要喊自己起来的意思，小草还是自己站了起来，看着皇后道："刚进宫，只不过想着过来跟娘娘请个安。"

请安的同时，顺便让颜无味到中宫四处去转一圈儿，看看有没有什么线索。

皇后冷笑，挥手就让人把门给关上了。

下头的两只小绵羊，一个叫她恨之入骨，另一个……长得这般狐媚样子，焉能留在宫中？

"既然要在宫里过活，那今日本宫就好好教教你们规矩。"皇后站起来，朝旁边的人使了个眼色。

六个身强体壮的太监瞬间扑了出来，将小草和段十一双双按倒在地！

第156章　你能把本宫怎么样？

昭玉公主和她的小宫女就像两只鸡崽子，而面前有六头恶狼！

皇后悠闲地摸着护甲，淡定地看着前头的两个小鸡崽子道："今儿时辰尚早，本宫还有好长的时间可以教你们规矩。"

小草皱眉："皇后娘娘不怕我去告状吗？"

"告状？"皇后轻蔑一笑，"本宫动手，向来是在暗处，面儿上一点伤也没有，你拿什么去告状？再说了，这宫里打打闹闹的，皇上心里也清楚，只要不伤着人命，谁能拿本宫怎么样？"

关上宫门，皇后说话可真是一点都不顾忌。

下头被压着的小草点点头："原来是这样，受教了。"

皇后一挥手，旁边就有人拿了刑具上来，有粗大的木头夹子，用来夹手脚关节，十分疼痛又不会留下什么痕迹。还有牛毛一样的细针，扎在身上也看不出伤。

小草挣脱开两个太监的压制，走过去拿起木夹："这个要夹哪儿？"

皇后还优雅地看着自己的护甲："膝关节啊，肘关节这些地方，很疼的！"

说完刚想笑，顿了顿，猛地抬头。

小草拿着木夹站在她面前点头："那我给你试试吧？"

皇后惊恐地睁大了眼睛："你……你们还在干什么？还不把她给我抓住？"

被掀翻在地的太监终于回过神，连忙上来就想抓住小草。段十一也站了起来，将压着他的太监拉着转了一圈，直接丢到了宫殿内室。

六个太监看起来很威猛，结果这打起来跟晒干了的白菜一样软绵绵的。小草简直都能一个打六个！

段十一细心地去检查了一遍宫殿的门，确定外头的人进不来之后，才活动了一下脖子。

"中宫太监了不起啊？可以动用私刑？"小草已经轻松将六个人撂倒，骑在一个太监身上，问一句打一拳，"你们还有特殊的技巧是吧？打了人告不了状啊？"

皇后吓傻了，没想到段小草武功这么高，六个人竟然都打不过她一个？

"你大胆！"皇后吓得和旁边的宫女秋菊一起躲到了一边，色厉内荏地道，"皇宫之中，你们还敢对本宫动手不成？"

小草脱了鞋子直接当成飞镖甩了过去，皇后的簪子被打落，发髻瞬间散了一半。

"我有什么不敢的？"小草拿着木夹走过去，"听说你以前对如妃也是用这些的？"

皇后吓傻了，转头看向那六个太监。

段十一已经优哉游哉地将被打翻在地的太监一个个捆起来，全部丢进内室里。

顷刻间，她引以为豪的六大打手全部被清理干净了。

皇后眼里满是惊恐，立马大喊："来人啊！来人啊！"

外头守着的侍卫刚想进去，就被一旁的小宫女拉住了："皇后娘娘说过，不管发生什么都不能进去的，咱们就在外头等着吧，里头人可多了！"

小草捏了捏拳头，关节咔咔直响，一步步地逼近皇后。

皇后拉过秋菊来挡在自己前面道："你敢伤我，本宫定然会告诉皇上！"

小草一把将秋菊掀开，丢去段十一手里，然后一只脚踩在旁边的椅子扶手上，看着皇后，捏着她嗓子学着她的模样道：

"本宫动手，向来是在暗处，面儿上一点伤也没有，你拿什么去告状？再说了，这宫里打打闹闹的，皇上心里也清楚，只要不伤着人命，谁能拿本宫怎么样？"

皇后鼻子都气歪了，侧头却看见段十一很轻松地就将秋菊给打昏了。

这宫殿里就剩下了她一个人，并且外头的人怎么喊也不会进来。皇后的心有点沉。阴谋手段归阴谋手段，她也顶多是被皇上冷落或者受点气。可从小到大，从来没被人打过啊！

再高高在上的人，那也是怕疼的！

"你别乱来。"皇后咽了口唾沫道，"有话好好说。"

"好，我其实只想问你一个问题。"小草笑眯眯地捻起了几根针，看着皇后道，"你要是诚实回答我，我就不与你为难了。"

皇后立马点头："你问。"

小草笑眯眯地道："派人追杀我的，是不是皇后娘娘您的人啊？"

"不是！"皇后立马摇头，"我什么都不知道！"

"哦？"小草捏着针慢慢地靠近她，"说实话，事实如何我都知道，就是看你诚不诚实而已。娘娘要是主动给我扎你的机会，那我就不客气了啊。"

皇后皱眉，这种事情怎么好拿在明面上来……

"啊！"手臂上传来尖锐的疼痛，皇后白了脸，惊恐地看着小草。这丫头还真敢动手！

"到底是还是不是？"小草歪了歪头，脸上的笑容慢慢消失，看起来有点可怕。

皇后犹豫一番，反正这里也没别人了，承认了也没法儿告去皇上那里，好汉不吃眼前亏啊！

立马点头："是我！"

"很好。"小草收回了针，"那如妃当年身边的太监宫女，以及那个接生婆，是不是你杀的？"

"是。"皇后抿唇，"本宫也是为了大梁好，可惜……"

还是被你这丫头片子给破坏了！

如妃当年也是心软，叫她灭口，她竟然悄悄把人放出了宫，要不是最近她收到风声，那几个人怕是都要被传来当证人。

小草深吸一口气："那风家的人呢？"

"什么？"皇后心里一凉。

还有个风家灭门的事情，这件事……皇后是知情的，然而现在怎么也不能给她说啊，昭玉公主好歹是风家养大的，要是说了，那还不得把账算在她身上？

"风家的事情不关本宫的事。"皇后抿唇道，"本宫当年一点也不知道。"

小草皱眉："真的？"

"真的！"皇后连忙点头。

看她表情这么诚恳，小草都要相信了。然而身后蹲在地上的段十一道："娘娘撒谎还真是不打草稿。"

小草一愣，回头一看。

第 157 章　老虎和狐狸

段十一捏着秋菊的腰牌，轻轻把玩着："如果我没记错，风家灭门之案的证据线索里，就有一块遗落的腰牌，金边儿的檀木牌子，上头的字被烧得看不清了，样式却跟这个一模一样。"

小草皱眉，转头瞪向皇后："你骗我？"

皇后则是惊讶地看着段十一："你怎么知道？"

"你别管他怎么知道的，你先回答我的问题！"小草冷了眼神，手里的牛毛针又要落在皇后身上了。

皇后缩了缩身子，咬牙半天才道："我是真的不知情，你们问问秋菊，她倒是有可能知道什么。"

笑话，皇后还能不知道自己宫女做的事情？小草不信。

然而皇后还真没撒谎，秋菊是很得皇后信任的人，有出宫的腰牌，随时可以出去办事。一年之前，她回来禀告，说是街上看见个小女孩儿，长得和如妃一模一样。

皇后这才想起，自己当初联系风家换去的那个公主，已经出落得有模有样，万一被有心人看见，牵扯到如妃身上，那岂不是糟糕了？

想归想，风家上下毕竟那么多条人命，皇后一时半会儿也是拿不定主意该怎么办的。

然而过了几天，秋菊又出宫回来，就给她说了一句："娘娘，事情已经办妥了，我们可以高枕无忧了。"

皇后有点反应不过来，什么事情就办妥了？

接着就听见了长安风家灭门，上下一百多口人尽死的消息。风家小女下落不明，不知道去了哪里。

这么多的人命，皇后心尖儿也是颤了颤的，然而秋菊一向能干，又会体贴她，帮着把事情办了，那她就只有帮着处理后续，顺带还赏了她东西。

这件事皇后也不敢太放心上，怕那么多的冤魂来找她索命，虽然当真不是她下的命令。派人找了一段时间，找不到风家小女之后，皇后也就当没发生过这回事，继续过日子了。

小草听她说完，眯了眯眼："你自己宫女做事，你都不过问吗？"

皇后摇头："本宫不是不过问，只是秋菊在本宫身边已经这么多年了，有些事情心照不宣，知道她是在替本宫分忧，本宫也就没多问。"

她一家上下惨死，竟然都是个宫女做的？小草怒极，转身就走到秋菊旁边，伸手就想掐上她的脖子。

血海深仇啊，害她没了爹娘，害她风家大宅血洗，害她这么多年都没有从梦魇中挣脱！

段十一没拦着她，一双桃花眼里满是叹息。

放在秋菊脖子上的手停着没动，小草红着眼睛抬头问段十一："师父，为什么我这么恨她，还是下不去手杀了她？"

段十一低声道："恶人有所为，善人有所不为。"

"我不可能放过她。"小草咬牙，"可以交给皇上处置吗？"

"除了皇后娘娘的口供，你有其他证据吗？"段十一轻笑，侧头看了皇后一眼，"你以为皇后娘娘为什么这么老实地说出来？因为这里只有我们，一旦你告去皇帝那里，她就反口咬你威胁她，根本不会再说实情。"

小草回头看了皇后一眼。

皇后摸了摸自己的胳膊，抿唇道："你们要是现在退下，本宫可以不计较你们冒犯的罪过。若是还要继续纠缠，外头的人迟早会进来的。"

说这话的时候皇后也有点心虚，毕竟这两人要是发起疯来，她可能还要受皮肉之苦，而且没办法治他们的罪。

然而段十一却点头站了起来，拉着小草往外走。

"师父？"小草挣扎了两下。

段十一干脆就将她打横抱起，低声道："乖，听话。"

在皇后宫里杀人是不可能的，更何况这丫头也下不去手。久留无益，还不如回去。

颜无味装作离开的模样，已经偷溜进中宫转了一圈，也不知是谁的房间里，瞧见好些宝贝，其中有个黑色的玉笛，他瞧着好看又觉得熟悉，就顺手拿了来。

继续在中宫附近等着，就见段十一将小草抱了出来。

颜无味皱眉，上去就将人接过来："公主受伤了？"

小草板着脸摇头。

没受伤你抱什么抱啊？颜无味瞪了段十一一眼。

段十一没理他，只道："回去玉漱宫吧。"

"嗯。"小草从段十一怀里下来，呆呆地往前走。

段十一不经意地侧头看了颜无味一眼，就瞧见了那黑色的玉笛。

"你哪里拿到这个的？"段十一抿唇，"过来的时候没看你拿着。"

颜无味道："这是中宫里发现的，我觉得好看就顺手拿了。"

中宫，除了皇后的宫殿，得赏赐最多的就应该是秋菊的房间。

段十一闭了闭眼，深吸一口气道："我也喜欢这玉笛，送我如何？"

"凭什么？"颜无味轻笑，"我也喜欢的东西，怎么都不会让给你。"

不让，那就只有抢了！段十一伸手就夺，颜无味连忙闪避，两人努力控制着不在宫道上打起来，最后还是变成了拼内力。

段十一这次一点保留都没有，直接将颜无味逼得吐了血，手指一动就拿到了玉笛。

"你……"颜无味皱眉。

"我实在是喜欢，抱歉了。"段十一微笑，却没多看那玉笛一眼，直接塞进了袖子里。

小草没注意后头，回到玉漱宫心里正想着该怎么才能报了这仇，就瞧见外头报信的宫女进来，一脸混杂着高兴和悲伤的神色道："公主，外头出事啦！九王爷府上唯一的世子被人杀死啦！"

段十一一震，颜无味也皱眉。

小草站起来问："怎么回事？"

宫女摇头道："奴婢只是传消息的，皇上现在正要出宫去看望九王爷，表示哀悼。"

这事来得也太突然了，九王爷的世子就那么一个，怎么会突然没了？

那九王爷的处境不就和皇帝一样了吗？后继无人，又拿什么去说服文武百官，顺利继位？

脑子里一瞬间有点乱，小草还没理清楚，就被段十一拖着往外跑。

"怎么？要去哪里？"

段十一沉着脸道："去追上皇帝，跟他一起去九王爷府。"

九王爷那么谨慎的人，怎么会让自己的世子被杀了？如果这件事是真的，那现在的赫连淳宣就是断了尾巴的老虎，狂躁得无以复加，皇帝竟然还要去府上看他？

人是谁杀的根本不用想，老皇帝这种几十年的老狐狸，被人莫名其妙断了尾巴，自然也想着要断人的尾巴。虽然不知道他是怎么办到的，但是这样的结果如果在他意料之中的话，那后续对九王爷就应该还有对付的办法。

不管怎么说，就算他段十一再不想认这个爹，再冷眼旁观，也不可能看着他去死。

皇帝心情甚好地换了一身常服，点了宫里最精锐的护卫，准备好了一打手帕抹眼泪儿，就要起驾出宫了。

"父皇！"

小草急急忙忙追过来，带着宫女和贴身侍卫："儿臣随您一起出宫。"

皇帝皱眉："昭玉，你掺和什么？"

"好歹是我的堂兄啊，怎么也该去看看。"小草道，"而且儿臣也不放心父皇。"

万一九王爷丧心病狂，布置了机关杀手什么的怎么办？

皇帝心里一暖，笑了笑道："那你乘后面的马车跟朕一起出去吧。"

"好！"小草点头。

这一行人都没见什么悲伤的神色，皇帝身边的大太监甚至是一路笑着的，只在快临近九王爷府的时候，才神情沉痛起来。

第158章　对　峙

老皇帝和身边的太监宫女一起，一靠近九王爷府所在的街道，就开始面如沉霜，悲痛不已。有柔弱的宫女甚至嘤嘤地哭了起来。

"上天对我赫连家何其不公，刚错了太子，又死了世子，这是要我赫连家绝后吗！"

看着九王府门口已经到了，老皇帝就号了一嗓子。

赫连淳宣脸色很难看，像是大病了一场，跪在王府门口，整个人都老了不少。听见皇上这句话，轻声冷笑，却还是恭恭敬敬地行礼："臣弟给皇上请安。"

这么冷静？老皇帝下了龙辇，有点意外。按道理来说，他应该十分愤怒才对。

因为赫连易寒是死在鱼唱晚手里的。

作为九王爷唯一的世子，赫连易寒几乎被视为未来的太子，身边的守卫那叫一个森严，根本没人能靠近。

然而不久之前他从六扇门带回一个受伤的姑娘，悉心照料，还莫名其妙动了情。九王爷忙于联络朝中官员，根本没来得及顾及后院。鱼唱晚也就安心在赫连易寒身边，得到了他全部的信任。

或者说是心。

感情这东西实在太奇妙了，奇妙到鱼唱晚最后要杀赫连易寒的时候，他都没反抗！

就在昨天晚上，老皇帝向鱼唱晚下了命令，鱼唱晚就将赫连易寒推下了万丈深渊。

尸骨无存。

九王爷应该也查到了是鱼唱晚做的，然而鱼唱晚在推了赫连易寒下山崖的时候就服毒自尽了，谁也无法证明鱼唱晚是皇帝安插在民间的细作。

所以九王爷即使心知肚明，也只能咽下这口气。

老皇帝想想都觉得爽，所以今天就急急忙忙地过来看九王爷的表情了。

没了世子，你要拿什么来抢朕的皇位？

"九皇弟痛失爱子，就不必多礼了。"老皇帝一脸悲痛地道，"好歹也是朕的皇侄，朕来上香。"

"皇上皇恩浩荡。"赫连淳宣垂着眸子，"臣弟铭记五内。"

小草下车过来，朝九王爷行了礼就跟在老皇帝身边，一起走进九王府。

因为尸骨无存，所以九王府里只有灵位。要是这赫连易寒会武，说不定还能有什么奇迹。可惜那是一个连鱼唱晚都打不过的男人，掉下万丈深渊，尸体肯定难看极了。

小草叹息一声，同皇帝一起上了香。

九王府里今天没有别的来客，就皇帝一人。

然而上完香，皇帝左右看看，对九王爷道："朕总觉得这里杀气很重，九皇弟，你觉得呢？"

九王爷拱手道："臣弟已经安排了护卫将王府层层围住，一只苍蝇都飞不进来，更别说会有人能来刺杀皇上，请皇兄放心。"

"是吗？"老皇帝挑眉。

"吗"字的尾音还没散开呢，外头一支箭就朝老皇帝的脑袋飞来！

小草大惊，连忙飞身过去，伸手将那羽箭从空中截住。

老皇帝吓了一跳，脸色都变了："九皇弟！"

九王爷满脸也都是惊慌："皇兄，这不关臣弟的事情，这……"

外头一堆黑衣人拥了进来，不止冲向皇帝，更是连九王爷都一起动手。皇帝身边好歹还有小草，九王爷身边连个家奴都没带。

段十一二话不说就过去护着九王爷了，颜无味则是挡在最前头，抽出天蚕丝开始厮杀。

好好的吊唁变成了屠杀，老皇帝受到了惊吓，眼看着黑衣人被颜无味和外头进来的护卫给消灭了干净，惊吓就变成了怒火。

"大胆赫连淳宣，竟然敢买凶行刺！"

九王爷一副百口莫辩的神情："皇上，臣弟当真冤枉！"

"你冤枉？堂堂九王府，还能进来这么多刺客，若没有你的默许，怎么可能？"老皇帝冷笑，挥手就道，"给我将九王爷拿下！"

外头瞬间拥进来一大批禁卫，将九王爷和段十一团团围住。

段十一深深皱眉："欲加之罪何患无辞，皇上既然还是皇上，又何必跟自己的弟弟这么计较？"

老皇帝皱眉："你算什么东西？"

小草白了脸，干笑着开口："父皇……那是段十一。"

段十一伸手将宫女的发髻扯了，将脸上的妆擦了，恢复了男儿的声音："这么多的禁卫都是皇上带来的，又怎么让人轻易进来行刺了？皇上问九王爷的同时，不该问问自己吗？"

好大的胆子啊！当面呛声皇帝！

小草看了看老皇帝的表情，又看了看段十一，一时有些为难。

一边是生父一边是师父，她帮谁啊？

老皇帝脸色很难看："段捕头，你这是要造反？"

"卑职不敢。"段十一道，"只是要是兄弟相残，就为了皇位稳固，未免会被人蜚语。卑职也是想陛下万年之后，能史无诟病。"

"呵。"老皇帝看着赫连淳宣道，"那你倒是问问九王爷，会不会为了皇位，也想对我这个皇兄下手？如果我兄弟二人之中必定有一个要死，那为什么得是朕，不是他呢？"

九王爷的护卫也到了外头，只是被皇帝的禁卫堵得进不来。段十一看着越来越靠近的禁卫，沉了脸道："皇上若是一意孤行，那就别怪卑职冒犯了。"

"你想如何？"老皇帝嗤笑道，"都说你段十一有通天的本事，这里人这么多，你还能如何？你以为九王爷将来必定登基，所以如此帮他吗？那可真是要让你失望了……"

"皇兄你想多了。"九王爷站在段十一身后，镇定地开口道，"十一帮臣弟，不是因为臣弟将来会如何，而是因为，他是臣弟流落在外的孩子。"

老皇帝的笑容僵在了脸上。

赫连淳宣微微一笑，欣赏着老皇帝的表情道："所以皇兄不必担心，我赫连家，怎么都是后继有人的。"

你杀了我世子，老子还有私生子。

老皇帝心不断地往下沉，看着那边的段十一，瞬间也起了杀心。

第 159 章　你不是正义的吗

你说九王爷这私生子，要是个普通人也就算了，偏生是段十一！

段十一可是他一直想拉拢的人物，武功高强不说，脑子还活泛，要是他的亲生儿子，他肯定二话不说就把皇位给他，让他保赫连江山百年安稳。

然而他竟然是赫连淳宣的儿子！

这就好像自己一直喜欢的东西，被自己最讨厌的人占有了。老皇帝杀心顿起。

宁可毁掉，也不能让段十一帮着赫连淳宣夺他皇位！

小草站得离老皇帝很近，明显可以感觉到他周围气场的变化，惊恐地回头，正想阻止，旁边的护卫已经拔出长剑齐齐朝段十一刺了过去！

六把长剑，段十一身上压根儿没带却邪剑，连个扇子都没拿，这一齐过来，明摆着是挡不住也躲不掉。

赫连淳宣吓了一跳，手都准备挥了，然而段十一纵身一跃，侧身躲过剑锋，踩着那几个人的肩膀，直接跳到了皇帝跟前，以手为扣，按在老皇帝的喉咙上。

周围的禁卫瞬间上去将九王爷给围得死死的。

段十一没慌，微笑着道："这一步棋，叫以王换王。皇上觉得是您的命重要，还是九王爷的命重要？"

他没了，就算九王爷陪葬，那也什么都没了。而他活着，九王爷要是也还活着，那皇位一时半会儿也给不到九王爷头上。这笔账自然是好算得很。

皇帝脸色有点难看："段十一，你可知道，你保住九王爷此时的性命，朕也会以刺杀君王的罪名杀了你？"

段十一耸肩："反正都是一死，不是吗？"

难不成在知道了他是九王爷的儿子之后，皇上还会放过他？

九王爷为什么会直接告诉皇帝呢？段十一还以为他会多隐瞒一会儿。

赫连淳宣轻笑，感叹道："我们赫连家的后人就是聪明，皇兄你看，十一以后若是继承大统，是不是会令我赫连家生光啊？"

老皇帝冷笑："你不会等到那一天的。"

"哦？是吗？"赫连淳宣哈哈地笑开了，抬起手朝外头挥了挥。

皇宫的禁卫军有一半突然倒戈，联合外头的九王府的人，一齐往里头冲了进来。

场面一时混乱，根本敌我不分。有人想趁乱杀了九王爷，颜无味抽身回来，将其死死护住。

老皇帝脸色变了："你的人？"

"哈哈，没想到吧？"赫连淳宣笑道，"没有子嗣的皇帝，可收买不住人心啊！你的禁卫军里，可有好多人向我投诚呢。"

小草大惊，连忙去抓着段十一扼着皇帝的手："师父，九王爷要造反！"

段十一皱眉，深深地看了她一眼："这是迟早的事情。"

小草一脸错愕："那你就这么看着，甚至要帮他弑君吗？"

"现在的情况，你看不明白吗？"段十一抿唇，"不是他死，就是我死。"

要是皇帝今天活着出了九王府，九王府上下，包括他段十一，一个都别想继续活着。

小草脸色白了白。

脑子里突然有点乱，小草眼神都恍惚了，身体却不知道受谁控制，使劲掰着段十一的手："你放开！"

段十一眼里有些犹豫，他手里这个，是小草的爹。然而放了他，九王爷和他都会没命。

这样的难题，他根本不会选。

大堂里的九王府护卫越来越多，禁卫越来越少。

"放开啊……"小草拉着段十一的手，红着眼睛咬了上去。

她使出了全身的力气，唇齿间全是血腥味，然而段十一还是没松手。

怎么会变成这样？

小草抬眼，眼神有些茫然，看着段十一，眼泪大滴大滴地往下掉。

他不是正义的吗？不是教她要一身正气除魔卫道吗？不是为六扇门效

力，为朝廷尽忠吗？为什么现在会是他掐着皇帝的脖子，为什么会是他在她面前，要杀了她刚认回来的爹？

滚烫的泪水落在段十一被咬得血肉模糊的手上，老皇帝在快要喘不过气来的时候，终于觉得脖子上的手松了。

皇帝扶着小草的肩膀站着，周围只剩下六个最忠心的护卫，大堂里其他的禁卫，已经快要被吞没。

"好一个九皇弟啊，好！朕这次赢不了了。"老皇帝沙哑着嗓子笑道，"最后这次输了，朕却没翻盘的机会了。"

本来是带着人，想把九王爷以刺杀君王的名义处死，永绝后患。结果没想到，他太大意了，身边全是豺狼都未曾察觉，反而给了赫连淳宣杀了他的机会！

"但是朕很好奇。"皇帝看着最后一个禁卫倒下，平视着九王爷问，"你要是杀了朕，如何能顶着天下骂名登基？"

大堂里充满了血腥味，小草抓着皇帝的衣袖站着，显得十分无助。

段十一站得离她最近，然而这次，她再也没有安心的感觉了。

九王爷拂了拂衣袍，挥手大方地让所有人都退下，清理了地上的尸体，只剩下他和皇帝，以及旁边的段十一、颜无味和段小草。

"我为什么会亲手杀你呢？"九王爷微笑道，"今天一早，五皇兄就来吊唁了，现在正在客房睡着，醒来的时候，大概手里就会多了一把沾满皇兄你的血的刀。"

小草倒吸一口凉气："五王爷不是一直帮着你的吗？你连他也要舍弃？"

九王爷看了她一眼，又看了看已经松开皇帝的段十一，轻笑道："公主，本王一早给你说过了，皇家是没有亲情的，你忘记了吗？"

只要能助他登基的，都是朋友。能踩着登基的，都是石头。

小草咬牙："我不会让你们杀了他的。"

颜无味杀人杀累了，安静地走回小草身边，一句话也没多说，就靠着她站着。

"就凭你一个人吗？"九王爷冷笑，"我可是有三百护卫。"

"别算上我。"颜无味淡淡地道，"杀别人可以，我不会对她动手。"

九王爷一顿，看了颜无味一眼："你们这些年轻人啊，都太把感情当回事了。等你们成熟一点就知道，只有利益是永恒不变的。"

"你活得可真可悲。"小草冷笑，"身边的人都靠利益来捆绑，等你没利益的时候，就等着众叛亲离吧！"

九王爷笑了笑，脸瞬间又沉了下来："昭玉公主，你现在让开还来得及，毕竟你是十一的徒弟，我也不会当真要了你性命。"

　　"嗯。"小草点头，"你可真给段十一面子，怪不得他会帮着你谋朝篡位呢。"

　　段十一低着头，脸都在阴影里看不清楚。听见这句话，身子微微一僵。

　　"可怜我皇兄英勇一世，最后却要你一个女娃子来护着。"九王爷冷笑一声，"果然还是亲生的有用，只可惜是个女孩儿。"

　　"废话也别多说了，看样子十一和无味都不会对你动手，可是我这儿还有一个人，一直想杀了皇帝。"

　　九王爷说着，朝门外喊了一声："进来吧。"

　　小草瞧着那门开了，扫进来一件红色长裙的时候，心就不断往下沉。

　　颜六音妖媚如常，甚至今天比以往都更加妖娆。瞧见老皇帝的那一瞬间，眼眸里翻涌过很多复杂的东西。

　　"等这一天，真是让我等了好久。"颜六音微微一笑，"不过好歹在我死之前，我等到了。"

　　老皇帝皱眉看着她："又是你。"

　　上次刺杀不成，他对这女子的印象颇深。因为她眼里的恨意实在太浓厚了，浓厚得让他觉得心惊。

　　"是啊，又是我。"颜六音慢慢靠近他和小草，怀里还抱着妙音，"皇上还记得那个曾经一曲倾后宫，被您赐了鸩酒的人吗？"

　　老皇帝一愣："琴圣？"

　　"哈哈，您还记得他。"颜六音的眼睛慢慢红了，"既然记得，那今天偿命，也该瞑目了。"

　　"你是琴圣的什么人？"老皇帝脸上难得出现了惭愧。

　　颜六音站在离他三步远的地方，微微一笑："我是他的妻子。"

　　小草一愣，抬头看她。

　　老皇帝竟然信以为真，抿唇道："朕当时太过冲动，想来也只怪他琴声太美。"

　　"哈哈哈，琴声太美……"颜六音眼里杀意突然翻涌，翻手将妙音横在胸前，十指猛地一扫。

　　颜无味立刻将小草的耳朵捂住，段十一倒吸一口凉气，转身去护住了九王爷。

　　老皇帝听得皱眉，身子缓缓跌落在地上。

"父皇！"小草一惊，连忙想扶他。

"好听吗？"颜六音眼眸血红，"他的琴声一直是世上最好听的，这是他的琴，你听着，是不是有当年的感觉？"

这琴声震人肺腑，颜无味拦住小草的手，低声道："别扶他，五脏六腑怕是都被震伤了。"

小草瞪大眼睛，浑身像是被什么东西捆得死死的，动弹不得。

第 160 章　我喜欢你

有那么一瞬间她甚至突然明白了为什么颜六音会成魔，当自己最亲的人被人杀了，自己完全无能为力的时候，就算是佛，也会想要成魔。

老皇帝吐了一口血，小草僵硬地伸手帮他擦着，他的表情慢慢变得痛苦，嘴巴嚅动着，像是在说什么。

她凑近去听。

"快……走……"

耗尽力气的两个字，听得小草双眼通红，拳头越捏越紧。

"这是你的报应。"颜六音冷冷地道。

说罢，手指微抬，打算给他补上最后一击。

跟石像一样站在旁边的段十一微微动了动，抬头想要阻止。

颜无味也皱了皱眉，然而他懂他的姐姐，这么多年的怨恨，根本无法阻拦。

谁也没注意段小草，因为她看起来像是已经不会动了一样，只是不停地擦着皇帝嘴角流出来的血。

然而就是这一瞬间，小草猛地转身，飞身一脚将妙音踢飞。

沉重的古琴发出了一声闷响，颜六音睁大眼睛，看着那琴飞到空中，正准备去接，小草却已经捡起地上散落的一把刀，狠狠劈了下去！

"砰——"

五弦断，琴身裂。颜六音瞳孔微缩，就看着妙音被小草硬生生劈成了两半，落在地上"轰"的一声溅起灰尘。

大堂里一片安静。

小草抬头，双眸和颜六音一样赤红："你尝过失去至亲的滋味，就要我也尝尝吗？"

颜六音好久才回过神来，红色的衣裙张扬如火，眼里的理智消失得干干净净。

一声嘶吼，颜六音猛地就抽出衣袖里的绸缎朝小草打了过去。

她的琴，他的琴！

小草横刀，狼狈地挡了一下，退后了几步。旁边的段十一飞身过来，挡在她的面前："六音！"

颜六音已经疯了，根本看不清前头是谁，伸手就打。

然而她不是正常状态下段十一的对手，再狂再疯，一招一式都被段十一压得死死的。

"我要杀了你！杀了你！杀了你！"颜六音一把推开段十一，拼着被他打一掌，也运足了浑身的力气朝小草拍了下去。

段十一倒吸一口凉气，他的位置根本拦不住颜六音，只能往她背后拍一掌。

然而她的动作明显更快，那一道红色绸缎像是石头做的一样，带着风劈向了小草的头。

小草看了一眼眼神开始浑浊的皇帝，咬牙闭上了眼睛。

空气里一阵内力波动，杀气四溢。

段十一的一掌结结实实打在颜六音的背上。她瞬间白了脸，不动了。而她手里的绸缎已经落了下去，发出一声沉重的闷响。

小草睁开眼睛，就看见颜无味正面对着她，微微一笑："我拦不住我姐姐的，怎么办？"

他的神情好忧伤，黑色的眸子都黯淡了下来，伸手捏着她的肩膀，低声道："小草，我们走吧，不管这些是是非非了，你也不用与我姐姐对立，好吗？"

说什么傻话？小草瞪眼，都到这个地步了，颜六音想杀她，她也想杀了颜六音，怎么可能……

有血从他嘴角流了出来，鲜红的，像一条小溪似的落了下来。小草下意识地伸手去接，温热的液体，在她手里变得冰凉血腥。

小草愣了愣，下意识地扶着他的肩膀。

触手也是温热。

她侧头，将颜无味移开，就看见倒在地上的颜六音，以及抱着她的段十一。

再回头看看，颜无味一身黛青色的护卫装颜色越来越深。

小草怔愣了半晌，看向旁边的九王爷："刚刚打下来的红绸缎哪里去了？颜六音怎么了？"

九王爷目光深深地看着她，轻笑了一声："真是一出好戏，看得本王都感动了。你这小丫头何德何能，让十一对六音动手，让无味替你挡下六音这一击？"

颜无味缓缓地吸了一口气，终究是有些站不住了。她姐姐所有的怨恨都在这一击上头，本身功夫就修炼到顶级，比他更为高深。加上他没什么阻挡，硬生生拿背扛下来，怎么说都是有些太高估自己了。

"无味？"小草呆呆地接着他，慢慢将他放在地上，吸吸鼻子勉强笑道，"你是不是又救了我一命？"

"对啊。"颜无味靠在椅子边，笑得有些邪魅好看，"最开始是我欠你恩情，结果到现在，你欠我的简直是还都还不清啊……"

"好像是哦。"小草干笑，掰着指头开始数，"我给你了好多鸡腿，你给了我好多次活下来的机会，这么说起来我还得还你好多东西。"

"嗯。"颜无味颔首，轻轻闭上了眼睛，"我有点累了，不能护着你出去了。"

"没关系，我背你出去。还有我父皇。"小草咧嘴一笑，"只是我只能背一个，还要拖一个走，父皇年纪大了，我只能拖着你走背他了，给你垫块木板在下面好不好？"

颜无味失笑："你可真忍心啊……"

"没事没事，等出去了，我就嫁给你。"小草笑道，"我什么都不记得啦，所以很早以前就想好了，等这些事情都结束，我就同你在一起，只要你答应我，以后再也不屠杀生灵，这样我也算变相地拯救了苍生。"

颜无味笑得咳出了血："你怎么不早说？"

"不知道该怎么说。"小草挠挠头。

她也许还惦记段十一吧，惦记着一个人，又和另一个人在一起的话，对另一个人也太不公平了。所以她在努力试着放下，段十一是她堂兄，也是九王爷的儿子，怎么都不可能在一起了，还惦记来做什么呢？

然而以前大概是还没到这一步，所以即使知道再不可能，她也做不到果断放下。心里一直不停地在找借口，万一有那么一种可能，段十一和她不是堂兄妹，段十一其实也喜欢她呢？

无数个没有可能的可能，都是少女在暗恋里最后的挣扎。

直到今天，她终究还是得面对，终究还是得放下。她和段十一，只能是仇敌了。

小草垂了眸子，低笑道："早知道在那次的鸳鸯会上，我就答应你嫁给你了。"

她以为正义的自己不能和邪恶的人在一起，然而这世上，到底什么是正，什么是邪呢？

段十一帮着九王爷造反，是正还是邪？九王爷和皇帝，谁又是正谁又是邪？追杀颜无味的武林六大门派是正吗？此时此刻护着她的颜无味是邪吗？

皇帝的手上，也和颜无味一样沾满人血，只是一个是让人去杀，一个是自己动手，二者根本没有区别吧。

死有余辜的，无辜枉死的，这天下的正义公道，到底该谁来评判？

她想明白了，坚持无意义的正义，不如跟随自己的心。颜无味不要命地对她好，那她为什么不能好好回报他？

颜无味眼眸微亮，低低地笑了："曾经我问你什么是喜欢，你说，愿意为对方付出生命的才是喜欢。我知道你是胡说，然而我没想到，我当真会愿意这样做……"

段十一的身子僵硬，抬头，神色复杂地看向这边。

小草笑不出来了，呆呆地看着他。

躺在地上的老皇帝猛地咳嗽了两声，大口大口的血吐了出来。小草慌了，转身去看他，颜无味就在这时候轻轻闭上了眼睛。

小草茫然地看着他们两个人，两个人的身子都在慢慢冰冷。

整个世界变得好空旷，黑漆漆的一片，只剩下了她一个人。

九王爷满意地笑了，开门出去，外头阳光正好。

第 161 章　　你理我啊

有那么一瞬间小草很想将手里的刀朝九王爷的背影丢，然而段十一按住了她的手。

"他再一死，这江山必乱，生灵涂炭。"段十一低声道，"我带你出去。"

小草冷笑了一声："我是不是该谢谢你的大恩大德？放我一条生路？"

段十一对她这语气极其不适应，皱眉道："你冷静点。"

当面杀了人家爹，还要人家冷静？小草转眼看了看段十一，咬牙道："我从来没有像今天这样厌恶你！"

段十一一震，脸色微微发白。

老皇帝已经救不回来了，五脏六腑俱裂，本来就是上了年纪的人，脸色已经慢慢发青，嘴角的血沫也越来越多。小草过去抱着他的脑袋，低声道："父皇，我会给你报仇的。"

"不……"老皇帝轻轻摇头，勉强笑了笑，"别再回长安……别……"

一口血呛在喉咙里，鼻子耳朵也渗出血来，小草惊恐地睁大眼睛，看着老皇帝最后抽搐了两下，终于头歪到了一边。

血腥味逼得她快要不能呼吸，小草咧嘴，终于还是跟孩子一样地哭了出来。

整张脸一定难看极了，像是摔了一跤的小孩子，不顾一切地皱着脸号啕大哭。

段十一心里一痛，伸手想抱她，小草将他挥开，背起皇帝就想往外走。刚站起来，又忍不住看一眼颜无味。

他靠在一边，脸色苍白得让人心疼。

她该怎么背两个人啊？

门外的侍卫进来，几乎不费一点力气就将她掀翻，抬着老皇帝的尸体就往外走。小草哭着去追，运足气朝一个人拍下去，拍得那人吐血倒地。她还想继续往前，抢回自己的父皇。

然而后颈一痛，眼前突然就黑了。

小草身子不听使唤地往下坠，跌进了一个满是皂角味儿的怀抱里。

她以前怎么会觉得皂角味儿好闻又让人安心呢？真是闻着就让人想吐啊。

太脏了。

世界终于全部黑暗，她疲惫至极的身心不知道飘到了哪里，闭上眼睛就当真再也不想醒来了。

九王府里一场厮杀，外头什么都不知道。长安还是如同往常一样繁华而热闹。

赫连淳宣在一个时辰之后进宫，禀明太后，五王爷与皇帝发生口角，行刺皇上，皇上已经驾崩，五王爷伏法，承认一切罪过。

满朝震惊！

皇帝上早朝的时候还好好的，怎么突然就驾崩了？而且还是在九王府，被五王爷所杀！

太后大恸，悲泣不已，病重在床。六部大臣联名上书求九王爷出来主持大局。

长安顿时热闹了起来，九王爷丧兄心痛，闭门不见客。只有长公主勉强能维持局面，然后上门劝说。

没过五天，太后就跟着皇帝去了。

九王爷被长公主推上了皇位，是为明宗帝，登基仪式择日举办。

短短半个月，江山就已经悄然易主。

然而这些事情小草都不知道，她在一处不知名的别院里，像是傻了一样每天坐着发呆，任由谁来，都不曾转眼看一眼。

段十一就坐在她身侧，摸摸鼻梁，笑得十分好看，声音却是满满的悲伤："我坐得离你这样近，怎么却像是隔了几条河啊？"

小草一动不动。

"我把大白接来了，应该就在路上，你想不想它？"

"朱雀大街上那家包子铺生意越来越好了，今天我排了好久的队，你要不要尝一口？"

"六音本身中了毒，我下手又狠了点，她也没几天好活了，这样你会不会好受一点？"

"小草……"

院子里安安静静的，就只有他们两人，段十一觉得喉咙紧得发疼，伸手却不敢触碰她。

他该怎么办呢？一切都是九王爷早就计划好的，在那样的情况下，他怎么可能不保护九王爷，又怎么可能保得住皇帝？

既然已经是必然的事情，那还有什么好挣扎的？他一向聪明，绝不做困兽之斗。

他已经想过了，九王爷用这样的法子篡位，小草定然不能接受。皇帝死了，她定然会伤心，但是他还剩下好多好多的时间，能不能慢慢替她抚平？

皇帝本就是满身的罪孽，除开他是小草生父这一点之外，段十一觉得他死了也是很正常的事情，就算六音不杀，也会有其他人来杀。毕竟他曾经滥杀过很多人。

但他突然不知道该说什么来安慰她，花言巧语能迷惑胭脂河半条街的人，现在竟然觉得哑口无言。

外头有点响动，有人轻声道："公子，王爷来了。"

九王爷还在一直矫情地不肯登基，说是要祭奠皇兄，实际上却已经掌握了整个朝廷。他只让人唤他王爷，表示自己当真是忠心耿耿，不贪恋皇位。

　　他知道段十一将小草养在这里，小草是知道真相的公主，是断然不能留的人。然而每次他来，十一的态度都令他十分恼火。

　　比如现在，他才刚踏进这院子一步，寒光凛凛的却邪剑就挥到了他面前。

　　"别出现在她面前。"段十一冷着脸，一身白袍显得清冷极了。

　　九王爷轻笑："十一啊，你现在该做的是跟我回宫，等我登基之后，你就是太子。你要是再这么任性，为父可要重新考虑……"

　　却邪剑一动，斩人一段青丝。

　　九王爷白了脸，皱眉瞪他："你敢伤我？"

　　"上一次帮你护你，不过是因为你生了我。"段十一道，"但是你连我一起算计了进去，父子的情谊还没开始就已经结束了。九王爷放心，段某对皇位一点兴趣都没有，不过……"

　　他抬眼，眼神里的东西锐利得叫人害怕："你要是再来这里，段某不介意手上多一条人命。"

　　赫连淳宣十分不解地看着他："你疯了吗？好好的荣华富贵不要，要陪着那个疯丫头？"

　　"荣华富贵？"段十一嗤笑，"拿来有什么用？"

　　赫连淳宣胸口起伏了一下，恼怒地道："我以为你是聪明的，想不到也会一叶障目。这丫头有什么好？她现在如果手里有刀，肯定会一刀捅了你，你信不信？"

　　段十一微微一笑，声音突然有些沙哑："她现在只要肯理我，哪怕捅我一刀又如何？"

第 162 章　他还好吗

　　赫连淳宣倒吸一口凉气，怒火直冲脑门！

　　他现在只有段十一一个儿子了，本以为这个儿子是他最后的筹码，反败为胜的关键，结果这小子竟然为一个女人说出这样的混账话来！

　　不是都说段十一睿智无比，决断如神吗？他以为那日在九王府段十一护他，是看清了利益关系，决定好站在段十一这边了。结果段十一只是为了什么愚蠢的生育之恩？

"给我拿下他！"赫连淳宣也懒得装什么父慈子孝了，他的目的只是将段十一带回去，然后将小草关起来而已。

身后冒出来二十多个精锐护卫，个个气场十足，拔刀就冲了上来。

九王爷盛怒之下竟然还能保持理智，喊了一声道："活捉他，不要伤着性命！"

然而这话喊得早了，他也是没见过段十一大开杀戒的时候。

早年的段十一闯荡江湖，因为这张过分好看的脸惹下过不少麻烦，之所以还能保住性命，就是因为功夫练得好，十步杀一人，千里不留行。

这一点他一直隐藏得很好，毕竟还有徒弟，不能教坏了。

但是现在，要是让九王爷过去这道门，小草就没命了。手中却邪剑一震，带着久未嗜血的兴奋嗡鸣声，直朝那些人而去。

很久以前小草以为段十一是吹牛，说能一个打二十个。

然而她不知道，真正愿意杀人的段十一，打二十个是不成问题的。

白色的袍子带了血，却邪剑过处，一道浅痕取人性命。

赫连淳宣被他这模样吓得节节后退，脸色难看极了，语气立刻就变了："十一，三纲五常，父为子纲，你真的要如此忤逆我吗！"

段十一淡淡地道："你生我的恩情，我已经还完了，毕竟这么多年都是我娘将我养大的，跟你没什么关系，你也差不多见好就收。皇室没有亲情，你也不必拿这个来唬我，我不是段小草。"

打得过就讲利益，打不过就讲亲情，什么话都让你给说完了。

九王爷咬牙，被禁卫护着后退，前头二十个精锐不到半个时辰就死得干干净净。

段十一甩着却邪剑，眉目带笑："九王爷一统天下，想带走谁不成问题。但是至少现在，你得不了手。"

赫连淳宣心里这个窝火啊，瞧着段十一这模样，又不想跟他彻底决裂了，毕竟得把根留住啊。

慢慢冷静下来的九王爷仔细想了想，段十一大不了就是英雄难过美人关了，觉得要保护昭玉公主是他的责任，压根儿看不见人家恨着他呢。

既然这样的话，硬的不行来软的吧！

颜无味不是为了救昭玉命在旦夕吗？这些天被他姐姐拼尽最后一口气吊着命，他不抓人走，把人送过来就是！

"你的功夫不错。"想通了的九王爷又微笑了，"今天这二十条人命，就当是对你的试炼了。记住，有胆子杀人的男人，才有资格坐上这世上最高的位子！"

段十一冷笑不语。

失败的人总是要给自己找台阶下的。九王爷这也算是找到了，带着禁卫清理了尸体，灰溜溜地就离开了别院。

段十一松了口气，靠在月门上喘息了好一会儿，才支起身子，去旁边的房间洗个澡，换一身干净的衣裳。

小草对外头的动静一点反应都没有，段十一坐回她身边的时候，倒是看见包子少了一个。

眼睛微亮，他道："你还是喜欢吃这个？那明日再替你去买可好？"

小草终于动弹了，冷笑了一声道："从前我总是希望你能对我好点，多回头看看我。但是现在，我觉得你好烦。"

还没来得及因为她终于开口了而高兴，就被这一句话给打了一闷棒。

段十一抿唇，叹了口气："我……"

"汪汪！"大白甩着耳朵就跑了进来，身后跟着个包百病。

通灵性的狗啊，跑过来一看两人这气场，头一次没先扑段十一，而是直接扑到小草怀里，尾巴直甩，舌头吐着，一副讨好的模样。

本来一直冷着脸，一瞧见大白和包百病，小草眼眶突然就红了。

段十一有点郁闷自己还比不上大白的治愈力，看着小草这模样，自觉地起身出了院子。

"哎，丫头，怎么弄成了这样？"包百病坐在她旁边看了看，"脸色这么差，伤着了吗？"

小草撇撇嘴，哽咽道："我心疼。"

"这我可治不了。"包百病直摇头，"你得自己好。"

泪水哗啦啦地就下来了。小草抓着包百病的胳膊就是一阵哭，把积攒了这么多天的委屈全数哭了出来。

包百病僵硬地坐着，明显能感觉到外头有两道刀子一样的视线，安静地投掷在他的背上。

"别哭啦，事情我都听说了。"包百病干笑两声，拍着小草的脑袋道，"你要听我说实话吗？"

小草泪眼婆娑地看着他："什么实话？"

"实话就是，你师父当真挺无辜的。"包百病道，"一边是他自己的生父，一边是你的生父，他已经算是比较中立了，你会心疼自己的父亲，也该换位思考思考他啊。"

小草龇牙，眯着眼睛看了看他。

"别激动！"包百病连忙顺毛摸，"总有一方会受伤的，只是现在受伤的是你，所以他愧疚成了这样。你想想，要是那件事是九王爷输了，他父亲死在你父亲手下，你是什么心情？"

"我不想听这个！"小草愤怒地竖起了头发，"你是不是收了他好处？"

竟然还当起说客来了！

包百病给她吓得双手立马举起来了："姑奶奶，看在我一会儿还要医治颜无味的分儿上，别动手！"

小草瞬间平和了下来，沉默了一会儿问："他还好吗？"

第 163 章　谁养的狗啊你是

包百病摇摇头："听情况是不太好，我就去看了一眼，就被段捕头给接这儿来了。他伤得太重，除了皮外伤，还被震伤了肺腑。颜六音这两天将自己剩余的功力全部用在救颜无味身上了，勉强保住了心肺，要痊愈的话，还得养上很久很久。"

小草皱眉："他现在在哪里？"

"在别院呢。"包百病道，"你要是心情好了，倒可以走过去看看他。"

小草苦笑了一声，歪着头问他："包百病，你以为我为什么待在这院子里？"

"因为你伤心过度不愿走啊。"包百病理所应当地道。

顿了顿，他侧头看着小草的表情，瞪大了眼睛倒吸一口凉气："段捕头不让你走？"

怎么可能让她走了？聪明绝顶的段十一，为了保住九王爷皇位的段十一，怎么可能把她放出去！

他将她关在这里了，九王爷还以为他是要保护她？

小草现在只觉得自己当初太年轻，竟然以为段十一是嘴毒心善的牧羊犬，他分明是嘴毒心也狠的大藏獒！

大白蹲在她面前，委屈地"呜呜"了两声。小草伸手摸了摸它的头，恶狠狠地想，还喜欢他什么啊！现在她只有一个目标，练功！打败段十一！养好颜无味！进宫杀了赫连淳宣，然后带着颜无味远走高飞，再也不要回长安了！

"唉，这都什么事情。"包百病嘀咕道，"应该有什么误会吧，段捕头一直对你挺好的，不会这样……"

小草冷笑了一声。

包百病闭嘴了，回头看了一眼月门。

纤长的身影靠在门外，低头不语。

包百病在别院住了下来，本来是打算快点去看看颜无味的，然而段十一说："你不用去，他会来。"

你咋知道人家会来？包百病很狐疑。

然而第二天，颜无味真的来了，虽然是被摘星宫众人抬着过来的。

小草鞋都没来得及穿，一路小跑出去。段十一跟在她身后，面无表情。

"无味？"

颜无味抬头，手轻轻覆着眼，低笑道："你别哭啊。"

小草一抹脸："我最近好像喝多了水，眼泪流个不停，你不用在意。"

颜无味叹息一声，伸手替她轻轻擦了眼泪，嘴唇依旧是微微发白："进去说话吧。"

小草点头，跟着担架一起走，总算是恢复了点活力。

抬着担架的摘星宫的人低头看了一眼自家宫主，这可真不错，一见这姑娘，脸色都好看点了，还白里透红呢！

然而事实是颜无味真的觉得很丢脸，竟然是被抬过来的！谁家少年郎见心爱的姑娘是被抬着来见的啊？脸上那红晕是羞出来的！

担架进了房间，一众人都知趣地退了出来，只留小草和颜无味以及一只大白狗在里头。

段十一站在外头板着脸。

包百病捅了捅他的胳膊："你不进去看看？"

"有什么好看的？"段十一长长的睫毛在眼下印出点儿阴影，"人家英雄救美，差点没命，现在好着呢，我去碍眼还是怎么着？"

"啧啧啧。"包百病酸得捂住了牙，"段大捕头，你这语气，还敢说对你徒弟没意思？"

"我有什么意思？"段十一抿唇，声音软了下去。

包百病只觉得现在的段捕头像极了一只大白狗，脸上爱理不理的，尾巴其实已经摇起来了。

"唉，感情这东西，还是早点看清比较好。"包百病道，"你看你，老早小草喜欢你的时候，你弄不明白说不喜欢。现在人家已经不喜欢你了，你却还惦记着，傻不傻啊？"

现在人家已经不喜欢你了。

段十一呵呵笑了两声："你怎么知道啊？"

"好明显的。"包百病道，"她那种性子的姑娘，要是还喜欢你，你陪在她身边这么多天，她是不可能还对你这种态度的。小草心可软了，你没看出来吗？"

段十一长出了一口气，转身往外走。

"你去哪里啊？"包百病喊了一声。

段十一淡淡地道："去买包子。"

小草坐在颜无味旁边，皱眉看着他。

"表情这么严肃干什么，我又不是要死了。"颜无味轻咳一声，目光温柔地看着她，"半个月之前在九王府，你说的什么，自己还记得吗？"

小草点头："只要我们离开那里，我就嫁给你。"

"现在冷静下来了。"颜无味脸上笑着，手却抓紧了床单，"后悔吗？"

小草想也没想就摇头："不后悔，等你伤好了，咱们成亲，只要你不嫌弃我不会做饭。"

"没关系。"颜无味笑了出来，扯得伤口微痛，眼里满是光芒，"我还以为你一定后悔了。"

受伤这么多天，几乎都是昏迷的，一直做噩梦。原来梦和现实真的是反的。

"为什么要后悔？"小草撇嘴道，"我还怕你后悔呢，眼睛得多瞎啊才能这么喜欢我。"

颜无味失笑。

听说段十一照顾了她半个月，他抬头看小草，皱眉道："怎么还瘦了？"

小草摸了摸自己没肉的脸，嘀咕道："不知道啊，可能是最近肉吃少了。你先好好休息吧，我让包百病来看看你。"

"好。"嘴上这么说着，手却伸出去抓住了小草的手腕。

这一用力，小草就跟个皮球一样弹回来。

说时迟那时快，大白猛地一扑就扑到了两人中间。

颜无味就只看见一个狗屁股从天而降，重重地落了下来。

"呸。"小草吐了一嘴狗毛，连忙将大白给搬开，"你没事吧？"

颜无味已经安静地进入了梦乡。

小草错愕，拎着大白就出去找包百病，然后把大白放在墙角边让它站着反省。

"谁养的狗啊你是！"

第 164 章　喜欢和过日子

大白无辜地贴着墙角双腿站立，眼泪汪汪地哼哼。

小草双手叉腰，还想教训几句呢，又心软了。

蹲下来摸摸大白的爪子，小声嘀咕道："以后我要是嫁人了，你就只能跟着段十一了。他心狠但是也不至于对只狗下手，你应该不会有事。"

大白歪了歪脑袋，茫然地看着她。

小草叹了口气，拍拍手站起来，带着大白拐进厨房里去，好久没有正常吃东西了，看着厨房里还有许多中午冷掉的菜，回锅热热还是会的，顺便丢了点白菜给大白，一人一狗就蹲在厨房门口吃了个饱。

然后小草就练功去了。

手里的秘籍其实已经学得差不多，只是还未特别精进。而且这少林和霹雳门的东西，都显得十分有局限性，练熟了之后就怎么都不能得到提升，厉害是厉害，但是也就只能这样了。

还能练什么呢？小草冥思苦想。

她的根骨其实真的不错，别人要花一年学会的东西，她三个月就学了个完整，只是学得杂了，难成派系，也找不到属于自己的最佳武功。

不管了，还是先练着招式跟心法吧。小草休息了一会儿，就开始在院子里比画。

段十一提着包子回来，站在外头看了她一会儿。

大白摇着尾巴蹭到他脚边，可怜巴巴的像没人要的孩子。段十一低头摸摸它，把捆着纸包的绳子挂在大白牙齿上，然后转身继续出门。

专心练武的时间过得特别快，一转眼就是两个时辰过去，小草出了一身的汗，肚子也饿了。转头就看见大白叼着油纸包过来了。

"真不愧是大白。"小草接过纸包道，"都会自己出去买东西了！你给钱了吗？"

大白"汪"了一声。小草打开油纸包，吃了两个包子，又合上："我突然想起个很严重的问题。"

这院子里没有奴仆，颜无味还卧病在床，那谁给他做饭啊？

要她来吗？她还想颜无味能多活几十年，不能那么早死！

咚咚咚地跑进房间，包百病刚好收了银针，额头上满是汗水，也是累了两个时辰了。

"包神医，你饿不饿？"小草问。

包百病点头，顺手就拿过她手里的包子："正好想吃这个了。"

小草道："这儿没有厨娘，不如你出去请个厨娘回来？"

包百病轻笑："你别傻了，这地方普通人都是不可能进来的，还厨娘呢……平时不都是段捕头做饭吗？"

要段十一做饭给颜无味吃？她怕他下毒。

颜无味脸色好了点，包百病虽然别的不靠谱，但是医术的真靠谱，值得信赖。

小草低头看了看颜无味的睡颜，脸色也跟着柔和了下来。

这人虽然是个大魔头，但是真是没一点魔头的样子，分明这么温柔，对她也好，两人要是在一起过一辈子，应该也挺幸福的。

将要十七岁的小草同学，已经懂得了喜欢和过日子不是一回事，喜欢一个人是酸甜苦辣，过日子却是柴米油盐。要成亲不可以没有感情，但是感情已经不是第一位要考虑的事情了。

如果喜欢的人不对她好，那喜欢也只是有个感情过程，没个结果。懒一点的人，就当真懒得去喜欢了。

颜无味要是再也不杀人的话，小草觉得，她也可以慢慢喜欢上他的，毕竟他这么好。

回过神来，小草就去厨房了。

段十一晚上回来的时候，别院的厨房里浓烟滚滚。他连忙跑过去看，没人！再跑去房间里，包百病正一脸铁青地坐在饭桌前，小草则是端着一碗东西，试探性地在喂颜无味。

颜无味半靠在床上，微笑地含了一口小草喂的东西。

包百病拿出纸笔，没吃饭，已经开始写药方。

段十一眯了眯眼，走过去看了一眼那桌上的东西。不用问都知道了，这种诡异的味道，只有段小草能做得出来。

"怎么样？"小草问了颜无味一声。

颜无味还是笑，吞了半天才将嘴里的东西咽下去，然后淡定地道："还不错。"

包百病一边摇头一边嘀咕："今儿我针灸两个时辰才保住的人，要是给这一碗稀饭弄死了多划不来啊……"

段十一抿唇，转身去了厨房。

小草看了看包百病的反应，又看了看颜无味，自己尝了一口。

然后就转头吐了。

"我重新去做吧。"小草沮丧了脸，"你刚刚怎么咽下去的？"

颜无味挑眉："我觉得还不错啊。"

"……难不成你受伤，味觉也没了？"

颜无味轻笑："没那么严重，不过你做得很认真，至少这粥里放了很多东西。"

萝卜啊玉米啊，还有感情。

他很久没吃过这种东西了，都是在外面的客栈酒店里随意吃。也许比小草做的饭好吃，但是一点感觉也没有。

小草撇撇嘴，心里有点暖，还是端着碗起身往厨房走了。

厨房的浓烟没了，有炒菜的声音。小草挑眉，凑到门口去看。

段十一麻利地切好菜，调料放进锅，先下肉后下菜，香气四溢。那么仙气十足的男人，拿着锅勺做起饭来，倒是瞧着有点可爱。

摇摇头，小草抿唇，既然段十一要做饭，她也就省事了。只需要盯着他，防止他下毒就好了！

三炷香的时间，桌上的菜就换了一拨。包百病舀了两碗饭，一边吃一边道："小草这丫头是有多大的福气，天天吃段捕头做的饭？"

段十一没吭声。

很久以前，他是不会做饭的，直到捡回来一个特别爱吃的丫头。

小草就当包百病是蚊子，直接忽略，端着碗到床边，却发现颜无味已经睡着了。

这样重的伤，他可能还是第一次受。小草叹息了一声。

吃过饭，天都要黑了，小草还是提着大刀去后院练练。

结果竟然发现了不得了的宝贝!

后院她放水壶的大石头背后,竟然有一个木盒子,打开一看,里头全是武功秘籍!

第 165 章 安 和

这可算是天降的宝贝!刚好她正愁呢!小草连忙把盒子里的东西都拿出来看。

五本东西,名字都只有两个字,字迹不同的"秘籍",有的书已经泛黄,有的书边儿都卷了。

难不成是什么世外高人藏在这里的?小草眼眸微亮,拿了一本翻开来看。

内功心法,看起来比霹雳门的那本更加高深,显然升了一个档次。

把剩下四本往怀里一揣,小草就开始认真练功了。

之后半个月,练功的练功,养伤的养伤,再也没人来这个别院打扰过。段十一白天经常不在,却还是记得中午晚上回来做饭。晚上的时候常常十分疲惫,回屋就去睡觉。

然而小草根本没在意他,那几本秘籍十分有意思,让她获益不小,短短半个月,她觉得自己已经可以一个打五个了!

颜无味在包百病的照料下已经可以下床走动,然而每天行走不能超过半个时辰,其余时间还是得躺着休息。

于是每天有半个时辰,颜无味都是在看小草练功。

"进步得倒是挺快的。"

小草收了招式,笑眯眯地回头看着他:"照我这个进步的速度,是不是很快能赶上你们?"

颜无味轻笑,步子很缓慢地走到她身边,拿了手帕出来擦她额头上的汗水,轻声道:"功不能急成,得慢慢来。你进步虽然很快,却也不是一时半会儿就能赶上我们的。"

小草瞬间垮了肩膀,沮丧地道:"可是已经没有时间了,下个月九王爷就要正式登基,之后再去行刺就太困难了。"

她不可能就这么眼睁睁看着九王爷登上皇位!

颜无味一愣,脸色有点凝重:"你还想报仇?"

"为什么不想？"小草皱眉，"我母妃还在冷宫，赫连齐乐还在宗人府。九王爷身上背着我父皇的人命。现在我不去讨，谁去讨？"

"可是……"颜无味抿唇，"他是段十一的亲爹。"

"我知道。"小草闭了闭眼，"那又怎么了？我亲爹不是也死了吗？谁欠谁的？哪怕拼着这个师父我不要了，我也想报仇！"

颜无味一愣，抬头看了后头的月门一眼。

段十一安静地靠在那里，听着这句话，脸上的表情看不太清楚。只顿了顿，就转身走了。

小草没看见他，而是抬头，眼神灼灼地看着颜无味道："你原来给我的那本秘籍还在吗？"

"你想练魔功？"颜无味皱眉，"段十一应该不会同意。"

自然是不会同意，小草道："但是那个好像对内功和武功的提升都比较快。"

魔功这种东西，就是歪门邪道，但是十分利于急于求成的人。哪怕伤身，能达到自己想要的效果就行了。

当初的颜六音，就是这样遁入魔道，一去不复返。

想起颜六音，小草皱眉问："你姐姐怎么样了？"

颜无味摇头："我走的时候，她回去终南山了。"

身上的毒还有一年不到就会毒发，颜六音还将全身的功力都给了颜无味，只怕会死得更快。她已经完成了自己的心愿，没有任何遗憾了，终于可以抱着妙音，回她和琴圣最开始生活的地方。

妙音已断，颜六音的命也将尽。那么妩媚的女子，大概是不愿意死在这尘世间的，回去了也好。

小草低头，看了看自己的手指。

她不是不恨颜六音，甚至想手刃了她。然而段十一那一掌已经伤了她心脉，早晚也是要死，她再去添一刀，怎么跟颜无味交代？

杀一个一心求死的人也挺没意思的。

深吸一口气，小草还是决定要跟九王爷算账，冤有头债有主，颜六音充其量只算屠夫手里的刀，赫连淳宣才是那个该死的屠夫。

"你该回房间了。"小草抬头看颜无味，"出来得够久了。"

颜无味眨眨眼，歪头一笑："我走不动了。"

好歹是个八尺大男人，在她面前这么撒娇真的好吗？还走不动了，意思不就是要她背？

气鼓鼓地嘟嘴，小草却还是转身，微微低下身子。

颜无味勾唇，直接伸手将她抱了起来。

"你干什么？"小草吓了一跳。

颜无味却已经镇定地往房间走："就是看你挺可爱，突然想抱抱你。"

脸上一红，小草抿唇，移开眼神去看四周。这人说话从来是光天化日就调情！想反驳吧，以她这点儿口才还不够。不说话吧，那就只有像现在这样一路沉默，脸红不已。

病号老老实实地去躺下了，小草关上门出来，正想休息一会儿就继续去练练呢，就听见隔壁院子"砰"的一声。

啥东西砸地上了？小草连忙跑过去看。

这是包百病住的小院，院墙外头就是街道，不过少有人来。此时此刻，包百病神医正以一种诡异的姿势从院墙边的地上爬起来，打开门就要往外冲。

"怎么了？"小草拦住他，瞧见他脸上前所未有的正经和严肃。

"我刚刚看见她了。"包百病呆呆地推开小草，"但愿不是错觉。"

说完就跟兔子似的冲了出去。

小草好奇心瞬间就起来了，跟着他就往外跑。

包百病毫无阻碍地冲出了门口，跑上了街道。小草跟着冲出去，却被人拦腰挡住。

"别出去。"段十一面无表情地低声道。

这人是天天守在门口还是怎么着？每次她想出去就被拦下，别人出去就没事？

没好气地翻个白眼，小草推开他，看着包百病跑的方向道："我只是去看看他怎么了，不是要去闹事，你放心好了。"

段十一顺着她看的方向看了一眼，皱眉："别人的事情关你什么事？"

"那我去哪里关你什么事？"小草怼了回去。

段十一没再像很久以前那样，而是选择了沉默，深深看了小草一眼之后，让开了路。

人啊，就是这么个奇怪的生物。以前段十一多爱挤对她啊，多嚣张啊，现在好了，自个儿对他免疫了，他又什么都不说老老实实的了。

小草提着裙子就继续狂奔。

包百病平时看起来柔柔弱弱一书生，怎么体力这么好？她就被段十一拦这么一下，人就跑没影了。找了好久，才总算打听到点消息。

"哦，你说刚刚那个跑得跟疯子一样的书生吗？往皇城那边去了，看方向应该是六王爷府。"路人老伯说了一句。

小草连忙道谢，跟着又跑。

段十一在她身后，远远地跟着。以前这么跟着小草是察觉不了的，然而不知道是不是因为功力增进不少，小草现在可以清晰地感觉到段十一在后头，连在哪个方位都很清楚。

心烦气躁，小草跑得更快些，没一会儿就追上了前头的包百病。

包百病拦住了一顶轿子，气喘吁吁地跟要死了一样："姑……姑娘。"

那轿子一看就是官轿，旁边还有不少侍卫随从，瞧见包百病这模样，一侍卫上来就拔刀："你干什么？"

包百病急忙摆手："我认识她！"

轿子旁边的丫鬟皱眉看了他一眼："你是哪里来的书生？怎么会认识我家郡主？"

包百病急得说不出话，旁边的侍卫见状就想上来将他拖走。

"我说，认识不认识的，让你家郡主掀开帘子看看不就好了？"小草上前挡在包百病面前，皱眉道，"还是说你家郡主长得见不得人？"

"谁说的？"旁边的丫鬟瞬间就炸毛了，"我家郡主那可是沉鱼落雁闭月羞花……"

"长绮。"轿子里的人低斥了一声。

被叫作长绮的丫鬟瞬间老实了，撇撇嘴道："郡主，你认识平民吗？"

轿子里头的是六王爷的长女安和郡主，听着这动静，想了想，当真将帘子掀开往外看了看。

包百病连忙挥手，抹了一把脸，喊了她一声："病姑娘！"

安和郡主脸色微变，继而轻笑了出来："原来是你，我还当是谁呢。"

竟然真的认识？小草忍不住揉揉眼睛，瞧着那郡主美貌的脸，捅了捅包百病的胳膊："包神医，你原来还有这样的能耐？"

包百病眼睛已经锁在安和郡主身上了，压根儿不动弹，当没听见小草的话。

"段捕头也在啊。"安和郡主下了轿子，瞧见后头的段十一，又看了看包百病旁边的小草，"这……昭玉公主？"

什么情况这是？大街上遇个熟人，结果旁边站着两尊大神！

安和郡主脸都有些僵硬了，这段十一可是未来太子爷，昭玉公主虽然好久没出现了，但是依旧是当朝公主。这两人，怎么跟那神医在一起？

"我们只是路过。"段十一伸手将小草扯了回来，"你们继续。"

第 166 章　当初的八卦

谁路过啊！她是专门跑过来看热闹的啊！小草鼓嘴，瞧着包百病那一脸痴迷样，顿时就觉得有八卦。

然而那头的安和郡主注意力已经被段十一和小草吸引，来不及多看包百病一眼。

"既然这么巧在这里遇见了，二位不如就去寒舍歇一会儿。"安和郡主说着，才终于看了包百病一眼，"神医也一起去吧？"

"好。"包百病搓了搓手，难得地显得有些局促。

段十一自然是不想去六王府的，更不想小草去六王府。然而包百病这一点头，段小草立马就跟着点头了："正好我还没去过六王府，走吧！"

她是压根儿不知道现在自己周围全是眼睛，找着点儿空隙就想捏死她呢，还瞎蹦跶！真恨不得把她打包捆着丢院子里别出来了！

段十一深吸一口气，微笑道："郡主，我好像还有事……"

"那你先回去吧。"小草大方地摆手，"好走。"

呵呵了两声，段十一捏着她的腰，咬牙切齿地道："段小草！"

他是不是最近对她太过温柔了，以至于这丫头完全不把他放在眼里了？顶嘴就算了，还敢戗他！

他一个人，该走去哪里？

小草被他掐得跟鸡崽子似的，龇牙咧嘴地道："要走的是你，我就说句好走怎么了？你这人真古怪，有什么话不能好好说了？"

"我怎么没有好好说了？"段十一压低了声音道，"我说过你不该出来的，现在还想去六王府？"

小草皱眉，顿了顿才道："那你直接说让我跟你回去不就好了，你说你还有事，我怎么知道你在想什么？"

段十一一愣。

那边安和郡主看了半天，觉得有点怪怪的，忍不住问了包百病一句："他们怎么了？"

算起来，这两人是堂兄妹，同姓赫连，怎么能……这么亲密呢？

堂兄妹等同亲兄妹，也许是感情太好了，所以这搂腰站在一起，只是她想多了？

包百病深深地看着她，沙哑着嗓子道："他们一直那样，习惯就好了……病姑娘，原来你是郡主啊。"

安和有些不好意思，低头道："回府去说吧，这大街上的，也不好意思。"

"好。"包百病点头，"你先回轿子吧，我们跟着你走就好了。"

安和点头，颔首朝小草和段十一示意，然后就上了轿子。

小草连忙把包百病拉过来，挤眉弄眼地道："坦白从宽，抗拒从严！"

包百病脸上带着梧桐锁清秋一样的惆怅，望着前头的轿子，低声道："那是在世昌县的事情了。"

初入江湖的包百病，希望靠着绝佳的医术闯出名堂，然而没想到刚到世昌县，就遇见一个病倒的姑娘！

这个姑娘自然就是安和郡主。半年前安和郡主刚和某附属国王子定亲，一满十八岁，就将远嫁。一听见这个消息，一向温和懂事的安和哭了好几天都没停歇。六王爷见状，就让人带她出去散散心。

这一散心就刚好到了世昌县，安和郡主老实了十七年，这回终于想不老实一回了！于是在一个月黑风高的晚上，钻了狗洞逃出客栈，企图"私奔"！

然而这个娇生惯养的郡主不知道，"私奔"是两个人的事情，她一个人在这陌生的地方，只会迷路。

而且老天爷似乎心情也不太好，她刚逃出来没走两步路呢，就下起了大雨，将一只金丝雀活生生给淋成了落汤鸡。

又冷又饿的安和郡主本来打算屈服了，然而这回头一看，一片黑暗，压根儿已经找不到路了。

无奈之下，只有一直往前跑，跑到街上，看见一户人家的后院还亮着灯，于是她就进去了。

这院子是个老人家的居所，后院是柴房，在她之前另一只落汤鸡包百病已经到了这里，看见她进来，皱眉道："天气有些凉，姑娘这一身湿淋淋的，容易得风寒，到时候就要用生姜驱寒，花椒除湿，配以半夏……"

安和郡主当时就觉得这人真有意思，温柔地开口道："天黑我迷路了，可以在这里躲雨吗？"

"姑娘随意。"包百病道，"我这里还有干的衣裳，可以借你穿穿。"

这怎么可以！安和郡主从小被教导名节最重要，所以肯定不可能将衣裳脱了换上男人的，哪怕这个男人已经指了指旁边厚厚的柴垛后头。

倔强的安和穿着湿衣裳靠在一边，不知道什么时候就累得睡着了。

然后第二天，包百病就将发了高热的她背到医馆，自己写了药方抓药给她，寻了个小房间，一边照顾一边嘀咕："看吧，我就说会得风寒吧？你偏生不信。这衣裳都干在你身上了，寒气全部在你身体里，麻烦喽！"

安和郡主烧得人事不省，但是又睡不着，迷迷糊糊就听着这个人一直唠唠叨叨个没完。

上辈子一定是个哑巴吧？

然而，微微睁眼，她就能看见这个男人温柔地低头照顾自己的模样。包百病长得挺清秀的，不惊艳，却让人觉得舒服。安和公主活到现在还没怎么和男人这样亲密过，更别说让男人拿着帕子替她擦脸了。

一颗心，怦然地就动了起来。

比起脸都没见过的什么王子，安和公主几乎不用想，就先爱上了面前这个大夫。

他说自己是神医，问她名讳她不好说，他就直接道："那就叫你病姑娘好了。"

神医照顾了病姑娘三天，三天之后，病姑娘看他的眼神已经是温柔极了。

"我……好像该回去了。"安和看了看外头正满城找人的士兵，低声问包百病，"神医啊，你有没有妻室？"

包百病摇头，一点也没听出来人家话里的暗示："没有，但是也不考虑，我还没成名于江湖呢！"

安和一愣，皱眉："那……你目前也没有喜欢的人吗？"

第 167 章　不　归！

包百病一点也没犹豫地道："没有啊！"

她是他下山之后遇见的第一个病人，本来以为这世上最苦的是疾病，所以他悬壶济世，是要来面对这世间最残忍最苦痛的事的。然而没想到遇见这个病姑娘，竟然是这么舒服的一件事。

没有多想为什么每天都觉得开心，也没多想为什么他想尽一切办法想让她快些好起来。包百病只以为这都是大夫该做的事情。

所以听见她这么问，他就老实那么答。

安和黯淡了双眼，想了想，还是不死心地又问了一次："那……要是我说，因为你的救命之恩，我芳心已许了，你可愿……可愿带我走？"

包百病瞪大了眼，被这突如其来的表白惊得手足无措。面前的姑娘很漂亮，身上的衣裳料子也是极好的，想必是大户人家任性的小姐。他一个刚出来的大夫，名声和钱财一样都没有，拿什么承诺人家姑娘的下半辈子啊？

于是包百病摇头道："姑娘还是早些回家吧。"

安和鼓足了十七年积攒的勇气，给这个男人告白了。然而换来的却是这人的不屑一顾！

没有任何解释，包百病当时的表现在安和郡主看来就是不屑一顾！

于是安和郡主伤心至极了，转身就离开了医馆。

包百病当时虽然觉得有点难过，但也没有去追。

感情最开始都这样，未曾察觉有多深，所以跨踌不前，不想有所行动。等到终于醒悟自己其实喜欢那个人的时候，人早就没影儿了！

这也就是为什么包百病每次教训段十一和怂惠小草那么熟练。

后来包百病找了安和很久，都没再看见她。再后来，他就遇见段十一了。

没想到今天去采墙头上的青苔，安和郡主的轿子刚好从这里过，她又刚好掀开帘子透了口气。她没看见他，却叫他看见了她。

说完这些事情，包百病长长地叹了口气，苦笑道："你们看，感情这东西要的就是刚刚好，刚好她喜欢你，刚好她愿意。我是错过了，所以她现在看着我的眼里，再也没有当初的熠熠星光了。"

喜欢一个人的时候，看向他的眼睛是会发光的。所以人总说，喜欢一个人的眼神，总是藏不住的。

小草听得沉默，段十一也没说话，一个看地，一个望天，没有发表任何意见。

"你们倒是说点什么啊？"包百病道，"我找了她很久了，终于找到了，我该怎么办啊？"

段十一沉痛地拍了拍他的肩膀："你歇了吧，还有一个月，安和郡主就要满十八岁了。"

也就是说，还有一个月她就要出嫁了。

包百病一震。

六王府很快就到了，小草跟段十一进去了，包百病在门口站了一会儿，才深吸一口气跟上来。

听闻段十一和昭玉公主来了，六王爷也来了大堂，笑呵呵地让人看茶。

自从五王爷承认皇帝是他杀的之后，五王爷一家被贬为庶民，五王爷本人自然是赐了鸩酒，不在世上了。六王爷似乎有些兔死狐悲，待在这六王府就再也没上过朝。

小草看了一眼六王爷，他倒是不像外界说的那么愚蠢懦弱，一张脸很慈祥，跟皇帝有些像。

看着看着，她都觉得鼻酸。

"好久不见昭玉公主了。"六王爷笑着看着小草，感叹了一声道，"自从你父皇死后，本王还一直想去看你，奈何宫里人总说你伤心过度，任何人都不见。"

小草抿唇，眼眶微红地道："因为我压根儿不在宫里。"

"嗯？"六王爷微微吃惊，瞪大眼睛像极了一只好奇的熊，"怎么会不在宫里呢？老九欺负你了？"

岂止是欺负，巴不得杀了她呢！然而段十一在旁边，小草不能这么说。

但是看起来，这六王爷和长公主一样地仁厚，要是知道赫连淳宣是弑兄上位，不知道会不会……

"九王爷很好，然而我看见皇宫会难受，所以搬出来住了。"小草道。

六王爷眉头皱得老高："怎么能搬出来住呢？谁允许的啊？老九怎么这么不懂事，你再怎么说也是我皇家血脉，哪怕皇帝已经了，你依旧是公主。公主怎么可以住在外面？"

说着，就站起来叫了人进来，看着小草问："你住在哪里？本王让人把东西搬来六王府，你要是看着皇宫会伤心，那就来六皇叔这里住。"

等的就是这句话啊！小草连忙点头！

不过点头之后，她又看向了段十一。要是留在六王府，她有无数机会可以告发九王爷当初的罪行，段十一一定会阻止。

但是等了半天，段十一都没说话，看那表情，好像还是默许了。

这葫芦里又卖的是什么药？小草皱眉，忍不住多看了他两眼。

段十一侧头，看着她微微一笑："怎么？"

"没……"小草收回目光，看向安和郡主道，"那正好我可以和安和郡主说说话，年纪差不多大。"

"是啊，正好。"六王爷道，"安和最近心情不好，公主也好多开导开导她。"

安和微微抿唇，看了旁边的包百病一眼，眼神十分复杂。

小草要留下来，段十一看样子就不会走。段十一不走，包百病自然就有留下来的理由。

他是这两个人的贴身大夫啊！

六王爷十分高兴地招待皇侄女和未来的皇侄——毕竟段十一还没正式认祖归宗，虽然大家都知道他是九王爷之子，然而未归族谱，就不算正式的。

九王爷是很想归啊，可是段十一死活没松口。

六王爷想着这事儿，也忍不住开口问段十一："你还没归赫连族谱？"

"不想。"段十一淡淡地道。

六王爷这就奇了怪了，还有人放着太子不想当的？

"回来多好啊，你看，你堂妹这么可爱，你回来能有好多亲人呢。"

段十一脸更黑了："不劳王爷操心，段某自然有分寸。"

第 168 章　忘记吧

一贯圆滑的人，少有这么跟人呛声的时候，小草忍不住看他一眼，一看段十一这脸，又下意识地摸了摸自己的脸。

说起来也是奇怪，既然她和段十一是堂兄妹，相当于亲兄妹的关系，那凭什么他长得跟天仙似的，她却长得跟天仙脸朝下摔地上了似的啊？

转头再瞧瞧六王爷，皇帝和六王爷好像都一个样儿，跟熊一样慈祥。不过偏生九王爷生得好看，遗传的问题肯定出在这儿。

"唉，你这孩子。"六王爷也不生气，摆手道，"我是不懂你们怎么想的，但是要我赫连家江山安稳，你还是快些认祖归宗为好。"

段十一不吭声了，礼貌地颔首。

六王爷也就出去亲自给他们安排住的地方去了。

接大白和颜无味的人来得也挺快的，小草的秘籍和包百病的药罐子全部都拿来了，在六王府至少不用再想吃饭的问题，这是挺好的。小草也有更大的地方练功，练完功没事还去偷听一下包百病和安和郡主的墙角。

说是贴身大夫，包百病却是贴了安和郡主的身，已经三天没出现在小草和段十一面前了。

虽然安和郡主这两天心情不好，然而身子健康着呢！包百病非说她什么心律不齐，非在人家院子里陪着熬药。

六王爷没太在意，倒是觉得安和这两天情绪稳定不少，这让他觉得很开心，还以为是包百病的药的功劳，大大夸奖了他一番。

"王爷。"段十一在住进来的第一晚就道，"为了保证昭玉公主的安全，请您一定不要让外人知道我们在这里。若是被外头知道了，也请加强王府护卫。"

六王爷觉得很奇怪，大概是段十一十分担心昭玉公主吧，他也没多想。

结果小草他们住进来的第四天晚上，就出了点乱子。

这天晚上，小草终于整理好了思路，趁着段十一不在，打算跑去将九王爷篡位的事情告诉六王爷。

话说到一半，六王爷表示不相信："九皇弟那么尊敬皇上，怎么可能会有这样的心思？"

小草道："父皇是被九王爷手下的人震断心脉而死，不是被五王爷捅死的，现在下葬还不到一月，六王爷要是不信，可以验尸。"

开启皇陵验尸？开什么玩笑！六王爷皱眉想了好一会儿，叹息道："那也没办法了，现在皇上已经死了，皇位不可能没有人来坐，九皇弟是最好的人选。"

小草瞪大眼睛："就因为皇位必须他来坐，他杀了人就可以不偿命吗？"

六王爷一顿，脸上的表情有点复杂："这件事，不是对错或者律法就能来评判的……"

毕竟关系着天下苍生啊。

小草咬牙，本来还希望六王爷能做个主什么的，没想到会是这样一个结果！皇家的人，果然都是没有亲情的！

愤怒地一拍桌子起身，正想走呢，外头一支羽箭就射了进来，从她耳旁经过，箭风擦得她脸上立刻红了一道。

"小心！"小草也算是反应快的，立马飞身将六王爷按在了桌子后头。

无数的羽箭穿透门的镂空部分，唰唰唰地扎在了墙上和地上。

六王爷大概是没见过这样的场面，当即傻了。小草拖着他起来，破窗就往外跳。

府里的护卫自然是全部被惊动了，纷纷出来寻找弓箭手。黑衣人无声无息地靠近，目标瞄准了段小草，招招都是杀意。

幸好最近练功夫比较勤劳，躲过这些杀招不是什么难事。周围人也多，小草没一会儿就护着六王爷退到了后院。

"怎么会这样!"六王爷白着脸道,"这皇城有谁能这么明目张胆进来行刺?"

"还能有谁?你隔壁的。"小草轻笑,"大概是我害了王爷,事情真相给你知道了,九王爷想必也是不会留你了。"

怎么可能!六王爷连连摇头。

段十一出来了,拉着小草就往后院走,把六王爷推给了旁边的护卫。

"我把事情都给六王爷说了。"小草道。

段十一头也没回:"说清楚了吗?就你这脑子,能捋顺了给人说?"

小草下意识地就炸毛了:"我怎么了?现在我好歹也是口齿伶俐武功高强,你以为还是当初那个什么都不会被你从青楼二楼踹下去的傻蛋啊?"

段十一一愣,停住步子转过头来,目光里的东西翻涌咆哮,像是要把她卷进去了。

小草回过神来才反应过来,她应该是个"失忆"的人啊,应该什么都不记得的!怎么说了这么一句话!

低头看着鞋尖,面前的人走一步就靠近了她,鼻息里喷出点笑意:"我就知道你不对劲,却来不及确认,段小草,你好大的能耐啊,竟然连我一起骗?"

小草有点心虚,嘀咕道:"我突然恢复记忆了而已。"

"突然?"段十一呵呵笑了两声,捏着她的下巴,强迫她抬起头来看着他。他的眼眶竟然微微泛红。

"你是在怕什么,才给我玩失忆,还说要嫁给颜无味?"段十一的脸离她很近,"是你的真心话?"

小草皱眉,推开他道:"我现在失忆还是不失忆,都不太重要吧?已经成这样了。"

不重要?段十一冷笑出声,心口钝钝地疼了一下。

师徒一场啊,一路这么走过来,那么多的事情和回忆,你竟然可以说不重要?

"也是,你也只有选择忘记跟我的点点滴滴,才能好好跟颜无味在一起了。"段十一僵硬了脸看着她,"忘记跟我同床共枕多少次,忘记在太师府里差点与我成了夫妻,忘记你说的喜欢我……也只有这样,才能好好开始你的新生活了。"

第 169 章　不喜欢你的时候你才说这个!

小草一震，有些不可思议地抬头看他。

段十一疯了?

胸口起伏了一下，段十一嗤笑一声，斜眼看她:"你可以出师了，段小草。"

小草耸耸肩:"……也没那么厉害，我就是当作不记得从前的事情了而已。"

段十一眯眼，一把将她按在了旁边的院墙上:"不止不记得吧? 你曾经说过的话，喜欢过的人，竟然统统都放下了。"

小草一顿，靠着墙松了身子，无奈地抬头看他:"我不该放下吗? 堂兄?"

"我姓段，不姓赫连。"段十一咬牙。

"那只是你不认祖归宗，血缘上来说，你还是我堂兄。"小草深吸一口气，"你那么聪明的人，怎么会自欺欺人到这个地步? 而且师父，如果我没有记错的话，你说过跟我永远只是师徒，那又何必纠结什么喜欢不喜欢?"

段十一黑了脸，沉默了好一会儿，想起包百病的惨痛经历，终于还是开口道:"我后悔了行不行?"

小草挑眉:"后什么悔?"

不行，对着这丫头开这种口，果然还是觉得好别扭! 段大捕头脸都红透了，抿紧了唇说不下去了。一身仙气儿的人，终于落进了凡尘，成为一个普通的情窦初开的男人。

他不说完，段小草也不傻，听懂了。

但又有什么用? 她轻笑一声抬头看他:"师父，我曾经给你说过很多次我喜欢你，你说，喜欢这种事情，说多了就是菜市场的烂白菜，不值钱了。我的烂白菜你不要，我已经收回来自己吃掉了。你这个时候又还来说什么喜欢?"

段十一铁青了脸。

"而且，堂兄妹等同亲兄妹，扬名天下的段十一，未来的太子爷，"小草的语气带了点嘲讽，"这我可受不起，九王爷不知道该怎么追杀我呢。"

"还有，感情这东西覆水难收，水干了也不可能再自己还原。我现在不喜欢你了，只把你当师父和哥哥而已。等颜无味伤好了，我会跟他成亲。

至于你，大概在我想尽办法报复九王爷之后，也多半会跟我断绝关系成为仇敌。在最可能在一起的时候你恰好不喜欢我，喜欢我的时候我们两个已经没有半点可能了。师父，咱俩天生不合适。"

伶牙俐齿的段小草，这一句句的话都跟带着内力似的，震得他浑身都疼。

是啊，他们现在是兄妹了，不能在一起，她也不喜欢他了。段十一从未想过有这么一天，自己喜欢上的人，不喜欢自己。毕竟他这么美貌无双，谁会拒绝他？

他以为她喜欢他，会一直持续下去，所以这么有恃无恐地，硬生生地把感情给蹉跎了。

这算不算是报应？

深吸一口气，段十一闭了闭眼道："是啊……以后你除了叫我师父，还该叫我一声哥哥。"

"段哥哥。"小草捏着嗓子，甜蜜蜜地喊了一声。

段十一眼睛都红了，一个没忍住，低头狠狠地吻住了她。

唇瓣摩擦，牙齿碰牙齿，舌头霸道地将她的卷过来，狠狠地咬了一口。

小草傻了，舌头上的疼痛让她本能地想把段十一推开，后者却突然温柔了下来，舔舐着她的伤口，温柔又绝望。

从没看见过段十一有这样绝望的时候。

片刻，他缓缓地放开了她，退后一步站直了身子，闭眼道："走吧。"

小草抬起衣袖擦了擦嘴唇，呆呆地跟着他往前。

前院的黑衣人被护卫清理得差不多了，六王爷坐在房间里，皱眉想着事情。

颜无味下床想去接小草，刚走到门口就看见小草和段十一一前一后地过来了。

"王爷。"小草进来就喊了六王爷一声，"您打算怎么办？"

六王爷想藏住九王爷篡位的事实，让江山安稳，但九王爷不这么觉得啊，知道他做的事情的人，都得死，不然就算登基，那皇位能安稳吗？

六王爷是为大局考虑没错，可是这个考虑不包括牺牲他自己这一家老小的性命啊！九王爷既然赶尽杀绝到这个份儿上了，那他只能反抗，争取活命。

可是九王爷都快登基了，长公主也一定是偏向他的，自己怎么做才能有一丝赢的机会呢？

"本王有些乱。"六王爷痛苦地道，"暂时想不到什么办法，这个事实拿出去告诉其他人，人家都不一定会信。"

说着，又茫然地看向小草："公主啊，你有什么办法吗？"

小草道："我本身是想让王爷将此事告知朝廷官员和长公主，这样一来大家都知道九王爷弑兄之举，难免就会考虑一二。接着王爷你带我去登基大典，我直接杀了九王爷！这样一来，你们让其他皇室成员登基就好了，也不会有太大大争端。"

六王爷皱眉："你去杀九王爷？那你焉能有命在？"

"我会保护公主安全离开的。"颜无味站在旁边说了一声，"还有大半个月，足够我恢复了。"

之后他们两人便可畅游江湖，无拘无束，再也不用回来长安。

想法是很不错的，但是实践起来太困难了。

段十一开口道："有时候，流言比羽箭更容易伤人。"

他这一说话，六王爷才意识到，未来的太子还在这里呢！他们竟然在谋划怎么刺杀未来的皇帝！

吓得脸都白了，六王爷往小草的方向靠了靠，皱眉看着段十一道："你……"

"不用紧张。"段十一轻笑，"我不会去当那劳什子的太子，我徒儿想报仇，我就帮她报仇，仅此而已。"

六王爷看看段十一再看看小草，有些不敢相信。

小草耸肩，道："反正都被他知道了，六王爷您也不用紧张，伸头缩头都是一刀，不如听听段捕头有什么高见？"

段十一道："你们去刺杀，风险太高，九王爷身边的精锐护卫不在少数，就算当真得手，也跑不掉。不如以谣言攻之。"

第 170 章　皇家二人组

众口铄金，积毁销骨。流言的力量一贯是十分强大的，只是很少人发现而已。

小草扶着颜无味坐在桌边，好奇地看着段十一道："你想散播什么流言？"

"你的目的是让九王爷不能登基，让人不能登基的流言除了九王爷弑兄嫁祸，狼子野心，还有一点最致命的。"段十一淡淡地道，"血缘。"

一个皇族中人，他犯天大的错，因为大局问题，都可能会被众人原谅，依旧推上皇位。但是这个人若被说不是正统的皇室血脉，那长公主和满朝文武不会坐视不管，一定会阻止九王爷登基。

"这是个好主意没错，但是你想怎么说？"小草不解地道，"九王爷本来就是皇室血脉啊。"

"你是要中伤人，又不是要说真的。"段十一嗤笑道，"污蔑会不会？就说九王爷不是皇室亲生的儿子，正好他的相貌跟其他几位王爷差别很大，你在这上头做文章会不会？"

小草嘴角抽了抽："这好像有点卑鄙。"

段十一冷笑一声："你还跟他讲卑鄙不卑鄙呢？那你干脆变身观音菩萨去感化他好了，阿弥陀佛！"

"这其实可行。"颜无味低声开口，"百姓愚昧，人云亦云，只要有个什么八卦谈资，谁管是不是真的，都会去说上两句。这个事情说出去，民心会动摇，大臣心里也会惦记。到时候六王爷再推出个合适的继承人，九王爷基本就与皇位无缘了。"

赫连家统治大梁已经有几百年了，因为仁治，十分得民心。要是突然皇位变个姓，百姓是肯定不会接受的，你兵力再多再聪明也不行。

六王爷跟着点头："我记得……九王爷是当时的燕贵妃所出，先皇很疼爱燕贵妃，可是燕贵妃在宫里一直郁郁寡欢，生下九王爷就薨逝了。因此先皇也就只能疼爱九王爷。说起来，燕贵妃当年分娩的时候就有人说过月份不对，不过说的那个人被先皇处死了，之后再没有人敢说。"

后宫里的事情复杂着呢，逮着点事制造点流言，简直易如反掌。

"既然如此，那就这么做吧。"小草道，"我来负责编造，六王爷负责传播，另外，长公主和六部大臣那里，还要靠六王爷多走动。"

"这个本王知道，但是长公主那边，本王必须今晚上就去。明天一早，不知道九皇弟还会对我们做什么。"六王爷道，"事不宜迟，本王现在就带着护卫动身。"

"多带点。"小草忍不住叮嘱。

六王爷神色凝重地点头，起身就往外走了。

小草拿了纸笔过来，看了看段十一，道："我污蔑九王爷，你当真不在意？"

段十一坐下来翻了个白眼："我欠他的生育之恩已经报了，他跟我没其他关系，你爱做什么做什么。"

颜无味看了段十一一眼，低声道："你这人也真是舍得。"

"我有什么舍不得的？"段十一哼笑，"我是被我娘养大的，跟他半点关系没有，这么多年不闻不问的，现在需要人继承了就拉着我不放，这种人还要舍不得？我没替我娘报仇都算我遵守纲常了。"

说着，顿了顿，抬头看着颜无味："倒是你，你一贯是九王爷的人吧？"

"那不重要。"颜无味道，"九王爷花钱雇用我，所以我替他做事。不过姐姐走了，关系也就到那里为止了。他想让我做的事情，我不会再帮忙。"

作为摘星宫的宫主，颜无味已经尽到了自己的本分，赚钱养整个摘星宫上下，也够他们生活几十年的了。剩下的就该他们各自出去接活儿做事，他也就是发个工资。

段十一点头，看着小草道："现在我们两个都是站在你这边的了，你写吧。"

小草有点感动，转头看着颜无味道："你太好了。"

颜无味微笑，伸手摸了摸她的头。

段十一沉默了一会儿，黑着脸问："我和他做的是一样的事情，你凭什么夸他不夸我？"

小草翻了个白眼："你用得着夸吗？每天自己夸自己就够了。"

"真不公平。"段十一冷哼道，"我今天没有夸自己风华绝代。"

小草：……

点了烛台，她开始写了。

要编怎样的一个故事呢？燕贵妃当时其实是有心爱的人的，所以进宫来，她一直不开心，即使万千宠爱在一身，也是郁郁寡欢不见开颜。

身边恰好有那么一个宫女，机灵懂事，看着自家主子快抑郁成疾了，于是安排了燕贵妃的心上人进宫，让两人在某天见上一面。

那天夜深人静，皇帝没来后宫。燕贵妃与心上人见面，痛哭不已，并且一夜缠绵。

就这一次，燕贵妃怀上了孩子。

深爱燕贵妃的皇帝高兴极了，尽管敬事房说月份上好像有点问题，皇帝也不管，杀了一切说燕贵妃坏话的人，高兴地等着孩子的降临。

燕贵妃看着皇帝，心里十分愧疚，身子也更加虚弱。所以分娩那天，燕贵妃没能扛过去，刚生下孩子就血崩死了。

皇帝大悲，悲伤之后，也更加宠爱这个孩子，甚至一度想立为太子。

这个孩子就是九王爷。

然而当时皇后家族势力大，拼死阻拦皇帝立九王爷为太子。皇帝这才作罢，改立了皇后的儿子。

"听起来……"段十一皱眉，"竟然合情合理的。"

小草翘了翘尾巴："我厉害吧？"

"厉害。"段十一拿过她写的东西看着道，"这也刚好能解释为什么当年的先皇要杀了敬事房的人，也能解释皇上为什么特别宠爱九王爷，更能解释九王爷为什么和其他几位王爷长得不太像了。"

颜无味也点头："说得跟真的一样。"

小草嘿嘿笑道："那就这么决定了，散发出去！"

"嗯。"段十一手指轻轻敲着小草写的东西，看了一会儿，道，"我在长安有丐帮的人脉，倒是可以帮上点忙。"

"那敢情好。"小草道，"行动吧。"

段十一点头，拿过笔就将小草写的东西变成了一首打油诗。

"先皇面貌威武郎，个个儿子都一样。

偏生一个九王爷，相貌不同体纤长。

贵妃生子月不对，先皇血洗敬事房。

今朝此子登皇位，赫连江山落在旁啊落在旁！"

小草目瞪口呆地看着他写完，只能竖起大拇指了。不愧是段十一，连写打油诗都这么厉害！还带押韵的！

段十一写好就拿出去了，小草看着颜无味问："你身子怎么样了？"

颜无味趴在桌上，像一只懒洋洋的黑猫："好得挺不错的，包百病的医术还真的不赖。"

"那就好。"小草看了看剩下的宣纸，继续写，边写边道，"等这些乱七八糟的事情都结束了，我跟你回摘星宫。"

颜无味一顿，下意识地摇头："不回摘星宫了，我们……就去闯荡江湖就好。"

"嗯？"小草头也没抬，"你不用回去管理吗？"

"不用。"颜无味闭了闭眼，"就我跟你就好。"

"好。"小草也没多想，点头应了。

现在她的心里平静得很，除了报仇就没有其他东西了。跟颜无味在一起挺好，那以后就那么一辈子也行，没什么不好的。

丐帮弟子在长安人数众多。段十一的打油诗传出去，没两天整个长安就轰动了。

九王爷还来不及处理六王爷的事情，就被这铺天盖地的打油诗给烦得分身乏术，一边派人抓捕唱诗的人，一边安抚众大臣的心。

一直沉默在后宫的皇后娘娘，此时也不能沉默了，当即上朝发表言论。

"九王爷的身世问题的确成谜。"皇后道，"当年本宫还是皇子妃的时候就听闻，燕贵妃怀孕三个月，敬事房上的侍寝记录却只能对得上两个月的。加上九王爷和几位王爷长得都不太像，关于九王爷血缘的问题，还真得好好查查，以免赫连江山落入他人之手！"

本来只是流言，皇后这么一说，瞬间大臣们心里都不确定了。

九王爷气得七窍生烟，他利用血缘的问题把老皇帝搞定了，结果现在却被人逮着血脉不放？他怎么可能不是先皇亲生？先皇那么疼爱他啊！

这件事干脆就查个干干净净！九王爷咆哮着，让六扇门去查！

六扇门总捕头叶千问带着两个人上了朝堂，恭恭敬敬地道："卑职已经将案子交给了段捕头和旁边的捕快，请九王爷放心。"

众人一看，你让九王爷的亲儿子去查九王爷的血脉问题？这不是明摆着作弊吗？

九王爷却是笑裂了嘴，这六扇门得加薪啊！

"这恐怕不太公正吧？"长公主站出来道，"谁能保证这段捕头不会徇私舞弊？"

"我能。"旁边站着的小捕快举手了，抬起头来看着长公主道，"请姑母放心！"

众人定睛一看，这不是昭玉公主嘛！

九王爷的笑容僵在了脸上。

"托九皇叔的洪福，这两天一直被人追杀来着。"小草笑眯眯地道，"还希望九皇叔能保证我的安全，查案的人要是被灭口，一般都说明这事儿有问题，您大概知道吧？"

赫连淳宣看看段十一，再看看段小草，眉头紧皱。

难不成颜无味的魅力不够，还让这两人勾搭上了？这俩可是兄妹啊！那又是为什么，十一会跟昭玉公主一起站在这里？

"段捕头是我六扇门最厉害的捕头，这样大的案子，自然只有让他来查。"叶千问拱手道，"不然，我六扇门再没有其他人能担此重任。"

朝堂里一片沉默，长公主开口道："也好，既然昭玉公主在，想必查到什么东西，也是没办法隐瞒的。这案子就交给你们去查吧，也好为九皇弟正名。"

"是。"段十一拱手，小草跟着行礼。

叶千问擦擦脑门上的汗，跟着退了出去。

六扇门出了一个准太子，还出了个公主，这师徒二人组简直横行皇宫都不用担心，把案子交给他们，比任何人去办都省事，毕竟是皇家自己人，有啥事都能自个儿解决了！

叶总捕头突然觉得自己实在太机智了！

九王爷阴冷的目光一直落在小草身后，小草就当没感觉，下朝之后走到长公主身边乖巧行礼："姑母都知道了？"

第171章　如法炮制

长公主面色很凝重，看了小草一眼轻轻点头，苍老的脸上带着皇室公主该有的镇定和优雅："你且去和段捕头查吧，若是九王爷当真不是我赫连家的血脉，那必定要新账旧账一起算。但是若他是的话……"

顿了顿，长公主叹息："那你也要想开点。"

小草点头，这个结果她已经想过了。

本来就是瞎编着玩玩，没想到皇后还真说有问题，那这案子不查不行了。

段十一从来没有对一件案子这么感兴趣过，小草走在他身后，感觉他整个人都是荡漾的，就像春天的桃花一朵朵地掉落在安静的湖面，泛起一阵又一阵的涟漪。

"你我拥有出入皇宫以及调查档案的权力，并且赫连淳宣不敢对你动手，除非他真想承认自己不是赫连家的人。"段十一边走边道，"咱们直接去敬事房。"

"好。"小草点头，两人仿佛又回到最开始的样子，一个是大红衣襟的六扇门捕头，一个是白色衣襟的六扇门小白。

也不知道叶千问是不是故意的，拿给她的官服还是个白色衣襟！虽然现在这个不重要，但是她的妃色衣襟可是辛苦了好久才弄到的！

小草咬牙，拿着自己的大刀，蹦蹦跳跳地跟上前头的大长腿。

赫连淳宣是没打算阻碍的，毕竟他坚信自己一定是皇室血脉，月份什么的……那个谁也说不准，指不定有什么误会呢？这案子让昭玉来查，就等于是给他正名，他就不用天天派人上街抓人还被老百姓骂了。

九王爷继续准备着他的登基大典，顺便磨着刀，准备查完就切了段小草不带犹豫的！拿她的鲜血开光老子的皇位！

敬事房的人大概也是知道消息了，段十一和小草一进去，这一个个站得笔直靠在墙边没说话。

当年的记录先皇没销毁，敬事房的太监已经找出来放在了桌上。

小草拿起来看，上头写的是丙戌年二月十二，燕贵妃承宠。后头有孕记录，查出有孕是六月二十，太医说怀孕三个月左右。

记录是这样写的，然而宫中太医的医术还没能精确到准确的月份，有这么一个月的误差也不是什么稀罕的事情，并不能就凭这个东西，就说九王爷不是皇上亲生。

那就只能找老宫人谈话了，这当年的事情，过去已久，还怎么查得出来？

当年燕贵妃宫里的宫人，不是出宫了就是死了，其余的人根本找不到。段十一和小草跑了一整天，也没打听到什么消息。

回去六王府的时候，颜无味在门口等他们，手里捧着一盆草。

"你们做什么去了？"颜无味好奇地问。

"查案啊。"小草有气无力地答，"跑了这么久，还是没找到燕贵妃当年的宫人，谁能来证明九王爷不是先皇亲生啊？"

段十一也是一脸为难："取证太困难了，明日还得去继续找人，要是能找到知情人，那就好办了。"

颜无味沉默，看他们两个的眼神跟看傻子一样："你们是不是不记得九王爷是怎么证明太子不是皇上亲生的了？"

小草一愣，段十一也是一愣。

颜无味抬了抬自己手里的花盆："我今天去九王府，把仙草取出来了，还以为你们都想到了，结果你们进宫找人去了！"

两人相互看了对方一眼，都在对方的眼里看见了一个傻子。

早说啊！上次滴血认亲用的仙草，瞧着都没叶子了，小草还以为它死了呢，没想到九王爷还养着。

"他竟然就这么直接给你了？"小草接过仙草问。

颜无味摇头："我偷的。"

好歹曾经是九王府的人，颜无味对那地形简直是了如指掌，身子好了

·678

一些，要偷一盆草简直太简单了。

这下就方便了啊！小草捧着草就转身往宫里走。

时间还不算太晚，通知长公主和六王爷来滴个血还是可以的。

段十一心里有点不痛快，他这么机智的人，竟然一时没想到这个，反而被颜无味给表现了，这怎么也得在别的地方找回面子来，不然他还怎么当人家师父啊？

六王爷跟着他们一起进宫，长公主刚回府还没坐下呢，又被通知去金銮殿。

赫连淳宣正磨刀，还没磨几下，那边就传来消息说："王爷，段捕头找到法子查证您是不是皇家血统了。"

这么快？赫连淳宣将信将疑，带着人就去了金銮殿。

这场景有点熟悉，一样的文武大臣罗列，中间站着段小草、段十一和六王爷，颜无味也在。

赫连淳宣走进去，就看见了养在自家王府后院里的仙草。

"呵，本王都忘记这东西了。"赫连淳宣眼眸一亮，"亏你们能拿来，这东西证明血脉最为方便。"

瞧他这胸有成竹的口气，小草心里都开始打鼓。她说九王爷不是皇室血脉，那可是瞎编的，人家要真是的话，那她岂不是打脸了？

不过也没关系，今儿人这么多，等会就算九王爷真的是皇室之人，那她也要当众把他谋朝篡位之事说出来，昭告天下。即使最后他要登基，那也登得背后发凉！

老皇帝一定在看着他！

六王爷和长公主都自觉地割了手指，小草取了仙草过来，将刀给了九王爷。

"小丫头片子，还想为你父皇报仇？"九王爷微笑，用只有他们两个能听见的声音道，"你死心吧。"

不对劲，这九王爷肯定是做了什么手脚，以保证他的血滴上去，仙草必定是绿油油的。

但是已经到这个地步了，九王爷也取了血在碟子里，三碟子血放在她面前，她该怎么办？

不滴？那咋可能！滴？那就是一脚踩进九王爷的陷阱！

小草有点怨念了，颜鸡腿啊颜鸡腿，这单纯孩子是不是又上了九王爷的当？

第 172 章　又来滴血！

赫连淳宣一脸成竹在胸，小草僵在原地动弹不得。

旁边的刘太尉忍不住低声道："昭玉公主怎么了？不是要滴血认亲吗？"

九王爷也低笑："公主在等什么？"

小草深吸一口气，求助似的看向一边的段十一。

段十一疑惑，咋回事啊？

小草挤眼，九王爷这么淡定，这仙草肯定有问题啊，要真的滴血上去，草是绿的，那就说不清了！

段十一皱眉，看了看旁边放着的仙草。跟九王爷上次拿来的长得一模一样没有错啊。

不过转头一看九王爷的表情，段十一也觉得不对劲，这其中万一有什么猫腻，这局面该怎么扭转？

"昭玉公主可以先别急。"段十一想了想，开口道，"还少一个人。"

"少谁啊？"小草茫然。

九王爷轻笑："不是要看本王是不是皇室血脉吗？那六王爷和长公主都已经来了，还少谁？"

"还少赫连齐乐。"段十一道。

朝堂上一片沉默，提起那个废弃了的太子，众人心里都有点唏嘘。赫连齐乐的治国之道已经学得不错了，要是将来继承皇位，朝廷里的人也都没什么意见。然而天意弄人，十六年都在为当皇帝做准备的人，竟然不是皇帝的亲儿子。

长公主皱眉道："叫他来做什么？"

"先前九王爷不就是用仙草证明，赫连齐乐并非皇帝亲生的吗？那现在再让他来滴血，以验证这仙草的真假，想必就不会错漏了。"段十一道，"这样最公正。"

众人一想，好像也是这么个道理。既然又是仙草，那可不该让赫连齐乐来试试嘛。

九王爷的脸色瞬间变得很难看，开口想阻止，又硬生生忍下了。

六王爷立马让人去接赫连齐乐。

在宗人府里关了这么久的赫连齐乐，难得的是双目依旧还有神，虽然不是皇家的人，皇家的风度却一点没落下，抬头挺胸地走进来，跪下行礼："草民拜见各位大人。"

长公主的眼里有些疼惜的神色，毕竟是看着长大的孩子，多少还是有点感情的。

九王爷倒也温柔，笑着道："你起来吧。"

赫连齐乐站起来，看看段小草，又看看这周围："传草民上堂，可是有什么事情？"

小草伸手就拿了刀递给他："滴血认亲。"

又来？赫连齐乐眼皮子跳了跳。

他在宗人府里不是一无所知的，毕竟当太子当了十六年，就算没了太子的名头，部分的关系也还是在的，效忠他的人，还有不少没有放弃他。他甚至知道了自己生父生母惨死的案子，也知道九王爷正在想尽办法名正言顺地登基。

他知道皇帝已经死了，也猜到是九王爷做的。然而现在，昭玉公主竟然又要滴血认亲，他就看不懂是什么意思了。

不过，毕竟昭玉与他算是有兄妹情谊，互相换了父母，就算不曾熟识，也隐约觉得应该是一路的人。

所以赫连齐乐就接过了刀子，割了手指将血滴在碗里。

九王爷道："他的血也拿到了，昭玉公主可以开始滴了。"

"嗯。"小草接过碗就往仙草那边走。

"等等。"九王爷道，"这草是在本王后院里放着的，难免有些灰尘，会影响结果。公主摘下叶片，不如先洗一洗。"

"好啊。"小草照做，取下仙草叶片洗净，然后取了赫连齐乐和大公主的血。

仙草没有意外地枯萎了。

"啊，真的还是灵验的。"九王爷笑眯眯地道，"接下来该本王了。"

说着，顺手就扯下一叶仙草，要滴自己和六王爷的血。

"九王爷。"小草笑眯眯地打断他，"您忘记洗叶片了。"

"这片很干净，没有灰尘。"九王爷一脸浩然正气。

段十一直接将叶片从他手里拿过来，轻声道："你慌什么？"

九王爷抿唇，脸色有些难看。他虽然相信自己是皇室血脉，然而在皇位这件事上，他半点可能的危机都不想让其存在。所以听见谣言的时候，他就已经往这仙草上洒了神仙水，就是一种保持植物常绿不败的东西，覆盖在表面，血液渗透不了。不管谁的血落上去，叶片都是绿的。

就等着他们来滴血认亲呢！

结果段十一这臭小子，竟然把赫连齐乐给带来了。要是让他滴出来绿色，那该置他于何地？

没办法了，只能洗叶片，能蒙混着自己的叶片不用洗那是最好。要是不能的话……

那就只有像现在这样，放开手，任由段十一将叶片拿去，洗了一遍之后，放在大庭广众之下。

九王爷的内心还是坚信自己是皇室血脉的，至于相貌问题，那只能怪其他后宫妃嫔太丑，他随母妃的。

小草取了九王爷和六王爷的血，同时滴在了洗好的仙草叶片上。

仙草在众目睽睽之下，枯萎了！

赫连淳宣几乎没带犹豫地就抬手指着六王爷：

"你竟然不是皇室的血脉！"

被九王爷这一声咆哮吼傻了，小草都一时忘记了该说什么。仙草枯萎，这两人没有血缘关系，人家六王爷的出身可没有问题，有问题的是九王爷啊！

反应过来的段小草皱眉道："九王爷……敬事房里其他王爷的出生月份都是没有问题的，要说不是皇室血脉，也该你不是。"

"你怎么知道，月份没问题就一定是亲生？"九王爷面带嘲讽地问了一句。

反应过来的六王爷皱眉看了看，点头嘀咕道："有道理啊，我也不一定是亲生啊？"

段十一在旁边翻了个白眼，从袖子里抽出一幅画像："先帝的画像在此，六王爷不必多想，您怎么都该是先帝亲生的。"

画展开，一个虎背熊腰穿着皇袍的人端正地坐着。那脸，就跟熊一样，但是却很慈祥。

更重要的是，这张脸上有颗痣，在右脸颊，六王爷也有一颗痣，长在同样的地方。

第 173 章　上辈子欠你什么了

古人一向认为，面容相似，连痣的位置都长得一模一样的人，肯定是有血缘关系的。再加上敬事房的记录，六王爷怎么都该是皇室之人，没有任何疑问。

然而九王爷大概也是一时无法接受这事实，脑子里乱成一团，脸色微微发白地道："本王不可能不是先帝亲生。你们一定是嫉妒先帝疼爱我，故意污蔑我！"

长公主神情也有点恍惚，走过来，拿起自己的碗和装着九王爷血的碗，又洗了一片叶子来看。

还是枯萎。

再洗一片，滴上自己和六王爷的。

叶子绿油油的，没变。

长公主觉得头晕，扶着一边的人喘了好几口气才道："这仙草是你说的可以滴血认亲，现在结果就是本宫和六皇弟是血亲，跟你没有任何血缘关系。九皇弟，九王爷，你还有什么话好说？"

九王爷后退两步，旁边站着的贴身宫女秋菊扶了他一把，低声道："王爷小心。"

"本王不信！"九王爷咆哮，一把挥开秋菊，怒道，"这叶子不对劲！"

"那九王爷的意思是，当初你拿这叶子来试我与皇上，也是不对劲的？"赫连齐乐开口道，"这样一来，能不能说是九王爷谋朝篡位，故意将我挤出继承人之外？"

满朝唏嘘，官员们相互议论着。赫连淳宣突然就落入了一个进退两难的境地。

进，说这叶子是对的，那他就不是赫连皇室之人，没有继承皇位的权利，可能连王爷都当不了了，除非举兵造反。而若他没有皇家的身份，连造反都不会有人响应。

退，说这叶子不对，那赫连齐乐就被他冤枉了，没人再能证明他不是皇家血脉，太子的身份就该恢复，这样一来自己也无法继承皇位。

但是至少后者，他还能保留个王爷的名头，留得青山在，不怕没柴烧啊！

九王爷很快地冷静了下来，道："这里应该有什么误会。这草是一个游历长安的和尚给本王的，说是能判定血亲关系。然而只是一株草而已，每个人的血不一样，可能是刚好有的人的血混在一起会让草枯萎呢？这个真的说不准。皇室血脉拿这个来判定，实在太儿戏了。"

面对权力的争夺，九王爷简直可以连脸都不要了，前后说辞不一，自己打自己嘴巴，却还一脸镇定自若："本王错怪太子殿下了。"

赫连齐乐哈哈地笑了出来："王爷这么简单的一句话，却是害得齐乐在宗人府被关这么久，如妃被关在冷宫那么久。皇上已经去世，五王爷也没了。您这一句话，是不是太轻巧了？"

轻巧得就是赤裸裸的狡辩而已。

九王爷神色凝重，扑通一声就跪了下来："太子恕罪，本王真是无心之失，今日才察觉这草有问题。本王愿意负责，恢复太子继承之权，半月后的登基大典，送太子登基为帝。"

这翻脸比翻书还快，态度好得让人不能不相信，那仙草是真的，九王爷真的不是皇室血脉。

然而，九王爷手里还握着重兵，除了他，朝中暂时还没有能做主的人，要是今天撕破脸皮，太子无法登基不说，这人还有可能会造反。

思考了一番，长公主道："既然如此，那今天这事就到此为止了。我们冤枉了太子，弄错了他跟昭玉公主的身份。从今日起，太子就恢复太子之位，半月之后继位为帝。而昭玉公主，就变回原来的身份吧，如何啊？"

六王爷忍不住小声嘀咕："皇姐，这不是把江山从一个外人手里抢过来，交到另一个外人手里了吗？"

长公主掐了掐他，小声道："同样是外人，你也要看是什么样的外人。让齐乐登基，百年之后还可能会还帝位给我赫连家，要是让老九登基，他这子子孙孙无穷匮也，我赫连家才是真的失去了江山！"

这考虑得挺有道理。六王爷不吭声了。

满朝文武心里都不太舒坦，这是把人当猴耍呢？一会儿是太子，一会儿又不是太子。这王爷是王爷又不是王爷，皇家的事情，怎么就那么乱呢？

不过能有人出来管事就挺好了，要是朝廷内乱，给了别的国家可乘之机，那才是真的糟糕。

于是众人都跪下，齐声道："太子殿下千岁千千岁。"

小草也跟着跪下了，看着表情复杂的赫连齐乐，心里倒是松了口气。

风家的儿子，比她更有力量来报仇了。

一场大闹剧，以九王爷匆匆出宫结束了。赫连齐乐与长公主和六王爷，连带小草等人，去了盘龙宫。

"事情发展成今日这样，谁都没有想到。"长公主道，"既然你已经是太子，本宫就希望你坐稳皇位。"

赫连齐乐很懂事，真诚地看着长公主道："我在位期间，不会宠幸妃嫔留下后代，直到大仇得报，直到赫连家出现合适的继承人。到时候我会主动把皇位禅让。"

"很好。"长公主目光温柔了下来，"你是我看着长大的，你的性子我知道，是个好孩子。"

说完，又转头看向小草："要委屈你了。"

"没关系。"小草摆手，看着赫连齐乐道，"他是男儿家，好办事，能拔掉九王爷这钉子，我就算一辈子不认祖归宗，也没什么。"

长公主欣慰地点头："都是懂事的。"

段十一在一旁笑，发自内心地咧着嘴笑得好看极了，闪闪发光的。一身长袍靠在墙边，优雅又显得动人心魄。

"他是不是当不成太子，魔障了？"六王爷小声嘀咕了一句。

旁边的颜无味淡淡地道："段捕头大概在高兴，九王爷不是皇室中人，他也就不是小草的堂兄。"

这有什么好高兴的？长公主和六王爷都一头雾水。

小草抽了抽嘴角，嫌弃地看了他一眼。这人平时总是要笑不笑的，突然这么大笑还真的挺吓人的。

嫌弃归嫌弃，还是忍不住多看了两眼，笑得太好看了！

长公主和六王爷没一会儿就走了，房间里剩下四个人。

赫连齐乐深深地看着小草道："要继续借用你的身份了。"

"没事儿！"小草大方地摆手，"这身份给你也挺好的，母妃也能从冷宫出来颐养天年，你还能利用帝王的力量，为风家报仇。"

"风家的案子我看了，你知道仇人是谁吗？"赫连齐乐问。

小草眯了眯眼："我记得上次查到了皇后身边的秋菊，皇后说是秋菊自作主张，然而我觉得那一个小宫女，不可能做出这么可怕的事情来，背后应该还另有主谋。"

第 174 章 回到从前

"哪里还用说另有主谋，主谋不就是九王爷吗？"颜无味道。

"你怎么知道？"段十一不笑了，抬脚走了过来。

"你们没看见吗？"颜无味撇嘴，"今日朝堂之上，九王爷身边那个贴身宫女，不就是以前皇后的贴身宫女秋菊吗？"

屋子里有一瞬间的安静，小草怔愣了好一会儿，看了段十一一眼，轻笑道："也就是说，是九王爷借刀杀人，杀了风家满门，还嫁祸到皇后头上，秋菊其实是他的人？"

颜无味耸肩："这个我不知道，但是九王爷不会收莫名其妙的人做贴身近侍，他那个人，戒心很重的。"

段十一忍不住抬手捂脸，他上辈子是欠了赫连淳宣什么啊，今生要这么对待他？刚翻过一座大山呢，结果又来一座。是赫连淳宣灭了风家满门的人？

小草苦笑一声，又是赫连淳宣，真是叫她不杀他都难。

顺带，一个冷眼就看向赫连淳宣的儿子。

段十一一脸严肃地道："人不能选择自己的出身，你也不能因为我的出身就歧视我，我是无辜的。"

小草轻哼了一声，磨牙道："龙生龙，凤生凤，老鼠的儿子会打洞。"

"呵，山鸡窝里飞凤凰也不是没有。"

赫连齐乐揉揉额头："这个不是重点吧，你们在吵什么？"

小草抿唇，其实段十一当年还救了她一命，她不该什么锅都让他背的。然而要是不想尽办法讨厌他的话，又该怎么办呢？

"皇后娘娘驾到。"外头喊了一声。

屋子里几个人都是一愣，纷纷起身。

皇后一脸严肃地走进来，抬着下巴看了他们一眼，走去主位上坐下。

宫人将宫殿的门关了，皇后身边也没留近侍。

"本宫也不啰唆，开门见山。"皇后看着赫连齐乐和小草道，"今日朝堂上的事情，多半是长公主为大局着想的结果，本宫也没有任何意见。然而你们两个，是本宫当初安排互换了的，你们真实的身份，本宫自然知道。

事已至此，本宫也不多说什么，毕竟太子登基，本宫依旧是太后。"

"但是有一点，本宫今日必须说清楚。你们风家灭门之仇，跟本宫半点关系也没有。秋菊已经被九王爷要走了，临走的时候那小贱蹄子给本宫说了，是她当初拿着本宫的腰牌，找了禁卫军乔装，去风家屠杀的。这不是本宫的吩咐，是九王爷的吩咐。所以先前九王爷大事将成的时候，她就急不可待地回去了九王爷身边，以为本宫再也无法处置她了。"

猜测再一次变成了事实，小草笑了笑："我知道了。"

赫连齐乐低声道："无论仇敌是不是他，我们现在也只有想办法除掉他，才能安稳度日。既然灭了风家满门的也是他，那正好新账旧账一起算。"

杀了老皇帝的仇，灭了风家满门的仇，怎么可能不报？

皇后此番就是来撇清关系的，话一说完，也不知道该说什么了。想起小草上次那么对她，心里也不是没怨恨，然而现在这情况，也轮不到她来计较。坐了一会儿，皇后就走了。

"我们该怎么办呢？"赫连齐乐面色凝重，"九王爷在朝中根基太深，一时半会儿根本无法撼动。"

"那就慢慢来。"段十一道，"朝中哪些是誓死效忠九王爷的人，你找出来，一个个慢慢处理不就好了？"

"说起来容易。"赫连齐乐道，"我要给人安上罪名处置，九王爷又不傻，自然是会阻拦的。我在朝中的地位还不如他呢，一举一动恐怕都会被大臣们指指点点。"

小草想了一会儿，道："你不好来的话，就让我们来吧。"

朝中有几个官不贪啊？几个官手上没点人命债？更何况九王爷要养军队，还喜欢除异己，这些事情只要有人敢去查出来，就是一桩桩的罪名。

大梁律法如此严明，名正言顺之下，九王爷的人犯了错，难不成还能逃脱制裁？

只要他们查得出来，那就除得掉！

"对。"段十一颔首，"找罪证的事情交给我和小草，处理就交给你。"

"要不要九王爷的亲信名册？"颜无味在旁边轻声道，"我能背下来。"

三个人猛地转头看向他。

颜无味挑眉："毕竟我也帮九王爷做过不少事情，哪些人是他的亲信我还是知道的啊。"

这可太好了，行得通！小草拍手："那就这么办吧！"

赫连齐乐看着她，轻笑一声："看来我们的运气不错，会一帆风顺。"

肯定会的！小草握拳！

第二天的太阳重新升起的时候，一切好像都没有什么变化。小草从睡梦中醒来，床边的大白摇着尾巴朝她嗅着，一双狗眼贼亮贼亮的。

旁边放着白衣襟的六扇门官服，小草打了个呵欠就拿来穿上，洗漱一番打开房门。

院子里的段十一一套剑法已经耍完了，连收势的动作都是那么帅气，转头过来就朝她翻了个白眼："睡得比大白早，起得还比它晚，你还不吃白菜要吃肉，为师还真不如多养一只狗。"

小草嘴角抽了抽，大清早就受到毒舌攻击，提起旁边墙角放着的大刀就朝他砍了过去！

这像极了很久以前的一个平常的早晨，小草也是提着大刀朝段十一砍，结果左脚绊右脚摔了个狗吃屎。

今时不同往日，这次小草是右脚绊左脚，眼看着要摔成狗吃屎的时候，手往地上一撑，一个翻身站了起来，手里的大刀威风凛凛地砍在了段十一的长剑上。

段十一挑眉，挥开她的刀，一剑直取小草命门。小草反应极快地拿刀格挡，一个山崩腿扫他下盘。

两人就在院子里这么打了起来。

拿着包子的颜无味站在院子门口安静地看着，看小草怎么也碰不到段十一的焦急样子，忍不住出声提醒："借力打力，控制他！"

小草眼眸一亮，任由段十一这一剑将自己的大刀挑飞，顺着他手的力道就一个鹞子翻身到他身后，锁喉！

段十一反应比她快，手已经挡在脖颈之前，微微沉了脸道："你跟他学？"

"有什么问题吗？你以前不是让我学各门各派的招式？"小草手臂勒在段十一的脖子前头，被他手挡着也不管，双腿夹在他的腰上，整个人趴在他的背上，"武功嘛，不管哪门哪派，能用不就行了？"

她还拿了颜无味刚给她的秘籍打算继续学呢。

段十一咬牙，撑着小草的体重，艰难地道："不许学魔功。"

"为什么啊？"小草不解，"你看颜六音和颜无味，不是都挺厉害的？"

段十一抿唇，没吭声。

小草从他背上下来，蹦蹦跳跳地就走到颜无味身边，拿过他怀里的一个包子咬了一口："我刚刚打得怎么样？"

"有进步。"颜无味笑了笑。

只是刚刚那一下，段十一本来可以用剑取她胳膊的，这样后头的招式就都没用了。然而他没有。

颜无味看了看院子里的段十一，那人总是习惯了一个人站着，有一种遗世独立的美感，却也很孤独。跟小草在一起的时候，段十一是活的人，会怒会笑。离开段小草，他就是仙，美得没一点人气儿。

他其实，也是真的很喜欢小草吧？

颜无味移开视线，摇了摇头，喜欢又如何，小草再也不会喜欢他了。

吃过早膳，段十一和小草就去了谜案库。

有那么一件案子，就发生在前半个月，九王爷预备登基的时候，有个史官死了。说是自尽，然而难免让人联想到九王爷。史官一支笔，一向是刚正不阿，想杀他的人，自然是想篡改史记的人。

除了九王爷也没别的人了。

先前这个案子被密封是因为上头不准查，现在九王爷已经老实回去当王爷了，这案子自然也就可以拿出来了。

卷宗上写了那史官的信息和死亡当天的各种特征。

史一笔，三十又四，状元出身，被原来的老皇帝丢到史书库，为人恪守成规，十分严谨。死亡当天喝了毒酒，毒药就放在他自己手边，所以认为是自杀。

"就接这个案子了。"段十一收起卷宗道，"出发吧。"

小草点头，带着颜无味一起就踏上了前往史书库的路。

段十一黑着脸问："他又不是六扇门的人，为什么会带着一起？"

小草道："他以前是九王爷的人啊，我觉得应该挺有用的，会发现一些我们发现不了的东西也说不定。"

段十一呵呵两声："别瞎掰！"

颜无味将手自然地往小草肩上一放："实话就是我离开她一天就会想她一天，为了防止出人命，你们还是带上我吧。"

段十一：……

小草脸色微红，闷不吭声地继续走着。段十一和颜无味相互看着，怎么看都觉得对面那个是个傻子，哪有自己好？

史书库在皇城偏左的地方，走了一个时辰就到了。

第175章　感情这东西

作为记载历史的地方，这里一般是不允许人进入的，然而段十一拿着赫连齐乐给的令牌，言明只是查案，里头的史官就拱手让他们进去了。

"史一笔死在这桌边。"史书库管事布遥领着段十一等人到了摆着一排排的长桌的地方。

小草抬眼看，一共五张长桌并排陈列，桌子的尽头是书架，桌边坐着很多史官，有的在翻阅，有的在写。即使他们过来，这些人也头都不抬。

史官是一种特殊的官，不逢迎拍马，不畏惧强权。杀了一个，第二个也会照样那么写下去，这是史官的风骨。

"案发的时候应该是深夜。"布遥道，"只有史一笔一个人还在继续写东西，好像是某个人的传记。"

"东西还在吗？"段十一问。

布遥皱眉道："他当时在写的东西已经不见了，不知道谁顺手拿去了。但是查阅的书籍都还放着，你们来看。"

小草挑眉，低声道："要是自杀的话，写的东西还能凭空消失了？"

段十一摇头："先去看看。"

布遥拿出几本带血的书，血已经干成了深黑色。小草和段十一一人拿了一本来看，染血的地方不是书封面，而是打开的某一页，当时应该是正摊开在桌面上，所以染成了这样。

"写史之人，一般也都十分爱惜书才对吧？"段十一抬头看着布遥问，"若是大人您想自尽，面前都是摊开的书，您会不管吗？"

布遥顿了顿，轻笑道："就算是要死，我也会将所有的书都合起来放好，也将自己写的东西收好，才选个地方死。让自己的血染了书，可不是我会做的事情。"

停了一会儿，他又道："史一笔应该也是一样。"

他眼里有惋惜，也有无可奈何。小草瞧着就觉得应该是个知情人，立马将他拉到一边："你也觉得史一笔是被杀的吗？"

布遥摇头："我不是捕快，不敢妄下论断，但是史一笔死得蹊跷，若是自杀，至少该有点征兆，他前一天晚上还在跟我谈论史记，说要完成一本野史，不求录入正史，但求还原真相。结果第二天就死在了书库里。"

这么玄乎？小草皱眉。

问题应该出在这史一笔写的东西上头吧，他到底是写了什么，竟然惹来杀身之祸？

段十一开始在书库里走动，漫不经心，又仔细地观察着每一个人。

史官们都十分专心在做自己的事情，但是有一个人，却时不时地拿眼角余光扫他们一眼。

段十一微笑，不动声色地走过去，坐在那人身边的长凳上。

"怎么？"那人吓了一跳，皱眉看着段十一，"你们查案归查案，可不要打扰我们编书。"

段十一耸肩："你继续，我不会出声的。"

这么个人坐在旁边，就算不出声，也觉得压力很大吧？史官朱峰擦了擦额头上的汗水，继续写。

段十一低头看，笔落之处写的是"弱冠为王，深受先帝宠爱，遂遭兄弟排挤。母妃早逝，孤苦无依，幸得先帝庇佑，乃存性命，更添文韬武略，享誉天下。"

谁这么可怜又这么厉害啊？段十一挑眉，伸手拨开一页页写好的纸，下头露出还没装订的书页来，书名那页赫然写着：《赫连淳宣记》。

段十一：……

说好的史官不逢迎拍马，只写事实呢？这是什么东西？

起身退到布遥身边，段十一问："那边那个，就是看起来贼眉鼠眼那个，叫什么名字？"

布遥转头一看，低声道："那是朱峰，不知道托谁进来的人，本来还是个试用的，史一笔没了，书库缺人，就让他转正了。他在写诸侯传记呢，我瞧了瞧，看不上眼那些过于夸张的描写，也就没理他。"

段十一眯了眯眼："他跟史一笔关系如何？"

"压根儿没什么交集。"布遥道，"史一笔的性子也怪，少跟人交好，除了能跟我说两句话，也就只有户部孙侍郎偶尔来跟他聊聊。书库里的这些人，他一贯不打交道的。"

史一笔是喝毒酒死的，那么至少来下毒的人得是跟他相熟的人，半夜看他还在写，带酒来慰问一二，才有可能让他喝死了。这朱峰看起来虽然挺让人怀疑的，但是如果跟史一笔不熟的话，人家也没那么傻会喝他的酒。

以史一笔是他杀为前提，这案子有点陷入了僵局。

"要是包百病在就好了。"小草忍不住嘀咕，"他那么了解药材，肯定能知道是什么毒药，从药下手，说不定还能有些线索。"

段十一挑眉："咱们去六王府找他不就好了？"

虽然他们离开六王府回了六扇门，然而包百病抱着桌子腿儿愣是没走。六王爷看他医术高明，也就让他留在王府继续当个大夫。

离安和郡主出嫁，已经只剩半个月不到了。

小草叹息了一声，拿了一本带血的书，道："那走吧。"

布遥皱眉："书库里的书是不能带出去的。"

"这是证物啊。"小草道，"就用一下，不会弄坏的。"

"这是规矩。"布遥坚持道。

书库里的人都十分守规矩，坚决不让步。小草为难了，难不成要她闻血味儿，记下来回去转述给包百病，让他看看是什么毒吗？她还没那么深的功力啊，闻着也不知道怎么描述。

颜无味拿了旁边的茶杯来，倒了点水，把带血的书页用水打湿，将血水装在了杯子里："拿这个出去就可以了吧？"

布遥皱眉，他们这属于破坏书库之物！然而那染着血的书页本来也看不清了，也就懒得计较那么多，让他们拿去好了。

"你真聪明！"小草忍不住夸颜无味。

段十一"呵"了一声，这点小伎俩就叫聪明？段小草不愧是段小草，眼皮子还是这么一如既往地浅！

颜无味微笑，捧着杯子道："那我们走吧。"

"好。"

两人就这么无视了后头的段十一，一起往外走。

段十一沉默了一会儿，安静地跟上去。

以前段小草到底喜欢他什么？他怎么找不到了……瞧着颜大魔头收起大尾巴装小白兔的模样，段十一就觉得心里不爽！小草还是太年轻，不懂她和大魔头本质上的不适合！

一路冥思苦想到了六王府，包百病正在安和郡主的院子外头站着发呆。

丫鬟引他们进去找到人的时候，包百病眼神没啥焦点，小草伸手在他面前挥舞了好一阵子，他也没转头，只开口问："怎么了？"

小草咋舌，将颜无味手里的杯子拿来，往他鼻子下头一放。

"断肠草啊，喝下会致命的，少量可以当泻药用，大量能送人上黄泉。"包百病接过那杯子，说着说着，嘴唇就靠上去了。

小草和段十一都吓了一跳，一个连忙将杯子拿回来，一个按住他的手。

"你干什么？"小草瞪眼。

包百病终于转头过来看着她，清澈的眼里满是沉痛，下一秒眼泪就要出来了："她要嫁给邻国王子了。"

小草挑眉："这不是早就知道的事情吗？你现在才来哭，反应是不是也太慢了点儿啊？"

包百病眨眨眼，当真是落泪了："我以为只要我努力，还有挽回的机会的，毕竟她喜欢过我啊。结果我太晚了，做什么都没有用了。"

这语气好生绝望，绝望得段十一瞳孔一缩。

"别哭别哭啊。"小草连忙拿了手帕出来给他擦眼泪，低声安慰道，"安和郡主要是还喜欢你的话，一切都还有转机的。"

包百病接过帕子，勉强笑了笑："可惜她已经不喜欢了，一早从坑里爬了出去。而我这个掉到坑里不自知的，等到现在，却再也爬不出去了。"

对面是堂堂郡主，他只是个小小大夫。他告诉她当时不敢跟她在一起，安和笑着反问他："那现在又凭什么想和我在一起了？"

包百病回答不上来，他还是跟半年前一样，是一个一无所成的大夫啊。

可是他不甘心就这么眼睁睁地放她走，此生此世再也看不见她！

不甘心和无能为力凑在一起，很容易就发酵出了绝望。

包百病蹲下来，哽咽道："我此生唯一不会治的是相思，唯一救不了的是自己。"

小草鼻子酸酸的，莫名也觉得有点难受。

颜无味站在旁边，低声道："不如你直接抢了她走好了。"

小草掐了他一下："感情这种事情，怎么能强求的？"

"不能吗？"颜无味茫然，"你最开始还不是不愿意跟我在一起？"

小草一愣，突然找不到什么话反驳他。

段十一嗤笑道："能在一起的，不一定是相互喜欢。相互喜欢的，也未必就在一起了。感情这东西除了努力还得看机遇，哪怕有一天真成亲了，你敢保证你的新娘一定是全心全意爱着你的吗？"

第 176 章　谁给你的胆子

颜无味当即就眯了眯眼："段捕头的意思是，每对在一起的人都得怀疑一下对方是不是真的喜欢自己，然后闹腾一番，最后不欢而散才是好的，是吗？"

段十一耸肩："你要这么想我也没办法，我只是觉得，大家都很聪明，什么是喜欢，什么是感激，什么是爱，应该都分得清楚，对吧？"

小草嘴角抽了抽。

空气里好像有看不见的东西带着尖锐的光芒飞来飞去，包百病哽咽地抬头，十分委屈地道："你们能不能顾及一下我的感受？"

人家这儿正绝望呢，还吵啥啊？

小草连忙安慰他："实在不行就算了呗，感情既然不能强求，那你就换个人喜欢吧，天下的好姑娘那么多，是吧？"

包百病摇头："你不懂，某天你喜欢上一个人之后，以后随便再喜欢谁，都不过是抵抗不了命运之后的放弃。她还在那里，我不想放弃。"

小草一愣。

心里一股子奇怪的感觉冒上来，让人觉得不舒服极了。她是放弃了吗？是吧，就算段十一不是她堂兄，那也是眼睁睁看着九王爷杀了她父皇的人，这道坎她迈不过去，以后也不打算再喜欢他了。

可是感情这东西，真的能打算吗？

摇摇头，小草看着杯子里的东西，道："我们是来查这毒药来源的啊，先不说其他的，包百病，你知道断肠草哪儿能得到吗？"

包百病双目无神地道："朝廷是不许买卖断肠草的，这东西除非有懂药的人上山采，要制成毒药也需要老大夫亲手研磨，药堂里反正是买不到的。"

只是普通毒药，也没什么太特殊的来源。这可就又麻烦了，该怎么查呢？

"那会儿那个书库里的人，是不是提了一句孙侍郎？"颜无味突然开口道。

"嗯，对。"小草点头，"他说孙侍郎与死者尚算交好。"

"孙侍郎，是不是户部的？"颜无味又问。

段十一道："他分明说的就是户部孙侍郎，你为什么要分开问？"

颜无味没理他，皱眉想了想，道："那个人应该跟九王府有点关系，上次我回去偷拿仙草的时候，就听见有人提他，说什么户部的孙侍郎在外头等着，还是去上盏茶什么的。"

只模糊听见这一句，不过颜无味算是记性好，记住了。

小草眼睛一亮。

"要是熟人才能作案的话，那孙侍郎和步总管都该怀疑一下，但是看步总管那一身正气，应该不会做出杀人的事情来。而且史官不会阿谀，但是户部侍郎可是在官场之中啊。"

段十一点头："那不如我们去侍郎府看看。"

"天都要黑了，还去什么去？"颜无味道，"明天再去吧。"

"不。"段十一微笑，"有些事情就是要天黑才好做。"

做啥？当贼吗？小草一脸茫然。接着就被段十一扯到了旁边的一个房间，还问路过的丫鬟要了胭脂水粉。

包百病就继续蹲在地上出神，秋风萧瑟，吹得他浑身发凉。

"这是要做什么？"小草看着段十一将胭脂水粉塞在她手里，好奇地问。

段十一一把将颜无味按在了旁边的凳子上："你来，给他上妆。"

啥？小草瞪眼，颜无味也皱眉："给我上妆干什么？我是男人。"

"就要男人。"段十一指挥小草，"先给他扑层铅粉，快来，越厚越好。"

小草下意识地就照做了。

颜无味本来想躲，然而小草的脸一凑过来，他就不想动了，眼睛一眨不眨地看着她。

小草是没想到段十一这么信赖自己的上妆技术，竟然会让她来！肯定是觉得她化出来的脸有让人意想不到的效果！念及此，小草就更专心了一些，看着颜无味的脸，一点点地抹铅粉，觉得不够就再抹一点，再不够就再多一点。

天色暗下来的时候，三个人就离开了六王府，往侍郎府去了。

"刚刚屋子里没有镜子，能告诉我我是什么模样吗？"颜无味走在小草和段十一中间，一脸认真地问。

小草干笑两声道："还挺……出乎意料的。"

段十一跟着点头："今晚上就全靠你了。"

颜无味一头雾水，转头看着小草。

小草打了个哆嗦，移开视线道："大晚上的你还是别看我了，多看看段十一。"

颜无味不解，收回目光，前头已经是侍郎府。

比起六王府或者太师府，这侍郎府简直是又小又寒酸，门口就一个守门的大爷，里头丫鬟婆子应该都睡了，连个守卫都没有。

三个人很轻松地就找到了主院，孙侍郎尚未娶亲，还是一个人住，屋子里的灯还没熄。

趴在墙头上的段十一捅了捅颜无味的胳膊："你去吧！"

颜无味茫然："去干什么？"

段十一伸手就将他束着头发的黑色锦带给取了，伸手拨弄两下，道："就当你是史一笔，去找好朋友谈谈心。"

颜无味：……

敢情小草给他化的是鬼妆啊？

小草也拍了拍他的肩膀表示安慰："我本来想化好看一点的，奈何化着化着就成这样了。那既然已经这样了，咱们就去装个鬼吧。"

颜无味低头看了看自己身上的黑色绣银龙的袍子："你们是觉得史一笔在阴间得混得多好，才能穿得跟我一样啊？"

"没关系，这一点我早就想到了。"段十一笑眯眯地从身后拿出一套白罩衫——也就是白色床单中间剪了一个可以露出脑袋的洞，伸手就往颜无味的头上套。

小草很自然地帮着他将头发整理好，口气严肃地道："你先去他窗户前头飘几个来回，然后坐在院子里的石桌旁边装喝酒。"

颜无味叹息一声，在墙头上借了个力，就往孙侍郎的窗外飘去。

名震江湖的大魔头，此时此刻正为了破一宗杀人案，变身成了阴魂不散的鬼，在人家窗外飘。

孙侍郎已经准备就寝了，听见外头的响动，立马怒喝一声："谁！"

这一声吓得小草差点从墙上掉下去！段十一连忙搂住她，示意她别发出声音。

反应这么强烈的，一般都是心里有鬼。颜无味已经在石桌边就绪，孙侍郎一打开门，瞧见那长发披肩一身白衫的东西，吓得腿都抖了，跌在门边说不出话来。

他不说话，颜无味也闷不吭声，两人就这么对峙着。等孙侍郎终于反应过来的时候，他才颤颤巍巍地问了一声："一笔？"

颜无味还是没说话，却转过头来了。

主要是颜无味也实在不知道该说什么。第一次装鬼，还是有点紧张的。

他不说话，孙侍郎就更紧张了，裤子上一片湿润，隐隐地还有尿骚味儿。一看颜无味这张脸，孙侍郎就彻底崩溃了，跪下来直磕头："你别怪我，好歹同窗十多年，你也懂我的苦，我当真是逼不得已，要是不杀了你，那我就一辈子是个侍郎了。你别怪我……"

这么简单就招供了？小草大喜，掐了段十一一把。

段十一微微皱眉，下巴就能搁在她头顶，鼻息间满是香香软软的味道。

以前抱着她，怎么没觉得这么好闻？段十一没忍住，又多闻了一会儿。

小草没察觉，紧张地盯着孙侍郎。

他一边发抖一边还在念阿弥陀佛，身子往后蠕动着，像是想去拿门后头的什么东西。

"他在干什么？"小草轻声问。

段十一心情甚好地回答："看样子不是拿武器就是拿什么避邪的东西，这种杀了人心里有愧的，肯定是会在屋子里准备这些的。"

果不其然，孙侍郎终于掏出了一张金箔，上头有一个闪闪发光的佛像。

一拿到这个，孙侍郎的面容立刻变得狰狞，把佛像对准颜无味大喊："阿弥陀佛！"

根本就不是诚心想给史一笔道歉的，小草看得直摇头，那史一笔是倒了几辈子的霉，才交到这么个朋友啊？

颜无味从鼻子里哼了一声，一脚就将金箔踢飞，捏着孙侍郎的脖子将他整个人提起来，嫌弃地丢进屋子里去。

孙侍郎大惊，刚想喊人，一道天蚕丝就无声无息地停在了他脖子前头。

"快下去！"小草捅了捅段十一的胸膛，"该你去装神仙了，快去。"

段十一挑眉："还装什么神仙啊，进去把人打一顿就好了，这种人典型是欺软怕硬的。不怕神仙怕鬼怪。"

说的好像也有点道理，小草点点头，起身就跳进了院墙里。

段十一怀里一空，轻轻"啧"了一声，跟着跳下去。

房门一关上，孙侍郎瞧着颜无味的脚，顿时大怒："你不是鬼，什么人敢扮鬼蒙骗本官？”

“蒙你个头啊！”小草一巴掌拍在他头上。

孙侍郎更生气：“你一个妇道人家……”

“妇你个头哇！”又是一巴掌。

小草瞧着他这色厉内荏的模样就来气，啪啪地揍他：“杀了人还敢这么嚣张，谁给你的胆子啊？”

第 177 章　不要脸的人

孙侍郎很想反抗，然而他绝望地发现，自己连面前这个女人都打不过，更别说旁边的两个男人了。本来还一脸嚣张准备找回点儿气势呢，后头就只会抱着头缩在地上哭了。

“姑奶奶饶命，饶命啊……”

小草揍他一顿舒服的，皱眉问：“你到底为什么杀了史一笔？”

孙侍郎缩在一边，看了小草两眼，有点犹豫。

小草抹了把脸，抬起手来又准备给他一顿老拳。

“我说我说！”孙侍郎连忙道，“因为他做了不该做的事情，所以……”

孙侍郎叫孙耀威，与史一笔一起寒窗苦读十年，盼望考取功名。史一笔是穷酸人家出身，孙耀威比他好一点，家里好歹有点小官底。

这一考试，史一笔中了状元，孙耀威却只得了第十名。虽然差距有点大，但是不妨碍两个人继续把酒言欢。

结果半年之后，任命书下来，状元郎成了个小史官，孙耀威因着家里上下打点，当了个侍郎。

要不怎么说官场黑暗呢，成绩不成绩的真的不重要，有关系就行了。孙耀威再见史一笔的时候，还觉得有点莫名地不好意思，毕竟自己的兄弟比自己有本事，还没自己混得好。

于是他就经常带着酒菜去看史一笔，听他说最近又写了什么东西。

然而他没什么本事，一直得不到升迁的机会，当侍郎一当就是六七年，再也没能往上爬了。

孙耀威不甘心啊，周围的人好歹都还有升迁调动，他这个位置又没太多油水，上头还有个尚书大人压着，怎么都不舒坦啊。

结果就遇见了这次的九王爷登基，民间多有人传闻，九王爷狼子野心，老皇帝不一定是五王爷杀的，毕竟五王爷没有这么傻，带着全家老小想不开。

这事儿史一笔自然也有耳闻，暗中找了五王爷的家人询问，又联系了九王府的熟人问情况，打算开始写一本关于九王爷的野史，还原这次皇帝驾崩的真相。

孙耀威去看他的时候，史一笔正写到精彩的地方，言语之间满满的都是对九王爷的批判。

史官一支笔，可以让人名留青史，也可以让人遗臭万年。孙耀威看着就动了脑筋了。

他升迁的机会来了！

离开书库，孙耀威就去了九王府，将这件事告诉了九王爷，并且信誓旦旦地道："下官一定会替九王爷处理此事。"

九王爷心里也知道这人是来卖人情的，但这对他有益无害，便也就应了。

之后孙耀威就通过关系寻了断肠草，带着酒去送了史一笔上路，将他写的东西烧毁，更是制造出了自杀的假象。

小草听着，忍不住就又踹了他一脚："你怎么能这么没人性呢？史一笔是信任你把你当朋友才会把写的东西给你看，才毫无防备喝了你的酒，你竟然就这么杀了他，就为了你的前途？"

孙耀威抿唇，道："这官场里的人，几个人不想要前途？那不是正常的事情吗？他这一辈子也就这样了，不会再有升迁的机会，那既然把我当朋友，为我的前途牺牲一下，也不是什么大事吧？"

竟然这么理直气壮！

世上总有这么些人，觉得别人对他好都是应该的，理所应当地占着别人的便宜，还一副就该这样的嘴脸！

小草深吸一口气，气沉丹田，猛地一脚将孙耀威踹飞，撞在墙上弹了回来，摔在屋子中间，一声没吭地就昏了过去。

"你太暴力了。"段十一不赞同地道，"对于这种人，能打就打死，打不死他醒来还要说你滥用职权恶意伤人。"

小草磨牙："那等他说的时候，我再打他一顿，继续说我继续打，反正这地方没王法了，那我就打到他开不了口为止！"

"冷静点。"颜无味道。

段十一斜眼，正想说这话从你嘴里说出来可真奇怪，就见颜无味手里已经飞出了天蚕丝："直接让他醒不来，开不了口，就好了。"

小草和段十一的背后都是一凉，瞧着天蚕丝当真要缠上去了，小草连忙拉住颜无味的手："他该交给六扇门处置，你杀人就是你的罪孽了。"

颜无味耸肩："我身上的罪孽，还怕多一条？"

小草一愣，深深皱眉。

颜无味也反应过来，他好像不该说这方面的事情，低眉打量小草，瞧见她脸上一瞬间闪过的为难，搂着又恢复平静，轻轻地压着他的胳膊道："能少就少吧，走，绑了他去六扇门，咱们这案子也算完成了。"

颜无味有点怔愣，颔首拎着人往外走。

段十一走到了小草旁边，低声道："虽然他是帮九王爷做事，但是这样的口供，没办法定九王爷的罪的。"

"我知道，用不着你提醒。"提起九王爷，小草对段十一也没啥好脸色，"我本来就没指望一两个小案子就能扳倒他。"

虽然知道段十一不是要帮九王爷说话的意思，但是她就是忍不住地会态度恶劣，自己心里都觉得不对，却还是控制不了，表情凶巴巴的，语气也凶巴巴的。

段十一摇头叹息："段小草，你改名叫段刺猬怎么样？"

"那你改名叫段人妖，我就改名段刺猬！"

颜无味瞧着小草脸上一点也不掩饰的恶意，不知道为什么突然还有点羡慕。

小草现在本来就在他身边，还去羡慕天天被嫌弃的段十一干什么？

摇摇头，颜无味拎着人跟上他们。

案子告破，凶手直接归案了，叶千问将情况上报，上头又夸奖了段小草和段十一一番。

然而小草的衣裳领子还是白色的。

"我的正式捕快衣裳呢？"小草愤愤不平地找叶千问。

叶千问摸摸鼻子道："不知道啊，上头说要让你再历练一下，所以将你的官服又换了。"

小草愤怒啊！这一换，她又得努力多久？没转正的话，怎么好意思离开长安！

第178章 你束缚了他

叶千问缩了缩脖子，想了一会儿道："这样吧，你再和段捕头做几个大案子，我就再给你转正。"

"什么大案子？"小草眼眸一亮。

"太子即将登基，肯定会有所动作，比如肃清贪污，查清冤案，以及大赦天下。"叶千问道，"历来皇帝登基都是如此，最忙碌的自然也就是六扇门。你刚好可以趁机挑些难办的案子啃下来，这样我也好帮你向上头申请。"

"好。"小草点头，眼珠子转了转，转身就跑去找颜无味了。

颜无味在房间里，拿着纸笔，恰好在写与九王府有关系的官员名单。

小草凑近他看了看，瞧见上头密密麻麻几十个名字，忍不住皱眉："这么多？"

"嗯，九王爷会做人，谁上门求他，他都会帮忙，建立起来的关系不容小觑。"颜无味放下笔道，"就我为他做事的时间里，与九王府来往的，我记得称谓的就这些人。私底下不知道还有多少。"

大到六部大臣，小到地方官吏，九王爷敢在朝堂上胡说八道，还没人出来反驳，也是有原因的。哪怕他当真不是皇室血脉，却也已经利用自己王爷的身份，暗中建立了自己的帝国。

小草倒吸一口凉气，神色凝重："那我们该怎么办？"

"官场上的事情，我不了解，段十一可能会有办法。"颜无味道，"不过我今天没看见他人，哪里去了？"

小草挑眉："他不在六扇门吗？"

颜无味摇头："早上就见他出门了，到现在也没回来。"

难不成是做什么大事去了？小草摸了摸下巴。

然而事实证明，狗改不了吃屎！她这还没想完呢，外头的祁四就来说了一声："小草，你师父在招袖楼，忘记带银子在身上了，让你去接他。"

小草当即一拍桌子："他死在招袖楼算了，接什么接！"

颜无味被她这一巴掌吓得一哆嗦，挑眉看着她："怎么……这么大反应？"

"你是不知道啊！"小草愤怒地道，"他简直是分不清事情轻重！每次有点什么事情，他都在招袖楼要我去找。姑娘有那么好看吗？还没他自个儿好看呢，天天往那儿跑！我打赌他这会儿肯定摇着他那破扇子坐在顾盼盼的房间里听她唱曲儿！"

颜无味抿唇，轻笑："那不如我们去看看？"

"看什么看！让他死那儿算了。"小草摆手，"咱俩查案子去！"

"可是……"颜无味看了看手里的名单，"我们要从哪里开始查起？"

小草看着纸上的"蚂蚁"，沉默。

半个时辰之后，小草和颜无味站在了招袖楼前头。

"瞧一瞧看一看了啊！今天的姑娘有便宜的，还有新人，走过路过莫错过，花台下头眠，做鬼也风流啊！"千妈妈还是一如既往的嗓门大，往招袖楼门口站着这么一喊，半条胭脂河都能听见。

小草挖了挖耳朵，带着颜无味就往里走。

"哎哟，这位公子！"千妈妈一看见颜无味，眼睛都亮了，"您是头一回来吧？"

颜无味皱眉，不知道该怎么回答，索性就不说话。

小草道："千妈妈，我们来找人的，您别白费心思了。"

一见这姑奶奶，千妈妈脸就垮了："咋又是你啊？段捕头在楼上老地方，你自己去找。这位公子一看就是贵客，既然来了招袖楼，咱们怎么能不好好招待？"

小草咧嘴笑了笑："那你们招待他吧，我先上去了。"

说着就转身上楼。

一离开她一丈远，颜无味周身的温和气息就消失得干干净净，微微眯眼看了看千妈妈，浑身都是煞气。

刚想拥上来抢人的姑娘们一个个都僵在了原地，千妈妈的笑容僵在了脸上，慢慢地将自己放在颜无味胳膊上的手收回来，声音有些发抖地道："您……还是上楼去吧。"

颜无味颔首，安静地从莺莺燕燕里穿行而过，跟着小草往楼上去。

"……妾拟将身嫁与，一生休。纵被无情弃，不能羞。"

屋子里吴侬软语，配着一曲好琵琶，歌声好听得叫人骨头都酥了。

小草在门外打了个寒战，深吸一口气，气沉丹田，抬脚就将门给踹开了。

"砰——"

段十一正靠在软榻上，跟着拍子一下下地扣着桌子，乍一被打断，不悦地看着门口。

顾盼盼的琵琶也停了，瞧见段小草，小白眼一翻，抱起琵琶就往屏风后头去了。段十一挑眉看着她："小草啊，为师有没有教过你，门要用手敲，不是拿脚端的？"

小草撇嘴："没教过。师父，不是说好了要查案吗？你不去找蛛丝马迹，又跑这里来窝着干什么？"

段十一挑眉："谁告诉你这里就没有蛛丝马迹了？"

小草咬牙，有奸夫淫妇还差不多！

颜无味从后头进来，顺手就将门给关上了。很自然地走到段十一面前，将名单给他。

"这些人，没几个身上是干净的，就看你要怎么查。"

段十一看他一眼，将名单接过来扫了几眼。

"杨久甘。"瞧见一个名字，段十一轻轻地念了出来，"大梁三司使啊，扼着朝廷钱粮咽喉的人，竟然也在这名单之上。"

小草挠挠头："三司使是什么？很大的官吗？"

段十一道："掌管朝廷财政，帝王用度和朝廷开支全在他手上，你说呢？"

小草倒吸一口凉气！管账的啊！那他要是九王爷的人，赫连齐乐就算登基了恐怕也得被处处掣肘，想花钱震个灾都得让三司使同意才行。

"这个人……难搞吗？"小草问。

段十一道："不难搞，只是没人去搞他而已。在位这么多年，中饱私囊得不少，找到证据，弄大点动静，他一样得伏法。"

"也对。"小草点头，"那我们现在就去查查他吧。"

段十一挑眉："现在？我曲儿都没听完呢！等会儿招袖楼还有新人挂牌，要竞拍呢。"

小草黑了脸："你个逛青楼都不带钱的，还想竞拍姑娘？"

"看看热闹又不要钱。"段十一笑吟吟地将她拉过来道，"你这性子就是太急，做什么事情都风风火火的。有时候你该学会放慢步子，好好观察一下四周。"

四周全是半露的胸和白大腿！小草瞪眼道："你不去，那我和无味去了。"

段十一眼神黯了黯，看了她身后的颜无味一眼，叹息道："也罢也罢，你现在总归不是一个人了，为师也不必担心什么。你若要和他去，那就去。"

"只是苦了人家颜大人，分明最喜欢畅游江湖，随意挥舞天蚕丝的，却被你束缚在这长安，想杀人也不能，还得陪你破案。"

段十一说话一贯一针见血，疼得小草皱眉，转头看向颜无味。

颜无味抿唇摇头："你别听他的。"

虽然段十一说对了，他是更喜欢那种无拘无束，想做什么就做什么的自在日子。然而……他也喜欢她。

"……嗯。"小草点头，"那我们走吧。"

段十一摇着扇子看着他们转身打开门，淡淡地又补了一句："能以自己原本的样子与人轻松地在一起，才是能过日子的。靠着伪装，过不去一辈子。"

颜无味狠狠地将门从身后给关上了。

小草抬头看着他，低声道："我是不是有点自私了？"

"怎么会。"颜无味道，"你别多想，我喜欢生活在长安，也喜欢陪在你身边。"

小草眼神复杂地看着他："我也觉得你不像原来那么自在了。"

颜无味一顿，咬牙低斥："段十一这个畜生！"

小草低头想了一会儿，认真地开口道："等这些事情完了，我陪你去你想去的地方，做你想做的事情吧。"

颜无味眼眸里光芒微闪，勾起唇角笑了笑："好啊。"

只要她愿意跟他在一起就好。

"各位各位！招袖楼的新人竞价即将开始！"千妈妈一脚踩上了大堂中间的台子，放开嗓子一吼，热闹的招袖楼瞬间安静了。

"此次来的姑娘，那可叫一个国色天香，妈妈我看着都心动！各位爷可别吝啬了银子，使劲儿拍啊！"

"千妈妈别说没用的，快让人上台来看看。"

"是啊，让人上来！"

小草站在二楼，往楼下一看，大堂里已经摆满了桌子，前头三排檀木桌子坐得满当，后头刻金花的红木桌子倒是坐得宽松。

这地界儿全靠银子分三六九等，后头的红木桌子上坐的都是贵客，周围还拿高高的盆景给隔开了，里头的人外头也看不清楚。

"来来，第一位姑娘，名唤倾国，能文能舞，人如其名啊！"千妈妈吆喝着，就见六个丫鬟扶着一个姑娘，款款地上了台子去。

这姑娘长得是真好看，下头一群狼顿时开始叫价："五百两！"

"七百两！"

"一千两！"

第 179 章　财神爷

听着这个价格，小草扒着二楼的栏杆就想跳下去！

一千两银子就拿来买个女人！这些男人是不是疯了？还是说长安已经富到人人月银都有几百两银子的份儿上了？

她一个月的俸禄才一两银子呢！就算是六部高官，那也是一个月五十两纹银再没有多的了，连皇帝一个月的用度都不会超过三百两，这些人竟然开口就是一千两？

然而，叫价还没有结束，一千两让场上沉默了一会儿，之后从一个角落里淡淡地传出一声：

"五千两！"

小草白眼一翻，差点就昏了过去。颜无味连忙扶住她，轻笑道："大梁的官员可比你想的富有多了，不然上次你以为是谁拿了十万两黄金出来，要我灭了少林满门？这五千两对他们来说，不过也就是拿来显摆的零头。"

"太丧心病狂了！"小草咬牙道，"五千两能让多少个边关的士兵吃饱穿暖啊，这些人竟然拿来买女人！"

"钱在他们手里，想怎么花自然是他们自己做主。"颜无味道，"不过你倒是可以查查他们的钱是哪里来的。"

小草点头，往喊话的那个人那边看过去。

那人坐在最边上，一张红木刻金的桌子边上就他一个人，外头的盆栽围得严实，只能看见他头上金光闪闪的头冠。

"哎哟，多谢这位大人。"千妈妈笑得眼睛都没了，"那倾国姑娘就是您的人了，您看是放在我招袖楼替您留着呢？还是？"

"你留着，爷有空儿就来。"那人笑着喊了一声，语气里有些醉意，明显是喝多了。

"好！"千妈妈扭着腰走到他旁边，双手朝上捧着，那人哈哈大笑着就直接拍了一把银票在千妈妈手里。

千妈妈嘴巴都要笑到耳朵边了，竟然是一次性付现，瞧他腰包里还卷着几大叠银票呢，这是遇见财神爷了？

　　连忙退回台子上，千妈妈喊得比刚才更有劲儿了："接下来这位，名唤闭月，当真是闭月羞花啊！年方十五的小美人儿，各位爷可别错过了！"

　　"八百两！"

　　"一千八百两！"

　　小草看着台上站着的姑娘，又看看下头一个个叫得脸红脖子粗的大叔，忍不住摇头。

　　刚才那个人又开口了："五千两！"

　　还是这么一声儿，顷刻间场上没了声音。千妈妈笑得跟鸭子似的，又走到那人的桌边，那人拿了一把银票，直接往千妈妈的腰带里塞。

　　千妈妈乐呵呵的，拿了银票就让人将刚刚的两个姑娘一起送到那人的桌边去。

　　"我看不见他的模样。"颜无味眯着眼打量半天之后道，"隔得太远了。"

　　小草道："招袖楼规矩也挺严的，竞拍的买家，只要是大买家都保护得很好，咱们得想个办法。"

　　"能有什么办法？"颜无味认真地想了想，"从这里跳下去？"

　　小草翻了个白眼："那不死也得伤着，划不来，我有个主意！"

　　颜无味手被小草一拉，就进了旁边一个姑娘的房间。

　　财大气粗的醉汉抱着两个姑娘哈哈大笑，一边动手动脚，一边张狂地道："管你招袖楼今天竞拍多少个姑娘，爷我全包了！"

　　这么嚣张，又看不见是谁，其余竞拍的人可就不爽了，在场有钱的又不止他一个，还想包下所有的姑娘？

　　有人就冷哼道："也要看你到底有多少个五千两！今天招袖楼，可是有十个新姑娘！"

　　醉汉大笑："十个怎么了？一百个也包得起，只要伺候了爷高兴！"

　　好大的口气！旁边红木刻金桌子的客人不舒坦了，暗暗下了决心等会儿要抬价。

　　千妈妈等的就是这个场面啊！连忙跑去后头吆喝："下一个上场的是谁？快快快，你们遇见财神爷啦！"

　　后面的姑娘一阵骚动，但是一想，这前头的价格都这么高，排在后头上去的肯定更高啊！于是你看看我，我看看你，都不想下一个上去。

千妈妈横眉，正想骂人呢，旁边就过来个蒙面的小美人，娇滴滴地道："妈妈，我先上去吧。"

"好好好！"千妈妈压根儿看都不看，只要是个姑娘就成！

让丫鬟扶着她，千妈妈就先上台去吆喝了。

"接下来的姑娘叫沉鱼，长得当然是沉鱼落雁！还是老规矩，价高者得啊！"

敢情这名字都是在台上随口取的？小草嘴角抽了抽，任由旁边的六个丫鬟将自己簇拥上去。

为了看看那大财神长什么样子，是干什么的，也就只有出此下策了！

"这戴着面纱算是怎么回事啊？谁知道好看不好看哪？"台下有人嘀咕了。

千妈妈一瞧，还真是！赶紧拉了拉姑娘的云袖："把面纱取了！"

"好嘞！"小草听话地摘了面纱。

千妈妈脸瞬间就绿了，额头上豆大的汗珠滴下来，死死地瞪着小草。

怎么又是你啊！

下头的人一阵起哄，已经开始叫价了："一千两！"

小草乐滋滋地听着。

"五千两！"那头还是那醉醺醺的声音喊了一句。

可是这回没能让他这一锤定音，他隔壁有人喊了一声："八千两！"

招袖楼里一阵哗然，千妈妈的脸色却半点没好，咬牙切齿地看着小草道："姑奶奶，你是要卖身给我招袖楼不成？"

"不卖啊。"小草笑眯眯地道，"我就是来看个热闹的。"

千妈妈怒火中烧："你这是要了我的命！不卖身你上台来干啥！"

"我就想去那财神爷身边转悠转悠。"小草道，"反正你又不亏，急啥？"

急啥？她这卖的是段捕头的徒弟啊，二楼那位真的不会出来劈了她？千妈妈打了个寒战，立马转身躲去后头。

竞价还在继续，醉汉大口一张："一万两！"

众人惊呼，一万两银子啊，够在长安内城买半套宅子了，竟然拿来拍个女人！

隔壁的也像是跟他较上劲了，冷笑一声道："一万五千两！"

"两万两！"

"三万……"

"五万两！"

隔壁的人再想抬价，脸也忍不住发青，拨开盆栽就骂："你有病吧，这么有钱就往青楼里丢？"

"爷乐意！"醉汉笑着摸了一把旁边姑娘的大腿，"你管得着吗？"

五万两白银啊！小草觉得把自己切了肉去称可能都卖不了这么多。

二楼上站着的段十一轻笑道："这可能是她有生以来最值钱的一回了。"

颜无味脸色不太好看，看着台上的小草道："你不觉得生气吗？她这样卖了自己，万一出什么事怎么办？"

"她不会出事的。"段十一淡淡地道。

颜无味侧头，看着他冷笑："你就对她这么有信心？"

"不。"段十一面色平静地道，"我只是对我自己有信心。"

只要有他在，她就不会有事。

颜无味被戗了一声，眯眼道："你还对她抱着非分之想？"

"怎么叫非分之想呢？"段十一轻笑，"若是她美若天仙，大家闺秀，那还能说声是非分之想。但是像段小草这样儿的……你该说我是有多想不开。"

多想不开啊，才看着她就觉得纠结难解，不看又觉得烦躁不安。他最近是生了一场重病，包百病估计都治不好，只能自己挺过去。

不食人间烟火的段十一，变得跟凡夫俗子一样，多可怜啊。可是他竟然不觉得哪里不对，还在不断地反省自己以前是不是做错了。

颜无味皱眉看了他好一会儿，道："不管你想不想得开吧，她答应跟我成亲，也随我闯荡江湖，我是不会把她让给你的。"

"不需要你让。"段十一道，"有的人天生合适，有的人天生不合适，我甚至什么都不用做，你们最后也不会在一起，你信还是不信？"

"不信。"颜无味回答得斩钉截铁。

段十一勾唇："那咱们来打个赌，你和小草要是能一直好好地在一起，没有任何矛盾冲突，那我此生就不会再见她。若是你们有冲突无法继续下去了……那你将她还给我吧。"

颜无味用看疯子的眼神看着段十一，他和小草在一起这么久了，从来没有过什么冲突，她甚至连对他吼都不曾有，这样的赌约，不是摆明段十一输定了吗？

"好。"颜无味答应了。

段十一翘起尾巴，笑吟吟地继续看着下头。

五万两银子，那醉汉完胜，不用千妈妈带，小草自己就蹦蹦跳跳去了那人的桌边。

"哎？也没比其他两个好看多少啊，咋这么贵。"醉汉抬眼一看小草，颇为惊讶地道。

小草一看这人一身锦绣长袍，金冠也是十分张扬，来头定然不小。于是笑道："让大人破费了。"

"这点钱，不算什么！"

第 180 章　不还有我吗

醉醺醺的人，显然已经没有理智了，张口喷的都是酒气："千金难买爷高兴，银子你们拿去，伺候好了爷就行！"

左右两个姑娘闻言，都贴他贴得更紧了，一个倒酒一个喂菜。小草站在原地，想了想，还是坐下帮他吃一下这一桌子的菜好了。

她这一个小插曲并没有阻止千妈妈的捞钱行动，下头的姑娘又一个个地上来了。外头的人大概也知道这儿有个人傻钱多的，哪怕自己没钱，也要帮着顶顶价。

于是后头的八个姑娘，最高以八万两拍下，最低的也是四万两。

而且最可怕的是，这个人全是用银票付现，根本没让人回家取钱。

千妈妈眼睛都笑红了，数着大把大把的银票，狂奔着不知道去了哪里。

醉汉伸手数着姑娘："九、十、十一……哎？咋多了一个？"

十个姑娘齐刷刷地看向多出来的段小草。

小草一本正经地道："招袖楼买十送一，我是送的。"

"哦！原来是这样！"醉汉竟然也就信了，笑嘻嘻地一把将小草抱过来道，"那这十个都放招袖楼里藏着，爷今儿带这个送的回家！"

十个姑娘脸全绿了，二楼上的人脸色也不太好看。

天蚕丝往下头一飞，醉汉抱着小草的胳膊就被掀开了。

"谁啊？谁敢动爷？"醉汉四处看着，皱眉嘟囔道，"爷要带小美人回家了，你们慢慢玩啊。"

说着又要再抱，小草转身一个力拔山河，就直接将这人给扛了起来！

姑娘们傻了，看客也傻了。

"这位大人太醉了，我送他出门上轿。"小草嘿嘿笑着说了这么一句，然后转身扛着人就跑出了门。

众人追也不是不追也不是，都站在原地没回过神。二楼上的段十一和颜无味连忙跟着跳下楼，近距离观察情况。

这醉汉的轿子还是顶官轿，停在招袖楼后门。一见小草扛着人出来，就有管家上来接着："老爷怎么醉成了这样……唉。"

小草一扫那管家的腰牌，上头写的是个"杨"字。

这要是那杨久甘，可就好玩了！小草笑了两声，然后对那管家道："我是大人刚买的丫头，大人说要带我回去的。"

管家上下打量她两眼，眼里露出点不屑，挥手道："你跟在轿子旁边走好了。"

"是。"小草点头。

轿子慢悠悠地往皇城里摇去，一路上闲得无聊，小草就去搭话那管家："大人……您这样英俊潇洒的人，怎么就只成了管家？"

管家冷哼一声："你以为杨府的管家那么好当？多少人挤破头都当不了呢！"

"这么厉害？"小草瞪眼，"大人是干什么的？"

"你还不知道啊？"管家下巴一抬，"咱们老爷是三司使杨大人，顶大的官呢！"

真是说什么来什么，能这么挥金如土的，也没别人了，大梁最富有的官儿非这三司使莫属！她这还是跟对人了，到他家里去，才能查清这厮到底贪了多少。

三司使住的也是官宅，小草以为，按照这杨久甘的性子，宅子不知道该多华丽富贵呢。

结果到地方一看，普普通通中规中矩的官宅，门口的石狮子都老老实实的。再进去，院子里还挂着代表丧事的白幡儿。

"老爷唯一的儿子昨天掉在河里淹死了，你小心些，别触犯什么忌讳。"管家叮嘱了小草一声。

小草了然，怪不得这人会喝得烂醉为所欲为呢，买那么多姑娘，想再给他生个儿子？

杨久甘已经要睡过去了，小草一个人扶着他显得绰绰有余。府里的丫鬟下人都打量着她，眼里带着鄙夷。

小草没在意，进了杨久甘的卧房。

天色渐渐晚了，杨久甘这一觉倒像是要睡到大天亮。她作为卖了身的姑娘，自然是该在他的房间里过夜的。

暗格在哪里？小草仔细地搜寻着这房间的角落。一般像这种官员，家里都应该有机关暗格，藏着什么重要东西的才对。

"咔！"旁边的花瓶被她不小心碰了一下，发出一声响动。小草一惊，转头一看，书架中间的位置突然空出来一块。

伸手往里头一掏，一大堆银票啊！可以买无数个她了！

吓得腿一软，小草连忙将东西给塞回去，机关合好，又继续找。

这屋子看起来是素净，可随意放着的东西都是价值不菲。比如这个看起来不起眼的花瓶，底部印的却是贡品的章子！再去摸摸床单，触手丝滑，也就是看着没啥，其实贵重着呢。

光是那一叠银票，就足以定他的罪了。但是现在还缺个让人来搜查这里的名头。

九王爷肯定是会力保这个人的，突然搜查，说不定还会说是人家栽赃陷害。小草叹息一声，这就是权力够不够的问题了，要是太子权力至上，那就直接进来搜，逮着银票就能定罪。可太子权力不够，就得再三琢磨，怎么能把人一棒子打死。

段十一蹲在房梁上，突然开口道："你傻不傻，旁边有幅画放反了，你看不见啊？"

小草吓得一滚，抬头看看他，又看了看旁边墙上挂着的梅兰竹菊图，竹子的图，乍一看是没啥问题，但是这上节比下节粗，明显就是反了。

伸手将它取下来，后头出现了一个暗格。小草想也不想就要去打开，颜无味却从房梁上跳了下去，将小草扑倒在地。

银针从暗格里飞出来，插在了旁边的墙上，颜无味低头看着小草，皱眉道："你没听说过暗格多机关？"

小草眨眨眼，看着面前突然放大的脸，干笑道："还没遇见过。"

颜无味皱眉将她拉起来："多加小心为好，你师父也不知道怎么教你的，这些都不告诉你。"

段十一站在他身后冷哼一声："以她的反应，刚刚能躲过去，你瞎操什么心？"

"万一没躲过去呢？"颜无味冷眼看着他。

那不还有我吗？段十一看了看自己站的位置，这句话却没说出来。

第 181 章　我教你

小草拉了拉颜无味的衣袖，低声道："我师父一贯如此，但是好像也没错，让我经历点事儿，也长记性。"

颜无味不赞同地道："命都没了还长什么记性？"

干笑两声，小草道："我的命一般都挺长的。"

哪里长了？颜无味皱眉，在他眼里，她就真跟棵草似的，一脚就能踩死，脆弱极了。

"你们不是来找东西的吗，暗格都打开了，怎么还站在这里说话？"

有人提醒了他们一句。

小草回过神来，一拍脑门："对了，东西！多亏师父提醒！"

说着就去看那暗格。

段十一道："刚刚那句话不是我说的。"

颜无味疑惑地道："也不是我说的。"

小草想去拿暗格里东西的手顿住了，猛地回头一看。

床上的杨久甘半睁着眼，正看着他们三个人。大概是酒意未醒，眼神还有点迷糊。

段十一脸色一沉，颜无味立马飞身过去，往他后脑勺上猛地一敲！

白眼一翻，杨久甘继续睡了过去。手里的东西一松，"叮"的一声就摔在了地上，幸好没碎。

"凤血玉。"段十一看着那玉就道，"难得一见的宝贝，怎么会在这里。"

凤血之玉罕见，又美丽非常，连宫中都只有皇后有一块，民间曾经有户人家珍藏，后来也不知所踪。

看样子杨久甘是经常拿着这玉把玩，玉面十分光滑。小草跑过去把东西捡起来的时候，颜无味的脸色有点难看。

"这东西……都传闻是不祥之物，你们还是别看了，还给他吧。"

"不是，我记得好像听六扇门的人说过一宗案子。"小草道，"就是关于这凤血玉的，说是一户人家，怀璧其罪，全家被人屠杀，就为了夺取血玉。"

"是有这么件事，那案子的主谋，难不成跟这杨久甘有关系？"段十一皱眉想了想，"要不我们回去翻翻卷宗？"

"不是要查他贪污之事吗？今晚已经被他察觉，你们要是不一次把证据找齐，改日想再来这杨府，可就没那么容易了。"颜无味道，"你们一件件地来。"

"说得有道理。"小草点头，继续去看那暗格里的东西。

暗格里有个账本，段十一接过来翻了翻，全是杨久甘个人的支出，数目大得惊人。

"我去他的书房看看。"颜无味说了一声，轻盈地就从窗口翻了出去。

小草摸着下巴道："那边机关里的银票，杨久甘明天一定会转移的，不如咱们带走吧，还能接济天下贫困之人。"

"随你。"段十一道，"账本我留着，再看看这房间里有没有其他东西。"

"好。"

颜无味这一去书房就去了许久，小草快忍不住去找他的时候，他终于回来了，还算有点收获："他专门写了个账本，谁给了他多少钱，要办什么事，用密文写的。"

段十一一喜，接过来看了看，这回不是千字文密文了，倒是用的江湖黑话。什么"顺水万献枸迷干省干，摸雀羽"意思就是有个姓刘的给了九千两银子，买了个小官。还有"一脚门万献掌枸迷干，过节"意思是有个姓李的给了八千两银子当孝敬。

也亏得他是个黑白通吃的，要不然还真看不懂这一本乱七八糟的东西。

"有这个就够了。"段十一道，"走吧，回去全部翻译了，等着太子登基的时候献上去，当即就能拿这大老虎的血来祭天了。"

小草点头，兴奋地将账本拿过来看上头的黑话，这一句句的可真有意思，段十一整个翻译下来的同时，她就能顺便学学黑话了。

颜无味走在后头，没有吭声。

回到六扇门，段十一开始拿纸笔翻译，小草就安静地坐在他旁边看着，抬起头才发现颜无味不在屋子里。

走出去两步，就见他正坐在院子的石桌边，看着天上发呆。

"怎么了？"小草好奇地看着他，"你在想什么？"

颜无味低头，看着她笑了笑："你说，旧案有必要重提吗？要是那个人现在已经是好人，他过去犯的案子，能不能就不追究了？"

"那怎么可能！"小草义正词严地道，"自己犯过错，就该受了惩罚才算过去了。现在好有什么用？错了就是错了啊。"

颜无味顿了顿，扯了扯嘴角："那……比如杀人之类，惩罚是什么？"

"杀人偿命。"小草道，"偷窃之类尚且有改正的机会，只有杀人是没有机会改正的。"

颜无味轻笑，看着她这一脸严肃的样子道："你好认真啊，小草。"

"这怎么能不认真？"小草道，"人命是最值得珍惜的东西，平白无故被人抢走了生存的权力，死掉的人该多不甘心啊。要是律法不做主，就只能靠阎王做主了。那这世上，肯定满是冤魂。"

颜无味抬头继续看着天上的月亮，淡淡地应了一声。

小草侧头看他，突然觉得颜无味周围像是竖起了什么屏障，有点难以看清他在想什么。

"早点休息吧。"颜无味轻轻摸了摸她的脑袋，站起来道，"我也回去睡觉了。"

"嗯，好。"小草点头，送他出了院子，然后继续回去段十一的屋子里。

"没墨了，帮我研墨。"

"哦。"

小草拿了墨石，安静地站在段十一旁边，一边磨一边想颜无味刚刚说的话是什么意思。

段十一抬头，就看见她这副魂不守舍的样子。

嗤笑一声，段十一拿着毛笔就往她脸上画了一道。

"你干啥啊！"小草回过神，大怒。

"瞧见你这模样，就让人觉得不爽。"段十一笑眯眯地道，"想什么呢？"

"我在想颜无味。"小草倒也老实，直接道，"总觉得他最近有点怪怪的。"

段十一冷笑一声："你把狼当成狗来养，日子长了自然会出毛病，有什么奇怪的。"

小草瞪眼："无味的心地很善良的！"

"那只是在你面前。"段十一冷眼看着她，"你醒醒吧，你以为他善良，那可是转身就能灭人家满门的人。"

提起这个，小草心里还是有些硌硬。然而……他以后不会了，不就好了吗？

女人总是轻易看得清其他男人的好坏，跟自己亲近的，却总是自以为了解，然后被蒙蔽。

段十一磨牙，瞧着她这模样，忍不住就敲了敲她的脑袋："你能不能眼光好一点，挑个正确的人去喜欢？"

比如他！

小草翻了个白眼："得了吧段狗蛋，你想说你最正确？"

段十一呛咳一声，没想到竟然被她看穿了，还真是微微有点狼狈："我没这么说。"

"放心吧，我不会喜欢你。"小草闭了闭眼，十分认真地道，"他要是不对，你就更不对。"

屋子里安静了一会儿。

段十一深吸一口气，侧头看她："不会喜欢我？"

"你不信吗？"小草有点慌，却还是挺了挺胸，"你这个人嘴巴毒又心狠，对我总是凶巴巴的，还说人家的感情是烂白菜，不屑一顾。你这样的人，我当然不会喜欢！"

声音越大，表示底气越是不足。

段十一捏了捏拳头，努力平静了一下，然后笑吟吟地看着小草道："你不会没关系。"

"我教你。"

小草错愕，看着他傻了眼。

"师者，传道授业解惑也。你不会的东西，我统统都能教给你。"段十一放下笔，起身走到小草面前，小草嘴角抽搐地后退，他便一步步前进。

"我……不是那个不会。"

"不会就是不会，为师知道。"段十一眯眼，伸手猛地一拍后头的隔断。

小草跟只受惊的鸡崽子似的在他的禁锢范围之内，抬头看着他。

"你想说什么？"段十一温柔地道，"现在大声说出来也没关系。"

真的吗？小草气沉丹田，大喊出声："救命啊！我师父疯了！"

一把捂住她的嘴，段大捕头脸上露出了十分恐怖的表情："你这个不识好歹的！"

小草瞪他，伸手把他的手给扒拉开："你才不识好歹呢！我喜欢你你不喜欢我，现在来说这个有啥用啊？哪怕你段十一风华绝代，你的喜欢错过了时候，也一样是烂白菜！"

段十一一愣。

小草从他手臂下头钻了出去，回到桌边一边哼哼一边研墨。

呛声段十一这样的行为简直是太爽了！

段十一靠在隔断上，皱眉看着这小丫头，半晌，又若无其事地继续回去写。

"记录杨久甘支出的那个账本呢？"

"回来的时候好像是无味拿着，我去问问他。"小草说着就要走。

段十一一把将她拉回来："三更半夜的，你一个女儿家去找男人？还是我去吧。"

还忌讳这个？小草撇撇嘴，老实地坐了下来。

颜无味拿着账本在房间里，看了许久之后，伸手撕下来一页。

第 182 章　没有理由

段十一刚好敲响了他的门："颜掌柜。"

颜无味微惊，伸手就将撕下来的纸揉成团丢在桌子下头，整理好桌布，起身去开门。

"这么晚了，有什么事？"颜无味一脸困倦地看着他。

段十一挑眉，目光在他身上流转了一圈，又看了看屋子里头："账本在你这里吗？"

"嗯，在。"颜无味让开身子，段十一径直走进去，看着放在桌上的账本，没伸手去拿，倒是坐了下来，"颜掌柜，你了解小草是个什么样的人吗？"

颜无味皱眉："怎么会不了解？"

这么有自信的语气，段十一倒是好奇了："那你觉得她是什么样的？"

颜无味十分认真地道："有点傻，有点善良，有时候耍小聪明让人一眼就看透，不过看她那模样，还是会忍着装作没发现。挺有意思的。"

段十一轻笑："我从没听谁说，是因为一个人有意思而去喜欢她的。"

"现在不就听说了吗？"颜无味道，"她很好，跟我在一起也会很好，段大捕头还想知道什么？"

语气里瞬间充满了敌意，段十一轻笑，看着他道："你别紧张，每个人的感情不一样，我也没否认你。只是颜掌柜你知道吗？人都有一种奇怪的'按规矩来'的行为，会连自己都骗过去。"

"什么意思？"颜无味挑眉。

"很简单啊，比如戏台上演，哪位英雄为了保护美人，牺牲了自己的性命，这就是真爱。或者说，有什么行为是表达爱意的，人知道了之后，"

就会下意识地模仿，哪怕你对另一个人的感情没有浓烈到那种程度，也会模仿这些行为。这就叫'按规矩来'。"

颜无味一脸茫然，还是没听懂。

"你按规矩来了之后，自己就感动了自己，以为对另一个人就是喜欢或者爱了。其实只是被这种模仿行为欺骗了，感情根本没有到那一步。"段十一道，"要再说直白点的话就是，你肯为小草去死，那也不一定是喜欢她。"

"呵，说了半天就是想说这个？"颜无味的不悦直接表达在天蚕丝上，柔韧的丝带着力道从段十一耳边飞过，杀气成刃，在他的侧脸上轻轻划了一道。

"我喜不喜欢她，轮得到你来说？"

段十一伸手抹了抹脸上的血珠子，低笑道："旁人看得可比你自己清楚多了，你又凭什么说人家没资格说？无味啊，你这模样像极了恼羞成怒。"

颜无味冷哼一声，收回天蚕丝，转过身去道："你拿了账本走吧，我要歇息了。"

"好。"段十一将账本拿起来，顿了顿，转身出去了。

窗户没关，外头的风吹进来，将蜡烛吹灭了。在黑暗之中，颜无味终于放松了身子，靠在墙边，眼神茫然。

他自己骗了自己？那真正的喜欢，是什么模样的？

小草正在研究黑话呢，就见段十一破了相回来了。

"这……拿个账本也能打起来？"小草瞪着段十一的脸，没心没肺地大笑出声，"你这脸竟然破相了！"

段十一没好气地翻了个白眼："这属于工伤，明天我就去找总捕头报销。"说着，将账本甩在了桌子上。

小草边笑边将账本拿起来随意一翻，就翻到被撕掉的那一页。

"嗯？怎么少了一页？"小草皱眉，"难不成是什么重要的信息，被杨久甘撕掉了？"

段十一斜眼道："拿来这账本的时候，可没少页。"

小草一愣，继而皱眉："你的意思是，无味撕的？"

这账本从离开杨府就一直被颜无味拿着，虽然他什么时候拿去的她都忘记了，然而都是自己人嘛，小草也没在意。

但是现在少了一页。

段十一道："我方才去找他，就觉得有哪里不对劲，他一脸睡意，衣裳却穿得工工整整，账本摆放在桌子上，像是刚看过的模样，灯还点着。"

有事情瞒着他们？小草皱眉，起身就往外走。

"去哪里？"段十一跟了上来。

"既然有问题，那就当面去问清楚好了，免得有什么误会。"小草道。

这耿直的丫头，段十一笑着摇头，陪她一起过去。

颜无味闭目养神，正打算睡觉，外头就响起了小草的声音："无味，开门。"

心里微微一紧，总觉得有种不好的预感，颜无味下意识地看了一眼桌子，还是去开了门。

小草一脸犹豫地看着他，手拿着账本伸过去，低声道："你是不是撕掉了一页？"

颜无味一愣，大概是没想到这么快就被发现了，移开目光道："……好像是。"

小草深吸一口气，用力捶了捶他的肩膀："你是不是傻啊？要撕也别留那么多残余在本子里啊，一翻就翻到了！"

段十一站在后头，淡淡地道："撕掉的那一页在哪里？"

颜无味让开了身子，没回答他的话。小草直接进屋点了灯，将账本放在桌上，很认真地看着颜无味问："撕掉的那一页，有什么不能让我看见的东西吗？"

灯光亮起来，颜无味抿紧了唇："没。"

"那你撕掉干啥？"小草无奈地道，"这是证物，不能乱破坏的，你要是有什么事情，不妨给我直说，拐弯抹角的也没意思。"

颜无味闭了闭眼："都说了没有。"

小草愣了愣，叹息一声，四处翻找。掀开桌布一看就看见了那个纸团，展开，上头写的是"四月十五，出五千金"。

五千金啊！小草倒吸一口凉气，干啥需要这么多钱？把整个招袖楼买下来都够了！

"这一页，跟你有什么联系吗？"段十一将纸拿过来看了看，问颜无味。

颜无味站在一边，不悦地道："你们是把我当犯人在审问？"

"不是。"小草摇头，"但是你做事起码有理由吧。"

"没有理由，看这一页不顺眼。"

第 183 章　回天乏术

多棒的理由啊！

段十一嗤笑一声，拎着那一页就转身出去，直奔谜案库。捕头的直觉告诉他，这纸上写的东西，肯定跟某个案子有关。

颜无味低了头，表情在烛光的阴影里，有些让人看不清楚。

"小草。"

"嗯？"

"你是因为什么才说……要嫁给我？"颜无味低低地问。

小草一愣，微微皱眉："怎么突然问这个？"

"就是随口问问。"颜无味抿唇道，"你也不一定要答。"

小草叹息一声："我是觉得你挺好的，若是你眼瞎了愿意娶我，那我自然也可以嫁给你。有句话不都那么说吗？大恩大德无以为报，只有以身相许了。"

颜无味一震，过了好一会儿，低低地笑了一声，看着小草问："我若是流连青楼的话，你会不会生气啊？"

小草仔细想了想，站起来道："大梁都以狎妓为风雅，你若是喜欢风雅，那也没什么，谁还没个喜欢的姑娘啊？只要晚上记得回家就成。"

"那我要是也和段十一一样，风流满长安呢？"

小草挠挠头："你喜欢他那样的？好像风格不太合适啊。"

颜无味头疼地伸手，揉了揉太阳穴。

"天色也不早了，我先回去了，你好好休息。"小草笑了笑，转身就出去了，顺手给他关上了房门。

房门关了之后，小草的脸才垮了下来。

感情这东西，到底是个什么啊？磨人又让人无所适从。她隐约知道颜无味想试探什么，但是她回答不了。

她愿意跟颜鸡腿过下半辈子啊，并且应该挺不错的，毕竟他对她那么好。

可要是问其他的……她不想回答也没啥好回答的，不是回避也不是惧怕，就是……没办法说出什么来。

她现在可以堂堂正正地说，自个儿对段狗蛋再也没有什么非分之想了，所以可以心安理得和颜无味在一起。她也会对他好，只是好像上一次喜欢一个人已经用尽了所有力气，余下的时间只想安稳度日，无波无澜。

　　她可能给不了颜无味想要的那种东西。

　　心情陡然就沮丧了下来，小草低着头，弯着腰，双手无力地垂在前头，一步步地往前走。

　　杨久甘已经是砧板上的鱼，有了两个账本，就看什么时候切他了。这案子先放一放，段十一一脸严肃地回到院子的时候，就把小草拎到了房顶。

　　"刚刚我去查了一个东西。"段十一皱着眉头道，"颜无味撕掉的那一页上头写的四月十五日，发生过一桩案子。"

　　小草打着呵欠翻了个白眼："你不会就因为一个日期，就怀疑这案子跟颜无味有关系吧？"

　　"我没这么说，然而这案子也挺有意思的。"段十一道，"两年前，铁家满门被杀，凤血玉下落不明。这受害的一家，正是凤血玉的持有者。而现在，凤血玉正好落在杨久甘的手里。"

　　小草眼神灼灼地看着段十一："你的意思是，铁家一家人有可能是杨久甘下手杀害的，就为了凤血玉？"

　　"不排除这个可能。"段十一道，"如果是真的，那就算贪污之罪他能想办法脱罪，这杀人之罪照样能把他置于死地。"

　　"这个可以查查。"小草眼眸亮亮的，可是没一会儿就暗下来了，"两年前的案子，怎么查啊？谜案库里信息多吗？"

　　"不多，而且已经结案了，说铁家是被江湖人士寻仇杀害。因为铁家擅长兵器制造，时不时能做出一把好刀好剑，在江湖上也有一定地位。"

　　小草皱了脸："那还查什么！"

　　一旦扯上江湖人，那信息就会完全消失，基本的线索都没有，还怎么查啊？

　　段十一斜眼看她："你不觉得颜无味应该知道这件事吗？"

　　那么明显地只将这一页撕掉，肯定是想隐瞒什么。

　　"他似乎不太愿意说。"小草垂了眸子道，"他不愿意说，我也就不想强迫他。"

　　段十一眯了眯眼："我怎么就没见你对我这么温柔？不想说就不问？你还真是当代贤惠好姑娘呢，你有没有想过万一他隐瞒了你什么事情怎么办？"

　　小草干笑："我觉得不重要，他隐瞒也一定有原因的啊，对不对？"

段十一冷哼一声，动感情的女人是不是都这么蠢啊？段小草现在这个模样，已经完全不适合查案了，一旦牵扯颜无味，她肯定会绕着走。

段十一越想越气，一个没忍住，抓起小草的手就狠狠咬了一口。

"啊！"小草尖叫一声，又连忙伸手捂住自己的嘴，怒目瞪他，"你是狗啊？"

"汪。"段十一没好气地叫了一声，起身就从房顶上跳了下去。背影看起来气呼呼的，半点风度都没有。

小草撇撇嘴，看着自己手上的牙印，嘀咕两句就爬了下去，回屋睡觉！

离太子登基的日子越来越近了，离安和郡主出嫁的日子也越来越近了。小草在忙于查案的同时，还是抽空去关心关心包百病。

比起上次的一脸绝望，包百病好像已经恢复了正常，手里捏着根药材，麻利地切。

"安和郡主后来说什么没有？"小草问他。

包百病摇头："她已经在试穿嫁衣啦。"

远嫁已经成定局了，他再怎么挣扎都没用。包百病也想奇迹出现，比如安和郡主突然想通了其实她是爱他的，所以从远嫁的车队上逃跑，跟他浪迹天涯。

然而，幻想只是幻想而已，事实总是比美梦残忍，包百病笑了笑道："我也就想陪着她直到出嫁，等她出嫁之后，我就继续悬壶济世。"

小草皱眉看着他，想了半天道："你不会后悔吗？如果这么眼睁睁看着她嫁给别人的话？"

包百病抬眼看着她，眼眶又红了："后悔是有机会挽回而没去努力，那才叫后悔，而我这样的，叫回天乏术，无能为力。"

第 184 章　帝王之术

小草沉默，伸手拍了拍他的肩膀，聊表安慰。包百病低头继续切药，叹了口气问她："你呢？"

"我？"小草挑眉，"我好好的啊。"

"真的打算跟颜掌柜在一起了？"

小草笑了笑："是啊。"

"那你喜欢他吗？"包百病抬头看了她一眼。

小草嘴角抽了抽，抿唇道："为什么非要问这个问题？"

"选人就跟选药差不多，昨天我去给郡主看病，她有些发热。我就告诉她，天花粉、夏枯草都是清热良药，但是都很苦。郡主就问我，什么药最好吃，我告诉她，自然是燕窝最好吃，然而对于她的病情没有半点的帮助。"

小草一脸茫然地看着他。

"我想说的是，有一个你喜欢的人，和一个喜欢你的人摆在你面前，要你做选择的话，就跟药一样，你喜欢的人就像对症的药，但是很苦，跟他在一起你可能会痛苦难过，连眼泪都是苦的。然而他能治好你的相思病。而喜欢你的人呢？他一点痛苦都不会让你感受到，像牛乳熬的燕窝，加了大勺的糖，好喝极了，然而他不能治病。"

包百病感慨地看着她道："安和出嫁是无奈之举，毕竟身上还有责任。而我们这些平头百姓不一样，只要对自己负责就好了。你就算不想吃那么苦的药，也得选另外一味对症的药，不能看哪个好吃就选哪个——良药苦口。"

真爱必伤。

小草呵呵两声看着他，道："包神医，为什么我觉得每次来找你，都会被你教训一通？你倒是说说，是不是收了谁的钱？"

"钱财这种东西，我怎么会看重呢？"包百病笑着别开了头。

然而段捕头的提拔之恩，却是不能不报的，对不住了啊，颜掌柜！

小草抿抿唇，想着包百病的话，撇嘴道："可惜段狗蛋是棵板蓝根，我原来得的是风寒，现在得的是头疼。他原来能治不治，现在想治也治不了。颜无味这丹参倒是不错，我今儿也算想通了。"

包百病瞪眼："你想通什么了？"

"和丹参好好治病去！"小草朝他做了个鬼脸，扭身就走。

包百病傻了，看了小草的背影半天才想起来号一声："板蓝根包治百病啊！"

小草已经走远听不见了。

"你回来得正好。"

刚跨进六扇门，就被段十一一把推了出来，小草皱眉看他，就见他拿着个单子出来："后天是登基大典，今日我们先进宫，将这些有贪污嫌疑的官员名单和证据送到皇上手里。"

这几天拎出来的贪官不少，有账本和百姓口供以及家中的银两等铁证，虽然没派人去清查，但是也算是证据确凿了。

足以拿给赫连齐乐当个下马威使。

九王爷一直没什么动静，闭门在家，不知道在做什么。不过表面上老老实实不闹事，就已经让赫连齐乐省心了。

"铁家的案子，也已经证据确凿了吗？"上了马车，小草忍不住问了一句。

段十一摇头："一切都只是猜测，没人有证据证明那就是杨久甘做的，到时候看看，若是贪污这一棍子尚且打不死杨久甘，那就再想办法。"

这名单上头影响力最大的也就是他了，要是能一招除去，自然是好。

小草点头。

赫连齐乐最近不知道在忙什么，头发竟然都有了少年白，看见小草和段十一，脸色才缓和了些，疲惫地撑着额头道："你们终于进宫来看我了。"

小草好奇地看着他："你这是怎么了？"

赫连齐乐笑了笑道："你们武功很厉害，武功无法解决的事情，那自然只有我来了。"

什么事情是武功不能解决的？小草正要开口呢，段十一就直接上去将手里的东西递给了赫连齐乐。

赫连齐乐坐直了身子，接过来仔细翻阅。

越看眼眸越亮，赫连齐乐合上账册："我还说你们这么长的时间做什么去了，原来是为了这个，真是太好了！"

"有用吗？"小草问。

"有用，实在是太有用了。"赫连齐乐道，"九王爷现在不敢正面与我对抗，就因为他的身世站不住脚，万一我玉石俱焚，说自己不是皇室血脉，那他也就不是，没有任何机会能翻身。所以他现在一直在暗地里拉拢官员，筹备军火粮草，想赶在下一次回封地之前想法子将我扯下皇位。"

"朝中官员在观望的人甚多，虽然是我即将继位，但是九王爷手里的筹码比我多，谁也不知道结果如何，不敢贸然下注。但是如果在登基之时，我能将这些人一并处置了，杀鸡儆猴，想必很多人会重新考虑站位。"

听起来好厉害的样子，小草摸了摸下巴。

"不过这个三司使。"赫连齐乐道，"根基太深，说他贪污的话，最多流放千里。说不定会被暗中代罪。他有个侄子是军中都尉，守着长安城呢，轻易不敢得罪。"

"本来还可以告他杀害人命的。"小草皱眉，"但是证据不足。"

"证据不足的就不用说了，这些老狐狸，我也是斗起来才知道，他们原来这么厉害，不是铁板钉钉的话，根本弄不死。"赫连齐乐苦笑一声，看着段十一道，"不管怎样，还是谢谢你们。"

"应该的。"小草道，"登基当天，也请皇上小心。"

要说将赫连齐乐扯下皇位的方法，还有比刺杀更快的吗？

赫连齐乐严肃了神色道："我已经准备好了。"

学了十六年的帝王之术，也不是白学的。

小草不放心地看他一眼，赫连齐乐又不会武功，顶多多点护卫而已啊，万一九王爷布下天罗地网呢？

事实证明，她的确是小看了皇室的人。

皇帝登基之日，万人空巷，虽然百姓在皇城外头什么也看不见，然而人人都还是伸着脑袋瞧着宫门口站着的仪仗队。

第 185 章　天命所归

皇帝的仪仗从宫中出发，前往皇城左侧的祭坛举行仪式。仪式选了两百个百姓来跪拜，祭坛旁全是护卫和禁军，文武百官分列祭坛之下，十分壮观。

赫连淳宣一早就到了祭坛下头等着。

今日本该是他的登基大典，那金冠龙袍都该是他的！这百官跪迎的也该是他，是他该乘着龙辇缓缓而来，是他该登上皇位听着山呼万岁！

然而这一切，都被人破坏了。

赫连淳宣不曾想过自己会不是先皇亲生，毕竟从小到大，先皇疼他入骨，他受尽万般宠爱，又总比其他皇子优秀，理所应当地就觉得自己是天命所归。

没想到，先皇竟蒙着自己的眼睛，白疼了他二十多年。

"皇上驾到——"尖锐的声音从远处传来，一声又一声，直达祭坛。

赫连淳宣抬头看过去，龙辇缓缓而来，周围八十八个禁卫一路相随，保护得密不透风。

轻笑一声，赫连淳宣望了望天。

有些东西只能由天意来决定，也只有天，是人不可违逆的。

作为两百百姓之三，颜无味、段小草和段十一三位百姓正跪在龙辇进来的道路两边。

·724

小草低头看着地砖道："禁卫看起来很多，好像是不会出什么纰漏。"

"明面上当然不会出。"段十一翻了个白眼道，"你以为九王爷有那么傻，会派刺客或者举兵直接来弄死赫连齐乐？那不是摆明了自己的狼子野心吗？"

"那他今天会老老实实看着，什么都不做吗？"

"不会。"颜无味淡淡地接口道，"今日机会难得，过了今日，想再对皇上下手，那就是难上加难。"

一旦皇上正式登基，处于深宫之中，那赫连淳宣除非是举兵造反，不然再不可能拿回皇位了。

小草点点头，摸了一张图出来，放在地砖上看着道："下一步是行礼祭天，要放礼炮什么的。"

说话间，穿着龙袍的人已经走到了祭坛之上，金冠上垂下层层珠帘。

皇帝在祭坛上跪下，礼官就开始念词。

小草侧头看着礼台，那上头等会儿是要放烟花的，以表示向上天传达新帝登基的消息，祈求来年风调雨顺。

然而……那礼炮怎么看着怪怪的啊？小草边看边伸手捅了捅段十一的胳膊："你看那边。"

段十一闻言，跟着抬头看过去。

"那礼炮……总觉得看着有点眼熟，好像在哪里见过。"小草嘀咕道。

段十一点头："嗯，的确是见过，在霹雳门，他们有种铁衣大炮就是这个样子的，据说一颗加大的霹雳弹能轰平一座木头房子。"

"哦，怪不得看着眼熟。"小草收回了目光。

安静了一会儿，三个人同时倒吸一口凉气！

铁衣大炮？这是说，那里头装的不是礼花，是霹雳弹？

"怎么办？"小草低喝一声，"炮口要是下移对准皇帝，那赫连齐乐是不是就没命了？"

"按道理讲是这样，但是礼炮放在这么明显的地方，不可能这么明目张胆。"段十一道，"赫连齐乐又不傻，祭典上这些危险的东西肯定是先检查过的。那炮口也不可能说下移就能下移。"

颜无味轻轻摇头："九王爷的人遍布四处，也不排除会在礼炮上动手脚的可能。等会礼官让谢天鸣礼的时候，咱们注意看着，只要那炮口下移，我们就上去将皇帝给架开。"

从这里到祭坛少说五十步，换作别人说这话，小草一定会给他一巴掌。

然而颜无味和段十一的轻功都是出神入化，应该还是可以实现的。

于是三个人就紧盯着炮台。

礼官念了半个时辰的词，小草一个字也听不懂，大家应该也差不多，然而人人都跪得端正。

终于，礼官啰唆完了，唱了一声："鸣天为谢，佑我大梁，风调雨顺！"

来了！小草抬头，死死瞪着那炮台。

铁衣大炮旁边来了人，填了东西进去，准备点燃引火线，然而那炮口一点都没往下移，甚至抬高了点。

"砰——"礼花在天上炸开，下头百姓一阵惊呼。

小草松了口气，摇头道："我们太大惊小怪了，人家根本没往这上头动脑筋。"

段十一点头，正要松口气，突然觉得天上一暗。

有什么东西飞过去了。

祭坛上下瞬间安静了下来，都抬头往天上看。

"我的妈啊！"小草瞪大眼睛，看着祭坛上空飞来的东西，"这是啥？龙？"

巨大的龙飞来祭坛之上，礼官激动得声音都抖了："真龙天子啊，皇上是真龙天子！"

段十一嘴角抽了抽，扫一眼四周瞬间跪下去山呼万岁的人，再看一眼祭坛周围，禁卫都吓得全部跪在了地上。

那哪里是龙，不过是一个巨大的龙形风筝。皇家一贯有这样愚弄百姓的伎俩，登基的时候放个龙风筝，百姓看一眼就会奔走相告，皇上是真龙天子！天命所归！

不过这伎俩几十年才用一次，也算是难得一见了。

没人敢抬头再看，礼官也不知道在说什么。小草低下头想了想，突然道："你说这龙来了，所有人都趴在地上不抬头的话，是不是最好的刺杀时机啊？"

心里微微一惊，段十一皱眉。

正想抬头去看皇帝，那祭坛就突然"轰"的一声，被炸垮了！

惊天动地的一声巨响！

天上的龙消失了，四周惨叫连绵不绝。地面都在微微震动，漫天的灰尘像是怪兽，将祭坛里所有人都吞了进去！

小草被颜无味护在怀里，没被灰尘给糊满脸。

段十一白了脸，看着前头轰然倒塌的祭坛，轻轻倒吸一口气，连忙起身跑过去。

"龙发怒啦！上天不认可这个皇帝，将有灾祸降临到我大梁！"

不知是谁喊了一声，百姓突然都慌乱起来，四处奔逃。

第 186 章　皇室的风度

小草推开颜无味，跟着往祭坛的方向跑。

脑子里有点空白，他们刚刚都注意那风筝去了，未曾想到礼花放了三响之后，那炮口会突然向下。

这该怎么办呢？小草边跑边想，赫连齐乐一死，九王爷就仍旧可以名正言顺地继位，长公主和六王爷可能阻止不了他了。那她的仇是不是也就再也报不了了？

本来都已经注意到那礼炮不对劲了，怎么还是让九王爷得手了呢？

赫连齐乐，风家最后的一个孩子，竟然就在她眼前这样没了，她对不起风家爹娘，死了都没脸去见他们。

尘埃慢慢落下，九王爷在一边露出了优雅的微笑。

今日这一得手，接下来的事情就好办多了。他已经联络好了朝中大部分官员，要顶替赫连齐乐继位简直是易如反掌。

看见祭坛上倒下的身影，有人大喝一声关门，皇城的门就关上了。受惊的百姓在皇城里乱窜，却无法出去散播言论。

皇后也来观礼，已经穿着太后的宫装，打算等皇帝登基完了就回去后宫。没想到突然就发生了这样的事情。

谁也没看见爆炸是从哪里来的，只看见天上有龙飞过，理所应当地就觉得皇上是被刚刚的真龙给降了天惩。

旁边的三司使杨久甘抹了一把脸上的灰尘，朗声道："新帝还未登基就受了天罚，说明不是天命所归！如今我大梁无主，还请九王爷即刻登基，稳定大局，以免今日之事传出，引起百姓恐慌不安！"

他这一开口，旁边回过神来的文武大臣跪下去一半，都纷纷道："还请九王爷登基为帝，稳定大局！"

皇后脸色铁青，却压根儿无力阻止。这个时候九王爷要是强行登基，谁也没办法说什么。

长公主年纪大了，刚刚那一炸已经将她吓昏了过去，被人抬走了。六王爷一向心慈手软，这个时候更是无法出来争论什么。皇后扫了周围一圈，竟然没一个能扭转局面的人！

赫连淳宣一脸悲伤，哽咽道："我可怜的皇侄，竟然不被上天接受，白白丧命！到底是血脉至亲，见他化为灰烬，本王怎能不难过！现在要本王登基，本王怎么可以……"

小草在旁边听得直翻白眼，小声说了一句："既然如此，今儿登基了你就是孙子！"

灰尘太大，根本看不清这句话是谁说的。众人听着倒是沉默了一会儿，气氛有些尴尬。

不过成大事者脸皮都厚，赫连淳宣直接当作没听见小草这句话，继续悲伤地道："但是，皇侄受天罚而死，百姓一定会说我赫连家并非天命所归。那今日，本王就登基，以身相试！若是没有天罚，也好向众人证明，我赫连家可以继续稳坐这江山！"

杨久甘立刻俯首："请九王爷登基！"

众人也应和："请九王爷登基！"

段十一皱眉站在一边，看着赫连淳宣虚伪的笑容，眯了眯眼。

他曾经觉得，九王爷也算是做皇帝的上好人选，至少睿智善战，不怕异族来犯。然而现在他觉得自己的想法是错的，赫连淳宣压根儿连人性都没有，他若是上位，大梁必然迎来暴政，民不聊生。

赫连淳宣已经安然地往倒塌的祭坛上去了，直接从躺在地上的赫连齐乐身上跨了过去，站在一块石头上，微微一笑。

真有睥睨天下的感觉。

小草深吸一口气，捏了捏拳头，有一股子想行刺的冲动。虽然她这一动手，很可能就没有命在了，然而再不动手，她可能会后悔一辈子！

看了看那头的颜无味一眼，小草眼神忧伤。

来世再回报他好了！

脚下一点，小草刚要腾空而起，就被段十一一巴掌拍了下来："别动。"

小草皱眉看着他："我再不动就再也没有机会动了！"

"有的。"段十一道，"我总觉得赫连齐乐没有那么简单就死了。"

小草瞪眼，指了指那祭坛上的尸体："你瞎吗？"

人都已经躺在那里了，还说不可能死？

段十一伸手抓着她的手，温柔地将她的拳头揉开："少安毋躁。"

颜无味走了过来，将她的手从段十一那里拿出来，低声道："你别急，先看看情况，九王爷要是真的登基了，你想要他的命，我也帮你取。"

小草一愣，这下倒是真的安静下来了。

段十一脸色有些难看。

礼官已经陪葬了，九王爷早有准备，立马让候补的礼官上场，继续念词，连赞颂他的词都写好了。

段十一拉着他们后退，退到了刚刚跪的位置。

祭坛周围有很多重伤的人和已经成了尸体的禁卫，赫连淳宣一点忌讳都没有，仍旧是踩在祭坛上想登基。

词念完了，赫连淳宣双手张开，没有穿龙袍也有十足的皇室风度，用悲悯的声音道："上天眷顾我大梁，淳宣登基，可还受得住天意？"

刚刚那天罚分明就是他弄的，这会儿他登基，自然不可能还有什么意外！

用龙形风筝吸引注意，然后杀了赫连齐乐，还能让赫连齐乐背个不顺应天意的黑锅，让他显得更加顺理成章！

真是一出好计。

然而，赫连齐乐怎么说也是在皇室里长大的孩子，从小到大刀光剑影见得不知道有多少。段十一没有高估他，他当真没有那么容易死。

就在这赫连淳宣信心满满地朝上天张开双臂的时候。

"轰——"

比刚刚还大的爆炸声，再次在祭坛响起。

第 187 章　有个性的江湖第一美人

段十一的瞳孔微微缩了缩，下意识地转身，将小草死死抱住。

粉尘再次席卷而来，比上一回的更浓重，天地都暗了下去。

"九王爷！"有人撕心裂肺地喊了一声。

信心满满不会被天罚的九王爷，被铁衣大炮里打出来的霹雳弹炸得口吐鲜血，胳膊也少了一只，倒在祭坛上被灰尘所席卷。

小草傻了。

难不成这天下，当真有因果报应这一说吗？胜券在握的九王爷怎么会被炸？

下意识地扭头去看了看旁边高高的礼炮台。

有一身着黑色长裙的女子，背着剑，坐在铁衣大炮之上，手里还把玩着几个小巧的霹雳弹。

虽然隔得很远，小草也还是看清楚了。

那是鱼唱晚，据说已经死了的鱼唱晚。

像是察觉到了她的目光，鱼唱晚看向小草，朝她微微一笑。

倒吸一口凉气，小草正想提醒段十一快看，段十一却闭着眼，将她抱得呼吸都困难了。

"师父？"

四周的尘埃慢慢落下，段十一背对着祭坛没有回头，只将脸埋在小草的肩上，许久未动。

颜无味想上前，然而侧头看了看祭坛上离死不远的九王爷，还是停住了步子。

"皇上驾到——"的声音由远及近，一声声地往祭坛而来。

小草一震，艰难地扭头，就看见另一个龙辇缓缓而来，到那祭坛的入口停下，接着下来个一身龙袍的人，被人簇拥着走了过来。

"不是天命所归的人，自然受不住这皇位，会被天罚也是情理之中。"赫连齐乐微笑着慢慢走上祭坛，跨过瘫倒在地的九王爷，踩在祭坛还剩下的最高的一块石头上头，"朕没来，九皇叔想擅自登基？"

赫连淳宣瞪大眼，不可置信地看着他："你……"

赫连齐乐转身看了看四周，有两个靠得近的小臣被刚刚的霹雳弹炸死，杨久甘也躺在一边，被炸成了重伤。

"若不是九皇叔你想到在礼炮上动手脚，朕也不会将计就计，这么轻松地送您上路。"赫连齐乐掀开金冠上的帘子，蹲下来看着赫连淳宣道，"多谢九皇叔。"

本来他是打算走正道，给九王爷定罪的。然而九王爷竟然在半个月前，向霹雳门要了铁衣大炮。

鱼唱晚与赫连易寒正好隐居在霹雳门堂口附近的小镇上，听见这样的消息，鱼唱晚还是回来了长安，给他提前知会此事。

本来上次老皇帝下令，要鱼唱晚杀了赫连易寒的时候，鱼唱晚就有了归隐的心思。赫连易寒虽然是纨绔了些，还是九王爷的亲儿子，不能留。但是他已经摔坏脑子了，鱼唱晚就打算后半辈子跟他一起过了，弄了出假死的戏，带着赫连易寒远走江湖！

朝廷的纷争，已经算是跟她没有什么关系了。然而，毕竟老皇帝对她有恩，吃了这么久的皇粮，在知道九王爷还要造反的时候，鱼唱晚还是选择站在了赫连齐乐这边。

所以赫连齐乐将计就计，用了替身来换九王爷的性命。这笔买卖划算极了，至少让他少钩心斗角二十年！

赫连淳宣又吐了口血，挣扎着想站起来。然而他浑身骨头不知道被震碎多少处，断了的胳膊还在不停地流血，根本没有多余的力气。

"你……杀害自己的皇叔，就不怕……不怕被人诟病吗？"

听见九王爷这句话，赫连齐乐忍不住学着小草的模样挖了挖耳朵："你在开玩笑吧九皇叔，你是被天罚死的，不记得了吗？"

赫连淳宣脸色瞬间铁青。

老马失前蹄，阴沟里翻船！输给这个黄毛小子，叫他怎么甘心？

忍不住转头四处看了看，赫连淳宣觉得，自己一定还有翻盘的机会，他不会这么容易死，他可是先皇最疼爱的九皇子！

目光落在段十一的身上，赫连淳宣的眼睛亮了亮。

"十一……十一！"

小草以为段十一哭了，然而没有，他松开她的时候，脸上什么痕迹都没有，无波无澜。

听见九王爷的声音，他往祭坛的方向走了几步。

赫连淳宣想伸手去抓一下他，才发现自己的右手已经没了，轻笑一声，换了左手去抓住他的衣角。

"十一啊，你是我的儿子，是我亲生的儿子。我要是就这样死了，你忍心吗？"

段十一低眼看他，微微勾唇："九王爷生死，与段某好像没有什么关系。"

九王爷一愣，皱眉道："你怎么这样绝情？"

段十一缓缓低下身子，目光温柔地看着他道："上次我就已经说过了，与你再没有什么关系。你作为父亲的恩情，我已经都还了。"

"那怎么可以？我是你父亲，就一辈子都是你父亲啊！"

"是吗？"段十一看着他，"除了二十五年前对我母亲始乱终弃，你还做了什么能体现你是我父亲的事情？"

九王爷一震。

江湖第一美人段青青，她曾经什么名分都不要，带着一腔的爱意与他在一起。然而他因为贪恋正室家族的权势，最终将她抛弃了。

那般美丽又倔强的女子，怀着身孕也离开了他，一去就再也没有消息。他是做大事的人，不能被儿女情长耽误，所以这么多年，他从来都没让人去找过她。

"你母亲……你母亲这些年，过得好吗？"

段十一嗤笑一声："您现在来问这句话，是不是太晚了点？"

"我……"九王爷白着嘴唇苦笑，"我对不起她，十一，我对不起你母亲。"

"没关系。"段十一笑道，"她后来改嫁了一个武林高手，过得挺好的。"

段小草听得咋舌，还以为这会是一个王爷辜负了美人，美人含恨而终的故事呢，结果段青青后来竟然改嫁了？

真不愧是江湖第一美人，就是有个性！

第 188 章　我很高兴

也不知道是伤得重了还是被气到了，赫连淳宣又吐了一口血，白眼直翻，没再吭声了。

段十一看着他，道："你总是这样，得势的时候，不念任何亲情，走投无路的时候，才会想起自己还有儿子。九王爷，你无情无义，又凭什么觉得别人还就一定认你这个爹？"

赫连淳宣动了动嘴唇，僵硬了好一会儿，还是给自己找了个台阶："罢了，你终究不是我养大的，所以对我有怨言……"

"被你养大的，也一样有怨言。"鱼唱晚不知道什么时候走了过来，眯眼看着他道，"九王爷，你觉得你做的好事，易寒全部不知道吗？"

九王爷一震，看向鱼唱晚，整个身子都抖起来。

"你……你还活着？"

"怕了吗？"鱼唱晚扯了扯嘴角，眼神阴暗地看着他。

小草有些不解，赫连易寒是九王爷的世子啊，看见鱼唱晚，应该就能想到世子也还活着。九王爷怎么不是高兴，反而是怕呢？

赫连齐乐笑了："善恶终有报啊九王爷，你当初利用自己的亲儿子布局，让父皇对你放松警惕，前去吊唁，正好中了你的圈套。但是你可曾想过，你那纨绔扶不起来的儿子，也是你的骨肉？轻易舍了他的性命，真的问心无愧吗？"

小草一震。

当初老皇帝派人对赫连易寒下手，以为断了九王爷唯一的后路，结果这竟然也是九王爷安排的？

赫连易寒可是他嫡亲的儿子！

毕竟兄弟之间，为了利益反目的不在少数。可是虎毒还不食子呢！他竟然能用赫连易寒的命，来换老皇帝放松警惕！

真是丧心病狂！

赫连淳宣躺在地上，听着这话，竟然笑了出来："儿子是我给的命，我生的他，他要生要死，不都该由我来决定吗？寒儿无用，将来未必能继承我皇位。留得他在，陈氏更加嚣张，还妄想骑在本王的头上，呵，他不该死吗？"

赫连齐乐道："活该你有这样的下场。"

看他这样子，定然是活不下来，风家的大仇也终于算是报了。

"呵，你们以为，本王会这么眼睁睁看着你们逍遥自在？"赫连淳宣咳了两口血，突然抬头看向颜无味。

"无味，我今日就算活不成，你也必须要杀了赫连齐乐！这是最后的任务！"

众人一愣，纷纷回头。

颜无味站在一边，表情复杂得让人有些看不明白。

小草身子有点僵硬，冷笑了一声道："你以为他还会帮你做事？"

"你以为，他早就不帮我做事了吗？"赫连淳宣笑着道，"太天真了，昭玉公主。没有今天的意外，你们早晚也会死在他手上！"

颜无味手里的天蚕丝飞出来，瞬间缠上了他的脖子。

"无味！"小草瞪大眼低喝一声。

然而已经晚了，九王爷已经咽下了最后一口气，睁着眼看着赫连齐乐的方向，死不瞑目。

段十一下意识地动手，一掌拍向颜无味！后者节节后退，以拳还击。

这人怎么这么傻！虽然四周不是被炸伤炸死的，就是装昏迷的。然而这怎么也是众目睽睽之下！九王爷眼瞧着就要死了，颜无味偏生还动手送他一程！

这可是谋杀之罪！

小草急了，上前将要打起来的两个人分开，拉着颜无味皱眉道："你杀他干什么？"

脸上满是恼怒，却不知道怎么说。颜无味沉默半天才道："他冤枉我。"

小草哭笑不得："他冤枉你，我知道啊，我相信你。但是你一动手，就成了杀人犯了！"

颜无味道："我又不是第一次杀人。"

小草咬咬牙，不管三七二十一，拉着他就跑！

"站住！"赫连齐乐着急地道，"小草，你跟他跑什么？"

不跑，等着被抓吗？大梁律法第一条就是杀人偿命，天子犯法尚且与庶民同罪，更何况颜无味是以庶民之身杀了当朝王爷！

她心里只有一个念头，还要成亲呢，颜无味总不能就这么被关进大牢！

没跑几步，一个白色的身影就落在了她面前。

"小草。"段十一的声音很平静，"你身为捕快，发生这样的事情，该跑吗？"

小草皱眉："你让开！"

身后有禁卫围了上来，九王爷已死，然而党羽还在，哪有看人杀了九王爷还让人走的道理？

"不让。"段十一板着脸看着她，"你忘记了捕快的职责，想让他逃过制裁？"

小草抬眼看着他："段十一，你少给我假惺惺的，上一回你护着你爹要杀我父皇的时候，可曾记得你的职责？现在又凭什么这样来要求我？"

段十一一愣。

小草一把推开他就拉着颜无味走。

颜无味有些怔愣，瞧着前头跑得发髻都松了的人，忍不住放松了表情，轻轻一笑。

前头就是祭坛入口，然而大批的禁卫已经将那门给堵死了。小草倒吸一口凉气，一转头，段十一就站在后头。

"抓住他们！"有人下了命令。

无数的禁卫跟蚂蚁一样拥过来，小草退到颜无味身边，焦急地问："怎么办？"

还能怎么办啊？他们两个在这里，是不可能出得去的。颜无味笑着，心情极好地低声道："小草，我很高兴。"

脑子有毛病啊？小草回头正要骂他呢，腰间却传来一股力，将她往段十一那边一推。

小草睁大眼，慢慢地回头。

颜无味没打算束手就擒，却也没打算连累她，抽出天蚕丝就迎上那一群禁卫，黑色的衣裳一点也不显眼，然而她只看得见他。

看见他挥手，杀人。看见别人的血溅在他的脸上，看见无数的禁卫倒下去。

最后，看见他累了，被禁卫押住，戴上了镣铐。

空气里的血腥味让人无法呼吸，小草呆呆地看着，想上前，胳膊却被段十一拉住了。

第189章　坏　人

"放开我！"小草挣扎，看着颜无味被禁卫押走，眼眶都红了。

段十一捏着她的手腕，力道不大，却让她无法挣脱。小草张嘴就咬，一口咬得段十一白了脸，然而手却还是没松开。

抓啊，挠啊，踢啊，小草都还是没能逃脱他的禁锢。

颜无味已经被禁卫押着，走过了宫门，远远地好像回头看过一眼，然而小草正在打段十一，没有看见。

"你就那么喜欢他？"段十一低头看着小草，目光幽深而隐忍，轻笑出声，"喜欢到连命都不要了？"

小草抬眼，眸子血红血红的："人家拿命对你好，你能眼睁睁看着人家去死吗？"

段十一挑眉，凑近了她："你不能眼睁睁看着他死，就觉得应该陪他一起死？段小草，你以为你洗得清他身上的罪孽吗？他也说了，这不是第一次杀人。"

"那又怎么了？"小草不服气，"他对我好啊！"

我对你也好啊！段十一抿唇，松开了她。

小草连忙回头，却已经看不见颜无味了。

祭坛内外一片狼藉，赫连齐乐不慌不忙地开始收拾残局，吩咐人将被炸伤的大臣禁卫都抬走，封闭祭坛开始重修。

今天之后，赫连齐乐就算是这大梁真正的帝王了。九王爷剩下的党羽需要清理，可能要花上一两年的时间。然而，也只是时间的问题而已。

最重要的事情已经解决了。

但是段十一笑不出来，倾国的容颜在一片废墟之中显得分外落寞。

小草已经往宫门口跑了，追着颜无味的方向，跑得裙角飞扬，发髻上的绳结一跳一跳的。

段十一没侧头看她，只看着祭坛上那穿着麒麟袍子的尸体，眼神凉薄。

颜无味被关进了大牢，小草就蹲在栅栏外头看着他。

"又是这里。"颜无味随意往稻草上一躺，轻笑道，"我在这里的话，是不是又可以吃到你的鸡腿了？我还记得，你第一次给我带的烧鸡，特别好吃。"

之后他吃过很多地方的鸡腿，很多地方的烧鸡，却还是觉得那一次的最好吃。

小草一愣，想起两个人刚刚认识的时候，挠挠头道："其实我第一次拿回来的烧鸡，还是段十一做的。"

"他当时在窑子里泡妞呢，厨房里有做好的烧鸡，我就给你偷来了。"小草嘿嘿笑道，"我也觉得挺好吃的。"

颜无味轻笑一声，叹了口气道："他……还真是贤惠。"

"是啊，会做饭，还会洗衣裳，会打架还会用嘴皮子就把人给气死。"小草道，"我以前常常想，要是有一天六扇门没了，我就把段十一打扮打扮，卖去大户人家，然后我就可以拿银子去买朱雀大街上的烧饼了。"

颜无味失笑："他若是知道，不会马上揍你一顿吗？"

"不会。"小草摇头，"他肯定会跟我说把银子二八分，我二他八，然后再揍我一顿。"

颜无味闭上眼睛勾唇："你跟他，其实在一起也挺好的。"

不如……就当前面的约定不算数吧。

颜无味很想这么说，因为自己不仅身陷囹圄，就算出去也还要面对江湖上的各种追杀，跟他在一起，根本不会有那么宁静的日子。

然而，他发现自己舍不得，这句话就在唇边，却不想吐出来。

他怕一说出来，她当真就走了。

段十一曾经说，他是被"按规矩来"了，不是真的喜欢小草，只是按规矩来，自己在不停地对她好，而且误以为自己是喜欢她。

他因为这句话迷茫过几天，也问过自己，到底是不是喜欢小草呢？还是因为九王爷最开始的任务，一次次接近她，习惯保护她了？

然而现在，他想再一次"按规矩来"，做一个伟大的人，开口放她过更好的生活的时候，他发现自己五脏六腑都疼。

　　舍不得啊……

　　从她第一次毫无戒心地给他带了烧鸡，救他出了牢笼开始，到后来鸳鸯会上装作有身孕，想方设法从他身边逃开。从她戴了满头鸡毛以为他不知道她想干什么开始，到后来她在少林山下狼狈地哭泣。

　　他遇见过各种各样的段小草，活泼的、搞怪的、善良的、无助的。他说不上喜欢她哪里，然而喜欢就是喜欢啊！这东西他不懂，但是凭什么他就不能有？

　　颜无味低笑，说来也奇怪了，他这样的人，满身杀戮，随性妄为，却会喜欢上一个规规矩矩满身正气的小捕快。这是鹰爪孙啊，他最该排斥的人，却觉得在她身边的时候最安心。

　　"你怎么了？"小草好奇地看着他。

　　颜无味回过神来，低笑道："没事，只是想起些东西而已。"

　　看他的眼神，小草也没敢多问，只叹息一声道："赫连齐乐登基为帝，却不能一手遮天，底下全是九王爷的党羽，要求处死你。"

　　"意料之中。"颜无味道，"只是，若是当真要处死我的话，你替我转告皇上，我手里还有很多人滥杀人命的证据，可以替他除掉不少的人。"

　　小草瞪眼："什么证据？"

　　颜无味坐起来，定定地看着小草道："比如铁家满门被灭，我可以证明是杨久甘做的。"

　　小草茫然："你怎么……"

　　"因为是他花了五千两黄金，请摘星宫去除掉铁家的。"颜无味笑道，"我是最好的人证。"

　　小草脸色微白。

　　"还有朝中无故病死的几个清官，以及想告御状的百姓，我都杀过。"

　　"是谁指使的，要杀什么人，摘星宫统统都有记录。拿出来就可以将这些人全部绳之以法。"颜无味深深地看着她道，"这也算我最后能帮你们的事情了。"

　　小草张了张嘴，突然不知道该说什么。

　　"你觉得我……坏吗？"看着她的表情，颜无味笑着问了一句。

　　小草点头："真的很坏。"

第 190 章 爱 恨

颜无味心一紧，勉强勾了勾唇角，看小草那一脸严肃的神色，想说点什么，又觉得喉咙发疼。

他的确是一个不折不扣的坏人，这是辩驳也无力的事情。她应该……是讨厌坏人的，或者说，她的职责就是除掉他这样的坏人。

大牢里沉默了一阵子，颜无味听见栅栏外头的人开口道："但是就算你再怎么坏，你也救过我帮过我，我也允过你等你好了，咱们就成亲。"

微微一愣，他抬头。

小草笑得温和："现在一切都尘埃落定啦，你等我吧，我会把你救出来的，然后我们就离开长安。"

颜无味有些不可置信地看着她："你要劫天牢吗？"

小草回头看了看牢里，食指放在唇上比了一下："你别说出来啊。"

颜无味哭笑不得，自从上次他将天牢的墙打穿之后，天牢已经里里外外翻修了一遍，全是坚固无比的岩石修建，外头还有重兵把守，想劫囚，哪有那么容易？

但是……她竟然会想要救他出去。

颜无味转过身去背对着她。

小草好奇地戳戳他的背："怎么了？"

"没事。"大魔头冷酷地说。

外头的狱卒进来了，低声道："段姑娘，差不多了，您该离开了。万一上头追究，咱们也不好做。"

"好。"小草起身，拍拍裙子看着牢房里的人道，"那你好好休息，我明天来看你的时候会记得带鸡腿的。"

"好。"颜无味点头。

脚步声远了，外头的牢房大门也再次关上。

颜无味背对着栅栏，笑得跟孩子一样开心。

小草把颜无味说的能当人证的事情告诉了赫连齐乐。

赫连齐乐一身龙袍，眉目庄严，听完之后却忍不住咧嘴笑了："那可算是帮了大忙了。"

笑完又有点无奈："可是他这次杀了九王爷，就算是朕也无法免去他的罪责。"

"没关系。"小草道，"只要江山安定，皇上要杀便杀了他吧。"

赫连齐乐一愣："你舍得？"

"嗯。"小草点头，"只要你在他上刑场的前一天，将天牢所有的守卫都调走。"

轻咳一声，大殿里虽然没有人，但是这要求还是让赫连齐乐跟做贼似的四处张望了一下，然后小声道："你想干什么？"

"无味临死都替皇上着想，将九王爷的部分党羽绳之以法，皇上难道连这点恩典都不给吗？"小草道，"我也没让您放人啊，您调守卫进宫打打麻将怎么样？"

"这……"赫连齐乐道，"小草，除开九王爷的事情不谈，颜无味身上血债累累，你是六扇门出身，难不成为了他，知法犯法？"

小草撇嘴："你别学我师父废话，就说答不答应吧。"

赫连齐乐沉默。

小草要是救了颜无味，那就不可能继续留在长安，一定会走。

"段十一怎么办？"赫连齐乐挑眉，"你不要你师父了？"

小草一顿。

她已经做好打算了，劫囚成功之后，就带着颜鸡腿浪迹天涯。从此一男一女，除暴安良。

然而她没打算过段十一要如何。

"我师父嘛，在外有胭脂河两岸的姑娘都为他倾心，在内有不少良家妇女都想着拜倒在他的大白袍下，应该不用我操心。等我走了，他也可以好好成家立业。"

赫连齐乐深深地看着她："你真的这样想吗？"

"嗯，真的。"小草垂了眼。

"那好，朕允你。"赫连齐乐道，"只是你不要后悔。"

怎么会后悔呢，这是一早就答应了人家的事情。小草朝赫连齐乐跪拜下去："多谢皇上。"

赫连齐乐摇头，伸手将她扶起来："我还没谢谢你，你倒谢我做什么。"

小草咧嘴笑了笑，朝他摆摆手，转身走出了皇宫。

从今天起，她是风温柔，也是段小草，却再也不是赫连昭玉了。

段十一在六扇门里，坐在大白面前。

大白摇着尾巴，歪着脑袋，一双眼里满是不解的神色。段十一摸着它的头，已经碎碎念了半个时辰。

"对人好，一定要让她知道吗？"段十一脸上满是疑惑，"我到现在为止，也不知道自己到底哪里输给了他。"

大白舔了舔他的脸。

"愁怨吗？对立吗？可是，他与她更加对立，更加不合适呢。"

"大白，我好看还是他好看？"

大白打了个喷嚏，舔舔鼻子，"汪"了一声。

"乖，我就知道狗是最诚实的。"

小草站在旁边，嘴角抽了抽："你在干什么？"

段十一身子微僵，片刻却又恢复了正常："你回来了。"

"嗯，明日要提审无味。"小草走过来道，"你要去看吗？"

"自然要去。"段十一回过头来看着她，"你呢？"

"我当然也要去。"小草道，"只是提审之后，皇上会下令处斩他，以平朝中大臣之心。"

段十一皱眉，目光流转在她的脸上，细细打量："你想怎么做？"

"不告诉你。"小草翻了个白眼，就往自己的屋子里去了。

段十一看着她合上门，忍不住拿起大白的爪子捏了捏："她还记恨我呢。"

"你能不让人记恨吗？"旁边传来一个声音。

段十一侧头，就见鱼唱晚靠在门口，边摇头边看着他。

"稀客。"微微一笑，段十一展开扇子，又恢复了风度翩翩的模样，"你怎么来了？"

鱼唱晚道："我跟易寒正要回去，想起你好歹是他的兄弟，就过来看看你。"

感情真是个奇怪的东西，原先鱼唱晚喜欢他的时候，目光里全是他。现在将他放下的时候，也能这么平静地说出这样的话。

段十一颔首："我与赫连家其实没太多关系，恩还了，仇也报了。兄弟不兄弟的，段某不在意。"

"你可真冷血。"鱼唱晚道，"我有些不明白，既然段青青过得那么幸福，你对九王爷的恨又是从何而来？"

身子微微一顿，段十一别开头。

对赫连淳宣的恨吗？

第 191 章　哪来的恨

那大概是天生的吧，生下来就看着母亲被周围的人指指点点，小时候的段十一不明白为什么。

段青青很美，美得哪怕他只是个小孩子，都知道娘和周围的人不一样，好看极了。

可是那么美的人，天天以泪洗面，哭得眼睛流血，最后什么都看不见了。

眼睛瞎了，头发白了，不过二十多岁的女子，苍老得像是活了两百年。

小段十一问她："娘，你在恨谁？"

段青青用看不见的眼睛看着他："娘谁也不恨，只恨自己。"

小段十一又问："那你在等谁？"

每个黄昏，她都会站在屋子门口，往某一个方向看着。

"我谁也没等，因为谁也不会来。"

他当时不懂这话是什么意思，却看见了她脸上浓浓的哀伤。

段青青带着他，每过几个月就要换一个地方住，每到一个地方，都会被人丢石头。然而渐渐地，段青青不哭了。

有一天，她摸着段十一已经长大的脸道："十一，娘哭不出来了，以后的路，要你自己走了。"

一个女人一生的眼泪都给了那个男人，心脉俱裂。也是因为有他，她才坚持活了这么久。

段青青没有改嫁，她在段十一十五岁的时候就死了。

所以遇见十五岁在风家尸体堆里哭泣的小草时，段十一都没想过她会是怎样的身份，就直接将她抱了回来。

因为十五岁的他，一个人坐在自己娘亲的尸体旁边的时候，也想有个人来抱抱他。

"我对他的恨。"段十一勾了勾嘴角，笑得跟妖精一样，"谁知道是怎么来的呢？"

鱼唱晚有些疑惑，不过想想赫连淳宣是那样完全没有人性的人，也就不想多问了。她其实才是亲手杀了赫连淳宣的人，哪怕他是易寒的父亲。

那样的人，该死。

"易寒谁都不记得了，那我也就不必带他来见你了。"鱼唱晚笑了笑，道，"段捕头，山长水远，后会无期。"

段十一微笑，收拢了扇子轻轻拱手："后会无期。"

鱼唱晚很潇洒地走了，走着走着，还是忍不住红了眼。

她将段十一留在最美好的记忆里，也许他半点不曾对她动过心，然而她记得自己爱过这样一个男人，风华正茂，英俊潇洒，总是一脸温柔，眼神里却全是疏离。

他不像是凡尘之人，却在这凡尘里，永远无法升仙。

六扇门门口，赫连易寒正在等他。

鱼唱晚笑了笑，轻轻跳跃着步子迎了上去。

院子里又安静了下来，段十一垂眸，一身白袍被风吹得轻轻扬起。看了看脚边的大白，他问："你晚上想吃什么？"

大白"汪"了一声。

"嗯，好，白菜。"段十一低身摸摸它，"只有你喜欢的东西，会永远不变啊。"

"错，狗喜欢吃的东西也是会变的，没有什么东西是不变的，就算是同一味药材，早上的药性和晚上的也不一样。"包百病一脸认真地道。

段十一吓得一个趔趄，条件反射地抬腿一脚，将说话的人给踢飞了。

惨叫响彻院子，小草连忙冲出来看："怎么了怎么了？天上掉什么东西下来了？"

段十一嘴角一抽，收回腿道："那东西有点眼熟，你出去看看。"

小草疑惑，连忙往院子外头跑。

没一会儿，就扛了个重伤的包百病回来。

"我说，你至于下这么狠的手吗？"包百病揉着自己的腰，顿了顿，改口道，"至于下这么狠的脚吗？"

段十一看他一眼："你还在长安？"

"我不在长安，要去哪里？"包百病哼哼道，"我医术这么厉害，已经接到了皇上的御医任命书，再过两天就去宫里的御医院报到了。"

"这么厉害？"小草挑眉，"恭喜恭喜啊。可是，安和郡主呢？"

包百病脸一僵，闭了闭眼道："你们师徒两个哪壶不开提哪壶的本事倒真是一脉相承。"

早在皇帝登基那天，安和郡主就出嫁了。

十里红妆一点也不假，红色从六王府出去，一直到了城门口。他就坐在六王府最高的阁楼房顶上，看着那队伍蔓延，然后消失。

到最后，安和郡主还是没有回头，也没有跟他说过一句话。

包百病觉得，算了吧，他何必去耽误人家呢？不过也好，伤心的只有他一个人，她幸福，那就好了。

他对旁边不知名的鸟儿说："我放下了，明天又是新的一天。"

鸟儿歪歪头，扑腾了一下翅膀。

然而接下来鸟儿就看着面前的人骤然趴在房顶上号啕大哭，吓得它扑腾着翅膀飞走了。

这么丢脸的事情，他是不会告诉小草和段十一的。

放下一个人可能真的很难，他需要时间，然而，也不是不可能的。

"唉，可怜。"小草拍拍包百病的肩膀，"晚上我请你吃饭怎么样？"

"吃什么？"包百病吸吸鼻子。

"肉！"小草道，"去吃珍馐轩的肉怎么样？"

段十一斜她一眼："那地方很贵的。"

"没关系！"小草大方地摆手，回屋子去拿了银子，然后招呼道，"走，大白也去，我请客！"

段十一有点感动，收她为徒这么多年了，第一次看她有这么大方的时候。

珍馐轩里的一盘白菜都要一两银子，然而小草没吝啬，挥手就点了一大桌子，还上了酒。

"来，吃！"小草笑眯眯地道。

包百病发愣地看了看她，伸手抓过小草的手腕把了把脉。

没发烧啊？

"放心，我没病，只是想到没几次能这样一起吃饭了，所以吃贵点也没什么。"小草笑道。

段十一一愣，微微皱眉。

包百病还不知道颜无味的事情，以为她觉得自己当上御医之后，没办法出来跟她吃饭呢，于是也就拿起筷子："那我们就不客气了。"

段十一听得懂，小草是在跟他告别。

"师父，这杯酒我敬你。"小草站起来，端着酒看着他道，"如果没有你，我可能早就死了。你给了我第二次生命。"

段十一抿唇，手收拢，握紧。

第192章 罪孽

"我可以不喝吗？"

"为啥？"小草歪头看着他，"这酒里没下药，你放心好了！"

"不是。"段十一笑了笑，"我今天对酒过敏。"

就今天对酒过敏？咋不直接说就是不想喝她敬的酒呢？鼓了鼓嘴，她将酒杯放下，眯眼看着他道："你还想阻止我？"

本来是打算敬杯酒，好让他对她要劫囚的事情高抬贵手的。但是段十一就是段十一，就是这么精明，已经看穿她在想什么了，并且看这态度，一定是不会轻易让她去的。

"我该放过你吗？"段十一轻声问了一句。

包百病左右看看，皱眉："你在问谁？"

"反正不是问你！"小草一巴掌将包百病的脑袋拍开，瞪着段十一道，"你放过我，我也去，不放我还是会去。但是你若是放我，我就当你还念着师徒情分。你要不放，那我们恩断义绝！"

段十一气得笑了："段小草，你可真是为了报恩脑子都不清醒了。就算将人救出大牢，那还有城关呢，你出得了长安城吗？"

"我不管！"小草咬牙，眼神坚定地道，"不论生死，我都要试试。"

段十一点头，抬手将桌上的酒喝了，笑道："不愧是我段十一的徒弟。"

小草盯着他，倔强地抿着嘴。

"你若是有本事，那你去救好了。"许久之后，段十一这样道。

眉目瞬间就松开了，小草欢呼一声，端起酒杯愉快地喝了一口："多谢师父！"

段十一皮笑肉不笑。

包百病在旁边听了半天也没明白是什么情况，拉了拉小草的衣袖："你要去干啥啊，把你师父气成这样？"

小草眯着眼睛笑："我要跟人私奔！"

包百病吓得一巴掌打在自己脸上，看看段十一，再看看小草，低声道：

"你疯了？"

"我没疯。"小草道，"你不觉得这对谁都是解脱吗？"

她和段十一再也回不去了，她不可能还是天真愚蠢的段小草，他也不可能还是没心没肺的段狗蛋。

她的父皇死在他的爹手里，他爹又死在她的期望里。就算不是他动手杀的老皇帝，但是他没救。就算不是她动手杀的他爹，然而她也没救。

这算是不共戴天的仇怨吧，跟他当年救了她的恩情混在一起，让她无所适从。

爱不得，恨不得，还不如就别再见了，对谁都好。

包百病转头看了一眼旁边段十一的表情，摇摇头道："我可没看出来他哪里解脱了，倒像是被压在了泰山下头。瞧瞧他这笑容，你不觉得比鬼还可怕吗？"

小草翻了个白眼："不觉得，吃饭吧，好贵呢！"

包百病叹了口气，跟着继续吃东西，吃着吃着忍不住道："这一桌子得好几十两银子呢，你要攒多久啊？"

小草大方地摆手："小问题。"

段十一冷笑，看她没银子怎么走出长安城！

一顿饭吃得三个人加一只狗都很饱，包百病临走的时候拍着小草的肩膀道："想不通一些事情的时候，就来找我聊聊。"

"好。"小草应了，心里却轻轻朝他拜别。

段十一跟她走在回六扇门的路上，两个人都没开口。眼看着快到了，段十一才低声道："你要行走江湖，记得别多管闲事。"

小草一愣，僵硬着的身子也软了些："我知道。"

他肯放她走的话……还得谢谢他。

"武功秘籍练完了去少林拿也可以，别学魔功。"

"嗯。"

"如果……要成亲的话，还是要发请帖给我。"

"……嗯。"

深吸一口气，段十一停下了步子，看着继续往前走的小草，低声道："能不走吗？"

"嗯？"小草一愣，心里某个地方像是被撞了一下，酸疼得厉害。

"你说什么？"

"我说，你能不走吗？"段十一难得没有笑，也没有拿他那把折扇，一双桃花眼定定地看着她，充满了让她看着觉得心惊的东西。

小草突然觉得很难受很难受。

要是她真的失忆就好了。要是对段十一，真的只剩下恨就好了。

"不能。"

段十一呆愣地站在那里，听着她这两个字，抿唇："这样啊。"

"嗯，我知道了。"

两个人继续往前走，一前一后，像是永远也走不到一起了一样。

第二天是提审颜无味的日子。

朝中元老和几个重要官员都被喊到了御书房，众人都觉得奇怪，审问犯人为什么要叫上他们？

有的官员站在一边，看着颜无味，脸色有些发青。

"皇上，此人当斩，怎可还玷污这御书房之地？"杨久甘上前，拱手说了一句。

赫连齐乐微笑，镇定地道："爱卿莫慌，这人有话要说。"

最近朝里正在查贪污之事，许多官员落马，然而杨久甘早有准备，推了替死鬼出来，将账目推得一干二净，保全了自己。他觉得已经不会有什么罪名能置他于死地了。

然而，颜无味还没死。

杨久甘有些慌张，却不得不站在一边。

赫连齐乐道："颜无味，你有话就全部直说吧。"

颜无味跪在下头，一身霜寒，微微抬头看着赫连齐乐，淡淡地道："我是江湖上的杀手，专门替人杀想杀之人，只要那人给得起钱，杀多少人都没问题。"

"现在既然要伏法了，那守着的秘密，总不能带到地下去。"

"去年四月十五日，我替杨久甘杨大人，杀了铁家一家人，夺取了宝玉凤血。"

"今年，替九王爷灭了少林满门。"

"朝中病逝的李青山和张万年两位大人，是中毒死的，买他们命的是户部赵志寻，因为他们查出了户部的买官之事。"

"有一对母子进京告御状，告啼县县令霸占耕地，被京兆尹孙守财买了命，由我亲手杀害。"

小草站在旁边听着，看着颜无味面无表情的脸，微微心惊。

他真的杀了太多的人，无辜的、死有余辜的。

第 193 章　不敢喜欢

这些罪孽足以让他被处死，甚至尸体都不得被掩埋，当作山禽之食。

被点名的官员恰好都在旁边，一个个扑通跪了下来，望着赫连齐乐，浑身发抖。

杨久甘跪在最前头，听颜无味说完，咬牙道："皇上，此人不是什么好人，临死也想坏我大梁之脊梁，诬陷忠臣，皇上万万不可轻信啊！"

辩驳的话还没说完，颜无味就补充道："方才所言，摘星宫之中都有记录。若是大人们不想认罪，那摘星宫之后会将当初签订的委任状送到长安。"

任何一份杀人的任务，都是签订了委任状，防止委托的人之后不认账的。当然，摘星宫一向是守口如瓶，不会轻易泄露这些东西。

然而现在，宫主都要死了，还管什么啊？你不认账，那你也别想活。

杨久甘惨白了脸，终于不说话了。

赫连齐乐高坐龙位，看着下头道："既然是证据确凿，六王爷以及各位大人都有目共睹，那朕就传旨，将买凶杀人之人，与凶手同罪，各位以为如何？"

"皇上饶命啊！"下头立刻喊成一片。

六王爷道："罪不罚何以正纲纪？本王支持皇上，将这些杀害人命之人，一并处死吧！"

"好。"赫连齐乐颔首，"那就明日午时，罪人颜无味，连同涉案所有官员，一并推出午门斩首！有再求情者，同罚！"

"皇上圣明——"一众重臣拱手。

小草深吸了一口气，看着颜无味再次被带走，转头望向皇帝。

赫连齐乐察觉到了她的目光，朝她眨了眨眼。

宫里的麻将桌子都摆好了，一定拉着天牢守卫打个通宵！

小草微微一笑。

明日处斩，今天晚上就是该行动的时候，小草收拾了包袱，换上最开始颜无味送她的那套浅绿色长裙，梳妆一番，就背着包袱去劫囚了。

二更天，夜深人静。

小草轻巧地打开院门，没发出半点声音。要跨出门口的时候，还是忍不住回头看了一眼。

段十一的屋子关着门，熄了灯，一点动静都没有。

真的要说再见了，想起他这一年多以来对她的照顾，小草咧咧嘴，鼻子还是有些酸的。

关门，上路。

夜里的长安安静得像月光里的婴儿，她走过朱雀大街，走过胭脂河，路过长公主府，脑海里浮现的全是与段十一在一起的点点滴滴。

想着想着小草就笑了，这一笑，脑海里的人影全部都碎了。

人总是要学会忘记的，不该记得的事情，就不要再挂念。深吸一口气，小草抬头。

前头就是天牢大门，赫连齐乐已经履行了自己的诺言，除了大门口两个装样子的守卫，里头安安静静的没有人影。

"站住！"瞧着她往天牢里走，门口两个守卫大喝一声。

小草抬头看着他们，背着包袱都轻松将两个人撂翻在地。

小草拍拍手，接着往里走。

"站住。"

清朗的声音，顺着夜风飘过来。

小草一愣，猛地回头。

一身白衣的段十一站在天牢门口，月光仿佛都往他一人身上去了，皎皎如斯。他眉眼都是笑着的，但是没有半点喜悦之感，仿佛有什么东西压在上头，让人看着都觉得沉重。

小草眉头紧紧地皱起来："你不是说了不会阻拦我吗？"

"我没说。"段十一走近她，淡淡地道，"我只说，你若是有本事，就去吧。"

有本事，就从他面前过去，去救颜无味。

小草瞪眼："你又糊弄我！"

段十一走到了她面前，背对着天牢的方向，深深地看着她："我有话想说。"

今夜风大，两人都被吹得凌乱。小草捂着发髻，皱眉看着他："想说什么？还想说我去救他是错的？"

"不是。"段十一深吸一口气，"我只是舍不得你走。"

小草一震。

"说来有些好笑，我风流满长安，什么样的女人都见过了，从来没想过有一天我会对你动心。"段十一皱皱鼻子，嘀咕了一句，"就像经常吃山珍海味的人，竟然会觉得咸菜最香一样。"

段十一就是段十一，连好不容易的真情流露，都不能好好说话！

"我知道我现在来拦，肯定是来不及了，就像在你已经不喜欢我的时候才发现自己喜欢你一样，完全没什么用。"段十一有些尴尬地别开头，"但是我还是想试试。"

"试试你是真的不喜欢我了，还是只是因为一些事情，不能喜欢我了。"

小草咬牙："不喜欢和不能喜欢，好像没有什么区别，结果都是不能在一起。"

段十一低笑，轻轻摇头："差别可大了啊，你若是当真不喜欢我了，那可真是糟糕。但是你若是因为一些事情不能喜欢我了，才要走的话……我会高兴一些。"

至少，她心里肯定还是有他的。哪怕都是不能在一起，他也有能支撑的东西，让他再努力努力。

小草没见过这样的段十一，那么高傲的人，现在像是拔了毒牙，褪掉了全部的伪装，显得特别无助，甚至是有些低声下气。

她不习惯这样的段十一，这人就该是甩着一把扇子，翻着白眼吐着毒液的，把所有喜欢他的人都隔绝在心外头，冷眼看着世间的悲欢离合，却永远不参与。

难不成喜欢一个人，真的能卑微到尘埃里吗？

摇摇头，小草定了定神，不能被蛊惑了，段十一就是狐狸变的，最擅长蛊惑人心。她还要去救颜无昧，她不能有半点动摇。

"我是不喜欢你了。"小草坚定地道，"不喜欢就是不喜欢，我也不可能装成喜欢的样子来成全你最后的要求。师父，放我过去吧。"

第 194 章　你赢了

不喜欢就是不喜欢？

段十一笑出了声，胸口都微微震动，看着面前的人道："为师教你做人要正直，可没教你口是心非。这样可是很容易吃亏的，为师已经亲身试过。"

小草红了脸，却还是后退一步摆开了架势："你若当真不愿让我过去，那也不废话了，咱们来比试吧。"

段十一挑眉："你这一身武功皆是由我所教，不过一载，小有所成，竟然就敢与我比试？"

小草也有点心虚，然而这要是一直耗下去，天都该亮了。

"你也知道我打不过你，没悬念的事情也就没意思了。"眼珠子转了转，小草道，"那这样吧，十招之内，我若是能打中你要害处，你就放我过去，如何？"

段十一看着她："那你要是打不中呢？"

"打不中，我自然就不过去了。"小草道。

"好。"段十一应了她，"我倒是想看看，你要如何十招之内打中我要害。"

小草点头，拉开马步，张开了双手。段十一站在原地，一动不动。

风起，云遮月。

第一招移形换影，段十一就看着面前的人动作极快地移到了他面前，此为霹雳门心法之最高层所能达成的境界，幻影在远处，人已接近，猝不及防地就朝他打来一掌。

"下盘不稳。"他说了一句，低身躲开她的攻击，伸腿一扫。

小草往右边一个侧翻，鼓了鼓嘴，接着第二招月影快刃，以手为刀，飞身攻他下盘。

段十一空中一个鹞子翻身躲开她，拉着她的手，一用力，就将人圈在了怀里。

小草眯眼："千斤坠！"

身子猛地后仰，段十一一个没注意，就被她狠狠压坐在了地上。

"泰山压顶！"

翻了个白眼，段十一道："已经四招了。"

她用内力往下压，但他的内力明显更加纯厚，压根不会有什么伤害。

小草"哼"了一声，趁着他说话的这时候，反手就攻他的脖颈。

段十一伸了扇子就上来挡，堪堪挡住。小草翻身，连连攻他的脑袋。

"七、八、九。"段十一抓住小草的手腕，化解她最狠的一招，目光温柔了下来，"放弃吧。"

她这个水平，虽然算是不错了，然而还是触碰不到他的。

"我不。"小草推开他，认真地道，"我要用绝招了。"

段十一好笑地展开扇子："你能有什么绝招，是我不知道的？"

她学的秘籍，都是他找来的，她想做什么，他统统都知道，怎么可能还有反转的余地？

然而，这次他还真的是小看了她。

小草站在远处，手画了一个古怪的结。

段十一脸色变了。

"我说过，你不要练魔功。"语气微微慌乱，他怒道，"你为什么就是不听？"

小草抿唇："我若是不学，今天就当真是过不去了。"

颜无味给的秘籍，上头有一招名掏心，是伤敌一千，自损八百的招式。她偷偷学过，以全身之力气化掌为爪，可破一切刀剑，直抓人心，一招毙命。

但是她没那么狠，功力也没那么深，就打中段十一心口就好了，她不会当真伤他。

段十一气得脸色发青："你这一招一旦被破，全身力气都会被打散，练了那么久的心法就都白费了，你知不知道？"

"我知道，但是不可能被破。"

话音落，小草就朝段十一冲了过去。

段十一咬牙，展开纸扇，以内力灌之，使其如钢如铁。然而没用，小草一爪过来，折扇被撕成了两半。

杀气直逼他胸口！

轻轻叹了口气，段十一看着小草有些发红的眼睛，嘲讽道："下盘还是不稳，左边让人有可乘之机，若是我一脚踢在你的左边肋骨，你现在会功力全无。"

小草心里一惊，睁大眼睛看着段十一。

他竟然会破？

对啊，他不仅是她的师父，还是颜六音的师父，颜六音每年都来与他过招，这小伎俩自然瞒不过他，她怎么忘记了？

小草闭了闭眼，招式既出不停，就等着段十一还手好了，就算她这一身功力全无，也要带无味走！

然而，段十一站着没动。

像很多次她犯了错，他一边骂她一边收拾残局一样，这次她也是错的，他骂过了，就站在这里，任由她一爪抓在了自己的心口。

重重的一击，不至于要命，却让他的心口很疼很疼。

小草震惊地睁开眼。

"你干什么？"

段十一勾了勾唇，往旁边吐了一口血沫："你赢了，我放你过去。"

收回爪，小草挠挠头，张张嘴想说什么，却说不出来。

碎了的扇子躺在地上，段十一摇摇头，一句话也没多说，从她身边走过去，往天牢外头走了。

小草回头看，没有扇子的段十一还是那么优雅，风吹着他的白袍子，在夜色里走了老远都看得见。

直到出了门口拐弯，影子彻底消失了。

竟然就这么放过她了？小草干笑两声，忍不住道："我师父还是个情圣。"

风吹得人手脚发凉，小草站在原地发了会儿呆，捡起地上的碎扇子看了看，收起来塞进了包袱里。

不管怎么样，能带走无味就好，能离开长安就好。

大牢的钥匙就挂在牢房门口，小草很轻松地就将颜无味给带了出来。

"我们自由啦！"小草拉着他往外狂奔，"走吧，去你想去的地方吧！"

颜无味心情极好，嘴角也忍不住地上扬："好。"

但是没走两步，他觉得不对。

手上用力，将前头跑得欢快的丫头给拉了回来。颜无味低头看着她的眼睛："你怎么了？"

小草笑嘻嘻地道："我高兴啊！"

"高兴是高兴……怎么哭得这么伤心？"

小草一愣，伸手抹了一把脸上的水珠，严肃地道："这是秋夜的露水！"

第 195 章　从此山高水远

颜无味点点头，带着她回了霓裳阁，取了盘缠马匹，一路往城门口而去。

包百病看着面前吐着血的段十一："所以你就那么放她走了？"

段十一拿帕子抹了嘴，勾唇一笑："是不是显得很高尚？我成全他们了。"

包百病摇摇头，直言不讳："挺像个二傻子的，爱情里可没有什么成全不成全，只有得不到之后的故作大度。"

段十一垮了脸，靠在床边看着他："你别这么直白行不行？"

"再不直白就晚了。"包百病道，"你这点伤不要紧，赶紧收拾收拾，现在去城门口追她还来得及。"

段十一轻笑一声，摇头。

"怎么？"

"追不上的。"

段小草曾经仰着头志气满满地对他道，要做一个跟他一样的捕快，一身好武艺，想揍谁揍谁。为此，她苦练了一身的功夫，拿着他给的秘籍，背后不知道花了多久的时间。

然而今天，她想去带颜无味走，竟然拼着一身功夫都不要了，哪怕内力尽废，也要去劫囚。

她舍得，他舍不得。谁舍不得多一点，谁自然就输了。

那丫头一贯是下定决心就不改了，他拦一次拦不住，拦第二次也一样，倒不如潇洒一点，让她走。

包百病摇头："你装得大气，等会儿别哭。"

"谁会哭？"段十一翻了个白眼。

包百病轻叹一声，端着盆子出去了。

房门扣上，段十一慢慢倒在床上，看着这空荡荡的屋子，许久之后，才长长地叹了口气。

又要……回到一个人的日子了。

他不用再做饭，也不用费心搜集武功秘籍，更不用担心某个晚上自己的房门被人打开了。所有大事尘埃落定，他可以去做自己想做的事情，比如泡在青楼里一觉十年，或者有兴趣的时候，化个妆去装成老神仙骗人。

真好啊。

只是自己笑两声，在这屋子里都空得有了回音。

闭了闭眼，有温热的东西顺着眼角落了下来。

第一滴滑落，后头的就再也止不住。

要是人生都有重来的机会就好了。

"我就说了，你这人心口不一，早晚会吃尽苦头。"包百病突然就出现了，像是特意赶来欣赏他的狼狈模样的，十分讨人嫌地开口道，"不是说不会哭吗？"

段十一额头上青筋跳了跳，睁开眼扯了枕头旁边的银子包袱道："我是心疼的，小草那死丫头，上次珍馐轩请客，原来拿的是我的银子！"

包百病一愣，古怪地看了他好一会儿，叹了口气。

段十一丢开包袱，起身去洗了把脸。

已经是五更时候了，他抬头可以看见太阳将要升起的熹微光芒。

城门该开了。

小草和颜无味正在城门口等着。

颜无味侧头看着小草，抿唇道："你不用一直都笑的。"

从刚才到现在，小草就一直咧着嘴。偶尔这样，还会让人觉得是发自内心，但是这都一个时辰了，嘴角弧度都没有变。

她的眼神太黯淡了，和那笑容不搭。

"没事，我多笑一会儿就好了。"小草道，"习惯了就好。"

颜无味抿唇，伸手捏了捏她的脸，将她捏得脸都变了形。

"干啥？"小草不满地看着他。

颜无味低眉看着她道："你要是不开心，就不要笑。心里在想什么，都可以告诉我，不用这样。"

"我没有不开心。"小草看着前头缓缓开启的城门道，"我大概只是有点舍不得长安朱雀大街上的包子。"

"以后你若是想吃，我陪你回来买。"颜无味道，"你想做什么，我都陪你。"

小草扑哧一声笑了："不是我陪你吗？"

"你想去哪里，我就想去哪里。"颜无味牵着她的手，看着完全大开的长安城门，"走吧。"

"嗯。"小草深吸一口气，点头。

两匹马飞奔起来，从打着呵欠的守城兵面前呼啸而过，卷起谁还没穿好的衣裳裙摆。

周围一阵惊呼，东西满天乱飞，小草跟着前头的颜无味，在一片慌乱之中，逃出了长安城。

离开长安的一瞬间，小草忍不住回头看了一眼，就一眼，很快就转过了头来。

然而颜无味还是看见了，他没作声，领着她的马一起，奔向了自由的江湖。

小草也是做过侠女梦的，她想过等某天真的可以浪迹天涯，她一定要行侠仗义，除暴安良！

所以刚到一个镇子落脚，看见有几个大汉在调戏卖酒的小姑娘的时候，小草一拍刚买的大刀就冲了上去。

结果当然是颜无味将一群人给收拾了，她蹲在后头皱着眉道："这些人竟然直接拿刀砍！我要报官了！"

"你手里不是也有刀吗？"颜无味问她。

小草皱皱鼻子道："我怕伤着人命。"

颜无味微愣。

从长安到摘星宫需要一个月的路程，小草一路上游山玩水，过得很是快活。颜无味每天都可以看见她的笑容，当真如太阳一样温暖，将他世界里的黑暗统统驱逐。

这笑容要是真的就好了。

颜无味苦笑，人总是容易变得贪心，得到了人还不满足，还想要人的心。

她的心，好像没有跟着从长安里出来。

秋意已经将近了尾声，冬天大概也不远了。

小草跟着颜无味回了摘星宫，本以为会是一个满地骷髅头的地方，没想到是在九重山上连院起的高楼。

这里风景不错，人其实也挺和善的，不知道是不是她旁边站着颜无味的缘故，看起来很凶恶的人都会对她露出和善的微笑。

"宫主和这位姑娘打算成亲吗？"有属下来问了他们一声。

颜无味看向小草。

小草笑着点头："成啊，一早就答应过要成亲的。"

那人眼睛都亮了："既然如此，那属下们就去准备了！"

颜无味终于要成亲了！摘星宫上下的人一致祝贺！

第 196 章　得不到，莫强求

礼堂布置起来，请帖发起来！虽然摘星宫在江湖上树敌千千万，然而并没有什么关系，谁敢来添乱，乱刀剁了给绸子上更添一抹红！

摘星宫上上下下一片欢腾，都决定在今天放假，开始给他们的宫主商定婚期。

"寻常人家结婚，好像讲究个彩礼，还有黄道吉日什么的。"摘星宫的黄毛怪一边说一边翻着皇历，"下个月十五就正好是个好日子，就这个时候怎么样？"

颜无味和小草被众人围在中间，表情都有点复杂。说到请帖的问题，颜无味想的是应该也给颜六音发一份。

然而……那人应该已经长眠在长白山了吧。

想到就觉得有些悲伤。

而小草是想起了段十一说的，若是哪天成亲，也记得给他发个请帖。

离开长安已经两个月了，段十一应该已经愉快地沉醉在胭脂河两岸，但愿长醉不愿醒了吧？好不容易要忘记的人，再发一请帖过去，不是给自己找事儿吗？

摇摇头，小草还是决定不发了。要忘记，那就别去惦记了。

她已经尽量不惦记，尽量不去想长安的一切。在这里挺好的，真的成亲了之后，她就跟着颜无味好好过吧。

"小草。"颜无味侧头看她，"你在想什么？"

小草回过神，慌忙道："没什么啊，我什么都没想！"

颜无味轻笑："你知不知道，你一点都不会撒谎？眼神太慌乱了，一眼就可以看穿。"

小草咋舌，怪不得她每次撒谎段十一都像是能看透她一样，原来她的表情这么诚实。

"也没想什么，就是……"小草咧嘴笑了笑，"想着要不要给长安的人发个请帖。"

颜无味微微一震，轻轻收拢手："要……给你师父发吗？"

"不，不用给他。"小草道，"让他不知道最好了，这样一想，长安其他的人也没什么好发的。"

颜无味笑了笑，目光深深地道："你知道吗？这两个月，我一直在担心。"

"担心什么？"小草好奇地看着他。

"我担心你忘不掉长安朱雀大街上的包子。"他道，"毕竟你那么爱吃。"

小草怔愣。

这两个月，她在摘星宫里经常发呆，颜无味在的时候，她就跟话匣子一样，打开了就关不上，可以说很多话，然而他一走，她就会看着某个地方发呆。

脑袋是一片空白的，她并没有想段十一，然而那模样，可能是让他担心了。

仰头笑了笑，小草道："你不用多想啦，既然已经打算好跟你在一起，我就不会后悔，也不会离开你的。"

颜无味看着她："可是你不开心。"

"哪有？"小草瞪大眼，"你没看我整天都是嘻嘻哈哈的？"

"是啊，白天都是嘻嘻哈哈的。"颜无味点头，"可是我住在你隔壁。"

小草一怔，干笑两声："我晚上睡觉打呼吗？"

"没有。"颜无味弯了弯唇角，"你只是经常做噩梦。"

小草拍了一下脑袋："对，我经常做噩梦的，不过风家的仇已经报了，应该已经好了啊……"

那些杀戮和大火，在祭拜过风家父母之后，就已经消失了。

颜无味张张嘴，终究还是没开口，只是笑了笑："白天没事不要围观他们打桥牌就好了。"

小草茫然，做噩梦跟看打桥牌有啥关系？她没事就喜欢看这群人打桥牌，也挺有意思的，虽然看不懂，但是听他们喊着"九，十，十一点"，感觉也挺热闹。

既然他说不看，那她就不看了吧。

摘星宫宫主要成亲的消息迅速在江湖上扩散了开去。

六大门派与摘星宫岂止是血海深仇，摘星宫不灭就算了，还想安安稳稳成亲生子？没门！

以六大门派为基础，江湖上集结了上百人，一齐攻打摘星宫。

在得知颜无味要娶的是段十一的徒弟段小草的时候，慧通大师还特地去慰问了一下远在长安的段十一。

"你徒弟要成亲了，嫁的竟然是满身罪孽的大魔头，你不跟我们一起去灭魔吗？"慧通看着段十一问。

段十一躺在六扇门院子里的躺椅上，头上裹着个奇怪的布巾。他眯着眼睛道："他们要成亲了吗？"

"是啊，就在下个月了。我们已经准备好了，霹雳门的铁衣大炮都来了好几架，只要能运上九重山，就能夷平摘星宫！"

段十一咧嘴笑了笑，没说话。

参透得了佛法的慧通大师，此时却有点参不透段十一的表情。

"你是在为你徒弟高兴？"

"我高兴不起来。"

"那你为什么笑？"

段十一伸手按了按心口："我笑这里的感觉，总是能让我想起她。"

那一爪子拍得实在是对了，他心疼一回，就能念她一回。念她一回，就更加心疼一回，反反复复，终于是再也忘不掉了。

慧通大师皱眉："你是魔障了吧？以前你不是这样的，怎么瞧着有些要皈依我佛的意思？我佛不收长得好看的人的。"

"为什么？"段十一挑眉。

慧通大师双手合十："会勾起出家人邪念的人，都不能入我佛门。"

"放心吧，我没想抢你的饭碗。"

"那你裹着这个头巾做什么？"慧通大师严肃地道，"难不成已经偷偷剃度了？"

说着，出手如电，飞快地将段十一的头巾掀开。

一头白发如雪落，缱绻庭院里。白得没有杂质的长发，在阳光下晃得慧通眼睛都疼了。

"你……"

段十一看了看自己的头发，不在意地道："颜色不错吧？"

一丝丝一根根，都是枯萎的发，慧通倒吸一口凉气，念了一句佛号："阿弥陀佛。"

段十一依旧笑着，转头看了看东边的方向："你的佛是不是说过，得不到，莫强求？"

第 197 章　没什么好看的

慧通皱眉，捻着佛珠道："众生苦难，若是能放下执念，莫要强求，自然能得到解脱。"

段十一点点头，笑道："那我已经放手了，为什么会一夜白头？"

慧通一愣，再无波无澜的人，也忍不住一声长叹："因为你手放开了，心却没放开。"

段十一摇摇头，继续往躺椅上一躺，雪白的发铺洒一地。

"那玩意儿我无能为力。不过大师，出家人不沾杀戮，你为何也要去参与这场讨伐？"

慧通大师念了句佛号："颜魔头灭我少林之仇，实在不得不报。就算是佛，也有生气的时候，若能除他，保得万千生灵安稳，那就算老衲身上满是血腥，成不了佛，又何妨？"

段十一"啧"了一声："说到底，你这出家人不是一样有执念？"

"阿弥陀佛。"慧通怒了，"你就一句话，去还是不去！再啰唆，老衲要教训你了！"

"不去。"段十一闭眼，"没什么好看的。"

慧通一愣，嘀咕道："还真不去啊？看你挺惦记那丫头的。"

就是因为惦记，才没什么好看的。他问她要请帖，不过是因为不甘心，想着能去闹腾一番也好。然而现在，他连去看一眼她一身嫁衣模样的勇气都没有。

原来以为不过是在一起久了习惯了，后来以为只是轻微的喜欢。再后来，竟然是疼到骨子里的苦难。

段十一微微睁眼，看见有些阴沉的天。

冬天要来了，很快就要下雪了吧，也不知道九重山那里冷不冷。

小草打了个喷嚏，揉揉鼻子，看着面前挂着的嫁衣道："这衣裳看起来好重啊！"

摘星宫唯一的女人，也就是一直照顾颜无味的燕婶站在旁边笑道："女人的嫁衣自然是越贵重越好，宫主也当真是喜欢你，亲自去挑着绣娘赶工做的，几个绣娘绣了半个月呢。"

嫁衣上交颈的鸳鸯看起来十分缠绵，小草愣了愣神，道："这两只鸟看起来怪怪的。"

燕婶哈哈大笑："傻丫头，这可不是一般的鸟，这是鸳鸯啊，你瞧，这交颈合欢，也就是成了夫妻之后该做的事情。"

"夫妻该做的事情？"小草茫然，"难不成我也要跟他把脖子给拧巴成这样？"

小草十五岁尚未懂事，之后便是被段十一那大老爷们儿带着，就更不知道嫁人之后该干吗了。

想了想，燕婶还是神秘兮兮地将小草拉到一边，嘀咕道："夫妻成亲之后，是要洞房的，你得学会怎么伺候自己的相公，可不能什么都不懂啊，我这儿有几本书，你先拿着看看，等晚上有空儿，我再给你说说具体的。"

小草伸手接过燕婶递来的书，好奇地翻开看。

武功秘籍？这一男一女打得可真激烈！小草咋舌，连忙抱到一边去仔细地看。

　　燕婶瞧着她，心想宫主还真是没挑错人，瞧这姑娘大方的，看春宫图都这么认真，脸都不红一下。

　　满意地点点头，燕婶走了。

　　小草看着看着，觉得这图不像是武功秘籍，倒像是……

　　月夜草丛，一男一女交叠合欢，怎么看都觉得眼熟。

　　小草红了脸，接着红了眼。

　　"你在看什么？"有人站在门口问。

　　小草抬头，看见颜无味，慌忙将书给藏起来，吸吸鼻子道："看燕婶给的小本子呢。"

　　颜无味挑眉，走进来低头看着她："怎么又哭了？"

　　"啥？"小草揉揉眼，"风……"

　　"风把沙子吹进眼睛里了是吧？"颜无味笑着抢了她的话。

　　小草呆呆地点头。

　　颜无味伸手揉了揉她的头发："还有半个月就要成亲了，沙子不能总进眼睛。我带你去外头走走可好？"

　　"去哪里？"小草问。

　　"山下有个小镇，糖葫芦挺好吃的。"颜无味一把将她拉起来，"走吧。"

　　两匹马，半个时辰不到就下了山。摘星宫里待久了，出来看见普通百姓小草都兴奋，蹦蹦跳跳地跑去买吃的。

　　"你尝尝这个！"小草往颜无味嘴里塞了一个小点心，然后咚咚咚地又跑远了。没一会儿再带着另外的东西回来，统统都往他嘴里塞。

　　颜无味就坐在街口的茶棚里，微笑着看着她跑来跑去，来了就张嘴，尝一尝什么东西好吃，记下来。

　　街上有家包子铺，然而小草跑了几趟都没有买包子回来。

　　眼神有些黯淡，颜无味伸手轻轻敲着桌子，嘀咕道："是不是别的地方的包子，都不可能比长安的好吃？"

　　"包子好不好吃倒是不重要，里头的馅儿有毒才是最好。"旁边有人接了话。

　　颜无味从坐进来就察觉到有人气息不对。然而这也就两三个人，他还不放在眼里。

"毒死人算什么本事？能直接用真功夫拿了命去，才算能耐。"

茶棚里头坐着的另外三个人闻言，立刻拍案而起！

"大魔头，你杀人无数，还想安稳度日吗！"

他话音还没落，颜无味袖子里的天蚕丝就飞了出去，将三人捆成一团，往地上一摔！

有人拔刀了，挡开他的天蚕丝，杀气腾腾地就冲了上来。

颜无味坐着没动，婚期将近，不宜杀生，想着断了这些人手脚就好。

然而，江湖正义之士竟然甩了暗器出来！泛着毒光的飞镖直直冲他而来！

颜无味的眼眸红了，侧身躲过暗器，天蚕丝狠命地勒着三个人的脖子，使劲一拧！

周围的百姓在尖叫，一条街的人都吓得跑完了，他却觉得很安静，周围再也没了杀气。

眸子里的红色慢慢褪去，颜无味回过神，看着面前的尸体，有些懊恼。

说好不想杀人的。

摇摇头，他转身，小草正拿着糖葫芦呆呆地看着他。

第 198 章　有旧人来

瞧着她的表情，颜无味有些慌了，大步跨上前去将她的视线挡住，语气也有些无措："你听我说，刚才是他们想杀我……"

"你受伤了吗？"小草回过神来，看了看他，刚刚错综复杂的神色全部变成了担忧。

颜无味怔愣，低头看着她："我没受伤，但是……我杀人了。"

"是他们要杀你的……那杀了就杀了。"小草垂了眸子道，"我们回去吧。"

说罢，她转身，步子走得很快。颜无味低头，就能看见她垂着的手攥得死紧。

抿唇，他追上去一把拉住她："小草。"

"嗯？"小草转过身，没看他，拿着糖葫芦也没吃。

颜无味笑了笑道："你很讨厌我杀人吧？"

"没有。"小草摇头，"我只是还不太习惯而已。"

颜无味捏着她的肩膀，手上微微用力："我以为你会讨厌的。"

"怎么会？"小草笑着道，"你对我那么好，其他的事情，我又怎么会在意？"

虽然她看见他杀人，心里会忍不住颤抖，像是有什么东西在鞭打她，完全无法安定下来。然而既然已经选择跟他在一起了，还去计较这些，不是太矫情了吗？

颜无味深吸一口气，苦笑道："你知道吗？每个人都有自己喜欢和讨厌的东西，也有自己的底线，要是你喜欢的人触及你的底线，你是会伤心难过，和他吵架的。"

小草抿唇："啊……是这样啊。"

"就好比你每次提起段十一去青楼，都是咬牙切齿的模样。"颜无味扯了扯嘴角，"那才是喜欢。"

小草一惊，抬头看他："不是的……"

"就像你这么久了还是无法放下他，我也很生气。"

颜无味垂了眸子："可是你怎么都不会生我的气，不管我杀人也好，做什么都好，你总是笑，总是说都可以。"

小草有些慌，下意识地想伸手去堵颜无味的嘴巴："别说了！"

颜无味拉着她的手，低笑道："不说怎么能明白呢？小草，你还是没能喜欢上我，却要嫁给我了。你的余生，当真能快乐吗？"

起风了，小草额前的碎发落下来，挡住了表情。颜无味温柔地将她抱在怀里，低声道："我这人孤独惯了，没想过有一天身边会有个人来陪着我，每天笑闹。你来摘星宫，整个地方都像是活起来了，不再死气沉沉的。我很贪恋这种感觉，所以哪怕知道你不喜欢我，我还是没开口放你走。"

小草拼命地摇头："不是这样的。"

她也……挺喜欢在这里的。

颜无味抱紧了她："时常听见你半夜做噩梦，惊醒的时候会喊一声师父，有些时候，甚至会直接喊他的名字。"

十一，段十一。小草错愕，所以他说不让她去看摘星宫的人打桥牌，是因为桥牌里也有十一吗？

哭笑不得，小草推开他："你可以直接给我说的，我也只是不习惯，我可以慢慢改。"

颜无味沙哑了声音："习惯可以改，毛病也可以改，只有喜欢一个人是改不掉的。"

他深有体会。

小草瞪他："所以你想说什么？"

颜无味张了张嘴，又闭上，停顿了好一会儿才重新开口："你……回长安去吧。"

"不回！"小草气鼓了脸，"就算我不像个女人，这婚都订了，嫁衣都绣好了，你还有不要我的道理？"

"小草……"

"我不管！"小草伸手将他的手抓过来，"你允了娶我，就要负责！"

颜无味一愣，伸手捂住了自己的眼睛："分明是你不喜欢我，怎么倒像是我不要你了一样。"

小草撇撇嘴，看着他道："我是认真的啊，答应人的事情不能反悔，我也从来没想过还要惦记其他人。你再等等我，还有半个月呢，这半个月里我一定好好睡觉不做噩梦，也再不去看人打桥牌了。"

空荡的街道上只有他们两个人，颜无味长长地叹了口气，将她抱进怀里："好吧，我们回去吧。"

"嗯。"小草点头，垂着眸子跟他一起往回走。

忘记一个人要花多长时间呢？浅点的几个月，深点的几年，再深一点的，可能就要一辈子了。

婚期将近，摘星宫在外头的人都陆陆续续回来了，带回不少江湖上的消息。

"六大门派在集结着往九重山赶呢！可能要有一场恶战。"

"怕什么？我们摘星宫什么场面没见过？"

"可是霹雳门的铁衣大炮都来了，这人肉之躯，再高的功夫怕是也……"

"慌什么，咱们这里的地势，那大炮也要运得上来才行。"

小草一边啃白瓜一边听着大堂里的人议论纷纷。她坐在角落里，来的人十分多，也没人注意她。颜无味练武去了，并不在。

"我还听见个消息。"有人说了一句，"六扇门第一捕头段十一，据说是得了什么怪病，一夜白头啦！"

白瓜啪叽一声掉在了地上，小草皱了皱眉，将白瓜捡起来擦了擦，又继续啃。

"那么厉害的人物，也不知道是怎么了……听说慧通大师还去跟他道别了。"

"你别说了，咱们宫主要娶的新夫人正好是那段十一的徒弟。"

说话的人四处看了看，目光跟小草对上，吓得一个激灵。

小草看着那人惊恐的表情，朝他友好地笑了笑，然后继续啃她的白瓜。

段十一生病了？他那一头黑发，竟然全部白了吗？

所以，他到底是得了什么病？小草放下白瓜，呆呆地往外走。

"哎，新夫人，您去哪儿啊？"燕婶笑眯眯地走过来道，"明日就是大婚啦，外头有您的旧人，从长安来看您，说是要送您出嫁，您要不要去见见？"

心口紧得发疼，像是好不容易埋好的伤，又被人整个儿翻开来，血肉模糊。

第 199 章　他从来都对你很好

小草觉得自己的表情肯定又会暴露点什么，所以低头看着自己的鞋尖，缓了一会儿才找回自己的声音来："我就……不去见了。我没爹没娘的，也不用送嫁。有客自远方来，那就好生招待，有劳您了。"

燕婶觉得奇怪："您的亲友过来，您怎么瞧着不是很高兴？"

"我哪有不高兴？"小草咧着嘴笑道，"我可高兴了，就是身体不太舒服，想回去躺着。"

"不舒服？"燕婶道，"那正好啊，来的人说他是个大夫，让他来给您看看吗？"

大夫？

小草傻了，抬头看着她："不是……是个大夫啊？"

"对，说叫包百病的，就在外头呢。"

小草愣了愣，松了口气，忍不住笑了出来："既然是这样，那就正好让他来给我看看吧。"

"好，您先回房去等着。"燕婶颔首，转身走了。

小草掐了自己一把，回去房间里。

怎么听见长安，就只想得到他呢？长安里的人千千万，包百病好歹也算她的亲友，来送个嫁也是正常的。

只是……包百病都知道她要嫁人了，段十一应该也知道吧？笑着问她要请帖的人，竟然没有来。

是因为病得很严重吗？小草忍不住皱眉。

"咦，还以为能看见个穿着嫁衣的人呢。"包百病从门口伸了个脑袋进来，瞪着眼睛看着她，十分失望地道，"你怎么还穿得跟个男人似的？"

小草白他一眼："嫁衣要明天穿。"

包百病走进来，边摇头边道："小草啊，你是不是被人欺负了？这大喜将至，怎么看起来还是没什么精神？"

"我要怎么有精神？"小草撇撇嘴道，"出去围着摘星宫跑两圈吼两声？"

"不是啊，但是你眼里至少得有神采吧。"包百病在她对面的凳子上坐下，道，"就像最开始我认识你跟段捕头的时候，你那时候的眼睛就贼亮贼亮的，看起来可精神了。"

小草皱眉："你大老远从长安过来给我添堵的？"

包百病嘿嘿笑了两声，脸上就恢复了严肃的神色："我是来确认的，小草，你真的要嫁给颜无味吗？"

小草失笑，伸手指着旁边挂着的红彤彤的嫁衣："衣裳都准备好了，你以为我在开玩笑吗？"

"你这是因为自己的承诺，要还颜无味的恩情，还是因为你喜欢他？"包百病问。

"问这个干什么？"小草耸肩，"很重要吗？"

"当然很重要。"包百病道，"前者你会痛苦一辈子，后者只用痛苦一阵子。"

小草怔愣，接着皱眉："为什么这样说？"

包百病摆开了架势，小草专心地看着他。

"你可以因为合适或者感激跟人在一起，只要那个人好，成亲不是问题，一起过日子不是问题。但是，你得祈求你们这一生中不要出现任何风浪，因为没有感情的两个人，在一起就像是绳子捆的木筏子，遇见大风浪，必定会散。

"你们无法完全信任彼此，无法探知对方心里到底在想什么，礼貌又客套，与其说是夫妻，不如说是住在一起的朋友，还是有距离的那种朋友。感情可以包容很多东西，没有感情的话，很多东西就无法包容。开头往往是美好的，时间长了你就会发现，还是跟自己喜欢的人在一起才最好。"

小草嘿嘿笑了两声："你怎么就知道，我一定不喜欢颜无味？"

包百病理所应当地道："因为你喜欢段十一啊。真的喜欢一个人，是没办法再去喜欢另一个人的。"

小草瞪他："你瞎说什么？"

"有没有人说过你不会撒谎？"包百病看着她摇头，"不喜欢一个人，是没办法装成喜欢的样子的。同样，喜欢一个人，也是没办法装成不喜欢的。段十一傻，他看不出来你还念着他，我这个局外人看得可清楚了，你离开他，一点也不快乐。"

小草起身去把门关了，回头看着他："我知道，你一定又是自愿来给段十一当说客的。但是我告诉你，就算我以后会后悔，明天我也一样会穿上嫁衣嫁给无味。"

包百病挑眉："因为你觉得自己欠他太多了？"

别开头看着窗外，她的确欠他太多了，然而拿这个来当嫁给他的理由，未免太过伤人。她宁愿觉得是他对自己好，更适合自己。

"你难道不觉得，段捕头对你也好吗？你就不欠他的？"包百病挑眉道，"虽然他总是嘴上不饶人，但是你想想，他对你到底怎么样？"

"还能怎么样？"小草撇撇嘴，"他说过不会看得上我这样的，没事还吐槽我，虽然教我功夫，也替我收拾了烂摊子，甚至也救过我的命……"

其实这样数起来，他们好像还真的一起经历了很多事情。

他带她破案，龙潭虎穴都闯，被人追杀，护着她一路跑。有人要杀他们，他也替她挡了。这样说来，段十一救过她很多次。

然而她竟然觉得，颜无味对她的恩情要大些。

"为什么呢？"小草轻声嘀咕，"包百病，我是不是有点偏心？段十一做再多我都觉得是应当的，没啥感觉。但是无味……他与我萍水相逢，为我做了那么多……"

她觉得颜无味更让她感动一些。

"想知道原因吗？"包百病道，"我打个比方，外面下大雨了，我给你送了把伞来让你印象深刻些，还是旁边的陌生人把他的伞给你让你印象深刻些？"

"肯定是后者啊，你跟我是朋友，送伞是情谊，人家陌生人将伞给我，完全就是心肠好啊，这样的人多难得。"

"那不就结了，同样的事情，人总是对亲近的人刻薄一些，对陌生人友好一些。你是习惯了段十一对你好，已经觉得是理所应当，他救你无数次你也不觉得有什么。而颜无味，是外人。"

包百病看着她，深深地道："为什么分明亲近的人付出更多，你却只看得见外人做的事情？"

小草哑然，皱眉看着他。

第 200 章　挺好的

包百病说的一点都没错。段十一是她师父，两人总是在一起做事，他在她身后帮着她，已经帮得让她觉得理所应当，救她的命，给她秘籍，教她武功这些好，都被一个师父的名头盖了去。

因为他是她师父啊，做这些显得顺理成章，理所应当。然而她没想过，完全可以一个人自在过日子的段十一，为什么要负担她这个累赘。在从风家将她救出来之前，他对她来说，也只是陌生人。

怎么就不记得他的好了？小草低头严肃地反省了一下，得出的结论是，因为段十一的嘴巴实在太毒了。

所以她忘记感激他了。

但是，现在说什么都回不了头了吧？已经到这里了，她不可能抛下颜无味。就算知道段十一怎么好，她也只能在心里感激他了。

"我倒是想起头一次看见你们的时候。"包百病突然说了一句，"还以为你们是夫妻。"

"为什么？"小草疑惑地看着他。

"因为你那时候好像中毒溺水，他想也没想就给你渡气。"顿了顿，包百病补充，"嘴对嘴那种。"

小草脸上一红，傻眼了。还有这事儿？

"开始我就觉得他对你的态度不像是师父对徒弟的，可能他自己都没察觉吧。"包百病翘了翘兰花指，"我这人很敏感的。"

安静了两个月的心重新跳动起来，小草伸手镇压了一下，努力让自己平静。

"他对我很好我知道，少了我这个包袱，他在长安应该也过得挺好的。"说出来也不知道是安慰谁，小草甩甩脑袋道，"包百病，从现在开始你一个字别多说！"

包百病刚想开口就被小草拿桌上的点心堵了嘴："再多说我把你从摘星宫最高的楼上扔下去！"

无辜地眨眼，包百病摇头，人啊，就是不爱听实话。不爱听就是因为实话往往会将人打醒。

得了，不说就不说吧，她总会明白的。

小草拎着他去安置在了客房，回来看见挂着的嫁衣，闭了闭眼。

没关系，她这人又没啥好的，尽闯祸不说，也没什么优点。段十一值得更好的女人，温柔贤惠，美丽大方的，能照顾好他，他们在一起一定很幸福。

这样想着，难受多了一点，却没那么摇摆不定了。

没错，他现在应该也挺好的。只是好像中毒了……对了，她忘记问包百病关于他的白发的问题了！

转身跑去客房，包百病刚坐下，就被她吓得一抖。

"段十一的头发是怎么回事？"小草撑着手看着他。

包百病挑眉，指了指自己的嘴巴：你不是不让我说话吗？

小草一挥手，大喝一声："说！"

包百病配合地做了一个封印被解除的动作，然后笑道："他自己染的，说那样比较与众不同。而且他皮肤白，也好看。"

松了口气，小草翻了个白眼，白担心了。

今天晚上可以睡个好觉了，小草朝包百病摆摆手，继续回去休息。

拜堂之前，新人不能见面，小草也就没看见颜无味。她睡得很好，虽然依旧做了噩梦，但是好歹睡着了。

颜无味没有睡着。

他坐在摘星宫最高的房顶上，捏着酒壶，茫然地看着夜空。

喜欢的东西就放在自己手里，谁都想握紧。他是贪心的人，小草就在他面前，他自然想拥有。

然而，两个月过去了，他没能让她喜欢上他。

人好像都容易得寸进尺，他最开始是想跟她在一起，后来是想只有他跟她在一起。再后来，他竟然想让她心里只有他。

他看得见她眼底埋藏的东西，看得见她的想念和痛苦，虽然她每次都否认，都说不会后悔嫁给他，然而他真的该继续这样，让她因着感激，跟他过一辈子吗？

夜空寂寂，天亮的时候，就是黄道吉日了。

小草没睡多久就被抓了起来，梳洗上妆，盘头换衣，迷迷糊糊的，眼睛都还没睁开呢，就听见燕婶在后头嘀嘀咕咕地说吉祥话："今天真是个好日子，夫人与我们宫主成亲，一定会幸福美满。"

打了个呵欠，小草闭眼，任由她们一顿折腾。

"宫主，六大门派的人打到九重山下了。"黄毛怪跑来汇报，"怎么办？人看起来有点多。"

颜无味坐在窗边的软榻上，一身喜袍鲜红，闻言侧头："只有六大门派的人来了吗？"

黄毛怪茫然："江湖只有六大门派，还能有什么人来？"

"没什么。"颜无味站起来道，"我先与新夫人拜堂，放他们上山来，等他们上来，再一决高下吧。"

"是。"黄毛怪偷偷看着自家宫主的表情，大婚之日呢，怎么显得这么沉重？

喇叭唢呐欢欢喜喜，整个摘星宫都十分热闹。打扮好的小草被燕婶扶着，从摘星宫最外面的一间屋子，走到摘星宫大堂。

周围全是人声，恭喜的，起哄的。难得他们冬天都找到了花瓣，从天上撒下来，落了满地。

小草踩着这些花瓣，安静地往前走。

她耳朵里好像听不见其他的声音，世界格外地安静。这一步步地走过去就好了，为了不让自己脑子里乱想，她干脆就什么都没有想，脑袋放空。

颜无味在喜堂里等着她。

他今天看起来格外丰神俊朗，喜服边儿上和腰带上绣着的鸳鸯也十分好看，小草戴的是珠帘头冠，没有红盖头，还能看见周围的东西。

颜无味将同心结接过去，站在了她身边。侧头看了她一眼，低声问："睡得好吗？"

小草点头："挺好的。"

第 201 章　帅的人

还以为他要说什么，竟然只是问了这么寻常的一句。小草低头，突然有些不敢看他。

然而也不能看了，旁边的黄毛怪尖着嗓子喊："开始拜堂了啊！一拜天地！"

周围响起一片喝彩之声，小草跟颜无味挽着同心结，朝门外深深鞠躬。

门外站的人很多，小草抬头的时候，忍不住看了一眼。

黑压压的一片。

闭了闭眼，长长地出了口气。忘了吧，从这一刻开始，她的生活里只有颜无味，再也没有段十一。

喜堂里上位的位置是空着的，因为两人的高堂都已经不在。小草本来想着，还有一个如妃娘娘呢。但是她远在深宫，怕是也来不了。再说，她现在也不是公主了。

"二拜高堂！"

小草转身，垂着眸子就朝空椅子拜了下去。

颜无味没动，周围的热闹在这一瞬间都像是被凝固了，恭喜之声全部消失，连吹唢呐的人都停了下来。

小草睁开眼，慢慢抬头。

一身白衣的人坐在她面前的高堂之位上，白发散落满衣，桃花眼里带着笑意，看着她道："怎么能让我徒儿白白拜个空椅子呢？"

没人知道他什么时候进来的，也没人知道他是从哪里进来的。摘星宫外头分明还戒严，在防着六大门派的人，那重重机关，他竟然也轻松过来了！

颜无味眼神复杂地看着他，这第二拜没有拜下去。

站在人群里的包百病忍不住嘀咕："啥毛病啊，不是说不来吗？"

小草看着他的头发，脸色有些苍白，呆呆地喊了声："师父。"

听闻他白发，她只是觉得有些难受，当真亲眼看见，没想到她竟然心疼得想哭。

长安那染发师傅没这么好的本事，不可能将他这一头青丝染得一点黑色都没有，白得透明，怎么可能是染的！包百病骗她！

手微微发抖，抖得同心结一起跟着打战。

颜无味侧头看了看小草，微微抿唇，看着段十一道："难得你大老远过来。"

周围的人这才从震惊里回过神，开始小声议论。这白发的男人实在太过好看，一点也不难猜是谁。他是来嫁徒弟的吧？然而表情怎么那么奇怪呢？

"我也不知道自己怎么就来了。"段十一摸摸鼻梁，轻笑出声，"没打算来的，但是等我回过神，人已经在这里了。"

段十一起身，走到小草面前，一双眼睛认真地看着她："如果我说我是来破坏婚礼的，你会不会揍我？"

风华绝代的段十一，下巴上已经有青色的胡须痕迹了，眼下黑黑的，看得小草忍不住道："我不用揍你，你这模样都离归西不远了。"

是吗？段十一摸了摸自己的脸，轻笑："竟然有那么憔悴吗？我该收拾收拾再来的。"

这颜值上输了颜无味，多不划算啊。

"没用，你倒立着来都没用。"小草垂了眸子，指着椅子道，"要是还当我是徒弟，就去坐好，让我们重新拜堂。"

段十一摇头："我这一生说了太多违心的话，今天累了，想说点真心的。我不会去坐下，也不会眼睁睁看着你们成亲，哪怕豁出我这条命。"

小草一震。

周围摘星宫的人不爽了，这人长得好看是一回事，在他们宫主大喜之日竟然来抢新夫人，这就不能忍了！

刀枪棍棒全部拿了出来，大家就等着颜无味一声令下，上去把这白发美人给剁了。

然而颜无味没有动，只平静地看着段十一道："你想说什么就直说吧。"

竟然还让他说？包百病啧啧两声，这颜大魔头风度也真是够好。

小草转头，皱眉看着颜无味："我们继续拜堂吧，不要管他好了。"

颜无味摇头，轻笑道："有些话还是听听比较好。"

不然，说不定就错了一辈子。

段十一笑了，站在这对新人面前，看了他们一会儿才开口道："我对小草，撒过三个谎，现在我想说实话。"

小草表情凝重地看着他。

"第一个，是从风家救你回来的时候，我说是因为一时兴起捡着玩。其实是因为，你让我想起了自己，觉得心疼，想给你一个家。

"第二个，是我总说你很笨，很蠢，学什么都不会，总是惹麻烦。其实，你聪慧又肯用功，正义又善良，是个很好的徒弟。

"第三个，是我给你说喜欢说多了是烂白菜，不值钱。"

段十一深吸一口气，看着她的眼睛道："其实不是的，你每次说喜欢我，我都很开心。想多听听，却又觉得拉不下脸，所以老是开口伤你。我这人就是这样，不喜欢好好说话，怕感情外泄会变得让人一击就中。"

"我很后悔在天牢门口放走了你，或者说，我很后悔以前没有好好回应你。

"我……对你是什么感情，从开始到现在都一样，从来没变过。但是我这人太笨，装腔作势的，让你伤心难过，让你放弃我了。

"说实话，我也很伤心，哪怕你看我一直是笑着的。"

段十一突然觉得有些局促，手下意识地摸腰间的扇子，才想起来那扇子早在天牢门口的时候就碎了。

叹息一声，他道："我不太会正经说话，说的话也不是很动听，但是小草啊，我不想你嫁给别人。能不能……"

停了停，他轻笑道："能不能不嫁了？"

小草呆呆地看着他，半晌回过神，道："你确实挺不会好好说话的，一说这些话，我都觉得你变得不像你了。"

段十一抿唇："一个帅的人，在说真话的时候应该更帅。"

第 202 章　我只是有点紧张

分明是除了一身的戒备，赤裸裸地站在这里了。小草也不知道段十一哪里来的心情，还能自恋！

她觉得有点心疼，疼得握着同心结的手都攥紧了。

不是没想过，要是有一天段十一对她缴械投降，她一定会狠狠地羞辱他！将他曾经对她喷过的毒液统统喷回去！叫他那么嚣张，叫他那么高高在上，叫他从来不考虑她的感受！

然而，她真的等到这一天的时候，却疼得说不出话来。

他在笑，不是嘲笑，也不是平时的假笑，更不是发自内心的笑。眼里满满的都是脆弱的琉璃，好像她一句狠话就能全部击碎。

现在的段十一像是拔了刺的仙人掌，站在她面前道："我没刺了，你摸摸，我很软的。"

她要是不伸手，他会不会哭啊？

坚定不移的决心有些动摇，小草苦笑了一声，不知所措。

她以为可以将感情隐藏得好好的，就像吃完了的果肉的苹果，将核儿埋起来，不去想就好了。谁知道这核儿还是会发芽的，只要看见这个人，那绿芽就能顶破埋了许久的厚土，重见天日。

她可真无耻，答应了无味要改掉的东西，还是没改掉，这一伤就是三个人。

侧头看看，颜无味表情很平静，竟然没有恼，也没有不悦，像是一早就料到一样，镇定地看着她。

"你觉不觉得以前总是不说真心话的段十一很讨厌？"颜无味问她。

小草呆呆地点头。

"那你为什么要学他？"

小草一愣，段十一也愣了愣，转头看着他。

颜无味轻笑道："段十一，我觉得你挺无耻的，这么深情款款来这喜堂之上，就算最后小草跟我成亲了，想必也一辈子忘不掉你了。"

"与其这样，那还不如让我无耻一点好了。"

说罢，伸手将手里的同心结放进了段十一的手心："拿着。"

段十一错愕，小草也傻了。

周围的摘星宫众人按捺不住了："宫主！您怎么能把新夫人拱手让人呢？"

"是啊，咱们把这小子给剁了不就好了？"

颜无味转身，穿着一身喜袍往外走，声音严肃："少废话，六大门派已经上山了，摘星宫上下听令，集体出门迎敌，将这帮卫道士杀个片甲不留！"

众人一愣，不甘心地听令，一齐往外走。

"无味！"小草有些慌了，"你不娶我了？"

颜无味停住步子，头也没回地道："这些天我也想明白了，你跟我在一起不合适，我连杀人都必须顾忌你，你也总是强颜欢笑，这多不好啊。我还是更喜欢恣意潇洒地过日子，想杀谁直接动手就好了，喜欢什么不喜欢什么，直接说就好了。"

小草皱眉。

"我要出去了，你们好好聊聊吧。"颜无味回头，朝她笑了笑，"婚事不成情意在，咱们做不成夫妻，做一辈子的朋友也好。"

话说出来，颜无味心里也轻松了一些，挥挥手就继续往外走。

只是转过头，笑容一点都没剩下。

黄毛怪抓抓毛，跟在颜无味身边道："宫主，虽然小的不懂什么情啊爱的，但是您刚刚撒谎了，小的看懂了！"

颜无味伸手，一巴掌将他推开，袖子里飞出天蚕丝来，迎上外头的六大门派。

小草僵硬在原地，段十一伸手就将她头上的珠冠给取了："跟我回去吧。"

"他摘星宫有难，你要我就这么回去？"小草不自在地别开头，"我要出去帮忙。"

段十一翻了个白眼："你还真当自己是摘星宫新夫人呢？婚事没了！"

这一句话，小草"哇"的一声就哭了出来，坐在地上，跟孩子似的打滚。

"怎么了？"段十一皱眉。

"都是你害的！害得我愧疚得难受！"小草边哭边道，"感觉自己从一开始就做错了很多事情，辜负了很多人，到最后安然无恙的却只有我！"

哪怕颜无味当场翻脸也好啊，说她说话不算话也好，都比这样直接走了让她好受。她不曾知道感情这种东西会这么折磨人，一个决定错了，后面的就全部都错了！

段十一安静地看着她哭，低下身来，白发温柔地落在她身上。

"这次你知道难受了，以后就再也不会任性了。"他道，"人的感情是经不起赌气和欺骗的。你不能骗别人，更别想去骗自己。"

小草愣了愣，泪眼婆娑地看着他，觉得段十一的形象突然高大了些，竟然会说人生哲理了。

但是他接下来一句就道："一早明白你爱我爱得不可自拔，再也不可能爱上别人的时候，你就该幡然醒悟，待在我身边不要乱跑。你看吧，跑出一堆愧疚来。"

小草一口咬在段十一的手上。

爱啊，恨啊，恼啊，统统都在这一下上头，鲜血淋漓的。

段十一没动也没叫唤，伸出另一只手温柔地摸着她的头："包百病不是给你说过吗？有什么想不开的事情，就去找他说，你为什么就喜欢一个人任性下决定？有时候听听身边有脑子的人的话，是没脑子的人的唯一出路。"

"段十一！你刚刚还好好说话的！"小草怒吼。

他轻笑，喉结微微动了动，眼里明亮地看着她道："我只是有点紧张。"

小草一愣，都这时候了还紧张什么？

然而她侧头，就看见了段十一另一只手的手指，真的在微微发抖。

心里疼了一下，小草老实了。

紧张的段十一习惯了用毒舌做伪装，伸手将她抱起来，道："咱们回家吧。"

小草表情很纠结："我想看摘星宫有没有事。"

毕竟霹雳门弄了铁衣大炮来啊，那玩意儿的威力他们都亲眼看见过，万一颜无味有什么三长两短的，她这辈子也别想安心过活了。

"好。"段十一想了想，点头，"不过你先把这身碍眼的衣裳给我换了！"

小草撇撇嘴，挣开他的怀抱就往自己的房间跑。

热闹的喜堂安静了下来，外头烽火正起。

第 203 章　愿你们都有一场花好月圆的爱情

六大门派来势汹汹，以少林慧通大师和霹雳门郑宗胜门主为首，一齐攻打摘星宫。

拼了老命将铁衣大炮运上山，郑宗胜却没让立马点火轰了摘星宫，而是让颜无味出来说话。

小草就想不明白了，转头问旁边的段十一："你说为什么每次开打之前，都要说一阵开场白？这时间直接动手，摘星宫早就平了吧？"

段十一严肃地道："江湖人把这叫气势，颜无味是邪，他杀人可以不用给由头，反正别人也都恨他，给不给没啥两样。正义之士就要麻烦一点，要得到其他人的认可，就必须有像模像样的杀人理由。"

小草皱眉："反正都是杀人，说那么好听做什么？"

段十一摇头："你不懂，这叫正义。"

不拿个名头出来，大概就觉得自己和摘星宫的一群魔头没什么两样了。

小草憋了半天，还是没忍住，道："还不如坦坦荡荡直接上去开打呢。"

段十一斜她一眼："你好好看着就是。"

两人正坐在摘星宫的高楼上，小草表情有点纠结："按理来说我应该支持除魔卫道的，但是我不想无味死。"

"他们江湖上的纷争，你护得住颜无味一次，也护不住他第二次，所以最好别去管了，顺其自然。"

道理她都懂啊！但是看着颜无味出来，站在那几架铁衣大炮前头的时候，小草还是忍不住心惊。

"颜无味，你恶贯满盈，杀人无数，今天就该付出代价了！"郑宗胜道，"我们六大门派，今天就要为民除害！"

颜无味仍旧穿着喜袍，山上大风，吹得他袍子烈烈，看起来气势就比对方强了不是一点半点。

"想除掉我，那就过来。"

一句话，掷地有声，郑宗胜抿唇，却没敢上去。周围一片喊杀声，摘星宫的众人排列在后，距离六大门派的人，不过百步之遥。

铁衣大炮的射程，刚好就是一百步，小草心都紧了，不知道该怎么办。要是论武功，摘星宫完全不用担心什么。但是还有霹雳弹啊！

颜无味先动手了，天蚕丝飞出，纵身就朝郑宗胜冲去。哪知郑宗胜连忙往后跑，倒是慧通大师站出来，迎上了他，硬过了几招。

周围的武林人士哪里还管其他的，一窝蜂就冲了上来，一时刀枪交碰，杀声四起。

郑宗胜就在后方，指挥霹雳门的人填充弹药。

"怎么办！"小草站了起来，几乎要立刻冲下去了。

结果侧头一看，旁边的段十一已经不见了。

转头四处找找，就看见一只雪狐一样的东西，冲到了郑宗胜身边去。

正是段十一！

他做什么去了？小草很好奇，就看着郑宗胜待在原地没有动弹，那白色的人影淡定地从战场上经过，也没人对他动手。

段十一看见颜无味的时候，甚至还打了招呼。颜无味挑眉。

一场恶战厮杀，段十一回到她身边的时候，轻轻遮住了她的眼睛："咱们可以走了。"

"那怎么行！"小草皱眉，"摘星宫……"

"摘星宫不会有事，无味也不会有事。你再不走，看见那么多尸体，不会难过吗？"段十一直接将人抱起来，往肩上一扛，"走了。"

小草还想再说，段十一竟然抱着她直接从高楼上跳了下去！

"啊啊啊——"小草忍不住尖叫。

段十一笑出了声，中途在房檐上借力，抱着她往下山的方向而去。

这一声尖叫，颜无味侧过了头，像是知道段十一在带着小草跟他告别一样，眼神微微黯淡，却又笑得释然。

得不到的东西，哪怕假装潇洒也还是放了吧，至少在那人心里，还能留下点位置。

战斗如火如荼，旁边有人大喊："郑掌门，快用霹雳弹直接杀了那魔头啊！"

摘星宫的人顿时都绷紧了身子。

"宫主快走！"黄毛怪大喝一声。

四周的摘星宫众人都过来挡在他身前，颜无味大笑："你们没走，我又怎么能一个人走？今日就算是死在一起，也算值得！"

众人都红了眼。

"郑掌门，你在犹豫什么？"慧通大师退回来，看了他一眼。

郑宗胜长长地叹息："要是打不过摘星宫，咱们就撤退吧。"

"为什么？"慧通疑惑。

"我曾经欠了段十一一个人情。"郑宗胜叹息道，"他刚刚来，把人情给拿回去了。"

慧通不解："他拿人情走，跟你用霹雳弹有什么关系吗？"

郑宗胜指了指旁边的七架大炮，慧通仔细看了看，也黑了脸。

"你怎么知道颜无味一定会没事？"小草挂在段十一的肩膀上，郁闷地道，"对面有大炮呢！"

段十一翻了个白眼，边走边往她手里塞了一把东西。

小草接过来一看，七根引线，用来给铁衣大炮点火的东西，都在她手里了。这东西一扯，那铁衣大炮就废了啊！

"你不记得霹雳门的案子了吗？郑宗胜说过，欠我一个天大的人情，而我只是问他要了点东西而已。"段十一道。"没有大炮，他们与摘星宫靠各自的武功，也算是公平。而论武功，能杀了颜无味的人现在正扛着一个白痴在下山。"

小草忍不住笑了，将七根引线捏得死死的，拍拍他的肩膀道："真有你的。"

想起颜无味，小草还是忍不住叹了口气："成亲之前燕婶给我说，无味的五行缺木。他以后会遇见另一个属木头的姑娘吧？"

段十一嘴角抽了抽，将人从肩上放下来，挑着眉道："他会不会遇见木头我不知道，不过我也会算八字。"

"哦？"小草不信，"那你猜我五行缺什么？"

段十一哼了一声就往前走，白色的头发和袍子一起飞舞："猜都不用猜，一看就知道。"

"你五行缺我。"

她低笑，看着他的背影，心情还是很复杂。

不过，爱也好，恨也好，恼也好，怨也好，她这一辈子，可能是离不开他了。既然离不开，那就好好回去，解决该解决的，爱想爱的。

人的一生会因为赌气和欺骗错过很多人，一时的错误决定，有可能会误了半辈子。她是幸运的，还有机会改正，那就好好改，好好走。

已经悔过一次了，她会因为愧疚而记得颜无味一辈子，也因为这份愧疚，更珍惜身边的人。

捏捏拳头，小草往前跑，朝段十一追了上去。

喜欢是骗不了人的，永远别去欺骗自己。不喜欢也是骗不了人的，别轻易去耽误别人。

愿你们都有一场花好月圆的爱情。

番外 1

"你叫什么名字？"

"不记得了？那好，我便给你一个，与我同姓，唤小草如何？"

"小草？"

"你看你家都没了，却还剩一个你，可不是'野火烧不尽，春风吹又生'？唤你段小草，妥！"

段十一说完，就一把将她捞起来，放在自己左肩上，轻轻掂了掂，咂两下嘴，嘀咕道："这么轻，没二两肉，回去好生养养。"

小草傻愣愣地看着他，觉得这人真好看，三月的春风六月的细雨再加上中秋的月亮，都不如他。

"以后你就是我段十一的徒弟。"他直视前头的夕阳，底气十足地道，"要是被人欺负了，就报我的名字。"

"你很厉害？"

"比一般人厉害点。"

"那什么样的人叫一般人？"

"这天下除我之外，别人都很一般。"

段小草：……

山上下过雨，路很泥泞，段十一深一脚浅一脚地在往下走，上好的白锦靴已经污得没了形状，可小草在他背上半点没觉得颠簸，倒是无比的踏实和安心。

"没其他活口了是吗？"她闭着眼问了这么一句。

背着她的人一顿，步子更缓了些："没了。"

"嗯。"

"嗯是何意？"段十一侧头挑眉，"我说你，怎么没半点家破人亡的伤痛啊，虽然我也不喜欢看人哭哭啼啼，可你总不能跟死了似的毫无反应啊，不然回去我除了请大夫还得关注你心理健康，我很忙的。"

"喂？说话。"

段小草沉沉地叹了口气，问他："你长得这么好看，为什么话这么多？"

"你这话就不对了，长得好看的人为什么不能多话？你这是相貌歧视。"

"不是。"小草眯眼，"我记得那种长得好看的大侠都是寡言少语来去无痕的，这样容易留下佳话。"

"你这就属于没见过世面。"段十一翻了个白眼，"那种冷漠无情的大侠早就过时了，现在就流行我这种的。"

小草沉默，她看着前头摇摇欲坠的夕阳，突然不是很想去见世面。

"伤口疼不疼啊？前头就是个村子了。"

"我无妨，你且走就是。"

山上起了一场大火，黑烟袅袅，阴云不散，段小草一次也没回头去看那片废墟，只抓着段十一肩上的衣裳，任由他带着自己前行。

山脚下的村子不繁华，但农舍里的大婶不知为何热情得很，请他们进门，又给她倒了一碗水。

"你在这儿待着，我去洗洗。"段十一很是嫌弃地刮着鞋上的泥，甩甩袖子走了。

小草乖乖巧巧地坐着，一动不动。

远处传来那大婶的声音："俊郎，你这是要带侄女儿回城去呀？这路可不好走，再往前些还有一段是陡崖，天色这么晚了，不如就在这儿歇吧。"

"那就多谢了。"

脚步声又朝她这边来，段十一的声音接着响起："明日我们再赶路，你先将就一晚如何？"

"好。"她并着脚尖坐着，低声应了。

这么乖顺，又这么平静，小草自认当时的自己表现不错，起码能让百分之九十九的人松了戒备。

然而，段十一听完，却在她面前站了好一会儿，一双眼落在她头顶，审视良久。

小草觉得，段十一能做捕头是有他的道理的，如果换作她，直接去睡一觉准备第二天上路。

可段十一没有，他出现在了深夜的陡崖，白衣飘飘，墨发飞扬，以一种凛然的姿势，一把拉住了落下悬崖的她。

"这么没出息？"手臂上青筋暴起，他倒是还有余力笑，"我还当遇见了个没有喜悲的神仙，谁知道是个慷慨赴死的勇士。"

"放手。"

"你让我放我就放，你把自己当谁？六扇门总捕头？"段十一白她一眼，居高临下地睨着她，"风家总共就剩你这么一根苗，你倒是好，自个儿连盆端着一起摔，你不心疼自个儿，我还心疼我那白锦靴呢。"

小草抬头看他，眼眶到底是红了："你说你救我回去干什么，我已经一个亲人都没有了，再活着，就是背着那一百多口人命苟延残喘，我累不累啊？"

"活着有什么不好。"崖上那人笑得越发好看，唇红齿白的，"你活下去，未必是背着人命，也可能是背着希望，背着他们的庆幸和保佑。"

段小草狠狠一震。

头顶上浩浩星穹，像极了很多年前的夏夜，那时候有小丫头多愁善感，抱着风家家主的膝盖哭得涕泪横流。

"小丫头，哭什么？"

"爹爹，他们说人都会死，我不想爹爹死。"

"傻丫头，人都会死，那有什么好哭的？"

"我舍不得爹爹……"

温厚的手掌罩在她头顶，她吸着鼻涕抬头，就见风家家主笑得慈祥："人死人活都一样，爹爹活着会保护你，若是死了，那就保佑你，总是在你身边的。"

……

段十一气沉丹田，将下头这人给拽了上来，看她屁股落地，才终于长出一口气，然后张嘴就想骂她，连骂人的韵脚都想好了。

结果，这小丫头上来，却是一把抱住他的大腿，突然号啕大哭。

这哭得是真的惊天地泣鬼神啊，山间本就少人，她偏哭得凄厉，声音回荡在整个山林，久久不散。

段十一斜眼瞧着，心想算了吧，认了倒霉了，这时候再去骂她，显得他很没人性。

于是，他贡献出了自己的袍子，让这个劫后余生的小可怜终于哭了个够本。

后来段小草跟段十一回去六扇门，再也没提过旧事，也再没哭过。段十一有时候很纳闷，为什么好端端的一个姑娘，跟他回去一觉睡醒之后，就变成了个没心没肺的管他要鸡腿吃的小疯子呢？

好像那山间的一场号啕大哭，从来没存在过似的。

不过他没问，段小草也再没说过。

只是每每繁星满天的时候，这丫头总会抬头看上许久，好像那上头，真的有人在保佑她似的。

番外 2

我叫大白，是段十一养的可爱的狗。

我跟我的主人一样有格调，他爱穿白衣，我爱吃白菜。

曾经我常常和他一起巡街，我很懂他的心思，但凡有姑娘上来搭讪，长得好看的，我就摇尾巴；长得差强人意的，我就狂吠劝退。对此，我的主人很满意，夸我是天下最有灵气的狗。

然而，有一天，我的主人带了个小丫头回来。

说实话，刚看见那丫头，我是狂吠的，毕竟一张脸全糊了泥，都不叫差强人意，简直是强人所难……不，强狗所难。

可是，我刚叫第一声，我那好看的主人就拍了拍我的头，低下身来温柔地道："这个就不劝退了，这个是我徒儿。"

我瞪大了狗眼，很是不敢置信，主人又收徒弟了？之前总捕头给他塞过好几次人，他都迎风伫立冷月之下，凄凉地道："今生今世，段某有过一个徒儿足矣，再不愿多伤心费神。"

他上一个徒弟是颜六音，但是我知道，六音在他心里的分量没那么重，只是我这个戏精主人为了挡掉各种关系户，活生生把自己塑造成了一个被徒弟伤透心的痴情男子。甚至有江湖传闻，说他心悦颜六音，爱而不得什么的。

呸，我主人最爱的是他自己。

不过新来的这个小丫头可真有意思，跟个大傻子似的天不怕地不怕，带着我去巡街，走得那叫一个威风凛凛，哪怕她本人没什么本事，也敢拽得跟天王老子一样。

我觉得，这也是一种本事吧，毕竟她出什么岔子，总有我主人在后头给她收拾。

起先我觉得主人是养狗养腻了，想换个品种玩玩，可后来我发现，主人对"段小草"这个品种好像格外关爱。

以前家里的大白菜，都是主人吃了就给我吃，但自从那丫头来了之后，就变成了主人吃了之后给她吃，然后再给我吃。

我觉得我被抛弃了，忍不住半夜去段小草的床边，给她秀一秀我这满口洁白的牙。

然而，才刚刚龇一点牙花子，我就闻到了主人的气息。他从门口走进来，坐在段小草的床边问我："想开荤？"

不想不想，就算心里很想，看主人这眼神，我也不想了。

主人温柔地摸了摸我的头，轻声道："这个不能动，谁动我跟谁急，明白吗？"

行吧，毕竟您是主子，您说啥就是啥。

我收回了牙齿，耷拉了脑袋蹭了蹭他的腿。主人摸着我的毛，眼睛却盯着床上的人，半晌偷偷问我一句："你觉不觉得要是有个这样的女儿，也挺好的？"

实在没忍住，我翻了个白眼。主人，不是我说，您单身二十多年了，去哪儿弄这么大个女儿啊？

当时年少不懂事，我真以为主人是把段小草当女儿疼了，可后来我发现不对劲啊，为什么自打颜无味出现，主人就暴躁得很啊？尤其是当颜无味跟段小草在一块儿的时候，主人虽然笑得人模狗样的，跟平时差不多，但是敏感如我，我嗅得出来，主人不高兴。

段小草是有多蠢啊，丝毫没发现主人的情绪，还傻着个脑子往颜无味跟前凑，很多次我都觉得主人要动手了，可不知道为什么，他又忍了下来。

有段时间，主人抱着我捋毛，一边捋一边问我："一个好男人和一个坏男人，你觉得哪个更好？"

对不起，我不会说人话。但是打心眼里说，毕竟我是母的，男人不坏，母的不爱。

不过那个好男人要是主人的话，那再坏的男人都换不走我的爱！

主人大概是从我猛烈摇晃的尾巴上知道了答案，轻笑一声，咬着牙道："所以说段小草那脑子，狗都不如！"

汪？狗又错了什么啊主人！

话已至此，我觉得段小草是对不起我主人的，主人那么疼她，她还跟别人玩儿，没见她不在我主人都无聊死了嘛！一点眼力见儿都没有，我鄙视她！

然而，当那傻丫头抓着我的尾巴，问我认不认识颜六音的时候，我挑了挑不存在的眉毛，突然乐了。

这丫头也不高兴，比我主人的不高兴还多，委屈得脸都拉成了丝瓜。

"你看啊，颜六音比我武功高，比我认识他早，多适合他啊。就算没有颜六音，那也还有顾盼盼，人家长得比我漂亮，又会弹小曲儿。"

我一边听一边点头，她说的姑娘，都比她厉害，可有一点她们比不上这段小草。

她们没有人能让我主人那么开心地笑，虽然主人每次笑的时候，段小草都正在出糗，可主人的的确确是开心的，万丈阳光也比不上他眼里流转的东西。

我喜欢看那样的东西，那也就顺便喜欢一下段小草好了。

可惜我不能开口说话，这丫头也只能抓着我的尾巴，自怜自艾。

唉，好想咬她一口啊，尾巴疼。

番外 3

赫连淳宣认识段青青的时候，巴蜀刚下过一场小雨，山色空蒙青青，她的裙角也青青。

要是个普通姑娘，赫连淳宣可能就觉得这是青橘子皮成精了，可段青青长得还好看啊，闭月羞花的，惊艳了整个巴蜀。

于是赫连淳宣忍不住就问她："或许，姑娘也喜欢这天地青染，一派静好之姿？"

段青青当时只有十六岁，小姑娘嘛，好骗得很，只要你长得周正点儿，眼睛往下深情款款这么一看，再说两句漂亮话，那小心肝就扑通扑通跳了起来。

段青青的心不但跳了，还因为赫连淳宣跳得格外厉害。她随他游山看水，谈花说月，少女羞涩的心事，全都藏在微微颤抖的睫毛之下，开口一句"公子"就娇羞得再说不出来。

然而赫连淳宣能是什么好人？花尝百遍，负尽人真心，只是吃惯了山珍海味，跑来主动吃个素食，觉得新鲜。脸上都是真切情意，心里却压根儿没想过什么天长地久。

但花花公子调起情来有一手，不到一个月，就买下巴蜀一处宅院，说是要与青青隐居于此，再不问世事。

起初段青青哪里知道他身份啊，要在一起，哪怕拜堂只是简单三炷香她也愿意。于是一场简单的婚事之后，她梳起了妇人发髻，温顺地依偎在他身侧，替他掌灯，替他煮茶。

有女子温柔如此，赫连淳宣不心动那也是不可能的，有那么一段时间他是真的沉迷了，想着就这么混过一辈子也好，只要有她陪着就行。

两人日出看水，日落看山，走过大街小巷，一起吃一碗小面，也一掷千金，只为得一口她想吃的珍馐。赫连淳宣每每低头，都能看见段青青那秋水里盈盈映出的他的影子，英俊、倜傥。

更重要的是，段青青爱他爱得深入骨髓，断然是离不开他了。

于是赫连淳宣想，带她回京都，给她一个名分好像也可以，毕竟他府里侧妃不多，也才八个罢了。

然而，他没想到的是，当他试探性地提起要离开巴蜀的时候，段青青皱了眉。

"这里的日子不好吗？"她低声道，"我不想走。"

"老待在这里，能见什么世面？你该去看看京都的繁华，看看朱雀大街上有多热闹。"

"我不稀罕热闹。"

"那，京都的首饰也比这里的精美，还有珍馐佳肴……"

"我也不稀罕。"

"那你稀罕什么？"他有点恼了，觉得这女人没见识，不识抬举。

然而，段青青抬头，一双眼依旧那样看着他，说："我就稀罕你。"

赫连淳宣沉默，他是有一点心软的，毕竟段青青长得好看，可是这点心软并不能压住他心里翻涌而起的焦躁。

"王爷，陛下染疾，谋臣的意思，您大可借机回京。"

"我知道。"

"那咱们什么时候动身？"

赫连淳宣推开段青青的门，皱眉道："我最后问你一遍，你跟不跟我走？"

段青青被这语气吓了一跳，像受惊的猫，茫然地抬眼看向他。

"我有我的事要做，不可能一辈子陪你待在这荒山野岭的，你最好快些回答我，走是不走？"

失了最开始的温声细语，他似乎也不心疼她，也不在意她会怎么想了，只一声又一声地逼问。

段青青怔然，捏着的针扎破了手也没察觉，半晌才垂眸："好。"

赫连淳宣大大地松了口气，立刻动身，与她一起回京。

在路上，段青青终于得知这与自己朝夕相处了小半年的人，原来是当朝的九王爷，权倾一方，野心勃勃。她听丫鬟讲着他的事，仿佛在听别人的故事，茫然不知所措。

一个与你恩爱缠绵，你将心窝子都掏与之的人，竟然一直在骗你，这是一种什么感觉？段青青花了五日才回过神，五日之后，她跪坐在赫连淳宣面前问他："王爷可有家室？"

心里一沉，赫连淳宣闭眼："本王的家室，不是你吗？"

"除我之外呢？"

哑然苦笑，段青青颔首："我明白了。"

"眼下正值危急关头，本王没有闲暇与你解释太多。"赫连淳宣有点心虚，但到底是稳住了，"等回去京都，拿到我该拿的东西之后，再与你好生说。"

"就几句话的事，耽误得了什么呢？"段青青苦笑，"要是你我初识之时，你会这般对我吗？"

说完觉得自己傻，又摇摇头："也对，那时候你尚未与我成亲，断不会这般。"

赫连淳宣觉得，段青青这絮絮叨叨的模样真是跟他王府里那些女人没两样了，没创意，不新鲜，烦人。

他到底是为什么在巴蜀跟她待了半年来着？不记得了。

厌倦的情绪涌上来，他也顾不得许多，挥手让她离开他的马车，去后头坐。

段青青点头，也没再看他，乖顺地去了后面，轻轻按了按小腹。

两日之后，到达京都，等赫连淳宣想起来找段青青在哪儿的时候，下人只带上来个战战兢兢的丫鬟。

那丫鬟是他给她的，眼下正抖得跟什么似的，磕头对他道："王爷，段姑娘说，您这王府不缺她一个侧妃，江湖却只有那么一个第一美人，她倦了，就先回去了。"

赫连淳宣觉得自己可能听错了："什么？"

丫鬟鼓起勇气，重复了一遍："段姑娘说她倦了。"

他赫连家的老九，纵横情场，玩弄无数少女芳心，只有他倦了的份儿，什么时候轮到别人来跟他说倦了？

心里一团无名火，他道："派人，去把她给我抓回来。"

丫鬟摇头，吞吞吐吐地道："段姑娘还说了……她说，她谢王爷给了她个骨肉，从此江湖飘摇也算不孤单。但您若是气不过要抓她，那她就躲下黄泉，总有王爷鞭长莫及的地方。"

有生以来第一次，赫连淳宣被人威胁了，更可气的是，这威胁让他又气又笑，脑子里冰流和烈火猛地冲撞，最后竟是眼前一黑。

江湖第一美人段青青，遇人不淑，身怀六甲而走，从此隐迹于江湖。世人多骂贼人负心，可只有赫连淳宣知道，段青青的主动离开，凌迟了他十几年。

大概贼人都受不住爱着他的人走得头也不回吧，越是卑微逢迎越是得来厌倦，越是潇洒果断反而百般留恋。

那么，凭什么好端端一颗心，偏要给贱人糟蹋？

番外 4

江湖人都知道，段十一段捕头，那是出了名的风流满天下，所过之处掳尽少女芳心，前有与女魔头颜六音的恩怨纠葛，后有与小美人顾盼盼的韵事佳话。年少成名，浪荡不羁，他活出了千万少侠想活出的样子。

然而，没有人知道的是，自从段小草跟颜无味跑了，段捕头就疯了。

这里说的疯，不是披头散发胡言乱语，段捕头依旧维持着风度和姿容，每日去六扇门上下班，也依旧去招袖楼听曲子，今儿给这个新人捧个场，明儿赏那个美人一袋钱。

只是，他的话越来越少了，不仅不像以前那样张口就吐毒液，就连李二狗挤对他，他也不还口。

李二狗盼星星盼月亮，终于盼着段十一也有这不得意的一天了，敲锣打鼓就差在段十一家门口放鞭炮，找着借口去段十一院子里看他，心里乐翻天，面上偏生还一副悲痛的样子，道："段捕头待小草多好啊，小草怎么说走就走了？这一日为师终身为父的，怎么着也得给您发张喜帖不是？"

"不过话说回来，我听江湖上有传言，说那大魔头喜欢你徒弟喜欢得紧，料想你徒弟跟了他也不会吃苦。"

"只是有些可惜啊，断水之前还跟我说，小草许是心系段捕头你，要不怎么总那么眼巴巴地跟着你，瞧你的眼神都跟瞧别人不一样呢？"

"唉，不过段捕头非凡人也，想必也瞧不上这人间女子，小草还是跟了别人好。"

要是换作以前，这师徒三人保准被段十一打包送去边疆，十年都不带回来的。可这次，祁四躲在暗处惊奇地发现，段捕头不但没还嘴，沉默许久之后，还抬眼问他："她看我的眼神，与看别人不同？"

"是啊，段捕头没注意吧？小草看你那眼神可亮堂了，跟点了一千个火把子似的。"

"那她为什么会走？"段十一歪了歪头，声音有些沙哑。

李二狗愣住了，难得用看傻子的眼神看了看他，拂袖道："这个中原因，当然只有段捕头自己知道了。"

这样的段十一，就算是想看热闹的李二狗也受不住，慌忙起身摆手："我还有案子呢，先走了啊，段捕头保重。"

说罢，带着俩徒弟就跑。

段十一依旧坐在桌边，宽大的白袖被风吹得鼓起来，眉目间一片茫然。

祁四看不下去了，从万年青后头爬出来，皱眉道："段捕头，您要是实在舍不得小草，那就去把人带回来，我不信颜无味能拦得住！"

"我没有舍不得。"

"那您这是干什么？"

段十一抿了口茶，认真地道："好奇罢了。"

祁四噎了噎，费解地挠头："月儿总说我笨，所以总也追不上她，可段捕头您不笨啊，您是整个六扇门最聪明的人，怎么也容得自己落如此境地？'凡事从心，不由天不由地只信自己'这不是您曾给新人的告诫吗？"

"这话我说的？"

"是啊！"

"不记得了。"段十一起身，轻拂了袖子上落下的灰，捧起茶杯，往屋子里去了。

最近六扇门的气氛一直很诡异，大家看他的眼神都很奇怪，不过段十一觉得，他也没有多难受，不过就是身边少了个人，不适应罢了。比起舍不得，他更多的是奇怪而已，奇怪喜欢他如段小草，怎么就跟颜无味跑了。

怨不得都说女人心海底针。

平静地洗漱，平静地更衣，再平静地睡去，段十一想，自个儿再适应两天就好了，再适应两天，他就可以再去收几个徒弟，多收几个，总会有留在他身边的。

然而，这一觉昏沉，睡了足足五个时辰，醒来的时候外头正是黄昏，屋子里安安静静的，有种令人窒息的孤独感。段十一睁开眼发了许久的呆，然后冲门外喊了一声："段小草。"

没有人回答他。

心猛地一沉，沉得他下意识地伸手去抬，眉头紧锁，许久才缓过气来。

祁四说过，他是六扇门最聪明的人，能辨尸死因，辨凶手手法，所以他也能辨得出来，这种感觉不是不习惯。

他可能不会习惯了。

那么问题来了，他是要去把段小草带回来，还是……

"凡事从心，不由天不由地只信自己。"

拳头慢慢捏紧，段十一"呸"了一声，暗骂自个儿。

说给别人的时候多一本正经，真轮到自己，哪里能果断下决定。

既然他下不了，那要不要，去看看段小草？

只要她有一点，哪怕只有一点想他的意思，那他就从颜无味手里抢人，拼了命也要把她带回来！

找到一个完美的借口，段十一这叫一个开心，立马抢了驿站的白马往颜无味的老巢跑。

说实话，段小草是他带出来的，那丫头有几斤几两他很清楚，既然心里有他，那强要跟颜无味在一起，必定会难过，只要他勾勾手，那人不就跟他跑了？

一路春风和马蹄，段捕头带着满怀的期许蹿进了摘星宫。

然后就看见段小草笑嘻嘻地坐在后院里啃猪蹄，那么大一只肥腻的猪蹄，她啃得满脸是油，一边啃还一边道："这个好吃，我师父没给我做过。"

颜无味就坐在她身边，拿帕子给她擦嘴，摇头道："这么好吃的东西都不给你做，段十一真是个混蛋，你跟着我，我天天让厨子给你做。"

"好嘞！"小草高兴地应下，继续啃得满脸是油。

满怀的希望落进了这人的唾沫星子里，段十一沉默地趴在屋檐上，看着下头两个人亲密着笑脸盈盈，一看就是一个时辰。

后来，有江湖人士打听，说段十一的头发到底是怎么白的啊？

祁四喝着酒只摇头："被他自己给蠢白的，开局一手好棋，自己不动一步，全让给了对手，还想不通自己怎么输的，可不得气白了去吗？"

那时候但凡他跳下屋檐，后来的摘星宫，就不会有婚事了。

可惜，段十一聪明了一世，糊涂了这一时，只看不见段小草对他的思念就放弃了，却全然没给自己的思念一个交代。